ULLSTEIN

Das Buch

Seit drei Jahren hat die jung gebliebene Witwe Dulcie Ballantyne eine Affäre mit dem verheirateten Richard. Sie wissen, dass sie füreinander bestimmt sind, doch Richard bringt es nicht übers Herz, seiner Frau die Liaison zu beichten. Um sich abzulenken, gründet Dulcie eine Schreibwerkstatt, die die unterschiedlichsten Leute anzieht: Beth, die sich vor dem Alleinsein fürchtet, weil ihr Sohn bald von zu Hause ausziehen wird, den verbitterten Jack, der von seiner Frau verlassen wurde, Jaz, eine eigenwillige 17-Jährige, die unter ihrer anstrengenden Familie leidet, und schließlich Victor, einen arroganten Besserwisser, der natürlich einen Bestseller veröffentlichen will. Was sie verbindet, ist der Wunsch, ihrem Alltag zu entkommen, und das Bedürfnis, ihre kläglichen Privatleben voreinander zu verstecken. Doch nach und nach kommen sich die Nachwuchsautoren näher und keiner von ihnen ahnt, wie sehr sie einander noch brauchen werden …

Die Autorin

Erica James wurde 1960 geboren und lebt mit ihrer Familie in Cheshire. Mit ihren gefühlvollen Romanen hat sie sich auch in Deutschland eine große Fangemeinde geschaffen.

Von Erica James sind in unserem Hause bereits erschienen:

Ferienträume
Der Freundschaftsbeweis
Nur ein Frühlingshauch
Wie ein frischer Wind
Wo dein Zuhause ist
Zeit für ein neues Glück

Erica James

Verborgene Talente

Roman

Aus dem Englischen
von Ursula Walther

Ullstein

Besuchen Sie uns im Internet:
www.ullstein-taschenbuch.de

Umwelthinweis:
Dieses Buch wurde auf chlor- und säurefreiem Papier gedruckt.

Ullstein Verlag
Ullstein ist ein Verlag der Ullstein Buchverlage GmbH, Berlin.
Deutsche Erstausgabe
1. Auflage August 2004

Titel der englischen Originalausgabe: *Hidden Talents*
(Orion Books Ltd., London)
Übersetzung: Ursula Walther
Redaktion: Lothar Strüh
Umschlaggestaltung: Cordula Schmidt, Hamburg
Titelabbildung:
Gesetzt aus der Sabon
Satz: Pinkuin Satz und Datentechnik, Berlin
Druck und Bindearbeiten: Ebner & Spiegel, Ulm
Printed in Germany
ISBN 3-548-25874-3

Für Edward und Samuel,
meine multitalentierten Söhne

Danksagung

Wie immer gilt mein großer Dank allen von Orion, insbesondere Helen, Jo, Ian, Lind, Erin, Maggy, Juliet, Jenny, Trevor, Malcolm und Dallas. Ohne euch wäre alles ganz anders. (Sogar ohne Sie, Mr. Taylor!)

Anthony Keates möchte ich für meinen kostbaren Papierbeschwerer und die Esel-Geschichte danken … Und was würde ich an freien Tagen ohne Raymond, Jon, David, Dominic und Graham tun?

Danke, Jane, für deine stetige Unterstützung und deinen redaktionellen Scharfblick. Und dir, Susan, danke ich dafür, dass du mich aufgefordert hast, mit dem Jammern aufzuhören.

Eine Umarmung für Mr. Lloyd.

Und zu guter Letzt danke ich euch, Helena und Maureen, von ganzem Herzen, weil ihr es mit mir aushaltet.

Kapitel eins

Dulcie Ballantyne hatte sich in ihrem Leben immer nach der Devise gerichtet, kein Drama aus dem Unerwarteten zu machen: Dreiundsechzig Jahre lang hatte sie in jeder Lebenslage einen Silberstreif am Horizont gesehen. Sie wäre eine sehr reiche Frau, hätte sie jedes Mal, wenn jemand eine Bemerkung über ihre ruhige Art und ihr stets heiteres, optimistisches Gemüt machte, ein Pfund bekommen. »Übertriebene Reaktionen führen zu nichts, sie machen eine schwierige Situation nur noch viel schlimmer«, erklärte sie, wann immer jemand auf ihre Gelassenheit anspielte. Nicht ein reibungsloses, sorgenfreies Dasein hatte es ihr ermöglicht, mit allem fertig zu werden, sondern ein reicher Erfahrungsschatz. Kurz gesagt, das Leben hatte sie gelehrt, die furchtbarsten Katastrophen zu überstehen.

Aber als sie heute am Küchentisch saß und darauf wartete, dass sich der Tag voll entfaltete, raubten ihr der Kummer und die Erschöpfung die letzten Reste der Selbstbeherrschung, und sie war kurz davor, noch einmal einen schrecklichen Fehler zu begehen. Sie hatte sich geschworen, es nicht zu tun, aber die Verzweiflung hatte sie dazu getrieben, in der Klinik anzurufen und nachzufragen, wie es Richard ging. Als seine Geliebte – auch wenn ihre Beziehung schon seit drei Jahren bestand – hatte sie nicht das Recht, an seinem Krankenbett zu sitzen oder exakte Erklärungen über seinen Zustand zu verlangen. »Sind Sie ein Familienmitglied?«, hatte die Krankenschwester gestern Abend am Telefon gefragt, als sie geradezu um eine Auskunft über sein Befinden gebettelt hatte. Sie hätte behaupten können, seine Schwester oder eine andere nahe Verwandte zu sein, aber im Schock hatte sie die Wahrheit gesagt und war höflich mit der Information abgespeist worden, Mr. Richard Cavanagh liege noch in der kardiologischen Station und sein Zustand sei stabil.

Stabil.

Sie klammerte sich an diesen Gedanken, schloss die Augen und beschwor im Geiste den Mann, den sie liebte, sie nicht zu verlassen.

Wie oft hatte Richard das zu ihr gesagt? »Verlass mich nicht, Dulcie. Ohne dich wäre das Leben unerträglich.«

»Ich gehe nirgendwohin«, hatte sie ihm immer geantwortet. Und das war ernst gemeint. Ihre Affäre mit Richard war unendlich viel schöner als jede andere Beziehung, die sie seit dem Tod ihres Mannes vor zweiundzwanzig Jahren gehabt hatte. Bevor sie Richard begegnet war, hatte sie eine Reihe von Verhältnissen gehabt, und ein- oder zweimal war sie sogar fast überzeugt gewesen, echte Liebe zu empfinden, aber meistens hatten ihr die Männer vor Augen geführt, dass sie das Alleinleben zu sehr genoss, um permanent mit jemandem zusammen zu sein. Bindungsangst war angeblich ein Vorrecht der Männer, aber Dulcies Meinung nach war eine feste Bindung mit Verpflichtungen ohnehin ein weit überschätztes Phänomen. Es war viel besser, den Dingen ihren natürlichen Lauf zu lassen und ohne die restriktive Eingrenzung zu leben, die für eine Beziehung oft der Todesstoß war.

Sie schluckte schwer, fuhr sich mit den Fingern durch das kurze, zerraufte Haar und konnte nur mühsam die Tränen zurückhalten. »Nein, nein, *nein*!« Sie hatte ihre Ansicht geändert. Sie wollte, dass Richard für immer Teil ihres Lebens war. Sie würde alles darum geben, die Beziehung zu ihm weiter zu vertiefen.

Sie erhob sich von dem Stuhl, auf dem sie mindestens zwei Stunden ausgeharrt hatte, und machte sich daran, ein Frühstück herzurichten. Seit gestern Nachmittag, als sie und Richard in »ihrem« Restaurant zum Lunch gewesen waren, hatte sie nichts mehr gegessen; sie trafen sich gewöhnlich in diesem Hotel, weil es weit genug weg von Maywood war und sie hofften, dort nicht erkannt zu werden. Während sie über die Gruppe angehender Schriftsteller sprachen, die Dulcie gründen wollte, verzog Richard plötzlich das Gesicht, ließ sein Besteck fallen und presste die Faust auf seine Brust. Voller Entsetzen sah sie zu, wie sein starker, kraftvoller Körper in sich zusammensackte und zu Boden fiel.

Es ging alles so schnell. In einer Minute plauderten sie munter, überlegten, was für Menschen sich für die Gruppe melden würden, und Richard meinte scherzhaft, er könnte sich ja ebenfalls anschließen, um offiziell einen Abend in der Woche in ihrer Gesellschaft zu verbringen, und in der nächsten Minute rasten sie in einem Krankenwagen zur Klinik, während Richard auf einer Trage lag, mit einer Sauerstoffmaske über dem Gesicht. Dulcie verhielt sich tadellos: keine hysterischen Tränenausbrüche; keine Hektik oder übertriebene Aufregung, die den Verdacht hätte wecken können, dass sie eine heimliche Liebschaft hatten. Sie rief mit Richards Handy seine Privatnummer an und hinterließ für seine Frau eine Nachricht auf dem Anrufbeantworter. Sie sagte nicht, wer sie war, nur dass es Mr. Cavanagh nicht gut ging: ein Herzanfall. Eine halbe Stunde später verließ sie, obwohl es ihr schwerer fiel als alles, was sie jemals getan hatte, das Krankenhaus, bevor die Leute dort unangenehme Fragen stellen konnten.

Jetzt wünschte sie, sie wäre geblieben. Wieso sollte sie sich darum scheren, was für Konsequenzen es hatte, wenn sie bei ihm blieb? Wieso sollte sie sich über die Gefühle anderer den Kopf zerbrechen? Richard hatte einmal, als sie zusammen im Bett lagen, gesagt: »Manchmal machst du dir zu viele Gedanken, Dulcie. Du bist verständnisvoller, als gut für dich ist.«

»Das bin ich nicht«, hatte sie ihm widersprochen, den Kopf vom Kissen gehoben und ihm in die Augen gesehen. »Wenn ich so gütig wäre, würde ich mehr Rücksicht auf Angela nehmen und diese Affäre beenden. Das, was wir tun, ist sehr schlimm. Es ist selbstsüchtig, auf Kosten anderer glücklich zu sein.«

Er drückte sie an sich. »Sag das nicht. Denk es nicht einmal. Niemals.«

Sie hatte immer geglaubt, dass er sie mehr brauchte als sie ihn. Jetzt war sie sich dessen nicht mehr so sicher. Sie sehnte sich danach, Richard zu sehen, ihm immer und immer wieder zu sagen, wie sehr sie ihn liebte.

Sie stand auf, räumte das unangetastete Frühstück weg und ging hinauf, um sich anzuziehen. In ihrem alten Morgenmantel – nicht dem schönen aus Seide, den

Richard ihr geschenkt hatte und den sie nur trug, wenn er da war – würde sie niemandem weiterhelfen. Es war höchste Zeit, dass sie sich zusammennahm und wieder die nüchterne, gefasste Dulcie Ballantyne wurde, die alle kannten.

Sie stand vor ihrem übervollen Kleiderschrank und wählte ein Outfit aus, das ihr das nötige, wenn auch künstliche Selbstbewusstsein verlieh – eine bequeme Hose mit einem cremefarbenen Rollkragenpullover und einen pinkfarbenen Seidenschal, den sie ganz unten im Schrank zwischen Schuhen und Handtaschen fand. Sie dachte an ihre Tochter und daran, wie sehr sie Dulcies Schlampigkeit verabscheute. Kate war an ihr verzweifelt und hatte schon im Alter von sechzehn Jahren – inzwischen war sie neunundzwanzig – versucht, Ordnung in Dulcies Kleiderschrank zu bringen. »Farbkoordination ist der Schlüssel, Mum«, erklärte sie, schob die Bügel hin und her und ordnete sie neu. Eigenartigerweise und ohne jeden für Dulcie ersichtlichen Grund war der Schrank das Einzige im ganzen Haus, sogar in ihrem Leben, in dem sie Durcheinander duldete und in dem keine beruhigende Harmonie herrschte.

Als sie angezogen war, stellte sie sich ans Fenster in ihrem Schlafzimmer und sah hinunter in den von einer Mauer umgebenen Garten. Eine geschwungene Treppe führte zum Rasen, der von üppig bepflanzten Beeten gesäumt wurde; einige Blumen blühten immer noch, obwohl der Herbst bereits angebrochen war. Das Laub fiel schon von den Bäumen, aber der Garten trotzte der Jahreszeit und zeigte sich nach wie vor in buntem Gewand. Mitte Juni hatte Richard ihr geholfen, etliche

Schubkarren Mist in den Rosenbeeten zu verteilen. Es war ein Montagnachmittag, und seine Familie dachte, er wäre geschäftlich unterwegs. Aber er kam zu ihr. Sie hatte ihn für zwei wundervolle Tage ganz für sich allein. Dulcie lächelte bei der Erinnerung daran: Zwei kostbare, seltene gemeinsame Tage, und sie hatten den Nachmittag damit verbracht, Pferdemist in und aus einem Schubkarren zu schaufeln. Später hatten sie darüber gelacht. Richard behauptete, dass er genau das so sehr an ihrer Beziehung mochte – die realistische, bodenständige Basis. »Du erlaubst mir, ich selbst zu sein«, sagte er. »Du erwartest nichts von mir, und deshalb fühle ich mich frei, wenn ich mit dir zusammen bin.«

Ihre Liebe gründete auf einem tiefen Verständnis für die Bedürfnisse des anderen und einer Freundschaft, die sowohl leidenschaftlich als auch sehr eng war und die so viele verheiratete Paare aus dem Blickfeld verloren. Dulcie verspürte selten den Wunsch, mit Richard über seine Ehe zu reden, aber er hatte oft das Bedürfnis, ihr zu erklären oder vielleicht zu rechtfertigen, warum er, ein ganz normaler Mann (wie er sich selbst bezeichnete), sich so verhielt, wie er es tat. Nach allem, was Dulcie von seiner Frau wusste, war sie eine ängstliche Person, die viel zu abhängig von ihm war.

Sie wandte sich vom Fenster ab und betrachtete sich in dem langen Spiegel. Sie versuchte, hinter ihr Äußeres zu blicken – hinter die rundliche Figur, die Falten um die blauen Augen, die kurzen blonden Haare, die sie alle sechs Wochen färbte, weil sie wusste, dass es sie um Jahre jünger machte, und hinter die Haut, die ihre Festigkeit verloren hatte. Hinter all dem erkannte sie eine Frau, die einem Chamäleon glich. Sie hatte in ihrem Leben viele verschiedene Rollen gespielt und war, davon war sie überzeugt, dazu bestimmt, noch ein paar mehr anzunehmen.

Sie ging hinunter in die Küche, und während sie sich bemühte, die Energie aufzubringen, im Garten das Laub zusammenzuharken, klingelte das Telefon. Mit wild klopfendem Herzen, riss sie den Hörer von der Gabel. Richard. Liebster Richard. Es ging ihm gut genug, um sie anzurufen. Gut genug, um ihr zu versichern, dass alles in Ordnung war mit ihm.

Aber es war nicht Richard. Es war ein junges Mädchen, das Fragen wegen der Schriftstellergruppe stellen wollte. Sie hatte Dulcies Anzeige im Fenster des Buchladens in der Stadt gesehen und wollte wissen, ob es ein Mindestalter gab.

Kapitel zwei

Jaz Rafferty schaltete ihr Handy aus und starrte an die schräge Decke über ihrem Bett. Dort hatte sie in ordentlichen Reihen präraffaelitische Drucke aufgehängt, die sie letzte Woche während des Kunstgeschichte-Ausflugs in die City Art Gallery in Birmingham erstanden hatte. Ihr Lieblingsbild war *The Last of England* von Ford Madox Brown; der Künstler hatte sich zum Ziel gesetzt, die Kälte des Tages einzufangen – das graue Meer und den grauen Himmel, das Paar, das sich in dicke Wintermäntel gehüllt aneinander drängte –, und sich gezwungen, das Bild zum größten Teil mit steifen, blau gefrorenen Fingern im Freien zu malen. Laut Miss Holmes, ihrer College-Lehrerin, ging es in diesem Bild darum, dass das junge Paar und deren Kind in eine neue, hellere Zukunft aufbrachen, aber die Stimmung drückte auch so etwas wie Bedauern aus – Bedauern, das Zuhause zu verlassen.

Jaz konnte sich weitgehend in das Paar einfühlen – sie wollte auch ihr Zuhause so bald wie möglich verlassen, aber sie bezweifelte, dass sie auch nur eine Sekunde Bedauern empfinden würde, wenn dieser glückliche Tag endlich gekommen war.

Sie legte das Handy auf den Nachttisch und genoss einen seltenen Moment der Stille. Dazu kam das Wissen, dass sie ein Geheimnis hatte. Geheimnisse waren wunderbar, besonders wenn sie sie vor ihren Geschwistern wahren konnte, die das neugierigste, lästigste und schrecklichste Pack auf Erden waren. Sie waren die Nervensägen aller Nervensägen. Ein Wunder, dass Jaz nicht schon vor Jahren abgehauen war. Mit dreizehn hatte sie eine Phase durchgemacht, in der sie überall herumerzählte, adoptiert worden zu sein; sie wollte unbedingt vermeiden, dass die Leute dachten, sie wäre mit den vier abscheulichsten Menschen der Welt verwandt.

Phin (die Abkürzung für Phineas) war mit zweiundzwanzig der Älteste, dann kam Jimmy, der zwanzig war. Obwohl sie beide in Dads Bauunternehmen – Rafferty & Sons – gutes Geld verdienten, lebten sie immer noch zu Hause. »Und warum sollten wir irgendwo anders wohnen wollen?«, sagten sie, wann immer Jaz sie als Mamasöhnchen beschimpfte, die nicht selbständig werden wollten. »Es würde Mum das Herz brechen, wenn wir auszögen.«

Wahrscheinlich hatten sie Recht. Mum liebte und verwöhnte sie unsäglich. Nichts war ihr zu mühsam, wenn es um Phin und Jimmy ging. »Oh, gib her«, sagte sie, wenn Phin verzweifelt vom Bügeleisen zu dem verknitterten Hemd schaute, das er anziehen wollte.

Jämmerlich.

Die Mädchen, die dumm genug waren, sich jemals mit den Rafferty-Jungs einzulassen, waren ehrlich zu bemitleiden. Sie mussten unzurechnungsfähig sein, wenn sie es mit ihnen aushielten.

Die Nächste in der Familienhackordnung war Jaz mit siebzehn.

Jedes Jahr an ihrem Geburtstag, dem 5. September, machte Dad denselben Witz und behauptete, dass er ein ernstes Wort mit dem Allmächtigen gesprochen habe, bevor sie gezeugt wurde. »Lieber Gott, ich weiß, wie viel du zu tun hast, also erspare ich dir die Mühe, wieder einen Jungen zu erschaffen. Wir geben uns diesmal mit einem Mädchen zufrieden.«

Dad war nicht religiös, ganz und gar nicht, aber er nutzte seine katholische Erziehung auf dieselbe Art wie seinen angeblichen Stolz auf seine irische Herkunft. »Dad«, hatte Jaz einmal gesagt, »du bist ein solcher Schwindler. Du würdest eine Blechflöte nicht einmal erkennen, wenn sie dir ein irischer Kobold in den Hintern schieben würde. Du bist so englisch wie die Queen.«

»Ja«, sagte er grinsend, »und sie ist halb deutsch, oder?«

Seine Hotline zu Gott hatte atmosphärische Störungen, als nach einigen Jahren Tamzin (zehn) und Lulu (acht) auf die Welt kamen. »Lieber Himmel«, beschwerte er sich oft, »ich werde von Frauen überrannt. Womit habe ich das verdient?«

Jaz fragte sich vielmehr, womit *sie* eine solche Familie verdient hatte.

Von frühester Kindheit an hatte sie das Gefühl gehabt, fehl am Platz zu sein. Wenn sie ihrer Mutter nicht so ähnlich sehen würde, hätte sie geglaubt, durch irgendeine Laune der Natur oder durch eine Verwechslung in dem Krankenhaus, in dem sie geboren wurde, in einer falschen Familie gelandet zu sein. Sie hätte sich nicht mehr von ihren Geschwistern, die alle nach dem Vater kamen, unterscheiden können, wenn sie ganz andere Eltern gehabt hätte. Ihr Vater beschrieb sich selbst als körperlich robust und temperamentvoll. Jaz hätte Geld darauf verwettet, dass Tamzin und Lulu mit geballten Fäusten auf die Welt gekommen waren, um es mit diesem Planeten aufzunehmen und ihn zu zerstören. Im Gegensatz zu den beiden war Jaz klein und blass und hatte kindliche Sommersprossen auf der Nase. Ihr Haar reichte ihr bis zur Taille und war kastanienbraun (»Nicht *rot*!«, wie sie ihren Brüdern immer wieder klar machte, wenn sie sie Rotschopf nannten), und sie dachte lieber nach, als draufloszuquatschen wie der Rest der Familie. Ihre Eltern behaupteten, dass sie als Kleinkind erst spät Sprechen gelernt hatte und von ihrem Vater als »ernstes kleines Ding« bezeichnet worden war. Selbstgenügsam, wie sie war, hatte sie sich mit sechs ihre eigenen imaginären Freunde geschaffen, mit denen sie spielen konnte, aber sie musste sie rasch wieder loswerden, weil sie so lästig und hinterhältig wie ihre Brüder wurden.

Als die Jungs alt genug waren, durften sie ihrem Vater helfen, wenn er an den Motorrädern, die er sammelte, herumbastelte. Sie begleiteten ihn auch nach Manchester, wo sie sich Boxkämpfe ansahen, und nach Chester und Liverpool zu den Pferderennen. Das bedeutete, dass Jaz ihre Mutter ganz für sich hatte, aber nicht lange. Als Tamzin geboren wurde und bald darauf Lulu, fand sich Jaz damit ab, die Außenseiterin zu sein. Alle außer ihr waren die eine Hälfte eines Pärchens: ihre Eltern, ihre Brüder und jetzt auch ihre Schwestern. Sie zog sich zurück und vertiefte sich in ihre Bücher. Beim Lesen tauchte sie ins Leben anderer Menschen ein und entkam so ihrem eigenen. Im Nachhinein erschien es nur natürlich, dass sie eines Tages die Freude am Schreiben entdecken würde, dass ihr der schlichte Vorgang, Worte aufs Papier zu bringen – in Form von Gedichten, Kurzgeschichten, Reimen und Schilderungen – die Möglichkeit gab, der Realität noch mehr zu entfliehen. Sie stand vom Bett auf, ging zum Schreibtisch und schaltete den Computer ein. Sie vergewisserte sich, dass ihre Zimmertür geschlossen war, dann öffnete sie die Datei mit dem Namen »Italienische Renaissance«. Sie scrollte den sechsseitigen Aufsatz, den sie über Uccellos *Jagd im Wald* geschrieben und für den sie eine Eins bekommen hatte, nach unten und hielt an, nachdem ein paar leere Seiten über den Bildschirm gehuscht waren und die Worte »Kapitel eins« erschienen. Nach Monaten, in denen sie an einem Gedicht herumgemurkst hatte, befasste sie sich jetzt mit einem Roman. Letzte Woche hatte sie damit angefangen. Bei den vielen Hausaufgaben, die sie erledigen musste, blieb ihr jedoch nur wenig Zeit dafür. Die sechste Klasse im College zu machen war toll, aber die Arbeit war mörderisch.

Vicki, ihre beste Freundin, war im letzten Monat mit ihr zusammen zum Maywood College gewechselt, und es gab jede Menge Mitstudenten, mit denen sie sich bekannt machen mussten. Besonders einen wollte Jaz näher kennen lernen. Er war ein Jahr älter als sie, in der Abschlussklasse und hieß Nathan King. Alles, was sie über ihn wusste, war, dass er in der Nähe des Parks in Maywood wohnte. Er war groß, hatte kurzes, aber nicht zu kurzes Haar und trug ständig seinen langen schwarzen Ledermantel, der hinter ihm herflatterte, wenn er mit seinem zielstrebigen Gang umherlief. Er machte den Eindruck, als wüsste er genau, was er wollte, und hätte alles durchschaut. Wegen seiner Selbstsicherheit war er Jaz schon am ersten Tag aufgefallen.

Als sie trampelnde Schritte auf dem Flur hörte, zuckte sie zusammen und fuhr mit dem Cursor zurück zum Anfang ihres Aufsatzes.

Die Tür flog auf. »Mit wem hast du gesprochen?«

Ohne sich umzudrehen, sagte Jaz: »Tamzin Rafferty, verschwinde! Du auch, Lulu. Seht ihr nicht, dass ich arbeite?«

»Vor ein paar Minuten hast du noch nicht gearbeitet. Wir haben gehört, dass du mit jemandem telefoniert hast. War es ein Junge? Hast du einen Freund?«

Jaz drehte den Kopf und bedachte ihre Schwestern mit einem gebieterischen Blick. »Habt ihr eine private Unterhaltung belauscht?«

Die beiden sahen sich an und prusteten los. Sie kicherten in diesem schrillen Ton, der einem den letzten Nerv tötete. Jaz stand seelenruhig auf, ging zu ihrem Bücherregal und dem CD-Player. Dann schaltete sie die Musik in einer ohrenbetäubenden Lautstärke ein und beobachtete, wie Tamzin und Lulu die Flucht ergriffen. Sie hassten ihre Musik, insbesondere die Band Divine Comedy – sie hatten sich noch nicht über den S Club 7 hinausentwickelt.

»Heiliger Strohsack! Schalt diesen Lärm ab!«

Ihr Vater Patrick (oder Popeye, wie ihre Mutter und seine ältesten Freunde ihn nannten) stand auf der Schwelle. Sein massiver Körper füllte den Türrahmen aus. Jaz machte die Musik aus, und er kam herein. »Menschenskind, Mädchen, das war laut genug, um die Farbe von den Wänden zu sprengen. Mir ist schleierhaft, wie du bei diesem Radau arbeiten kannst.« Er warf einen Blick auf ihren Computer. »Hast du an diesem Wochenende viel zu tun?«

»Eine ganze Menge«, sagte sie und zwängte sich an ihm vorbei, um sich wieder an den Schreibtisch zu setzen. Sie hatte Angst, dass er mit den Tasten spielte und zufällig ihren Roman entdeckte. Ihr Dad erweckte gern den Eindruck, nichts von Computern zu verstehen, aber sie wusste, dass in seiner Firma erst kürzlich ein teures neues System installiert worden war und dass er sich hatte zeigen lassen, wie es funktionierte. Sie hielt den Blick gesenkt und wartete darauf, dass er wieder ging. Aber er blieb, kam sogar noch näher und beugte sich leicht vor, um zu lesen, was auf dem Bildschirm stand. »›Uccello war fasziniert von der Perspektive, und das kann man an diesem Bild deutlich sehen, das sich durch die reiche Farbgebung und den genialen Aufbau auszeichnet ...‹« Er richtete sich auf und legte eine Hand auf Jaz' Schulter. »Ich hab's schon oft gesagt, Jasmine, und ich sag's immer wieder – das hast du alles deiner Mutter zu verdanken. Die Intelligenz hast du von ihr. Vergiss das nie, ja?«

Sie drehte sich um und lächelte ihn liebevoll an. Das behauptete er immer und machte sich selbst zu dem unwissenden, stillen Partner in seiner Ehe. »Oh, ich bin nur der Muskelprotz im Rafferty-Pelz, deshalb nennt man mich Popeye«, sagte er. »Bei uns hat Moll den Durchblick.« Aber wehe, jemand machte den Fehler, das wörtlich zu nehmen – er würde es sehr schnell bereuen.

»Du kommst mir doch jetzt nicht mit dem Ich-bin-nur-der-dumme-Paddy-Unsinn, oder?«, fragte sie.

Er erwiderte das Lächeln. »Aber es ist die Wahrheit. Als ich deine Mutter kennen lernte, konnte ich nicht lesen und schreiben. Sie wollte mich nicht heiraten, bevor ich *Janet and John* geschafft hatte.«

»Das ist wahre Liebe, Dad.«

Er versetzte ihr einen zärtlichen Klaps aufs Ohr. »Freches Ding. Jetzt mach weiter mit deinen Hausaufgaben. Ich erwarte Großes von dir.«

»Du übst gar keinen Druck auf mich aus, Dad, wie?«

Er war schon fast draußen, blieb aber noch einmal stehen, drehte sich um und sagte: »Also, hat meine kleine Jazzie jetzt einen Freund, oder was?«

Sie verdrehte die Augen. »Leider kein Glück.«

»Hmm ... sorg lieber dafür, dass es so bleibt, bis du das College hinter dir hast.«

Sie sah ihm nach. Er war gar kein so schlechter Dad. Manchmal erbärmlich sentimental und unheimlich laut, aber Jaz wusste, dass er sehr stolz auf sie war. Bei seinen Freunden gab er dauernd damit an, wie schlau sie war. »Hört auf meine Worte«, prahlte er mit einem Bierglas in der Hand, »das ist die Rafferty, die den Namen meiner Familie berühmt macht. Jazzie ist wie ihre Mutter, ein Bücherwurm und sehr belesen.«

Aber er begriff nicht, dass sein Stolz sie unter unerträglichen Druck setzte. Was, wenn sie ihn enttäuschte? Wie würde er das Versagen einer Tochter verkraften, an die er solche Hoffnungen knüpfte? Wusste er überhaupt, wie gefangen sie sich fühlte, wenn er ihr durch seinen Wunsch, dass aus ihr etwas wurde, solche Beschränkungen auferlegte? Er hatte nichts dagegen, wenn sie etwas mit Vicki unternahm, aber gnade Gott dem Jungen, der auch nur das kleinste Interesse an ihr zeigte. Dad würde ihn auf Herz und Nieren prüfen, ob er auch zu seiner Tochter passte. Er rückte nie direkt damit heraus, aber Jaz wusste, er würde es auf keinen Fall zulassen, dass sie in dieser Phase ihres Lebens von einem Freund abgelenkt wurde. Aber wer würde sich schon für sie interessieren?

Sie schob diese unerfreulichen Überlegungen beiseite und widmete sich wieder dem unvollendeten Satz in ihrem Roman. Aber je öfter sie ihn las, um so unbeholfener klang er. Wieder schweiften ihre Gedanken ab. Zu ihrem wundervollen Geheimnis.

In der nächsten Woche würde sie zu dem ersten Treffen von »Verborgene Talente« gehen – man stelle sich vor, eine Gruppe von Schriftstellern, in der sie ernst genommen wurde! In der sie offen über ihre Arbeiten sprechen konnte und nicht ausgelacht wurde. Denn genau das würde ihre Familie tun, wenn sie jemals erfuhr, womit sie sich beschäftigte. Sie konnte ihre Brüder schon hören. »Oho, Miss Neunmalklug bildet sich ein, eine Schriftstellerin zu sein, was?«

Sie überlegte, wie die anderen Leute in der Gruppe wohl sein würden. Die Frau mit der sie telefoniert hatte, diese Dulcie Ballantyne, hatte wirklich nett geklungen. Etwas zögerlich vielleicht, als wäre sie mit den Gedanken ganz woanders, aber ziemlich freundlich. Na ja, solange die anderen nicht wie Phin und Jimmy, Tamzin und Lulu waren, würde sie ganz bestimmt mit ihnen auskommen.

Kapitel drei

Beth King bekam oft den Rat zu hören, dass sie sich eine Geschirrspülmaschine anschaffen sollte. »Du könntest ganz leicht diesen einen Schrank entfernen«, erklärten die Leute und bildeten sich ein, sie wären die Ersten, die auf diese Idee gekommen waren, »und eine Spülmaschine in die Lücke schieben – das ist gar kein Problem. Denk nur dran, wie viele Stunden Arbeit du dir ersparen würdest. Und du würdest deine Hände schonen.« Dieses letzte Argument war das Lieblingsthema ihrer Mutter. »Hände zeigen mehr als alles andere das Alter einer Frau«, behauptete sie. »Du kannst jede Menge Operationen im Gesicht vornehmen lassen, aber deine Hände verraten dich immer.«

Wahrscheinlich hatten sie Recht, diese wohlmeinenden Freunde und Familienmitglieder, aber in Wahrheit machte es Beth Spaß, Geschirr abzuwaschen – nicht aus irgendwelchen eigenartigen, puritanischen Gründen, sondern weil die Küche in der Wohnung, in der sie und Nathan seit über zehn Jahren wohnten, ein Fenster zum Maywood Park hin hatte. Der Ausblick war ein ständiger Quell der Freude für sie: Es gab immer etwas zu sehen – Eichhörnchen, die durchs Gras huschten, Paare, jung und alt, die Arm in Arm über die gewundenen Wege zum Fluss schlenderten, und die Tennisplätze,

Mütter mit Kinderwagen, Hunde und Kinder, die auf den Schaukeln und dem Karussell spielten, das Nathan so sehr gefallen hatte, als er noch klein gewesen war. Und dann der ständig wechselnde Anblick des Parks an sich. Jetzt, im Herbst, verloren die Bäume ihre kupferfarbenen Blätter, und die verwelkten Beetblumen, die die Stadtverwaltung im Sommer hatte pflanzen lassen, würden bald durch robustere Stiefmütterchen ersetzt, die den Winter überstehen konnten.

Das letzte Lunch-Geschirr war gespült, Beth trocknete ihre Hände ab und griff nach der Tube mit der Luxus-Handcreme, die ihre Mutter zusammen mit den Gummihandschuhen geschickt hatte. Die Gummihandschuhe vergaß Beth fast immer. Ihre Eltern waren wunderbar freigebig und mischten sich trotzdem nicht ein, weil sie Beth das Leben nicht unnötig schwer machen wollten.

Ganz im Gegensatz zu ihren Schwiegereltern Lois und Barnaby King.

Aber während Beth wirklich dankbar für die Großzügigkeit ihrer Eltern war, die aus dreihundert Meilen Entfernung kam – sie hatten sich in wärmere Gefilde an der Südküste zurückgezogen –, fiel es ihr schwer, für Lois' ›Haustürangebote‹ dieselbe Begeisterung aufzubringen. Lois gab sich zu viel Mühe und vermittelte Beth dadurch das Gefühl, ein Fall für die Wohltätigkeit zu sein. »Ist das zu glauben?«, hatte Lois im April gesagt. »Ich habe gerade unsere Vorräte im Supermarkt aufgestockt, und dann kommt Barnaby ohne jede Vorwarnung auf die Idee, übers Osterwochenende mit mir wegzufahren. Nimm du die Sachen, du weißt, wie sehr ich es hasse, Lebensmittel verderben zu lassen.«

Es wäre unhöflich gewesen, die milden Gaben nicht anzunehmen, insbesondere da Beth wusste, dass es Lois nur gut meinte. Sie hatte es immer gut gemeint. Seit Adams Tod vor elf Jahren sah sie es als ihre Pflicht an, sich um die Witwe ihres Sohnes und um ihren einzigen Enkel zu kümmern. Gelegentlich stellte Beth Lois' Motive insgeheim in Frage, aber sie verabscheute sich selbst für ihren Zynismus. Das, was Lois tat, war gut und redlich, und sie müsste sich glücklich schätzen, so hilfsbereite Schwiegereltern zu haben. Nichts war ihnen jemals zu viel, und da sie nur ein paar Meilen entfernt in Stapeley wohnten, waren sie immer für Beth da. Oft schickte Lois Barnaby zu Beth, damit er einen tropfenden Wasserhahn reparierte oder ein kaputtes Fenstersims auswechselte. »Himmel! Denk gar nicht dran, deswegen einen Handwerker zu bestellen, die schreiben dir horrende Rechnungen. Lass das Barnaby machen. Du weißt, dass Adam es so gewollt hätte.«

Nach all den Jahren ohne Adam konnte Beth nicht mit Sicherheit sagen, ob Lois Recht damit hatte. Hätte er wirklich gewollt, dass seine Eltern eine so zentrale Rolle in ihrem Leben spielten? Oder würde er vielmehr erwarten, dass sie sich neu orientierte?

»Neu orientieren« war zu einem ärgerlichen Klischee für Beth geworden. Alle hatten ihr nahe gelegt, sich neu zu orientieren und in ihrem Leben weiterzumachen: ihre Mutter, ihre Freunde, die Kollegen – genau genommen jeder, der meinte, sie sollte längst wieder verheiratet sein. Oder zumindest einen Lebensgefährten haben. »Du wirst nämlich nicht jünger, Beth«, hatte Simone, ihre beste Freundin, erst letzten Monat bei einem Anruf gesagt. »Du bist dreiundvierzig, nicht dreiundzwanzig, für den Fall, dass dir das entgangen sein sollte.«

»Tolle Aussichten, dass das jemals passiert«, hatte Beth darauf erwidert und sich insgeheim gewünscht, ein Sandsturm würde das Haus ihrer Freundin in Dubai hinwegfegen, in dem sie derzeit mit ihrem Mann Ben wohnte.

»Glaubst du vielleicht an die unzutreffende Theorie, dass die Auswahl an verfügbaren Männern mit dem Alter größer wird?«

»Nein, ich bin nur wählerisch. Bisher bin ich niemandem begegnet, der Adam das Wasser reichen könnte.«

»Unsinn! Du hast niemanden nahe genug an dich herangelassen, um feststellen zu können, ob er sich mit ihm messen könnte. Du bist ein Feigling.«

Simones Worte kamen der Wahrheit beunruhigend nahe. Furcht und Schuldgefühle hatten Beth davon abgehalten, einen neuen Partner zu suchen. Allein der Gedanke, Adam untreu zu werden, schreckte sie ab.

Nach seinem Tod hatte sich Beth darauf gestürzt, Nathan zu umsorgen. Der Junge war damals erst sechs gewesen und viel zu jung, um den Schmerz des Verlustes richtig zu spüren, aber alt genug, um zu begreifen, dass sich sein Leben und das seiner Mutter geändert hatte. Sechs Monate nach der Beerdigung verließen sie ihr hübsches Haus auf dem Land mit dem schönen Garten und bezogen eine Wohnung im ersten Stock eines Hauses in Maywood. Das Geld war knapp. Adam hatte ohne Beths Wissen eine zweite Hypothek auf das Haus aufgenommen und ihre wenigen Ersparnisse in ein Unternehmen investiert, das absolut nicht gut lief. Beth brauchte einige Zeit, um einen Job zu finden, aber ihre Beharrlichkeit zahlte sich letzten Endes aus: Sie bekam eine großartige Anstellung im erst kürzlich erweiterten Gesundheitszentrum der Stadt. Seither arbeitete sie dort und war glücklich damit – die Arbeitszeiten waren flexibel, und das freundschaftliche Verhältnis unter den Kollegen war gut für ihr Selbstwertgefühl. Auch für ihre geistige Gesundheit.

Ihr Privatleben war weit weniger befriedigend: Von ihrem Gehalt als Sprechstundenhilfe konnte sie sich nicht viel leisten und kaum etwas unternehmen. Sie musste jeden Penny zweimal umdrehen – ein bescheidener Kinobesuch und ein Babysitter für den Abend kostete fast so viel wie ein neues Paar Schuhe für Nathan. Eigenartigerweise bot Lois, die ansonsten immer so hilfsbereit war, nie an, auf Nathan aufzupassen, damit Beth abends ausgehen konnte. Sie sprachen zwar nie darüber, aber Beth hatte den starken Verdacht, dass es ihrer Schwiegermutter gar nicht recht wäre, wenn sie einen anderen Mann kennen lernen würde. Für Lois war es unvorstellbar, dass Beth ihren Adam durch einen anderen ersetzen könnte.

Aber Beths Freunde sahen das anders, und es dauerte nicht lange, bis sie andeuteten, dass sie allmählich wieder anfangen könnte, sich mit Männern zu treffen. Beth bekam Einladungen zu Dinnerpartys, bei denen sie ungebundenen Männern vorgestellt wurde. Simone hatte ihr etliche unpassende Kandidaten präsentiert. Beth war es ein Rätsel, woher ihre Freundin die vielen allein stehenden Typen nahm. In den ersten Jahren gediehen nur wenige Bekanntschaften weiter als bis zur zweiten Verabredung. Der erste Mann, mit dem Beth ausging, führte sie zum Abendessen in Chester aus. Gerade als sie zu der Ansicht kam, dass er beinahe »viel versprechend« sein könnte, hatte er sich zu ihr geneigt und sie nach ihren sexuellen Fantasien gefragt. Sie ließ sich nicht anmerken, wie schockiert sie war, und erklärte ihm, dass ihr ein frühes Zubettgehen mit einem guten Buch genüge. Ein anderer langweilte sie zu Tode mit seinen endlosen Angebereien über seinen hochdotierten Job und der Politik zwischen den einzelnen Abteilungen in seinem Unternehmen. Beth musste ein Gähnen unterdrücken, dann nickte sie und sagte ihm, was er ihrer Meinung nach mit alldem klar machen wollte.

Als sie es satt hatte, Männer abzuwehren, mit denen sie rein gar nichts zu tun haben wollte, schlug sie Simones Einladung aus und benutzte Nathan als Ausrede. »Tut mir Leid, Simone, ich muss Nathan an diesem Abend zu einem Treffen fahren.« Oder: »Schade, ich habe Nathan versprochen, mit ihm noch mal den Lehrstoff durchzugehen – er hat bald die nächste Prüfung.«

Simone war nicht dumm und erinnerte Beth unaufhörlich daran, dass die Zeit nicht für eine Frau arbeitete, besonders nicht für eine allein stehende Frau. Schließlich sagte sie: »Wie lange gedenkst du, deinen Sohn auf diese schändliche Weise zu benutzen? Welche Ausreden lässt du dir einfallen, wenn er von zu Hause weggeht? Willst du dich in eine exzentrische alte Frau verwandeln, die streunende Katzen von der Straße aufliest und Marmelade einkocht, die kein Mensch jemals essen wird?«

»Alles wäre besser als die ellenlangen Tiraden einer so genannten Freundin. Und wenn du es wirklich wissen willst: Ich schiebe die Dinge auf, bis es mir besser in den Kram passt.«

»Wie wir alle wissen, meine liebe, irregeleitete Beth, stehlen einem Zaudern und Zögern die Zeit.«

Beth war sich im Klaren, dass Simone Recht hatte, sie versteckte sich tatsächlich hinter Nathan. Viele Eltern hatten mit Problemen zu kämpfen, wenn ihr Nachwuchs flügge wurde und das Nest verließ, und Beth wusste, dass sie, weil sie und Nathan sich so nahe standen, im nächsten Jahr eine sehr schmerzhafte Zeit durchmachen würde, wenn er zur Universität ging. Sie hatte nie unter Einsamkeit gelitten – hauptsächlich weil sie keine Zeit für einen solchen Luxus hatte –, aber das könnte sich ändern, wenn Nathan in ein andere Stadt zog. Der gesunde Menschenverstand sagte ihr, dass ihr gar nichts anderes übrig blieb, als die Lücke zu füllen, die seine Abwesenheit verursachen würde.

Als Vorbereitung auf diese Veränderung hatte sie heute Morgen einen bedeutenden Schritt getan, der, wie sie hoffte, ihren Horizont erweitern konnte. Sie wollte sich einer Gruppe werdender Schriftsteller anschließen, die sich »Verborgene Talente« nannte. Ihr hatte das »Kritzeln«, wie sie es nannte, immer Vergnügen bereitet. Nach Adams Tod hatte sie damit begonnen: Wenn sie nachts nicht schlafen konnte, hatte sie ihre Gedanken, die sie wach hielten, zu Papier gebracht. Es war eine beruhigende Läuterung. Und bald war sie so selbstbewusst, ihre Randnotizen in Kurzgeschichten zu verwenden. Mittlerweile hatte sie eine ganze Sammlung davon, aber außer ihr hatte diese Geschichten niemand gelesen. Und bestimmt würde sie auch kein Mensch zu Gesicht bekommen. Diese unbeholfen zusammengezimmerten Entwürfe befassten sich mit der Vergangenheit. Jetzt wollte sie etwas schreiben, das das Leben reflektierte, das noch vor ihr lag.

Heute Morgen hatte sie Simone bei ihrem vierzehntäglichen Telefonat von den *Verborgenen Talenten* erzählt.

»Schön«, befand Simone. »Sind auch Männer in der Gruppe?«

»Keine Ahnung. Unser erstes Treffen findet nächste Woche statt.«

»Was tust du sonst noch, um dich zu beschäftigen?«

»Genügt das nicht für den Anfang?«

»Sag du es mir.«

»Liebe Güte, du überlässt das mir? Was ist in dich gefahren? Hat die Sonne dein Gehirn versengt?«

»Mann, falls ja, wird es wohl Zeit, nach Hause nach Cheshire zu kommen.«

Auch wenn Simone ganz schön tyrannisch sein konnte, war sie eine wunderbare Freundin, und Beth vermisste sie sehr.

Sie schraubte die Kappe auf die Handcremetube und legte sie auf das Fenstersims. Sie schaute aus dem Fenster und sah einen blonden Mann auf einer der Parkbänke sitzen; er hatte zwei Kinder bei sich. Eine Weile beobachtete Beth, wie das kleinere und blondere der beiden Mädchen versuchte, ein Blatt, das im Wind durch die Luft tanzte, zu fangen. Beth fragte sich, wo die Mutter war, und schalt sich sofort, weil sie automatisch davon ausging, dass die Mädchen eine Mutter hatten. Sie ärgerte sich immer, wenn die Leute wie selbstverständlich annahmen, dass sie einen Mann hatte.

Sie fixierte noch immer den Mann und die beiden Kinder, als ihr einfiel, dass Nathan heute den ganzen Nachmittag weg sein würde und sie versprochen hatte, ihre Nachbarin im Parterre zu besuchen.

Adele – Miss Adele Waterman – war ein Jahr nach Beth und Nathan ins Haus gezogen, deshalb waren sie nicht nur langjährige Nachbarinnen, sondern auch gute Freundinnen. Zu Beths Leidwesen hatte die alte Lady jetzt, da sie vierundachtzig geworden war, beschlossen, das Feld zu räumen: Sie wollte ihre Wohnung auf den Markt bringen und sich in ein Seniorenheim einkaufen. »Ich mache mir keine Illusionen, dass mein Neffe sich mit mir belasten will. Er hat nicht einmal Zeit, mich zu besuchen, deshalb gebe ich sein Erbe auf die schnellstmögliche Art aus«, hatte sie Beth kichernd gestanden.

Beth nahm eine Dose mit selbst gemachtem Schokoladenkuchen in die Hand und verließ die Wohnung. Sie hoffte, dass Nathan später einmal besser mit ihr umging als dieser Neffe mit Adele.

Kapitel vier

Jack Solomon schaltete das Autoradio aus, bevor Jimmy Ruffins »What Becomes of the Broken Hearted?« Schlimmes anrichten konnte. Die Ampel wechselte auf Grün, und Jack trat aufs Gaspedal.

Es war ein typischer langweiliger Montagnachmittag. Und es war sein Geburtstag. Er wurde sechsunddreißig, fühlte sich jedoch wie sechsundsechzig und war sicherlich nicht in der Stimmung zu feiern. Die Mädchen im Büro hatten ihn mit einer Karte und einer CD überrascht; er war gerührt über ihre Aufmerksamkeit, allerdings hatte ihn die Wahl der CD weniger begeistert. Er hatte nichts gegen Britney Spears, aber es war ein wenig zu klischeehaft, dass Männer seines Alters Musik hörten, die auf ein viel jüngeres Publikum abzielte. Es gab nichts Schlimmeres als einen Mann in den mittleren Jahren, der versuchte, hip zu sein. Ein schiefes Lächeln kräuselte seine Lippen. Diese Beschreibung würde genau auf Tony, diesen Mistkerl, passen.

Er spürte plötzlich die Verspannung in seinen Schultern und lockerte die Hände, die das Steuerrad umklammerten. Ich darf nicht an Tony denken, sagte er sich. Doch die Ermahnung fruchtete nicht. Jetzt, da sich der Gedanke in seinem Bewusstsein verankert hatte, würde er dort stecken bleiben, bis Jack ihn wieder aus dem System bekam.

Tony Gallagher ... der beste Freund, den er jemals gehabt hatte. Früher waren sie unzertrennlich gewesen. Sie waren zusammen aufgewachsen, hatten gemeinsam gespielt und gelernt. Ihre erste Zigarette, ihr erstes Bier, der erste Kater – praktisch hatten sie alle Riten zum Erwachsenwerden zu zweit erlebt. Aber Tony hatte diese »Zugehörigkeit« und das »was dein ist, ist auch mein« zu weit getrieben und zu wörtlich genommen.

Vor einem knappen Jahr war Jack an einem heißen Nachmittag früh aus dem Büro nach Hause gekommen und hatte Tony mit Maddie im Bett vorgefunden. Wie sich herausstellte, schliefen sie schon seit sechs Monaten miteinander, und der dumme alte Jack war vollkommen ahnungslos.

Der dumme alte Jack Solomon, genau das war er. Zu blind, um mitzubekommen, was sich direkt vor seiner Nase in seinem eigenen Haus abspielte. Zu überzeugt von seinem alten Freund, um damit zu rechnen, dass er ihn jemals betrügen würde. Andere Männer sanken auf dieses Niveau herunter, aber doch nicht Tony. Zugegeben, er war ein Draufgänger, aber er zählte zu den guten Jungs. Er benahm sich, als gehörte ihm die Welt, und strahlte Selbstsicherheit aus, und das zog die Menschen zu ihm hin – er war ein Mann, auf den man sich verlassen konnte.

So was kommt vor. Ehen zerbrechen ständig ... offensichtlich. Jack würde jedem selbstgefälligen Trottel, der so einen Unsinn von sich gab, am liebsten ins Gesicht schlagen. »So was kommt vor«, war ein Satz, der ihn darüber hinwegtrösten sollte, dass er seine Frau verloren hatte und seine Töchter nur jedes zweite Wochenende sehen konnte. Seit er dazu verdammt war, ein Teilzeit-Vater zu sein, war er gezwungen, seine Kinder durch Themenparks, ins Kino, auf Bowlingbahnen und in Fastfood-Restaurants zu schleifen. Wenn er nie mehr Burger oder Milchshakes bestellen müsste, wäre er ein glücklicher Mann. Nein, das stimmte nicht. Es wäre eine ganze Menge mehr nötig, um ihn wirklich glücklich zu machen.

Amber und Lucy waren am letzten Wochenende bei ihm gewesen, und zum Glück hatte das Wetter mitgespielt, so dass es nicht so schlimm war, aus dem Haus zu gehen. Im Laufe des letzten Jahres war Jack zum fanatischen Zuschauer des Wetterberichts geworden: Wenn Regen vorhergesagt wurde, musste er sich etwas einfallen lassen, was er mit den Kindern im Haus tun konnte; wenn es trocken sein sollte, plante er einen Ausflug.

Am Samstag ging er mit den Mädchen in den Park in Maywood. Lucy hatte ihren Spaß, aber sie war auch erst sieben und freute sich, wenn sie die Enten füttern und schaukeln konnte. Amber hingegen war schon elf und fast zu groß für derlei kindliche Vergnügungen. Während Lucy den Enten die Brotstücke zuwarf, saß Amber mit ihrem Vater auf einer Bank und sah ihrer kleinen Schwester voller Verachtung zu. Als Lucys Vorrat an Brot erschöpft war, hüpfte sie strahlend auf die Bank zu.

»Können wir jetzt gehen?«, fragte Amber, stand auf und verschränkte die Arme vor der Brust. »Mir ist kalt.«

»Aber ich möchte noch schaukeln«, schmollte Lucy.

»Dad hat gesagt, dass ich schaukeln darf.« Sie sah Jack mit großen, flehenden Augen an.

»Fünf Minuten schaukeln«, bestimmte er, »und dann darf Amber entscheiden, was wir als Nächstes tun.«

Der Frieden war gewahrt, und Amber wollte in die Innenstadt und zu McDonald's. Während der ganzen Zeit spürte Jack eine gewisse Spannung zwischen seinen Töchtern, und als er das Tablett mit Burgern, Pommes, Nuggets und Milchshakes auf den Tisch stellte, an dem sie saßen, hörte er, dass Amber Lucy zurechtwies.

»Was ist los?«, wollte er wissen.

»Nichts«, erwiderte Amber und übernahm die Rolle der Tischaufsicht, öffnete die Schachtel mit den Nuggets und reichte sie ihrer Schwester.

»Für mich sieht das aber nicht nach nichts aus«, beharrte Jack und legte den Arm um Lucy. »Was läuft, Luce?« Er sah, wie Amber ihr einen warnenden Blick zuwarf, und als Lucy zu weinen anfing, sagte er: »Okay, das reicht. Was geht hier vor?«

»Ich habe nur gesagt, dass ich mich auf unseren Urlaub freue«, schniefte Lucy.

»Auf welchen Urlaub?«, fragte Jack und tupfte ihr die Tränen mit einer Papierserviette aus den Augen.

Lucy nahm die Serviette und putzte sich die Nase. »Tony fährt mit uns in den Herbstferien nach Disney World. Wir fahren nach Amerika.«

»Das ist schön.« Jack zwang sich, diese Worte über die Lippen zu bringen. Er packte seinen Burger aus, obwohl er wusste, dass er jetzt keinen Bissen mehr herunterbekam.

»Also, ich fahre nicht mit!«, verkündete Amber. Sie bog sich eine lange Pommes zurecht und stopfte sie in den Mund. »Ich bleibe in den Herbstferien bei Dad. Ich würde nicht mal nach Amerika fliegen, wenn man mir Geld dafür geben würde.«

Braves Mädchen, hätte Jack am liebsten gejubelt. Aber er tat es nicht. Nicht, solange Lucy wieder den Tränen nahe war. Sein Herz flog beiden zu, und sie taten im Leid, weil sie derart in der Klemme steckten. »Steht es denn schon fest?«, fragte er, um Zeit zu gewinnen. »Hat Tony alles gebucht?«

Amber zuckte mit den Schultern und griff nach ihrem Milchshake.

Lucy nickte. »Er hat uns ein Bild von dem Hotel gezeigt, in dem wir schlafen. Es ist riesig. Und da gibt's einen Pool mit einer Rutschbahn und ...«

»Halt die Klappe, Lucy.«

»Amber, sprich nicht so mit deiner Schwester.«

Sie sah ihn verletzt an.

Verdammt! Er ging nicht gerade gut mit dieser Situation um. Die arme Amber versuchte nur, loyal ihm gegenüber zu sein. »Entschuldige, Schätzchen«, sagte er. »Ich wollte dich nicht so anfauchen. Wie schmeckt dein Essen? Ist der Burger gut?«

Er fuhr sie am nächsten Tag nach Prestbury, wo sich Maddie mit Tony niedergelassen hatte. Ihr neues Heim war ein modernes Haus mit gigantischen Ausmaßen und einem elektrischen Tor, das schon jenseits des guten Geschmacks lag. In Anlehnung an »Dallas« hatte Jack dem Anwesen den Spitznamen Southfork verpasst. Nach allem, was ihm die Mädchen erzählt hatten, gab es sechs Schlafzimmer, drei Bäder, ein Wohnzimmer in der Größe eines Fußballfeldes und eine Sauna, in der man die Sorgen und Ärgernisse des Tages ausschwitzen konnte. Yippity-do, hatte es Tony Gallagher nicht weit gebracht? Tony hatte – immer ambitioniert und immer auf der Suche nach der Möglichkeit, schnelles Geld einzustreichen – nach seiner Rückkehr aus einem Thailand-Urlaub ein Unternehmen gegründet, das asiatische Teppiche, Möbel und Schnickschnack importierte. Das war Anfang der Neunziger, und die Geschäfte liefen gut; jetzt besaß er eine ganze Kette von Läden im Nordwesten. O ja, Tony Gallagher hatte etwas aus sich gemacht, und es ging ihm gut. Zu verdammt gut.

Tony öffnete die Tür, und Jack musste seine ganze Willenskraft aufbringen, um den aufgeblasenen Unhold nicht gegen die teure Tapete zu schleudern und sie mit seiner Hirnmasse zu beschmieren.

»Ich hab gehört, ihr fahrt nach Disney World«, sagte Jack mit falscher Jovialität, als er den Mädchen ihre Wochenendtaschen reichte. Statt hinauf in ihre Zimmer zu laufen wie sonst, lungerten sie noch im Flur herum.

»Ja«, antwortete Tony. »Ich dachte, es würde Maddie und den Mädchen gut tun. Ein bisschen Sonne, die uns alle aufheitert.«

»Du überraschst mich. Ich dachte, du hättest alles, was du dir jemals gewünscht hast und was dich glücklich macht.« Der sarkastische Ton trug ziemlich weit und rief Maddie auf den Plan. Als ob sie spürte, dass es gleich Ärger geben würde, stellte sie sich zwischen die beiden Mädchen und legte die Hände auf ihre Schultern. Sogar jetzt noch und trotz der Bitterkeit, die ihn schier verzehrte, erinnerte sich Jack an die leidenschaftliche Liebe, die er einmal für sie empfunden hatte. Sie war noch so schlank wie an dem Tag, an dem sie sich kennen gelernt hatten, und genau so hübsch. Die

Mädchen hatten ihren zarten Knochenbau, ihren klaren Teint und ihre blassblauen Augen geerbt. Bei ihren gemeinsamen Ferien in Griechenland hatte man sie oft für eine Skandinavierin gehalten.

»Alles in Ordnung?«, fragte sie, und ihre kühle, energische Art machte ihm deutlich, dass er sich mäßigen sollte.

»Oh, alles bestens, Maddie. Es gibt nichts, worüber du dir Sorgen machen müsstest. Aber es wäre nett gewesen, wenn du mich über eure Pläne für die Herbstferien informiert hättest. Aber, hey, Amber und Lucy haben mir davon erzählt, also ist alles okay, oder?« Und weit weniger schneidend sagte er: »Gute Nacht, Kinder. Wir sehen uns, wenn ihr wieder zurück seid.«

Er trat einen Schritt vor, um ihnen einen Abschiedskuss zu geben, aber Amber befreite sich aus dem Griff ihrer Mutter und sagte: »Du kannst noch nicht gehen, Dad. Lucy und ich haben was für dich.« Sie rannte die Treppe hinauf und war nach wenigen Sekunden wieder da. Sie überreichte ihm ein Geschenk. Den Mengen von Tesafilm und den bauschigen Papierrändern nach zu schließen, hatte sie Ewigkeiten gebraucht, um das Geschenk zu verpacken. »Alles Gute für deinen Geburtstag morgen, Dad.« Sie drückte ihn ganz fest. Als sie ihn losließ, drehte sie sich um und bedachte Maddie und Tony mit einem trotzigen Blick.

Auf der Heimfahrt war Jack den Tränen nahe. Er konnte an nichts anderes denken als daran, welchen Schaden seine und Maddies Trennung den Kindern zugefügt hatte. Die arme Lucy fühlte sich so schuldig, weil sie sich auf Orlando freute, und Amber weigerte sich trotzig mitzufahren, obwohl sie wusste, dass ihr gar nichts anderes übrig blieb. Und wie lange hatte sie die kleine Szene, ihm das Geschenk im Beisein von Maddie und Tony zu geben, vorher im Geiste geprobt?

Jack wusste, dass er mit dem, was geschehen war, fertig werden und einen Weg finden musste, die Wut und die Verbitterung loszuwerden.

Jetzt, am Montagnachmittag, stellte er seinen Wagen vor Maywood Park House 10a ab, in dem Miss Waterman wohnte. Schade, dass er nicht den Auftrag hatte, das ganze Haus zum Verkauf anzubieten, aber eine Wohnung in dieser Gegend würde sicher schnell einen Käufer finden, solange Miss Waterman realistische Vorstellungen hatte, was den Preis betraf. Es zahlte sich nie aus, ihn zu hoch anzusetzen. Er hoffte, dass die alte Lady keine habgierigen Verwandten hatte, die sie zu manipulieren versuchten. Und außerdem hoffte er, dass sie nicht zu hinfällig war, ihm eine Tasse Tee aufzubrühen; er war am Verdursten.

Er nahm sein Clipboard und das Maßband vom Beifahrersitz, stieg aus und schloss den Wagen ab. Dann inspizierte er mit professionellem Blick den Vorgarten, der sehr gepflegt war. Lorbeerbüsche und Flieder schirmten die Fenster der Parterrewohnung vor neugierigen Blicken ab; ein Beet mit blühenden Stauden säumte den Weg zur Rechten. So weit, so gut. Jack fragte sich, wer für die Gartenpflege zuständig war. Bestimmt nicht die ältere Dame. Ein Gärtner vielleicht? Er ging die drei Stufen zur Haustür mit dem Originaloberlicht aus buntem Bleiglas hinauf. Auch das war ein gutes Zeichen. Es gab zwei Klingelknöpfe – einen für 10a und einen für 10b. Er drückte auf den unteren, zupfte seine Krawatte zurecht und versuchte sich Miss

Waterman vorzustellen. Ihre Stimme am Telefon hatte wie die einer typischen lieben alten Lady geklungen. Er sah sie in einer hochgeschlossenen Rüschenbluse mit Perlenkette und einer hellen mauvefarbenen Strickjacke vor sich, aus deren Tasche ein besticktes Taschentuch hervorlugte. Möglicherweise rollte aber auch ein Wollknäuel durch die Wohnung, und es roch nach Katzenklo, Mottenkugeln und Halspastillen.

Die Tür ging auf. »Äh … Miss Waterman?« Entweder hatte seine Klientin ein Vermögen für Schönheitsoperationen ausgegeben und machte eine superwirksame Hormontherapie, oder dies war eine Verwandte, die herbeigerufen worden war, um ein Auge auf den potentiell betrügerischen Immobilienmakler zu haben. Sie war eine attraktive Frau mit hellen gewellten Haaren, schulterlang und hinter die Ohren gesteckt, und freundlichem Gesicht. Der schwarze Hosenanzug, der sich an ihren Körper schmiegte, stand ihr sehr gut. Sie kam ihm vage bekannt vor, aber ihm fiel nicht ein, wo er sie schon gesehen haben könnte. Möglicherweise war sie einmal in seinem Büro gewesen.

»Nein, ich bin nicht Miss Waterman«, sagte sie, »ich bin eine Nachbarin. Ich bewohne die obere Etage, und dort hält sich Miss Waterman gerade auf. Ich fürchte, ihr Heizkessel streikt, und ich habe darauf bestanden, dass sie sich bei mir ins Warme setzt. Sie müssen Mr. Solomon sein.«

»Der bin ich. Ich wusste gar nicht, dass es noch solche Nachbarinnen wie Sie gibt.«

»Wir sind gute Freundinnen, das hilft. Zum Glück hatte ich heute Nachmittag frei. Kommen Sie rein.« Sie machte die Tür hinter ihm zu und führte ihn durch den

Flur zur Wohnung 10a. Ihre Absätze klapperten auf dem im Schachbrettmuster verlegten Steinboden.

Jack registrierte erfreut, dass in der Wohnung die meisten originalen Merkmale erhalten geblieben waren. Er blieb einen Moment stehen, um die Proportionen und Besonderheiten des Wohnzimmers auf sich wirken zu lassen: das Erkerfenster, den Kamin, die hohe Decke, die Stuckarbeiten.

»Miss Waterman hat mich angewiesen, bei Ihnen zu bleiben«, sagte die Frau. Sie hatte neben dem Babyflügel, auf dem eine Sammlung gerahmter Schwarzweißfotos und eine Vase mit Seidenblumen standen, Posten bezogen.

»Das ist auch ganz richtig so«, befand Jack. »Ich könnte wer weiß wer sein.« Er holte eine Visitenkarte aus der Brusttasche seines Anzugs und reichte sie ihr. Sie nahm sie mit der linken Hand entgegen, und ihm fiel auf, dass sie keine Ringe trug – dies war eine Fähigkeit, die er sich angeeignet hatte, seit er allein lebte: Er entdeckte einen Ehering aus fünfzig Schritt Entfernung.

Sie las, was auf der Visitenkarte stand, und sagte: »Nun, Mr. Jack Solomon von Norris and Rowan, Immobilienmakler« – ihre Stimme klang schelmisch –, »ich habe auch Anweisung, Ihnen einen Tee anzubieten, wenn Sie hier fertig sind. Miss Waterman hat in diesem Punkt nicht lockergelassen. Und ich soll Ihnen klar machen, dass sie wegen Ihrer Provision harte Verhandlungen zu führen gedenkt. Sie sind also vorgewarnt.«

Und du wirst dafür sorgen, dass sie das auch wirklich tut, dachte Jack, während er sich Notizen auf dem Clipboard machte. Aber statt feindselige Gefühle gegen Miss Watermans hilfsbereite Nachbarin zu hegen, erwärmte sich sein Herz für sie. Er huschte um die antiken Möbel herum und passte höllisch auf, nichts umzustoßen, während er das Maßband ein Stück aus der Spule zog und das Ende am Teppichrand festhakte, der genau an die Wand reichte. Das Ausmessen erwies sich als ziemlich schwierig, weil überall etwas herumstand. Eckschränke und Vitrinen mit Glastüren waren voll gestopft mit Porzellan und Glas. Auf Tischen – großen und kleinen – standen Lampen mit Seidenschirmen und noch mehr Porzellan.

»Brauchen Sie Hilfe?«, fragte die Nachbarin.

»Nur, wenn es Ihnen nichts ausmacht.«

»Die Bewegung wird mich warm halten.«

Nachdem das Wohnzimmer ausgemessen war, gingen sie ins Esszimmer, das ebenfalls voll mit Möbeln und ein echtes Minenfeld von Krimkrams war, der nur darauf wartete, zerschmettert zu werden. »Und was machen Sie, wenn Sie sich nicht um Ihre Nachbarin kümmern?«, erkundigte sich Jack, als er das Band wieder aufrollte.

»Ich arbeite im Gesundheitszentrum in der Stadt. Ich bin das, was viele Leute den alten Drachen nennen.«

Er zog eine Augenbraue hoch. »Wieso das?«

»Ich bin Sprechstundenhilfe, und die meisten Patienten bilden sich ein, es würde mir ein perverses Vergnügen bereiten, sie möglichst lange davon abzuhalten, ihren Arzt sprechen zu dürfen.«

Ah, dort hatte er sie also schon einmal gesehen.

Die Besonderheiten der Wohnung aufzunehmen dauerte nicht so lange, wie er befürchtet hatte, und schon bald wurde er in die obere Etage geführt, wo er Miss Waterman treffen sollte. Erst als er im Flur von

10 b stand, realisierte er, wie kalt ihm in der unteren Wohnung geworden war. Die Wärme hüllte ihn ein genau wie die neue Umgebung. Ein heimeliger Geruch lag in der Luft, und Jack fühlte sich sofort behaglich. Miss Watermans Wohnung war im Gegensatz zu dieser für seinen Geschmack zu formell und gekünstelt. Er dachte an sein eigenes modernes Stadthaus, das er gemietet hatte, und ihm wurde bewusst, was er lange ignoriert hatte: dass er es nicht sehr mochte. Es war kein Heim, nur eine Notunterkunft – ein Platz, an dem man sich aufhielt, bis man etwas Besseres fand. Nach Maddies Auszug hatte er ihr gemeinsames Haus fast sofort verkauft, weil es zu schmerzlich war, dort ganz allein zu leben. Maddie nahm den Anteil des Verkaufserlöses nicht an, und anfangs war er wütend deswegen. Es war, als wollte sie mit dem Reichtum und dem Status protzen, den sie durch das Zusammensein mit Tony Gallagher erlangt hatte.

»Sind Sie das, Beth?«, rief eine Stimme.

»Ja, und ich habe Mr. Solomon mitgebracht.«

Als er den großen L-förmigen Wohnraum der Wohnung betrat, in dem offensichtlich gelebt, gegessen und gekocht wurde, stand er zum ersten Mal seiner Klientin gegenüber. Sie saß vor einem Holzofen, und Jack wäre beinahe wie angewurzelt stehen geblieben, als sein Blick auf sie fiel. Es war unglaublich, aber sie sah haargenau so aus, wie er sie sich vorgestellt hatte – bis hin zu der Perlenkette und der Farbe ihrer Strickjacke. Wirklich sonderbar! Eins zu null für seine lebhafte Fantasie.

»Guter Gott, Mr. Solomon, Sie sehen aus, als wären Sie einem Gespenst begegnet.«

Lächelnd streckte er die Hand aus. »Ganz und gar

nicht, Miss Waterman. Es freut mich, Sie kennen zu lernen.«

»Ich hatte vor, Sie selbst durch die Wohnung zu führen, aber davon wollte Beth nichts hören. Sie ist ein solcher Schatz. Ich werde sie schrecklich vermissen, wenn ich ausziehe.«

Während er und Miss Waterman über den Verkauf der Wohnung und das heikle Thema Provision sprachen, bemerkte Jack, dass die Nachbarin seiner Klientin leise in der Küche herumhantierte, Tee kochte und Kuchen auf einer Platte arrangierte. Er wärmte sich am Holzofen und fühlte sich absurd wohl. Die Wohnung strahlte etwas Beruhigendes aus, obwohl die Einrichtung nicht außergewöhnlich war – wenn überhaupt, dann war sie an der Grenze zum Schäbigen; billige, cremefarben lackierte Fichtenholzeinbauten im Küchenbereich, die dringend einen neuen Anstrich benötigten, in dem Regal neben dem offenen Kamin standen wirr durcheinander Kochbücher, Fotografien, CDs und Geschirr, das nicht zusammenpasste, die Sofapolsterung war klumpig, der Bezug abgenutzt wie die Teppiche auf dem Holzboden, und auf dem blau und weiß gemusterten Tuch, das den Esstisch bedeckte, waren unzählige Kerzenwachsflecken. Kurz gesagt, es war einer der gemütlichsten und bezauberndsten Wohnräume, die er je betreten hatte.

Aus den Augenwinkeln sah er, wie Beth das Teetablett hochhob. »Moment, lassen Sie mich das machen.« Er nahm ihr das Tablett ab, und dabei fiel ihm auf, welchen Ausblick man aus dem Küchenfenster hatte. Er fragte sich, ob Beth ihn am Samstag mit den Mädchen im Park gesehen haben könnte.

»Das war köstlich«, sagte er, nachdem er zwei Stücke Kuchen gegessen und Tee getrunken hatte, »aber ich muss jetzt wirklich gehen. Ich wünschte, all meine Termine wären so angenehm.« Er meinte es ernst.

»Besteht die Chance, dass Sie ein Stückchen von Ihrer Wucherprovision heruntergehen – als Gegenleistung für unsere großzügige Gastfreundschaft?«

»Beth, meine Liebe, Sie sollten Mr. Solomon nicht so in Verlegenheit bringen.«

Er lächelte. »Vielleicht können wir uns kreativ zeigen, was das Marketingbudget betrifft. Kostenlose Zeitungsinserate im ersten Monat. Was sagen Sie dazu?«

Miss Waterman neigte den Kopf zur Seite. »Und ein Preisnachlass im Folgemonat?«

Die alte Lady war so scharfsinnig wie ihre Freundin. »Einverstanden, Miss Waterman. Aber ich bezweifle, dass es so lange dauern wird. Bei der exzellenten Lage werden wir Ihre Wohnung schnell verkauft haben.«

Er schüttelte den Frauen die Hände – erst seiner Klientin, dann der Nachbarin. »Vielen Dank für den Tee und Ihre Hilfe in der unteren Wohnung.«

Erst auf der Fahrt zurück ins Büro fiel ihm wieder ein, dass er heute Geburtstag hatte und dass Clare, seine Freundin – *Freundin*! selbst nach fünf Monaten hatte er sich noch nicht an diese Bezeichnung gewöhnt – am Abend etwas Besonderes für ihn kochen wollte. Jetzt wünschte er, er hätte nicht so viel Kuchen gegessen.

Kapitel fünf

Dulcie hörte im Garten das Telefon klingeln. Sie warf die Harke auf den Boden und wäre auf der Treppe fast gestolpert, als sie ins Haus lief. Sie hoffte inständig, dass Richard sich meldete.

Es war Dienstagmorgen; vier Tage waren seit Richards Herzanfall vergangen, und Dulcie hatte noch immer keine Nachricht von ihm – es hätte auch das Undenkbare passiert sein können, ohne dass sie davon erfahren hatte. Oft war sie versucht gewesen, im Krankenhaus anzurufen, aber sie wusste, wie schnell sich Klatsch verbreitete. Wenn sich eine unbekannte Frau nach einem männlichen Patienten erkundigte, konnte das nur eines bedeuten, und Dulcie mochte sich nicht ausmalen, wie Angela ein Gespräch unter den Schwestern mitanhörte, die sich gerade über ihren Mann und die Anruferin unterhielten.

Atemlos riss sie den Hörer an sich. Ehe sie irgendetwas sagen konnte, meldete sich eine Männerstimme, die sie nicht erkannte: »Hallo? Mit wem spreche ich?«

»Hier ist Mrs. Ballantyne«, antwortete sie verärgert über den aufgeblasenen Tonfall. »Und mit wem spreche *ich*?«

»Mein Name ist Victor Blackmore, und ich rufe wegen der Schriftstellergruppe an. Ich würde gern mehr Einzelheiten erfahren. Ist es eine ernsthafte Sache oder nur ein Vorwand für die Leute, sich zusammenzusetzen und bei endlos vielen Tassen Kaffee zu plaudern?«

»Ich bin sicher, dass es Kaffee für alle geben wird, die einen wollen«, erwiderte Dulcie kühl. Ihr Instinkt verriet ihr, dass dieser Mann kein großer Gewinn für Verborgene Talente wäre, »und zweifellos wird es einen lebhaften Austausch von Ansichten und Meinungen geben. Das ist immerhin Sinn und Zweck eines Autorenzirkels, zumindest zum Teil. Ich denke mal, dass die Gespräche so ernst sein werden, wie es die Teilnehmer zulassen.«

»Hmm ... Und was können Sie mir über die anderen Leute sagen, die sich für die Gruppe angemeldet haben? Ich möchte meine Zeit nicht mit irgendwelchen verschrobenen Typen verschwenden.«

Dulcie schnaubte vor Wut. »Ich finde, das ist keine faire Frage, Mr. Blackmere. Es hängt ganz davon ab, wie Sie das Wort ›verschroben‹ definieren.«

»Black*more*. Victor *Blackmore*. Vielleicht sollte ich das erklären. Ich arbeite an einem Roman, und ich möchte gern eine Expertenmeinung einholen. Welche Qualifikationen bringen Sie für die Leitung einer solchen Gruppe mit?«

Es war höchste Zeit, diesen grässlichen Kerl abzuwimmeln. Dulcie wollte unter gar keinen Umständen, dass er sich den Verborgenen Talenten anschloss. »Ich habe überhaupt keine Qualifikationen, Mr. Blackmore. Also, mir scheint, unsere kleine Gruppe wäre ganz und gar nicht das Richtige für Sie. Wir sind blutige Anfänger, und Sie haben offensichtlich schon Erfahrung.

Haben Sie schon mal daran gedacht, Ihren Roman einem Verleger vorzulegen, der dann ein professionelles Urteil abgeben kann?«

»Verleger! Was wissen die schon?«

Demnach hatte er es versucht, und sein Werk war abgelehnt worden. Dulcie entschied, hart zu bleiben. »Liebe Güte, ich muss auflegen, da ist jemand an meiner Tür. Auf Wiedersehen, Mr. Blackmore. Ich hoffe, Sie finden noch, was Sie suchen. Viel Glück beim Schreiben.« Sie legte mit einem Lächeln auf. Es war das erste Lächeln seit Tagen, und es fühlte sich gut an. Sie malte sich aus, wie sie Richard von diesem schrecklichen Mann erzählte und wie sie zusammen lachten. Sie liebte es, wenn Richard lachte: Dann zeigte sein Gesicht all die Heiterkeit, die seinem Wesen innewohnte.

Sie ging wieder in den Garten, um das restliche Laub zu harken. Es lag Regen in der Luft, trotzdem arbeitete sie weiter. Ihr wurde warm bei der Anstrengung. Sie fasste gerade nach den Griffen der übervollen Schubkarre, um sie zum Komposthaufen zu schieben, als das Telefon erneut klingelte.

Ich werde allmählich zu alt für so was, dachte sie, als sie in der Küche stand und um Atem rang, bevor sie den Hörer abnahm. Sie sollte sich einen schnurlosen Apparat anschaffen, wie es ihr Richard so oft geraten hatte.

»Mrs. Ballantyne? Hier ist noch einmal Victor Blackmore.«

Ihr Herz wurde schwer.

»Ich möchte noch ein paar Punkte mit Ihnen durchsprechen.«

»Heißt das, Sie wollen sich für unsere Gruppe anmelden?«

»Sagen wir, ich lasse es auf einen Versuch ankommen und warte ab, wie sich die Dinge entwickeln. Also, wie ist die Gestaltung?«

»Die Gestaltung?«

»Ich nehme doch an, dass Sie sich Gedanken darüber gemacht haben, oder? Wenn es keine Ordnung oder Struktur bei derlei Seminaren gibt, dann kann ich mir kaum vorstellen, dass etwas dabei herauskommt. Sie können mir glauben, dann endet das Unternehmen in einem kompletten Chaos. Ich habe jahrelange Erfahrungen in einer verantwortlichen Stellung gesammelt und weiß, wovon ich rede. Wie hoch ist die Gebühr, die Sie verlangen?«

»Nur ein kleiner Beitrag, der die Kosten für Kekse und Kaffee deckt. Ich dachte, ein Pfund wäre angebracht.«

Eine Viertelstunde später war sie mit ihrer Geduld am Ende und versuchte, Blackmore loszuwerden. Jetzt verwünschte sie sich fast für die Idee, einen Autorenzirkel zu gründen. Was hatte sie sich nur dabei gedacht? Und wenn noch mehr Typen wie Victor Blackmore teilnehmen wollten? Bisher war er die dritte Person, die fest zugesagt hatte. Einige andere hatten angefragt, aber die meisten waren auf der Suche nach einer Tagesbeschäftigung. »Ich fürchte, unsere Treffen finden abends statt«, hatte Dulcie ihnen klar gemacht. »Sonst könnten die Leute, die arbeiten müssen, nicht teilnehmen.« Außerdem wollte sie nicht, dass sich die Gruppe nur aus Rentnern oder jungen Müttern zusammensetzte, die sofort wieder weghasten mussten, um ihre

Kinder irgendwo abzuholen. Einige Interessenten waren erstaunt, dass sich die Gruppe nicht an einem öffentlichen Ort traf. Auch das hatte Dulcie mit Absicht so bestimmt. Die Größe der Gruppe war entscheidend. Wenn sie zu groß wäre, hätten etliche Teilnehmer keine Gelegenheit, ihre Werke vorzulesen, und würden sich dann ausgeschlossen fühlen. Die Atmosphäre würde entspannter sein, wenn nur wenige Menschen zusammenkamen, und sobald sich ein wenig Vertrauen aufgebaut hatte, konnten sich die Teilnehmer offener äußern – das war ungeheuer wichtig, wenn die zarte Knospe der Kreativität erblühen sollte.

Inzwischen regnete es in Strömen, daher gab Dulcie ihr Vorhaben, weiter im Garten zu arbeiten, auf und beschloss, stattdessen zu schreiben. Das bedeutete, sie brauchte eine Tasse Tee, um auf Touren zu kommen. Ein Keks oder zwei waren auch nicht zu verachten.

Sie trug das Teetablett ins Arbeitszimmer – wie die Küche bot es Ausblick auf den Garten. Die vorherigen Besitzer der Bloom Street 18, eines georgianischen Stadthauses inmitten von Maywood, hatten diesen Raum als Esszimmer genutzt, aber Dulcie hatte schon bei der ersten Besichtigung gewusst, dass er ihr Arbeitszimmer werden würde. Er war wunderschön geschnitten und sehr elegant. Sie hatte die Wände selbst in einem cremigen Buttermilch-Weiß gestrichen und einen königsblauen Teppich ausgesucht, der einen scharfen, aber klassischen Kontrast dazu bildete. Der Teppich war hoffnungslos unpraktisch – man sah jeden Fussel –, aber Dulcie liebte ihn. Er verlieh dem Zimmer die richtige Atmosphäre. Sie stellte das Tablett auf den Schreibtisch, der vor dem Fenster stand. Da das Regenwetter den Tag düster machte, knipste Dulcie die Lampen an und entfachte ein Feuer im Kamin. Sie hatte die Asche schon am Morgen ausgeräumt und musste deshalb nur ein Streichholz an das zerknüllte Zeitungspapier und die Späne halten.

Sie nahm einen Stift in die Hand und las das, was sie vor Richards Herzanfall geschrieben hatte. Sie hatte dem ungehobelten Victor Blackmore erzählt, dass sie keine Qualifikation besaß, eine Schriftstellergruppe zu leiten, aber das entsprach nicht ganz der Wahrheit. Schon seit Jahren genoss sie einen bescheidenen Erfolg mit ihren Kurzgeschichten, die in Zeitschriften abgedruckt wurden. Gelegentlich bekam sie auch eine Auszeichnung für ihre literarischen Bemühungen. Und vor langer Zeit – noch vor ihrer Übersiedelung nach Maywood – hatte sie an einer Autorengruppe teilgenommen, wenn sie auch noch nie eine geleitet hatte. Aber natürlich würde Victor Blackmore nichts davon anerkennen. Nur Salman Rushdie als Tutor könnte einen Wichtigtuer wie ihn beeindrucken.

Dulcie hatte immer geschrieben, sogar schon als Kind, aber die Schriftstellerei war für sie nicht mehr gewesen als ein Hobby. Sie hatte mit Worten gespielt; wie andere zu ihrem Vergnügen Squash oder Tennis spielten, hatte sie die Worte auf dem Papier herumgeschoben, bis sie das richtige Muster bildeten. Es war eine ungeheuer befriedigende Beschäftigung. Aber sie kam ihr nur sporadisch nach. Die Ehe und die Kinder hatten immer Priorität, aber als Kate und Andrew aus dem Haus waren, konnte sie ihrem Hobby wieder mehr Zeit widmen. Davor, und als die Kinder noch klein waren, pflegte sie ihren kranken Mann fast sechs Jahre lang, bis zu seinem Tod. Die Parkinson'sche Krankheit hatte ihn zu einem chronischen Invaliden gemacht, aber er trug sein schwächendes Leiden mit großer Würde. Traurigerweise war er selbst Arzt und wusste besser als irgendjemand sonst, was ihn erwartete. Dulcie würde nie vergessen, wie tapfer er war und wie sehr er sich anstrengte, die Auswirkungen seiner Krankheit auf die Familie zu lindern. Kate und Andrew verhielten sich großartig und wurden gut mit allem fertig. Für sie war er schlicht ihr alter Dad, und sie akzeptierten die unvermeidlichen Einschränkungen. In ihren Augen spielte es überhaupt keine Rolle, dass er nicht mit ihnen im Garten Fußball spielen konnte – er las ihnen stattdessen Geschichten vor, half ihnen bei den Hausaufgaben und spielte mit ihnen Schach. Als das Zittern seiner Hände unkontrollierbar wurde, beobachteten sie seine Augen, um zu sehen, was sie ihm geben oder für ihn tun sollten.

Sein Tod war ein vernichtender Schlag. Dulcie und die Kinder hatten sich so an sein permanentes Leiden gewöhnt, dass sie glaubten, es würde immer so weitergehen. Er hinterließ eine schmerzliche Leere in ihrem Leben, insbesondere in Dulcies. Sie wusste, dass sie ihrem Dasein eine positive Wende geben musste, deshalb zogen sie und die Kinder von Südmanchester nach Maywood, um einen Neuanfang zu wagen und ihren engsten Freundinnen, Prue und Maureen, näher zu sein. Eine ganze Weile war sie mit der Einrichtung ihres schönen neuen Hauses in der Bloom Street beschäftigt, aber sie erkannte bald, wie gefährlich es war, zu viel Zeit zu haben. Deshalb gründete sie ein eigenes Unternehmen, das Menschen, die ein neues Heim bezogen, in allen Belangen behilflich war. Das war schon lange ihr Wunsch gewesen.

Viele Jahre später, als sie schon kurz davor war, die Firma zu verkaufen und sich zur Ruhe zu setzen, lernte sie Richard kennen. Eine Firma verlagerte ihren Standort von Wiltshire nach Cheshire, und das brachte ihn und seine Frau in Kontakt mit »Home from Home« – dieser Firmenname war Kates Idee gewesen. Ursprünglich hatte Dulcie mit Angela verhandelt, die deutlich durchblicken ließ, wie ungern sie nach Norden zog. »Meine Freunde und meine Familie leben alle in Wiltshire«, jammerte Angela am Telefon. »Ich weiß wirklich nicht, was ich ohne sie tun soll.« Sie huschte im Gespräch von einem Thema zum anderen, und Dulcie hatte große Mühe, ihre Klientin immer wieder zum Wesentlichen zurückzuführen. »Wir wollen nichts Modernes oder etwas stark Renovierungsbedürftiges. Oh, und auf keinen Fall etwas mit diesen schrecklichen PVC-Fenstern. Ich habe einmal im Fernsehen gesehen, dass eine Familie bei einem Hausbrand elendiglich zugrunde ging, weil sie die Fenster nicht einschlagen und so entkommen konnten. Es war schrecklich. Drei Kinder. Alle tot. Eine große Wiese wäre schön. Wir wollen richtig auf dem Land leben – habe ich das schon gesagt? Ich bin sicher, ich hab's gesagt, denn ich ertrage es nicht, eingeengt zu sein. Ich habe immer auf dem Land gelebt. Wir brauchen fünf Schlafzimmer, und mindestens zwei davon sollten ein angrenzendes Bad haben. Wir haben zwei erwachsene Kinder, die in London wohnen, aber oft zu Besuch kommen, und zwei Kinder sind noch zu Hause – Christopher und Nicholas. Ich werde Ihre Hilfe brauchen, um eine passende Schule für sie zu finden.«

»Und wie sind Ihre Preisvorstellungen?«, fragte Dulcie, die sich Angelas Wünsche notierte und sich gleichzeitig ein Bild von ihr zu machen versuchte. Sie sah voraus, dass dieser Auftrag langwierig und mühsam werden würde. »Ich muss Sie warnen – die Immobilienpreise in und um Maywood sind fast vergleichbar mit denen im Süden Englands«, fügte sie taktvoll hinzu.

»Ist das so? Nun, darum wird sich mein Mann kümmern. Bis dahin könnten Sie uns vielleicht Fotos und Detailbeschreibungen von den Objekten schicken, die Sie in Ihrer Kartei haben. Wir kommen dann irgendwann und sehen sie uns an.«

Zwei Wochen später fuhr Dulcie, nachdem sie jede Menge Besichtigungstermine vereinbart hatte, zum Maywood Grange Hotel am Stadtrand, um dort ihre Klienten zu treffen. Richard Cavanagh erwartete sie in der Hotellounge. Er machte das *Times*-Kreuzworträtsel, hatte ein Bein über das andere geschlagen, hielt einen Füller in der Hand und reckte das Kinn vor, während er ein Lösungswort ausprobierte. Er merkte nicht, dass sie sich ihm näherte, und als sie sagte: »Mr. Cavanagh?«, zuckte er zusammen. »Verzeihung«, entschuldigte sie sich, »ich wollte Sie nicht erschrecken.« Sie hielt ihm die Hand hin. »Dulcie Ballantyne.«

Er legte Füller und Zeitung weg, erhob sich und steckte seine Schildpattbrille in die Brusttasche seines Leinenjacketts. Dann schüttelte er ihr herzlich die Hand. »Bitte, nennen Sie mich Richard. Aber woher wussten Sie, dass ich es bin?«

Sie warf einen Blick auf den Kaffeetisch, auf dem eine offene Mappe mit den Hausbeschreibungen lag. »Mann nennt mich nicht umsonst Miss Marple.«

Er lächelte. »Möchten Sie vielleicht einen Kaffee, bevor wir uns auf den Weg machen?«

Sie sah auf ihre Uhr. »Gern, danke, aber es muss ein schneller Kaffee sein. Wir haben unseren ersten Termin um elf.«

»Dann haben wir noch genügend Zeit, uns hinzusetzen.« Er deutete auf das Sofa, auf dem er gesessen hatte, und wählte einen harten Stuhl mit aufrechter Lehne für sich selbst. Dulcie fühlte noch seine Körperwärme auf den Polstern und musterte ihn, während er eine Serviererin heranwinkte. Er war älter, als sie erwartet hatte, aber attraktiv. Seine Augen waren blau, die Haare silbergrau; sie kräuselten sich im Nacken und bildeten einen schönen Kontrast zu dem dunkelblauen Hemd. Er reichte ihr eine Kaffeetasse. »Meine Frau lässt sich entschuldigen. Unser Jüngster hat die Windpocken, da wollte sie ihn nicht in der Obhut Fremder lassen.«

Im Laufe des Tages und bei sechs Hausbesichtigungen entdeckte Dulcie ziemlich viel an Richard Cavanagh. Er war charmant und scharfsinnig, wusste genau, was er wollte und was nicht, und schien ein durch und durch netter Mensch zu sein. Zu behaupten, dass er sie fesselte, wäre übertrieben gewesen, aber sie fühlte sich durchaus zu ihm hingezogen.

Aber – und das war ein großes Aber – er war verheiratet und deshalb tabu. Ende der Geschichte. Verheirateten Männern musste man unter allen Umständen aus dem Weg gehen.

Dennoch ließ sie sich von ihm einnehmen. Er lud sie an diesem Abend zum Essen ein. »Setzen Sie mich nicht der Schande aus, allein essen zu müssen«, sagte er. »Ich würde allen Leid tun.«

»Unsinn! Sie können sich damit amüsieren, all die Serviererinnen herumzuscheuchen.«

»Ich würde aber viel lieber von Ihnen amüsiert werden.«

Sie saßen im Auto auf dem Hotelparkplatz, und er wandte ihr sein Gesicht zu – sein Blick war so direkt wie seine Worte.

Sie gab ihm keine Antwort, aber das war auch nicht nötig. Er wusste, dass sie die Einladung annehmen würde, genau wie sie wusste, welche Konsequenzen das hatte.

Das war vor drei Jahren gewesen, und jetzt liebte sie einen Mann, der ... der inzwischen vielleicht schon tot war.

Sie legte den Stift weg – einen Füller, den ihr Richard zum ersten Jahrestag ihres Kennenlernens geschenkt hatte – und stützte den Kopf in die Hände. Es war nicht gut. Sie konnte diese Ungewissheit nicht länger ertragen. Sie nahm die Lesebrille ab und wollte in die Küche, um von dort aus zu telefonieren, weil die Nummer der Klinik an der Pinnwand neben dem Telefon hing. Sie war schon fast an der Tür, als der Apparat auf ihrem Schreibtisch klingelte. Wahrscheinlich war das wieder die Nervensäge Victor Blackmore, der wissen wollte, welche Kaffeesorte sie anbieten würde.

Aber sie irrte sich. Es war Richard. Sie sank auf ihren Stuhl, als sie seine wunderbare Stimme hörte, und brach in Tränen aus.

»Dulcie?«

»O Richard, ich hatte solche Angst um dich. Ich dachte schon fast, du lebst nicht mehr.« Die Tränen der Erleichterung strömten.

»Schsch, mein Liebling, mir geht's gut. Na ja, so gut wie es einem Mann, der sich von seinem ersten Herzinfarkt erholt, eben gehen kann. Sie haben mir heute erlaubt zu telefonieren, und das werte ich als positives Zeichen. Ich hänge nicht mehr am Versorgungsnetz, also muss ich das Schlimmste überstanden haben. O Dulcie, es tut mir so Leid, dass du das alles durchmachen musstest. Wie kommst du klar?«

»Ach, weißt du, nicht schlecht für eine Geliebte, deren Liebhaber den ersten Herzinfarkt hatte.«

»Sprich nicht so. Du weißt, dass ich dieses Wort hasse. Du bist nicht meine Geliebte, du bist die Frau, die ich liebe. Verdammt, ich kann nicht länger reden, ich muss in ein paar Minuten zu einer Untersuchung. Ich sehe schon eine Horde von Schwestern und jungen Ärzten auf mich zukommen. Ich ruf dich wieder an, sobald ich kann. Ich liebe dich, Dulcie.«

»Ich liebe dich auch. Pass gut auf dich auf.«

»Und du auf dich.«

Nachdem Dulcie aufgelegt hatte, ging sie hinaus in den Regen und wandte das Gesicht zum Himmel. Es war das Verrückteste, was ihr einfiel. Sie war so unbeschreiblich glücklich, dass sie nur etwas Verrücktes, Irrsinniges zufrieden stellen konnte. Erst als sie bis auf die Haut durchnässt war, ging sie zurück ins Haus.

Kapitel sechs

Im Grunde hätte sich Jack auf den Abend freuen müssen – er hatte am Nachmittag wunderbare Neuigkeiten erfahren und war zudem abends mit Clare verabredet. Er müsste eigentlich viel glücklicher sein, als er tatsächlich war.

Aber Clare und er hatten gestern Abend einen Streit gehabt. Es war nicht der erste, aber die Art dieser Auseinandersetzung bereitete ihm Unbehagen und machte es schwierig, sie wiederzusehen. Es wäre ihm lieber gewesen, ihr erst in ein paar Tagen wieder zu begegnen, aber ein entsprechender Vorschlag hätte sie nur noch mehr aufgeregt: Sie hatten dieses Abendessen, bei dem er ihre Eltern kennen lernen sollte, schon einmal verschoben.

Der Grund für den Streit schwärte immer noch in Jack. Clare hatte ihm vorgeworfen, von Tony regelrecht besessen zu sein oder, genauer gesagt, von dem, was Tony getan hatte. »Komm endlich drüber weg«, hatte sie gesagt. »Was geschehen ist, ist geschehen. Mein Mann hat mich wegen einer anderen verlassen, aber schwafle ich ständig davon?«

»Schwafeln?«, wiederholte er fassungslos. »Du findest, dass ich schwafle?«

Sie zerknüllte ihre Serviette und warf sie auf ihren

leeren Teller. »Sieh den Tatsachen ins Auge, Jack, du hast heute Abend nichts anderes getan als gejammert und über Tony geschimpft. Es ist dein Geburtstag, und ich habe mir große Mühe gegeben, dir etwas Gutes zu kochen – von dem du kaum was angerührt hast. Es langweilt mich, mir die ständigen Klagen über deine zukünftige Ex-Frau anzuhören, die dich angeblich daran hindert, deine Kinder zu sehen. Was noch schlimmer ist …«

Er legte Messer und Gabel weg. »Ich denke, du hast deinen Standpunkt deutlich gemacht.«

Sie stand auf und fing an, den Tisch abzuräumen. Sie stapelte geräuschvoll die Teller und Schüsseln aufeinander. »Habe ich das? Und welchen Standpunkt nehme ich deiner Ansicht nach ein?«

Er erhob sich ebenfalls und nahm ihr das Geschirr ab. »Dass ich aus einer Mücke einen Elefanten mache.«

In der Küche bewegten sie sich vorsichtig umeinander herum und schwiegen eisern, während sie aufräumten und Kaffee kochten. »Jack«, begann Clare schließlich, »uns verbindet viel, aber ich kann nicht mit Maddie und den Mädchen konkurrieren.«

»Ich möchte auch gar nicht, dass du das tust.«

»Aber es fühlt sich so an.«

»Das ist dein Problem.«

Sie drückte das Sieb in der Cafetière hinunter und sah Jack scharf an. »Ich denke eher, es ist *unser* Problem.«

Aus Ärger entgegnete er: »Ich habe genug eigene Probleme, ohne dass ich mich auch noch mit deinen belaste. Wenn du nicht damit fertig wirst, dass ich zwei

Töchter habe, die ich liebe und so oft wie möglich sehen möchte, dann kann ich dir auch nicht helfen.«

»Du kannst nicht oder du willst nicht?«

»Sei nicht so pedantisch.«

»Prima, Jack, lauf vor den Fragen davon, statt sie zu beantworten. Du hast Angst vor der Wahrheit, stimmt's?«

»Was für eine Wahrheit soll das sein?«

»Dass du dich kein Stück vorwärts bewegst. Du musst endlich akzeptieren, dass Maddie und die Mädchen ein neues Leben angefangen haben. Okay, du hast keinen Anteil mehr daran, und das ist sicherlich nicht fair, aber so ist es nun mal. Du hast keine andere Wahl, als das Beste daraus zu machen. Denn wenn du dich nicht damit abfindest, wirst du einsam und unglücklich, ein verbitterter Mann, mit dem Lucy und Amber nichts mehr zu tun haben wollen. Willst du das?«

Er war nicht, wie geplant, über Nacht bei Clare geblieben, sondern nach Hause gefahren. Er fragte sich, warum zum Teufel er überhaupt eine Beziehung mit Clare eingegangen war.

Sie hatten sich durch gemeinsame Freunde kennen gelernt – das übliche Prozedere für Menschen, die sich kürzlich von ihren Partnern getrennt hatten und plötzlich wieder zu Singles geworden waren. »Clare ist ein tolles Mädchen«, hatte Des bei einem ihrer Männerabende Anfang Mai erklärt. »Sie ist eine von Julies Kolleginnen und auch eine Freundin. Sie wurde vor kurzem geschieden, ist aber bereit, dem männlichen Geschlecht noch eine Chance zu geben. Ihr werdet euch gut vertragen, da bin ich mir sicher.« Des leitete die Holmes-Chapel-Abteilung von Norris & Rowan, und Jack nahm die Einladung zum Abendessen mit verhaltenem Interesse an. Zu Des Zufriedenheit kamen Jack und Clare tatsächlich gut miteinander aus.

Und heute, fünf Monate später, sollte Jack Clares Eltern kennen lernen.

»Es ist keine große Sache, Jack«, hatte Clare gesagt, als sie ihm zum ersten Mal den Vorschlag gemacht hatte. Aber er wusste, dass das nicht stimmte. Und er fühlte sich ausgesprochen unbehaglich dabei. Es war zu früh. Er hatte das Gefühl, einen großen Fehler zu machen. Der Boden unter seinen Füßen könnte sich jeden Augenblick öffnen.

Er fuhr durch das Tor des Maywood Grange Hotels und manövrierte sein Auto in die letzte freie Parklücke neben Clares Audi TT. Er schaltete den Motor aus, trommelte mit den Fingern aufs Lenkrad und überlegte, wie er es hatte zulassen können, dass ihn jemand in eine solche Situation brachte. »Ich stelle dich meiner Familie vor« war gleichbedeutend mit der Frage: »Willst du nur ein bisschen Fingerfood naschen oder dich ordentlich an einen Tisch setzen und die ganze Mahlzeit zu dir nehmen?«

Der Gedanke jagte ihm Schauer über den Rücken, und am liebsten wäre er sofort nach Hause gefahren.

Clare hatte ihn heute Morgen im Büro angerufen und sich für das, was sie gesagt hatte, entschuldigt. »O Jack, ich hätte dir diese Vorhaltungen nicht machen dürfen. Natürlich ist die Trennung schwerer für dich als für mich. Ich habe keine Kinder, die die Sache noch komplizierter machen. Gilt die Verabredung für heute Abend noch? Mum und Dad freuen sich wirklich darauf, dich kennen zu lernen.«

»Clare, ich bin nicht sicher …«

»Ich habe gesagt, dass es mir Leid tut, Jack.«

Ihm war bewusst, dass er sich nicht fair verhielt, deshalb sagte er: »Okay, um wie viel Uhr soll ich da sein?«

Als Jack das Restaurant betrat, entdeckte ihn Clare sofort. Sie kam auf ihn zu und küsste ihn. »Ich habe mir schon Sorgen gemacht«, sagte sie und wischte die Lippenstiftspuren von seiner Wange. »Ich dachte, du hast dich vielleicht … Na ja, es ist nicht mehr wichtig, was ich dachte; jetzt bist du ja hier.« Sie zupfte seinen Kragen zurecht. »Okay?«

»Prima«, log er und nahm ihre Hand. »Komm, stell mich deinen Eltern vor.«

Mr. und Mrs. Gilbert – oh, bitte, für Sie sind wir Terry und Corinne – strengten sich mächtig an, nett zu sein, wahrscheinlich auf Clares Anweisung hin. Hin und wieder sah Jack, dass sie sich zuzwinkerten oder gar ein verstohlenes Lächeln tauschten. Das Unbehagen, das er schon im Auto gespürt hatte, wuchs ins Unermessliche. Ihr Eifer, die Tochter wieder unter die Haube zu bringen – und so zu Enkelkindern zu kommen –, war schockierend offenkundig. Ihre Fragen nach seinen Kindern und den Vorschlag, dass er und Clare sie einmal mit den beiden Mädchen zum Tee besuchen sollten, fand Jack ausgesprochen aufdringlich. Er wechselte abrupt das Thema und sagte: »Clare, ich habe ganz vergessen, dir von der guten Neuigkeit zu erzählen … ich wurde heute …«

»Oh, lecker, seht euch das an«, rief Clare und schaute auf den Wagen mit den Desserts, der an ihnen vorbei zum nächsten Tisch geschoben wurde. »Das Tiramisu sieht umwerfend aus. Entschuldige, Jack, was wolltest du sagen?«

Er zementierte ein Lächeln auf sein Gesicht und sagte: »Ist schon gut. Ich erzähl's dir später.«

Aber so weit kam es nicht. Nach der Verabschiedung drückte Clare seinen Arm. »Es war gar nicht so schlimm, oder?« Dann fuhr er allein nach Hause. Aber er ging nicht nach Hause. Er stellte den Wagen in die Garage und zog zu Fuß los. Die Reihe der Stadthäuser, von denen er eines bewohnte, säumte den Fluss. Er ging über den Uferweg in Richtung Stadtmitte. Er war in der Stimmung für einen Drink.

Sein Timing war ausgesprochen schlecht. Der erste Pub, den er betrat, war proppenvoll; die Sperrstunde nahte, und eine Horde junger Leute war über die Bar hergefallen. Im nächsten Pub war es dasselbe: Die Musik plärrte, und der Qualm trieb ihm die Tränen in die Augen. Plötzlich fühlte er sich alt und gab die Idee, noch etwas zu trinken, auf, beschloss stattdessen, sich den Frust aus dem System zu spazieren. Am nächsten Morgen mit einem Kater ins Büro zu gehen wäre ohnehin nicht besonders klug. Es würde keinen guten Eindruck machen, nicht jetzt, nachdem man ihm angeboten hatte, ein Partner zu werden.

Das war die Neuigkeit, die er Clare beim Essen mitteilen wollte. Seine Reaktion auf ihr mangelndes Interesse – es ihr nicht zu sagen – kam ihm jetzt wie die eines quengeligen Kindes vor. Warum führte er sich so auf?

Wenn er ganz ehrlich war, dann wollte er sein Glück gar nicht mit Clare teilen. Das sprach wahrscheinlich Bände und zeigte, wie er in Wahrheit zu ihr stand. Er musste diese Beziehung beenden, so viel stand fest. Im tiefsten Inneren wusste er das schon seit Wochen. Er hatte sich zu früh nach der Trennung von Maddie mit ihr eingelassen. Damals war er noch sehr verletzlich gewesen und hatte geglaubt, dass Clare die Antwort auf seine Einsamkeit und den verletzten Stolz wäre. Und auch wenn sie es vermutlich nie zugeben würde, hatte Clare ihn vermutlich als Mittel angesehen, wieder aufs normale Gleis zu kommen und ihren Plan zu verwirklichen, eine glücklich verheiratete Frau mit Kindern zu werden. Er nahm ihr das nicht übel. Immerhin hatten sich Maddie und er auch nichts sehnlicher gewünscht, als eine Familie zu haben. Sie beide hatten in der Kindheit und Jugend keine heile Familie gehabt – Maddies Eltern hatten sich scheiden lassen, als sie zwölf war, und seine waren bei einem Autounfall ums Leben gekommen. Es war ihnen beiden wichtig, etwas zu schaffen, was ihnen selbst gefehlt hatte. Kinder sollten ihnen Sicherheit, Stabilität und Kontinuität geben. Und so war es auch, bis Tony dazwischengefunkt hatte.

Tony war nie verheiratet gewesen. »Ich bin zu beschäftigt, um mich häuslich niederzulassen«, hatte er früher behauptet, wann immer Jack und Maddie ihn damit neckten, dass er sich zum anrüchigen Lebemann entwickelte: Je älter er wurde, umso jünger waren seine Freundinnen. Vor gar nicht allzu langer Zeit hatte Tony in trunkenem Selbstmitleid gestanden, dass er Jack beneidete. »Du hast all das, was ich mir wünsche. Eine schöne Frau, die dich liebt, und zwei Kinder, für die du der Größte bist.«

»Aber du bist derjenige, der einen Porsche fährt und sich jede Nacht ein anderes Mädchen ins Bett holt.«

»Das hat keinerlei Bedeutung«, sagte Tony und legte den Arm um Jack, wie er es immer tat, wenn er zu viel getrunken hatte. »Glaub mir, es ist bedeutungslos, es sei denn, du hast das Gefühl, du kannst nicht ohne dieses eine Mädchen leben.«

Und wenn man Tony glauben konnte, dann hatte er jetzt dieses Gefühl bei Maddie. »Tut mir Leid, Jack«, sagte er, nachdem Jack die beiden im Bett erwischt hatte, »aber sie ist alles für mich. Ich kann nicht mehr ohne sie leben.«

»Ich auch nicht!«, brüllte Jack und schlug Tony mit einem gezielten Kinnhaken nieder. »Sie ist *meine* Frau, und du wirst sie nicht bekommen!«

Falls er sich eingebildet hatte, der Affäre mit Gewalt ein Ende setzen zu können, hatte er Tony falsch eingeschätzt. Und Maddie auch. Noch am selben Abend hatte sie die Mädchen gepackt und war zu Tony gezogen. Sie reichte unverzüglich die Scheidung ein. In der einen Minute war Jack noch ein glücklich verheirateter Mann, in der nächsten war er allein in Dumpsville. Freunde versuchten mit vereinten Kräften sein Selbstwertgefühl aufzumöbeln, und erzählten ihm, dass er ein toller Fang wäre und Probleme haben würde, sich die umwerfenden Frauen vom Leibe zu halten, die ihm über den Weg liefen.

Das war natürlich alles Unsinn, aber gut gemeint. Ein paar Freunde hatten sogar eingestanden, dass sie ihn beneideten und wünschten, sie wären auch wieder Single und nicht durch die Ehe, die Hypotheken und das gleichförmige Sexleben eingeengt. Alles nur Gerede. Keiner von ihnen würde wollen, dass ihre Ehen so enden wie seine. Oder dass ihre Kinder wie seine litten.

Die Straßen waren jetzt belebter: Es war Sperrstunde, und die unbekümmerten Jugendlichen, die die Bars bevölkert hatten, lärmten und lachten in der kalten Nacht. Jack wich einem Pärchen aus, das sich in die Arme fiel und leidenschaftlich küsste, überquerte die Straße und bog in die Hauptstraße von Maywood ein. Er kam an Turner's, einem altmodischen Kaufhaus, vorbei, das trotz aller Widrigkeiten überlebt hatte, und ging weiter in Richtung Boots, Woolworths, W. H. Smith und Fußgängerzone. Hier waren kleinere, individuellere Geschäfte. Eine Boutique mit Brautmoden, ein Juwelier, ein Blumenladen (alle drei praktischerweise gleich nebeneinander), ein Schaufenster mit Holzöfen, ein Delikatessengeschäft und auf der anderen Straßenseite zwei Schuhläden (in unmittelbarer Nachbarschaft), eine Reinigung, ein Möbelgeschäft und »Novel Ways«, der einzige Buchladen in der Stadt. Im letzten Jahr hatte der Besitzer zusätzlich die Ladenräume nebendran erworben – Jack hatte damals den Kauf abgewickelt –, so dass er die Wand durchbrechen und einen Coffeeshop für seine Kunden eröffnen konnte.

Bevor Clare auf der Bildfläche erschienen war, hatte sich Jack oft im Laden umgesehen und ein Buch gekauft, ehe er sich für einen Kaffee Latte hinsetzte und schmökerte. Clare las nicht gern, sie war eine Macherin und füllte ihre Zeit lieber mit Action. Nostalgische Gefühle für die Zeit vor Clare veranlassten ihn, die Straßenseite zu wechseln, um ins Schaufenster von Novel Ways zu sehen. Offenbar war der neueste Harry Potter erschienen, und Jack nahm sich vor, morgen noch mal herzukommen und ihn für Amber und Lucy zu kaufen. Er und seine Töchter hatten alle Harry-Potter-Bände zusammen gelesen, und der Gedanke, sich mit ihnen hinzusetzen und ihnen diesen vorzulesen, hellte seine Stimmung auf. Das war etwas, worauf er sich freuen konnte, wenn sie aus Amerika zurück waren.

Aber was, wenn Tony das Buch kaufte, bevor Jack Gelegenheit hatte, es ihnen zu schenken?

Er knirschte mit den Zähnen und wandte sich ab, um zu gehen, aber im letzten Moment weckte etwas seine Aufmerksamkeit. Es war ein Zettel, der an der Glastür klebte.

> Haben Sie schon mal daran gedacht, ein Buch zu schreiben oder ein Gedicht zu verfassen? Ja? Dann schließen Sie sich doch unserer Schriftstellergruppe an und entdecken Sie unter Gleichgesinnten Ihre verborgenen Talente, die sie selbst bisher noch gar nicht kannten.

Er las die Anzeige noch einmal und dachte an die Songtexte, die er als Teenager geschrieben hatte. Als er Maddie kennen lernte, gab er dieses Hobby auf und tat seine Werke als unreife Stümperei ab. Aber Schreiben könnte eine reinigende Wirkung auf die Seele haben. Vielleicht konnte er so seiner Wut und der Bitterkeit, mit denen er kaum umzugehen wusste, Luft machen.

Ehe er es sich anders überlegen konnte, kramte er in seinen Taschen nach einem Stift und schrieb den Namen und die Telefonnummer der Kontaktperson auf seinen Handrücken.

Kapitel sieben

Es war die letzte Unterrichtsstunde – eine Doppelstunde Englisch mit Mr. Hunter –, und Jaz konnte das Ende kaum erwarten. Die Woche war ihr unendlich lang vorgekommen, aber heute war endlich Donnerstag, und wie's aussah, musste sie heute Abend nicht viele Hausaufgaben machen.

Ihre Eltern glaubten, dass sie abends zu Vicki ging, und wenn alles nach Plan lief, würden sie das jeden Donnerstag denken. Sie belog Mum und Dad nicht gerne und tat es auch selten, aber die Alternative wäre in diesem Fall unvorstellbar. Es war besser, den Mund zu halten, statt sich den Hänseleien ihrer Brüder und Schwestern auszusetzen.

Um Viertel vor vier schrillte die Glocke, und wie immer verbeugte sich Mr. Hunter am Ende der Stunde und sagte: »Ladys und Gentlemen, ich danke Ihnen, dass Sie mir ihre Zeit geschenkt haben. Jetzt sind Sie von mir befreit. Aber denken Sie dran, ich möchte diesen Seamus-Heaney-Aufsatz bis Dienstag haben. Diese Anweisung gilt auch für Sie, Ross Peters.«

Bücher und Hefte wurden in Taschen gestopft, und Stühle schabten laut über den Steinboden. Draußen im Flur lief Jaz zu Vicki, die etwas aus ihrem Spind holte. Normalerweise gingen sie zusammen nach Hause, wenn keine von ihnen etwas anderes vorhatte. Vicki hatte gerade die Rolle der Gwendolen im Theaterstück *Ernst sein ist alles* ergattert, und ab nächster Woche hatte sie montags und mittwochs Probe, so dass Jaz dann den Heimweg allein machen musste. Aber schlimmer war, dass Vicki mit ihren beneidenswert glatten, langen, kohlschwarzen Haaren und ihrer makellosen Haut, die sofort beim ersten Sonnenstrahl braun wurde, während dieser Proben mit Nathan King, der den Algernon spielte, zusammen sein würde.

Seit dem Moment, in dem Vicki ihr von dem Theaterstück erzählt hatte, überlegte Jaz hin und her, ob sie Vicki sagen wollte, dass *sie* ein Auge auf Nathan geworfen hatte. Gestern, nachdem sie sich etliche Tage gequält hatte, handelte sie schließlich gegen ihre Instinkte, den Mund zu halten, und vertraute sich ihrer Freundin an.

»Nathan King«, sagte Vicki mit einem breiten Grinsen. »Du hast einen guten Geschmack, Mädchen. Aber vielleicht solltest du eine Nummer ziehen und dich hinten anstellen.«

»Was? Du meinst, du bist auch an ihm interessiert?«

»Das war ein Scherz. Aber er hat schon was. Oh, sieh mich nicht so an. Billy the Kid ist mehr mein Fall.«

»Billy Kidswell?«

»Ja. Er spielt den Ernest.«

Wenn Vicki als heißestes Mädchen in der Sechsten galt, dann war Billy the Kid der coolste und umschwärmteste Junge in der Abschlussklasse. Man munkelte, dass er die Unterwäsche all seiner Eroberungen behielt. Warum, um alles in der Welt, ausgerechnet Vicki ihr Höschen zu seiner Lycra-Trophäen-Sammlung beisteuern wollte, war Jaz ein Rätsel. Sie konnte sich nichts Erniedrigenderes vorstellen.

Eigentlich müsste das Geständnis ihrer Freundin eine beruhigende Wirkung auf Jaz ausüben. Aber so war es nicht. Natürlich würde Nathan King hinter Vicki her sein, deshalb war es sinnlos, wenn sich Jaz in irgendetwas hineinsteigerte. Nicht in einer Million Jahren würde er ihr einen zweiten Blick gönnen. Und wenn doch, dann machte er sich bestimmt auf und davon, sobald er erfuhr, aus was für einer Familie sie kam. Der Gedanke, dass sie sich wegen ihrer Familie schämte, gefiel ihr gar nicht, aber so war es nun mal. Mum war ganz okay, aber ihr Vater war peinlich polterig und musste immer genau wissen, was seine Tochter vorhatte. Und was ihre Geschwister anging – sie waren schlichtweg primitiv und hatten so viel Hirn wie Erdnüsse. Jaz lud Vicki selten zu sich nach Hause ein und nur dann, wenn sie ganz sicher wusste, dass Tamzin und Lulu nicht da waren.

»Erzähl mir mehr von dieser Schriftstellergruppe«, forderte Vicki, als sie ihren Spind verschloss und sich die Tasche über die Schulter schwang. »Meinst du nicht, dass da lauter frustrierte alte Frauen hingehen, die über ihre Männer schreiben, die nur noch in ausgebeulten Trainingshosen herumlaufen?«

Jaz lachte. »Durchaus möglich. Ich werde es heute Abend herausfinden.«

Vicki sah sie an. »Du bist echt seltsam, Jaz. Viel zu heimlichtuerisch. Das kann nicht gut für dich sein.«

»Als mittleres Kind in einer großen Familie ist das die einzige Möglichkeit zu überleben. Du hast es leicht, du bist ein Einzelkind. Du brauchst nichts vor pathologisch nervenden Brüdern und Schwestern geheim zu halten.«

»Ich hab dir schon oft gesagt, dass es nicht einfach ist, der Mittelpunkt des Universums deiner Eltern zu sein. He, warte mal! Wen haben wir denn da?«

In einer Gruppe von anderen Studenten standen Billy the Kid und Nathan King. Billy sah in ihre Richtung und winkte. Sein hellbraunes Haar war durch blonde Strähnchen aufgehellt und so geschnitten, dass ihm ein Teil des Ponys kunstvoll ins Gesicht fiel und auf einer Seite die Markensonnenbrille verdeckte. »Holla, meine edle Gwendolen, wie geht es Ihnen?«

»Ernest, mein Lieber, wie lieb, dass Sie sich nach meinem Befinden erkundigen. Um die Wahrheit zu sagen, ich fühle mich geschwächt und brauche einen hübschen Adonis, der mir meine Tasche nach Hause trägt.« Sie schüttelte ihre glänzend schwarze Mähne und seufzte übertrieben. »Wenn nur ein solcher Mann auf Erden wandeln würde.«

Jaz bewunderte ihre Freundin. Wie schaffte sie es nur, immer das Richtige zu sagen?

Billy grinste. »Nun, meine Schöne, erlauben Sie mir, Ihnen zu Diensten zu sein und eine Fahrt in meiner Kutsche anzubieten.«

»Ich wusste gar nicht, dass du deine Führerscheinprüfung bestanden hast«, sagte Vicki in normalem Ton. Irgendwie verschmolz sie mit der Gruppe und ließ Jaz am Rand zurück.

»Ich habe ihn gestern geschafft, also ist alles rechtens.« Er schob affektiert seine Tolle aus dem Gesicht. »Lust auf eine kleine Fahrt … nach Hause?«, fragte er gedehnt.

Vicki ignorierte die Anspielung. »Schließt die Einladung Jaz mit ein?«

Alle drehten sich um und sahen Jaz an. Auch Nathan. Bildete sie sich das nur ein, oder starrte er sie intensiver an als die anderen? Sie krümmte sich innerlich und spürte, wie ihr eine schauderhafte Röte ins Gesicht stieg. Nein! Bei ihrer Haarfarbe und der hellen Haut war Rotwerden absolut tödlich! Sie wünschte, ein Loch würde sich vor ihr auftun und sie verschlingen. »Ist schon okay«, sagte sie. »Ich gehe lieber zu …«

»Du hast gar nicht genug Platz, Billy«, fiel ihr Nathan rüde ins Wort, »nicht, wenn du wirklich all die Groupies mitnehmen willst, die du eingeladen hast.«

Die Worte schnitten ihr ins Herz. Also war sie nur ein weiteres Groupie, ja? Ein albernes kleines Groupie, für das Billy the Kid keinen Platz mehr hatte. Dem würde sie es zeigen. Mit einer Geste, auf die Vicki stolz gewesen wäre, warf sie ihre langen Zöpfe über die Schulter. »Wir sehen uns dann, Vicki.« Damit machte sie sich mit hoch erhobenem Haupt und schnellen Schritten davon. Sie marschierte durch das Tor bis zum Ende der Straße und bog nach links ab. Erst dann wurde sie ein wenig langsamer, um wieder zu Atem zu kommen. Verdammter Nathan King! Was, um alles in der Welt, hatte sie nur an ihm gefunden?

»Gehst du immer sie schnell?«

Sie wirbelte herum. Oh, verflucht! Das war er. »Ja«, gab sie bissig zurück. »Das ist mir lieber, als mit Leuten herumzuhängen, die sich blöd benehmen.«

Er trottete mit langen, trägen Schritten neben ihr her, während sie wieder loslief. Sie wartete auf eine

Antwort. Aber er sagte nichts. Sie gingen schweigend am Supermarkt vorbei zur Mill Street. Erst als sie an der Kreuzung stehen blieben, sagte er: »Darf ich dir deine Tasche abnehmen?«

Sie wandte sich ihm zu und entdeckte ein schwaches Lächeln auf seinem Gesicht. Er machte sich über sie lustig. »Ich bezweifle ernsthaft, dass du sie tragen kannst.« Sie sah eine Lücke im Verkehr und flitzte über die Straße.

Er folgte ihr. »Gehe ich recht in der Annahme, dass ich dich mit irgendetwas verärgert habe?«

»Ja. Und jetzt lass mich in Ruhe.«

»Oh«, erwiderte er. »Das war deutlich.«

Er vergrub die Hände tief in den Taschen und schlenderte mit flatterndem Ledermantel neben ihr her. Wenn sie wirklich so deutlich war, warum begriff er dann nicht, was sie meinte, und verschwand?

Am Ende der Chester Street sagte er: »Behandelst du alle Menschen so abweisend, oder bin ich ein Einzelfall?«

Es reicht! Sie blieb abrupt stehen und bedachte ihn mit dem geringschätzigen Blick, den sie vor dem Spiegel einstudiert hatte, um sich damit Tamzin und Lulu vom Leib zu halten. »Bilde dir bloß nicht ein, dass du für mich in irgendeiner Weise etwas Besonderes bist.«

Er legte den Kopf leicht zur Seite. »Nein? Gibt's irgendwelche Gründe für deine Kratzbürstigkeit?«

Jaz wechselte die schwere Tasche von einer Schulter zur anderen und machte sich erneut auf den Weg. »Vielleicht kommst du ganz allein dahinter.«

»Gib mir einen klitzekleinen Hinweis. Habe ich das

falsche Aftershave, oder bin ich einfach nur nicht dein Typ?«

»Mein Typ? Das ist ein guter Witz! Du wirst nie mein Typ sein. Nicht in einer Million Jahren. Nicht einmal, wenn man dir Manieren beibringen würde. Nicht, wenn du der letzte Junge auf diesem Planeten wärst und eine Ahnenreihe hättest, die von hier bis zum Uranus reicht.« Sie machte eine Pause, um Luft zu holen. Sie ärgerte sich, dass sie den falschen Planeten gewählt hatte. Warum hatte sie nicht Pluto gesagt? Bestimmt nutzte Nathan die Gelegenheit, noch einen Witz auf ihre Kosten zu machen.

Aber er tat es nicht. »Aha«, sagte er, »das ist schon mal was. Also hat dich mein Benehmen so aufgebracht. Habe ich etwas Falsches gesagt? Wie wär's, wenn wir die letzte Viertelstunde einfach zurückspulen? Ich habe zum ersten Mal mit dir gesprochen, als Billy deiner Freundin eine Fahrt in seinem Auto anbot. Was genau hab ich gesagt?«

Sie funkelte ihn wütend an. »Dein Kurzzeitgedächtnis ist nicht gerade berühmt, was?«

»Offensichtlich nicht.«

»Du hast Billy klar gemacht, dass er nicht mich *und* Vicki mitnehmen kann, weil er ohnehin schon eine ganze Wagenladung Groupies, die seinem Ego schmeicheln sollen, herumkutschieren muss. Folgendes kannst du als offizielles Statement ansehen: Ich bin niemandes Groupie. Kapiert?«

»Du bist sauer, weil ich dich und Billys Groupies in einem Atemzug genannt habe? Ist es das?«

»Oh, bitte, ein Applaus für diesen ungeheuer schlauen Jungen!«

»Hör mir zu, wenn du nicht so wütend davongestapft wärst, hättest du mitgekriegt, was ich sonst noch gesagt habe.«

»Ich bin nicht davongestapft ...« Sie zögerte. »*Was* hast du noch gesagt?«

»Dass ich dich lieber selbst heimbringen würde, als zuzulassen, dass du dein Leben in Billys Karre riskierst.«

Sie sah ihn argwöhnisch an und war keineswegs überzeugt. »Und wieso solltest du so was wollen?«

Er überlegte einen kurzen Moment, dann lächelte er. »Ich schätze, es bereitet mir ein perverses Vergnügen, mich mit Mädchen abzugeben, die mir die Hölle heiß machen.«

Kapitel acht

Beth fühlte sich wie ein Kind, das sich auf den ersten Schultag nach den großen Ferien vorbereitet. Ständig kontrollierte sie, ob sie auch wirklich alles hatte – einen DIN-A4-Schreibblock, Kugelschreiber (zwei, für den Fall, dass einer verloren ging oder nicht mehr schrieb), Bleistift und ... Was brauchte sie sonst noch für das erste Treffen der Verborgenen Talente?

Nichts, sagte sie sich mit Nachdruck.

»Wie wär's mit einem Lineal? Oder einem Wörterbuch? Oder, noch besser, einem Thesaurus?«

Sie sah Nathan an, der in der Küche stand und sich einen Apfel aus der Obstschale nahm. »Mach dich nicht über mich lustig, Nathan«, sagte sie. »Ich bin sowieso schon nervös genug.«

Er lehnte sich an die Arbeitsplatte – ein Bild lässiger Unbeschwertheit. »Ruhig Blut, Mum. Du musst dir immer wieder sagen, dass Gelassenheit am besten hilft.« Er biss in den Apfel und kaute geräuschvoll auf dem Stück herum.

Beth lächelte. »Ich bin nicht sicher, ob mir dieser Rollentausch gefällt.«

»Das ist die Zukunft. Da fällt mir ein – ich richte dir heute Abend, wenn du weg bist, deinen Computer ein.«

»Das hat keine Eile.«

»O doch. Ich möchte, dass du am Netz hängst und dich damit vertraut machst, bevor ich von zu Hause weggehe. Wie sonst könnte ich auf dich aufpassen?«

»Per Telefon?«

»Altes Thema, Mum. Das haben wir schon durch. E-Mails sind viel besser. Es ist Spitze, wenn man's erst mal raus hat. Aber jetzt muss ich meinen Text lernen. Oscar wartet in meinem Zimmer auf mich.« Mit einer weit ausholenden theatralischen Geste rauschte an ihr vorbei.

Bis zur Bloom Street brauchte sie zu Fuß eine Viertelstunde. Sie hätte fahren können, aber da es nicht regnete, entschied sie, beim Gehen die Nervosität in den Griff zu bekommen.

Geradezu lächerlich, dass sie so aufgeregt war. Sie ging lediglich zu einer Schriftstellergruppe. Es ist eine Abweichung von der Norm, das schon, aber auch ein notwendiger Schritt, rief sie sich ins Gedächtnis. Sie hatte eine Mission: Sie musste all die Zweifler, zu denen sie selbst auch gehörte, davon überzeugen, dass sie zurechtkam, wenn Nathan das Nest verließ. Sie war eine durchaus fähige Frau – wie Simone ihr oft versicherte –, hatte ein gemütliches Zuhause, einen anständigen Job und einen Verstand, der einigermaßen gut funktionierte. Jetzt musste sie nur noch lernen, Spaß am Erforschen des Unbekannten zu haben.

Sie wünschte, sie könnte mehr wie Nathan sein, der mit allem fertig wurde: Prüfungen waren für ihn eine ebensolche Herausforderung, wie auf der Bühne zu stehen und vor Publikum zu spielen. Das könnte sie nie.

Allein der Gedanke, auf ein Meer von erwartungsvollen Gesichtern hinunterzusehen, drehte ihr den Magen um. Es war schon schlimm genug, Nathan zuzuschauen. Obwohl er seinen Text immer außergewöhnlich gut beherrschte, war sie jedes Mal wie gelähmt vor Angst, dass er ein Stichwort verpassen könnte.

Die äußerliche Selbstsicherheit hatte er von seinem Vater. Nichts schien Adam jemals aus der Fassung gebracht zu haben, was seinen frühen Tod nur noch schockierender gemacht hatte. Er hatte seine Ängste gut verborgen. Zu gut. Wenn er sich nur ein bisschen mehr geöffnet hätte, dann wäre sie vielleicht imstande gewesen, ihm zu helfen.

Beth traf pünktlich auf die Minute vor Nummer achtzehn ein. Die Bloom Street war die hübscheste Straße in Maywood und die begehrteste der Stadt. Aber wenn man's genau bedachte, dann war Beths Adresse mittlerweile fast genauso gut; das verriet schon der Verkaufspreis, den der Immobilienmakler für Adeles Wohnung angesetzt hatte. Mittlerweile waren schon zwei Paare zur Besichtigung dagewesen, und Beth wusste, dass beide am liebsten sofort zugreifen würden. Sie hoffte für Adele, dass alles reibungslos ablief.

Sie drückte auf den Klingelknopf und bewunderte die cremefarbenen Stiefmütterchen und die Efeuranken in den Fensterkästen zu beiden Seiten der schönen Holztür. Sie war blau gestrichen und hatte einen glänzenden Messingklopfer in Form eines Löwenkopfes. Wer immer diese Dulcie Ballantyne auch sein mag, sie hat Stil, dachte Beth.

Um den Teilnehmern die Befangenheit zu nehmen, bot Dulcie zuerst allen ein Glas Wein an. Sie waren eine kleine, aber sehr interessante Runde. Das war der Reiz an Schriftstellergruppen – dabei kamen die unterschiedlichsten Charaktere zusammen, die oberflächlich betrachtet nur wenig gemeinsam hatten. Dulcie würde sich zum Beispiel unter normalen Umständen niemals mit einem Mann wie Victor Blackmore an einen Tisch setzen. Und sie bezweifelte, dass sich einer der anderen mit ihm abgeben würde. Er hielt sich erst wenige Minuten im Zimmer auf, und schon war offenkundig, dass er derjenige war, der Sand ins Getriebe streute. Sie schätzte ihn auf Ende fünfzig; er hatte schütteres, sandfarbenes Haar, eine bleiche Haut und stechende, rot umränderte Augen. Seine Hose hatte schon bessere Tage gesehen und war zu kurz. Man sah etwa fünf Zentimeter von seinem haarlosen, weißen Schienbein, als er sich setzte und einen dicken Aktenordner auf seinen Schoß legte. Eine ganze Reihe von Kugelschreibern klemmten an seiner Brusttasche. Er nippte an seinem Wein und machte den Eindruck, als würde er sich gar nicht wohl fühlen.

Neben Victor saß Beth King auf dem Sofa. Sie war als Erste angekommen, und als Dulcie ihr die Tür geöffnet hatte, schien sie drauf und dran zu sein, Reißaus zu nehmen. Sie war eine attraktive blonde Frau Anfang vierzig, trug einen blauen Pullover und eine gerade geschnittene Jeans und hatte keinen Ehering am Finger. Möglicherweise war sie geschieden. Sie hatte einen Sohn, der das College in der Stadt besuchte, und sein Name war schon etliche Male im Gespräch gefallen. Dulcie fragte sich, wie abhängig Beth von ihm war. Als

Philip starb, war Dulcie bewusst geworden, wie leicht man in Gefahr geriet, sich zu sehr auf die Kinder zu verlassen und sich ihr Leben zu Eigen zu machen. Damals hatte sie alles getan, was in ihrer Macht stand, um diesen Fehler nicht zu begehen.

Gott sei Dank war Victor Blackmore nicht der einzige Mann in der Gruppe. Mit ein bisschen Glück würde Jack Solomon verhindern, dass sich dieser schreckliche Kerl einbildete, die Gruppe herumkommandieren zu können. Er sah gut, wenn auch ein wenig trübsinnig aus und machte eine sehr gute Figur in seinem dunkelblauen Anzug und der Seidenkrawatte. Aber Dulcie fiel auf, dass er die Schultern sinken ließ und seine Augen müde wirkten. Er entschuldigte sich gleich bei der Begrüßung für seine formelle Kleidung, aber er kam direkt aus dem Büro. »Keine Sorge«, versicherte Dulcie, als sie ihn ins Wohnzimmer zu den anderen führte, »Sie werden nicht danach beurteilt. Ich mache Sie mit den anderen bekannt.« Es stellte sich heraus, dass er Beth King bereits kannte, und sie beide schienen erstaunt zu sein, sich hier wiederzutreffen. Und sogar ein bisschen verlegen.

Die interessanteste Teilnehmerin war Jaz Rafferty. Dulcie freute sich, dass ein so junger Mensch Lust hatte, sich auf eine solche Gruppe einzulassen. Sie könnte eine Bereicherung für die Gruppe sein und frischen Wind hereinbringen, falls sie es mit lauter alten Knackern – so kamen ihr alle anderen bestimmt vor – überhaupt aushielt. Sie wirkte auf Dulcie wie eine zarte Elfe, und sicherlich hatte sie keine Ahnung, wie hübsch sie war mit ihren wunderschönen kastanienbraunen Haaren und den entzückenden Sommersprossen. Sie nahm eine trotzige Haltung ein: Sie hatte die Füße, die in schweren Stiefeln steckten, an den Knöcheln gekreuzt und die Arme vor der Brust verschränkt. Dulcie fand sie reizend und beneidete sie um ihre Jugend und die zierliche Figur, die in dem winzigen Rock und dem übergroßen Pullover hinreißend aussah. Dulcie hatte ganz vergessen, wie faszinierend und eifrig Teenager sein konnten und wie furchtbar ernst das Leben für sie war.

Es wurde Zeit, die Dinge in Gang zu bringen, und Dulcie hatte sich eine Übung für den Anfang ausgedacht – etwas, was die richtige heitere Note in die Gruppe brachte und allen half, lockerer zu werden. Sie bot allen außer Jaz, die bei Orangensaft blieb, noch einmal Wein an und sagte: »Sind alle einverstanden, wenn wir erst ein kleines Spiel machen, damit wir in die richtige Stimmung kommen?«

Victor war der Erste, der das Wort ergriff. »Ich bin nicht hier, um Spiele zu spielen«, murrte er.

Der Rest der Gruppe wurde munter.

Jack meinte scherzhaft: »Squash oder Tennis? Wie auch immer, ich habe leider meine Turnschuhe nicht dabei.«

»Klingt okay für mich«, sagte Beth lächelnd, »solange wir kein Trivial-Pursuit-Brett dazu brauchen.«

»Ist es ein Rollenspiel?«, fragte Jaz skeptisch. »So was haben wir in der Theaterklasse in der Schule andauernd gemacht.«

»Nein, es ist kein Rollenspiel«, versicherte Dulcie. »Es geht ums Geschichtenerzählen, und ich bin sicher, Sie alle haben das Spiel schon einmal gemacht – als Erwachsene oder als Kinder. Einer sagt einen Satz, dann steuert der Reihe nach jeder einen dazu bei, und alles zusammen ergibt eine Geschichte. Wir machen es im Uhrzeigersinn. Victor, vielleicht möchten Sie den Stein ins Rollen bringen?«

»Gut.« Er lehnte sich zurück, schloss die Augen, legte die Fingerspitzen aneinander und holte tief Luft. Dann stieß er den Atem wieder aus, und alle warteten darauf, dass er etwas sagte.

Nichts.

Vollkommenes Schweigen.

Beth warf einen Blick auf Dulcie, die ihr zuzwinkerte.

Immer noch nichts.

Jemand – Jaz? – räusperte sich.

Victor hielt weiter die Augen geschlossen. »Ich denke nach«, sagte Victor als Antwort auf das nicht allzu subtile Drängen.

Noch ein tiefer Atemzug. Dann kam's: »Es war die beste aller Zeiten, es war die schlimmste aller Zeiten.« Er öffnete die Augen und schaute sich um, als erwartete er Applaus. Dulcie merkte, dass Jaz ein Kichern unterdrückte, und schluckte, um selbst nicht laut loszulachen, dann sagte sie: »Ein guter Anfang, Victor. Beth, jetzt sind Sie dran. Und vielleicht könnten Sie einen etwas längeren Satz anfügen – etwas, in das wir anderen uns verbeißen und womit wir spielen können.«

»Es war die beste aller Zeiten, es war die schlimmste aller Zeiten«, wiederholte Beth langsam und richtete den Blick auf die Uhr, die auf dem Kaminsims stand, »aber niemand war auf die schreckliche Katastrophe vorbereitet, die in dieser stürmischen Nacht um Punkt Mitternacht über sie hereinbrach.«

Sichtlich erleichtert wandte sie sich Jack zu, der sofort fortfuhr: »Nicht einmal Gibbons, der einarmige Gärtner, dem es nie gelang, die Schubkarre geradeaus zu schieben. Besonders nicht, wenn er den Vormittag im Gewächshaus verbracht und seine Lieblingsmischung aus Kartoffelschnaps und Absinth gepichelt hatte.«

»Doch trotz seiner eigenartigen Trinkgewohnheiten«, sagte Jaz, »und obwohl er seinen Arm bei einem handgreiflichen Streit wegen seiner preisgekrönten Kürbisse verloren hatte, war Gibbons ein ausgezeichneter Schütze und tötete jeden, der unbefugt das Land seines Dienstherrn betrat.«

Als Nächste war Dulcie an der Reihe; sie freute sich, dass das Spiel bestens funktionierte und sich alle mit Ausnahme von Victor dabei amüsierten. »Gibbons Dienstherr war ein sonderbarer Mann«, setzte Dulcie die Geschichte fort, »und im Dorf wurde gemunkelt, dass er nicht der war, der er zu sein vorgab. Einige behaupteten, er wäre nach dem Zwischenfall mit der Mistgabel nie wieder der Alte geworden, während andere meinten, dass er seit seinem Aufenthalt in Afrika unter einem Fieber litt, von dem er nicht geheilt werden konnte.«

Nach ein paar weiteren Runden und viel Gelächter erzählte Jack, dass der Herr in Wahrheit ein Transvestit und Bauchtänzer und Gibbons ein Mafiaboss auf der Flucht vor seiner herrschsüchtigen Mutter war, und Dulcie erklärte das Spiel für beendet. Sie hatte festgestellt, dass Jack ein intelligenter, humorvoller Mann und ein Gewinn für die Gruppe war.

»Und was war der Zweck dieser Übung?«, wollte

Victor wissen und trommelte mit den Fingern auf seinen Aktenordner.

»Sie hat uns alle ein wenig lockerer gemacht«, sagte Dulcie. »Und wir haben gesehen, wie leicht es ist, in Klischees abzurutschen«, fügte sie ernster hinzu. »Das müssen wir vermeiden, wenn wir eine Geschichte mit Gehalt und Originalität schreiben wollen.«

»Ganz recht«, stimmte Victor ihr zu. »Die erste Regel beim Schreiben ist: Meide Klischees wie die Pest.«

Seine Schlagfertigkeit überraschte Dulcie. Sie lachte, aber dann sah sie seinen unbewegten Gesichtsausdruck und verstummte. O Gott, der arme Teufel würde ein Klischee nicht mal erkennen, wenn es ihm einen Tritt in den Hintern verpassen würde. »Also schön«, sagte sie und mied sorgsam Jacks Blick, der, wie sie sehr genau wusste, seine Belustigung über Victors dumme Bemerkung zeigte. »Da wir uns jetzt schon ein bisschen besser kennen, könnten wir darüber sprechen, was sich jeder von uns von diesen Treffen erhofft. Vielleicht gelingt es uns auch, genügend Mut aufzubringen, um ein paar Dinge über uns selbst preiszugeben und auszusprechen, warum wir schreiben.« Sie sah, wie sich Victor vorbeugte. »Beth, möchten Sie diesmal den Anfang machen?«

»Oh. Na ja ... O Gott. Also, ich schreibe schon seit einiger Zeit ... seit dem Tod meines Mannes vor elf Jahren. Wahrscheinlich könnte man sagen, es ist für mich so etwas wie eine innere Reinigung. Liebe Güte, das klingt furchtbar nach einem Klischee, oder?«

»Ganz und gar nicht«, versicherte Dulcie. »Als mein Mann starb, habe ich geradezu fieberhaft geschrieben. In jeder freien Minute, in der meine Gedanken um Philip hätten kreisen können, griff ich zum Stift. Haben Sie schon etwas veröffentlicht?«

»O nein. Ich habe nur für mich selbst geschrieben. Ich wollte nie, dass andere Leute meine Gedanken lesen.«

»Was machen Sie dann hier?«

Alle sahen Victor entsetzt an, und Dulcie hätte ihm am liebsten eine Ohrfeige verpasst.

»Darum geht's doch beim Schreiben«, fuhr Victor fort. »Zu erkennen, dass man Talent hat, und es dann mit anderen zu teilen.«

»Eine plausible Theorie«, meinte Jack. Er lehnte sich zurück und sah Victor direkt an. »Solange man sicher ist, dass man diese Gabe besitzt.«

»Ja«, stimmte Jaz ihm zu und stieß mit der Stiefelspitze in die Luft. »Es hat kaum Sinn, die Menschen mit schulmeisterlichem Quatsch zu überschütten, nur weil man sich selbst einbildet, schreiben zu können. Ich kann mir nichts Schlimmeres vorstellen.«

Prima, Jack und Jaz, dachte Dulcie. »Beth«, sagte sie, »was würden Sie gern bei unseren Zusammenkünften lernen?«

»Oh, ich denke, grundlegende Dinge. Ich glaube, ich bin auf der Suche nach jemandem, der mir zeigt, was ich falsch mache. Ich weiß selbst, dass ich nicht besonders gut bin, und es wäre mir lieb ...«

»Man kann nicht lernen, ein Schriftsteller zu sein. Entweder man ist dazu geboren oder nicht.«

»Das ist eine interessante These, über die wir zu einem späteren Zeitpunkt diskutieren wollen, Victor«, wehrte Dulcie geschickt ab. Er war ein Musterbeispiel für Vorurteile und Arroganz, so dass sie es fast genoss, ihm verbal Paroli zu bieten. Es kam ihr vor, als hätte sie es mit einem aufsässigen Kind zu tun, einem Kind, über das sie die Oberhand gewinnen würde. Lächelnd sagte sie: »Ich sollte vielleicht gleich sagen, dass jedes Mal, wenn sich einer von uns für seine Werke entschuldigt oder behauptet, nicht gut zu sein, fünfzig Pennys für die Selbstbewusstsein-Kasse fällig werden.«

Beth lachte. »Wenn das so ist ... akzeptieren sie auch Kreditkarten?«

»Wie wär's mit einer Klugscheißer-Kasse?«, brummte Jaz und betrachtete dabei eingehend den silbernen Ring an ihrem Daumen. Niemand hatte auch nur den geringsten Zweifel, wem ihre rhetorische Frage galt.

Dulcie schloss das jüngste Mitglied der Gruppe von Minute zu Minute mehr ins Herz. »Jack, wollen Sie uns etwas über sich erzählen und uns sagen, warum Sie hier sind?«, fragte sie.

»Da gibt es eigentlich nicht viel zu erzählen. Ich bin an einem Punkt in meinem Leben angelangt, an dem ich alles noch einmal genau überdenken und etwas Neues ausprobieren muss. Ich habe mich ganz spontan dazu entschlossen, mich bei Ihnen zu melden, als ich Ihre Anzeige an der Tür des Buchladens gesehen habe.«

»Und hoffentlich bereuen Sie nicht, dass Sie darauf reagiert haben.«

»Noch nicht«, erwiderte er mit einem Lächeln.

»Haben Sie Erfahrungen mit dem Schreiben?«

»Keine Veröffentlichungen, falls Sie das meinen. Ich habe ein paar eher armselige Songtexte verfasst, als ich jung und wahrscheinlich sehr betrunken war. Seit einiger Zeit denke ich daran, ein Tagebuch zu führen.« Er wandte sich an Beth. »Auch eine Art Seelenreinigung, nehme ich an.«

»Und Ihre Erwartungen an die Gruppe?«, fragte Dulcie weiter.

Jack fuhr mit dem Daumennagel die Bügelfalte in seiner Hose nach. »Ich bin gar nicht mal sicher, ob ich überhaupt welche hege. Wie gesagt, ich will nur etwas Neues ausprobieren.«

Victor schnalzte missbilligend mit der Zunge. »Genau so was hatte ich befürchtet. Wenn wir nicht alle mit Ernst bei der Sache sind und danach trachten, dass unsere Arbeiten veröffentlicht werden, dann sind diese Treffen reine Zeitverschwendung.«

Dulcie sah, dass Jack die Hand zur Faust ballte, und rief sich ins Gedächtnis, dass Geduld eine Tugend war. »Ich glaube kaum, dass dieser Beitrag hilfreich war, Victor. Wer weiß? Vielleicht wird Jack der nächste Tony Parsons.«

»Tony wer?«

Jaz verdrehte die Augen. »Tony Parsons. Er hat *Man and Boy* und *One For My Baby* geschrieben.«

»Ich habe noch nie etwas von ihm oder von seinen Büchern gehört.«

»Ich denke, wir reden am Thema vorbei«, intervenierte Dulcie. »Wir sind nicht hier, um uns gegenseitig zu beurteilen. Vielmehr sollten wir uns unterstützen und konstruktive Kritik üben. Jaz, möchten Sie uns jetzt etwas über sich sagen?«

»Okay. Ich habe gerade mit einem Roman angefangen, also kann man wohl behaupten, dass ich das Schreiben sehr ernst nehme.« Sie blitzte Victor an. »Das ist alles. Mehr gibt es nicht zu sagen.«

»Gibt es einen besonderen Grund, weshalb Sie beschlossen haben, etwas zu schreiben?«

Jaz schwieg einen Weile. »Hmm ... ich beschäftige mich gern allein. Beim Schreiben hat man irgendwie Macht, und wahrscheinlich gefällt mir das.«

»Ja.« Dulcie nickte. »Das Schreiben verleiht dem Autor Macht. Man ist allein mit einem Stück Papier, und wenn man es beschreibt, weiß man, dass niemand sonst etwas damit zu tun hat. Ein gutes Argument, Jaz. Und jetzt zu Ihnen, Victor – Sie sind offensichtlich schon ein erfahrener Schriftsteller. Wir würden gern mehr über das Buch erfahren, an dem Sie gerade arbeiten. Wie und warum haben Sie angefangen zu schreiben?«

Victor straffte die Schultern und machte sich bereit, die Bühne zu betreten. Vermutlich hatte er sich schon gefragt, ob er überhaupt noch drankam. »Es ist ein Thriller, der in einem fiktiven Staat spielt – irgendwo zwischen Mazedonien und Albanien. Und er umfasst alles vom Drogenhandel über Prostitution bis hin zur politischen Intrige.«

»Ein ziemlich breites Feld«, stellte Dulcie fest. »Was hat Sie auf die Idee gebracht? Eine Reise in diesen Teil der Welt?«

»Eine Sendung im Fernsehen. Nicht, dass ich oft fernsehe – heutzutage senden sie ohnehin fast nur Schrott. Und nein, ich war nie dort. Aber Schriftsteller sollten lernen, sich mehr auf ihre Vorstellungskraft zu verlassen als auf Tatsachen.« Er tippte sich an die Stirn. »Es ist alles hier drin.«

»Und wie viel haben Sie schon geschrieben?«, wollte Jack wissen.

»Zweihunderttausend Wörter«, entgegnete Victor stolz. »Und ich bin noch kräftig dabei.« Er schlug den Ordner auf.

Dulcie wurde das Herz schwer. Nach allem, was sie sah, war Victors Manuskript der Alptraum aller Verleger. Da waren lauter eng mit altmodischen Lettern beschriebene und mit Tipp-Ex verschmierte Seiten. »Benutzen Sie kein Textverarbeitungsprogramm?«, fragte sie.

Victor schüttelte den Kopf so vehement, als hätte sie ihn gefragt, ob er Blut statt Tinte verwendete. »An einem Computer würde ich nicht diesen kreativen Fluss verspüren. Mich beseelt der Geist, ein richtiger Schriftsteller zu sein, wenn ich auf meiner alten Remington tippe. Ich hämmere auf den Amboss der wahren Kreativität ein – genau das tue ich.«

»Guter Gott, woher nehmen Sie die Zeit, so viel zu schreiben?«, fragte Beth und starrte entgeistert das Manuskript an.

»Ich bin voll konzentriert«, erklärte er, schlug die Beine übereinander und entblößte noch mehr weißes Fleisch.

»Das muss wohl so sein«, meinte Jack. »Ich kann nicht einmal daran denken, nach einem harten Arbeitstag etwas derart Umfangreiches in Angriff zu nehmen. Ich ziehe meinen Hut vor Ihnen.«

Victor wurde rot bei Jacks Lob und betrachtete liebevoll sein Werk. »Es ist alles reine Konzentration«, murmelte er.

Später, als Dulcie ihren Schützlingen eine leichte Übung bis zur nächsten Woche aufgab und sie hinausführte, wusste sie, dass Victor, sosehr er die Gruppe auch mit seinen Reden genervt hatte, sie alle auch weiterhin mit seiner unangenehmen und manchmal sogar feindseligen Anwesenheit beehren würde. Zweifellos freute er sich insgeheim, dass er mehr als die anderen geschrieben hatte: Diese Leistung stellte ihn über den Rest der Gruppe. Das bedeutete, dass er im tiefsten Inneren genau wie alle anderen hoffnungslos unsicher war.

Kapitel neun

»Mutter, ich bin schockiert! Wer war der Mann, mit dem ich dich gesehen habe?«

Obschon Beth wusste, dass Nathan sie nur aufzog, spürte sie, wie ihr die Röte in die Wangen stieg. Sie machte die Tür zu, zog ihre Jacke aus und hängte sie an einen Garderobenhaken. Sie beschloss mitzuspielen. »Was für ein Mann soll das sein?«

Er drohte ihr mit dem Finger. »Spiel nicht das Unschuldslamm, Mädchen. Ich habe euch beide gesehen – frech wie Oskar mitten auf der Straße, wo euch alle Nachbarn sehen können.« Er schüttelte den Kopf. »Ich weiß wirklich nicht mehr weiter. Ich habe mir alle Mühe gegeben, dich anständig zu erziehen, und das ist nun der Dank. Was soll da ein Sohn noch machen?«

Sie drängte sich an ihm vorbei. »Für den Anfang könntest du Wasser aufsetzen, und beim Tee erzähle ich dir alles. Du ahnst nicht, was für ein Typ heute Abend dabei war. Ein dermaßen selbstgerechter Klugscheißer. Ich weiß nicht, wie wir die ganze Zeit überstanden haben, ohne ihm ordentlich eins hinter die Löffel zu geben.«

Sie setzten sich mit ihren Teebechern an den Küchentisch, Nathan hatte Holz im Ofen nachgelegt, während

Beth weg war, und sie konnte sich zum ersten Mal an diesem Abend entspannen. Ihr war klar, dass sie keine eindrucksvolle Vorstellung in der Bloom Street abgegeben hatte, und sie dachte lieber nicht allzu gründlich darüber nach, was die anderen von ihr halten mochten. Wahrscheinlich hatten sie sie längst als alberne Idiotin gestempelt. Sie hoffte nur, dass sie in ihrer Achtung höher stand als Victor Blackmore.

»Als Erstes will ich wissen, wer der Kerl im BMW war«, sagte Nathan und strecke seine bloßen Füße in Richtung Ofen. »Der selbstgerechte Klugscheißer?«

Momentan abgelenkt von Nathans langen Beinen – sie staunte immer wieder über seine Größe –, sagte sie: »Nein, das war Jack Solomon. Zufällig ist er auch Adeles Makler und wirklich ganz nett.«

Nathan musterte sie über den Becherrand hinweg und zog eine Augenbraue hoch. »Wie nett?«

Sie schlug mit einem der Korksets nach ihm. »Nicht in dieser Art. Er ist viel zu jung für eine altersschwache Frau wie mich.«

»O Ma, gib's auf! Ich wette, du warst die schönste Frau dort. Und obendrein die jüngste.«

»Wieder falsch. Es war ein interessantes Mädchen in deinem Alter da. Gott allein weiß, was sie über uns dachte. Ich vermute, sie sieht uns als Haufen seniler Irrer an. Vielleicht kennst du sie; sie besucht auch das Maywood College.«

»Name, Rang, Nummer?« Er zog ein imaginäres Notizbuch aus der Tasche und tat so, als würde er es durchblättern und nach der passenden Person suchen.

»Jaz Rafferty, und sie wohnt in der ...«

Nathan sah auf. »Marbury Road«, ergänzte er.

»Du kennst sie?«

»Ich habe sie heute nach dem Unterricht nach Hause gebracht. Weiß sie, dass du meine Mutter bist?«

»Warum? Hast du Angst, ich könnte ihr die Wahrheit über dich erzählt und sie vergrault haben?«

»Mum, ich hoffe doch, dass dir diese ganzen Fantasiegeschichten nicht zu Kopf steigen.«

Beth lachte. Sie erzählte ihm von dem Spiel, das sie in der Gruppe gespielt hatten.

»Ein Transvestit und Bauchtänzer? Allmählich habe ich wirklich Bedenken, was diese Schriftstellergruppe angeht. Vielleicht sollte ich dich das nächste Mal als Anstandswauwau begleiten und auf dich aufpassen.«

»Spielverderber.«

Später, als Beth im duftenden Badewasser lag, ließ sie den Abend noch einmal Revue passieren. Und kam zu dem Schluss, dass es doch ganz gut gelaufen war. Sie hatte mehr Spaß gehabt als erwartet und war jetzt erfüllt von dem Gefühl, etwas geleistet zu haben. Sie schrieb Dulcie Ballantyne das Verdienst zu: Mit ihrer stillen, beruhigenden Art hatte sie die Gruppe entschieden, aber keineswegs autoritär durch den Abend geführt. Sie hatte alle ermutigt, ohne gönnerhaft aufzutreten. Es war nur schade, dass sie sich mit Victor abgeben mussten. Möglicherweise stieg er aus und kam nächste Woche nicht wieder, und vielleicht kamen neue Teilnehmer dazu. Es war selbstsüchtig, aber Beth hoffte wirklich, dass es so kommen würde. Sie wünschte sich, dass die Gruppe klein blieb. Außer Victor mochte sie alle. Vielleicht hatte sich der Rest der Gruppe so wunderbar zusammengefügt, gerade weil Victor so eine Nervensäge war.

Sie seifte sich die Beine mit dem bananenförmigen Schwamm ein, den ihr Nathan zu ihrem letzten Geburtstag geschenkt hatte, und machte sich bewusst, dass sie ein Feigling gewesen war. *Mehr Courage, meine Tapfere!*, ermahnte sie sich. Bestimmt machten sich die anderen nicht so jämmerliche Gedanken. Jack Solomon auf keinen Fall. Sie fragte sich, was er gemeint hatte, als er sagte, das Schreiben könnte eine Seelenreinigung für ihn sein. Was hatte er zu verarbeiten? Er machte einen gelösten, zuversichtlichen Eindruck auf sie. Aber niemand wusste besser als sie, dass die äußere Erscheinung täuschen konnte.

Wenn die Patienten vom Gesundheitszentrum sie heute Abend erlebt hätten, würden sie nicht glauben, dass sie dieselbe Frau war wie die, die so streng war, wenn sie behaupteten, ihre Halsschmerzen wären lebensbedrohlich und sie *müssten* sofort einen Termin beim Arzt bekommen. Oft war in solchen Fällen das einzige bedrohte Leben ihr eigenes – sie war diejenige, die die Beschimpfungen am Telefon ertragen musste.

Ihre Gedanken beschäftigten sich immer noch mit der Gruppe, und sie dachte an Jaz Rafferty. War das nur Einbildung gewesen, oder hatte Nathan tatsächlich ein wenig zu viel zurückhaltendes Interesse gezeigt, als sie den Namen des Mädchens genannt hatte? Er war sehr beliebt bei den Mädchen – das Telefon klingelte ständig –, aber bisher hatte es nie eine »Besondere« für ihn gegeben. Er behauptete immer mit einem Lachen, er müsste sich alle Möglichkeiten offen halten und könnte sich nicht festlegen, aber Beth wusste, dass das nicht seinem Charakter entsprach. Das war eher Billys Stil. Während Billys *Raison d'être* war, so viele gebrochene Herzen wie möglich zu hinterlassen, wollte Nathan Freundschaften mit den Mädchen schließen.

Beth drehte geschickt mit dem Fuß den Wasserhahn auf, um heißes Wasser nachzulassen, und überlegte, warum sich Frauen so oft zu den falschen Männern hingezogen fühlten.

Zu hübschen, oberflächlichen Kerlen, die ihnen nicht gut taten.

Ein Klopfen an der Tür riss sie aus ihren Gedanken.

Es war Nathan. »Hörst du mich ab? Ich möchte sehen, ob ich meinen Text schon kann.« Er kam herein und machte es sich in dem knarrenden Korbsessel neben der Badewanne bequem. Es war eine vertraute Routine. Seit Jahren fragte sie Nathan ab, wenn sie in der Badewanne lag – seine Rollentexte oder Französischvokabeln. Als er älter wurde, hatte Beth angenommen, dass er nicht mehr zu ihr ins Bad kommen würde, aber er hatte die Gewohnheit beibehalten. Es amüsierte sie, dass es umgekehrt nicht mehr funktionierte: Nathan schloss immer die Tür ab, wenn er sich im Badezimmer aufhielt.

Sie drehte den Wasserhahn zu. »Na, schön. Gib mir ein Handtuch.« Nachdem sie sich die Hände abgetrocknet hatte, nahm sie ihm das Textbuch ab.

»Fang bitte oben auf der Seite an.«

Beth begann mit ihrem besten Edith-Evans-Akzent die Rolle von Lady Bracknell zu lesen. In dem Bad mit der hohen Decke hatte ihre Stimme mehr Resonanz: »›Es ist wirklich nicht wichtig, Algernon. Ich aß ein wenig Gebäck mit Lady Harbury, die nur noch für ihr Vergnügen zu leben scheint.‹«

»›Ich habe gehört, ihr Haar ist weiß geworden …‹« Nathan brach ab. »Was ist? Was stimmt nicht?«

Sie gab ihm das Buch. »Schnell, hol mir einen Stift und einen Zettel.«

Er lief hinaus und kam gleich wieder zurück. Beth schrieb in Großbuchstaben auf das Papier: EIN LEBEN FÜRS VERGNÜGEN.

»Was hältst du davon?«, fragte sie. »Könnte das ein Buchtitel sein?«

»Nicht schlecht. Aber warum tust du Oscar nicht noch mehr Ehre an und entscheidest dich für: ›Ein Leben nur für das Vergnügen‹?«

Sie schüttelte den Kopf. »Nein, anders ist es prägnanter.«

Als Beth sich schlafen legte, war sie glücklich. Dulcie hatte ihnen die Aufgabe gestellt, sich einen Titel für einen Roman auszudenken und den Anfang – etwa eine Seite – zu schreiben. »Machen Sie die Hauptmerkmale, die das Werk haben sollte, verständlich«, hatte Dulcie gesagt. »Sie brauchen einen Aufhänger, mit dem Sie die Aufmerksamkeit des Lesers fesseln; er muss ein Gespür für Zeit und Ort bekommen und den allgemeinen Ton der Geschichte erfassen.«

Beth war über den Titel regelrecht gestolpert. Jetzt musste sie nur noch die dreihundert Wörter schreiben.

Ein Kinderspiel, wie Nathan sagen würde.

Kapitel zehn

Als Jack am Sonntagmorgen aufwachte, lag Clares Arm quer über seiner Brust. Er blieb einen Moment reglos liegen und starrte auf den schmalen Spalt zwischen den Vorhängen. Regen trommelte gegen die Fensterscheibe. Wieder ein regnerischer, trostloser Tag, dachte er. Tausende Meilen weit weg genossen Amber und Lucy blauen Himmel und die Sonne von Florida.

Er schaute auf den Wecker neben dem Bett – es war noch nicht einmal sieben. Er musste heute nicht früh aufstehen – es war kein Arbeitstag –, aber er wusste, dass er nicht mehr einschlafen konnte. Vorsichtig, um Clare nicht zu wecken, hob er ihren Arm hoch und stand leise auf.

Er schloss sich im Bad ein, stellte sich unter die Dusche und ließ den starken Wasserstrahl auf sich prasseln, um richtig wach zu werden. Er fragte sich, ob das eine so gute Idee war. In seiner gegenwärtigen Stimmung wäre es vielleicht besser, wenn er leicht benebelt den Tag durchlebte.

Nach dem Duschen wickelte er sich in ein großes Handtuch, wischte das Kondenswasser vom Spiegel und nahm den Rasierapparat in die Hand. Eigentlich ließ er die langweilige Prozedur des Rasierens gern ausfallen, wenn er nicht ins Büro musste, aber Clare bestand hartnäckig auf einem stoppelfreien Kinn, insbesondere wenn sie ausgingen. Heute würden sie sich mit Des und Julie zum Mittagessen beim Italiener in der Stadt treffen. Es war Clares Idee gewesen, seinen Aufstieg zum Partner zu feiern, aber Jack fühlte sich ausgesprochen unbehaglich dabei. Er wusste, dass Des dieselbe Beförderung erwartet hatte, aber man hatte ihn übergangen. Jack kam sich vor, als würde er ihm die Niederlage mit diesem gemeinsamen Mittagessen noch einmal ordentlich unter die Nase reiben. Ein Schritt nach oben auf der Karriereleiter wäre zudem für Des eine willkommene Erleichterung: Vor sechs Monaten hatte seine Frau Desmond junior das Leben geschenkt. Clare hatte die Verabredung hinter Jacks Rücken vereinbart und ihn erst gestern Abend davon in Kenntnis gesetzt. »Es sollte eine Überraschung für dich sein«, sagte sie, schlang die Arme um seinen Hals und küsste ihn, »aber du weißt ja, dass ich Geheimnisse nicht für mich behalten kann. In dieser Beziehung bin ich hoffnungslos.« Sie schob ihn aufs Sofa, und ehe er so recht begriff, was er tat, zog er sie aus. Nicht langsam und behutsam wie sonst, sondern grob und erfüllt von dem Bedürfnis, die Wirkung seiner Stärke zu spüren. *Irgendetwas* zu fühlen. Danach war er mit einem quälenden Gefühl der Verzweiflung eingeschlafen.

An dem Tag, an dem das erste Treffen der Schriftstellergruppe stattfand, hatte er es endlich über sich gebracht, Clare davon zu erzählen, dass er Partner von Norris und Rowan geworden war. Sie telefonierten am späten Nachmittag, und Clare schlug vor, am Abend zum Essen auszugehen. »Tut mir Leid«, sagte Jack, »vielleicht ein anderes Mal, heute habe ich etwas vor.«

»Oh? Erwartet dich etwas oder *jemand* Besseres?«, erkundigte sie sich scherzhaft, aber er nahm den leicht unmutigen Unterton wahr. Sie war eifersüchtig.

Er hatte keine Lust, mit ihr über Verborgene Talente zu reden, und sagte ausweichend: »Jetzt, da ich Partner bin, werde ich abends noch öfter länger arbeiten müssen, fürchte ich. Man erwartet von mir, dass ich an den regelmäßig stattfindenden Besprechungen teilnehme.« Sobald die Worte ausgesprochen waren, realisierte er, dass er sich damit ein Alibi für die Donnerstage und die Treffen mit der Schriftstellergruppe verschafft hatte.

»Oh, na schön«, erwiderte sie fröhlicher. »Ich schätze, das ist der Preis des Erfolgs.«

Er schlich ins Schlafzimmer, nahm ein paar Klamotten aus dem Schrank und zog sich wieder ins Bad zurück. Als er angezogen war, ging er hinunter. Die Küche befand sich in der mittleren Etage des Hauses und überblickte den Fluss. Das war, als Jack seinerzeit die Immobilie besichtigt hatte, der einzige Vorzug gewesen, den er entdecken konnte. Er mochte moderne Häuser nicht – eine Meinung, die er im Job lieber für sich behielt. Aber in der Not konnte er auf ästhetische Präferenzen keine Rücksicht nehmen: Er brauchte ein Dach über dem Kopf, und dieses Haus war erschwinglich und nicht weit weg von seinem Büro. Maywood hatte sich zu einer wohlhabenden Stadt entwickelt, und wenn man hier leben wollte, durfte man nicht wählerisch sein. Man brauchte kein Immobilienmakler zu sein, um zu wissen, dass die Lage eines Objekts alles war. Jack würde viel darum geben, in der Bloom Street oder in der Maywood Park Road zu wohnen.

Er machte sich Toast und Kaffee in der Cafetière. Er beneidete Beth King und Dulcie Ballantyne. Er wusste nicht viel über sie, nur dass beide verwitwet waren, aber sie schienen mit dem Schicksalsschlag fertig geworden zu sein. Vielleicht konnte er etwas von ihnen lernen, wenn er sie erst mal besser kannte. Er hatte es aufgegeben, Hilfe von seinem unmittelbaren Freundeskreis zu erwarten: Alle waren glücklich verheiratet und begriffen gar nicht, was er durchmachte. Jack konnte ihnen das nicht vorwerfen. Was war schlimmer als die Besessenheit eines Freundes? Denn genau das schien ihn zu quälen; seit einiger Zeit kam er sich tatsächlich vor wie ein Besessener. Wie lange hatte Beth King wohl gebraucht, bis sie sich wieder im Griff gehabt hatte? Oder Dulcie?

Es war eine Überraschung gewesen, Beth am Donnerstagabend zu sehen: Sie war ihm ganz anders vorgekommen als die Frau, die ihm paar Tage zuvor so entschlossen gegenübergetreten war und dafür sorgen wollte, dass die alte Mrs. Waterman nicht übers Ohr gehauen wurde. Bei dem Treffen war sie weit weniger selbstsicher gewesen.

Vielleicht dachte sie dasselbe von ihm. Er hatte der Gruppe erzählt, dass er daran dachte, ein Tagebuch zu führen, und als er, nachdem er Beth und Jaz zu Hause abgesetzt hatte, heimgekommen war, hatte er ein altes Notizbuch hervorgekramt und seinen ersten Eintrag gemacht. Nach ein paar Zeilen beschloss er jedoch, lieber am Laptop zu schreiben. Es war privater und verringerte die Gefahr, dass Clare zufällig seine innersten Gedanken lesen würde.

Er stand am Fenster und schaute auf den Fluss: Er

war so grau wie der Himmel. Der Regen war noch stärker geworden. Es war kein Tag, an dem man Lust hatte, das Haus zu verlassen. Sosehr er Des und Julie auch mochte, es wäre ihm lieber, er könnte es sich mit einer Flasche Wein auf dem Sofa gemütlich machen, Zeitung lesen und vielleicht ein bisschen schreiben. Er musste seine Aufgabe für Donnerstag noch erledigen. Bisher hatte er noch nicht damit angefangen, aber er hatte große Lust, die Sache in Angriff zu nehmen. Das Problem war, dass sich Clare seit Freitag bei ihm aufhielt und er nicht willens war, sie wissen zu lassen, womit er sich beschäftigte. Er wollte etwas ganz für sich allein haben. Er aß seinen Toast und machte sich klar, dass er und Clare gerade aus diesem Grund keine Zukunft hatten. Sie verlangte zu viel von ihm: Sie erwartete, dass er sein Leben ganz und gar in ihre Hände legte, damit sie darüber bestimmen konnte, und dazu war er nicht bereit. Er konnte nicht alles mit ihr teilen – nicht so kurz nach der Trennung von Maddie.

Oder vereinfachte er die Dinge zu sehr wie dieser anmaßende Trottel Victor? Er goss sich zum zweiten Mal Kaffee ein und lächelte trotz seiner trübsinnigen Laune. Victor war ein Typ, der dringend einen Dämpfer brauchte. Wer aus der Gruppe war wohl der Erste, der ihm ordentlich die Meinung sagte?

Er setzte auf Jaz. Jack hatte neben ihr gesessen und gespürt, dass sich ihr jedes Mal das Fell sträubte, wenn Victor auch nur den Mund aufmachte. Sie erinnerte ihn an Amber, vielmehr musste er, wenn er Jaz ansah, daran denken, wie seine ältere Tochter einmal sein würde, wenn sie siebzehn war. Amber war erst elf, entwickelte sich aber allmählich zu einem lebhaften, reizbaren

Teenager. Jack hoffte, dass sie sich nie so weit von ihm entfernte, dass sie nicht mehr miteinander reden konnten. Der Gedanke, dass irgendetwas das Verhältnis zu seinen geliebten Töchtern zerstören könnte, erschreckte ihn so sehr, dass er den Becher fest umklammerte und beinahe den Henkel abgebrochen hätte.

Plötzlich befiel ihn eine noch schlimmere Angst: Was, wenn seine Unfähigkeit, sich mit dem, was Maddie und Tony getan hatten, abzufinden, einen Keil zwischen ihn und die Mädchen trieb? Clare hatte ihn gewarnt, dass es so weit kommen konnte. Mit zitternder Hand stellte Jack den Becher ab. »Das darf nie passieren«, sagte er laut. »Und wenn du nur noch ein einziges Versprechen für den Rest deines Lebens machst, dann das, Amber und Lucy vor dem Menschen zu beschützen, der sie am meisten verletzen kann: vor dir selbst.«

Beim Mittagessen trank Jack zu viel und klinkte sich immer wieder aus der Unterhaltung aus. Clare hatte nie besonderes Interesse für Des' und Julies Baby gezeigt, aber heute schien sie erpicht darauf zu sein, alles über Desmond junior zu erfahren: Hatte er sich von seinem Windelausschlag erholt? Bereitete er ihnen schlaflose Nächte, weil er zahnte? Ein- oder zweimal hatte Jack Blickkontakt mit ihr, und sie rieb ihren Fuß an seinem Bein. Er wünschte beinahe, er könnte die Beziehung zwischen ihnen in Ordnung bringen. Es wäre so angenehm und bequem. Sie war intelligent – ihr Job als Anwältin war ein Beweis dafür –, attraktiv und absolut fähig, eine gute Ehefrau zu sein. Jeder andere Mann an seiner Stelle würde sofort zugreifen. Warum konnte er das nicht?

Weil er sie nicht liebte. Und nie lieben würde. So

einfach war das, und sie hatte Besseres verdient. Je früher er die Sache beendete, umso besser für sie alle. Er machte sich klar, dass es entscheidend war, wann und wie er mit ihr sprach. Er würde nichts überstürzen und sich Zeit lassen, damit sie sich als Freunde voneinander trennen konnten. Er trank noch einen großen Schluck Wein. Plötzlich ärgerte er sich, weil er das kurze Verhältnis mit Clare behandelte, als wäre es eine Ehe. Fünf Monate – mehr hatten sie nicht gemeinsam.

»Hey, Jack! Was träumst du?«

Er riss sich von seinen Gedanken los. »Nichts, was du kapieren würdest, Des, mein Junge«, antwortete er im Dialekt des Nordens.

Julie stöhnte. »Oh, jetzt fangen sie wieder damit an, Clare.«

Es war ein Scherz zwischen ihnen: Clare und Julie waren im saftig grünen Cheshie aufgewachsen, wie sie es nannten, während Jack und Des ihre Kindheit in rauerem Klima verbracht hatten – in Lancashire und Greater Manchester. Wenn genügend Alkohol geflossen war, rutschten Jack und Des in ihre Monty-Python-Routine.

»Oh, lassen wir sie und gehen auf die Toilette«, sagte Clare. Sie faltete ihre Serviette und stand auf. »Dann können wir hinter ihrem Rücken über sie reden«, fügte sie mit einem Lächeln hinzu.

Als sie allein waren, füllte Des ihre Gläser nach – die Mädchen hatten sich bereit erklärt, sie nach Hause zu fahren. Jack hatte mehr getrunken als sonst und spürte, dass ihn der Alkohol leichtfertig und streitlustig machte, trotzdem ließ er sich von Des noch einmal nachschenken.

»Ist alles okay, Jack? Du bist so still. Alles in Ordnung, *chez* Solomon?«

Jack betrachtete Des' besorgtes Gesicht und war versucht, sich ihm anzuvertrauen. Vielleicht brauchte er das, und wenn er sich ausgesprochen hatte, war alles gut. Möglicherweise hatte er nur kalte Füße bekommen und schreckte deshalb vor Clare zurück. Er kannte Des noch nicht sehr lange – nur zwei Jahre –, aber er war ein guter Freund, dem man sowohl in der Arbeit als auch privat vertrauen konnte.

Jemand, dem er vertraute.

Die Worte dröhnten in seinem Kopf.

Jemand, dem er vertraute.

Jemand wie Tony.

Er hob das volle Glas an die Lippen und trank es in einem Zug leer. »Alles bestens«, sagte er und hielt Des das leere Glas hin, damit er es noch einmal auffüllen konnte. »Was, zum Teufel, sollte in meinem Leben nicht in Ordnung sein? Ich hab's geschafft, oder nicht? Ich hab eine tolle Freundin und wäre verrückt, sie loswerden zu wollen, und bin Partner in der Firma. Was sollte da nicht stimmen?« Seine Stimme klang scharf und war viel zu laut. Die Leute am Nachbartisch drehten sich nach ihm um.

Des hielt die Flasche in der Hand und sah seinen Freund an. »Sag du es mir, Jack.«

Kapitel elf

Marsh House war das kälteste Haus, das Nathan kannte, und wann immer er und seine Mutter Grandma Lois und Grandpa Barnaby besuchten, zogen sie sich warm an. Heute trug er eine Jeans und seinen dicksten Pullover über einem langärmligen T-Shirt, und Mum hatte ihr Marsh-Twinset an, wie sie es nannte: ein absolut uncooles, teures Teil aus flauschiger Wolle, das ihr Grandma zu Weihnachten geschenkt hatte. Sie nahm es nur für Besuche im Marsh House aus dem Schrank. Normalerweise kamen die Großeltern dank Mums Einfallsreichtum zu ihnen in die Wohnung, wo Grandpa, der die Wärme nicht gewöhnt war, am Kamin döste. Die Großeltern waren nicht zu geizig, um ihr großes Haus richtig zu heizen, sie gehörten nur, wie Mum sagte, einer Generation an, in der man glaubte, Kälte wäre gut für die Gesundheit.

»Pass auf den Radfahrer auf, Nathan.«

»Nur die Ruhe, Mum, den hab ich längst gesehen.« Er setzte den Blinker, überholte den Radfahrer und wandte sich seiner Mutter mit einem Lächeln zu.

»Sieh auf die Straße!«

»Mum, ich kenne die Straße. Werf noch ein Prozac ein, lehn dich zurück und entspann dich.«

Er fuhr schweigend weiter und ignorierte den Fuß

seiner Mutter, mit dem sie ständig auf das nicht vorhandene Bremspedal trat. Er wusste, wie schwer es Eltern fiel, auf den Beifahrersitz verbannt zu sein. Alle im College beklagten sich darüber, aber seine Mum ließ ihn wenigstens, so oft es ging, ans Steuer. Wann immer sie zusammen irgendwohin fuhren, drückte sie ihm den Schlüssel in die Hand und sagte: »Du fährst.« Es wäre toll, ein eigenes Auto zu haben wie Billy, aber das konnten sie sich nicht leisten. Es machte ihm nicht viel aus: Eines Tages würde er genug Geld verdienen und musste sich nicht mehr den Kopf darüber zerbrechen, wie teuer etwas war. Wenn er sein Jurastudium abgeschlossen hatte und in London war, dann würde alles anders werden. Es würde eine Schinderei werden, so weit zu kommen, und wahrscheinlich musste er während des Studiums jobben, aber er würde es ganz bestimmt schaffen.

Anders als Billy und die meisten anderen im Maywood College, die die Uni als Verlängerung der Kindheit ansahen, hatte Nathan die nächsten fünf Jahre seines Lebens genau vorausgeplant – wenn er im Sommer die richtigen Abschlussnoten bekam, hoffte er, in Nottingham angenommen zu werden – und wollte unter allen Umständen verhindern, dass irgendetwas seine Pläne durchkreuzte.

Billy hatte vor, ein Jahr zu pausieren und auf Kosten seiner Eltern durch die Welt zu reisen. Nathan beneidete ihn nicht. Er hatte Billy noch nie beneidet. Deshalb waren sie Freunde. Billy, der nichts ernst nehmen konnte, selbst wenn sein letzter Tiegel Haargel davon abhinge, hatte eine ganz schlichte Einstellung zum Leben: Er wollte nur seinen Spaß haben und sich möglichst wenig anstrengen. Nathan hingegen wusste, dass sich harte Arbeit immer auszahlte.

Zwischen ihnen bestand keine Rivalität, weil Billy Billy war und Nathan Nathan. Sie stritten selten, und obwohl Nathan Billy für einen Idioten hielt, wenn es um Mädchen ging, und ihm das auch sagte, gerieten sie sich nie in die Haare. »Sie wissen von vornherein Bescheid«, behauptete Billy einmal, als Nathan ihm Vorhaltungen machte, weil er ein Mädchen so grausam behandelt hatte. Nach Nathans Beobachtungen hielten die Beziehungen im College alle nicht lange, und wenn sich das Pärchen trennte, wusste man oft nicht, wer mit wem nicht mehr sprach. Er zog es vor, mit allen gut Freund zu sein; das schonte die Nerven und war weit weniger kompliziert. Alles andere würde das größere Bild verwischen, das er für sich selbst gemalt hatte.

Dennoch konnte er nicht abstreiten, dass er ein gewisses Interesse an Jaz Rafferty hatte. Ihre widerborstige Unabhängigkeit gefiel ihm. Sie war ihm schon ganz am Anfang des Trimesters aufgefallen, und er mochte die eigenwillige Art, in der sie sich kleidete und ausdrückte; sie war kein Mädchen, das blind mit dem Strom schwamm. Allerdings vermutete er, dass sie sich am Donnerstag, als er sie nach Hause brachte, nicht so kratzbürstig verhalten hatte, weil er sie brüskiert hatte, sondern weil sie in Billy verknallt war. Es war immer dasselbe: Die Mädchen, denen Billy keinen zweiten Blick gönnte, behaupteten, nicht zu verstehen, was alle anderen an ihm fanden.

Er fuhr durch das Tor von Marsh House und widerstand der Versuchung, die ihn immer befiel, wenn sie hier ankamen: Gas zu geben, den Wagen schleudern zu lassen und mit quietschenden Reifen direkt vor der Haustür abzubremsen.

Grandpa Barnaby öffnete ihnen die Tür. Er hatte eine Schürze umgebunden und strahlte über das ganze Gesicht. »Gut, gut«, sagte er. »Jetzt, da ihr hier seid, wird Lois mir einen Drink erlauben. Ich hatte schon Angst, dass ihr zu spät kommt.« Er schüttelte Nathan die Hand, wie er es immer schon getan hatte, auch als Nathan noch ein kleiner Knirps gewesen war. Und er küsste Beth, die in seiner enthusiastischen Umarmung beinahe verloren ging.

Als sie wieder ans Tageslicht kam und den zerdrückten Blumenstrauß zurechtzupfte, sagte sie: »Das klingt, als hättest du dringend einen nötig, Barnaby.«

Er grinste und strich sich über den Schnurrbart, dann deutete er mit dem Kopf ins Haus: »Wann ist das nicht so? Aber jetzt kommt rein. Lois schuftet in der Küche. Sie hat alle möglichen Leckereien für euch vorbereitet. Mich hat sie in der letzten Stunde auch eingespannt. Ihr wisst ja, dass es für sie kein Halten gibt, wenn sie einmal anfängt. Ich hoffe nur, ihr habt einen gesunden Appetit mitgebracht.«

Sie folgten ihm durchs Haus; ihre Schuhe klapperten laut auf dem gewienerten Holzboden. Das Marsh House war nicht nur kalt, sondern auch still wie ein Grab. Selten hörte man hier Musik oder Radio 4 im Hintergrund wie bei ihnen zu Hause. Als Kind hatte sich Nathan vor der Stille im Marsh House gefürchtet und war auf Zehenspitzen durch die Räume geschlichen, weil er immer damit gerechnet hatte, dass sich etwas oder jemand auf ihn stürzen würde. Er erinnerte sich noch, dass er mit etwa fünf Jahren ein paar Tage hier gewesen war, als seine Eltern verreist waren. Jeden Abend hatte er höllische Angst davor gehabt, allein ins Bett zu gehen. Grandpa Barnaby saß immer stundenlang bei ihm, las ihm eine Geschichte nach der anderen vor, bis er schließlich mit unter dem Kissen versteckten Kopf eingeschlafen war.

Jetzt blieb Grandpa Barnaby auf der Schwelle zur Küche stehen und sagte: »Sieh mal, wen ich da aufgelesen habe, Lois! Ein reizendes Pärchen, das uns Geschenke aus der Gartenkultur bringt.«

Dies war eine Variation der vielen Sprüche, die Grandpa immer parat hatte, wenn sie zu Besuch kamen. Es hatte als Witz angefangen, der Nathan erheitern sollte, als er noch klein war, aber mittlerweile war es zum Begrüßungsritual geworden. *Sieh mal, Lois, zwei der vornehmsten Menschen des Landes machen uns einen Besuch*. Oder: *Lois, wusstest du, dass wir heute königliche Gäste erwarten?*

Aber Grandma Lois spielte nie mit. Gewöhnlich schnitt sie eine Grimasse und schüttelte den Kopf über ihren Mann. Jetzt hielt sie die in Gummihandschuhen steckenden Hände von sich und drehte sich um – sie wusch gerade einen Blumenkohl in der Spüle. »Ah, Beth, meine Liebe, da bist du ja. Oh, und wie hübsch du aussiehst. Das war wirklich ein guter Kauf, dieses Angora-Twinset, das ich dir geschenkt habe, nicht wahr? Ich kann kaum glauben, dass du es so oft trägst. Und, Nathan, sieh dich nur an in diesem tollen Ledermantel. Sehr schick. Was für ein fescher junger Mann du doch geworden bist. So groß.« Sie seufzte, und Nathan wusste genau, was als Nächstes kam. »Das Ebenbild deines Vaters.« Sie waren noch keine zwei Minuten im Haus, und schon zog sie den ersten Vergleich.

Obwohl er sich fest vorgenommen hatte, auf derlei Anspielungen gar nicht zu reagieren, biss er die Zähne zusammen. Aus den Augenwinkeln beobachtete er, wie seine Mutter ihn ansah. Sie versuchte ihn zu beschwichtigen, aber das hielt ihn nicht davon ab, sich zu wünschen, sie wären nicht hergekommen. Er hasste es, seiner Mutter zuliebe den Mund zu halten und eine Täuschung aufrechtzuerhalten, die für Grandma Lois zu einer absurden Realität geworden war. Der ganze Tag – der Geburtstag seines Vaters – war eine Farce, und er hatte keine Lust mehr, mitzuspielen.

Warum wurden Kinder für unschuldige Lügen bestraft, wenn Erwachsene die Wahrheit ewig lange verschleiern durften, ohne jemals des Betrugs beschuldigt zu werden?

»Nathan, du bist schrecklich still. Was hast du in letzter Zeit getrieben? Noch etwas von der Apfelsauce?«

»Nein, danke, Grandma.« Seine Großmutter war eine ausgezeichnete Köchin, aber sie übertrieb immer: Auf dem Tisch standen so viele Speisen, dass sie damit durch den ganzen Winter gekommen wären. Sie saßen im Esszimmer, das mit seinen Nordfenstern wahrscheinlich der kälteste Raum im ganzen Haus war. Die Wände waren in einem giftigen Gelb gestrichen, das den düsteren Raum aufhellen sollte, ihn aber nur noch kälter erscheinen ließ.

Grandpa Ballantyne, der an der Stirnseite des Tisches Nathan gegenübersaß, kicherte und zwinkerte ihm verschwörerisch zu. »Vorsicht, Lois, er ist ein gut aussehender junger Mann und tut sicher jede Menge Dinge, die er lieber für sich behält.«

Lois schnalzte missbilligend mit der Zunge. »Was für ein Unsinn! Was sollte er seinen Großeltern verheimlichen wollen? Noch eine gebratene Kartoffel, Nathan? Vielleicht eine Pastinake?«

Da Nathan wusste, dass noch mindestens drei verschiedene Desserts aufgetischt wurden, lehnte er höflich ab. Dies war eine der Gelegenheiten, bei denen er gern etliche Geschwister hätte, die ihm etwas von der Last der großelterlichen Fürsorge abnehmen könnten. Um seine Großmutter abzulenken, die mit Blicken den Tisch nach etwas absuchte, das sie ihm sonst noch anbieten konnte, sagte er: »Hat Mum euch erzählt, dass ich bei einem Theaterstück im College mitspiele?«

»Oh, tatsächlich? Wie aufregend. In welchem?«

»*Ernst sein ist alles*. Ich bin Algernon.«

Lois wandte sich erst an ihren Mann, dann an Beth. »Die beste Rolle – selbstverständlich. Adam war genauso. Er hat bei jeder Schulaufführung die Hauptrolle ergattert.«

Verärgert erklärte Nathan: »Es ist eigentlich ein Ensemble-Stück. Ich denke, Lady Bracknell stiehlt an manchen Stellen allen anderen die Show.«

Lois schien seinen Einwand gar nicht gehört zu haben. »Barnaby, erinnerst du dich, wie Adam den Puck im *Sommernachtstraum* gespielt hat? Hinterher haben uns alle darauf angesprochen und gesagt, er sei ein Naturtalent und sollte auf der Bühne Karriere machen.«

Nathan stand abrupt auf und stieß seinen Teller beiseite. Er fing das Messer gerade noch auf, bevor es auf den Boden fiel. »Soll ich den Tisch abräumen, Grandma?«

Sie drehte den Kopf zu ihm und strahlte ihn an. »Wie lieb von dir, Nathan. Aber das ist nicht nötig – ich mach das schon.«

Beth erhob sich ebenfalls. »Ist schon gut, Lois, du bleibst sitzen und ruhst dich aus. Nathan und ich räumen alles weg. Das ist das Mindeste, was wir tun können.«

»Entschuldige, Mum«, flüsterte Nathan, als sie in der Küche allein waren, »aber ich kann es nicht ausstehen, wenn sie immerzu von ihm anfängt.«

Seine Mutter stellte den Tellerstapel neben die Spüle und legte die Hand auf seinen Arm. »Ich weiß, Nathan, aber es ist ja nur heute. Das ist ihre Art, damit fertig zu werden.«

»Aber sie *wird nicht* damit fertig. Sie verdreht dauernd die Tatsachen. Hätte Dad das gewollt?« Er starrte aus dem Fenster. Sein Unmut wuchs immer mehr. »Und es ist nicht nur heute. Sie wird immer schlimmer. Ich kann ihr nichts erzählen, ohne dass sie mich mit ihm vergleicht. Manchmal möchte ich sie anschreien: ›Ich bin *ich, Nathan* King. Nicht Adam King, der Goldjunge von Lois und Barnaby King.‹« Er ließ den Kopf sinken, er schämte sich ein bisschen für den kindischen Ausbruch.

Beth nahm die Hand von seinem Arm und legte sie ihm auf die Schulter. »Sieh mal«, sagte sie sanft, »dies ist nicht der richtige Moment, darüber zu sprechen. Lass Lois wenigstens heute die Erinnerung an ihren Sohn, wie sie sie braucht. Okay?«

Eine kleine Weile herrschte Schweigen. Nathans

Wut ließ nach, aber die Niedergeschlagenheit blieb. »Wir sind gefangen ... eingeengt durch das, was Dad passiert ist. Du wirst immer die Witwe sein, und ich bin der verwaiste Enkelsohn.«

Beth runzelte die Stirn. »Entschuldige, aber du bist keine Waise. Du hast eine Mutter, die dich sehr liebt. Und wenn du nicht so scharf drauf wärst, uns nach Hause zu chauffieren, würde ich dir jetzt einen Drink anbieten.«

Er gab sich Mühe, ein Lächeln zustande zu bringen. »Das will was heißen, wenn mich meine eigene Mutter ermutigt, mir die Kante zu geben.«

»Was meinst du, wie Barnaby diesen Tag übersteht?«

Sie sahen sich in der Speisekammer um, wo Lois den Nachtisch abgestellt hatte. Auf dem obersten Regalfach neben den Gläsern mit der selbst gemachten Marmelade, den Pickles und dem Chutney standen zwei altmodische Porzellanschalen, auf beiden lag mit Schnur befestigtes Butterbrotpapier und ein Etikett mit der Aufschrift »Weihnachtspudding«. »Wie ich sehe, ist Grandma ihrer Zeit wie immer weit voraus«, bemerkte Nathan. Keiner von beiden verlor ein Wort darüber, dass Lois wie selbstverständlich davon ausging, dass sie Weihnachten wieder gemeinsam im Marsh House verbringen würden.

Im untersten Fach fanden sie das, was sie laut Lois' Anweisungen mit ins Esszimmer bringen sollten. Sie entfernten die Küchentücher, die Frischhalte- und die Alufolie und enthüllten so eine Buttercremetorte, eine Schokoladen-Mousse und eine große Biskuitrolle, die, wie seine Großmutter oft erklärte, das Lieblingsdessert von Nathans Vater gewesen war. »Er konnte nicht genug davon bekommen«, sagte sie jedes Mal. »Ich habe sie jeden Sonntag für ihn gebacken.« Nathan fragte sich wie so oft, wenn er sich im Marsh House aufhielt, wie sein Vater es überlebte hatte, bei einer Mutter wie Lois aufzuwachsen.

In letzter Zeit dachte er selten an den Tod seines Vaters. Nur wenn er wie heute gezwungen war, sich an eine Zeit zu erinnern, in der er nicht mit seiner Mutter allein gewesen war, dachte er darüber nach, was es bedeutete, einen Elternteil zu verlieren. Er war sechs Jahre alt gewesen, als seine Mutter ihm erklärt hatte, dass sein Vater gestorben war. Natürlich hatte sie sich vorsichtiger ausgedrückt – er wusste nicht mehr, was genau sie gesagt hatte – und ihn so fest an sich gedrückt, dass er rief: »Mummy, du tust mir weh.« Komisch, diesen Teil hatte er noch im Gedächtnis, aber was davor gewesen war, wusste er nicht mehr. Tränen waren geflossen. Viele Tränen. Als Nathan sah, dass seine Mutter weinte, bekam er Angst und weinte auch.

Und dann kam Grandma Lois ins Zimmer. Nathan wusste gar nicht, dass sie bei ihnen im Haus war. Sie hatte eine Strickjacke um die Schulter drapiert und kam ihm seltsam gebeugt vor. Älter. Sie trat auf eines seiner Lego-Tiere, schien jedoch gar nicht zu merken, dass es in ihrer Schuhsohle stecken blieb. Mit eisiger Stimme, die er noch nie von ihr gehört hatte – nicht einmal, als er über ein Elektrokabel gestolpert war und eine ihrer wertvollen chinesischen Lampen zerbrochen hatte –, sagte sie: »Beth, hör sofort auf damit! Du machst Nathan Angst. Das hätte Adam nicht gewollt.« Lois wusste nicht, dass sie Nathan in diesem

Moment weitaus mehr erschreckte als die Tränen seiner Mutter. Er erinnerte sich noch ganz deutlich, wie seine Mutter zusammengezuckt war, als hätte man ihr gerade eine Ohrfeige verpasst. Damals hatte Lois die Absicht gehabt, seine Mutter zur Vernunft zu bringen. In ihrer Welt zeigte man keine Trauer. Man biss die Zähne zusammen und machte weiter wie bisher. Aus diesem Grunde wurde im Marsh House nie offen über den Tod seines Vaters gesprochen. Stattdessen wurde Adam als der perfekte Sohn verehrt.

Der perfekte Ehemann.

Der perfekte Vater.

Nathan wäre unendlich froh, wenn jemand im Marsh House nur ein einziges Mal die Wahrheit aussprechen würde, so dass er die verbleibenden Erinnerungen – die echten – an seinen Vater bewahren konnte. Aber Lois zeichnete ein Bild von einem Mann, der nur in ihrem Kopf existierte. Kein Mensch konnte *so* vollkommen sein.

Als Nathan und seine Mutter wieder ins Esszimmer kamen und Grandpa Barnaby die Mengen sah, die Lois zum Nachtisch zubereitet hatte, stöhnte er und hielt sich den Bauch. »O Lois«, sagte er, »du wirst uns noch alle umbringen.«

Nathan zuckte zusammen. In jedem anderen Haushalt wäre eine Bemerkung wie diese ohne jede Bedeutung, aber Lois sah ihren Mann voller Entsetzen an.

»Es war ein Scherz«, beschwichtigte Barnaby. »Es ist mir einfach so herausgerutscht.«

Aber der Schaden war angerichtet. Lois' Gesicht war aschfahl, und ihre Lippen bildeten eine dünne Linie. Ihre Stimme klang gepresst und brüchig, als sie sagte:

»Ich halte es wirklich nicht für angebracht, dass du mich ausgerechnet heute als Zielscheibe deiner Dumme-Jungen-Witze benutzt.« Sie schob ihren Stuhl zurück, stand auf und ging aus dem Zimmer.

»O Gott«, murmelte Barnaby. »Glaubst du, ich sollte ihr nachgehen?«

Beth war bereits aufgesprungen. »Wie wär's, wenn ich mit ihr rede?«

»Würdest du das tun? Ich wäre dir unendlich dankbar. Ihr Mädels könnt die Wogen immer besser glätten als wir Kerle.«

Nathan sah seiner Mutter nach.

»Es tut mir Leid«, entschuldigte sich sein Großvater bei ihm. »Man sollte meinen, dass ich in meinem Alter gescheiter bin.«

Nathan nickte. Erst jetzt wurde ihm bewusst, dass er und sein Großvater ausnahmsweise allein waren. Sonst war immer Lois bei ihnen und beherrschte die Unterhaltung. Sie hatte die Gewohnheit, die Dinge an sich zu reißen und ihre Mitmenschen in die Richtung zu lenken, die ihr recht war. Nathan ärgerte sich, dass seine Mutter ganz anders war als sonst, wenn Lois in der Nähe war. Die Beth King, die er kannte, war eine willensstarke und entschlossene Frau, mit der man jede Menge Spaß haben konnte. Sobald Lois auf der Bildfläche erschien, zog sie sich in sich selbst zurück. Sie verlor ihr Selbstvertrauen und machte sich klein. Manchmal ging Lois zu weit und trat Beths Gefühle mit Füßen. Wenn auch nur ein leiser Verdacht bestand, dass ein Mann in Beths Leben treten könnte, machte Lois dem sofort ein Ende. Einmal hatte Nathan mit angehört, wie sie sagte: »Also wirklich, Beth, was denkst du dir dabei? Dieser Mann hat es eindeutig nur auf eines abgesehen. Und was für ein Stiefvater wäre er wohl für Nathan?«

Seine Mutter hatte zaghaft erwidert: »Aber, Lois, wir waren nur zweimal zum Dinner aus, das ist alles. An eine Heirat habe ich überhaupt nicht gedacht.«

»Du musst vorsichtig sein, Beth. Nathan ist in einem schwierigen Alter. Du willst doch nicht, dass er eine schlechte Meinung von dir bekommt, oder? Mütter müssen über jeden Tadel erhaben sein. Das brauche ich dir bestimmt nicht genauer zu erklären.«

O ja, dachte Nathan. Lois konnte grausam manipulativ sein. Aber sie war auch ausgesprochen großzügig, doch auch damit verfolgte sie eigene Ziele. Solange sie Fahrstunden, Schulausflüge und alles mögliche andere bezahlte, konnte sie mitbestimmen. Nathan wusste, dass Beth das alles gar nicht gefiel, auch wenn sie es nie zugeben würde. Deshalb hatte er nach seinem Highschoolabschluss darauf bestanden, die Privatschule, die Lois und Barnaby bezahlten, seit er sieben Jahre alt war, zu verlassen und aufs College in Maywood zu gehen. »Ich muss meine Flügel ausbreiten«, hatte er gesagt, als seine Mutter ihn nach dem Grund für diese Entscheidung fragte. Aber sie kannten beide die Wahrheit: Dies war seine Art, den eisernen Griff, in dem Lois sie festhielt, zu lockern.

Die Eltern seiner Mutter waren ganz anders. Sie mischten sich nie in irgendetwas ein. Als sie ihm Geld zum Geburtstag geschenkt hatten, damit er sich den Ledermantel kaufen konnte, hatte er es dankbar angenommen. Wenn Lois ihm dasselbe Angebot gemacht hätte, hätte er es rundweg ausgeschlagen.

Diese hässliche Wahrheit bereitete ihm Unbehagen. Er beurteilte seine Großmutter zu hart. Sie meinte es nur gut, das wusste er. Sie und Grandpa waren immer gut zu ihm und seiner Mutter gewesen. Aber sie ging eben sehr oft zu weit und übertrieb ihre Wohltaten.

Beth fand Lois oben in ihrem Schlafzimmer. Sie saß auf dem Bett und weinte. Als Beth hereinkam, tupfte sie sich entschlossen die Augen ab und steckte das Taschentuch in den Jackenärmel. »Es ist albern von mir«, sagte sie betont fröhlich. »Barnaby ist so ein Dummkopf, ich sollte mich nicht so über ihn aufregen.«

Beth kam ein paar Schritte näher. Ihre Absätze sanken tief in den pfirsichfarbenen Teppichboden ein, der erst letzte Woche verlegt worden war: Er roch noch immer leicht ölig. »Er hat sich nichts dabei gedacht«, sagte Beth. Mit einem Schaudern bemerkte sie, dass ein Fenster offen stand. »Er wollte sich nur vor Nathan ein wenig hervortun.«

Lois schwieg. Sie stand auf und glättete die Falten in ihrem Rock.

»Wahrscheinlich dachte er, er würde damit die Stimmung ein bisschen aufhellen«, fügte Beth hinzu.

Die Falten waren gerichtet, und Beths Wunsch, Mitgefühl zu zeigen, hatte sich erschöpft.

»Nun, das ist ihm gründlich misslungen«, sagte Lois. »Ich nehme an, er ist nicht auf die Idee gekommen, die Kaffeemaschine anzustellen, oder?«

Sie ging an Beth vorbei, blieb an der Tür stehen und hob eine Hand, um sie zu öffnen. Der Moment, sich einmal richtig über Adam und über Lois' Gefühle auszusprechen, war vorbei. Vielleicht hätte eine stärkere Frau Lois am Kragen gepackt und sie zum Reden gezwungen, aber Beth wäre dazu niemals imstande. In Lois' Gegenwart wurde sie zum Feigling. Sie verabscheute sich selbst deswegen, bezweifelte jedoch, dass sie jemals den Mut aufbrachte, etwas daran zu ändern. Ihre eigene Mutter redete ihr oft ins Gewissen und machte ihr klar, dass es verrückt war, Lois' ihren Willen zu lassen. Und wenn irgendjemand der Farce ein Ende setzen konnte, dann war es Beth. Aber wie konnte sie Lois nach all den Jahren verständlich machen, dass das Leben mit dieser Lüge die Situation für alle nur noch schlimmer machte?

Sie folgte ihrer Schwiegermutter die breite Treppe hinunter, und wieder hob sich der Vorhang für eine Vorstellung von Lois King. Wie Norma Desmond war Lois eine Expertin darin, eine Miene zur Schau zu stellen, die die Welt ihrer Meinung nach sehen wollte.

Sie tranken den Kaffee im Wohnzimmer, und genau wie Beth und Nathan es vorausgesehen hatten, wurde Barnaby aufgefordert, den alten Projektor und die Leinwand aufzustellen. Eine geschlagene Stunde saßen sie im Halbdunkel und sahen sich auf flimmernden Filmen an, wie ein dünner, dunkelhaariger Junge zu einem hübschen Teenager heranwuchs. Im letzten Jahr hatte Barnaby vorgeschlagen, die alten Filme auf moderne Videobänder kopieren zu lassen, aber Lois hatte die Idee verworfen. Sie hatte Angst, dass eine der kostbaren Filmrollen verloren gehen oder beschädigt werden könnte – wie ihr Sohn waren sie unersetzlich. Nachdem sie sich die verblassten, zerkratzten 8-mm-Filme angesehen hatten, gingen sie zu Lois' Fotoalbum über. Beth wusste, dass das alljährliche Ritual für Nathan diesmal eine größere Tortur denn je war, und er tat ihr Leid. Vor Jahren hatte er eine aktivere Rolle beim Blättern in der Vergangenheit seines Vaters gespielt und seiner Großmutter Fragen gestellt, die ihr halfen, Adams Leben zurückzuspulen, aber heute schwieg er und zeigte nur wenig Interesse. Beth ertappte sich dabei, dass sie sich bemühte, Nathans Teilnahmslosigkeit zu kompensieren. Sie fragte nach den Namen der Leute, die sie auf den Fotos sahen, und täuschte Gedächtnislücken vor, so dass Lois ihr die alten Geschichten noch einmal erzählen konnte.

Es war dunkel und regnerisch, als sie das Marsh House verließen. Nathan fuhr schneller, als es Beth lieb war, und das sagte sie ihm auch.

»Hast du Angst, ich könnte uns aus dem Elend erlösen, indem ich uns beide umbringe?«, fragte er schroff.

Sie erschrak so sehr, dass es ihr für einen Moment die Sprache verschlug. Wie konnte er so etwas sagen? Welche Wut musste in ihm stecken, wenn er so etwas über die Lippen brachte?

»Tut mir Leid«, sagte er nach ein paar Minuten und nahm den Fuß etwas vom Gas. »Ich hätte das nicht sagen dürfen – das war Scheiße von mir.«

»Ja, das stimmt.« Und mit gespielter Heiterkeit fügte sie hinzu. »Und außerdem würde ein Unfall eine Riesenschweinerei im Kofferraum anrichten.«

Nathan stöhnte. »Wie viel Zeug hat sie dir diesmal aufgeladen?«

»Oh, die übliche Menge. Die drei Desserts, die Reste vom Schweinebraten, einen halben Blumenkohl und so weiter.«

»Es ist furchtbar, arm zu sein!«

»Wir sind nicht arm«, erwiderte sie ungehalten. »Verglichen mit einigen anderen schwelgen wir im Luxus. Vergiss das nie, Nathan.«

»Macht es dir denn nie etwas aus, wenn sie dich ständig mit übrig gebliebenen Lebensmitteln und abgelegten Klamotten versorgt?«

Beth sah starr geradeaus. »Ich glaube, ich bin darüber hinweg, dass es mich stört.«

Nathan legte ruckartig den vierten Gang ein. »Weckt denn der Stolz nicht manchmal den Wunsch in dir, nein zu sagen?«

»Doch, natürlich, aber dann muss ich daran denken, wie dankbar ich in den ersten Jahren war, als ich mir ständig Sorgen machte, weil ich nicht wusste, wie ich die Kleider und Schuhe, die du gebraucht hast, bezahlen sollte. Du hast keine Ahnung, wie schnell du immer aus allem herausgewachsen warst. Allein deine Füße haben Unsummen verschlungen.«

Der Regen wurde heftiger, und Nathan betätigte einen Schalter, damit der Scheibenwischer schneller lief. Nach ein paar Minuten sagte er: »Ich weiß, es war nicht leicht für dich, Mum, aber du sollst wissen, dass meine Riesenfüße und ich dir sehr dankbar für alles sind, was du für uns getan hast.«

Im Licht der Straßenlaterne sah sie, dass sein Gesichtsausdruck sanfter geworden war. »Freut mich zu hören. Und vielleicht steige ich ein wenig in deiner Achtung, wenn du erfährst, dass ich heute eines von Lois' Angeboten ausgeschlagen habe: einen Teppich.«

»Du machst Witze!«

»Den alten Teppich aus ihrem und Barnabys Schlafzimmer. Offenbar dachte sie, wir sollten ihn in dein Zimmer legen und den alten rauswerfen. Und es wäre noch ein Stück für den Flur übrig geblieben. Siehst du jetzt, wovor ich dich bewahrt habe? Vor einem geblümten Alptraum der schlimmsten Sorte.«

»Du bist ein Star, Ma!«

»Ich weiß – ich hab eben den Dreh raus. Pass auf deine Geschwindigkeit auf, Nathan, da vorn ist eine Radarfalle.«

Nathan lächelte. »Und ich dachte, ich könnte den Moment auf Zelluloid bannen, um eine Erinnerung an diesen Tag zu haben.«

Als ob das nötig wäre, dachte Beth bekümmert.

Als sie in ihrer warmen Wohnung waren, besserte sich ihre Laune. Auf der Fußmatte lag eine hübsche Karte von Adele Waterman, die Beth für den morgigen Abend zu einem Drink einlud, und Simone hatte aus Dubai angerufen und eine Nachricht auf dem Anrufbeantworter hinterlassen. »Ich wollte mich nur mal melden und nachfragen, wie du den heutigen Tag überstanden hast«, sagte ihre Freundin munter. »War das Mittagessen so grässlich wie immer? Ich rufe morgen wieder an.«

Als Beth im Bett lag, dachte sie an Nathans zornige Bemerkung auf der Heimfahrt. Sie hatte ihn noch nie so verbittert erlebt, und es machte ihr Angst. Sie wünschte, er würde die Wahrheit über den Tod seines Vaters nicht kennen. Wenn er vor Jahren ihre Unterhaltung mit Simone nicht zufällig mit angehört hätte, würde er heute noch glauben, dass Adam bei einem tragischen Unfall ums Leben gekommen war. Eine grausame Laune des Schicksals. Aber er kannte die ganze Wahrheit.

Er wusste, dass sein Vater in dieser Nacht das Haus verlassen hatte, um sich selbst umzubringen. Er hatte sich in einem Pub eine Flasche mit billigem Whisky gekauft, sie halb ausgetrunken und war gegen einen Baum gerast. Er war auf der Stelle tot gewesen.

Und Lois weigerte sich seit elf Jahren, sich mit Adams Selbstmord abzufinden. Adam war so deprimiert gewesen, dass er den Selbstmord als einzigen Ausweg aus seinen Problemen angesehen hatte – aber das konnte sie sich einfach nicht eingestehen. Trotz all der Beweise wollte sie glauben, dass er einem Unfall zum Opfer gefallen war.

Nach Beths Ansicht verleugnete Lois die Wahrheit, weil sie ihrem Sohn nicht vergeben konnte, dass er schwächer gewesen war, als sie angenommen hatte.

Armer Adam.

Und arme Lois.

Aber falls Lois jemals dahinterkommen sollte, dass Nathan alles wusste, dann wäre der Teufel los.

Kapitel zwölf

Des konnte nicht schlafen. Und wenn Jack wüsste, was er wusste, würde sicher auch sein Freund kein Auge zutun. Jack hatte beim Lunch ohnehin den Eindruck gemacht, als würde er nicht viel Schlaf abbekommen. Des hatte noch nie erlebt, dass Jack so viel trank, und konnte nur hoffen, dass das nicht zur Gewohnheit wurde.

Er drehte sich um und sah seine Frau im Halbdunkel an. Eine dicke Locke lag auf ihrer Wange. Er strich sie behutsam zurück – seine Fingerspitzen berührten dabei leicht ihre warme Haut. Ich bin ein Glückspilz, dachte er. Wenn ihm nicht so viel durch den Kopf ginge, würde er sie jetzt küssen und sanft wecken, um sie zu lieben. Aber er war nicht in der Stimmung dazu.

Er konnte an nichts anderes denken als daran, wie froh er war, nicht in Jacks Haut zu stecken. Jacks Leben war vollkommen auf den Kopf gestellt. Des wusste nicht, was er tun würde, wenn er eines Tages heimkäme und Julie mit Paul, seinem ältesten und engsten Freund, im Bett läge. Als Erstes würde er Paul die Hölle aus dem Leib prügeln, und wenn er damit fertig war, würde er noch einmal von vorn anfangen.

Er rieb sich das Gesicht und stand auf. Er schlich ins Nebenzimmer und betrachtete seinen kleinen Sohn, der in seiner Wiege schlief. Erst seit er Vater war, wusste er, dass er alles tun würde, um das, was er hatte, zu beschützen und zu verteidigen. Die Liebe machte verletzbar, aber auch stark; stark genug, um bis aufs Blut zu kämpfen, falls es nötig werden sollte.

Der Regen peitschte gegen das Fenster, und der Wind dröhnte im Kamin. Des dachte daran, was Jack im Restaurant gesagt hatte, als die Mädchen auf der Toilette waren: Er wisse, dass er mit Clare Schluss machen musste, habe jedoch Angst, sie zu verletzen.

»Aber ich dachte, es läuft alles bestens bei euch.«

»Das war auch so, aber dann ... Oh, es wird mir einfach zu viel. Zu ernst.«

»Du wirst Clare nur noch mehr verletzen, wenn du ihr weiter was vormachst«, erklärte Des sachlich. Ihm war klar, dass jeder Versuch, seinen Freund umzustimmen, sinnlos war: Es stand Jack ins Gesicht geschrieben, dass sein Entschluss feststand.

»Ich weiß, aber ich komme mir vor wie ein Scheißkerl. Sie spielt immer wieder aufs Heiraten an. Wir kennen uns noch gar nicht richtig, aber ich wette, sie hat im Geiste schon die Gästeliste zusammengestellt.«

»Jack, du musst mir ihr reden. Sag ihr genau das, was du mir gerade gesagt hast. Sie wird es verstehen. Bestimmt ist sie am Anfang sauer und traurig, aber dann wird sie einsehen, dass es einfach nicht sein sollte.« Des versuchte, die Unterhaltung etwas aufzulockern: »Und sie wird begreifen, was für ein Glück sie hatte, gerade noch davongekommen zu sein.«

Jack lachte nicht. In letzter Zeit schien er gar nicht mehr lachen zu können.

Später auf der Heimfahrt sagte Julie: »Des, du musst mir versprechen, dass du es nicht weitersagst, besonders nicht Jack, aber jetzt rate mal, was Clare mir vorhin auf dem Klo anvertraut hat.« Ohne ihm die Gelegenheit zu geben, auch nur den Mund aufzumachen, fuhr sie fort: »Sie ist noch nicht hundertprozentig sicher, aber sie glaubt, dass sie schwanger ist.«

»Du machst Witze!«

»Sehe ich aus wie ein Standup Comedian?«

»Ich wünschte, es wär so«, murmelte Des.

Als sie vor der roten Ampel am Stadtplatz stehen blieben, musterte Julie ihren Mann. »Da ist doch etwas, was du mir verschweigst, Des.«

»Ich glaube kaum, dass Jack bereit ist, wieder Vater zu werden. Nicht nach allem, was er mit Maddie und den Mädchen durchgemacht hat. Es ist zu früh, und außerdem ist er auf dem Papier noch verheiratet.« Er log Julie nicht gern an, aber wenn sich die Dinge zwischen Jack und Clare zuspitzten, wäre es besser, wenn sie sich im Hintergrund hielten und möglichst unparteiisch bleiben.

Julie zuckte mit den Schultern. »Dann hätte er vielleicht im Bett vorsichtiger sein müssen.«

Des vermutete, dass Clare absichtlich eine Situation herbeigeführt hatte, in der Jack unvorsichtig geworden war, aber er behielt diese Ansicht für sich. Clare wäre nicht die erste Frau, die so etwas tat, und sie war bestimmt nicht die letzte.

Des deckte seinen Sohn ordentlich zu und fragte sich, wer wohl zuerst sein Geständnis machte – Jack, dass er die Beziehung beenden wollte, oder Clare, dass sie schwanger war.

Wie auch immer, beiden stand ein riesiger Schock bevor.

Kapitel dreizehn

Es hatte den ganzen Montag und den größten Teil des Dienstags geregnet, aber heute schien die Sonne, und der Himmel war strahlend blau – Dulcie assoziierte einen solchen Himmel stets mit dem Herbst. Zu dieser Jahreszeit war sie einmal in Schottland gewesen und hatte sich in die Klarheit des weiten Himmels und die wunderschöne Landschaft verliebt. Jetzt, als sie mit dem Rad die Bloom Street entlangfuhr, erfüllte sie dieselbe *joie de vivre*. Je älter sie wurde, umso mehr glaubte sie daran, dass einem die kleinen Dinge im Leben am meisten Freude bereiteten: die Sonne auf dem Gesicht und ein fröhliches Herz. Das war nicht zu viel verlangt, oder? Sie fuhr schneller und hatte das Gefühl, dass ihr nichts den Tag verderben konnte.

Richard war gestern aus dem Krankenhaus entlassen worden und hatte sie heute Morgen angerufen, um ihr die gute Nachricht mitzuteilen. »Ich kann nicht lange reden«, flüsterte er. »Angela ist unter der Dusche, also habe ich nur fünf Minuten.«

Fünf wundervolle Minuten, in denen sie seine Stimme hören konnte, und zu wissen, dass er sich gut erholte und wieder zu Hause war – das genügte ihr.

»Die schlechte Nachricht ist, dass man mich immer noch ins Bett verbannt«, klagte er.

»Und dort musst du auch bleiben, bis der Arzt meint, dass es dir gut genug geht, um aufzustehen.«

»Gott allein weiß, wann er mir erlaubt, das Haus zu verlassen. Allein.«

Sie hörte die wehmütige Sehnsucht in seiner Stimme und wusste, er wollte ihr damit sagen, dass sie sich lange Zeit nicht sehen konnten. »Richard«, sagte sie, »ich möchte, dass du mir eines versprichst.«

»Alles, mein Liebling. Du weißt, dass ich alles für dich tun würde.«

»Du darfst dir nicht einbilden, du wüsstest es besser als der Arzt. Und rede dir bloß nicht ein, dass es dir gut genug geht, um dich aus dem Haus zu stehlen und mich zu sehen.«

Es entstand eine Pause, und Dulcie wusste, dass er genau das im Sinn gehabt hatte.

»Du kannst nicht sehr gut mit Zahlen umgehen,« Dulcie«, erwiderte er.

»Wie bitte?«

»Nach meiner Rechnung sind das zwei Versprechen, nicht nur eines.«

»Und du bist raffinierter, als gut für dich sein kann.«

»Ich liebe es, wenn du mich zurechtweist. Ich höre etwas, ich glaube, Angela kommt aus der Dusche. Ich ruf dich wieder an, wenn ich kann. Ich liebe dich.«

Trotz der strahlenden Sonne war es kalt, aber in Dulcie glühte eine innere Wärme. Sie radelte vorsichtig über die Bridge Street und blieb so nah am Randstein, wie sie konnte, dann zweigte sie in die relativ ruhige Crown Street ab. Sie winkte Mr. Colroyd zu, der Blumen für einen Kunden aus den Zinkeimern aussuchte, die vor seinem Laden standen. Sie fuhr in Richtung Stadtplatz und stieg vor dem Kirchenportal vom Rad. Sie war ein wenig außer Atem. Die Gartenarbeit und das Radfahren waren ihre einzigen körperlichen Betätigungen, und aufs Rad setzte sie sich nur, wenn das Wetter sie dazu verlockte, den Staub von dem alten Raleigh ihrer Tochter zu blasen. Sie kettete das Rad an das Geländer von St. Cecilia, nahm ihren Korb, der am Lenkrad gehangen hatte, und ging zurück zur Crown Street, um ein paar Einkäufe zu machen, ehe sie Prue und Maureen zum Mittagessen traf.

Alle drei Wochen ging sie mit ihren Freundinnen zum Essen. Obwohl sie sich sehr nahe standen und sich seit vielen Jahren kannten – ihre Kinder waren alle etwa im selben Alter –, wählte Dulcie sorgfältig aus, was sie den anderen beiden aus ihrem Privatleben anvertraute. Sie hatte ihnen nie von Richard erzählt; je weniger Menschen von ihrer Affäre wussten, umso geringer war die Gefahr, dass Angela davon erfuhr. Sie nahm an, dass Prue und Maureen auch ihre Geheimnisse hatten.

Dulcie ging in den Delikatessenladen, um Käse, ihre Lieblingsbrötchen, eines mit Kümmel und eines mit Mohn, und ein Glas Oliven mit Knoblauch fürs Abendessen zu kaufen. Sie verstaute die Sachen in ihrem Einkaufskorb, dachte an die gute Flasche Wein, die zu Hause auf sie wartete, und freute sich auf den Abend.

Das gehörte zu den schönsten Aspekten des Alleinlebens: Sie konnte essen, was sie wollte, ohne auf die Vorlieben anderer Rücksicht nehmen zu müssen. Gelegentlich fragte sie sich, ob sie Gefahr lief, egozentrisch zu werden, aber wann immer dieser Gedanke auftauchte, erinnerte sie sich daran, dass sie die meiste Zeit ihres Lebens für andere da gewesen war – für Philip und die Kinder. Jetzt war es an der Zeit, sich selbst ein wenig zu verwöhnen. Es war zu leicht, in die Gewohnheit zu verfallen, sein eigenes Glück zu rechtfertigen. Wenn sie sich das zu oft erlaubte, dann könnte sie versäumen, sich an dem einfachen Leben zu erfreuen.

Sie nahm Glück nie als selbstverständlich hin. Sie wusste nur zu gut, wie begünstigt sie war und dass es ihr finanziell besser ging als vielen anderen aus ihrem Bekanntenkreis. Mit dem Geld aus Philips Lebensversicherung hatte sie das Haus in der Bloom Street gekauft und wusste, dass dies die beste Investition war, die sie jemals getätigt hatte. Wenn die Zeit kam und sie verkaufen musste, würde sie ausreichend Geld haben, um ihr Alter in relativem Wohlstand zu genießen.

Früher hätte sie im Traum nicht daran gedacht, dass sie so geeignet fürs Alleinleben war. Sie hatte sich zu einem unabhängigen Menschen entwickelt und empfand nicht das drängende Bedürfnis, ständig beschäftigt zu sein oder unterhalten zu werden: ein gutes Buch, ein Glas Wein, und sie war zufrieden. Und erst jetzt, mit dreiundsechzig, hatte sie die Entdeckung gemacht, dass keine Anforderungen an sie gestellt wurden, wenn sie keine Anforderungen an andere stellte.

Diese Philosophie lag ihrer Beziehung zu Richard zugrunde; deshalb kamen sie so gut miteinander aus. Da die Parameter ihrer Affäre genau festgelegt waren, konnte keiner von beiden gegenüber dem anderen Besitzansprüche anmelden. Nur wenige würden verstehen, was sie tat, und noch weniger würden es ihr verzeihen, aber sie hatte die Erfahrung gemacht, dass man es nie allen recht machen konnte. Es passte in ihr Leben, eine Affäre mit einem verheirateten Mann zu haben, weil sie so ihr Singledasein führen und sich trotzdem als eine Hälfte eines Paares fühlen konnte.

Als Nächstes schaute sie im Novel Ways vorbei, um nachzufragen, ob das Buch, das sie letzte Woche bestellt hatte, schon geliefert worden war. Es war da, und sie bezahlte mit einer Zehn-Pfund-Note. Während sie auf ihr Wechselgeld wartete, hörte sie eine Stimme hinter sich: »Komm schon, Nicholas, beeil dich und such dir aus, was du haben willst.« Diese dünne, gramvolle Stimme kam Dulcie erschreckend bekannt vor. Sie drehte vorsichtig den Kopf, und ihre Befürchtung wurde bestätigt: Es war Angela. Sie sah noch genau so aus wie bei ihrer letzten Begegnung – gehetzt, die Haare zu einem kindlichen Pferdeschwanz zurückgebunden mit einem wenig schmeichelhaften Pony, groß und mager. Sie trug eine schmuddelige Wachsjacke und stand vor einem schlaksigen Jungen, der in die Biografie eines Rockstars vertieft war. In den Händen hielt sie ein paar Taschenbücher: den neuesten Ian Rankin, einen Robert-Harris-Thriller und zwei John Grishams. Bücher, die Richard während seiner Rekonvaleszenz beschäftigen sollten? Dulcie dachte an den süßen kleinen Gedichtband, den Richard ihr geschenkt hatte – eine Sammlung von Liebesgedichten, die er ihr oft vorlas.

Mit zitternder Hand nahm sie das Wechselgeld von dem Mädchen an der Kasse entgegen, steckte es ein und ergriff die Flucht.

Erst vor St. Cecilia blieb sie mit wild klopfendem Herzen stehen. Ihre Beine zitterten. Panik und Schuldgefühle bestürmten sie so heftig, dass ihr fast übel wurde. Und ihr war zum Heulen zumute. Sie spähte über die Schulter; ihr letztes Treffen mit Angela war lange her, aber sie war überzeugt, dass Angela sie erkannt hatte und ihr nachgelaufen war. Es grenzte an ein Wunder, dass Dulcie und Richards Frau sich so gut wie nie begegneten. Zum Teil lag dies daran, dass Angela und Richard in einem Dorf in der Nähe von Chester wohnten und im Grunde nichts mit Maywood zu tun hatten. Richard hatte oft gesagt, Angela sei sehr zufrieden mit den Geschäften und dem Angebot in Chester. Warum hatte sie sich dann plötzlich entschieden, nach Maywood zu fahren?

Es war ein irrationaler Gedanke und einer, den Dulcie schnell wieder verwarf. Angela hatte das Recht, einzukaufen, wo sie wollte.

Erleichtert, weil sie nirgendwo in Sicht war, ging Dulcie langsam zum Seiteneingang der Kirche. Es war noch zu früh für die Verabredung mit Prue und Maureen im Café gegenüber, deshalb stieß sie die Kirchentür auf und ging hinein. Sie hatte das, was sie eine »religiöse Veranlagung« nannte, besuchte aber selten einen Gottesdienst der Church of England: Die Atmosphäre war ihr zu chaotisch; die modernen Vikare erlaubten den Kindern, ständig durch die Gänge zu laufen. Andererseits besuchte sie St. Cecilia häufig, weil in der Kirche viele Konzerte stattfanden – in Maywood gab es einen hervorragenden Chor, zu dessen Mitgliedern auch Prue und Maureen zählten.

In dem Geschenkeshop zu ihrer Rechten stöberten zwei ältere Damen in den Büchern, Postkarten und anderen christlichen Paraphernalia. Sonst war kein Mensch in der Kirche. Dulcie ging bis ganz nach vorn und wandte sich dann nach links, um sich in die kleine Seitenkapelle zu setzen, in der ein prachtvolles Buntglasfenster den hellen Schein der Herbstsonne auffing. Die heilige Cecilia – seit dem sechzehnten Jahrhundert bekannt als Schutzpatronin der Musiker – sah wohlwollend von dem farbenfrohen Fenster auf sie herab: In einer Hand hielt sie eine Flöte und mit der anderen deutete sie auf eine kunstvoll verzierte Orgel.

Dulcie schloss die Augen. Sie hatte das Gefühl, einen so freundlichen Blick nicht zu verdienen. Sie saß auf der harten Holzbank, kam sich entsetzlich wertlos und isoliert vor, als würde sie für ihre Liebe zu Richard bestraft. Das Glücksgefühl, das sie noch vor kurzem durchströmt hatte, war verflogen. Jetzt war ihr Herz schwer.

Noch immer mit geschlossenen Augen dachte sie daran, dass eine Affäre im Allgemeinen als Achterbahnfahrt der außer Kontrolle geratenen Emotionen angesehen wurde: In einem Moment suhlten sich die Beteiligten in Unsicherheit und Zweifel, im nächsten schwebten sie im siebten Himmel der sexuellen Erfüllung. Aber zwischen ihr und Richard war es nie so gewesen – Dulcie hatte dieses Er-liebt-mich-er-liebt-mich-nicht-Spiel kein einziges Mal gespielt. Und bis vor kurzem hatte sie auch nicht stundenlang am Telefon gesessen und auf einen Anruf gewartet oder Zeit damit verschwendet, sich zu überlegen, wo er wohl war oder was er gerade tat. Sie wusste, wer sie war und dass sie ein erfülltes Leben führte, und war zufrieden mit dem, was sie hatten. »Ich werde keine fordernde und besitzergreifende Geliebte sein«, hatte sie ihm gleich zu Beginn versprochen. »So weit werde ich mich nie erniedrigen.«

»Nicht einmal ein kleines bisschen?«, hatte er sie geneckt. »Es könnte mir schmeicheln.«

»Dann hast du dir die falsche Frau für eine Affäre ausgesucht.«

Sie aßen in dem Hotel zu Mittag, das bald zum Schauplatz vieler solcher Treffen werden sollte. Er fasste über dem Tisch nach ihren Händen und sagte: »Ich habe mir die *einzige* Frau ausgesucht, mit der ich eine Affäre haben will. Meine Frau zu betrügen und die Ehegelübde zu verletzen gehört nicht zu meinen Gewohnheiten.«

Dulcie hatte nie die Hoffnung gehegt, dass er Angela eines Tages verlassen würde, und er hatte sehr deutlich gemacht, dass er auch nicht dazu bereit war. »Ich könnte sie nicht verlassen«, gestand er. »Es würde sie vernichten.« Zudem musste er an seine beiden jüngeren Kinder denken. Sie waren damals elf und neun Jahre alt, und Dulcie wusste, dass Richard ein hingebungsvoller Vater war und sie abgöttisch liebte. Wenn er sich von seiner Frau trennte, dann verließ er auch seine Söhne, und das kam für ihn nicht in Frage. Er war schlichtweg nicht der Typ dafür.

Richard und Angela hatten vier Kinder; die beiden älteren – Henry und Victoria – waren erwachsen und lebten in London, Christopher und Nicholas waren Nachzügler. Angela war gerade einundvierzig geworden, als sie erfuhr, dass sie mit Christopher schwanger war. Richard war siebenundvierzig. Wie viele Eltern, die unerwartet noch einmal Nachwuchs bekamen, beschlossen sie, noch ein weiteres Kind zu zeugen, damit Christopher nicht allein aufwachsen musste.

Dulcie respektierte Richards Hingabe an die Familie, bezweifelte jedoch, dass es Angela tatsächlich zugrunde richten würde, wenn er sie verließ. Bei den Besprechungen und Verhandlungen mit Angela, als sie ein Haus in der Gegend gesucht hatte, hatte Dulcie den Eindruck gewonnen, dass Angela eine absolut ineffiziente Frau war, die wie eine Spielzeuguhr in immer kleiner werdenden Kreisen lief, bevor sie stehen blieb, ohne etwas erreicht zu haben. Aber sie war auch eigensinnig und hartnäckig. Aus allem, was Richard erzählt hatte, schloss Dulcie, dass Angela alles bekam, was sie sich in den Kopf setzte. Das hieß nicht, dass Richard schwach war. Nur lag es in seiner Natur, den Frieden lieber durch Kompromisse zu wahren, als auf Konfrontation zu gehen.

Er sagte, dass er Angela nie zuvor untreu gewesen war, und Dulcie glaubte ihm. In Anfang ihrer Beziehung plagten ihn schreckliche Schuldgefühle. Daher schlug sie ihm eines Abends vor, die Affäre zu beenden. Sie ertrug es nicht, ihn so unglücklich zu sehen. Er sah sie traurig an. »Willst du das?«

»Nein«, erwiderte sie wahrheitsgemäß. »Aber ich möchte nicht der Grund für dein Elend sein.«

Sie verabredeten sich weiterhin, doch ab diesem Zeitpunkt hatte ihre Beziehung eine andere Basis, und sie fühlten sich in ihrer Situation wohler.

Schon im ersten Augenblick, als sie sich in der Lounge des Maywood Grange Hotels zum ersten Mal gesehen hatten, war der Funke übergesprungen, und nach dem ersten Kuss wusste Dulcie, dass es nur noch eine Frage der Zeit war, bis sie miteinander schliefen.

Nach dem Dinner mit ihm brachte er sie zu ihrem Auto. Ein peinlicher Moment verstrich, ehe er sie fragte, ob er ihr einen Gutenachtkuss geben dürfe. Stumm vor Sehnsucht nickte sie, und er hob die Hand, strich ihr zärtlich übers Haar, dann über die Wange und den Hals. Sie verlor sich in seinem glühenden Blick und konnte an nichts anderes denken als daran, dass sie seit Jahren nicht mehr so empfunden hatte. Als sich ihre Lippen berührten, hielten sie sich lange und voller Erleichterung in den Armen. Es war, als hätten sie beide sehr lange auf diesen Moment gewartet.

Prue und Maureen waren in Bestform, und genau das brauchte Dulcie, um ihre düstere Stimmung abzuschütteln. Was würde ich ohne meine Freundinnen machen?, dachte sie, als sie bestellten. Sie unterhielten sich über Maureens bevorstehenden Urlaub an der Algarve und beratschlagten, wie sie darum herumkommen konnte, morgens, mittags und abends mit ihrem Mann Geoff Golf spielen zu müssen.

»Sag ihm einfach, dass du keinen Sinn darin siehst, stundenlang kleine weiße Bälle durch die Gegend zu schlagen«, empfahl Dulcie.

»Oh, du hast leicht reden«, wandte Maureen ein. »Du lebst schon so lange allein, dass du vergessen hast, wie Ehemänner sind. Sie sind beleidigt, wenn sie ihren Willen nicht kriegen.«

»Ja«, stimmte Prue ihr zu. »Du kannst dich glücklich schätzen, dass du Ferien machen kannst, ohne einen Mann wie einen Klotz am Bein zu haben. Du hast ja keine Ahnung, wie sehr wir dich darum beneiden. Ich kann mir nichts Schöneres vorstellen, als einmal eine ganze Woche für mich zu haben.«

Dass Prue und Maureen so offen auf Dulcies Single-

Status anspielen konnten, war ein Hinweis auf ihre enge Freundschaft. Andere vermieden dieses Thema – aus Angst, es könnte entweder ansteckend oder für Dulcie immer noch ein wunder Punkt sein. Es hatte Jahre gedauert, aber schließlich waren ihre Freundinnen zu dieser Offenheit fähig, und Dulcie liebte sie dafür.

»Warum gönnst du dir dann nicht diese Woche?«, sagte Dulcie zu Prue. »Wenn du einige Zeit allein sein möchtest, dann sag es Robert.«

Prue schüttelte den Kopf. »Sei nicht albern, Dulcie, du weißt, dass es so nicht geht. Robert würde sofort wie ein verwöhnter kleiner Junge einen Schmollmund ziehen und mich mit Schweigen strafen. Ehemänner verabscheuen den Gedanken, dass sich ihre Frauen ohne sie amüsieren könnten.«

»Dann musst du eben geschickt vorgehen. Such dir für deinen Urlaub etwas aus, was Robert gar nicht gefallen würde. Mach eine Studienreise wie ich früher. Ich habe eine wunderschöne Woche in der Provence erlebt und dort Malen gelernt.«

Prue runzelte die Stirn. »Ich bin nicht sicher, ob das so mein Ding ist.«

Dulcie lachte. »Dann hör auf zu jammern und finde dich mit dem ab, was du hast.«

Während die Serviererin versuchte, Ordnung auf dem voll bepackten Tisch zu machen, damit sie den Brotkorb und eine Karaffe mit Hauswein abstellen konnte, dachte Dulcie an ihre letzte Reise: eine Studienreise nach Florenz und Rom. Es war großartig, und sie hatte viele interessante Menschen kennen gelernt. Sie hoffte, im nächsten Sommer an die italienischen Seen fahren zu können, und hatte sich schon ein paar Broschüren besorgt. Sie liebte Italien und hatte sich dort immer sehr wohl gefühlt. Richard sagte, das Land würde ihrem unbeschwerten Wesen entsprechen, und er könnte sich gut vorstellen, wie sie auf einem Balkon saß, Martini trank und das Treiben auf den Straßen unter der breiten Krempe eines Hutes hervor beobachtete. »Und natürlich kannst du dich kaum retten vor den Annäherungsversuchen der zahllosen ungeeigneten Männer«, führte er aus, »aber du wirst selbstverständlich auf deine gesetzte, höfliche englische Art mit ihnen fertig.«

»Guter Gott, du stellst mich dar wie eine Heldin aus einem Anita-Brookner-Roman«, sagte sie lachend.

Er küsste sie. »Nein, dafür bist du viel zu leidenschaftlich.«

Es war schön, in ihrem Alter noch als leidenschaftlich bezeichnet zu werden. Sie sah ihre Freundinnen an und fragte sich, ob Geoff oder Robert jemals so etwas von ihnen dachten.

Als die Serviererin die Quiche und den Salat brachte, entdeckte Dulcie noch jemanden, der ihren Tisch ansteuerte. Zum zweiten Mal an diesem Tag fühlte sie sich überrumpelt und geriet in Panik.

Es war Angela. Dulcie sah ihrem Gesicht an, dass sie sie erkannt hatte und rüberkommen wollte, um hallo zu sagen.

Kapitel vierzehn

Jaz beneidete Vicki am meisten, wenn sie bei Tisch saß. Ihre Freundin hatte keinen blassen Schimmer, welches Glück sie hatte, ein Einzelkind zu sein. Wenn sie jetzt hier wäre und den Radau und die Hektik miterleben würde, wäre sie heilfroh über ihr Schicksal.

Es war ein typisches Abendessen bei den Raffertys, und Jaz, die ein Buch auf dem Schoß hatte, überlegte, wie ein Außerirdischer, der der Erde einen Besuch abstattete, die Szene beurteilen würde. Sein Bericht nach Hause wäre eine interessante Lektüre:

> Diese Sitzungen scheinen nur dem einen Zweck zu dienen, dass ein Erdling lauter schreit als der, der neben ihm sitzt. Offenbar spielt es gar keine Rolle, dass niemand darauf achtet, was da gebrüllt wird. Augenscheinlich wird gleichzeitig eine Art ritueller Wettstreit durchgeführt: Je mehr Nahrungsmittel diese primitiven Lebewesen an sich reißen und in sich hineinschaufeln können, um so unbeliebter sind sie bei den anderen, was noch mehr Geschrei provoziert, insbesondere unter den kleineren, hässlicheren Weibchen. Es erfordert eine hohe Konzentration, um in diesem Spektakel einen Sinn zu erkennen.

»Hallo, Jazzie sieht wieder so aus, als wäre sie mit den Gedanken meilenweit weg. Entweder das, oder sie hat heute ihre Tabletten nicht genommen.«

Jaz schaute von ihrem Buch auf, sah ihren Bruder an und schnitt eine Grimasse. »Ich habe mir ausgemalt, eine Million Meilen weit weg von dir zu sein, Phin, wenn du es unbedingt wissen willst.«

»Ach, ja? Wie wär's, wenn ich deine Träume wahr werden ließe und dir beim Packen helfe?«

»Du wüsstest gar nicht, wie das geht. Wann ist es dir das letzte Mal gelungen, deine eigenen Arme selbst zu falten? Und glaub mir, es ist wesentlich schwieriger, Kleider in eine Tasche zu packen.«

»Sehr schlagfertig«, spöttelte Jimmy. Er nahm sich den letzten Rest vom Kartoffelbrei, dann stieß er seinem Bruder den Ellbogen in die Rippen. »Wahrscheinlich kriegt sie gerade wieder ihre Tage. Ich an deiner Stelle wäre vorsichtig. Du weißt, dass sie sich dann immer in einen Rottweiler verwandelt.«

»Oh, was bist du originell! Ein Mädchen, das einem Jungen die Meinung sagt, weil es schlauer ist, muss in deinen Augen unweigerlich hormonell unausgeglichen sein. Nur zu deiner Information – ich bin nicht in der prämenstruellen Phase.«

Lulu und Tamzin steckten die Köpfe zusammen und kicherten. Sie waren noch in dem Alter, in dem man sich bei der Erwähnung von Körperteilen und deren Funktionen halb totlachen konnte.

»Hey, hey, *hey*! Ich möchte bei Tisch keine solchen schmutzigen Wörter hören, wenn ich bitten darf.«

»Dad, Menstruation ist kein schmutziges Wort.«

Popeye Rafferty legte Messer und Gabel weg und

griff nach seinem Bier. »Das ist es schon, wenn ich essen möchte. Hört auf damit. Und wie oft habe ich dir schon gesagt, dass es sich nicht gehört, bei Tisch zu lesen?«

Jaz wandte sich Hilfe suchend an ihre Mutter, aber Molly Rafferty war tief in Gedanken versunken und merkte gar nicht, was um sie herum vor sich ging. Geistesabwesend löffelte sie eine Extraportion Erbsen auf Phins Teller.

»Hilfloses Baby«, murmelte Jaz leise und funkelte ihren Bruder an. Sie ignorierte die Ermahnung ihres Vaters, widmete sich wieder ihrem Buch und rief sich ins Gedächtnis, dass sie das letzte Wort haben würde. Und zwar auf eine Weise, die sich ihre Geschwister im Leben nicht vorstellen konnten. Ihr Roman handelte von ihnen, und je mehr sie schrieb, umso überlegener fühlte sie sich. Sie hielt sich nicht für einen bösartigen Menschen, aber in diesem Fall war jede spöttische Bemerkung, die ihre Geschwister über sie machten, jeder Witz und jedes herablassende Wort ein Schuss, der nach hinten losgehen würde. Oh, Rache ist süß!

Nach dem Essen ging Jaz hinauf in ihr Zimmer und schaltete den Computer ein. Sie wollte sich noch einmal durchlesen, was sie morgen Abend zu dem Treffen der Gruppe mitnehmen würde. Als sie damit fertig war, hatte sie ein paar Sätze geändert, aber dann entschied sie sich doch wieder für die erste Version und beließ es dabei. Dulcie hatte sie nur gebeten, sich einen Titel für einen Roman auszudenken und die erste Seite zu verfassen. Die hatte Jaz natürlich längst geschrieben und brauchte demzufolge nichts mehr zu tun. Sie speicherte den Text und druckte ihn aus. Wie wohl die anderen mit der Aufgabe fertig geworden waren?

In einer Gruppe mit lauter Erwachsenen zu sein hatte mehr Spaß gemacht, als sie gedacht hätte. Vielleicht, weil die anderen mit ihr wie mit einer von ihnen umgingen und nicht wie mit einem Kind. Sie waren ehrlich nett, und außer Victor hatte sie niemand herablassend behandelt. Victor konnte einem ganz schön auf den Wecker gehen. Keiner hatte etwas während des Treffens gesagt, aber Jaz hatte ihnen angesehen, dass sie alle so über ihn dachten wie sie. Auf der Heimfahrt hatte sie die Bestätigung erhalten, als Jack bemerkte: »Ich sollte das wahrscheinlich nicht sagen, und ich hoffe, keine von Ihnen wird mich jemals zitieren, aber wo um alles in der Welt hat man diesen Victor ausgegraben?«

Beth lachte. »Ich weiß es nicht, aber er sollte lieber ganz schnell wieder dorthin zurückgesteckt werden.«

»Oh, bitte! Können wir nicht sofort anfangen, ein Loch zu buddeln?«

»Erstklassige Idee, Jaz«, sagte Jack. »Und Sie werden die Ehre haben, ihn hineinzuschubsen.«

Jack und Beth waren witzig, und es war sehr nett von Jack, dass er sie nach Hause gebracht hatte. Als er gefragt hatte, ob jemand mitfahren wollte, hatte sie wie auch Beth verneint und erklärt, sie würden zu Fuß gehen. Aber als Dulcie die Haustür öffnete und sie sahen, dass es in Strömen regnete, überlegten sie es sich doch anders. Victor hatte niemandem angeboten, mit ihm zu fahren. Er hatte es nicht einmal für nötig befunden, sich zu verabschieden, sondern war ohne ein weiteres Wort zu seinem Auto gerannt und davongebraust.

Da Jaz ihrer Familie nicht gesagt hatte, wo sie den

Abend verbringen würde, bat sie Jack, sie an der Ecke der Marbury Road abzusetzen. »Es ist eine Sackgasse«, sagte sie, als sie den Sicherheitsgurt löste. »Es ist einfacher für Sie, wenn Sie mich gleich hier rauslassen, dann brauchen Sie nicht zu wenden.«

»Das macht keine Umstände«, entgegnete er.

Aber sie blieb hartnäckig, wünschte Beth und Jack eine gute Nacht und stieg aus. Sie lief nach Hause und hoffte, dass Jack sie nicht für undankbar hielt. Und sie fand es sehr seltsam, dass sie einen Abend mit Nathan Kings Mutter verbracht hatte, und zwar genau an dem Tag, an dem sie zum ersten Mal mit ihm geredet hatte. War das nicht irgendwie unheimlich?

Seit damals hatte sie oft über Nathan nachgedacht, wusste aber immer noch nicht, was sie von ihm halten sollte. Warum hatte er sie nach Hause gebracht? Um Billy anschließend Bericht zu erstatten und ihm zu erzählen, was für ein Trampel sie war, damit sie sich beide vor Lachen ausschütten konnten? Oder war er ein anständiger, ehrlicher Kerl? Aber wieso sollte er Zeit mit ihr verbringen wollen? Und was das betraf ... warum verschwendete sie ihre eigene Zeit und Energien darauf, sich den Kopf über ihn zu zerbrechen? Er bedeutete nur Ärger, und darauf konnte sie gut verzichten. Aus der Nähe betrachtet, sah er sogar noch besser aus, und sicherlich hatte er nicht mehr für ein Mädchen wie sie übrig als Billy für seine Groupies.

Wenn die Herbstferien zu Ende waren, musste sie sehr vorsichtig sein. Sie durfte ihm auf keinen Fall das Gefühl geben, dass sie jemals Interesse an ihm gehabt hatte. Er hatte angedeutet – aber das könnte auch nur ein Witz gewesen sein –, dass er sie gern wieder mal nach Hause bringen würde. Wie sie die Sache auch drehte und wendete, es gab wesentlich Schlimmeres, als mit einem tollen Jungen aus der Oberstufe auf der Straße gesehen zu werden. Vielleicht brachte er sie ja irgendwann wieder nach Hause, wenn Vicki anderweitig beschäftigt war. Sofort fiel ihr ein, wo der Haken bei der Sache war: Sie würde allein heimgehen müssen, wenn Vicki, Billy und Nathan Theaterprobe hatten.

Es klopfte an der Tür, und Jaz schloss hastig die Datei.

»Dürfen wir reinkommen?«, fragte eine Stimme.

Ihre Mutter war die Einzige, die das Schild an ihrer Tür respektierte: »Privat – bitte anklopfen.« Alle anderen platzten einfach herein, aber Mum war anders. Sie war acht Jahre jünger als Dad, und Jaz fand sie wunderschön. Dad behauptete immer, seine Beine hätten sich in zu lange gekochte Spaghetti verwandelt, als er sie zum ersten Mal gesehen habe. »Weil du so betrunken warst«, sagte Molly darauf mit einem strahlenden Lächeln.

»Ein kleines bisschen«, räumte er ein, »aber die Wahrheit ist, dass ich mich auf den ersten Blick verliebt habe.« Dad war ein absoluter Gefühlsdusler.

Mum wurde nie etwas zu viel. Man konnte sich immer auf sie verlassen. Aber in den letzten Wochen war sie irgendwie anders. Die meiste Zeit schien sie in sich gekehrt zu sein. Jaz hatte gestern Abend mit ihr geredet und ihr von einem Elternabend im College erzählt, bis sie irgendwann merkte, dass ihre Mutter kein Wort mitbekommen hatte. Sie war einfach eingenickt.

»Was ist passiert?«, fragte sie, als ihre Eltern in ihr Zimmer kamen. Sie erschienen nur im Doppelpack, wenn es etwas Wichtiges zu sagen gab. Wie damals, als sie nebeneinander auf dem Bett gesessen und ihr erklärt hatten, dass Granddad gestorben war.

»Nichts ist passiert, Jazzie«, sagte ihr Vater. »Wie kommst du darauf?«

Sie zuckte mit den Schultern. »Keine Ahnung. Ihr macht so ernste Gesichter. Hey, ihr wollt euch doch nicht scheiden lassen, oder? Wenn ja, dann möchte ich gleich sagen, dass ich bei dem Elternteil leben will, der nicht das Sorgerecht für Lulu und Tamzin bekommt.«

Ihre Mutter, die sehr erschöpft wirkte, schnalzte mit der Zunge und räumte die Sachen auf dem Bett zur Seite, damit sie sich setzen konnte. »Ich weiß, dass du das nicht ernst meinst.«

»Glaub es lieber.« Oh, verdammt, wenn sich ihre Mutter hinsetzte, dann *war* es etwas Ernstes. Hatten sie herausgefunden, dass sie sie belogen hatte und letzte Woche am Donnerstag gar nicht bei Vicki gewesen war?

Sie verdrängte den Gedanken. »Also, was ist los?«, fragte sie. Sie wettete, eine Nachbarin hatte sie mit Nathan gesehen und sie verpetzt.

Ein Grinsen breitete sich auf dem Gesicht ihres Vaters aus, und nachdem er einen Blick mit ihrer Mutter gewechselt hatte, sagte er: »Jaz, wir haben großartige Neuigkeiten, und deine Mutter wollte, dass du es als Erste erfährst. Sie ist schwanger.«

Nichts hätte Jaz mehr umhauen können. Sie suchte fieberhaft nach einer passenden Antwort. »Ihr ... ihr macht Witze, oder?«

Jetzt grinsten beide. Oh, das war ja schrecklich! »Das ist ein Scherz«, wiederholte sie. *Bitte, sagt, dass ihr mich nur veräppeln wolltet. Noch einen Bruder oder eine Schwester, das halte ich nicht aus.*

»Und es kommt noch schöner«, sagte ihr Vater und legte eine Hand auf die Schulter ihrer Mutter, »wir haben den Jackpot gewonnen. Es sind Zwillinge.«

Kapitel fünfzehn

Es war Donnerstagabend, und die Gruppe hatte sich in Dulcies Wohnzimmer versammelt. Sie hörten Victor zu, der gerade den Inhalt seines *magnum opus* mit dem Titel *Star City* zusammengefasst hatte, und jetzt las er übertrieben anschaulich die erste Seite vor. Wie er es vorausgesehen hatte, wurde er dazu bestimmt, den Anfang zu machen, und er war fest entschlossen, den dramatischen Inhalt seines Werkes per Stimme und Betonung zu unterstreichen. Dulcie hätte ihn gern unterbrochen und gebeten, noch einmal von vorn anzufangen und auf die Theatralik zu verzichten, aber sie wollte die Gruppe ungern dazu zwingen, sich das alles noch einmal anzuhören.

»Danke, Victor«, sagte sie, als er fertig war. »Sie haben eine Menge in diese erste Seite gequetscht.« Sie wollte noch nachfragen: »Sind Sie sicher, dass das nur dreihundert Wörter waren?«, aber das würde zu nichts führen. Sie alle wussten, dass er ihnen mehr als das Doppelte von dem geforderten Text zu Gehör gebracht hatte.

Er nickte und lehnte sich zurück. »Das ist natürlich Absicht«, erklärte er. »Ich möchte den Leser direkt zwischen die Augen treffen und ihm gleich zu Anfang so viel Action bieten wie möglich. Ich packe ihn sozusagen am Schlafittchen.«

Und wahrscheinlich liest keiner weiter, dachte Dulcie. »Eine ehrgeizige Eröffnung wie diese erfordert ausgesprochen viel Geschick, sonst ist sie nicht mitreißend. Möchte jemand etwas dazu sagen? Jack? Was halten Sie davon?«

Jack trug heute Jeans und ein offenes Hemd. Er sah lässiger aus als beim letzten Mal, schien aber kein bisschen entspannter zu sein. Er wirkte müde und erschöpft wie ein Mann, der die Last der Welt auf den Schultern trägt.

»Ah«, begann er unsicher. »Um ehrlich zu sein, der Text hat mich verwirrt. Es kommen unendlich viele Figuren vor, und ich hatte Schwierigkeiten, der Handlung zu folgen, weil so viel passiert.«

»Genau so ging's mir auch«, pflichtete Jaz ihm bei. »Und die Typen haben alle ausländische Namen, die auf *avinski* enden.«

»Das liegt daran, dass sie Ausländer *sind*«, entgegnete Victor giftig.

»Ich denke, die beiden wollen damit sagen«, warf Dulcie ein und tastete sich vorsichtig weiter, »dass Sie einen Hauch zu viel Informationen geben. Erinnern Sie sich, worüber wir letzte Woche gesprochen haben? Um den ungeheuer wichtigen Aufhänger zu schaffen, der die Leser neugierig auf mehr macht, muss man verlockende Details bieten, aber das sind magische Ingredienzien, die man nur sehr sparsam einsetzen darf. Vielleicht könnten Sie ein paar der Personen herausstreichen. Idealerweise stellt man am Anfang lediglich eine oder zwei vor. Und war diese zweite Explosion wirklich nötig?«

Victor räusperte sich. »Absolut.«

»Meinen Sie nicht, dass sie die Wirkung der ersten abschwächt?«, fragte Beth.

Bevor Victor noch in die Luft ging, sagte Dulcie hastig: »Gutes Argument, Beth. Und eines, das wir alle im Sinn behalten sollten. Weniger ist oft mehr beim Schreiben. Aber sehr schön, Victor, dass Sie uns etwas aus Ihrem Werk vorgelesen haben.« Um ihn zu ermutigen, fügte sie noch hinzu: »Victor hat uns eine starke Vorlage gegeben – wer ist mutig genug, seinen Text als Nächster vorzustellen? Irgendwelche Freiwillige? Jaz, wie wär's mit Ihnen?«

»Okay. Aber ich will mich wirklich nicht vordrängeln.« Sie sah erst Jack, dann Beth an; beide schüttelten den Kopf.

»Nein, machen Sie nur«, sagte Jack.

»Der Titel ist *Wer zuletzt lacht*«, sagte Jaz und las mit klarer, selbstsicherer Stimme vor. Als sie zum Ende kam, sah sie Dulcie fragend an und wartete auf ihr Urteil. »Was meinen Sie?«, fragte sie unsicher. »Ist das okay so?«

Dulcie lächelte. »Jaz, das ist mehr als okay. Es ist brillant. Meine einzige Kritik ist, dass Sie aufgehört haben. Ich hätte gern noch viel mehr gehört.«

»Ich auch.«

»Und ich auch.«

Jaz wurde rot und lächelte Jack und Beth an. »Ehrlich? Das sagen Sie nicht einfach nur so?«

Der Einzige, der Jaz nicht lobte, war Victor. Dulcie hatte beobachtet, dass er sich Notizen auf einem DIN-A4-Block machte, während sie vorgelesen hatte. »Ich habe da ein paar Anmerkungen«, sagte er und ließ die Mine seines Kugelschreibers zurückschnappen. »Was ist

›Hirnmus‹? Halten Sie es nicht für riskant, so moderne Ausdrücke zu verwenden? Ich habe den Eindruck, dass das Ihre Leserschaft stark einschränkt und das Buch auf eine Zeit festlegt, noch ehe es veröffentlicht wurde.«

Ein mütterlicher Instinkt weckte in Dulcie den drängenden Wunsch, Jaz zu Hilfe zu eilen, aber das war gar nicht nötig.

»›Hirnmus‹ hat man, wenn man Probleme hat, etwas zu begreifen«, erklärte Jaz gleichmütig. »Ich kann mir vorstellen, Sie haben das oft, stimmt's, Victor?« Er sah sie unsicher an, und sie lächelte zuckersüß. »Ich hab's jedenfalls nach einem langen Tag im College und drei Stunden Hausaufgaben. Und von wegen, ich schreibe ein Buch, das sich nicht zur Veröffentlichung eignet – das ist mir scheißegal. Ich schreibe für mich selbst, für niemanden sonst.«

Schreib dir das hinter die Ohren, dachte Dulcie glücklich. Guter Gott, die jungen Leute von heute können sich wirklich gut behaupten. Dulcie hätte in Jaz' Alter nicht einmal einem Gänseküken den Marsch blasen können, geschweige denn einem alten Gänserich wie Victor.

Dulcie wandte sich an den nächsten Kandidaten, und Beth fing ein wenig nervös an zu lesen. Die Heldin ihres Romans war Libby, ein amüsantes, unsicheres Mädchen, das zugab, ein Junkie zu sein, und sich selbst helfen wollte. Der Titel lautete: *Ein Leben fürs Vergnügen*, und wie Jaz hatte auch Beth in der ersten Person geschrieben. Allerdings machte sie, im Gegensatz zu Jaz, den Fehler, sich für ihr Machwerk zu entschuldigen. Dulcie hielt ihr die Selbstbewusstsein-Kasse unter die Nase. »Ich habe Sie gewarnt.«

Beth lachte und fasste nach ihrer Tasche.

Dann war Jack dran.

»Ich fürchte, es ist noch ein wenig holprig«, gestand er. Dulcie klimperte mit der Kasse, und Jack bezahlte mit einem Lächeln. »Wie auch immer – der Titel lautet: *Freunde und Familie.*« Er räusperte sich und zupfte an seinem Hemdkragen. »›An ihren Freunden wirst du sie erkennen. Das brachte man mir schon in der Kindheit bei, und ich habe daran geglaubt. Bis jetzt. Heute weiß ich es besser. Freunde sind selten so, wie sie zu sein scheinen. Freunde kommen und gehen. Wie ein Chamäleon wechseln sie die Farbe, um sich ihrer Umgebung anzupassen. Ich hatte einmal einen solchen Freund. Und ich hatte auch einmal eine Frau.‹« Jack schluckte, ordnete die Papiere auf seinem Schoß und las mit leiser Stimme weiter.

Dulcie hörte ihm aufmerksam zu. Sie sah die tiefe Traurigkeit in Jacks Gesicht. Armer Mann, dachte sie, aber es ist sehr mutig, dass er das zu Papier gebracht hat und der Gruppe vorliest. Als er fertig war, herrschte Stille. Niemand meldete sich zu Wort. Nicht einmal Victor.

»Entschuldigung«, murmelte Jack. »Sind das ein bisschen zu viele Seelenqualen?«

Jaz und Beth streckten gleichzeitig die Hand nach der Kasse aus. Beth schüttelte sie. Das löste die Spannung im Raum, und Dulcie, die leicht beunruhigt war, schlug vor, bei einer Tasse Kaffee über Jacks Arbeit zu diskutieren.

»Kann ich Ihnen helfen?«, fragte Beth.

»Nicht nötig – ich habe alles vorbereitet und muss nur noch Wasser aufsetzen.«

Dulcie stand in der Küche, und während sie wartete, bis das Wasser kochte, hörte sie, dass Victor Jack empfahl, ein wenig von der Innenschau wegzustreichen und dafür mehr Action hineinzubringen. Dulcie seufzte. Was zum Beispiel? Ein paar Autounfälle? Der Mann hatte die Worte »Subtilität« und »Feingefühl« nicht in seinem Vokabular. Bei ihm musste es immer krachen und scheppern. Und er war grausam herablassend.

Genau wie Angela, als Dulcie sie gestern Mittag getroffen hatte.

»Dachte ich mir doch, dass Sie es sind«, hatte Angela sie so lautstark begrüßt, dass sich alle Gäste in dem Café zu ihnen umdrehten. »Ich habe zu Nicholas gesagt: ›Ist das nicht die Frau, die uns beim Umzug geholfen hat?‹ Aber natürlich konnte er sich nicht erinnern. Wie geht es Ihnen? Haben Sie immer noch Ihr kleines Unternehmen?«

Dulcie stellten sich die Nackenhaare davon auf, wie Angela die Firma, mit der sie ihren Lebensunterhalt verdient hatte, bezeichnete, als handelte es sich um ein bloßes Hobby. »Nein«, erwiderte sie. »Ich bin jetzt eine waschechte Faulenzerin.«

»Oh, schön für Sie. Ich wünschte, ich könnte von mir dasselbe sagen, aber solange ich Christopher und Nicholas hinterherrennen muss, habe ich so gut wie gar keine freie Zeit. Und jetzt habe ich auch noch Richard zu Hause.«

»Oh?« Dulcie bemühte sich um einen neutralen Ton und so zu tun, als wüsste sie nicht, wovon Angela sprach. »Arbeitet er jetzt zu Hause?«

»Liebe Güte, nein, er wird eine ganze Zeit gar nicht

arbeiten können. Er erholt sich gerade von einem Herzinfarkt. Er hat uns allen einen furchtbaren Schrecken eingejagt. Ich sage ihm schon seit Jahren, dass er leiser treten soll, aber Sie wissen ja, wie Männer sind – sie hören nie zu und denken, sie wüssten alles besser. Und ehe man sich's versieht, ist man Witwe und bietet den Trauergästen nach dem Begräbnis Sherry an.«

Angelas übertrieben heitere Art erschreckte Dulcie. Oder versuchte sie nur, die Sorge um ihren Mann, der beinahe gestorben wäre, zu verbergen? Und er wäre gestorben, wenn er allein gewesen wäre.

»Bitte, richten Sie ihm meine Grüße und die besten Wünsche aus«, sagte Dulcie.

»Danke, das mache ich. Aber ich bezweifle, dass er sich an Sie erinnert. Er hat ein furchtbares Gedächtnis. Wie auch immer – ich muss weiter. Ich habe Christopher zu Hause gelassen, damit er ein Auge auf Richard hat, und versprochen, dass wir nicht lange wegbleiben. Was für ein Zufall, dass wir uns nach all den Jahren einmal treffen. Ich komme selten nach Maywood – es ist eine so seltsame, altmodische kleine Stadt. Normalerweise mache ich meine Besorgungen in Chester, aber ich dachte, hier bin ich schneller fertig.« Sie verdrehte die Augen. »Allerdings habe ich mich da getäuscht. Die Hälfte der Sachen, die ich brauche, kann ich nicht finden.«

Und dann war sie weg, eilte zu ihrem Sohn, der an einem Ecktisch saß und in einen der Romane vertieft war, die sie für Richard gekauft hatten.

Maureen erfasste scharfsichtig wie immer die Situation. »Wer immer diese Frau auch war«, sagte sie, »du magst sie nicht besonders, stimmt's, Dulcie?«

»Oh«, erwiderte Dulcie leichthin und hoffte inständig, dass ihr Gesichtsausdruck sie nicht verriet, »sie war eine der Klientinnen, die einem das Leben schwer machen. Ihr hat nichts gepasst. Ihre Ansprüche waren riesengroß.«

»So wie's aussieht, hat sich daran nichts geändert«, bemerkte Prue. Dulcie und Maureen folgten ihrem Blick zu Angela, die ihren Sohn anpfiff, weil er die Ellbogen auf dem Tisch hatte. Er runzelte die Stirn, sah sie bockig an und verschanzte sich wieder hinter seinem Buch.

Diese Miene kannte Dulcie, Richard sah manchmal genauso aus. Er runzelte nicht oft die Stirn und war auch selten bockig, aber wenn doch, dann musste Dulcie lachen. Sie fragte sich, wie lange sie noch auf ihr Wiedersehen mit ihm warten musste, wie viele Wochen oder Monate noch verstreichen würden, bis es ihm gut genug ging, um sich hinters Steuer zu setzen. Sie war versucht, mit ihrem Sohn, der Arzt war, über Richard zu sprechen, aber selbst wenn sie vage blieb – »Andrew, ein Bekannter hatte vor kurzem einen Herzinfarkt. Was meinst du, wie lange es dauert, bis er sich wieder ganz erholt hat?« –, würde sie damit die Regeln einer Geliebten verletzen. Sie durfte Richard nie erwähnen. Nicht einmal als Freund oder ehemaligen Klienten. Es bestand immer die Gefahr, dass sie eine beiläufige Bemerkung verriet.

Dulcie hätte erwartet, nach dem kurzen Gespräch mit Angela ein noch schlechteres Gewissen wegen ihrer Affäre mit Richard zu haben, aber eigenartigerweise war das Gegenteil der Fall: Angelas leichtfertiges Benehmen – als wäre Richards eigene Sorglosigkeit und damit er selbst schuld an dem Herzanfall – hatte Dulcie verärgert, und sie glaubte jetzt mehr denn je daran, dass Richard das Glück und die Liebe, die sie ihm bieten konnte, verdiente. Die Schuldgefühle, die sie in der Kirche geplagt hatten, waren verflogen.

Während sie jetzt das heiße Wasser in die Becher goss, dachte sie an Jack. Sie hatte keinen Zweifel, dass das, was er geschrieben und vorhin vorgelesen hatte, autobiographisch war. Wie würde sie sich an seiner Stelle fühlen?

Oder vielmehr an Angelas Stelle?

Hör auf damit, befahl sie sich. Das Leben kann nicht so ordentlich in Kategorien eingeteilt werden. Die Menschen machen Fehler. Sie verlieben sich in die falschen Personen. Sie wollen es nicht, aber es passiert andauernd.

So resolut sie sich auch zur Ordnung rief, es gelang ihr nicht, Jack anzusehen, als sie das Tablett ins Wohnzimmer brachte und die Becher verteilte.

Es regnete wieder, und nachdem Jack erst Jaz am Ende ihrer Straße und dann Beth abgesetzt hatte, fuhr er nach Hause. Es war erst kurz nach halb elf, als er die Tür aufschloss. Er nahm ein Bier aus dem Kühlschrank, dann hörte er die Nachrichten auf dem Anrufbeantworter ab. Es waren zwei Anrufe: einer von Des, der einen Abend unter Männern vorschlug, und einer von Clare.

»Jack, wenn du nicht zu spät nach Hause kommst, ruf mich bitte zurück. Ich muss mit dir reden.«

Er trank einen großen Schluck Bier und löschte die Nachricht. Es war, als hätte sie nie existiert.

Kapitel sechzehn

Nach einem relativ feuchten, aber milden Oktober – dem wärmsten, seit es Wetteraufzeichnungen gab – holten die letzten Novemberwochen die Versäumnisse nach. Der Winter war gekommen, mit eisigen Temperaturen am Morgen und schneidendem Wind, der das letzte Laub von den Bäumen fegte.

Im Gesundheitszentrum von Maywood herrschte immer viel Betrieb, wenn es kalt und regnerisch war, und am heutigen Montagmorgen wimmelte es vor Winter-Patienten, wie Beth sie nannte. Nach ihrer Theorie war der erste Ton eines Weihnachtsliedes der Vorläufer von gesundheitlichem Elend und Verderben. Zudem glaubte sie, dass ganz bestimmt eine Grippeepidemie ausbrach, wenn nur genügend Leute davor warnten. Und jetzt, da der Dezember nicht mehr weit war und die Weihnachtszeit vor der Tür stand, waren alle überzeugt, unter der schlimmsten Gesundheitsbelastung zu leiden, der sie jemals ausgesetzt waren.

Das Wartezimmer war an diesem Morgen proppenvoll, und Beth, die sich das fortdauernde Husten und Schniefen anhören musste, konnte auch ohne medizinische Ausbildung erkennen, dass die meisten Patienten nicht so schwer krank waren, wie sie behaupteten. Ihr Mitgefühl galt den älteren Leuten, die still litten und nicht im Traum daran dachten, ihren Arzt zu bemühen.

Erst vor zwei Tagen hatte sie bei Adele Waterman vorbeigeschaut und sie in einem schrecklichen Zustand vorgefunden. Sie hatte sofort Adeles Hausärztin angerufen – Rose Millward vom Gesundheitszentrum –, die eine Lungenentzündung diagnostizierte. »Zum Glück haben wir das noch rechtzeitig erkannt«, sagte Dr. Millward zu ihrer Patientin. »Sonst hätten wir Sie wahrscheinlich in die Klinik schaffen müssen.«

Beth und Nathan kümmerten sich abwechselnd um sie und brachten ihr in regelmäßigen Abständen zu essen und zu trinken. Bevor Beth heute Morgen zur Arbeit gegangen war, hatte sie ihr eine Thermoskanne mit heißer Gemüsesuppe fürs Mittagessen hingestellt; sie hoffte nur, Adele aß sie auch. Nathan hatte versprochen, nach ihr zu sehen, sobald er aus der Schule kam, und Beth wusste, dass Adele seine Gesellschaft genießen würde. Die alte Lady versprach sogar, mit Nathan den Theatertext zu üben, wenn sie sich gut genug fühlte: In zwei Wochen ging der erste Vorhang hoch.

Beth würde Adele vermissen, wenn sie auszog. Laut Jack konnte der Umzug, wenn alles glatt lief, gleich Anfang des neuen Jahres über die Bühne gehen. Genau wie er vorausgesagt hatte, gab es viele Interessenten für die Wohnung, und der geforderte Preis wurde akzeptiert. »Sie sehen«, hatte Jack in der Kaffeepause bei Dulcie gesagt, »ich bin nicht der Immobilienhai, für den sie mich gehalten haben.«

»Ich habe nie gesagt, dass Sie das sind«, wehrte sich Beth.

»Das war auch nicht nötig. Man hat Ihnen angesehen, dass Sie es denken.«

»Doch nicht wirklich, oder?«

»Allerdings, und Ihr Blick sagte: Machen Sie irgendeine Schweinerei, dann sind Sie mausetot.«

»Hai – Schwein – Maus, liebe Güte! Was für ein Mischmasch an Metaphern. Dürfen wir so achtlos sein?«

Die Donnerstagabende gehörten mittlerweile zu ihrem Leben, und Beth freute sich jede Woche auf das Treffen mit den anderen. Abgesehen von Victor, der nie über sein Leben außerhalb von Verborgene Talente sprach, lernten sie sich immer besser kennen. Beth merkte, dass sie ausnahmslos alle einen wunden Punkt hatten oder unter gar keinen Umständen einen ganz bestimmten Bereich ihres Lebens zur Sprache bringen wollten. So offen Jaz auch war, sie weigerte sich, von ihrer Familie zu erzählen, nicht einmal davon, dass ihre Mutter schwanger war – Beth wusste dass, weil Mrs. Rafferty zu einer Schwangerschaftsuntersuchung ins Gesundheitszentrum gekommen war. Aber sie schrieb amüsant, vielleicht sogar aus eigener Erfahrung, über eine Familie aus der Hölle. Jack erlebte offensichtlich gerade eine schmerzhafte Scheidung und schilderte in scharfen, prägnanten Einzelheiten das Scheitern einer Ehe, und erst letzte Woche hatte er auf der Heimfahrt angedeutet, dass er sich mit einer Folgebeziehung in Schwierigkeiten gebracht hatte. Überraschenderweise war Dulcie die Zurückhaltendste von allen, aber anders als Victor, der schockierend rüde reagierte, wenn sich jemand erkundigte, wie seine Woche verlaufen war, beantwortete sie alle Fragen. Trotzdem gelang es ihr immer wieder, nicht zu verraten, was sie getan hatte. Vielleicht verlief ihr Leben wirklich ereignislos, und sie hatte deshalb die Gruppe gegründet. Das klang zwar plausibel, aber Beth vermutete, dass das nicht die ganze Wahrheit war.

Doch das Beste war, dass Beth allmählich an Selbstvertrauen gewann, was das Schreiben betraf. *Ein Leben fürs Vergnügen* gedieh schnell, und es kam ihr schon fast vor wie ein richtiger Roman. Na ja, sie hatte immerhin fünf Kapitel fertig. Sie glaubte nicht, dass sie jemals so gut werden würde wie die anderen – Jaz und Jack waren zweifellos Naturtalente, Dulcie auch (je weniger man über Victor sagte, umso besser), aber sie gewann eine Menge bei ihren gemeinsamen Abenden, und nur das zählte. Dulcie hatte sie alle ermutigt, bei einem Kurzgeschichten-Wettbewerb mitzumachen – daran hatte hat noch keiner von ihnen gedacht. Der Wettbewerb war in *Writing News*, einem Magazin, das Dulcie abonniert hatte, ausgeschrieben, und die Gruppe hatte die Aufgabe bekommen, in zwei Wochen eine Kurzgeschichte zu verfassen.

»Dem Himmel sei Dank«, sagte Wendy, als der letzte Patient untersucht und das Wartezimmer leer war.

Zeitschriften und Info-Blätter für gesunde Ernährung lagen überall herum, Spielsachen und Puzzles waren auf dem Boden und den Tischen verstreut, und ein Papierkorb war umgefallen. Es war halb eins. Mittagszeit. »Du setzt Wasser auf«, sagte Beth, »und ich mache Ordnung.«

Drei Sprechstundenhilfen waren im Gesundheitszentrum beschäftigt: Wendy und Beth arbeiteten voll, Karen kam zu den Nachmittags- und Abendsprechstunden und sprang ein, wenn Beth oder Wendy Urlaub hatten. Sie waren ein gutes Team, deshalb machte die Arbeit Spaß. Sie entspannten sich beim Lunch in der Personalküche, und Wendy sagte: »Wir sollten uns allmählich Gedanken machen, wo wir dieses Jahr unsere Weihnachtsfeier abhalten wollen. Wenn wir es zu lange aufschieben, wird's gar nichts mehr.«

»Wie wär's wieder mit Bellagio's? Ich denke, es hat letztes Jahr allen gefallen.«

Wendy stöhnte. »Derselbe Ort, dieselben Gesichter – alles dasselbe. Ich hätte Lust auf was ganz Neues. Wir müssen ja nicht in Maywood bleiben; wir könnten mal richtig abenteuerlustig sein und nach Chester fahren. Besteht die Möglichkeit, dass du dieses Jahr einen *Freund* mitbringst?«

Beth lächelte. »Nein.«

»Kannst du denn nicht jemanden von deiner Schriftstellergruppe einladen?«

»Nein.«

Wendy tauchte den Löffel in ihren Heidelbeer-Joghurt. »Ich schätze, ich könnte ein Buch schreiben, weißt du. Es wäre ein absoluter Bestseller. Ich würde so viele heiße Szenen beschreiben, dass man mich als Jackie Collins von Maywood ansehen würde.«

»Man sagt ja, wir hätten alle Stoff für ein Buch in uns«, erwiderte Beth.

»Als ich das letzte Mal darüber nachgedacht habe, hatte ich Stoff für drei oder vier in mir. Aber ehe ich einen Stift aufs Papier setze und Millionen verdiene, sollte ich einen Begleiter für dich für die Weihnachtsfeier auftreiben, was meinst du?«

»Ich weiß, dass ich mich wiederhole, trotzdem nein.

Und ich brauche ganz bestimmt keinen von deinen abgelegten Typen.«

Wendy war glücklich geschieden, mollig und mit achtunddreißig Jahren noch ein richtiges Party-Girl. Sie lebte jetzt seit drei Jahren allein und strahlte immer, selbst wenn sie es mit einem besonders nervtötenden Patienten zu tun hatte. Einmal hatte sie ein grässlicher Kerl, dem sie klar zu machen versuchte, dass er mindestens eine Stunde warten müsse, ehe ein Arzt Zeit für ihn habe, als verrücktes fettes Miststück beschimpft. »Sparen Sie sich Ihren Atem, Mr. Austin«, hatte sie erwidert. »Sie kommen auch nicht früher dran, wenn Sie mir schmeicheln.« Sie hatte keine Kinder, dafür ein hektisches Privatleben und offenbar immer einen Mann, der ihre Unternehmungen mitmachte. Beth neckte sie oft damit, dass sie unter ständigen Ermüdungsschmerzen leiden müsse nach all den ersten Dates. »Kann ich was dafür, dass ich mich so schnell langweile?«, war Wendys Lieblingsantwort. Wahrscheinlich wollte sie das Betriebsfest außerhalb von Maywood feiern, weil sie die verfügbaren Männer in der Stadt schon abgegrast hatte.

Wendy rührte in ihrem Joghurt und sah Beth scharf an: »Wie lange dauert es noch, bis Nathan aus dem Haus geht und sein Studium anfängt?«

Als Gegenleistung dafür, dass Adele so oft auf Nathan aufgepasst hatte, übernahm Beth die schwere Arbeit im Garten der Nachbarin und fuhr jede Woche mit ihr zum Supermarkt. Es war ein harmonisches Zusammenspiel, und Beth achtete sehr genau darauf, dass sie ihren Teil der Pflichten erfüllte und nicht mehr. Sie würde im Traum nicht daran denken, die Unabhängigkeit der alten Dame in Frage zu stellen. Hatte sie selbst nicht lange genug unter der Einmischung anderer gelitten? Und das nicht nur durch Lois.

Aber heute hatte Beth eine zusätzliche Besorgung für Adele gemacht – sie war in die Bibliothek gegangen, um ihr Lesestoff zu besorgen. Mit zugeknöpftem Mantel und gesenktem Kopf, um sich vor dem schneidenden Wind zu schützen, marschierte sie im Dunkeln mit ihrer schweren Bücherbürde nach Hause. Den ganzen Nachmittag hatte sie über das nachgedacht, was Wendy gesagt hatte, und sie war sehr verärgert deswegen. Warum bildeten sich alle ein, sie hätten das Recht, ihr Leben zu organisieren? Wieso ließen sie immer wieder durchblicken, dass sie sich nur an Nathan orientierte?

Das tat sie nicht.

Absolut nicht!

Als seine Mutter hatte sie Nathans Bedürfnisse schlicht über ihre eigenen gestellt. Und was war so verkehrt daran?

Als sie in ihre Wohnung kam, rief sie: »Hi, ich bin's. Ich bin wieder da.«

Keine Antwort.

Sie hängte ihren Mantel auf, legte die historischen Romane auf den Tisch im Flur und erschrak über die Stille. Nicht mehr lange, und es würde jedes Mal so sein, wenn sie von der Arbeit nach Hause kam. Sie schüttelte den lästigen Gedanken ab und ging in die Küche, um Teewasser aufzusetzen und über das Abendessen nachzudenken. Ihr fiel wieder ein, wo Nathan war.

»Er war ein wunderbarer Gesellschafter«, sagte Adele zu Beth, als die ihre Wohnung betrat.

»Er hat Sie doch nicht zu sehr angestrengt, oder?«, fragte Beth und legte die Bücher auf die Ottomane am Fußende des Bettes. Das Theaterskript lag auf Adeles Nachttisch, und ein Stuhl war ans Bett gerückt. Nathan brühte in der Küche Tee auf.

»Selbstverständlich nicht. Er hat mich großartig unterhalten. Und er beherrscht seine Rolle perfekt. Er wird ein ausgezeichneter Algernon sein. Ich hoffe, es geht mir bald gut genug, um mir eine der Aufführungen anzusehen. Wie war Ihr Tag?«

»Oh, das Übliche. Wendy und ich spielen guter Cop, böser Cop, jedenfalls bei den unangenehmeren Patienten.«

Nathan kam mit dem Tablett herein. »Ist es okay, wenn ich dir ab jetzt alles Weitere überlasse? Ich muss einen Aufsatz schreiben, und es wird Zeit, dass ich damit anfange.«

Als er weg war, sagte Adele: »Er ist wirklich ein Schatz, Beth. Wie werden Sie nur ohne ihn auskommen?«

Beth seufzte innerlich. »Oh, ich denke, ich werde einen Weg finden.«

Spät an diesem Abend und lange nachdem Nathan zu Bett gegangen war, gönnte sich Beth ein Glas Wein und schaltete ihren Computer ein. Der Computer hatte einmal Nathan gehört, doch als ihre Eltern ihm anboten, ihm ein moderneres Gerät zu schenken, hatte er ihn ihr vererbt. Obwohl sie im Gesundheitszentrum auch mit Computern arbeitete, war sie nie begeistert davon gewesen, bis Nathan ihr die Angst vor der neuen Technologie ausgetrieben hatte. Er hatte ihr an einigen Abenden Unterricht erteilt, und jetzt schrieb sie alles nur noch auf dem PC. Das Beste war, dass sie täglich per E-Mail mit Simone in Kontakt treten konnte, genau wie Nathan es prophezeit hatte.

Sie hatte ein paar Möbel herumgeschoben und so ein »privates Eckchen« im Küchenbereich geschaffen, wo sie schreiben *und* den Blick auf den Park genießen konnte. Jetzt sah sie nach, ob Simone eine E-Mail geschickt hatte. Tatsächlich war eine im Posteingang. In den nächsten zwanzig Minuten schrieb sie eine Antwort und schickte sie dann ab. Eigentlich hatte sie vor, danach den Computer abzuschalten, aber sie zögerte. Am Abend zuvor hatte sie etwas ausgesprochen Verrücktes gemacht – einen Chatroom besucht. Daran war nur Simone schuld: Sie hatte es vorgeschlagen. Zuerst wusste Beth nicht so recht, ob sie darauf eingehen sollte. »Und was, wenn ich beim Chatten an einen perversen Anoraktypen gerate?«

»Nicht jeder, der das Internet nutzt, ist ein tobsüchtiger Irrer«, mailte Simone zurück. »Wenn du nicht sicher bist, wie du's machen musst, kannst du ja Nathan bitten, dir zu helfen …«

Etwas an Simones Antwort trieb Beth dazu, einen Chatroom alleine zu erforschen. Nur um ihrer Freundin und sich selbst zu beweisen, dass sie es konnte. Es war alles eine Frage der Motivation, und ihrer Freundin zu imponieren war Motivation genug. Zu ihrem Erstaunen war es ganz leicht, zudem gab es etliche Chatrooms speziell für Autoren und Schriftsteller. Sie wählte zufällig einen aus und las eine ganze Reihe von Botschaften im »Meeting-Room«. Alle erschienen ihr absolut harmlos: Jemand wollte Kritiken über sein Werk hören, ein anderer bot an, Texte abzutippen, dazu gab's Werbung für Poesieworkshops und Infos über Krimi-Autoren. Jemand wollte wissen, was man beachten musste, wenn man für Kinder schrieb; ein anderer suchte mit humorvollen Worten Rat, wie man sich an einem Verleger rächte, der gerade einen Roman abgelehnt hatte.

Beth hatte nicht den Mut gehabt, auf eine der Botschaften zu reagieren, aber heute wollte sie einen Versuch starten. Sie klickte den Chatroom an, den sie gestern schon besucht hatte. Insbesondere eine Botschaft weckte ihre Aufmerksamkeit:

> Ich bin neu hier, und wie jemand einmal geschrieben hat: Mann sollte immer ein wenig unberechenbar sein«, also probier ich's aus. Ich habe heute einen dieser Tage … und um noch einmal aus derselben Quelle zu zitieren: »Ich habe genug von der Schlauheit.« Jemand auf derselben Wellenlänge?
> Mr. Outta Laffs.

Nach einem kurzen Disput mit der warnenden Stimme in ihrem Kopf tippte Beth:

> Ich weiß, was Sie meinen, Mr. Outta Laffs. »Heutzutage ist jeder schlau. Man kann nirgendwohin gehen, ohne schlaue Leute zu treffen.«

Sie unterschrieb mit BK.

Ein paar Sekunden verstrichen. Dann tauchte eine Message auf dem Bildschirm auf.

> »Die Sache ist zur öffentlichen Plage geworden.«

Beths Gehirn arbeitete auf Hochtouren, und ihre Finger flogen über die Tastatur.

> »Ich wünschte zu Gott, dass uns noch ein paar Idioten geblieben wären.«
>
> »Die haben wir.« Wie erfrischend, jemanden gefunden zu haben, der Oscar Wilde so gut kennt. Bravo! Sind Sie ein Fan?
>
> Mein Sohn probt gerade Ernst sein ist alles. Er spielt den Algernon.
>
> Beruflich?
>
> Nein, für eine College-Aufführung.

Sie klickte »Senden« an, bereute es aber augenblicklich. Sogar im Chatroom hatte sie sich auf Nathan bezogen.

> Ich bin auch Vater [lautete die Antwort]. Meine Tochter hat einmal die Gwendolen gespielt, und nachdem ich sie wochenlang den Text abgefragt hatte, ließ mich Oscar Wilde nicht mehr los. Übrigens, Sie klingen wie eine Frau – wenn ich mir diese Bemerkung erlauben darf. Hab ich Recht?

Sie zögerte, ehe sie antwortete. Plötzlich sah sie einen Wahnsinnigen mit hochgeschlagener Anorakkapuze vor sich, wie er sich über die Tastatur beugte. Zu viele Informationen? Sie zitierte wieder Oscar Wilde, diesmal aus *Der ideale Ehemann*, das sie und Nathan kürzlich auf Video gesehen hatten:

»Fragen sind niemals indiskret, Antworten manchmal.«

Schon kapiert. Aber ich darf Ihnen versichern, dass ich kein Cyber-Spanner bin. Ich bin ein sehr respektabler Mann, dessen einziges Laster – bisher – darin besteht, heute zum ersten Mal online gegangen zu sein, statt an dem Roman weiterzuschreiben. Ich scheine blockiert zu sein. Irgendwelche Ratschläge?

Mir hilft manchmal ein Glas Wein.

Ich habe Ihnen was voraus. Ich bin schon beim zweiten. Was ist Ihre bevorzugte Droge? Ich meine, beim Schreiben. Welches Genre?

Ich bin blutiger Anfänger. Ein paar unveröffentlichte (und unveröffentlichbare) Kurzgeschichten liegen hinter mir, aber jetzt versuche ich mich an einem Roman. Und Sie?

Oh, dies und das. Hauptsächlich Romane. Gelegentlich eine komische Kurzgeschichte. Und ich meine wirklich komisch, im Sinne von eigenartig!

Wie lange schreiben Sie schon?

Jahre. Wovon handelt Ihr Buch?

Von einem Junkie, einem Mädchen, das sich selbst hilft.

Autobiografisch?

NEIN!

Das werte ich als ja. Titel?

Ein Leben fürs Vergnügen.

Aha, entdecke ich da einen Unterton von Mr. W?

Schuldig im Sinne der Anklage. Es wird Zeit für mich, Schluss zu machen. Gute Nacht, Mr. Outta Laffs. Es war … interessant.

Gut, dachte Beth zufrieden, als sie im Bad stand und sich die Zähne putzte, wer immer dieser Mr. Laffs auch sein mochte, er hatte ihr gezeigt, dass Chatten im Internet ein Kinderspiel war. Das sollte Simone eine Lehre sein.

Beth ging zu Bett und überlegte, wie dieser Mr. Laffs wohl sein mochte. Es war durchaus möglich, dass sie eine Viertelstunde lang mit einem Trottel geplauscht hatte, der an Kornkreise und Außerirdische glaubte.

Oder, noch schlimmer, mit einem Doppelgänger von Victor.

Wie es ihre Gewohnheit war, las sie noch eine Viertelstunde, bevor sie schlief. Auf ihrem Nachttisch stapelte sich die Inspiration für ihren Roman: lauter Selbsthilfe-Ratgeber, die ihr Simone im Laufe der Jahre geschenkt hatte. Da lagen *Die weniger befahrene Straße*, eine Sammlung von *Chicken-Soup*-Taschenbüchern und ihr derzeitiges Lieblingsbuch: *Spüre die Angst und mach's trotzdem.*

Diesem Rat war sie heute Abend gefolgt. Sie belohnte sich mit einer Praline und einem breiten, selbstzufriedenen Lächeln.

Kapitel siebzehn

Aus offensichtlichen Gründen zogen die Menschen im Winter nicht gern um, und Immobilienmakler erlebten oft ein paar ruhige, langweilige Monate. Und in dieser Flautezeit beschloss Jack, obwohl er unendlich müde und erschöpft war, das Ablagesystem im Büro auf Vordermann zu bringen. Es ging ihm nicht so schnell von der Hand, wie er es sich gewünscht hätte. Die Hinterzimmer der Büros, in die nie ein Klient einen Blick warf, glichen einem Schlachtfeld mit lauter Papierleichen. Jack war von Natur aus ordnungsliebend und merkte, dass er sich jeden Tag mehr ärgerte, wenn er sich an die Arbeit machte und feststellen musste, dass sich das Durcheinander überhaupt nicht lichtete. Es schien im Gegenteil sogar noch schlimmer zu werden.

Genau wie sein Leben.

Als Clare ihm von ihrer Schwangerschaft erzählt hatte, war er wie vor den Kopf geschlagen – er fühlte sich, als wäre die ganze Welt über ihm eingestürzt. »Bist du sicher?«, fragte er, sobald er wieder klar genug denken konnte, um einen ganzen Satz zu formulieren. Sie hatten sich auf einen Drink in ihrer Wohnung getroffen, und Jack war schon aufgefallen, dass sie nur Bitterlemon trank und nicht wie sonst Wodka Tonic.

»Ja«, sagte sie. »Ich habe einen Test gemacht.«

Und dann lächelte sie. Dieses Lächeln verriet ihm haargenau, wie sie über die Situation dachte. Diesen Gesichtsausdruck würde er wahrscheinlich nie mehr vergessen – genauso wenig wie das schreckliche Gefühl, in der Falle zu sitzen.

»Aber ich dachte, du nimmst die Pille ... du kümmerst dich darum.«

»Kümmern?«, wiederholte sie. »Was für eine seltsame Formulierung für etwas derart Wichtiges.« Mit einem Mal benahm sie sich wie ein juristischer Widersacher.

Er stellte sein Glas auf den Kaffeetisch, wandte ihr sein Gesicht zu und rückte ein wenig von ihr ab. Er brauchte Platz. »Du hast meine Frage nicht beantwortet«, sagte er und konnte dabei nur mühsam seine Stimme unter Kontrolle halten.

Clare mied seinen Blick. »Ich hatte Probleme mit der Pille«, murmelte sie, »deshalb habe ich etwas anderes benutzt.«

»Was? Ignoranz? Hoffnung? Glauben?« Er wurde richtig wütend und spürte, wie es in seinen Schläfen pochte. Sie hatte es absichtlich darauf angelegt, das wusste er. Das war ihre Art sicherzustellen, dass sie das bekam, was sie wollte.

Sie stand auf. »Was ist in dich gefahren, Jack? Ich verstehe nicht, weshalb du diese Tour reitest. Ich dachte, du freust dich. Du liebst Kinder, das hast du mir selbst gesagt.«

Er erhob sich ebenfalls und entfernte sich räumlich so weit von Clare, wie es ihm möglich war. Er blickte aus dem Fenster auf den kleinen eingezäunten Garten ihres modernen Siedlungshauses. Er hatte sich noch nie so bedrängt und eingeengt gefühlt. Er fuhr sich mit der Hand durch die Haare. »Ich habe speziell von meinen Kindern, von Amber und Lucy, gesprochen. Nicht von Toms, Dicks oder Henrys Kindern.«

Jetzt wurde sie ärgerlich. »Dieses Kind ist auch dein Kind, Jack. Nicht das von Tom, Dick oder Henry. Es ist deins. *Unseres.*«

Er erwiderte nichts, und lange Zeit herrschte bedrohliches Schweigen zwischen ihnen, bis Clare sagte: »Danke, dass du deine Einstellung so deutlich gemacht hast. Wenigstens weiß ich jetzt, woran ich bin. Ich denke, du gehst jetzt besser.«

Beschämt wandte er sich vom Fenster ab. »Sieh mal, Clare, es war ein Schock für mich. Ich hatte einfach nicht mit so was gerechnet ... ich ...«

Sie hob eine Hand, um ihn zum Schweigen zu bringen. »Nein, Jack. Du kannst das, was du gesagt hast, nicht mehr zurücknehmen.« Er sah, dass sie versuchte standhaft zu bleiben, aber in ihren Augen glitzerten Tränen.

»Wir müssen darüber reden«, schlug er etwas sanfter vor. Sein Zorn und die Entschlossenheit bröckelten.

»Ich glaube kaum, dass ich mir im Augenblick anhören möchte, was du zu sagen hast. Bitte geh jetzt.«

Er rührte sich nicht von der Stelle. »Clare, versuch nicht, die Situation zu verdrehen. Es ist ohnedies schon schlimm genug.«

»Schlimm genug?«, sagte sie leise. »Schlimm genug? Oh, das ist gut. Du solltest mal versuchen, die Sache von meinem Standpunkt aus zu betrachten.« Sie fing an zu weinen. Er ging zu ihr und legte den Arm um sie, dann führte er sie zurück zum Sofa. Sie klammerte sich an ihn. »O Jack«, wimmerte sie, und er spürte, wie ihre heißen Tränen an seinem Hals langsam kalt wurden. »Ich weiß, was du denkst. Dass ich absichtlich nicht aufgepasst habe. Aber das stimmt nicht. Bitte, glaube mir. Und bitte geh nicht. Lass mich nicht allein. Ich liebe dich.«

Gerührt, weil sie ihn so sehr brauchte, drückte er sie an sich. Aber während er versuchte, sie zu trösten, wurde ihm erst richtig bewusst, dass er gefangen war. Jetzt war es für eine Trennung zu spät. Für eine Trennung von ihr und dem Baby.

Egal, wie sehr er sich das auch wünschte.

Das Telefon auf seinem Schreibtisch klingelte. Er nahm ab und erfuhr, dass Mr. Mitchell ihn zu sprechen wünschte. Mr. Mitchell überbrachte keine guten Nachrichten. Der Verkauf seines Anwesens in Altrincham war geplatzt, und demzufolge musste er sein Angebot für Miss Watermans Wohnung zurückziehen. Sie standen wieder am Anfang. Verdammt. Jack regte sich mehr als sonst darüber auf, dass ein Glied in der Kette gebrochen war. Miss Waterman war eine seiner nettesten Klientinnen, und er wollte, dass für sie alles so reibungslos wie möglich ablief. Außerdem war sie mit Beth befreundet, und das machte diesen Auftrag zu etwas Persönlichem. Er ging zu dem chaotischen Karteischrank, stöberte in einer Schublade, fand Miss Watermans Akte und wollte sich wieder ans Telefon setzen, aber dann besann er sich eines anderen. Er beschloss, die schlechte Neuigkeit *in persona* zu übermitteln. Ausnahmsweise würde er heute das Büro früher verlassen.

Er zog sein Jackett an, dann seinen Mantel und den

Schal und ging durchs Vorzimmer, in dem Janine und Nicky an ihren Schreibtischen saßen und beratschlagten, wann sie die Weihnachtsdekorationen hervorholen sollten. »Ich mache Schluss für heute«, verkündete Jack. »Können Sie die Wohnung Maywood Park 10a bitte wieder ins Fenster hängen? Mr. Mitchells Verkauf ist in die Binsen gegangen. Oh, und ich möchte hier in den nächsten vierzehn Tagen nichts Weihnachtliches sehen«, fügte er mit einem Lächeln hinzu.

Er fuhr von dem kleinen Parkplatz hinter dem Bürogebäude und fädelte sich in den Verkehrsstrom ein. Es war schon fast dunkel, und die Läden an der Bridge Street waren hell erleuchtet. In der nächsten Woche würden hier überall Weihnachtslichter blinken und Schnee aus der Sprühdose die Auslagen zieren.

Der Gedanke an Weihnachten deprimierte ihn. Maddie hatte es immer noch nicht fertig gebracht, ihm zu sagen, wann er die Mädchen sehen konnte. Offenbar hatte Tony die tolle Idee, mit ihnen über die Feiertage in den Skiurlaub zu fahren. Und Jack hatte gerade erst die Schwärmereien von den Herbstferien in Amerika über sich ergehen lassen. Lucy war begeistert gewesen und hatte ihm alle Klamotten und Kuscheltiere gezeigt, die ihr Tony gekauft hatte. Amber war weniger redselig, aber Jack hatte sich mächtig angestrengt, sachlich zu bleiben, und versucht, ihr zu entlocken, was ihr am meisten gefallen hatte. Nach und nach ließ sie ihre Vorsicht fallen und zeigte ihm die teuren Turnschuhe, die Tony ihr geschenkt hatte. Ihrem Gesichtsausdruck nach zu schließen, waren diese Schuhe das Tollste und Angesagteste, was man überhaupt haben konnte, und Jack machte ihr Komplimente, wie cool sie damit aussah und wie gut die Schuhe zu den fransigen Jeans passten – natürlich ebenfalls ein Uncle-Sam-Import.

Der gute alte, großzügige Tony.

Jack stellte sein Auto vor dem Maywood Park House ab und sah, dass in beiden Wohnungen Licht brannte. Vielleicht schaute er noch bei Beth vorbei, wenn er mit Miss Waterman gesprochen hatte.

Aber als er auf die Klingel von 10a drückte, kam Beth an die Tür. »Hallo«, sagte sie und trat zur Seite, um ihn in die Wärme zu lassen. »Erwartet Adele Sie? Sie hat nichts davon gesagt.«

»Nein. Ich komme auf gut Glück vorbei – mit schlechten Nachrichten, fürchte ich. Ich dachte, ich überbringe sie lieber persönlich.«

»Gute Güte, das ist das Letzte, was sie jetzt gebrauchen kann. Sie liegt mit einer Lungenentzündung im Bett.«

»Das tut mir Leid. Und ich möchte ganz gewiss nicht, dass es ihr noch schlechter geht. Ich kann mich ja morgen telefonisch bei ihr melden. Oder Sie könnten ihr etwas ausrichten.«

Sie zögerte, als würde sie die Möglichkeiten gegeneinander abwägen. »Warten Sie. Ich gehe rasch zu ihr und rede mit ihr. Warum setzen Sie sich nicht so lange ins Wohnzimmer?« Sie machte das Licht für ihn an.

Während er wartete, schlenderte er um Miss Watermans antike Möbel herum. Die Wohnung war sehr viel wärmer als bei seinem ersten Besuch, und sie gefiel ihm auch besser. Allerdings war es ihm peinlich, dass er einfach so hereingeplatzt war. Ein Anruf hätte es auch getan. Er stand vor dem Fenster und betrachtete sein hageres Spiegelbild in der Scheibe, als Beth zurückkam.

»Adele sagt, Sie sind willkommen, solange Sie sich wie ein perfekter Gentleman benehmen und sie nicht zu genau anschauen. Eine Tasse Tee?«

»Das wäre großartig.«

Miss Waterman lehnte an etlichen Kissen und hatte die Bettdecke dekorativ bis zum Kinn hochgezogen. Jack sah auf den ersten Blick, dass es ihr nicht gut ging, und er entschuldigte sich für diesen Überfall. »Ich hätte anrufen sollen«, sagte er. »Bitte verzeihen Sie.«

Sie wedelte mit der Hand und deutete auf einen Stuhl. »Da gibt es nichts zu verzeihen. Also, was haben Sie für Neuigkeiten? Ich nehme an, keine guten.«

Er zog seinen Mantel aus und legte ihn auf seinen Schoß, als er sich gesetzt hatte. Er erzählte ihr, dass Mr. Mitchell sein Angebot zurückgezogen hatte. »Sobald Sie sich besser fühlen«, fuhr er fort, »werden weitere Interessenten die Wohnung besichtigen. Es ist lästig, ich weiß, besonders da Weihnachten vor der Tür steht, aber ich bin überzeugt, wir finden in null Komma nichts einen neuen Käufer.«

»Was ist mit den anderen, die schon hier waren und unbedingt kaufen wollten?«, fragte Beth, als sie mit einem Tablett, auf dem zierliche Tassen und Untertassen standen, hereinkam.

»Ich werde sie gleich morgen früh anrufen, aber vielleicht haben sie inzwischen etwas anderes gefunden.« Er nahm die Tasse, die sie ihm anbot, und beobachtete sie, als sie sich zu Miss Waterman ans Bett setzte.

»Sie sehen müde aus, Mr. Solomon«, bemerkte Miss Waterman. »Arbeiten Sie zu viel?«

Er lächelte. »Bitte – ich bin Jack. Und nein, ich kann nicht behaupten, dass ich zu viel arbeite.«

Beth lachte. »Das ist nicht das, was ein Klient hören möchte.«

Er verstand und sagte grinsend: »Hoppla, das ist mir einfach so herausgerutscht.«

»Ihr beide mögt eure Witze machen«, meldete sich Miss Waterman zu Wort und setzte sich bequemer hin, »aber ich meine es ernst. Sie sehen fast so schlimm aus, wie ich mich fühle, Mr. Solomon – Jack.«

Wenn irgendein anderer so offen gewesen wäre, hätte er vielleicht Anstoß daran genommen, aber da die Worte aus dem Munde dieser reizenden alten Lady kamen, nahm er sie so auf, wie sie gemeint waren. »Ich habe im Moment ein paar private Probleme«, entgegnete er leichthin. »Nichts, was mich davon abhalten könnte, Ihre Wohnung zu verkaufen, so viel kann ich Ihnen versichern.«

»Zum Teufel mit der Wohnung«, sagte sie überraschend vehement. »Sie sehen aus, als könnten Sie eine ordentliche Mahlzeit vertragen. Beth, da Nathan heute Abend nicht zu Hause ist, könnten Sie Jack doch zum Essen einladen.«

Es war schwer auszumachen, wer überraschter war – Beth oder Jack.

»Ich denke, Adele versucht ein wenig zu kuppeln«, sagte Beth später zu Jack, als er ihr half, den Tisch zu decken. »Ich hoffe, sie hat Sie nicht in Verlegenheit gebracht.«

»Nicht im Mindesten.«

Sie drückte ihm das Besteck in die Hand. »Gut, solange Sie nicht meinen, ich hätte sie darum gebeten. Wenn ich es nicht besser wüsste, würde ich sagen, sie hat zu viele Liebesromane gelesen. Es wird höchste Zeit, dass ich ihr andere Lektüre aus der Bibliothek bringe.« Sie ging zum Herd und rührte in dem Topf mit der Ratatouille. »Aber sie hat ganz Recht, Jack – Sie sehen wirklich erschöpft aus.«

»Ist es wirklich so schlimm?«

Ohne mit dem Rühren aufzuhören, drehte sie den Kopf, um ihn in Augenschein zu nehmen. »Um schonungslos ehrlich zu sein, und ganz unter Freunden: ja.«

»Dann muss ich mir wohl andere Freunde suchen. Ich weiß nicht, ob ich mit einer solchen Ehrlichkeit umgehen kann.«

Beth brachte eine kleine Schüssel von dem Ratatouille zu Adele hinunter und überließ es Jack, eine Flasche Wein zu öffnen und eine CD aufzulegen. Wieder staunte er über die Behaglichkeit in Beths Wohnung. Sie hatte fast eine magische Kraft, den Rest der Welt und ihre Probleme auszuschließen. Er wünschte, sein eigenes Heim würde dieselbe Wirkung auf ihn ausüben.

Er hätte Beths Einladung fast ausgeschlagen, da ihm klar war, dass sie erst auf die Idee gekommen war, nachdem Miss Waterman sie mit der Nase darauf gestoßen hatte, aber jetzt war er froh, doch ja gesagt zu haben. Er freute sich auf einen Abend mit jemandem, der so aufrichtig und umgänglich war wie Beth. Er hatte nicht einmal ein schlechtes Gewissen, mit einer Frau zusammen zu sein, von der Clare nichts wusste. Außerdem lief nichts zwischen ihm und Beth. Es war eine platonische Freundschaft, nicht mehr. Aber er hatte das Gefühl, dass Clare in diesem Punkt erst überzeugt werden müsste. Seit sie ihm ihre Schwangerschaft gestanden hatte, war sie sehr besitzergreifend. Sie wollte zu ihm ziehen, aber Jack war es gelungen, sie davon abzuhalten. »Lass uns die Sache langsam angehen«, hatte er abgewehrt, »eins nach dem anderen.« Er hatte Amber und Lucy als Vorwand benutzt, um sich das bisschen Privatsphäre, das ihm noch geblieben war, zu bewahren, und erklärt, dass er seine Töchter nicht in Unruhe versetzen oder gar erschrecken wollte. Und er hatte Clare zudem darum gebeten, vorerst niemandem etwas von ihrer Schwangerschaft zu sagen. Das enttäuschte sie sehr. »Was ist mit Mum und Dad?«, wollte sie wissen. Gerade die sollten noch nichts davon erfahren, hätte er am liebsten gesagt. Er wusste selbst, dass er feige war. Als würde die Schwangerschaft weniger real, wenn man sie vor allen geheim hielt. Weniger beklemmend. Später beichtete Clare, dass sie sich Julie anvertraut hatte. Das bedeutete, Des wusste ebenfalls Bescheid. Komisch, dass er noch nichts gesagt hatte.

Clares tyrannische Besitzansprüche gingen so weit, dass sie ihm keine Ruhe ließ wegen der Donnerstagabende, an denen er immer etwas ohne sie unternahm. Bis heute hatte er noch kein Wort über die Schriftstellergruppe verlauten lassen, und er war entschlossener denn je, dieses Geheimnis vor Clare zu hüten. Manchmal dachte er, dass seine neu entdeckte Leidenschaft fürs Schreiben das Einzige war, was ihn bei Verstand hielt. Wann immer er sich vor seinen Laptop setzte, um sein Tagebuch oder an seinem Roman zu schreiben, sprudelten die Worte nur so aus ihm heraus – ein reißender Strom, der direkt aus seinem Herzen kam.

Er schaltete gerade den CD-Player ein, als Beth zurückkam. »Ich habe strengste Anweisungen, Sie zu füttern, bis Sie platzen«, verkündete sie vergnügt, »und zu ergründen, was Ihnen Kummer bereitet.«

»Ich könnte Sie anschwindeln.«

»Das könnten Sie. Aber wie produktiv wäre das?«

Sie setzten sich zum Essen, und es dauerte nicht lange, bis Jack alles erzählte. Über Maddie und die Mädchen, Tony, Clare und das Baby.

»O Jack, was für eine Bürde schleppen Sie mit sich herum. Etwas wie das mit Maddie und Tony hatte ich schon vermutet nach dem, was Sie in der Gruppe vorgelesen haben, aber ich hatte keine Ahnung, dass Sie so unglücklich mit Clare sind.«

Er seufzte tief. »Das ist ganz allein meine Schuld. Ich hätte mich nicht so schnell in etwas Neues stürzen dürfen. Damals hielt ich das für die Lösung. Jetzt weiß ich es besser. Ich war bescheuert.«

»Gehen Sie nicht so hart mit sich ins Gericht. Ich nehme an, Clare möchte das Baby behalten?«

»Sie ist überglücklich. Und ich würde nicht wollen, dass sie ... na ja, Sie wissen schon, dass sie drastische Maßnahmen ergreift, um es loszuwerden.«

»Wahrscheinlich verletzte ich die Solidarität unter Frauen, aber ich bin der Ansicht, dass Sie sie nicht heiraten müssen.«

Sein Blick wurde grimmig. »Ich habe das Gefühl, dass es unvermeidlich ist. Aber bis dahin ist noch ein weiter Weg. Vorerst bin ich noch mit Maddie verheiratet.«

»Aber Sie müssen Clare nicht heiraten, wenn Sie glauben, dass Sie beide letzten Endes nur noch Hass füreinander empfinden. Sie sollten vernünftig bleiben. Planen Sie langfristig, Jack. Dem Kind gegenüber haben Sie Pflichten, aber deshalb dürfen Sie sich nicht selbst verleugnen. Und außerdem sollten Sie auch an Amber und Lucy denken. Was tun Sie ihnen an, wenn Sie sich selbst unglücklich machen?«

Er war der Lösung seiner Probleme nicht näher, aber der Abend mit Beth hatte ihn aufgemuntert, und als er nach Hause kam, schenkte er sich nicht sofort einen großen Drink ein, wie es zu seiner Gewohnheit geworden war, sondern ging ins Bett. Es hatte ihm gut getan, Beth sein Herz auszuschütten. Jetzt war ihm klar, dass er sich Des nur wegen Julie nicht anvertraut hatte. Er ging jede Wette ein, dass die beiden nur wenige Geheimnisse voreinander hatten und Des alles, was ihm Jack über seine gegenwärtige Situation erzählte, an Julie weitergeben würde. Und Julie würde postwendend Clare in Kenntnis setzen. Das war ein Risiko, das er nicht eingehen konnte.

Zum Glück gab es Beth.

In dieser Nacht schlief er so gut wie seit einer Ewigkeit nicht mehr.

Kapitel achtzehn

Richard Cavanagh wusste, dass er sich und andere in Gefahr brachte. Sich so kurz nach einem Herzinfarkt ans Steuer zu setzen war wirklich nicht ratsam. Die Ärzte meinten, dass er damit mindestens noch einen Monat warten sollte, aber er musste Dulcie einfach sehen. Sie fehlte ihm so sehr, dass es wehtat. Heute Abend war Angela mit den Jungs bei einer Schulveranstaltung, und er nutzte die Gelegenheit.

Er fuhr seinen geliebten Aston Martin rückwärts aus der Garage. Seit fast sechs Wochen war er nicht mehr selbst gefahren, und es kam ihm komisch vor. Früher hatte ihm dieser schöne, klassische Wagen viel bedeutet. Er hatte ihn gehegt und gepflegt, liebevoll poliert, instand gesetzt, sogar am Motor herumgebastelt, weil er dachte, niemand würde mehr davon verstehen als er. Heute wusste er, dass dieses Auto nichts anderes war als eine elegante, extravagante Maschine. Da er in der Genesungsphase nicht viel zu tun hatte, dachte er gründlich über sein Leben nach – darüber, was wichtig war und was nicht. Und ehe es zu spät wäre, musste er das Beste aus dem machen, was ihm noch blieb. Sein Beinahetod hatte ihm die Augen geöffnet. Er war ein Weckruf gewesen, den er nicht ignorieren konnte.

Es war dunkel, und er schaltete das Licht an, anschließend schloss er per Fernbedienung das Garagentor, wendete den Wagen und fuhr langsam an. Die Zeit war knapp, aber er war klug genug, nicht zu viel Gas zu geben. Selbst wenn er nur eine halbe Stunde mit Dulcie zusammen sein konnte, war das besser als nichts. Ihm kam in den Sinn, dass sie vielleicht gar nicht zu Hause war. Aber er konnte sie nicht vorher anrufen, denn sie wäre richtig böse geworden, weil er dieses Risiko einging, und hätte versucht, ihn von dieser Fahrt abzuhalten.

Richard gewann an Selbstsicherheit und trat das Gaspedal ein wenig weiter durch. Er genoss den Moment der Freiheit. Da Angela ihn schonte, so gut sie konnte, alle Anrufe aus dem Büro abwehrte und darauf bestand, dass er sich keinerlei Anstrengung aussetzte, kam er sich wie ein Gefangener in seinem eigenen Haus vor. Er ließ das Fenster herunter, nur um die kalte Abendluft auf dem Gesicht zu spüren. Jetzt fühlte er sich richtig lebendig. Und er war sehr froh, dass er es war. Im Krankenhaus hatte er ausreichend Zeit gehabt, darüber nachzudenken, was für ein Glück er gehabt hatte, und zu begreifen, wie vergänglich das Leben war. Wie leicht es war, alles als selbstverständlich hinzunehmen und sich einzubilden, unsterblich zu sein. Er hatte oft an seine Kinder gedacht – insbesondere an Christopher und Nicholas – und sich voller Entsetzen klar gemacht, dass er vielleicht nicht miterlebte, wie sie erwachsen wurden.

Die Ärzte führten den Herzinfarkt auf einen unerklärlichen und plötzlichen Blutdruckanstieg zurück. Mehr fiel ihnen nicht ein, denn es gab keinerlei Risikofaktoren: Er hatte nie geraucht, nie zu hohe Cholesterinwerte gehabt und auch nicht bis zum Umfallen gearbeitet wie viele seiner Kollegen. Es war einfach Pech gewesen. Gott sei Dank war Dulcie im entscheidenden Augenblick bei ihm gewesen. Sie hatte prompt gehandelt und dafür gesorgt, dass er in weniger als einer Stunde in die kardiologische Abteilung eingeliefert wurde. Dort hatten sie die Schwere des Anfalls gemildert und den dauerhaften Schaden begrenzt. An dem bewussten Morgen hatte er Angela, ehe er ins Büro fuhr, gesagt, dass er eine lange Mittagspause machen und zu einer Spezialautowerkstatt in die Whitechurch Road fahren würde – das tat er oft, wenn er Ersatzteile für den Aston Martin brauchte; diese Werkstatt war nur eine halbe Meile vom Belfry Hotel entfernt, in dem er sich gelegentlich mit Dulcie traf. Als Angela ihn später fragte, wer ihm zu Hilfe gekommen war, hatte er gelogen und ihr erzählt, er habe sich nicht gut gefühlt und deshalb in der Hotelbar etwas getrunken. Dort sei er mit einer Frau ins Gespräch gekommen. »Sehr schade, dass wir ihren Namen und ihre Adresse nicht kennen«, hatte Angela gesagt. »Es wäre eine nette Geste, ihr zu schreiben und zu danken, weil sie so viel für dich getan hat. Wahrscheinlich hat sie dir das Leben gerettet.«

Im Nachhinein dachte er, dass er wenigstens zum Teil die Wahrheit hätte sagen können. Wäre es denn so unwahrscheinlich, dass er in diesem Hotel zufällig der Frau begegnet war, die ihnen beim Hauskauf und Umzug geholfen hatte?

Angelas unschuldige Bemerkung über die angeblich Fremde, der er das Überleben zu verdanken hatte, war im ersten Moment erschreckend gewesen, aber jetzt schockte sie ihn nicht mehr. Seit Angela ihm erzählt hatte, dass Nicholas und sie Dulcie in Maywood über den Weg gelaufen waren, war sein Herz ihr gegenüber verhärtet. »Vermutlich kannst du dich nicht mehr erinnern, wie sie aussieht, aber selbst ich hatte sie nicht so alt in Erinnerung«, hatte Angela voller Häme berichtet. »Und ich gehe jede Wette ein, dass sie zugenommen hat.« Angela musste sich nie Sorgen um ihr Gewicht machen. Sie war gerade von ihrer Shoppingtour in Maywood zurückgekommen, trug noch ihren Mantel und machte sich, mit einer Einkaufstüte in der Hand, im Schlafzimmer zu schaffen. »Das könnte erklären, warum sie noch immer allein ist«, fügte sie hinzu und verärgerte Richard damit noch mehr.

Er ballte die Hände unter der Decke zu Fäusten. »Woher willst du wissen, dass sie nicht wieder geheiratet hat?«

»O Richard, ihr Männer seid hoffnungslos unaufmerksam. Sie trug keinen Ring, das ist mir natürlich aufgefallen.«

Er beeilte sich, die Frau, die er liebte, zu verteidigen – und nahm sich vor, Dulcie bei nächster Gelegenheit einen Ring zu schenken. »Das heißt heutzutage überhaupt nichts. Vielleicht lebt sie mit einem wunderbaren Partner zusammen, der ihre Persönlichkeit leidenschaftlich liebt und nur nicht auf Äußerlichkeiten wie Alter und Gewicht achtet.«

Angela starrte ihn an, als wäre er verrückt geworden, dann huschte ihr Blick zu der Plastiktüte, die sie in der Hand hielt. »Oh, ich habe dir ein paar Bücher gekauft.« Sie reichte ihm die Tüte, und er nahm sie ohne ein Wort des Dankes entgegen.

Er konnte nicht mit Sicherheit sagen, wann oder warum er aufgehört hatte, Angela zu lieben, es war einfach so gekommen wie der Wechsel der Jahreszeiten. Ihm dämmerte, dass sie ihre Zeit als Mann und Frau hinter sich hatten und jetzt eher zusammenlebten wie Bruder und Schwester, wie ein älterer Bruder und eine kleine Schwester. Manchmal hatte er das Gefühl, ihre Bedürftigkeit und die Unfähigkeit, auf eigenen Füßen zu stehen, würde ihn ersticken. Ironischerweise war es gerade diese Hilflosigkeit gewesen, die ihn bei ihrem ersten Zusammentreffen zu ihr hingezogen hatte. Damals war sie schrecklich schüchtern gewesen, und es hatte ihn in Begeisterung versetzt, wenn er ihr ein Lächeln abringen, sie glücklich machen und ihr die Kraft und das Selbstvertrauen geben konnte, das ihr so sehr fehlte. Gebraucht – *gewollt* – zu werden war ungeheuer verführerisch.

Wie arrogant ihn das erscheinen ließ. Jahre später hatten ihn ein unabhängiger Geist und stille Selbstzufriedenheit in den Bann gezogen.

Oft störten ihn die Kleinigkeiten an Angela am meisten, etwa ihre planlose Haushaltsführung, der ständig wachsende Berg an Bügelwäsche und die immer unaufgeräumte Küche. Er hatte sich stets große Mühe gegeben, seinen Unmut nicht zu zeigen, aber da er sehr ordnungsliebend war, hatte er oft selbst Hand angelegt und ihre Aufgaben übernommen.

Angela hatte auch ihre guten Seiten. Sie war eine großartige Mutter: Sie tat alles für ihre Kinder, war immer für sie da, ging zu allen Schulaufführungen, zu jedem Elternabend und jedem Konzert. In diesem Punkt versagte Richard. Er hatte ihr zu viel aufgeladen und sich hauptsächlich darum bemüht, Erfolg im Beruf zu haben, um seine eigenen Bedürfnisse zu befriedigen – mehr Geld, einen höheren Status und größere Herausforderungen. Er hatte Angela und seine jüngeren Kinder entwurzelt und als Argument für den Umzug angeführt, dass sie die eingefahrenen Gleise verlassen und einen aufregenden Neuanfang machen müssten. Es hatte nicht funktioniert. Angela hatte sich hier nie eingewöhnt: Sie vermisste ihre Familie und ihre Freunde, besonders ihre alte Schulfreundin Rowena. Sie fühlte sich isoliert und abgeschnitten von allem, was sie kannte, und wurde noch abhängiger von Richard.

Wenn er an die Zeit zurückdachte, in der ihm klar geworden war, dass er seine Frau nicht mehr liebte – lange vor ihrer Übersiedlung nach Cheshire –, fragte er sich oft, ob sie jemals gespürt hatte, dass er auf Abstand ging. Je mehr er sich von ihr zurückzog, umso mehr ging sie auf ihn zu, wurde liebevoller und umsichtiger. Dann hatte sie ihm offenbart, dass sie wieder schwanger war, und Richard hatte das Gefühl, ihm würde die Zukunft geraubt. Er wusste es nicht mit Gewissheit, aber er hegte den Verdacht, dass Angela absichtlich mit Christopher schwanger geworden war. Oh, sie hatte ihm perfekt vorgespielt, genauso geschockt zu sein wie er, aber etwas an ihrem Benehmen – die spätere Bereitschaft, Christopher noch ein Geschwisterchen zu schenken – verriet ihm, dass dies alles Teil des Plans war, Richard für lange Zeit an sich zu binden. Vermutlich redete sie sich ein, ihrer Ehe neuen Schwung gegeben zu haben.

Und in vielerlei Hinsicht hatte der Herzinfarkt *ihm* neuen Schwung gegeben.

Er gab unumwunden zu, dass ihn der Krankenhausaufenthalt einen Schrecken eingejagt hatte. Selbst jetzt noch. Obwohl die Ärzte ihm bescheinigt hatten, dass er auf dem Wege der Besserung war, hatte er abends, wenn er ins Bett ging, Angst, nicht mehr aufzuwachen. Jedes Mal, wenn er den geringsten Schmerz verspürte oder merkte, dass sich sein Herzrhythmus veränderte, glaubte er, sterben zu müssen.

Er brauchte fast eine halbe Stunde bis nach Maywood. Als er in die Bloom Street einbog, klopfte sein Herz wie wild vor Freude. Er zwang sich, ruhig und tief durchzuatmen, als er den Wagen in einiger Entfernung vom Haus abstellte: Die Lichter brannten, und er musste sich sehr zusammennehmen, um nicht zur Haustür zu rennen.

Dulcie hörte die Türglocke und hielt mitten in einem Satz inne. Sie war tief versunken in ihre Kurzgeschichte. Ärgerlich über die Unterbrechung, nahm sie ihre Lesebrille ab und ging widerwillig zur Haustür, um dem ungebetenen Gast zu öffnen. Wenn das wieder einer dieser jungen Männer war, die ihr Lappen und Überzüge für ein Bügelbrett andrehen wollten, würde sie ihm die Hölle heiß machen.

»*Richard!*«

»Hallo, Dulcie. Ich komme doch nicht ungelegen, oder?«

Sie umarmten sich fest, küssten sich und weinten vor Freude, weil sie endlich wieder zusammen waren. Es dauerte eine Weile, bis einer von ihnen wieder sprechen konnte.

»Du hast keine Ahnung, wie sehr ich dich vermisst

habe«, sagte Richard, als sie sich beruhigt hatten und im Wohnzimmer waren.

»O doch. Mir ging es nämlich genauso.« Ernster fügte sie hinzu: »Aber du hast dein Versprechen gebrochen. Du hast mit dieser Fahrt zu viel riskiert. Was, wenn ...«

Er nahm ihre Hand und führte sie an seine Lippen. »Es tut mir Leid, aber ich musste dich sehen. Ich wäre sonst noch verrückt geworden. Sei mir nicht böse.« Er legte den Arm um sie und zog sie an sich. »Aber ich kann nicht lange bleiben.«

»Ich weiß. Das verstehe ich.«

»Aber eines Tages wird es anders sein. Wenn du einverstanden bist, werde ich für immer bleiben.«

Sie sah ihm tief in die Augen und erkannte Entschlossenheit und Liebe in seinem Blick. Trotzdem zweifelte sie an seinen Worten. Er ließ sein Herz sprechen, nicht seinen Verstand, und wenn er das emotionale Trauma nach seiner Krankheit überwunden hatte, würde ihm wieder bewusst werden, dass sein Platz bei seiner Familie war. Sie beide wussten das. Aber im Augenblick spielte das alles keine Rolle. Sie waren für ein paar kostbare Augenblicke zusammen, und sie würde nichts tun, was diese wenigen Augenblicke verderben könnte. Schon gar nicht wollte sie, dass die dumpfe Realität ihr momentanes Glück trübte.

Er nahm ihr Gesicht zwischen die Hände und küsste sie. »Wahrscheinlich hast du kein Erbarmen mit einem kranken Mann und schläfst mit mir, oder?«, flüsterte er.

Sie schalt ihn sanft und sagte mit einem Lächeln: »Ich könnte mir nichts Schöneres vorstellen, aber ich möchte mir nicht dein Dahinscheiden aufs Gewissen laden oder zulassen, dass du in meinem Bett dein Leben aushauchst. In diesem Punkt bin ich empfindlich.«

Er brachte sie mit einem Kuss zum Schweigen. »Was für ein schöner Tod.«

Kapitel neunzehn

»William Kidswell, du bist aufgedonnert wie ein Flittchen.«

Billy setzte sich auf den Beifahrersitz, schob seine Sonnenbrille ein Stück herunter und sah Nathan über den Rand hinweg mit seinem klassischen trägen Blick an. Er wusste, dass dieser Blick die Mädchen antörnte. Er strich seinen Anzug glatt und zupfte an seinem riesengroßen Kragen. »Man muss selbst eines sein, um eines zu erkennen.«

Nathan lachte. »Ich kann nicht entscheiden, ob du den Camp-Dandy oder einen Gameshow-Moderator aus den Siebzigern gibst.«

»Wie auch immer – es ist Freitagabend, und ich bin in der Stimmung, Spaß zu haben.« Er griff in seine Brusttasche und beförderte eine kleine Flasche Tequila zutage. »Etwas, um Schwung in die Party zu bringen.«

Nathan kurbelte das Fenster herunter. »Musstest du dich so mit CK überschütten? Ich verende noch an passivem Aftershave-Missbrauch.«

»Wie bitte? Das ist Paul Smith. Aber zieh's dir rein, Junge, vielleicht wirkt's und gibt dir den notwendigen Kick, heute Abend zu Potte zu kommen.«

»Ja, klar. Als ob ich in dieser Hinsicht deine Hilfe

brauchen würde. Vom König der Flachleger und Davonlaufer.«

Billy grinste. »Also, was hast du mit der kleinen Rothaarigen vor – *Jasmina* Rafferty? Und sag die Wahrheit – ich möchte, dass du mir nichts verheimlichst.«

Nathan verzog keine Miene und konzentrierte sich auf die Straße. »Sie heißt Jasmine. Jaz«, mehr sagte er nicht dazu.

Es hatte sich herausgestellt, dass sich Jaz nicht für Billy interessierte, wie Nathan irrtümlich angenommen hatte. Sie war entsetzt gewesen, als er eine entsprechende Bemerkung gemacht hatte, und erwiderte verächtlich: »Oh, ich bitte dich, du könntest mir wirklich mehr Verstand zutrauen. Billy ist so von sich eingenommen, dass er Gefahr läuft, ganz zu verschwinden, indem er sich selbst in den Hintern kriecht.«

»Vicki scheint anders über ihn zu denken«, meinte Nathan.

Sie lachte. »Ich glaube, in der hat Billy seinen Meister gefunden.«

Nathan war froh, dass Jaz klug genug war, Billy zu durchschauen. Er und Jaz sahen sich nur im College und gingen gelegentlich zusammen nach Hause. Sie unterhielten sich über die Bücher und Filme, die sie mochten, und über ihre Schriftstellerei. Jaz war anders als die anderen Mädchen, die er kannte – ernster und nicht so oberflächlich. Ab und zu sah sie ihn mit einem nachdenklichen Lächeln an, aber meistens benahm sie sich defensiv und widerborstig. Dadurch kamen ein paar bemerkenswerte Wortwechsel zwischen ihnen zustande. Manchmal fragte er sich sogar, ob sie sich seinetwegen verstellte. Aber warum?

Und wieso hatte er das Gefühl, von Menschen umgeben zu sein, die Theater spielten?

Jaz.

Billy.

Und natürlich – die größte Schauspielerin von allen – seine Großmutter.

Lois hatte gestern Abend angerufen. »Tut mir Leid, Gran«, hatte er gesagt. »Mum ist nicht zu Hause. Kann ich ihr etwas ausrichten? Oder soll sie dich zurückrufen, wenn sie wieder da ist?«

»Oh, arbeitet sie in der Spätschicht?«

»Nein, sie ist in ihrer Schriftstellergruppe.«

»Wo?«

Ihm war sofort klar, dass er einen Fehler gemacht hatte und sich nicht mehr herauswinden konnte. Lois war ein strenger Inquisitor, wenn sie wollte. Er versuchte, sich dumm zu stellen, aber alles, was er sagte, schien nur noch mehr die Neugier seiner Großmutter zu wecken. »Es ist für Mum nur eine Abwechslung«, meinte er.

»Und was geht in dieser Gruppe vor sich?«

»Sie schreiben, nehme ich an.«

»Aber warum?«

»Warum was?«

»Warum will deine Mutter bei so einer merkwürdigen Sache mitmachen? Ist das wieder eine von Simones verrückten Ideen? Sie muss doch bei jeder Torheit dabei sein – so jemanden habe ich noch nie gekannt. Sie hat deiner Mutter auch die ganzen unsinnigen Selbsthilfe-Bücher geschenkt. Als ob sie so etwas brauchen würde, solange sie uns hat!«

Nathan wusste, dass seine Großmutter Simone nicht

leiden konnte, aber bis vor gar nicht allzu langer Zeit war ihm nicht bewusst gewesen, wie stark diese Abneigung war. Wenn man sich von Lois' Versuchen, die Sache mit Humor zu behandeln, nicht blenden ließ, wurde klar, dass sie Simone als Bedrohung ansah.

Als seine Mutter nach Hause kam und fröhlich summend ihren Mantel im Flur auszog und aufhängte, erzählte er ihr, dass er sich bei Lois verplappert hatte.

»O Gott«, sagte sie, nachdem er sich entschuldigt hatte. »Jetzt wird sie mich ins Kreuzverhör nehmen und mich über die zweifelhaften Leute ausfragen, mit denen ich mich umgebe. Aber lass den Kopf nicht hängen, früher oder später wäre sie ohnehin dahinter gekommen. Lois hat eine Nase für Geheimnisse und schnüffelt so lange herum, bis sie alles weiß.«

Sie summte wieder, als sie in die Küche ging und den Schnellhefter mit ihren Manuskripten auf den kleinen Schreibtisch legte, auf dem auch ihr Computer stand. Nathan staunte, dass sie das, was er ihr erzählt hatte, so unberührt ließ. Noch vor kurzem hätte sie sich gerechtfertigt und auf ihr Recht gepocht, auch etwas zu unternehmen, wovon Lois nichts wusste. Die Dinge verändern sich zum Besseren, dachte Nathan.

War es möglich, dass ein gewisser Mann aus der Schriftstellergruppe ihre Einstellung beeinflusste – Adeles Makler Jack Salomon? Hatten sie nicht erst neulich zusammen zu Abend gegessen?

Nathan und Billy kamen auf die Party und fanden die üblichen Verdächtigen aus der Abschlussklasse sowie einige Mitwirkende des Theaterstücks aus der Sechsten vor. Kirsten Dempsey feierte heute ihren achtzehnten Geburtstag – sie spielte die Cecily Cardew –, und da sie mit Vicki befreundet war, hoffte Nathan insgeheim, dass Jaz auch eingeladen war.

Er überließ Billy seinen bewundernden Fans und machte sich auf die Suche nach einem Softdrink. Er hatte den kurzen Strohhalm gezogen und war demzufolge der Chauffeur an diesem Abend, deshalb musste er nüchtern bleiben. Billy würde wahrscheinlich in stabiler Seitenlage auf dem Rücksitz nach Hause transportiert werden müssen.

Von Jaz war keine Spur zu sehen. Enttäuscht machte Nathan die Runde im Wohnzimmer, das die Dempseys vorsorglich fast komplett ausgeräumt hatten, und fragte sich, wo Jaz sein mochte und was sie gerade tat.

Er hoffte, sie amüsierte sich mehr als er.

Jaz war wütend. Wie konnten ihr ihre Eltern so etwas antun? Es war so unfair. Und wieso musste immer sie den Babysitter für Tamzin und Lulu spielen? Warum baten sie nie Phin oder Jimmy, auf die Gören aufzupassen? Und es ging diesmal nicht nur um einen Abend: Ihre Eltern verbrachten ein langes Wochenende in ihrem Apartment auf Teneriffa. »Meine Molly-Doll hat es verdient, ein wenig verwöhnt zu werden«, hatte Dad beim Frühstück verkündet, »und sie kann auch ein bisschen Sonne vertragen. Wenn wir noch Plätze in einer Maschine bekommen, hauen wir heute Nachmittag ab.«

Jaz hasste es, wenn Dad mit diesem Kosenamen von ihrer Mutter sprach – das war so kindisch. Und was haben sie sich dabei gedacht, in ihrem Alter noch einmal Kinder zu bekommen? Wieso konnten sie nicht einfach akzeptieren, dass sie mittlerweile die Sexphase hinter sich haben müssten?

Jedes Mal, wenn sie daran dachte, dass ihre Mutter schwanger war, wurde ihr übel. Sie war acht gewesen, als Lulu geboren wurde, und hatte diese schreckliche Nacht nie vergessen. Tamzin war zwei (und ausnahmsweise schlief sie tief und fest in ihrem Bettchen und versuchte nicht herauszuklettern), und außer Jaz und ihrer Mutter war niemand zu Hause gewesen. Es war St. Patrick's Day, und ihr Vater war mit den Jungs nach Dublin gefahren, um mit ihnen die Rafferty-Wurzeln auszugraben. Sie durfte ihrem Vater nicht unrecht tun. Er hatte eigentlich gar nicht fahren wollen, weil das Baby in nur drei Wochen fällig war. Aber Mum hatte beteuert, dass es ihr blendend ging, deshalb hatte er sich auf den Weg gemacht. In dieser Nacht begannen die Wehen. Jaz merkte erst etwas davon, als ihre Mutter sie weckte und sagte: »Jaz, ich brauche deine Hilfe. Das Baby hat sich entschieden, früher auf die Welt zu kommen.«

Jaz schoss in die Höhe und rief: »Was soll ich tun?« Schweiß glänzte auf dem Gesicht ihrer Mutter. Sie sah schrecklich aus.

»Sieh mich nicht so erschrocken an. Ich habe einen Krankenwagen gerufen, der mich in die Klinik bringt, und ich möchte, dass du auf Tamzin aufpasst, bis Mrs. Dalton herkommen kann.«

»Warum kann Mrs. Dalton nicht gleich kommen? Sie wohnt doch nebenan.«

»Ich erreiche sie nicht – wahrscheinlich ist sie heute Abend ausgegangen.« Ihre Mutter verzog das Gesicht und schnappte nach Luft. Verängstigt schlang Jaz die

Arme um sie. Am liebsten hätte sie losgeheult, aber sie spürte instinktiv, dass das nicht der richtige Zeitpunkt für so was war. »Es ist okay, Jaz«, sagte ihre Mutter einen Moment später, »alles wird gut.«

Aber nichts war gut. Mrs. Dalton kam nicht nach Hause, und der Krankenwagen brauchte Ewigkeiten. In der Minute, in der er vorfuhr, wurde Lulu geboren. Jaz hörte die Schmerzenschreie ihrer Mutter und schwor sich, eine solche Qual niemals über sich ergehen zu lassen.

»Ich dachte, es wird mit jedem Mal leichter«, sagte ihre Mutter zu Dad, als er und die Jungs wieder daheim waren – sie hatten die Nachtfähre genommen.

»Vielleicht nach dem zehnten.« Dad lachte. »Wir müssen eben weitermachen und es herausfinden.«

Vom Fußende des Bettes aus beobachtete Jaz, wie Dad das dürre Baby wiegte, das sich in seinen großen Händen wand wie ein grässlicher Wurm. Damals hatte sie zu Gott gebetet, dass er nur einen Scherz gemacht hatte.

Und jetzt machte ihre Mutter das alles noch einmal durch. Mit Zwillingen. Jaz hatte das ungute Gefühl, dass ihr Vater Babys als Ehrenauszeichnung betrachtete – je mehr Kinder mit dem Namen Rafferty auf die Welt kamen, umso besser.

Bei diesem Gedanken lief ihr ein Schauer über den Rücken. Sie saß an ihrem Schreibtisch und stützte den Kopf in die Hände. Sie glaubte schon lange nicht mehr an den Katechismus und an den Gott ihrer Kindheit, aber ihr fiel ein neues Gebet ein: »Bitte, lieber Gott, lass mich nie so dumm sein, schwanger zu werden.« Sie konnte sich nichts Schlimmeres vorstellen: diese

Schmerzensschreie und die ekelhafte Schweinerei. Sie versuchte, den alptraumhaften Gedanken zu verdrängen, und wurde plötzlich von einem Heidenlärm, der aus dem Parterre kam, aufgeschreckt. Sie knirschte mit den Zähnen und machte sich bereit, Tamzin und Lulu gehörig die Leviten zu lesen. Sie ging langsam die Treppe hinunter und dachte sich dabei eine passende Bestrafung für ihre Schwestern aus.

Die beiden waren im Wohnzimmer, der Fernseher dröhnte, und ein schwitzender Robby Williams stolzierte mit nacktem, tätowiertem Oberkörper über den Bildschirm. Kartoffelchips, Cheerios, Erdnüsse und Federn waren über den Teppich verstreut. Ein kleiner Tisch war umgekippt, und eine von Mums Porzellanfigürchen lag zerbrochen mitten in dem Chaos. Tamzin und Lulu standen mit Kissen, aus denen die Federn quollen, in den Händen auf dem Sofa und starrten Jaz an. Beide waren außer Atem vor Lachen und hatten verschmierte Gesichter. Jaz konnte, als sie die leere Schüssel auf dem Boden entdeckte, nur hoffen, dass das, was auf ihren Wangen klebte, Schokoladenmousse war.

Es war ein ausgesprochen surrealer Moment, und sie schrie aus vollster Kehle. Sobald sie angefangen hatte, fiel es ihr schwer, wieder aufzuhören, besonders als sie sah, welche Wirkung ihr Gebrüll auf die Schwestern ausübte. Sie sprangen vom Sofa, und es gelang ihnen sogar, einigermaßen zerknirscht auszusehen. Jaz schrie sie immer noch an, als es an der Haustür klingelte.

»Das wird die Polizei sein«, behauptete sie – das war das Erste, was ihr in den Sinn kam. »Ich hab sie von oben aus angerufen, und sie haben versprochen, so schnell wie möglich herzukommen, um euch mitzunehmen. Ich hoffe, es gefällt euch, die Nacht in einer Zelle verbringen zu müssen.«

Lulu war noch klein genug, um sich ins Bockshorn jagen zu lassen, und sah Jaz entsetzt an. Tamzin hingegen war keineswegs überzeugt. »Ich glaub dir kein Wort«, sagte sie und reckte ihr mit Schokolade verschmiertes Kinn trotzig vor. Sie hatte wahrscheinlich schon genug Polizeiserien im Fernsehen gesehen, um zu wissen, dass sie nie so schnell kamen.

Jaz ging zur Haustür und war bass erstaunt.

Nathan stand verlegen auf der Schwelle. Er hatte das Gebrüll gehört und war jetzt einem so feindseligen Blick ausgesetzt, dass er wünschte, er wäre auf der Party geblieben. Als Vicki ihm erzählt hatte, dass Jaz bei ihren Schwestern babysitten musste, hatte er spontan beschlossen, sie zu besuchen und ihr Gesellschaft zu leisten. Vorhin hatte er das noch für eine blendende Idee gehalten. Aber die zusammengezogenen Augenbrauen und die fest vor der Brust verschränkten Arme verrieten ihm deutlich, dass Jaz ihn nicht hier haben wollte. Er war schon drauf und dran, wieder kehrtzumachen, als sie sich offenbar eines anderen besann. »Du kannst gern reinkommen, wenn du möchtest, aber du musst dich mit meinen schrecklichen Schwestern abfinden. Sie sind Barbaren, das personifizierte Böse. Abschaum. Das Hinterletzte. Gemeinsam sind sie der Staatsfeind Nummer eins.«

Nathan grinste. »Jede Familie sollte so jemanden haben.«

»Und warum gibt es ausgerechnet in meiner gleich

zwei?« Sie trat beiseite, um ihn hereinzulassen. »Hey, du hast nicht zufällig Lust, mir einen Gefallen zu tun, oder?«

»Welchen? Soll ich sie adoptieren?«

»Das wäre eine tolle Idee, aber nein. Könntest du so tun, als wärst du ein Polizist, der hergekommen ist, um sie zu verhaften? Du wirst mich verstehen, wenn du siehst, was sie angerichtet haben.«

Er lachte. Er hatte schon jetzt mehr Spaß als auf der Party. »Stets zu Diensten, Miss.«

Nathan marschierte mit hochgeschlagenem Kragen zielstrebig ins Wohnzimmer und bemühte sich, den Inspektor in Zivil zu geben, während er sich das Chaos ansah. Es war bemerkenswert.

Er schüttelte den Kopf.

Er schnalzte missbilligend mit der Zunge.

Er holte tief Luft.

Er schüttelte wieder den Kopf.

Und vor allen Dingen bemühte er sich, nicht laut loszulachen. So etwas hatte er noch nie gesehen. Selbst die Dempseys würden nach Kirstens Party keine solche Verheerung vorfinden. Wie zwei Kinder eine derartige Verwüstung anrichten konnten, war ihm ein Rätsel. Und was, um alles in der Welt, hatten sie sich in die Gesichter geschmiert?

»Ich habe Ihnen gleich gesagt, dass es schlimm ist, Officer«, sagte Jaz und schaltete den Fernseher aus. Sie legte die Fernbedienung weg, verschränkte wieder die Arme und funkelte ihre Schwestern finster an.

»Mir scheint, ich komme genau im rechten Augenblick.« Er ging auf die beiden Übeltäter zu. »Was habt ihr zu eurer Verteidigung zu sagen? Und ich muss euch auf eines aufmerksam machen: Alles, was ihr sagt, kann gegen euch verwendet werden.«

Das kleinere der beiden Mädchen versteckte sich hinter der Schwester, aber das größere blieb standhaft. »Woher sollen wir wissen, dass Sie ein echter Polizist sind? Wo ist Ihre Dienstmarke? Sie könnten auch ein Pidifieler sein.«

Nathan war sprachlos. Als er in diesem Alter war, hatte er das Wort »Pädophiler« noch nie gehört. Er ignorierte die Frage nach seiner Dienstmarke und sagte: »Du musst die Rädelsführerin sein. Hab ich Recht? Wie ist dein Name?«

Ihr Blick huschte nervös von ihm zu Jaz und wieder zurück. »Ich kenne meine Rechte«, erklärte sie rebellisch. »Ein Telefonat ist mir erlaubt. Ich werde Mum und Dad anrufen.«

»Ja«, sagte Jaz, »mach das, und ich werde ihnen genau berichten, was ihr hier angestellt habt – von der zerbrochenen Porzellanfigur angefangen bis zu allem anderen.«

Nathan hatte allmählich das Gefühl, dass sie den Scherz weit genug getrieben hatten. »Ich nehme an, dies ist euer erster Konflikt mit dem Gesetz«, sagte er. »Wie wär's, wenn ihr hier alles wieder ordentlich aufräumt und wir kein Wort mehr über die Sache verlieren? Aber ich warne euch, ihr habt heute Abend jede Menge ernste Vergehen begangen.« Er hielt die Hände hoch und zählte die Verbrechen an den Fingern ab. »Ruhestörung, Beihilfe zum Hausfriedensbruch und aktiver Hausfriedensbruch, gesetzwidriges Verhalten und die Verletzung der Paragraphen 16a und 22b des Bürgerlichen Gesetzbuches.« Er beobachtete zufrieden, wie den beiden die Kinnlade herunterfiel, und fügte streng hinzu: »Macht so etwas nie wieder. Habt ihr verstanden?«

Sie nickten und fingen an aufzuräumen. Aber sie machten alles nur noch schlimmer. Ihre Hände waren genauso verschmiert wie ihre Gesichter, und alles, was sie anfassten, blieb kleben. Sie versuchten, die Federn und Cheerios abzuschütteln, mussten aber kichern, als eine Feder auf Lulus Nase landete. »Oh, um Himmels willen«, schrie Jaz, »geht rauf, wascht euch und dann ab ins Bett. Ich mache hier sauber. Verschwindet, aber ein bisschen plötzlich.«

Als sie und Nathan allein waren, machte sie die Tür zu, lehnte sich dagegen und ächzte. »Siehst du, womit ich mich herumschlagen muss? So geht das vierundzwanzig Stunden am Tag. Bitte beurteile mich nicht nach dieser fürchterlichen Brut.«

Nathan zog seinen Mantel aus und kauerte sich auf den Boden, um die Scherben der Porzellanfigur aufzuheben. »Hey, ist schon gut – ich weiß über grausame Schwestern Bescheid. Ich ziehe keine Vergleiche.«

»Ich kann es kaum erwarten, von zu Hause wegzukommen und auf der Uni anzufangen.« Als sie merkte, was er tat, ging sie zu ihm. »Das ist nicht nötig. Ich mache das schon.«

»Ist okay, ich helfe gern. Ich glaube, wir brauchen einen Lappen, eine Mülltüte und einen Staubsauger. So wie's aussieht, kann man die Figur nicht mehr kleben.«

Sie machten gemeinsam sauber, sammelten den Abfall ein, schrubbten die Schokolade weg und saugten den Teppich, bis das Wohnzimmer wieder normal aussah. Jaz ging hinauf, um nachzusehen, ob ihre Schwestern wirklich im Bett lagen und nicht das Bad überfluteten, und als sie wieder herunterkam, sagte sie: »Darf ich dir wenigstens etwas zu trinken anbieten? Oder möchtest du etwas essen?«

Sie gingen in die Küche, und Jaz kochte Kakao und machte Eiersandwiches. Sie unterhielten sich mit gedämpften Stimmen, um die neugierigen Schwestern nicht wieder auf den Plan zu rufen. Jetzt war Jaz froh, dass sie Nathan hereingebeten hatte. Im ersten Moment, als er vor der Haustür gestanden hatte, war sie regelrecht erschrocken und peinlich berührt gewesen. Aber es war wunderbar, mit ihm in der Küche zu sitzen – so, als wären sie richtige Freunde. Inzwischen hatte Nathan sie schon öfter nach Hause gebracht, und hin und wieder plauderten sie während der Mittagspause in der College-Cafeteria miteinander. Meistens saßen noch andere mit an ihrem Tisch, aber ein- oder zweimal waren sie auch allein gewesen. Und diese Momente waren ihr die liebsten. Zum Glück war er nicht in sie verschossen; das bedeutete, sie konnten eine dauerhafte Freundschaft entwickeln. Es war schön, mit ihm zusammen zu sein. Und jetzt, da Vicki und Billy in der Knutschphase waren, verbrachte Jaz weniger Zeit mit Vicki und mehr mit Nathan. Allerdings war sie immer noch auf der Hut und zögerte, ihm zu viel von sich selbst zu verraten, aus Angst, er könnte sie dann nicht mehr mögen.

»Wie war's auf der Party?«, fragte sie.

»Du hast überhaupt nichts versäumt, glaub mir.«

»Ich wette, es war besser als mein Abend hier. Warum bist du gegangen?«

»Ach, mir ist zu Ohren gekommen, dass hier in dieser vornehmen Gegend viel mehr los ist.« Er sah sich um und betrachtete die große, teuer ausgestattete Küche. Jaz wusste, wo Nathan wohnte und dass er und seine Mum nur eine kleine Wohnung hatten. Plötzlich wurde ihr bewusst, wie andere sie einschätzen könnten – als verwöhnte, reiche Göre. »Was macht dein Dad beruflich?«, wollte er wissen und bestätigte mit dieser Frage ihre Befürchtung.

»Sei nicht so sexistisch. Meine Mum könnte auch diejenige sein, die all das bezahlt hat.«

Er hob in gespielter Unterwerfung die Hände. »Okay, okay, ich halte lieber mein vorlautes Maul.«

»Ehrlich gesagt, du hast Recht«, lenkte sie ein. »Dad hat eine Baufirma. Und meine Brüder arbeiten jetzt mit ihm.« Sie lachte auf. »Aber nur, weil sonst niemand so dumm ist, sie einzustellen.« Sie biss von ihrem Sandwich ab und leckte sich die geschmolzene Butter und Eigelb von den Lippen. Verlegen, weil Nathan sie unverwandt anstarrte, erkundigte sie sich: »Was ist? Klebt noch was in meinem Gesicht?«

Er schüttelte langsam den Kopf, ohne den Blick von ihrem Mund loszureißen.

Jaz glaubte ihm nicht, stand auf und ging zu dem Schrank, in dem ihre Mutter die Küchenrolle aufbewahrte. Sie riss zwei Stücke ab, fuhr sich mit einem über den Mund und nahm das andere mit zum Tisch, für den Fall, dass sie noch einmal kleckerte. Nathan fixierte sie nach wie vor. »Allmählich wirst du mir unheimlich. Was ist los?«

Nathan wischte ein paar Brotkrümel von seinen Fingern und räusperte sich. »Ich habe gerade daran gedacht, wie gern ich dich küssen würde.«

Verblüfft tupfte sie sich wieder den Mund ab. Aber statt sich zu fragen, wie sehr es ihr gefallen würde, wenn er sie küsste, misstraute sie seinen Motiven. Hatte er es nur auf das eine abgesehen? Angenommen Vicki hatte ihm auf der Party erzählt, dass ihre Eltern verreist waren, und er war nur hier, um die Situation auszunutzen … zu versuchen, sie ins Bett zu kriegen? Eine schreckliche Vision von Billy und allen anderen Partygästen, die Nathan dazu drängten, kam ihr in den Sinn. Dann beschäftigte sie einen noch schrecklichere Vorstellung: Was, wenn sie nachgab und schwanger wurde? Sie sah lebhaft vor sich, wie ihre Mutter in den Wehen lag. Sie stand abrupt auf. »Ich finde, du solltest wissen, dass du mich nicht ins Bett kriegst. Kapiert?«

Er runzelte die Stirn und sah sie verblüfft an. »Ich bin echt froh, dass wir das klargestellt haben.«

Jaz blieb es erspart, darauf zu antworten, denn genau in diesem Augenblick schlug im oberen Stockwerk eine Tür zu. Dankbar für diese Störung, entschuldigte sie sich. Sie lief die Treppe hinauf – nahm immer zwei Stufen auf einmal – und wünschte, während sie immer mehr Distanz zwischen sich und Nathan legte, die Uhr um fünf Minuten zurückdrehen zu können.

Was war in sie gefahren?

Wie konnte sie sich so zum Narren machen?

Selbstverständlich hatte er nicht vor, sich auf sie zu stürzen. Er hatte sie lediglich um einen Kuss gebeten. Keine große Sache.

Nachdem sie ihren Unmut an Tamzin und Lulu ausgelassen hatte, ging sie wieder hinunter in die Küche. Nathan wartete auf sie. Er hatte seinen Mantel an und war bereit, sich zu verabschieden.

Sie sah ihm nach, als er wegfuhr, und wusste, dass sie alles vermasselt hatte.

Jetzt würden sie nicht einmal mehr Freunde werden.

Kapitel zwanzig

An diesem Abend herrschte eine andere Atmosphäre in der Gruppe. Alle waren gelöst und amüsierten sich prächtig, und dafür war allein Victor verantwortlich. Er war nicht erschienen. Bisher hatte noch nie jemand ein Treffen verpasst, und Beth war erstaunt, dass Victor sich als Erster mit diesem Makel behaftete. Sie wünschte fast, seine Abwesenheit wäre keine Ausnahme und er hätte sich zu der Erkenntnis durchgerungen, dass Verborgene Talente nichts für ihn war.

Gemäß Dulcie Vorschlag beim vorigen Treffen probierten sie heute etwas Neues. Von heute an würden sie abwechselnd die Leitung der Gruppe übernehmen. Damit wollte Dulcie für eine insgesamt regere Beteiligung sorgen. Beth hatte befürchtet, als Erste dranzukommen, aber zum Glück nahm Jack die Herausforderung sofort an und meldete sich freiwillig. Im Augenblick erklärte er, was sie tun sollten.

»Ich gestehe, ich habe die Idee aus einem Ratgeber für angehende Schriftsteller geklaut, also ist das Ganze nicht auf meinem Mist gewachsen. Es ist eine Übung, bei der wir lernen, Menschen fair und gerecht zu charakterisieren. Wir fangen damit an, mit allerhöchstens fünfzig Wörtern eine Figur zu kreieren, die niemand, der noch ganz richtig im Kopf ist, leiden kann. Erlegt euch keine Beschränkungen auf – macht sie oder ihn so furchtbar, wie ihr wollt. Okay?« Er deutete auf die Uhr, die auf dem Kaminsims stand. »Wir haben genau zehn Minuten Zeit.«

Papier raschelte und alle überlegten fieberhaft, dann wurde es mucksmäuschenstill, während sie sich auf ihre Aufgabe konzentrierten. Minuten vergingen, bis Beth das erste Wort schrieb. Unter dem Druck geriet sie in Panik und kritzelte das Erste, was ihr in den Sinn kam, auf ihren Block. Beschämt stellte sie fest, dass sie Lois karikierte – die typische Schwiegermutter, die sich überall einmischt.

Am Wochenende war ihr fast der Geduldsfaden gerissen, und die Erinnerung an die Vorwürfe, die sie zu hören bekommen hatte, schmerzte sie noch immer. Lois war unangemeldet bei ihr aufgetaucht – normalerweise rief sie vorher an, um sich zu vergewissern, dass Beth zu Hause war – und wie die Katze um den heißen Brei herumgeschlichen, ehe sie zu ihrem eigentlichen Anliegen kam. Sie wollte alles über diese Schriftstellergruppe wissen. »Was für Menschen machen bei einer so komischen Sache mit?«, erkundigte sie sich. »Ich konnte es kaum glauben, als mir Nathan erzählt hat, worauf du dich da eingelassen hast. Ich habe auf einmal das Gefühl, dass du dich zur echten Heimlichtuerin entwickelst, Beth. Wie viele Geheimnisse hast du noch vor uns?« Ihr betont heiterer Tonfall konnte den harschen Worten nicht die Spitze nehmen, und Beth bereute, dass sie diese Sache nicht längst hinter sich gebracht hatte. Sie hätte Lois zurückrufen sollen, wie Nathan es ihr versprochen hatte. Beth sah Lois, die ungeniert eine Stromrechnung las, über den Küchentisch hinweg an und sagte: »Ich bin keine Heimlichtuerin, Lois. Ich habe mich lediglich einer Schriftstellergruppe angeschlossen, nicht dem Ku-Klux-Klan.«

»Aber wozu, um Himmels willen? Ich hätte wirklich gedacht, dass du für so was gar keine Zeit hast, gerade wenn Nathan in seinem letzten College-Jahr so viel lernen muss.«

Beth kochte innerlich vor Wut. Sie wusste, dass sie standhaft bleiben und Lois' hinterhältigem Bedürfnis, sie unter Kontrolle zu halten, ein Ende setzen musste. Es war ungeheuerlich, dass ihre Schwiegermutter Nathan als Instrument einsetzte, um sie zu manipulieren.

»Lois, Nathan ist durchaus in der Lage, auf sich selbst aufzupassen, während ich gelegentlich einen Abend außer Haus verbringe.«

»Aber diese Zeit ist so wichtig für ihn. Und es ist nicht nur gelegentlich ein Abend, sondern eine allwöchentliche Veranstaltung, falls ich Nathan richtig verstanden habe. Wenn er die Abschlussprüfungen nicht besteht, wirst du dir das niemals verzeihen, das weißt du. Ich war immer für Adam da. Er stand bei mir stets an allererster Stelle.«

Beth starrte Lois an und fragte sich, ob ihr überhaupt klar war, welche absurden Vorwürfe sie vorbrachte und wie grausam sie war. »Ich denke, du übertreibst«, sagte sie gelassener, als ihr zumute war. Sie stand auf – plötzlich merkte sie, dass sie kurz davor war, Lois regelrecht zu hassen. Sie wollte keinen Hass in sich tragen, am wenigsten auf Adams Mutter. Sie stellte sich ans Fenster und sah hinunter auf den Park. Ein starker Wind hatte die Wolken aufgerissen, und ein Vater brachte seinem kleinen Sohn bei, auf einem Rad ohne

Stützräder zu fahren. Für einen Moment war sie verwirrt, als sie sich daran erinnerte, dass Adam dasselbe mit Nathan gemacht hatte. Schließlich sagte sie: »Lois, ich glaube nicht, dass du dir im Klaren bist, wie verletzlich und beleidigend du gerade warst. Nathan war für mich immer das Wichtigste.« Sie wandte sich langsam vom Fenster ab. »Aber im Grunde steckt etwas ganz anderes hinter deinen Vorwürfen, stimmt's?« Sie waren dem Punkt, an dem es kein Zurück mehr gab, gefährlich nahe, und mehr alles alles andere wünschte sich Beth, die Luft zu reinigen. Es wurde höchste Zeit, die Lügen und Täuschungen anzusprechen. So wie bisher konnten sie jedenfalls nicht weitermachen.

Lois' ansonsten so gefasste Gesichtszüge entgleisten. Sie legte die Hand an den Hals und fummelte an ihrer Perlenkette. »Ich weiß nicht, was du meinst. Es ... es tut mir Leid, wenn ich dich in irgendeiner Weise gekränkt haben sollte, aber ich wollte wirklich nur meine Sorge zum Ausdruck bringen. Sich zu viel aufzuladen ist niemals gut. Ich spreche aus Erfahrung, weil ich mir selbst oft genug zu viel zugemutet habe.« Sie stieß ein schrilles Lachen aus, fächelte ihrem geröteten Gesicht Luft zu und warf einen missbilligenden Blick auf den Ofen. »Gott, ist das warm hier drin. Oh, habe ich dir schon erzählt, dass sich Barnaby an einer kaputten Glasscheibe im Gewächshaus geschnitten hat? In die Hand. Ich weiß nicht, wie oft ich ihn gebeten habe, die Scheibe auszutauschen. Was er zu dieser Jahreszeit da draußen zu suchen hatte, ist mir sowieso ein Rätsel.«

Und das war's dann. Mit einem ihrer klassischen Manöver hatte Lois ihre Aussage getroffen und das Gespräch dann auf ein anderes Thema geleitet, so dass sich Beth ungehobelt vorgekommen wäre, wenn sie nachgebohrt und die Auseinandersetzung weitergeführt hätte. Lois kam auf Weihnachten und darauf zu sprechen, was sie tun wollten. »Ich dachte, ich brate uns dieses Jahr eine schöne Gans. Was hältst du davon?«

Als ob sich Lois um Beths Meinung scheren würde ...

Beth war kurz davor, das, was sie geschrieben hatte, wieder durchzustreichen, als Jack verkündete, dass die Zeit abgelaufen war.

»Gut«, sagte er, »und jetzt falten alle ihr Blatt zusammen und übergeben es dem Nebenmann zur Linken. Aber erst lesen, wenn ich es sage.«

Beth reichte Dulcie ihr Machwerk und hoffte, dass sie keine Schlüsse aus der Charakterisierung zog.

»Jetzt nehmen wir uns zwanzig Minuten Zeit, um ein glaubhaftes Szenario für die vom Nachbarn beschriebene Person zu kreieren«, sagte Jack. »Wir müssen sie nicht nur liebenswert, sondern auch reumütig machen.«

Dulcie nickte anerkennend, aber Jaz meinte: »Verdammt, Jack, Sie verlangen nicht gerade viel von uns, oder?«

Jack lächelte. »Für ein so kluges Mädchen wie Sie ist das ein Kinderspiel, Jaz. Oh, eines habe ich vergessen: Wir schreiben nicht in der Ich-Form.« Er schaute wieder auf die Uhr. »Okay, jetzt dürfen Sie sich die Personenbeschreibungen ansehen.«

Alle stöhnten. Beth las Jacks Schilderung, und ihr wurde das Herz schwer. Da sie seine Lebensumstände kannte, wusste sie, dass er den Mann beschrieben hatte, der früher sein bester Freund gewesen war und jetzt mit seiner Frau Maddie zusammenlebte.

Es war eine interessante Übung, aber mit Ausnahme von Victor und Dulcie, die die erfahrensten Mitglieder der Gruppe waren, hatten sie all ihre Arbeiten immer in der ersten Person geschrieben. Vermutlich hatte sich Jack deswegen diesmal anders entschieden. Niemand hatte bisher ein Wort darüber verloren, aber für Beth war es ziemlich offensichtlich, dass Jack, Jaz und sie selbst in ihren »Werken« eigene Erfahrungen verarbeiteten. Offenbar taten das die meisten Schriftsteller, wenn sie ihren ersten Roman verfassten. Außer Victor hatte keiner von ihnen davon gesprochen, etwas veröffentlichen zu wollen: Sie schrieben nur aus Spaß und weil es eine Herausforderung war.

Und weil es eine Fluchtmöglichkeit bot – das war wahrscheinlich für alle das Wichtigste.

Bei einer Tasse Kaffee hatte Dulcie letzte Woche erzählt, dass sie nicht über Dinge nachgrübelte, auf die sie keinen Einfluss hatte, wenn sie sich aufs Schreiben konzentrierte. Dieses Eingeständnis hatte Beth überrascht, weil ihr Dulcie immer so selbstsicher und kompetent erschienen war. Jaz hatte nachdenklich mit ihren Zöpfen gespielt und daraufhin erklärt, dass sie gern schrieb, weil sie dadurch ihren Geschwistern entkommen konnte, die ihr keinen Moment Frieden ließen. »Ich glaube, es hat auch mit Macht zu tun«, sagte sie und gestand ein, dass ihre fiktive Familie, die Clacketts, der eigenen nachempfunden war, auch wenn sie darauf nicht hätte hinweisen müssen. Beth fragte sich, ob sie wirklich so ausgelassen und wild waren, wie Jaz sie darstellte. Aber war die Wahrheit nicht oft kurioser als erfundene Geschichten? Weder Victor noch Jack hatten etwas zu dieser Unterhaltung beigetragen, aber Jack hatte Beth bei ihrem gemeinsamen Abendessen ja schon anvertraut, dass er das Schreiben manchmal als Möglichkeit ansah, aus dem schwarzen Loch herauszukommen, das ihn zu verschlingen drohte.

Sie war immer noch peinlich berührt, wenn sie an Adeles Versuch dachte, sie beide miteinander zu verkuppeln. »So etwas machen Sie nie wieder«, wies sie die alte Lady am folgenden Tag zurecht, als sie vor der Arbeit nach ihr sah, »sonst hole ich keine Bücher mehr für Sie aus der Bibliothek. Es war furchtbar für den armen Mann.«

»Unsinn«, erwiderte Adele. »Er war hocherfreut.«

»Sie meinen, er war wie betäubt vor Schreck.«

»Aber Sie hatten einen schönen Abend, oder nicht? Er ist Stunden bei Ihnen geblieben.«

»Adele Waterman. Sie sind die hinterlistigste Nachbarin, die ich jemals kennen gelernt habe. Wenn Sie nicht so krank wären, würde ich Ihnen eine ordentliche Standpauke halten. Jetzt seien Sie artig und nehmen Sie Ihre Medizin. Und vergessen Sie nicht, etwas von der Suppe zu essen, die ich für Sie gekocht habe.«

Adele warf einen Blick auf die Thermoskanne neben ihrem Bett und lächelte. »Sie ist doch nicht vergiftet, oder?«

»Diesmal nicht, aber falls Sie noch einmal versuchen sollten, mich mit Jack zusammenzubringen, könnte ich eine solche Möglichkeit in Erwägung ziehen. Außerdem hat er eine ernsthafte Beziehung, also verschwenden Sie nur Ihre Zeit.«

Adele lehnte sich an die Kissen, die Beth aufgeschüttelt hatte, und sagte: »Dann müsste er eigentlich glücklicher aussehen.«

Beth erzählte Adele nicht, was Jack zu schaffen machte. Was er ihr anvertraut hatte, war sehr persönlich, und sie wusste, dass es ihm nicht recht wäre, wenn eine seiner Klientinnen diese Dinge über ihn wusste. Zudem wäre es illoyal, hinter seinem Rücken über ihn zu klatschen.

Das war ein weiterer Aspekt, der sie überraschte. Die Gruppe kannte sich noch nicht lange, dennoch hatten sie schon freundschaftliche Bande geknüpft. Dulcie hatte von Anfang an darauf hingewiesen, dass der Sinn ihrer Treffen die gegenseitige Unterstützung und Ermutigung, nicht Kritik oder Demoralisierung sei. Vielleicht entwickelte sich ein gewisses Vertrauen, weil sie über persönliche Dinge schrieben und den Mut hatten, sie den anderen mitzuteilen. Es war, als würden sie unbeabsichtigt eine eigene Selbsthilfegruppe bilden. Beth nahm sich vor, diesem Gedanken auf den Grund zu gehen; vielleicht konnte sie ihn für Libby, ihren Junkie in *Leben fürs Vergnügen* verwenden.

Sie zwang ihre Gedanken in die Gegenwart zurück und überlegte, warum Victor heute nicht gekommen war. Vielleicht hatte er sich eines der Viren eingefangen, die im Moment ihr Unwesen trieben. Zum ersten Mal fiel ihr auf, wie wenig sie über ihn wussten. War er verheiratet? Oder lebte er allein? Wenn ja, hatte er dann jemanden, den er um Hilfe bitten konnte, wenn er krank war?

Als sie später am Abend ihre Küche aufgeräumt, die Wäsche aus der Maschine genommen und zum Trocknen vor dem Ofen aufgehängt hatte, setzte sie sich hin, um das achte Kapitel ihres Romans weiterzuschreiben. Es war ärgerlich eigensinnig und weigerte sich, mit ihr zu spielen, aber Beth war fest entschlossen, es zu bezwingen. Sie hatte sich zum Ziel gesetzt, tausend Wörter am Tag zu schreiben, und je mehr sie zustande brachte, umso überzeugter war sie, dass ein Autor oft wenig Einfluss darauf hatte, wie sich eine Figur in der Geschichte benahm. Anfangs glaubte sie, das läge an ihrer Inkompetenz, aber anscheinend litten auch viele erfahrene Schriftsteller an diesem Problem.

Mr. Outta Laffs hatte ihr das eröffnet. Seit ihrem ersten Internet-Chat war es für sie zur Gewohnheit geworden, sich allabendlich Mails zu schicken. Sie war keine Geheimniskrämerin, aber sie entschied sich, niemandem von Mr. Outta Laffs zu erzählen. Sie wusste, was die Leute sagen würden: dass er wer weiß wer sein könnte – bestenfalls ein Spinner mit schuppigem Mittelscheitel, weißen Socken und grauen Schuhen, der noch daheim bei seiner Mutter wohnte, schlimmstenfalls ein Serienmörder, der ihre Adresse ausfindig machen und sie bei den Leichen unter seiner Veranda verscharren könnte.

Aber ihr Instinkt – oder war es eine unangebrachte Hoffnung wider jede Vernunft? – sagte ihr, dass Mr. Outta Laffs in keine der beiden Kategorien passte. Er erschien ihr so normal, wie sie selbst es war, was zugegebenermaßen nicht viel über ihn aussagte, und er schien genauso um seine Sicherheit besorgt zu sein wie sie um ihre.

Woher soll ich wissen, ob Sie alle Tassen im Schrank haben? [hatte er bei einem ihrer frühen Chats gefragt, als sie ihm schließlich doch gestand, eine Frau zu sein].

Was weckt Ihre Zweifel?

Kluge Antwort – eine echte Irre hätte sich alle Mühe gegeben, mich davon zu überzeugen, dass sie in jeder Beziehung richtig tickt.

Ich könnte besonders trickreich sein.

Verdammt, daran hatte ich nicht gedacht. Und, wohin führt uns das?

Wir sollten gut aufpassen, nehme ich an.

Bevor oder nachdem einer von uns gestanden hat, ein Psycho zu sein? Nein, geben Sie mir darauf keine Antwort – ich mag es, wenn ein paar Dinge in meinem Leben im Ungewissen bleiben. Erzählen Sie mir von Ihrem Buch. Wie läuft es damit?

Es gefiel ihr, dass er Interesse an dem zeigte, was sie tat, und dass er verstand, wie frustrierend das Schreiben sein konnte. Bisher hatten sie sich wenig Persönliches mitgeteilt und sich erst gestern Abend ihre wahren Namen verraten. Mr. Outta Laffs schrieb:

Ich offenbare Ihnen meinen, Sie mir Ihren – ich heiße Ewan. Und Sie?

Beth.

Die Kurzform von Elizabeth?

Nein. Von Bethany.

Hübsch. Nennt Sie jemand Bethany?

Seit meiner Kindheit nicht mehr.

Dann werde ich mich von der Menge distanzieren und Sie von Zeit zu Zeit mit Ihrem vollen Namen ansprechen. Das heißt, wenn Sie keine Einwände haben.

Sie hatte nichts dagegen. Ganz im Gegenteil. Es verlieh ihrer Korrespondenz eine gewisse Intimität – nicht einmal Adam hatte ihren vollen Namen benutzt. Simone würde sagen, das Ganze könnte direkt aus dem Film *E-Mail für dich* mit Tom Hanks und Meg Ryan stammen.

Um Mitternacht, nachdem Nathan sich ins Bett zurückgezogen hatte, loggte sich Beth ins Internet ein. Sie freute sich aufs Chatten mit Mr. Outta Laffs – mit Ewan.

Aber heute erwartete sie keine Nachricht wie sonst. Sie schickte ihm eine, hängte die Wäsche vor dem Ofen um, schrieb ein paar Weihnachtskarten, dann sah sie nach, ob sie eine Antwort bekommen hatte,

Nichts.

Enttäuscht schaltete sie den Computer aus. Fast kam sie sich vor, als hätte man sie versetzt.

Ewan Jones schlug frustriert auf die Tastatur ein. Aber es war zwecklos – weder Drohungen noch gute Worte konnten den Apparat dazu bringen, wieder zu funktionieren. Das verdammte Ding war abgestürzt. Für immer. Zu seinem Leidwesen musste er sich komplett neu ausrüsten. Er hatte seinen getreuen Hewlett Packard seit fast sechs Jahren, und die Aussicht auf einen Wechsel erfreute ihn keineswegs. Er würde sich gleich morgen früh Hilfe holen müssen. Und wenn er schon dabei war, wäre es sinnvoll, sich auch gleich einen Laptop anzuschaffen. Zumindest würde ihm das einen ordentlichen Back-up verschaffen. Für jemanden mit latenter Technophobie war das absolutes Neuland. Er knipste das Licht in seinem Arbeitszimmer aus und ging in die Küche, um Teewasser aufzusetzen. Während er darauf wartete, dass es kochte, las er den Brief, den er nach einem hektischen Tag in London vorhin auf den Tisch gelegt hatte. Er war von einem Verleger, der die ersten drei Kapitel seines Romans *Emily und Albert* gelesen hatte. Es war eine Liebesgeschichte, die in den fünfziger Jahren spielte und im Großen und Ganzen auf der außerehelichen Beziehung seiner Eltern basierte – einer Lehrerin, die in der Dorfschule unterrichtete, und einem praktischen Arzt, der eine begüterte, zehn Jahre ältere Ehefrau hatte. Die beiden Liebenden hatten nie geheiratet und waren, nachdem sie einen großen Skandal in der spießigen walisischen Bergbaugemeinde verursacht hatten, über die Grenze geflohen, um sich in Shropshire niederzulassen und ein Kind zu zeugen: Ewan. Aus unterschiedlichen Gründen war dieser Roman ein Geheimprojekt – nur seine Tochter wusste davon –, und er freute sich, dass der

Verlag Interesse zeigte und den Rest des Manuskriptes sehen wollte. Er musste es nur noch zu Ende schreiben – zusätzlich zu all dem, was er am besten schon gestern hätte erledigen sollen. Deshalb war er so verärgert, dass sein Computer gerade jetzt den Geist aufgegeben hatte. Aber er musste, wie Alice sagen würde, in den sauren Apfel beißen und den alten Kasten ersetzen.

Wie einfach das Leben doch für ein zwanzigjähriges Mädchen war, das genügend Selbstbewusstsein besaß, um Anne Robinson zu einem zitternden Feigling zu reduzierten. Für Alice war alles erreichbar. Sie war erfinderisch und unverwüstlich, und Ewan vermisste sie sehr, seit sie von zu Hause weg war und studierte. Ihre Besuche wurden immer seltener und kürzer, und er freute sich schon auf Weihnachten, wenn sie wieder daheim war.

Sie hatten sich immer sehr nahe gestanden, aber als Alice neun wurde und ihre Mutter die Familie wegen eines Tofu essenden Buddhisten aus dem tiefsten Devon verließ, wurden Vater und Tochter unzertrennlich. Hin und wieder bekam Alice einen Brief von ihrer Mutter, aber sie besuchte sie nie, obwohl es ihr Ewan oft vorschlug. Im Laufe der Jahre lernte er, dass es keinen Zweck hatte, seine eigensinnige Tochter zu irgendetwas zu drängen.

Er sah auf die Küchenuhr und überlegte, ob er Alice anrufen sollte, um ihr die gute Neuigkeit mitzuteilen, aber es war erst kurz nach Mitternacht und noch zu früh. Alice führte ein reges Gesellschaftsleben in Leeds, und sie war bestimmt erst erreichbar, wenn die Clubs geschlossen hatten. Guter Gott, wie machte sie das nur? Er selbst war auch eine Nachteule – er schrieb immer bis weit nach Mitternacht –, aber das war etwas anderes: Er musste nur mit dem Kopf arbeiten und verbrauchte ansonsten keine Energie. Im Alter von sechsundvierzig schien das das Aufregendste zu sein, was für ihn noch im Angebot war.

Freunde und Alice – insbesondere Alice – lagen ihm ständig in den Ohren, weil so wenig los war in seinem Leben. Sie forderten, dass er etwas unternehmen sollte, um seinen langjährigen Single-Status zu beenden. Er trank nachdenklich seinen Tee und fragte sich, ob sie sich mit einer Online-Freundschaft zufrieden geben würden.

Kapitel einundzwanzig

Es war ein kalter Samstagnachmittag. Nebel hüllte die weißen Flussufer ein, und die dünnen Weidenzweige bogen sich vom Eis. Hier und da sah man Spinnweben, auf denen der Reif glitzerte.

Amber und Lucy hielten sich im Warmen auf und schmückten den Christbaum, während im Radio der Song »Walking In the Air« lief. Jack bereute, dass er sich für einen künstlichen Baum, made in Taiwan, entschieden hatte, der nach den Polyester-Chips roch, mit denen er für den Transport ausgepolstert gewesen war und die jetzt im ganzen Wohnzimmer herumlagen. Er hätte eine der duftenden Fichten kaufen sollen, die im Freigelände des Gartencenters angeboten wurden, aber es war so kalt gewesen, dass er es für besser gehalten hatte, rasch ins Geschäft zu gehen und einen verpackten Baum zu erstehen. Er ließ die Mädchen den Schmuck selbst aussuchen, und sie erlegten sich beim Einkaufen weder geschmackliche Grenzen auf, noch achteten sie auf Preise. Demzufolge würde er dieses Jahr den kitschigsten Weihnachtsbaum aller Zeiten haben: mit bunten Lichterketten, grellen Kugeln in allen Größen, Formen und Farben, jeder Menge Lametta und Perlenschnüren, die sie gerade über die bereits schwer beladenen Zweige drapierten. Es bestand die Gefahr, dass der Baum unter der Last zusammenbrach.

Aber Jack war glücklich zuzusehen, wie sich die Mädchen austobten. Der Anblick ihrer eifrigen Gesichter und ihrer Begeisterung war Lohn genug. Amber hatte sich beschwert, dass sie den Baum, den Tony am Abend zuvor aufgestellt hatte, nicht anrühren durften. Tony hatte ihnen klar gemacht, dass er ihn mit Maddie zusammen schmücken würde, wenn die beiden schon im Bett lagen. Lucy behauptete, die norwegische Blautanne sei so groß, dass sie nur in die Eingangshalle mit der hohen Decke passte. Zweifellos war Tony höchstpersönlich in den Wald gegangen, hatte den Baum eigenhändig mit der Axt gefällt und heroisch auf der Schulter nach Hause geschleppt.

Ruhig Blut, Junge!, ermahnte sich Jack. Vergiss nicht, dies ist die Zeit des Friedens unter den Menschen.

Und auch Tony war ein Mensch.

Als Jack die Mädchen am Morgen abgeholt hatte, war Maddie beim Friseur gewesen, um sich für die Party, die sie am Abend gaben, schön machen zu lassen – wegen dieser Party durfte Jack seine Töchter an zwei aufeinander folgenden Wochenenden zu sich nehmen. Tony hatte ihm einen Drink angeboten, aber er hatte wie immer abgelehnt und war mit tief in den Taschen vergrabenen Händen in der Halle stehen geblieben. Er war nur aus einem einzigen Grund hier: um seine Töchter abzuholen. Höfliches Geplänkel stand nicht auf seiner Tagesordnung. Und so würde es auch in Zukunft bleiben.

»Was meinst du, Daddy?« Lucy sah ihn erwartungsvoll an. »Gefällt er dir?«

Er betrachtete ihr Werk, dann hob der seine jüngere Tochter hoch, so dass sie auf Augenhöhe mit dem Engel an der Baumspitze war. »Es ist der schönste Weihnachtsbaum, den ich jemals gesehen habe. Jeder Mensch in Maywood wird uns beneiden. Wenn sich das herumgesprochen hat, werden die Leute Schlange stehen, um ihn zu bewundern.«

Kichernd drückte Lucy ihr Gesicht an seinen Hals und küsste ihn. Er stellte sie wieder auf den Boden, lächelte Amber an und klatschte ihre Hand ab. »Gute Arbeit, Partner! Wie wär's mit was zu trinken und einer Hackfleischpastete?«

Lucy, die immer Hunger hatte, aber zaundürr war, machte sich schon auf den Weg in die Küche. »Sind sie selbst gemacht wie die von Mummy?«, rief sie über die Schulter.

»Aber natürlich.«

Amber sah ihn zweifelnd an.

»Okay«, räumte er ein. »Ein fleißiger Koch von Marks and Spencer hat sie für mich gemacht.«

Die Küche war zu klein für alle drei, also nahmen sie ihre Gläser und Teller mit ins Wohnzimmer und betrachteten beim Essen entzückt den Baum. Er neigte sich besorgniserregend auf eine Seite, aber weder Amber noch Lucy schien dieser Schönheitsfehler aufzufallen. »Wir brauchen ein paar Geschenke, die wir darunter legen können«, erklärte Lucy. Sie saß inmitten der Polyester-Chips auf dem Boden. »Da unten sieht es so kahl aus. Hast du Geschenke?«

»Nur für euch.«

Lucys Augen strahlten.

Amber setzte sich neben Jack aufs Sofa. »Sei nicht

so dumm, Lucy, du kannst sie noch nicht haben. Es ist noch zu früh. Weihnachten ist erst in zwei Wochen.«

Lucy machte ein langes Gesicht, und ihr Kinn verschwand unter dem Rollkragen ihres Pullovers.

»Na ja«, sagte Jack zögerlich. »Ihr könntet sie eigentlich schon dieses Wochenende haben, wenn ihr wollt – schließlich verbringen wir Weihnachten ja nicht zusammen.«

Lucy sah wieder auf, doch Amber, die ihm bei jedem ihrer Besuche erwachsener vorkam, schüttelte entschieden den Kopf. »Nein, ich möchte meins aufheben. Ich will, dass Dads Geschenk etwas Besonderes ist.« Sie schmiegte sich eng an ihn.

»Ich auch«, behauptete Lucy, klang aber nicht sehr überzeugend.

»Und vergesst nicht«, sagte Jack. »Ihr bekommt auch noch jede Menge Geschenke vom Weihnachtsmann.« Er wusste, dass Amber zu groß war, um an solche Dinge zu glauben, hoffte jedoch, dass sich Lucy ihren Kinderglauben bewahrt hatte. Sie musste in ihren jungen Jahren ohnehin mit vielen grausamen Realitäten fertig werden, und er wünschte, sie könnte wenigstens in mancherlei Hinsicht eine kindliche Unbeschwertheit bewahren.

Sie streckte die Beine aus, drückte Knie und Knöchel aneinander und sah ihn nachdenklich an. »Glaubst du, dass er uns in Frankreich überhaupt finden kann?«

»Selbstverständlich. Und noch dazu wird er euch die Geschenke früher bringen als all den Kindern hier in England.«

»Warum?«

»Weil uns Frankreich eine Stunde voraus ist«, erklärte Amber. »Sag mal, weißt du denn gar nichts?«

»Ich weiß sehr viel«, wehrte sich Lucy. »Zum Beispiel weiß ich, dass es bald schneit.« Sie hob eine Hand voll Polyester-Chips auf und warf sie auf ihre Schwester. Lachend rutschte Amber auf den Boden und kitzelte Lucy. Sie wälzten sich herum wie zwei Welpen, und Jack freute sich, Amber so verspielt zu erleben: In letzter Zeit war sie nur selten so ausgelassen.

Maddie hatte ihn in der letzten Woche über ihre Pläne für Weihnachten und Neujahr in Kenntnis gesetzt, und es war genauso, wie er es befürchtet hatte: Die Mädchen verbrachten einen zweiwöchigen Skiurlaub in Frankreich. »Nett von dir, dass du mich auf dem Laufenden hältst«, hatte er bitter erwidert.

»Bitte nicht so, Jack«, gab sie ungehalten zurück. »Wir haben gerade erst beschlossen, was wir machen.«

»Und vermutlich ist euch gar nicht in den Sinn gekommen, dass ich über Weihnachten auch gern etwas mit den Mädchen unternehmen würde?«

Sie seufzte. »Hör mal, es tut mir Leid. Das alles ist nicht so einfach, wie du denkst.«

»Und was ist so schrecklich kompliziert? Tony schaut in seinen Kalender, zückt sein Scheckbuch, und das wär's – ihr seid im Skiurlaub. Ich wäre glücklich, wenn ich so spontan entscheiden könnte.«

»Wenn du dich nicht zivilisiert benehmen kannst, Jack, dann möchte ich dieses Gespräch lieber beenden.«

»Oh, glaub mir, das beruht auf Gegenseitigkeit.«

»Man sollte meinen, dass du dir ein wenig mehr Mühe gibst, wenn auch nur um der Kinder willen.«

Das tat weh, sofort verlor er die Beherrschung. »Hättest du von Anfang an mehr an die Kinder gedacht, dann hättest du dich nicht hinter meinem Rücken mit Tony im Bett herumgewälzt!«

Dies war nur eine von vielen katastrophalen Auseinandersetzungen gewesen, und wieder nahm er sich fest vor, beim nächsten Mal seinen Zorn zu zügeln. Er musste seinen Ärger unter Verschluss halten. Er wollte seinen Stolz und seine Verbitterung unterdrücken. Aber das schien ihm einfach nicht zu gelingen.

»Wer möchte noch eine Hackfleischpastete?«, fragte er, als das Kinderlachen verebbte.

»Ich, bitte«, keuchte Lucy.

Jack lächelte. »Nur zu, Luce, bedien dich. Amber?«

»Nein, danke.«

»Bestimmt nicht?«

Sie zupfte ihren Pferdeschwanz zurecht. »Ich bin auf Diät.«

Jack war überzeugt, sich verhört zu haben, und fragte: »Wie bitte?«

»Es ist keine große Sache, Dad, ich möchte nur nicht dick werden.«

»Die Chance dazu ist ungefähr so groß wie meine, Premierminister zu werden. Wie kommst du nur auf eine solche Idee?«

Sie zuckte mit den Schultern.

»Weiß deine Mutter davon?«

Wieder ein Achselzucken.

Erschrocken streckte er die Arme nach ihr aus und zog sie auf seinen Schoß. »Jetzt hör mir mal gut zu, Amber. Du bist perfekt, so wie du bist. Mädchen in deinem Alter müssen keine Diät machen.«

Sie lehnte sich zurück, so dass sie ihm in die Augen

sehen konnte. »Aber, Dad, alle Mädchen in der Schule tun das.«

Er strich ihr liebevoll über die Wange. »Vielleicht, weil sie nicht so schön sind wie du.«

Sie schwieg, kuschelte sich aber in seine Arme, und er musste daran denken, wie er sie als Baby und Kleinkind gehalten hatte. Sie war ein so anschmiegsames kleines Mädchen gewesen. Heute waren ihre Zärtlichkeiten seltener, aber dafür um so kostbarer. Plötzlich fiel ihm das Baby ein, das Clare unter dem Herzen trug. Voller Bestürzung musste er sich eingestehen, dass er sich kaum vorstellen konnte, dieselbe starke Liebe für dieses Kind zu empfinden wie für Amber und Lucy.

Am folgenden Tag fuhr Jack mit den Mädchen zum Sonntagsessen zu Clare. Sie sahen sich heute zum ersten Mal, und Jack war genauso nervös wie seine Töchter. Er hatte ihnen am Abend zuvor, nachdem sie sich ein paar Sachen vom Chinesen geholt hatten, von Clare erzählt. Dabei versuchte er sie als Freundin darzustellen, die er kannte, seit er allein lebte. Das entsprach der Wahrheit, war aber ein wenig dürftig. Er wollte Amber und Lucy eben nicht das Gefühl geben, dass sie für ihn nicht mehr an erster Stelle standen.

»Wenn sie nur eine Freundin ist, warum sollen *wir* sie dann treffen?«, fragte Amber und musterte ihn aufmerksam. Lucy hörte auf, an ihren Spare Ribs zu nagen, und starrte ihn ebenfalls an.

»Na ja, ich denke, sie ist eine besondere Freundin, und ich möchte, dass ihr sie kennen lernt.«

Es herrschte eine Weile Schweigen.

»Willst du sie heiraten?«, erkundigte sich Lucy. Die Spare Ribs lagen auf ihrem Teller, und sie fixierte sie unverwandt. Er beugte sich vor und wischte ihr Kinn mit einer Papierserviette ab. »Möglicherweise tue ich das eines Tages. Aber das liegt noch in weiter Ferne.«

»Aber du darfst sie nicht heiraten! Du bist ... du bist immer noch mit Mum verheiratet.«

Jack wandte sich an Amber. Sie war ebenso überrascht über ihren Ausbruch wie er. »Ich weiß«, beschwichtigte er, »doch irgendwann werde ich das nicht mehr sein.«

»Aber warum?«

»Warum was, Luce?«

»Wieso willst du wieder heiraten? Liebst du uns denn nicht?«

»Ob ich euch liebe? Ich vergöttere euch. Ihr seid für mich das Wichtigste auf der Welt. Und daran wird sich niemals etwas ändern. Ihr kommt für mich immer an erster Stelle.«

Er wusste nicht, ob sie ihm das glaubten. Der Rest des Abends verlief mit kleinen Zänkereien, und schließlich gingen die beiden müde und gereizt ins Bett. Beim Frühstück weigerte sich Amber, auch nur einen Bissen zu essen, und Lucy weinte, als ihre Schwester ihren Lieblingsbecher umstieß, der Henkel abbrach und Saft auf den Boden tropfte.

Das war kein Start in den Tag, wie Jack ihn sich vorgestellt hatte, und als er vor Clares Haus parkte, hatte er das Gefühl, dass es nur noch schlimmer kommen könnte.

Jack sah auf den ersten Blick, dass Clare müde war. Genauso offensichtlich war, dass sie sich die größte Mühe gegeben hatte, ein perfektes Essen für Amber und Lucy zu kochen – etwas, was ihnen ihrer Ansicht nach schmecken würde – Spaghetti bolognese und zum Nachtisch Apfelpfannkuchen mit Häagen-Dazs-Eis. Zudem war deutlich zu spüren, wie angespannt sie war, vermutlich weil sie wusste, dass sie den beiden kritischsten Richtern gegenübertrat, denen sie je im Leben begegnen würde.

Als sie alle am Tisch saßen, der mit Kerzen, die aussahen wie Nikoläuse, und roten und goldenen Knallbonbons dekoriert war, ging ihnen ziemlich schnell der Gesprächsstoff aus. Amber und Lucy hockten in sich zusammengesunken auf ihren Stühlen und stocherten missmutig im Essen herum.

»Kommt, ihr zwei, esst auf, bevor alles kalt wird«, mahnte Jack.

»Aber da sind Klumpen in der Sauce«, beschwerte sich Lucy und schob ein paar mit der Gabel an den Tellerrand.

»Klumpen?«, wiederholte Clare. Sie sah sich den Stein des Anstoßes an und lachte. »Das sind Pilze.«

Lucy verzog das Gesicht. »*Igitt*! Ich mag keine Pilze. Mummy macht nie Pilze in die Sauce. Sie sind schleimig – es könnten Fliegenpilze sein. Fliegenpilze sind giftig, oder? Das hab ich im Fernsehen gesehen.«

»Ich schwöre dir, dass sie genießbar sind. Ich habe sie von der Obst- und Gemüseabteilung von Tesco's. Warum streust du nicht ein bisschen Parmesan darüber und versuchst, ob sie dann besser schmecken?« Clare reichte ihr das Schälchen mit dem Parmesan.

Aber Lucy nahm es nicht. »Kann ich bitte richtigen Käse haben?«

»Lucy, ich glaube nicht ...«

»Ist schon gut, Jack«, fiel ihm Clare ins Wort. »Ich habe jede Menge Cheddar im Kühlschrank. Er ist im Nu gerieben.«

Er sah ihr nach, als sie hinausging, dann wandte er sich an seine Töchter. »Esst, so viel ihr schafft, Mädchen«, sagte er leise. »Clare hat sich viel Mühe euretwegen gemacht.«

Keine von beiden sagte ein Wort, und als Clare ins Esszimmer zurückkam, sah er ihre angespannte Miene. »Ist alles okay?«, fragte er und nahm ihr die Schale mit dem Käse ab. »Du siehst müde aus.«

Sie lächelte wenig überzeugend. »Ich hab mir den Virus eingefangen, der gerade umgeht.« Sie ließ sich auf den Stuhl sinken und trank von ihrem Orangensaft.

Zehn Minuten später, als klar war, dass Amber und Lucy nichts mehr essen würden, sagte Clare: »Wenn ihr wollt, könnt ihr den Rest stehen lassen. Es tut mir Leid, dass ich etwas gekocht habe, was ihr nicht mögt. Das nächste Mal werde ich euch vorher fragen, okay? Vielleicht könntet ihr eine Liste von euren Lieblingsspeisen machen. Was haltet ihr davon?«

Ein gleichgültiges Achselzucken war die einzige Antwort. Das Benehmen seiner Töchter brachte Jack in Verlegenheit, und er war drauf und dran, sie zurechtzuweisen, aber Clare kam ihm zuvor. »Hat euch nie jemand gesagt, dass es ungezogen ist, Fragen nicht zu beantworten?«

Amber sah sie scharf ab. »Und hat Ihnen noch nie jemand gesagt, dass Sie den Mund halten sollen?«

Augenblicklich herrschte Grabesstille, und Clare starrte erst Amber, dann Jack an, der ebenso schockiert über Ambers Unverschämtheit war wie Clare. »Amber, was um alles in der Welt ist in dich gefahren?«, sagte er. »Entschuldige dich sofort.«

»Nein!«

»Amber, ich warne dich. Sag, dass es dir Leid tut.«

»Warum sollte ich, wenn es gar nicht stimmt? Ich wollte nicht herkommen, und ich wollte ganz bestimmt nicht dieses Zeug essen!« Sie hob die Hand, um auf ihren noch fast vollen Teller zu deuten, schätzte die Entfernung falsch ein und fegte den Teller vom Tisch. Amber fing an zu heulen. »Ich hasse Sie«, schrie sie und funkelte Clare an, »und ich wünschte, Sie würden tot umfallen und meinen Dad in Ruhe lassen.«

Jack sprang auf und warf sein Glas um: Rotwein ergoss sich über das Tischtuch. »Amber, das ist keine Art, mit Clare zu reden, vor allem nicht, nachdem sie sich so angestrengt hat ... Clare, bist du in Ordnung? *Clare*?«

Er beobachtete, wie sie versuchte aufzustehen und dabei ins Schwanken geriet. »Was ist mit dir, Clare?«

»Ins Bad«, flüsterte sie. »Du musst mir helfen.«

Noch ehe sie die Treppe erreichten, brach sie zusammen. Jack blieb so ruhig wie möglich und trug sie ins Wohnzimmer, um sie aufs Sofa zu legen. Lucy und Amber blieben verängstigt im Hintergrund. »Ist sie in Ordnung?«, fragte Lucy.

»Es wird bestimmt wieder«, sagte Jack und beschwor Clare im Stillen, die Augen aufzumachen. »Keine Sorge. Sie kommt sicher gleich wieder zu sich.«

»Wird sie sterben?«, wollte Amber wissen.

Die Stimme seiner Tochter war so schwach, dass Jack die Ohren spitzen musste. Er hielt ihre Hand und drückte sie. »Natürlich nicht«, antwortete er, gestand sich aber insgeheim ein, dass er bei der aufregenden Fahrt ins Krankenhaus dasselbe befürchtet hatte. Das alles ist ganz allein mein Fehler, warf er sich vor, während er so schnell fuhr, wie es ging. Was, wenn sie stirbt? Wie kann ich mit dieser Schuld weiterleben? Und warum habe ich nicht einen Krankenwagen gerufen? Clare gewann hin und wieder das Bewusstsein und keuchte vor Schmerzen, dann wurde sie wieder ohnmächtig und beängstigend still. Es waren alle Anzeichen da, dass sie ihr Baby verlor, aber dies war keine normale Fehlgeburt. Des und Julie hatten diesen Alptraum zweimal durchgemacht, und Jack wusste aus ihren Erzählungen, dass das, was gerade mit Clare geschah, etwas anderes sein musste.

»Ich habe es doch nicht ernst gemeint, als ich gesagt habe, sie soll tot umfallen«, wimmerte Amber. »Es tut mir Leid, Daddy. Auch wegen der Spaghetti.« Ihr traten Tränen in die Augen.

Jack umarmte seine Tochter. »Das ist nicht mehr wichtig, Schätzchen. Alles wird gut. Clare weiß, dass du es nicht so gemeint hast.«

Lucy saß auf der anderen Seite neben ihm, ließ die Beine baumeln und blätterte in einem zerfledderten Comic. »Aber was ist los mit Clare, Daddy? Was hat sie plötzlich so krank gemacht? Glaubst du, es waren die Pilze? Vielleicht waren es doch giftige.«

»Ich weiß es nicht«, log Jack, ohne ihr in die Augen zu sehen. »Warten wir ab, was der Arzt sagt.«

Kapitel zweiundzwanzig

Es war der Tag vor Weihnachten, und Dulcie betrachtete angewidert die vielen Lebensmittel, die sie gerade aus dem Auto geladen und ins Haus gebracht hatte. Im Einkaufswagen war ihr die Menge noch harmlos erschienen, aber hier in der Küche kamen ihr die vielen Sachen geradezu obszön vor. Sie machte sich an die langweilige Arbeit, alles in die Schränke, den Kühlschrank und ins Gefrierfach zu räumen.

Würden ihre Kinder nicht so sehr an den Weihnachtstraditionen hängen, hätte Dulcie mit Freuden allem den Rücken gekehrt und die Tage irgendwo in einer schönen, abgeschiedenen Gegend in einem Cottage verbracht. Selbst allein zu Hause zu bleiben hätte einen gewissen Reiz: Sie wäre mit schlichten, geschmackvollen Lebensmitteln und ein paar Flaschen Wein durchaus zufrieden. Sie hatte nie das Bedürfnis verspürt, ständig beschäftigt zu sein wie Prue und Maureen, die sich langweilten, wenn sie keinen vollen Terminkalender hatten, und sich dann danach sehnten, dass das Telefon klingelte. Oder einen Vorwand suchten, um selbst irgendjemanden anzurufen. Genau das hatte Prue gestern Morgen getan und Dulcies Gedankengang unterbrochen, als sie versucht hatte, ihre Kurzgeschichte zu beenden, die sie bei einem Wettbewerb einreichen wollte. Erst letzten Donnerstag hatte sie der Gruppe eingestanden, dass Schreibwettbewerbe ihre Schwäche waren. »Es macht regelrecht süchtig«, erklärte sie, »also seien Sie gewarnt.« Alle waren wegen Weihnachten ziemlich eingespannt, deshalb hatten sie beschlossen, die Treffen zwei Wochen lang ausfallen zu lassen und erst im neuen Jahr wieder zusammenzukommen. Dulcie würde die Gruppe vermissen.

Als sie die letzten Lebensmittel verstaut hatte, stopfte sie die vielen Tüten in den Abfalleimer und brühte sich eine Kanne Tee auf. Sie belohnte ihre Mühen mit einem Blick in die Zeitung und verdrängte den Gedanken, dass sie noch die Betten für ihre Kinder herrichten und Handtücher ins Gästebad legen musste. Dafür blieb noch genügend Zeit. Kate und Andrew – mit unbekannter Begleitung – sollten erst in drei Stunden ankommen. Dulcie hatte angeboten, nach Crewe zu fahren, um sie dort vom Zug abzuholen, aber sie hatten darauf bestanden, in den Anschlusszug nach Maywood umzusteigen – das verlängerte ihre Fahrt um eine Dreiviertelstunde.

Andrew war eigenartig verschwiegen, was seine Begleitung betraf, und hatte lediglich angekündigt, dass er jemanden mitbringen würde, den er ihr unbedingt vorstellen wollte. Was Dulcies Spekulationen nährte, bald eine neue Rolle, nämlich die der Schwiegermutter, spielen zu müssen. Ihr gefiel dieser Gedanke. Sie hatte Kate am Telefon gefragt, was sie über diese mysteriöse Person wusste, aber Kate hatte nur ausweichende Antworten gegeben, zumindest war es Dulcie so vorgekommen. »Kaum etwas, Mum – ich weiß nur, dass die beiden großartig zusammenpassen. Ich glaube, ich habe Andrew noch nie so glücklich erlebt.«

»Dann ist es also etwas Ernstes?«

»Das hängt davon ab, was du als ernst ansiehst«, sagte Kate. »Jetzt hör auf, mich auszufragen, Mum; das ist nicht fair. Hast du den Baum schon aufgestellt?«

»Ja.«

»Die Lichter funktionieren?«

»Du willst Lichter?«

»O Mum, sag nicht ... Ah, du machst Witze, stimmt's?«

»Vielleicht. Und bevor du fragst, ja, ich habe Schokoladentaler und etliche Kilo Paranüsse für euch gekauft, von denen bestimmt zu Ostern noch welche da sein werden.«

»Aber Weihnachten ohne Paranüsse – das geht nicht. Es wäre nicht dasselbe.«

»Ich weiß, Liebling, aber mir wäre es ehrlich lieb, wenn jemand sie nur ein einziges Mal auch essen würde.«

Um halb fünf rief Richard wie versprochen an. Er arbeitete wieder – nur eineinhalb Tage in der Woche und unter der strikten Anweisung, sich nicht zu überanstrengen. Das bedeutete, dass er regelmäßig mit Dulcie telefonieren konnte. Sie hatten sich sogar schon zum Mittagessen getroffen. Er sah sehr viel besser aus, und Dulcie war mittlerweile zuversichtlich, dass er wieder der Alte werden würde.

Aber schon bei seiner ersten Bemerkung umklammerte sie panikartig den Hörer. »Dulcie«, sagte er, »du musst nicht zusagen, aber wir geben wie jedes Jahr zu

Weihnachten eine Cocktailparty, und Angela möchte dich dazu einladen.«

»*Mich*? Warum? O mein Gott, weiß sie etwas? Vielleicht will sie uns auf die Probe stellen und uns genau beobachten, wenn wir versuchen, uns aus dem Weg zu gehen. Meinst du, das hat sie vor?«

»Liebling, beruhige dich. Es ist nichts dergleichen. Seit sie dich in Maywood getroffen hat, möchte sie bei dir mit dem Haus protzen.«

»Es ist mir vollkommen gleichgültig, ob sie es in eine Art ›Graceland‹ verwandelt hat und Elvis an der Haustür ›Love Me Tender‹ singt – ich will es nicht sehen.«

Richard lachte. »Aber wir könnten ein paar Stunden zusammen sein, wäre es das nicht wert?«

Dulcie traute ihren Ohren nicht. »Soll das heißen, du *willst*, dass ich komme?«

»Ja.«

»Du bist verrückt.«

Er lachte wieder. »Nur nach dir.«

»Richard Cavanagh, diese grausigen Klischees müssen aufhören.«

»Da spricht die Schriftstellerin. Also, kommst du?«

»Ich habe mich noch nicht entschieden. Außerdem hast du mir noch nicht verraten, wann diese Party stattfinden soll.«

»Am zweiten Weihnachtsfeiertag.«

»Aber da sind Kate und Andrew noch hier.«

»Bring sie mit. Je mehr Gäste, umso lustiger. Außerdem würde ich sie gern kennen lernen.«

Sie zögerte. »Ich weiß nicht recht, Richard. Was ist, wenn wir uns irgendwie verraten?«

»Dann soll es eben so sein, ich bin es leid …«

»Richard«, unterbrach sie ihn, »das meinst du nicht ernst.«

»Ich hab noch nie etwas ernster gemeint. Ich möchte mit dir zusammen sein, das weißt du. O verdammt, mein anderes Telefon klingelt, ich muss auflegen. Hör zu, Angela meldet sich wahrscheinlich heute Abend bei dir, also tu dein Bestes und spiel die Überraschte.«

»Das wird mir nicht schwer fallen.«

Es war dunkel und regnete in Strömen, als Dulcie zum Bahnhof fuhr, aber sie war in Hochstimmung. Nach längerem Überlegen freute sie sich trotz des Risikos, das sie eingingen, Richard während der Weihnachtsfeiertage zu sehen – bisher hatten sie das noch nie gewagt. Einer Geliebten wurde ein solches Vergnügen nicht zugestanden.

Als sie vor dem Bahnhof stehen blieb, sah sie, dass der Zug aus London schon angekommen sein musste: Am Eingang drängten sich Menschen unter Regenschirmen und warteten darauf, abgeholt zu werden. Sie entdeckte Kate und Andrew, bevor sie sie sahen, und sie drückte auf die Hupe, um sie auf sich aufmerksam zu machen. Kate winkte, und Dulcie fragte sich, wo Andrews Freundin steckte, als ihr Blick auf einen dunkelhaarigen jungen Mann fiel. Er ragte aus der Menge, war groß und elegant gekleidet, in einen dicken Mantel mit hochgestelltem Kragen. Er sah umwerfend gut aus.

Ich glaube, ich habe Andrew noch nie so glücklich erlebt.

Dulcie sog scharf den Atem ein und hasste sich selbst, weil sie so geschockt war. Warum hatte Andrew nie mit ihr darüber gesprochen? Hielt er sie für zu engstirnig?

Diese Gedanken wirbelten ihr durch den Kopf, während sich Kate mit den Jungs im Schlepptau einen Weg zu ihrem Auto bahnte. Normalerweise würde Dulcie nicht aussteigen und es den Kindern überlassen, ihr Gepäck in den Kofferraum zu schmeißen, aber heute fand sie es angebracht, eine Ausnahme zu machen. Sie musste gleich von Anfang an deutlich machen, dass sie sich freute, den Freund ihres Sohnes kennen zu lernen. Seinen *Lebensgefährten*? Oder wäre *Partner* die korrekte Bezeichnung? Sie umrundete den Wagen, um Andrew zu umarmen und zu besänftigen: Er sah verunsichert aus.

Miles erwies sich als wunderbarer Hausgast, und Dulcie mochte ihn sehr – nicht weil er ihr eine große Schachtel mit ihren liebsten *pâtes de fruits* geschenkt hatte. Während des Abendessens war er ausgesprochen amüsant und hilfsbereit gewesen und hatte Dulcie noch mehr für sich eingenommen, als er darauf bestand, mit Kate die Küche aufzuräumen, damit sie in Ruhe mit Andrew plaudern konnte. »Hier, bitte«, sagte er und holte eine Flasche Port aus einer Tasche, die Dulcie vorher gar nicht aufgefallen war. »Nehmen Sie sie mit ins Wohnzimmer. Oh, und vielleicht gefällt Ihnen ja dies.« Er zauberte eine Fortnum-and-Mason's-Keramikschale von Stilton hervor.

Dulcie beobachtete, wie ihr Sohn unruhig im Wohnzimmer umherwanderte, eine Karte vom Kaminsims nahm, eine Kerze, die im Bücherregal stand, gerade rückte und sogar die Kugeln am Weihnachtsbaum anders arrangierte. Sie goss Port in zwei Gläser und wartete darauf, dass er das Wort ergriff. Sie wusste, dass sich Andrew nicht gern drängen ließ; schon als kleiner Junge hatte er sich immer Zeit gelassen, ob es beim Binden der Schnürsenkel war oder ob er die Milchreste aus seiner Müslischüssel löffelte. Diese Gewohnheit hatte seine Schwester auf die Palme gebracht. »Beeil dich!«, hatte sie ihn oft angeschrien und mit dem Fuß auf den Boden gestampft, weil sie Angst hatte, zu spät in die Schule zu kommen. Sie kam nie zu spät, aber Andrews Gemütsruhe machte die hitzköpfige Kate fuchsteufelswild. Mütter erkannten instinktiv die Stärken und Schwächen ihrer Kinder, und Dulcie hatte nie an Kates Fähigkeit gezweifelt, mit allem, was das Leben für sie parat hielt, fertig zu werden. Dafür war sie stets in Sorge, dass sich Andrew, der sanftmütige, umsichtige Junge, zu leicht ausnutzen ließ. Bisher waren ihre Ängste unbegründet, und Andrew hatte bewiesen, dass er genauso taff sein konnte wie seine Schwester. Wenn nicht taffer. Er arbeitete täglich ungeheuer viele Stunden in der HNO-Station eines Londoner Krankenhauses. Es war immer sein Wunsch gewesen, Arzt zu werden, und sein Vater wäre sehr stolz auf ihn, weil er diesen Traum verwirklicht hatte.

»Es tut mir Leid, Mum«, sagte er endlich, blieb dabei jedoch mit dem Rücken zu ihr stehen und betrachtete eine andere Weihnachtskarte. »Ich hätte es dir vorher sagen müssen, aber irgendwie war nie der richtige Zeitpunkt dafür.« Er stellte die Karte wieder auf den Kaminsims, drehte sich langsam um und sah seine Mutter an. »Macht es dir wirklich nichts aus, oder bist du nur wieder mal nach außen hin tapfer?«

»O Andrew, wie gut du mich kennst, und zugleich kennst du mich gar nicht. Selbstverständlich macht es mir nichts aus. Ich bin nur enttäuscht, dass du dachtest, du müsstest den richtigen Moment abwarten, um mit mir darüber zu sprechen. Du hattest doch bestimmt keine Zweifel an meiner Reaktion, oder?«

Er lächelte. »Der eigenen Mutter klar zu machen, dass man schwul ist, ist selbst für einen angeblich intelligenten, erwachsenen Mann nicht leicht.«

»Wie lange weißt du es schon?«

»Die meisten behaupten, sie würden es von Anfang an wissen oder zumindest spüren, aber ich war nicht sicher, bis ich von zu Hause fortgegangen bin. Und ehe du fragst oder nachts deswegen nicht schlafen kannst – ich hatte keine häufig wechselnden Partner.«

Sie bemühte sich, ihre Erleichterung nicht zu zeigen. Aber er sah es ihr trotzdem an. »Ich war immer wählerisch, Mum. Und vorsichtig.«

»Und Miles?«

»Auch.«

»Gut.« Sie streifte ihre Schuhe ab und zog die Beine aufs Sofa. Sie überlegte, wie Philip diese Entwicklung aufgenommen hätte. Sie glaubte, gut, aber Männer konnten in diesen Dingen manchmal komisch sein. Sie trank einen Schluck und sagte: »Wie lange weiß Kate schon davon?«

»Ich habe es ihr letztes Jahr gesagt – vielmehr hat sie es vermutet. Bis dahin war es mir ausgezeichnet gelungen, meine Spuren zu verwischen. Was dumm und zwecklos war.«

Enttäuscht, weil Kate, die nicht gerade für ihre gute Beobachtungsgabe berühmt war, scharfsichtiger gewesen war als sie, sagte Dulcie: »Ich mag Miles sehr. Kate meinte, sie hätte dich noch nie so glücklich erlebt. Stimmt das?«

Andrew nickte und ließ sich auf dem Sofa ihr gegenüber nieder. »Es fühlt sich richtig an mit Miles.«

Dulcie dachte an Richard und sah in das lodernde Kaminfeuer. »Ich weiß genau, was du meinst.«

»War es so zwischen dir und Dad?«

Dulcie wollte die Frage bejahen, besann sich aber anders und beschloss, ihrem Sohn ihr Geheimnis zu verraten. »Es mag dich vielleicht überraschen, Andrew, aber ich habe seit drei Jahren eine Affäre mit einem verheirateten Mann. Wir lieben uns sehr, und ich kann mir nicht vorstellen, dass die Beziehung jemals endet.« Es war ausgesprochen befriedigend, den Schock in Andrews hübschem Gesicht zu sehen.

Und besonders schön war es, als er lächelte.

Kapitel dreiundzwanzig

Lois seufzte zum zweiten Mal. »Barnaby, muss der Fernseher an sein?«, fragte sie ärgerlich. »Das ist so ungesellig. Wir sollten ein Spiel spielen. Hat jemand Lust auf Scrabble? Nathan, das gefällt dir doch, oder? Beth?«

Es war Heiliger Abend, und sie saßen im Marsh House im Wohnzimmer. Seit Nathan und Beth am Nachmittag den Fuß über die Schwelle gesetzt hatten, wurden sie ständig mit Essen bombardiert – Schinken-Sandwiches mit Senf, Hackfleischpasteten, Datteln, Schokoladenkuchen. Dann folgte das Abendessen mit Lachs *en croûte*, Salzkartoffeln oder wahlweise Kartoffelbrei und verschiedenen Gemüsesorten. Mit dem Nachtisch hatten sie Glück – es gab nur einen: Birnen-Mandel-Kuchen mit Vanillecreme. Beths Hosenbund spannte schon jetzt, und sie fürchtete sich vor dem morgigen Tag. Lois würde schon vor Sonnenaufgang in der Küche stehen, um das Mammut-Mittagessen zuzubereiten, das ein ganzes Team von Sumoringern in die Knie zwingen würde. Beth hatte versucht, ihren Aufenthalt auf nur eine Nacht zu beschränken, aber Lois hatte insistiert: »O Beth, ihr müsst mindestens drei Tage bleiben. Wir sehen euch so selten.«

Wenn sich Lois etwas in den Kopf gesetzt hatte, war

es sinnlos, sich dagegen aufzulehnen. Im Laufe der Jahre hatte Beth mehrere Versuche unternommen, sich dieser alljährlichen Pflicht zu entziehen, und erklärt, dass ihre Eltern auch gern einmal Weihnachten mit ihr und Nathan verbringen wollten. Aber Lois zückte in diesen Situationen unweigerlich ihre Trumpfkarte: »Seit Adam von uns gegangen ist«, sagte sie mit dünner, bebender Stimme, »seid ihr alles, was wir haben. Wenn du und Nathan nicht wärt, würden wir überhaupt kein Weihnachten feiern. Es hätte keinen Sinn für uns.«

Beth sah keine Möglichkeit, etwas an diesem Arrangement zu ändern, wenn sie Lois nicht in hellste Aufregung versetzen wollte. Sie nahm an, dass Nathan bald selbst entscheiden würde, wie er Weihnachten feiern wollte. Es dauerte sicher nicht mehr lange, bis er sich jede Menge Entschuldigungen einfallen ließ: Er musste neue Freunde besuchen oder fürs Studium arbeiten. Oh, wie sie ihn beneidete. Sie würde die Qualen weiterhin über sich ergehen lassen müssen.

Barnaby schaltete den Fernseher aus und beendete damit abrupt das Weihnachsspecial von *Jonathan Creek*, das Beth gefallen hatte. Er begab sich zu dem Schrank unter der Treppe, in dem Lois ihre Sammlung alter Brettspiele aufbewahrte. »Also dann – Scrabble«, verkündete er schwungvoll, als er zurückkam. Er stellte das Brett auf den Kaffeetisch und schüttelte den Beutel mit den Plastikbuchstaben.

»Es besteht kein Grund, so grob mit den Sachen umzugehen«, tadelte ihn Lois. »Die Schrift wird noch abblättern. Nathan, du fängst an. Wo sind der Stift und der Schreibblock, die ich immer in die Schachtel lege? Barnaby?«

»Keine Ahnung, leider. Möchte jemand etwas zu trinken?«

Wie gewöhnlich ließen sie Lois gewinnen – der Trick war, ihr so oft wie möglich Zugang zum dreifachen Wortwert zu verschaffen –, und wie gewöhnlich gingen sie mit der strikten Anweisung zu Bett, sich nicht darum zu kümmern, dass Lois am Weihnachtsmorgen früh aufstand. »Nein, nein, Beth, du musst mir nicht helfen. Du hast es verdient, dich mal richtig auszuschlafen.« Beth hatte sie in den vergangenen Jahren ein einziges Mal beim Wort genommen, mit dem Ergebnis, dass der arme Barnaby sich fast den ganzen Tag lang hatte Klagen anhören müssen, dass niemand seine Hilfe angeboten hatte.

Nach einer geflüsterten Unterhaltung mit Nathan, der im Zimmer neben dem von Beth schlief, machte sich Beth für die Nacht fertig und schlüpfte schnell in ihren dicksten Flanellpyjama. Sie hatte schon vorher eine Wärmflasche in ihr Bett gelegt. Jetzt schob sie sie an ihre eisigen Zehen und zog die Bettdecke bis zum Hals.

Eine Stunde später war sie immer noch hellwach. Zu Hause würde sie aufstehen und sich etwas zu trinken holen, aber im Marsh House könnten sie keine zehn Pferde dazu bringen. Stattdessen knipste sie ihre Nachttischlampe an und nahm das Buch zur Hand, das sie mitgebracht hatte. Ewan hatte es ihr empfohlen, und es gefiel ihr ausnehmend gut. Jedes Mal, wenn sie es aufschlug, hatte sie das Gefühl, irgendwie mit ihm Verbindung aufzunehmen. Ihre Korrespondenz, die immer einen lebhaften und unterhaltsamen Austausch von Ansichten und Meinungen darstellte, hatte sich beträchtlich entwickelt. Ihr Lieblingsthema waren die Vor- und Nachteile, als Mittvierziger ein Single zu sein.

> Würden Sie mir zustimmen, dass Menschen in den Vierzigern sehr nachdenklich und sich ihres Alters und der äußeren Erscheinung äußerst bewusst sind? [hatte sie Ewan gefragt].

> Nur die Singles. Die Verheirateten sind zu beschäftigt damit, Nabelschau zu betreiben. Sie müssen vor ihren geschiedenen Freunden ständig so tun, als hätten Paare ein viel schöneres Leben.

> Deshalb sind meine verheirateten Bekannten so erpicht darauf, mich mit jemandem zu verkuppeln. Sie wollen, dass ich im selben Boot sitze wie sie.

> Sie haben's auf Anhieb kapiert!

Inzwischen wusste sie, dass Ewan sechsundvierzig und geschieden war und eine Tochter namens Alice hatte, die zwei Jahre älter war als Nathan. Und er hatte Beth eingestanden, wie sehr es ihm widerstrebt hatte, zuzulassen, dass sein einziges Kind das Nest verließ, um auf die Universität zu gehen:

> Es war der schlimmste Tag meines Lebens, als ich Alice nach Leeds fuhr und sie dort ließ. Ich war auf der Heimfahrt oft kurz davor, wieder kehrtzumachen und sie zurückzuholen. Ich muss Ihnen vorkommen wie ein hoffnungsloser Fall.

Aber ich werde sicher noch viel schlimmer sein, wenn mir im nächsten Jahr dasselbe blüht. Ich werde mich sehr bedenklich aufführen, das weiß ich schon jetzt. Ich werde mir die ganze Zeit Sorgen machen, ob Nathan genügend zu essen und saubere Unterhosen hat.

Das ist das Vorrecht einer Mutter – Sie dürfen sich bedenklich aufführen. Von uns Vätern erwartet man, dass wir uns zusammenreißen und alles stoisch hinnehmen.

Sie hatte auch erfahren, wo Ewan lebte: in Suffolk an der Küste. Wie idyllisch – ein Schriftstellerparadies mit Blick aufs Meer. Sie hatte ihm auch kurz beschrieben, wie sie wohnte und dass sie beim Schreiben auf den Park blicken konnte. Beth hätte zu gern gewusst, wie Ewan aussah, brachte aber nicht den Mut auf, ihn zu fragen, aus Angst ... na ja, oberflächlich zu wirken. Oder, noch schlimmer, zu aufdringlich und als wollte sie ihren Schriftwechsel zu etwas machen, was er eindeutig nicht war. Trotzdem wäre es ganz nett, ein echtes Bild zu haben, anstatt sich ihn immer nur vorzustellen. Sie glaubte, dass er kurze, dunkle Haare mit einer Spur von Grau hatte, groß gewachsen und vielleicht ein wenig übergewichtig war. Er hatte erwähnt, dass er allergisch gegen körperliche Anstrengung war, aber gern jeden Tag entweder am Morgen vor der Arbeit oder am Abend am Strand spazieren ging. Als sie fragte, womit er seinen Lebensunterhalt verdiente, schrieb er ihr, er hätte eine eigene kleine PR-Firma:

Mein Job ist, die Leute von dem abzubringen, was sie üblicherweise glauben, und sich auf etwas ganz Ungewöhnliches einzulassen. Alles nur eine Frage der richtigen Darstellung, wie man so schön sagt.

Sie hatte noch immer keiner Menschenseele von dem geheimnisvollen Mann in ihrem Leben erzählt, als den sie Ewan mittlerweile ansah, und wusste, dass es gefährlich war, jemanden zu mögen, ohne ihm je begegnet zu sein. Sie wusste nur wenig über Ewan, und es wäre ein Leichtes, ihn zu jemandem zu machen, der er nicht war, und Gefühle für ihn zu entwickeln, die nur einem Trugbild galten. Es war schön und gut, ein paar Dinge gemeinsam zu haben – allein erziehender Elternteil mit Neigung zum Schreiben –, doch was wussten sie *wirklich* voneinander? Er könnte ein Rassist sein. Oder eben ein Serienmörder.

Aber warum ist das überhaupt wichtig?, fragte sie sich, als sie sich auf die andere Seite drehte, um Schlaf zu finden. Weil sie, so naiv das auch klingen mochte, den geheimnisvollen Mann mochte und überzeugt war, dass sie gut miteinander auskämen, falls sie sich jemals kennen lernen sollten. Er hatte ihr richtig gefehlt, als er sich einige Tage nicht gemeldet hatte. Wie sich herausstellte, hatte sein Computer schlappgemacht, und Ewan hatte einen neuen kaufen müssen. Als wieder eine Nachricht auf ihrem Bildschirm erschien, freute sie sich so sehr, dass sie sich eingestehen musste, wie groß ihre Enttäuschung gewesen wäre, wenn ihr Schriftwechsel abrupt geendet hätte.

Sie mochte Ewan aber auch deshalb, weil er keine Bedrohung darstellte, gestand sie sich ein. Sie konnte relativ offen mit ihm plaudern, ohne sich bedrängt zu fühlen. Er war nicht »echt«, sondern ein virtueller Mann, der im Cyberspace herumschwirrte, und sie konnte sich erlauben, ihn sympathisch zu finden, ohne das Gefühl zu haben, Adam untreu zu werden. Dieser Gedanke war absurd. Sie wusste selbst, dass das absurd war, dass sie nach all den Jahren Witwenschaft durchaus eine Beziehung zu einem anderen Mann haben durfte, aber wegen Lois' Entschlossenheit, das Andenken an Adam hochzuhalten, fiel es ihr sehr schwer, es auch zu glauben.

Es war zumindest ein Fortschritt. Immerhin dachte sie schon daran, den Kampf aufzunehmen. Und sie musste ehrlicherweise zugeben, dass sie es aufregend fand, einen Mann in ihrem Leben zu haben, von dem niemand etwas wusste. Sie konnte ihrer Fantasie freien Lauf lassen und sich alle mögliche Szenarien ausmalen. Es war so einfach, in jemanden verliebt zu sein, den man kaum kannte – was man nicht wusste, konnte man sich vorstellen und so die schönste aller Welten kreieren. Schließlich war die romantische Liebe nichts anderes als eine Projektion der eigenen Gedanken, und warum sollte sie nicht ein wenig in diesen Emotionen schwelgen?

Nathan wurde von »Once in Royal David's City« geweckt, das aus dem Radio in der Küche dröhnte und bei dem seine Großmutter mitsang. Draußen war es noch dunkel, aber der Lärm in der Küche verriet ihm, dass seine Großmutter schon seit einiger Zeit auf den Beinen war. Er vergrub den Kopf unter dem Kissen. »Fröhliche Weihnachten«, brummte er.

Er dachte an Billy; der Glückliche verbrachte Weihnachten mit seiner Familie in Barbados. Er hatte Nathan eingeladen mitzukommen, aber selbst wenn seine Mutter den Flug hätte bezahlen können, hätte er es nicht fertig gebracht, sie die Folter im Marsh House allein durchstehen zu lassen. Um sich selbst zu quälen, stellte er sich vor, wie Billy im Schatten einer Palme saß und sich ein Bier schmecken ließ. Er bewahrte das Bild einige Zeit vor seinem geistigen Auge und sagte sich, dass er selbst eines Tages so etwas erleben würde.

Aber wenigstens hatte er Ferien. Das letzte Trimester war ziemlich hektisch gewesen mit der Theateraufführung und den Studienbewerbungen. Exeter hatte ihm ein Angebot gemacht, genau wie Sheffield und Hull, allerdings wartete er noch auf Nachricht von seiner ersten Wahl: Nottingham.

Mit dem Theaterstück war alles gut verlaufen, und er war der Einzige im ganzen Ensemble, der nie ins Stocken geraten war. Selbst Billy hatte sich bei der Premiere verheddert und sich nur mit Nathans Hilfe wieder gefasst und in den Text gefunden. Lois und Barnaby hatten bei der letzten Aufführung in der vordersten Reihe gesessen; hinterher erklärte Lois, dass er auf der Bühne seinem Vater noch ähnlicher gewesen sei als sonst. »Nathan zeigt ungeheure Präsenz, wenn er spielt«, sagte sie zu seiner Mutter, »und wir alle wissen, von wem er das hat.« Nathan hätte sie am liebsten gefragt, warum niemals seine Mutter ein Verdienst für sich verbuchen durfte.

Am selben Abend saß auch Jaz im Publikum. Nathan hatte gehofft, dass sie auf die Party danach kommen würde, aber sie ließ sich nicht blicken.

Seit dem Abend, an dem er bei ihr gewesen war und

sie dämlichwerweise um einen Kuss gebeten hatte, hatten sie kein Wort mehr gewechselt. Sie hätte ihm nicht deutlicher sagen können, dass sie nichts von ihm wollte – obwohl er nie und nimmer vorgehabt hatte, sie ins Bett zu kriegen. Bei dem Gedanken an diesen Abend krümmte er sich noch immer vor Verlegenheit.

Der erste Weihnachtstag verging quälend langsam. Unmengen von Speisen wurden ihnen aufgezwungen, sie mussten Papierhüte tragen und sich schreckliche Witze anhören. Nach der Ansprache der Queen tauschten sie die Geschenke aus.

Als Kind hatte Nathan immer die Aufgabe gehabt, die Päckchen, die unter dem Baum lagen, einzusammeln und zu verteilen. Jetzt, mit achtzehn, musste er das immer noch übernehmen. Grandma sah einfach keinen Grund, mit alten Traditionen zu brechen, die sie selbst ins Leben gerufen hatte. Wahrscheinlich musste er im Marsh House noch den Weihnachtsmann spielen, wenn er selbst längst Vater war. In ihren Augen würde er immer ein kleiner Junge und das Ebenbild ihres eigenen kleinen Jungen bleiben. Genau wie seine Mutter nie etwas anderes als Lois' Schwiegertochter sein würde. Mit anderen Worten: ihr Eigentum. Er übergab seiner Mutter ein Geschenk von Lois. Sie brauchte es nicht auszupacken; alle wussten, dass es ein Geschirrhandtuch war. Sie hatten eine ganze Schublade voll mit Geschirrhandtüchern von Lois. Als Nächstes reichte er Barnaby ein Päckchen in der Größe eines kleines Buches, an dem ein Etikett mit Lois' Handschrift hing. Auch keine Überraschung. Ein Taschenkalender.

»Nathan, ehe du mir etwas gibst, möchte ich, dass

du ein Geschenk für dich selbst findest. Da ist etwas ganz Besonderes für dich.«

Er tat, worum ihn seine Großmutter gebeten hatte, und griff nach einem großen, flachen Paket, in dem, wie er wusste, ein neuer Wildlife-Kalender war. Mit sechs Jahren hatte er sich für Tiere begeistert, aber heute scherte er sich keinen Deut mehr darum, ob die Pandas oder irgendwelche rotärschigen Affen ausstarben.

»Nein, nicht das«, sagte Lois. »Das kleine gleich links davon.«

Er hob ein langes, schmales Päckchen hoch. »Das?«

Lois lächelte. »Sei vorsichtig, wenn du es öffnest – du wirst schon sehen, warum.«

Die Blicke aller richteten sich auf ihn. Er fürchtete sich vor dem, was er vorfinden würde, und bereitete sich, während er sich neben seine Mutter setzte, darauf vor, ein erfreutes Gesicht zu machen. Er nahm das Geschenkpapier ab und hielt ein altes Etui von einem Juwelier in der Hand. Nathan spürte, dass seine Mutter neben ihm die Luft anhielt, und Lois beugte sich eifrig zu ihm. Er öffnete die Schatulle und sah eine Uhr. Es war eine alte verkratzte Rolex, aber Nathan kannte ihre Bedeutung. Er nahm die Uhr aus dem Etui und betrachtete sie genauer. Er konnte sich nicht an sie erinnern.

»Sie hat deinem Vater gehört«, erklärte Lois unnötigerweise. »Ich wollte sie eigentlich bis zu deinem einundzwanzigsten Geburtstag aufheben, aber da du zu einem so vernünftigen und umsichtigen jungen Mann herangewachsen bist, dachte ich, du würdest auch jetzt schon gut darauf aufpassen. Los, leg sie um. Ich möchte sehen, wie sie sich an deinem Handgelenk macht.«

Er war nicht imstande, ihrer Aufforderung nachzukommen. Zorn loderte in ihm auf, und er hatte große Lust, die Uhr auf den Boden zu schleudern und mit dem Absatz darauf herumzutrampeln.

»Nathan?«

Er schaute auf und sah das erwartungsvolle Gesicht seiner Großmutter. Er stand vor der Wahl – entweder zu tun, worum sie ihn bat, und ihr somit zu erlauben, ihn bis in alle Ewigkeiten zu dominieren und zu manipulieren, wie sie es mit seiner Mutter tat, oder sich zur Wehr zu setzen. Er schluckte und fällte seine Entscheidung. Er legte die Uhr behutsam zurück in die Schatulle und schloss den Deckel. Dann stand er auf und überreichte sie seiner Großmutter. »Danke«, sagte er, »aber ich möchte sie nicht haben.«

Lois starrte ihn fassungslos an. »Aber, Nathan, sie hat deinem Vater gehört. Wir haben sie ihm zu seinem einundzwanzigsten Geburtstag gekauft. Er trug sie jeden Tag. Er ...«

»Hast du mich nicht verstanden? Ich habe gesagt, ich will sie nicht. Und wenn du mich zwingst, sie anzunehmen, werfe ich sie weg. Ich will nichts von meinem Vater. Absolut nichts. Ich hab die Schnauze voll davon, seinen verdammten Namen zu hören! Er schrie fast, und aus den Augenwinkeln beobachtete er, wie seine Mutter vor Schreck erbleichte. Barnaby blieb der Mund offen stehen. Nathan merkte, dass er alle verletzte, aber das war ihm egal. So etwas wäre längst fällig gewesen. Er wollte Lois noch ein wenig mehr wehtun und sagte: »Und wenn Adam King ein so toller Mann war, wie du immer behauptest, warum, zum Teufel, hat er dann das Chaos, das er angerichtet hat, nicht in Ordnung gebracht? Warum musste er uns all das aufbürden und Selbstmord begehen? Er war ein jämmerlicher Feigling, und ich hasse ihn für das, was er Mum angetan hat.«

Er hörte, dass seine Großmutter anfing zu weinen, aber er stürmte aus dem Zimmer, schnappte sich seinen Mantel von dem Garderobenhaken, rannte aus dem Haus und knallte die Tür zu. Er stieg ins Auto seiner Mutter, ließ den Motor an und gab Gas. Kies spritzte von den Reifen auf, als er losfuhr. Er hatte keine Ahnung, wohin er fahren oder was er jetzt tun sollte, aber er musste so schnell wie möglich weg von seiner Großmutter.

Beth stand auf der Schwelle und sah, wie ihr Sohn um ein Haar den Torpfosten rammte. Sie war den Tränen nahe, schlang die Arme um sich und stand Todesängste aus.

Würde sich die Geschichte wiederholen?

Plötzlich war sie voller Wut und marschierte zurück ins Marsh House. Dafür würde Lois bezahlen. Mit ihrer Selbstsucht und blinden Dummheit hatte sie den sanftmütigen Nathan dazu gebracht, sich selbst in Gefahr zu bringen. Wenn ihm irgendetwas passierte – was Gott verhüten mochte –, würde Beth dafür sorgen, dass Lois die Last dieser Schuld bis ins Grab zu tragen hatte.

Kapitel vierundzwanzig

Richard prüfte, ob der Backofen die richtige Temperatur hatte, und schob ein Blech mit *vol au vents* in die oberste Schiene. Henry und Victoria, die über die Weihnachtstage nach Hause gekommen waren, schnitten Orangen für den Glühwein, dabei plauderten und lachten sie und merkten gar nicht, dass Angela in die Küche kam. »Ihr scheint ja alle sehr vergnügt zu sein«, stellte sie fest. Ihr harscher Ton brachte sie zum Schweigen.

Richard schloss die Backofenklappe und sagte: »Wie wär's mit einem Drink, Angela? Ein schneller Gin Tonic, bevor die Meute bei uns einfällt?«

»Danke«, erwiderte sie, »ich denke, ich nehme einen.« Sie band sich ihre Schürze um, um ihre neue Bluse und den Rock zu schützen. Ihre energischen Bewegungen legten den Schluss nahe, dass ab jetzt sie das Heft in die Hand zu nehmen gedachte. Sie nahm den Holzlöffel aus dem Topf mit dem Glühwein und suchte eine Schöpfkelle. »Meinst du nicht, dass du dich allmählich umziehen solltest, Henry?«, fragte sie.

»Es ist noch jede Menge Zeit.« Henry schlenderte durch die Küche zu seinem Vater und goss noch einen Schluck Gin in sein Glas. Es war kurz vor zwölf, und Henry war immer noch in Schlafanzug und Morgenrock; sein Haar stand wirr in alle Richtungen ab. Als kleiner Junge hatte er es gehasst, sich richtig anzuziehen, und sich jedes Mal mächtig angestrengt, darum herumzukommen – und daran hatte sich bis heute nicht viel geändert. Es war eine eigenartige Gewohnheit für einen ambitionierten, hart arbeitenden Vierunddreißigjährigen. Er war Broker bei einer amerikanischen Bank in London, fuhr einen Porsche und hatte sich kürzlich eine Eigentumswohnung in Canary Wharf gekauft. Wie er selbst behauptete, war er stinkreich. Richard fiel es schwer, den selbstbewussten Henry von heute mit dem tollpatschigen kleinen Jungen in Einklang zu bringen, den er oder Angela so oft hatten in die Klinik fahren müssen, weil er gestolpert und hingefallen war oder sich den Kopf angestoßen hatte.

Richard reichte Angela ihren Drink und ging zu seiner Tochter, die anfing, das Chaos um das Schneidebrett zu beseitigen, gewissenhaft aufräumte und wischte: eine Gewohnheit, die sie ihrem Vater abgeschaut hatte. Von den vier Kindern war Victoria das stillste und vielleicht das introvertierteste. Sie behielt ihre Ansichten für sich und äußerte sie nur, wenn man sie dazu drängte. Wenn sie jedoch den Mund aufmachte, dann war es immer gut, ihr genau zuzuhören. Sie verurteilte andere selten, und man konnte sich immer darauf verlassen, dass sie explosive Situationen entschärfte. In vielerlei Hinsicht erinnerte sie Richard an Dulcie: Sie beide waren ausgesprochen umgänglich.

Dulcie trommelte nervös mit den Fingern aufs Lenkrad, während sie darauf wartete, dass die Ampel in der Bridge Street auf Grün schaltete, und überlegte, ob es schon zu spät war, einen Rückzieher zu machen. Sie musste verrückt gewesen sein, als sie Angelas Einladung angenommen hatte. Sie hatte sogar ihre Kinder als Vorwand genutzt, um nicht auf die Party gehen zu müssen.

»Oh, bringen Sie sie doch mit«, hatte Angela gemeint.

»Aber Andrew hat einen Freund dabei. Wir können Ihnen unmöglich so viele Umstände ...«

»Unsinn. Er ist uns herzlich willkommen.«

»Ich weiß nicht so recht.«

»Henry und Victoria sind auch da, also können sie sich mit anderen jungen Leuten unterhalten und müssen sich nicht mit uns alten Knackern abgeben.«

Dulcie nahm Anstoß an dieser Bemerkung: Angela mochte das Gefühl haben, jenseits von Gut und Böse zu sein, aber Dulcie kam sich keineswegs alt vor.

»Aufwachen, Mum. Es ist grün.«

Sie sah ihre Tochter an. »Was? Oh, wie dumm von mir.« Sie fuhr los. »Ich hoffe, ihr langweilt euch nicht auf dieser Party«, sagte sie. »Ihr hättet auch zu Hause bleiben und euch dort amüsieren können.«

»Es ist immer gut, seinen Horizont zu erweitern«, meinte Kate. »Und hast du nicht gesagt, dass ein annehmbarer junger Mann dort ist? Ich muss mein Netz überall auswerfen, ich werde nämlich nicht jünger.

Miles, der mit Andrew auf dem Rücksitz saß, lachte. »O Kate, stell dein Licht nicht unter den Scheffel.«

»Ihr beide habt es gut, ihr seid seelenverwandt«, erwiderte sie gut gelaunt. »Ihr habt euch zu den glücklich Liierten eingereiht. Ich bin fast dreißig – in nur fünf Monaten bin ich reif –, und wenn ich nicht aufpasse, verwandle ich mich in eine verbitterte alte Jungfer. Also, Mum, erzähl mir mehr über diesen noch verfügbaren Junggesellen.«

»Ich habe nie gesagt, dass er noch zu haben oder Junggeselle ist«, sagte Dulcie beunruhigt. »Vielleicht ist er ein widerlicher Kerl mit Glupschaugen und schiefen Zähnen.«

Kate winkte ab, und Dulcie wechselte via Rückspiegel einen besorgten Blick mit Andrew. Nachdem sie ihm ihr Geheimnis anvertraut hatte, hatte er ihr versprechen müssen, niemandem von ihrer Affäre mit Richard zu erzählen, und sie erkannte an seinem Gesichtsausdruck, dass er dasselbe dachte wie sie – dass es katastrophal wäre, wenn sich Kate mit Richards Sohn Henry zusammentun würde. Dulcie zog in Erwägung, Kate ebenfalls von Richard und ihr zu erzählen, um sie zu warnen, aber dann entschied sie sich doch dagegen. Sie konnte sich auf Andrews Diskretion verlassen – schließlich hatte er bei seiner Beziehung zu Miles bewiesen, wie verschwiegen er sein konnte –, doch bei Kate war das anders. Kate hatte man immer schon an der Nasenspitze angesehen, wenn etwas nicht stimmte. Philip pflegte zu sagen, sie sei aufrichtig und ein offenes Buch. Bei der hitzigen Kate, wie er sie nannte, wusste man immer, wo man dran war. Doch trotz ihrer scheinbaren Zähigkeit war sie sehr verletzlich und konnte so lange schmollen, bis der schuldige Teil Wiedergutmachung leistete. Sie hatte ein ungeheures Durchhaltevermögen, was, wie Dulcie vermutete, in der mörderischen Werbebranche, in der Kate arbeitete, ein Vorteil war.

Aber vielleicht war sie ihrer Tochter gegenüber nicht fair und beurteilte sie zu streng. Hatte sie nicht auch kein Wort über Andrews Beziehung zu Miles verloren? Für den Bruchteil einer Sekunde war Dulcie ernsthaft versucht, ihrer Tochter von Richard zu erzählen, aber der Moment war vorbei, als sich Kate vorbeugte, das Radio einschaltete und sich über den Musikgeschmack ihrer Mutter mokierte. »Wie kannst du dir nur so seichtes Zeug anhören?«, sagte sie und drehte an den Knöpfen, bis Radio 4 ertönte.

Richard hatte die Hoffnung, dass Dulcie noch kam, schon beinahe aufgegeben. Alle anderen Gäste waren längst eingetroffen, sogar diejenigen, die normalerweise immer zu spät kamen. Sie hatten bereits etliche Drinks intus und ließen sich über ihre Weihnachtserfahrungen aus, lästerten über Truthähne, die nach nichts geschmeckt hatten, über Pullover, die sie geschenkt bekommen hatten und sofort bei M & S umtauschen würden, und beklagten sich, dass sie die zusätzlichen Pfunde nie wieder loswerden könnten. Es waren Freunde und Nachbarn aus dem Dorf, ein paar Eltern von Freunden der Kinder und einige Kollegen aus Richards Büro eingeladen, und wenn Richard nicht wie auf glühenden Kohlen gesessen hätte, weil er auf Dulcie wartete, hätte er die Party als großen Erfolg angesehen.

Er war auf dem Weg in die Küche, um sich zu vergewissern, dass noch genügend Wein und alkoholfreie Getränke da waren, als es an der Tür klingelte. Sein Herz machte einen Satz. Dulcie? »Ich mache auf!«, rief er Angela zu, die im Wohnzimmer stand und Christopher und Nicholas anwies, die Canapés herumzureichen.

Er öffnete die Tür und freute sich, weil er Recht gehabt hatte. Er lächelte wie der perfekte Gastgeber und schüttelte Dulcie die Hand. »Mrs. Ballantyne, wie schön, Sie nach all der Zeit wiederzusehen. Wie geht es Ihnen? Kommen Sie herein.« Ihre Antwort ging unter, als er die Tür schloss und ihre Familie begrüßte. Er stellte sich vor und erkannte Kate und Andrew sofort von den vielen Fotos, die in Dulcies Haus standen. Ihr Sohn kam ganz nach ihr; er hatte dieselben hohen Wangenknochen und die breite Stirn, die Dulcie mit einem fransigen Pony verdeckte. Die Tochter war hübsch mit dunklen Augen und einem wachsamen, freundlichen Gesichtsausdruck. Sie hatte dasselbe Lächeln wie ihre Mutter. Zuletzt begrüßte er den gut aussehenden jungen Mann, für den, wie er vermutete, Victoria Interesse zeigen könnte. »Hi«, sagte er, »Sie müssen Andrews Freund aus London sein.«

»Richtig. Miles.«

»Darf ich Ihnen die Mäntel abnehmen und etwas zu trinken anbieten?« Er führte sie in Richtung Küche und bahnte ihnen einen Weg durch die versammelten Gäste. Er hoffte, für jeden, der ihn beobachtete, wie der normale alte Richard zu erscheinen, der für Neuankömmlinge Drinks holte, nicht wie ein Mann, der seine Frau betrog und die Frechheit besaß, »seine andere« nach Hause zu seiner Familie einzuladen. Einige wären entsetzt, wenn sie Bescheid wüssten. »Wer hätte gedacht, dass Richard Cavanagh ein solches Doppelleben führt?«, hörte er die Leute klatschen. »Und wir haben ihn immer für einen anständigen Kerl gehalten. Aber es heißt ja, dass es gerade die Stillen faustdick hinter den Ohren haben. Diejenigen, denen man es am wenigsten zutraut.«

Doch auch wenn andere sein Verhalten für noch so

verwerflich halten mochten, er selbst fand es nicht so furchtbar. Am liebsten hätte er den Arm um Dulcie gelegt und allen verkündet, dass sie die Frau war, die er liebte, und dass er noch nie für jemanden so viel empfunden hatte wie für sie. Er hätte gern sein Glück geteilt und gesagt: »Man kann sich selbst dafür entscheiden, glücklich zu sein. Und man wird es bereuen, wenn man es nicht tut.«

So groß die Versuchung war, sich nur Dulcie und ihrer Familie zu widmen, das konnte er sich nicht erlauben: Es gab andere Gäste, um die er sich kümmern und die er mit Getränken und Essen versorgen musste. Außerdem musste er Angela suchen und ihr sagen, dass Dulcie gekommen war. Doch ehe er sich auf den Weg machte, blieb er noch eine Weile stehen und beobachtete, wie sich Dulcie mit Juliette unterhielt, einer jungen Juristin, die seit kurzem in seiner Abteilung arbeitete. Als er sah, wie entspannt und gefasst Dulcie war – und er liebte sie dafür –, wusste er mit absoluter Gewissheit, dass er mit dieser Frau den Rest seines Lebens verbringen wollte.

Er war sich seiner Sache sicher, und ihm war klar, dass er mit Angela reden musste. Er würde es ruhig angehen und alles, was in seiner Macht stand, tun, um ihre Trennung erträglich zu machen. Er würde Angela das Haus, den größten Teil ihrer gemeinsamen Ersparnisse und den Teil seiner Alterversorgung überlassen, auf den sie Anspruch hatte. Auch mehr, wenn nötig. Und Christopher und Nicholas durften nicht leiden. Richard nahm sich fest vor, den Schmerz, die Verwirrung und die Umstellung so weit wie möglich in Grenzen zu halten.

Dulcie spürte seinen Blick und sah ihn mit ihrem angedeuteten Lächeln an. Sein Herz flog ihr zu. Er prostete ihr zu und schlenderte in den Wintergarten, um Angela zu suchen. Sie war nicht da, aber die »jungen Leute«, wie Angela sie nannte, hatten sich hierher zurückgezogen. Sie schienen sich alle gut zu verstehen. »Tut mir Leid, dass ich hier so hereinplatze«, sagte er. »Habt ihr alle genug zu trinken?«

»Ja, danke, Dad, obwohl wir auch etwas zu essen vertragen könnten.«

Er lächelte Henry zu. »Dann hilf mir, ein bisschen Verpflegung für euch zu organisieren.«

Als sie in der Küche standen und ein Tablett mit Dips, Crudités, Canapés und allem anderen beluden, sagte Richard: »Wie kommt deine Schwester mit Miles zurecht?«

Henry schüttelte den Kopf. »Er ist definitiv nicht ihr Typ.«

»Das überrascht mich. Ich hätte gedacht, er würde ihr gefallen. Schick gekleidet und sehr gut aussehend.«

Henry senkte die Stimme. »Und stockschwul, Dad.«

»Oh. *Oh*, ich verstehe.«

»Er ist Andrews Lebensgefährte.«

»Wirklich? Dulcie hat nie ... ich meine Mrs. Ballantyne hat nie ein Wort darüber verloren.«

»Sei nicht so spießig, Dad. Warum sollte sie darüber sprechen? Das geht niemanden was an. Aber nur unter uns, ich finde die schöne Kate ziemlich anziehend.«

»Kate?«

»Lässt dich dein Gedächtnis im Stich, Dad? Mrs.

Ballantynes Tochter. Wenn ich meine Karten richtig ausspiele, dann sehen wir uns in London vielleicht wieder – oft, wenn es nach mir ginge.«

Richard hatte Mühe, diese Neuigkeit zu verdauen. Er drückte Henry das Tablett in die Hände. »Mir fällt gerade etwas ein, was ich noch erledigen muss.« Er eilte zurück ins Wohnzimmer, um Dulcie zu suchen. Er musste ihr klar machen, dass *sein* Sohn und *ihre* Tochter unter keinen Umständen zusammenkommen durften.

Kapitel fünfundzwanzig

unerträglich: ärgerlich, störend, schauderhaft, höllisch, quälend, unmöglich.

Mit einem heftigen Knall schlug Jaz das Wörterbuch zu. Keines dieser Wörter beschrieb auch nur annähernd, womit sie sich herumschlagen musste. Wenn der Herausgeber des Wörterbuchs jemals Weihnachten bei den Raffertys erlebt hätte, dann hätte er sich bestimmt etwas Drastischeres und Zutreffenderes einfallen lassen. Sosehr sie sich auch anstrengte, ihr fiel nichts ein, was den Horror, mit einer solchen Familie zusammenleben zu müssen, ausreichend beschrieb. Schließlich gab sie sich geschlagen und wählte irgendein Adjektiv: *unausstehlich*. Das musste vorerst genügen, bis sie auf etwas Besseres kam.

Je mehr sie schrieb, umso unzureichender erschienen ihr die verfügbaren Wörter. Die meisten hatten nicht die richtige Bedeutung für das, was sie ausdrücken wollte. Es war, als würden sie sich in eine Zwangsjacke verwandeln, die sich um ihr Gehirn legte und immer enger wurde. Sie wusste genau, was sie im Moment fühlte, konnte es aber nicht zu Papier bringen. Das deprimierte sie – jetzt verhöhnte sie sogar die geheime Welt, in der sie bisher Zuflucht gefunden hatte. Vielleicht war sie nicht dazu geschaffen, eine Schriftstellerin zu sein, und hatte sich die ganze Zeit nur etwas vorgemacht.

Sie schaltete den Computer aus, legte sich aufs Bett und starrte an die schräge Decke. Dies waren die längsten, langweiligsten Weihnachtstage, die je ein Mensch durchlebt hatte. Sie hatten alle Verwandten besucht oder empfangen, und wenn Tamzin und Lulu sie auch nur noch ein einziges Mal fragten, ob sie Twister mit ihnen spielte, dann würde sie irgendwas zertrümmern. Und was alles noch schlimmer machte, war die Tatsache, dass sie niemanden hatte, mit dem sie weggehen oder wenigstens telefonieren konnte, denn Vicki war zu ihren Großeltern gefahren. Noch nie hatte sich Jaz so sehr nach dem Ende der Ferien gesehnt. Sie hatte all ihre Hausaufgaben gemacht und war bestens auf die Testprüfungen in der ersten Woche des neuen Trimesters vorbereitet. Jetzt hatte sie rein gar nichts mehr zu tun.

Sie hatte gehofft, dass ihre Mutter mit ihr shoppen gehen würde, wenn der Schlussverkauf begann, aber so wie's aussah, wurde wegen der Schwangerschaft nichts daraus. Dad führte sich schlimmer auf als eine Glucke und wachte über seiner Molly-Doll, als wäre sie aus Porzellan. Und Mum war richtig sanft und nachgiebig geworden. Als sie und Dad aus Teneriffa zurückgekommen waren, war sie kein bisschen böse über die zerbrochene Figur und den Fleck auf dem Teppich gewesen. Das einzig Gute an dem unliebsamen Zwischenfall war, dass Jaz' Schwestern den Mund über den Polizisten, der ihnen die Leviten gelesen hatte, hielten. Sie glaubten immer noch, dass Nathan ein Officer in Zivilkleidung war, und hin und wieder, wenn Jaz richtig genervt von ihnen war, drohte sie ihnen damit, Mum und Dad zu verraten, dass ihr nichts anderes übrig geblieben war, als die Polizei zu rufen, weil sie sich so schlecht benommen hatten.

Sie musste daran denken, wie wunderbar Nathan gewesen war, als er ihren Schwestern Angst eingejagt hatte, und lächelte. Jeder, dem das gelang, war ein echter Held. Aber ihr Lächeln verblasste rasch, weil ihr wieder einfiel, was für eine Idiotin sie gewesen war. Durch ihre Überreaktion hatte sie Nathan als Freund verloren. Und gerade jetzt würde sie alles dafür geben, mit ihm zusammen zu sein.

Sie drehte sich auf den Bauch und vergrub ihr Gesicht im Kissen. Oh, sie hatte alles vermasselt. Schon hundertmal hatte sie sich vorgenommen, ihren ganzen Mut zuammenzunehmen und sich bei ihm zu entschuldigen, damit alles wieder in Ordnung kam, aber sie konnte ihm einfach nicht gegenübertreten. Sie hatte ihn auf der Bühne gesehen und ihn brillant gefunden – er war viel besser als Billy, von dem alle so schwärmten. Jaz hatte Vicki nicht zu der Party nach der letzten Vorstellung begleitet – ihr Stolz ließ das nicht zu. Die Vorstellung, er könnte ihre Entschuldigung in aller Öffentlichkeit zurückweisen, war unerträglich für sie.

Bei dem letzten Treffen der Schriftstellergruppe vor Weihnachten hätte sie Beth beinahe gefragt, wie es Nathan ging, nur um herauszufinden, ob er mit seiner Mutter über sie gesprochen hatte. Aber auch dazu war sie zu unsicher und zu stolz gewesen.

Wenn sie zu viel an Nathan und daran dachte, wie sehr er sie für ihr unreifes Verhalten verabscheuen musste, wurde ihr vor Scham fast übel, also war es besser, diese Gedanken zu verdrängen.

Sie fand es schade, dass sich die Verborgenen Talente in den Weihnachtsferien nicht trafen – dann hätte sie wenigstens etwas, womit sie sich beschäftigen könnte. Die heimlichen Donnerstagabende fehlten ihr.

Gelangweilt und rastlos vor Frustration, beschloss sie, einen Spaziergang zu machen. Sie suchte ihren geliebten übergroßen Pullover in dem Kleiderhaufen am Fußende des Bettes. Auf der Treppe stolperte ihr Phin entgegen. So wie er aussah, kam er gerade von einem nächtlichen Abenteuer zurück. Er hatte einen riesigen Knutschfleck am Hals und stank nach Alkohol und Kippen. Er gähnte ungehemmt und fuhr Jaz durchs Haar. »Hey, kleine Schwester, wie läuft's?«

»Bis jetzt ging's mir noch ganz gut, aber seit du da bist und einen Gestank wie in einer Brauerei verbreitest ... Wie ich sehe, hat dich wieder eine alte Fledermaus in den Hals gebissen.« Sie versuchte, an ihm vorbeizuschlüpfen, aber er rührte sich nicht von der Stelle und versperrte ihr den Weg. Er stand einfach nur da und grinste. »Phin, fällt dir nicht ein, wie du deinen Hintern zur Seite bewegen kannst – soll ich dir vielleicht behilflich sein?« Sie quetschte sich an ihm vorbei und ergriff die Flucht. Ihre Mutter war in der Küche, hörte Radio und entbeinte einen Truthahn. Heute Abend gab es Truthahn-Curry wie immer am Tag nach den Feiertagen. »Brauchst du Hilfe, Mum?«, fragte sie.

Molly sah auf. »Ist schon gut, Jaz, ich trödle nur ein bisschen. Wohin gehst du?«

»Ich muss meine Lungen mit dem füllen, was man hier so frische Luft nennt. Bist du sicher, dass du mich nicht brauchst?«

»Ja. Zieh Leine und amüsier dich.«

Enttäuscht zog Jaz die Haustür hinter sich ins Schloss. Sie war nicht scharf darauf, Fleisch von irgendwelchen Knochen zu lösen, aber im Grunde hätte sie nichts dagegen gehabt, wenn ihre Mutter sie in ihre Tätigkeiten mit einbezogen hätte. In letzter Zeit machten sie kaum noch etwas gemeinsam. Sie runzelte die Stirn. Wann war sie die totale Außenseiterin in ihrem eigenen Zuhause geworden und hatte mit niemandem mehr wirklich etwas zu tun?

Es war kalt draußen, und am Himmel hingen graue Wolken, die Schnee versprachen. Es lag die wunderbar stille, gedämpfte Stimmung in der Luft, die sie schon als kleines Mädchen so geliebt hatte. Sie hatte immer schon im Voraus gewusst, wann es Schnee geben würde. Sie zog die langen Ärmel ihres Pullovers über die Hände, um sie warm zu halten, und ging in Richtung Park.

Nathan stand am Küchenfenster. Im Park tummelten sich Familien: kleine Kinder mit Helmen probierten ihre Fahrräder aus, die sie zu Weihnachten bekommen hatten, andere zeigten ihr Können mit den nagelneuen Rollern. Er erkannte die einsame Gestalt in den schwarzen Jeans und dem riesigen, knielangen Pullover sofort, als sie in sein Blickfeld kam. Es war Jaz.

Er beobachtete, wie sie mit einem ihrer langen Zöpfe spielte, als sie sich auf eine Bank setzte, und ihm fiel auf, wie sehr er sie vermisst hatte – als gute Freundin, als jemanden, mit dem er reden konnte. Es ärgerte ihn immer noch, dass er die Sache mit ihr so grandios verpfuscht hatte. Vielleicht sollte er sich entschuldigen. Er entschied, dass jetzt gleich ein günstiger Zeitpunkt dafür wäre, schlüpfte in seinen Mantel, schloss die Tür hinter sich ab und ging hinunter, um seiner Mutter Bescheid zu sagen, die sich zusammen mit Miss Waterman Hackfleischpasteten und Sherry zu Gemüte führte.

Er nahm die Abkürzung durch das Tor im Garten von Miss Waterman und ging schnurstracks zu der Bank, auf der Jaz noch immer saß. »Hi«, begrüßte er sie lässig, als er nur noch wenige Schritte entfernt war.

Sie sah erschrocken auf. Offenbar war sie tief in Gedanken versunken gewesen. »Oh, hi.«

»Was dagegen, wenn ich mich zu dir setze?«

Sie rutschte ein Stück, um ihm Platz zu machen. »Wie war dein Weihnachten?«, erkundigte sie sich.

»Das willst du nicht wissen.«

»Es muss besser gewesen sein als bei mir. Du kennst ja Tamzin und Lulu. Muss ich mehr sagen?«

»Na ja, während du mit deinen Geschwistern ein Picknick hattest, habe ich den dritten Weltkrieg heraufbeschworen.«

»Bei wem? Du hast dich doch nicht mit deiner Mutter überworfen, oder?«

Er schüttelte den Kopf. Es gab viele Dinge in seinem Leben, die er niemals vergessen würde, aber der Gesichtsausdruck seiner Mutter, als er am ersten Feiertag nach Hause gekommen war, hatte sich ganz tief in sein Gedächtnis eingebrannt. Er hatte gewusst, dass sie zu Hause auf ihn wartete, genau wie sie gewusst hatte, dass er nicht ins Marsh House zurückkommen würde. Sie hatte geweint, und ihm war klar gewesen, warum: Er hatte ihr sieben Stunden Hölle bereitet. Sie war überzeugt, dass er tot im Wrack ihres Autos lag. Aber sie verlor nicht die Beherrschung, wie er es erwartet hätte. »Ich war zu erleichtert, dass du noch am Leben bist, um dir böse zu sein«, gestand sie später. »Außerdem habe ich meine Wut an Lois ausgelassen.«

»Wirklich?«

»Ich fürchte, wir haben es uns gründlich mit ihr verdorben. Im Marsh House werden wir für lange Zeit nicht mehr willkommen sein.«

»Das wollte ich nicht.«

»Ich weiß. Aber solange deine Großmutter nicht zur Vernunft kommt und einsieht, warum du die Fassung verloren hast, müssen wir wohl oder übel akzeptieren, dass sie uns in der nächsten Zukunft nicht gerade wohlgesinnt ist.«

»Du nimmst das recht gelassen, oder?«

»Ich weiß nicht, wie ich es sonst nehmen sollte.«

Nathan fragte nicht nach Einzelheiten – er wollte lieber nicht wissen, was sich während seiner Abwesenheit im Marsh House abgespielt hatte –, aber bevor er ins Bett ging, sagte Beth: »Nathan, versprich mir, dass du dich nie wieder ans Steuer setzt, wenn du deine Gefühle nicht voll unter Kontrolle hast. Wenn du mit einer solchen Wut im Bauch Auto fährst, bist du genauso gefährdet, als hättest du getrunken.«

Erst am nächsten Morgen dämmerte ihm, wie selbstsüchtig er gewesen war. Er hatte an nichts und niemanden gedacht außer an seine eigenen Gefühle. In seinem ganzen Leben hatte er noch nie eine solche Wut gehabt, und sie hatte sich ganz allein auf seine Großmutter gerichtet. Er hatte sie mit jeder Faser seines Seins gehasst, weil sie sich einbildete, sie könnte seinen Vater durch ihn wieder zum Leben erwecken.

Plötzlich wurde ihm bewusst, dass sich das Schweigen zwischen ihm und Jaz in die Länge dehnte und dass er ihre Frage noch nicht beantwortet hatte. Er drehte ihr das Gesicht zu und sah, dass sie ihn eindringlich musterte, aber als sein Blick dem ihren begegnete, senkte sie den Kopf. Er wurde nicht schlau aus ihr und wusste nicht, ob sie ihn mochte oder nicht. »Du siehst aus, als wäre dir kalt«, stellte er fest. »Möchtest du ein Stück gehen?«

Sie war schon auf den Füßen, bevor er fertig gesprochen hatte. »Ich glaube, es gibt Schnee«, sagte sie.

Sie schlenderten zum Teich, wo eine Familie mit zwei kleinen Kindern die Enten fütterte. Sie gingen weiter, und als ein Junge auf einem Fahrrad, das viel zu groß für ihn war, auf sie zusteuerte, zog Nathan Jaz instinktiv aus der Gefahrenzone. Sobald der Junge vorbei war, ließ er sie wieder los. »Entschuldige«, sagte er verlegen. »Das war bestimmt wieder ein großer Fehler. Grobes Anfassen im Namen der Sicherheit ist wahrscheinlich genauso schlimm, wie um einen Kuss zu bitten.«

Sie zog die Augenbrauen zusammen und starrte ihn an. Einen hässlichen Moment sah sie so wütend aus, dass er schon befürchtete, sie wollte ihn verdreschen. Aber dann, gerade als er sah, wie eine Schneeflocke auf ihrem Haar landete, erhellte ein zaghaftes Lächeln ihr Gesicht. Wieder, wie an dem Abend von Kirstens Party, verspürte er den Drang, sie zu küssen. Aber diesmal fragte er nicht um Erlaubnis, sondern beugte sich schlicht zu ihr und drückte zart seinen Mund auf ihren. Ihre Lippen waren eisig kalt, genau wie seine, aber Jaz kam ihm keineswegs kühl vor. Er hüllte ihren zitternden Körper in seinen Mantel und sah in ihr blasses, sommersprossiges Gesicht. »Nur um eins klarzustellen«, raunte er, »ich habe nicht die Absicht, dich ins Gebüsch zu zerren und zu vernaschen.«

Sie wurde stocksteif in seinen Armen. »Bitte, mach dich nicht über mich lustig.«

Er hielt sie fest, jetzt kapierte er, warum sie ihm neulich eine Abfuhr erteilt hatte: Sie hatte gedacht, er würde mit ihr umgehen wie Billy mit seinen Gespielinnen. »Das tue ich nicht«, beteuerte er. »Ich versuche nur, dich zu beruhigen.« Er fühlte, wie sie sich entspannte, und küsste sie noch einmal. Und während die Schneeflocken sie umtanzten, empfand er einen eigenartigen inneren Frieden. Es machte ihn glücklich, mit Jaz zusammen zu sein. Ihm war, als würde der Rest der Welt versinken, wenn er sie in den Armen hielt.

Es gab keine Lois.

Und keinen Adam King.

Kapitel sechsundzwanzig

In den letzten fünf Jahren hatten Des und Julie immer eine Silvesterparty gegeben, aber jetzt, da Desmond junior auf der Welt war, brachen sie mit der Tradition und entschieden sich für einen ruhigen Abend mit Sekt und Angus Deayton im Fernsehen.

Aber zu Des' Enttäuschung wurde selbst dieser schlichte Plan durchkreuzt.

Julie setzte ihm auseinander, dass ihre Freundin Silvester unmöglich allein verbringen konnte, besonders nicht nach allem, was sie in den letzten Wochen durchgemacht hatte, und Des fügte sich in das Unvermeidliche. Clare war am Nachmittag zuvor angekommen und blieb über Nacht. Sie trank eine Menge Wein, und wenn sie sich nicht über Jack ausließ, flehte sie sie an, mit ihm zu reden und ihn zur Vernunft zu bringen. »Ich bin sicher, er hat nur Angst, wieder verletzt zu werden«, sagte sie weinerlich und klammerte sich damit an den letzten Strohhalm. »Nur deshalb hat er das gemacht. Er hat mich gern, ehrlich. Ich weiß das.«

Es war egal, was Des oder Julie sagten, Clare hörte ihnen gar nicht zu: Sie wollte keine Ratschläge, sondern nur eine Gelegenheit, ihren Gefühlen Luft zu machen. Sie war kreuzunglücklich und sollte nach Des' Ansicht in ihrem geschwächten Zustand nicht so viel trinken. Am besten gar nichts. Letzten Endes versprach Des – weil er um vier Uhr morgens noch etwas wohl verdienten Schlaf bekommen wollte –, mit Jack zu reden.

Jetzt, um fünf nach sieben, als er dem munteren kleinen Desmond sein Frühstück gab, war ihm klar, dass ein Gespräch überhaupt nichts bewirken würde. Jack hatte seine Entscheidung gefällt, und Des stand hinter ihm. Okay, vielleicht hätte sein Timing besser sein können; Clare zu sagen, dass Schluss war, solange sie sich noch von einer Eileiterschwangerschaft erholte, war nicht unbedingt die netteste oder feinfühligste Art, aber Fazit war, dass sich Clare mit dem Ende der Beziehung abfinden musste.

Des löffelte Brei in den offenen Mund seines Sohnes, kratzte den Rest von dem klebrigen Zeug von den kleinen Lippen und hoffte, dass seine Freundschaft zu Jack bei all den Turbulenzen keinen Schaden genommen hatte. In solchen Situationen erwartete man oft von Bekannten, dass sie Partei ergriffen, und gegenwärtig war Julie nicht gerade gut auf Jack zu sprechen. Sie weigerte sich anzuerkennen, dass er bereit gewesen war, sich anständig zu verhalten und bei Clare zu bleiben, solange sie von ihm schwanger gewesen war, obwohl er sie, wie er Des anvertraut hatte, nicht liebte und sicher war, dass sich daran auch nie etwas ändern würde.

Des war so in Gedanken, dass er nicht hörte, wie Clare in die Küche kam. Er bemerkte sie erst, als sie neben dem Hochstühlchen des kleinen Desmond stand.

»Hi«, sagte er. »Wie fühlst du dich?« Die Frage war

unnötig: Sie war noch im Nachthemd, Spuren des gestrigen Make-ups – das, was die Tränen überlebt hatte – waren um ihre Augen verschmiert. Sie sah richtig fertig aus.

»Ich brauche einen Kaffee«, murmelte sie.

Desmond junior drehte abrupt den Kopf, als er ihre Stimme hörte, und der Brei, den Des ihm in den Mund schieben wollte, landete auf seiner Wange. Der Kleine hob sein Patschhändchen und rieb sich grinsend den Brei in die Haare. Des stellte die Schüssel umsichtig außer Reichweite und holte ein Tuch von der Spüle. »Nimm Platz, Clare, ich setze Wasser für dich auf«, sagte er. »Frühstück gibt's erst in einer Weile. Wenn ihr, du und Julie, brav seid, brate ich euch was Gutes. Wir sollten das Jahr so anfangen, wie wir es uns wünschen.«

Clare ließ sich auf einen Stuhl fallen. »Tut mir Leid, Des, da muss ich passen.«

»Unsinn«, wehrte er vergnügt ab. »Du musst aufgepäppelt werden. Eier mit Speck und gebratenen Nierchen bringen wieder Farbe in deine …«

Weiter kam er nicht. Clare wurde grün im Gesicht – diese Farbe hatte er eigentlich nicht im Sinn gehabt – und stürmte aus der Küche. Armes Ding. Sie hatte einen Kater und ein gebrochenes Herz. Das war kein guter Start ins neue Jahr. Des fragte sich, wie sich Jack wohl heute Morgen fühlte.

Jack war seit halb sieben auf und trank bereits seine vierte Tasse Kaffee. Er saß im Gästezimmer und tat das Einzige, was ihn davon abhielt, über Clare nachzugrübeln. Solange er sich auf die Probleme seiner Romanhelden konzentrierte, konnte er die Ereignisse der letzten Wochen ausblenden.

Aber leider nicht vollständig. Er würde immer ein schlechtes Gewissen haben, weil er Clare solche Qualen bereitet hatte. Während sie sich einer Notoperation hatte unterziehen müssen, bei der der winzige Fötus, der ihren Eileiter zerrissen hatte, entfernt worden war, hatten ihn entsetzliche Schuldgefühle geplagt. Und obwohl es keineswegs ideal gewesen war, dass Amber und Lucy Clares erschreckenden Zusammenbruch miterlebt hatten, war er froh, dass sie im Krankenhaus bei ihm gewesen waren. Sie zwangen ihn dazu, auch noch an etwas anderes zu denken als an seine Schuld. Als er ihnen erzählte, dass die Operation gut verlaufen war und Clare wieder gesund werden würde, weinte er fast vor Erleichterung.

Kurz danach wurde ihm bewusst, dass er noch einmal mit heiler Haut davongekommen war und Clare, sobald sie das Schlimmste überstanden hatte, erklären musste, dass es nichts werden konnte mit ihnen. Aber die Stunde der Entscheidung kam schneller als beabsichtigt.

Clares Eltern blieben bei ihr, als sie sich zu Hause erholte, und sie verkündete, wie sehr sie sich wünschte, dass Jack zu ihr zog. Er brachte es nicht fertig, sie zu belügen oder falsche Hoffnungen zu nähren, deshalb sagte er ihr klipp und klar, während ihre Mutter unten die Waschmaschine belud und ihr Vater einen wackligen Küchenschrank reparierte, dass es zwischen ihnen aus war. Und wenn sie ehrlich sei, fügte er hinzu, dann müsse sie zugeben, dass sie das schon seit Wochen ahnte. Er hielt ihre Hände und sah ihr direkt in die Augen, während er mit ihr redete. Er hätte es sich niemals verziehen, wenn er anders vorgegangen wäre.

»Du Mistkerl!«, krächzte sie und entzog ihm ihre Hände. »Hättest du nicht wenigstens bis nach Weihnachten warten können?«

Erst auf der Heimfahrt fiel ihm auf, wie irrational diese Frage war. Von all den Dingen, die sie ihm hätte vorwerfen können, war ihr das schlechte Timing das Wichtigste. Das bewies ihm mehr oder weniger, wie oberflächlich Clare die ganze Sache betrachtete. Sie erklärte ihm bereitwillig ihre Liebe, aber in Wahrheit war sie nur in ein imaginäres Happyend verliebt, davon war er überzeugt.

Er hoffte, dass sie eines Tages, wenn sie akzeptierte, dass nie mehr aus ihnen werden konnte, Freunde wurden. Aber als er ihr das sagte, wurde sie wütend. »Wage nicht, mir so etwas vorzuschlagen. Ich möchte dich nie wiedersehen. Deinetwegen werde ich wahrscheinlich nie wieder Kinder bekommen können.«

Er widersprach ihr nicht, obwohl der Chirurg, der sie operiert hatte, erklärt hatte, dass Clare durchaus wieder schwanger werden konnte. »Allerdings rate ich davon ab, etwas zu überstürzen«, hatte er gemeint, »grundsätzlich jedoch bestehen gute Chancen für eine normale Schwangerschaft und dafür, dass Sie ein gesundes Baby zur Welt bringen werden.«

Um Clares willen hoffte Jack, dass es so kommen würde.

Um halb neun beendete er das Kapitel, an dem er seit dem gestrigen Morgen gearbeitet hatte. Er setzte den Drucker in Gang und brachte seine leere Kaffeetasse in die Küche. Er hatte einen Bärenhunger und holte Würstchen, Speck, zwei Eier und eine Tomate aus dem Kühlschrank. Nach einer halben Stunde saß er wieder im Gästezimmer, aß sein Frühstück und las die frisch gedruckten Seiten. Er markierte alles, was ihm nicht gefiel, und kritzelte eine Bemerkung an den Rand. Im Großen und Ganzen war er angenehm überrascht, weil ihm das Kapitel so gut gelungen war. Er machte sich nicht vor, dass sein Werk für einen Literaturpreis vorgeschlagen würde, aber er fand es durchaus lesbar. Laut Dulcie konnte *Freunde und Familie* als Männerliteratur eingestuft werden. Das hätte man auch abschätzig auffassen können, aber da die Bücher von Tony Parsons, Nick Hornby und Mike Gayle zu dieser Kategorie gezählt wurden, befand sich Jack, wie er meinte, in bester Gesellschaft. Im letzten Monat hatte er alle Bücher von diesen Autoren gelesen und rasch begriffen, dass er aus der gleichen Perspektive schrieb – welch Wunder, Kerle hatten auch Gefühle!

Nach dem Frühstück lehnte er sich zurück und verschränkte die Hände hinter dem Kopf. Er hatte nicht nur ein weiteres Kapitel verfasst, das ihm gefiel, sondern auch das Jahr mit einer positiven Einstellung begonnen. Um Punkt Mitternacht hatte er eine wichtige Entscheidung getroffen – man könnte sagen, er hatte einen Vorsatz für das kommende Jahr gefasst. Er beabsichtigte, Miss Waterman ein Angebot für ihre Wohnung zu machen.

Die Idee kam aus heiterem Himmel, aber vielleicht hatte sie schon die ganze Zeit in seinem Unterbewusstsein herumgespukt. Ein Neuanfang in einem neuen Zuhause war genau das, was er brauchte. Zugegebenermaßen war er bei der ersten Besichtigung der Wohnung nicht von allem begeistert gewesen, aber sie gefiel ihm mehr und mehr. Wahrscheinlich, weil er gesehen hatte, was Beth aus ihrer gemacht hatte. Sie hatte ein behagliches Heim geschaffen, und das wünschte er sich mehr als alles andere. Wenn er die Augen schloss, konnte er sich selbst sehen, wie er dort lebte; er konnte sich sogar vorstellen, die Wand von der Küche zum Wohnzimmer durchzubrechen, wie Beth es getan hatte. Der Vorteil der Wohnung war, dass sich der Park direkt vor der Haustür befand und die Mädchen dort herumtoben konnten. Okay, Amber war schon zu groß für Schaukeln und Rutschbahnen, aber vielleicht konnte sie dem Tennisplatz etwas abgewinnen. Wenn sie Lust hatte, konnte er einen Trainer für sie engagieren.

Jetzt, da die Sache mit Clare geklärt war, konnte er für die Zukunft planen.

Zu einer Zeit, die er für den Neujahrstag als schicklich hielt, rief Jack bei Beth an, um sich nach Miss Waterman zu erkundigen. »Sie ist auf dem Wege der Besserung«, sagte Beth, »und fast wieder die Alte. Warum? Gibt es Neuigkeiten wegen der Wohnung?«

»Möglicherweise«, antwortete er vorsichtig. Er wollte Beth nichts verraten, ehe er mit seiner Klientin gesprochen hatte. »Sie denken also, es macht ihr keine Umstände, wenn ich Sie kurz anrufe?«

»Ich habe eine viel bessere Idee. Warum kommen Sie nicht zum Mittagessen her? Adele und eine Freundin von Nathan leisten uns Gesellschaft. Jemand, den Sie kennen.« Ein Lachen schwang in ihrer Stimme mit.

»Sind Sie sicher, dass ich nicht störe?«

»Wenn das der Fall wäre, hätte ich Sie nicht eingeladen. Es ist eine ganz zwanglose Angelegenheit – nichts, für das man sich herausputzen müsste.«

Die nächste Stunde verbrachte Jack mit Duschen, Rasieren und Anziehen – nicht, weil er Beth beeindrucken wollte, sondern weil er ein wenig Körperpflege dringend nötig hatte. Da er nicht ins Büro musste – er hatte seit vier Tagen frei –, trug er beim Schreiben seine schlampigsten Klamotten und hatte sich nicht die Mühe gemacht, sich zu rasieren. Wenn sein Roman nicht wäre, hätte er nicht gewusst, wie er Weihnachten und Neujahr überlebt hätte. Indem er sich in die Welt von *Freunde und Familie* vertieft hatte, war er dem Chaos entkommen, in dem er lebte. Nicht nur die Schuldgefühle wegen dem, was er Clare angetan hatte, belasteten ihn, ihm machte auch die Trennung von seinen Töchtern zu schaffen. Dies war das erste Weihnachtsfest, das er nicht mit Amber und Lucy verbrachte, und er vermisste sie wie verrückt. Am Weihnachtsmorgen hatte er ihre Geschenke ausgepackt und eine Stunde überlegt, welches Foto er in den Rahmen tun sollte, den sie ihm geschenkt hatten. Schließlich entschied der sich für einen Schnappschuss, den er in den Sommerferien in Devon von den beiden gemacht hatte: Ihre Haare waren von der Sonne gebleicht, sie hatten Sommersprossen im Gesicht und lächelten breit, weil sie eine so schöne Zeit verlebten.

Die Straßen waren leer, als er zu Fuß zur Maywood Park Road ging. Seine Schritte hallten von den Hausmauern wider. Der harte Frost hatte die Gärten und Rasenflächen mit weißem Reif bedeckt, der in der Sonne glitzerte. Aber die Sonne wärmte nicht, und sein Atem bildete kleine Wölkchen. Um Punkt ein Uhr klingelte er an Beths Tür. Minuten verstrichen, bis sie ihm öffnete. »Ein glückliches neues Jahr«, sagte er und reichte ihr die Flasche Champagner, die er im Kühlschrank gehabt, aber in der letzten Nacht doch nicht geöffnet hatte.

Beth nahm sie mit einem Lächeln entgegen. »Wie lieb von Ihnen. *Brrr* ... kommen Sie rein! Es ist kalt hier draußen.«

Er folgte ihr die Treppe hinauf und ins Wohnzimmer, wo Miss Waterman in dem, was ihr »Festtagskleid« sein musste, thronte. Sie sah geradezu königlich und viel besser aus als bei seinem letzten Besuch. Und das sagte er ihr auch, als er ihr zur Begrüßung die Hand schüttelte. »Das liegt an dem Sherry, den Beth mir einflößt«, behauptete sie und deutete auf ein kleines Glas, das auf dem Tischchen neben ihrem Sessel stand. »Daran und an dem köstlichen Essen, mit dem sie mich verwöhnt. Ich habe mich entschieden, öfter krank zu sein.«

»Ich halte das für keine sehr gute Idee, Miss Waterman«, sagte Jack.

»Bitte, setzen Sie sich, und lassen Sie die Formalitäten. Ich heiße Adele.«

Jack hörte ein bekanntes Lachen. Er drehte sich um und sah, wie Jaz die Wohnung betrat. Das also war der ihm bekannte Gast, den Beth am Telefon erwähnt hatte. Ein groß gewachsener Junge, der Beths Sohn sein musste, folgte Jaz.

Während des Essens kam Jack auf den eigentlichen Grund seines Besuches zu sprechen. »Ich habe einen Käufer gefunden, Adele«, sagte er. »Noch dazu einen, den ich für absolut zuverlässig halte. Und er muss nicht erst eine andere Immobilie loswerden, also könnte der Kauf schnell über die Bühne gehen.«

»Wirklich?«, fragte Adele nach. »Wunderbar. Das sind gute Neuigkeiten.«

»Moment mal«, schaltete sich Beth ein. Sie hielt die Schüssel mit den Röstkartoffeln, die sie eigentlich an Jaz weiterreichen wollte, in der Hand. »Seit Ewigkeiten war kein Mensch hier, um Adeles Wohnung zu besichtigen. Wer hat das Angebot gemacht?«

»Ah.« Ihr Scharfsinn und die Tatsache, dass sie sich immer schützend vor die alte Lady stellte, gefielen ihm. »Es wird offenbar Zeit, die Karten auf den Tisch zu legen. Der Interessent bin ich.«

»Widerspricht das nicht Ihrem Berufsethos?«, wollte Adele wissen.

»Das würde es, wenn er den geforderten Preis drücken würde«, behauptete Beth.

»Das Geschäft wird vollkommen korrekt abgewickelt«, sagte Jack. »In dieser Hinsicht brauchen Sie keine Angst zu haben. Und, ja, ich biete den geforderten Preis. Zudem werde ich einen unabhängigen Gutachter bezahlen, um die Immobilie schätzen zu lassen. Dann können Sie sicher sein, dass ich keinen zu niedrigen Wert angesetzt habe.«

»Prima.« Adele strahlte. »Ich freue mich. Ich kann mir niemanden vorstellen, dem ich meine Wohnung lieber überlassen würde.« Sie erhob ihr Glas. »Auf Sie, Jack. Ich hoffe, Sie werden glücklich in der Maywood Park Road.«

»Danke. Ich werde gleich morgen früh meinen Anwalt bitten, den Kaufvertrag aufzusetzen – das heißt, wenn Sie keine Einwände haben.« Bei der letzten Bemerkung sah er Beth an.

»Was für Einwände könnte ich haben?«

»Ich will nur sichergehen, dass meine Vorschläge die volle Anerkennung des Chef-Wächters über die geschäftlichen Angelegenheiten meiner Klientin finden.«

»Selbstverständlich müssen Sie erst einen detallierten Fragebogen ausfüllen, bevor Ihr Angebot akzeptiert wird. Man kann nie vorsichtig genug sein.« Beth schaute in die Runde. »Wenn alle mit dem Essen fertig sind, räume ich ab.«

»Lassen Sie das, Beth«, erklärte Jaz. »Das übernehmen Nathan und ich. Stimmt's, Nathan?«

»Tun wir das?«

»Ja, also beweg dich, aber zackig.«

Adele zwinkerte Jack zu, und als Jaz und Nathan das Geschirr neben der Spüle stapelten und geräuschvoll an die Arbeit gingen, sagte sie: »Ist das nicht ein entzückendes Pärchen?«

»Hören Sie auf, Adele, oder ich muss Sie nach Hause schicken. Ohne Ihre Partytasche. Noch etwas Wein, Jack?«

»Bitte.«

Beth füllte Jacks Glas, dann ihr eigenes auf – Adele blieb bei ihrem Sherry –, und während Jaz und Nathan in der Küche herumhantierten, überließ sie es Adele und Jack, über die Einzelheiten des Verkaufs zu diskutieren. Seine Eröffnung war eine große Überraschung für sie gewesen, aber ihr gefiel die Aussicht, ihn zum Nachbarn zu haben. Sie hatte schon mit Grausen überlegt, wer wohl in die untere Wohnung ziehen würde. Der einzige Nachteil war, dass sie jetzt alle Hände voll zu tun haben würde, die schalkhafte Adele und den skeptischen Nathan davon zu überzeugen, dass sich zwischen ihr und Jack nichts abspielte. Sie hatte Adeles listigen Blick gesehen und wusste nur zu gut, was im Kopf der alten Lady vor sich ging.

Aber die unerwünschte Entschlossenheit ihrer Nachbarin, eine romantische Beziehung für sie zu arrangieren, war Beths geringste Sorge. Sie hatte Lois seit Weihnachten nicht gesehen, und obwohl sie sich bemüht hatte, vernünftig mit ihr zu reden, hatte Lois sie am Telefon jedes Mal abgefertigt. »Ich möchte nicht mit dir sprechen, Beth«, hatte sie gesagt. »Ihr habt euch mir gegenüber abscheulich benommen, und das nach allem, was ich für dich und Nathan getan habe. Am meisten schmerzt es mich, dass du, wie ich überzeugt bin, meinen einzigen Enkel absichtlich gegen mich aufgehetzt hast, indem du ihm Lügen über meinen armen Adam aufgetischt hast. Das werde ich dir niemals verzeihen.« Ihre Stimme war schrill, und sie schien den Tränen nahe zu sein.

»Aber, Lois, du weißt genauso gut wie ich, dass Adam Selbstmord begangen hat. Die Polizei, die seinen Tod untersucht hat, ist zu demselben Schluss gekommen. Im Bericht des Gerichtsmediziners steht ...« Weiter kam sie nicht. Lois knallte den Hörer auf.

Es gab viele Momente, in denen Beth ihren Ausbruch nach Nathans dramatischem Abgang im Marsh House bereute. Sie hatte Lois mit einer Gehässigkeit, die sie sich selbst niemals zugetraut hätte, angebrüllt: »Du dummes, gedankenloses Ding. Hast du auch nur die geringste Ahnung, was du meinem Sohn angetan hast? Kümmert dich das überhaupt?« Lois war vor ihr zurückgewichen und hatte sie aus großen Augen angestarrt. Aber sie hatte keine Antwort gegeben.

Barnaby versuchte, sich einzuschalten und die Gemüter zu beruhigen. »Komm schon, Beth«, sagte er und tätschelte ihren Arm. »Es hilft niemandem, wenn du schreist. Ich hole dir einen Drink, und wir reden in aller Ruhe ...«

Sie schüttelte seine Hand ab. »Du irrst dich, Barnaby. Schreien ist das Einzige, was in dieser Situation hilft. Ich wünschte, ich hätte das schon vor Jahren getan.« Sie sah Lois wieder an. »Die Wahrheit ist, dass du dich keinen Deut darum scherst, stimmt's? Du bist so besessen davon, diese erbärmlichen Lügen aufrechtzuerhalten, die kein Mensch glaubt, dass du gar nicht mehr siehst, was um dich herum vorgeht. Nathan verabscheut dich, weil du dich weigerst zu akzeptieren, dass sein Vater alles andere als perfekt war. Adam war ein ganz normaler Mensch, Lois. Ein Mann, der nicht mehr weiterleben wollte, als alles schief ging.«

Lois hatte ihre Sprache wiedergefunden und griff Beth auf die einzige Art an, die sie kannte. »Wenn du ihm eine bessere Frau gewesen wärst, hätte Adam keine solchen Depressionen gehabt.«

»Und du glaubst nicht, dass seine Erziehung dafür verantwortlich war? Du hast ihm von Kindesbeinen an beigebracht, dass ein Mitglied der Familie King auf keinen Fall Fehler machen darf. Der arme Adam – er hat von dir gelernt, dass es nur eine Regel gibt, nach der er leben muss, nämlich die, stets der Gewinner zu sein und Erfolg zu haben. Aber als es darauf ankam, war er nicht der entschlossene Kämpfer, den du so gern in ihm gesehen hast. Und als er merkte, dass es zu spät war, gab er auf. Für ihn gab es keinen anderen Ausweg, als seinem Leben ein Ende zu setzen.« Sie zeigte mit dem Finger auf Lois. »Du hast ihn so weit gebracht, Lois. Du bist dafür verantwortlich, dass sich Adam in Grund und Boden schämte, weil er versagt hat. Du hättest ihm genauso gut persönlich die Whiskyflasche und den Autoschlüssel in die Hand drücken können.«

Lois schluckte schwer, sah Beth jedoch mit hocherhobenem Haupt an. »Ich möchte, dass du gehst, Beth. Verschwinde aus meinem Haus – sofort.«

Barnaby bot Beth an, sie nach Hause zu bringen, und sie nahm die Offerte an. »Es tut mir Leid, Barnaby«, sagte sie, sobald sie das Marsh House hinter sich gelassen hatten. »Ich habe dich in eine scheußliche Situation gebracht. Aber im Moment bedauere ich nicht im Geringsten, was ich gesagt habe. Vielleicht kommt das morgen, dann werde ich mich schrecklich fühlen.«

Barnaby nickte schweigend. Er sah traurig und müde aus. Als sie ankamen, half er Beth, ihr und Nathans Gepäck in die Wohnung zu tragen, und blieb unsicher im Flur stehen. »Ich halte mich besser nicht lange auf«, sagte er und starrte niedergeschlagen auf seine Schuhe. »Lois braucht mich bestimmt.« Er streckte die Hand aus, um die Tür aufzumachen, zögerte jedoch. »Er war auch mein Sohn, weißt du. Ich habe das Gefühl, dass das manchmal vergessen wird.« Seine Augen wurden trüb, aber ehe Beth etwas sagen konnte, ging er hinaus und zog die Tür zu.

Das alles hatte Beth ihrem Sohn verschwiegen, um ihn nicht noch mehr zu belasten. Sie machte sich Vorwürfe, weil sie die Anzeichen nicht rechtzeitig erkannt und begriffen hatte, wie sehr Nathan unter Lois' ständigen Vergleichen mit seinem Vater litt. Simone und ihre Mutter hatten Recht gehabt, als sie ihr rieten, Lois' Lügen über Adams Tod – und sein Leben – ein Ende zu machen. Ihre einzige Hoffnung war, dass die Zeit die Kluft zwischen ihnen und Lois überbrücken würde. Vielleicht brachte Barnaby den Mut auf, mit seiner Frau zu sprechen. Doch das war eher unwahrscheinlich. Barnaby zog Lois zwar oft auf, aber er würde ihr niemals in den Rücken fallen. Er war der loyalste Ehemann, den man sich vorstellen konnte.

In der bewussten Nacht wartete sie stundenlang auf Nathan und stand Todesängste aus, dass sie ihn nicht mehr lebend sehen würde. Es waren die längsten Stunden ihres Lebens, und als sie seinen Schlüssel im Schloss hörte, lief sie auf ihn zu. Sie waren beide zu erschöpft und durcheinander, um über das, was geschehen war, sprechen zu können, aber am Morgen machten sie einen langen Spaziergang, um ihre Gedanken zu klären und die Verlegenheit zwischen ihnen zu vertreiben. »Woher wusstest du, dass ich nach Hause fahren würde?«, fragte er.

»Ich konnte mir nicht vorstellen, dass du dich so schnell wieder im Marsh House blicken lässt, und außerdem wurde ich selbst aufgefordert zu gehen. Aber das erzähle ich dir später. Jetzt möchte ich wissen, wie du über deinen Vater denkst. Du hasst ihn doch nicht wirklich, oder?«

»Manchmal schon.«

»Das hat er nicht verdient.«

Nathan kickte einen Stein vom Weg und runzelte die Stirn. »Du sagst das, als wäre er noch am Leben.«

»Ich meinte sein Andenken. Das, was er hinterlassen hat, verdient nicht, so behandelt zu werden.«

»Aber ich habe so wenig Erinnerung an ihn. Und die, die ich habe, hat Lois verdorben.«

»Dann müssen wir daran arbeiten. Ich weiß nicht, wie, aber wir werden etwas tun, versprochen.«

Seit Weihnachten plagten Beth Schuldgefühle, Wut und Konfusion. Vor kurzem noch hätte sie automatisch bei Simone Rat und Unterstützung gesucht, aber diesmal tat sie das nicht. Sie wandte sich an Ewan und berichtete ihm in allen hässlichen Einzelheiten, was passiert war, als müsste sie sich alles von der Seele schreiben.

Sie hatte das Gefühl, Lois weniger zu verraten, wenn sie einem Fremden die Probleme schilderte. Als sie Ewan das offenbarte, schrieb er:

Ihre Loyalität zu Lois hat diese Katastrophe überhaupt erst möglich gemacht. Wie wär's mit ein bisschen Loyalität Ihrem eigenen Selbstwertgefühl gegenüber? Mir scheint, Lois hat systematisch versucht, Sie zu unterdrücken, Bethany.

Das klingt hart.

Und so war es auch gemeint. Es hat keinen Sinn, das zu beschönigen, was Sie bereits als Wahrheit erkannt haben.

Autsch. Und noch mal autsch. Sind Sie immer so schonungslos?

Nur mit Menschen ... die ich mag.

Sie war so perplex, dass sie nicht wusste, was sie antworten sollte. Eine weitere Nachricht erschien auf ihrem Bildschirm.

Streichen Sie diese Enthüllung, wenn Ihnen das lieber ist. Meine Finger haben sich selbständig gemacht.

Nein [tippte sie nach kurzem Zögern]. Das war nett. Es hat mich nur überrascht. Das ist alles.

War es eine einigermaßen erträgliche Überraschung?

Ja.

In diesem Fall möchte ich Sie um einen Gefallen bitten. Aber zuerst die Frage: Haben Sie einen Scanner?

Nathan hat einen, den könnte ich benutzen. Warum?

Was halten Sie davon, wenn wir Fotos von uns austauschen?

Lächelnd antwortete sie:

Nur wenn Sie versprechen, nicht zu schummeln.

Was? Sie meinen, ich könnte heimlich schneiden und radieren, um meine von Natur aus schönen Gesichtszüge noch bezaubernder zu machen?

Etwas in der Art, ja.

Hand aufs Herz, ich bin so ehrlich wie Sie.

Dieser Chat hatte gestern Abend stattgefunden, und sie waren übereingekommen, die Fotos heute Nacht zu schicken. Beth hatte sich für ein Bild entschieden, das Nathan auf Bens und Simones Abschiedsparty vor ihrer Abreise nach Dubai im letzten Jahr aufgenommen hatte. Sie hoffte, es zeigte sie von ihrer besten Seite.

Jaz und Nathan, die beim Tischdecken laut mit den Desserttellern und dem Besteck klapperten, rissen sie aus ihren Gedanken. Sie schaute auf und stellte fest, wie entspannt Nathan lachte, als Jaz ihn mit einer Serviette bewarf. Bis gestern, als Nathan sie fragte, ob er Jaz zum Mittagessen einladen dürfe, hatte Beth keine Ahnung gehabt, dass die beiden so gute Freunde waren. Besser gesagt, dass sie so *eng* befreundet waren.

Nach all dem Weihnachtshorror war es gut, Nathan so glücklich zu sehen.

Kapitel siebenundzwanzig

Wann immer Ewan unsicher, frustriert oder gestresst war, wandte er eine todsichere Methode an, die ihn von dem ablenkte, was ihm zu schaffen machte: Er öffnete eine Flasche Wein und fing an Brot zu backen. Kurz nach seiner Scheidung, als er darum kämpfte, seine Arbeit zu machen und sich gleichzeitig um Alice zu kümmern, hatte er durch Zufall diese wenig bekannte Therapie für sich entdeckt.

An einem Nachmittag, an dem sich Alice nicht gut gefühlt hatte, hatte er sie mit dem Vorschlag aufheitern wollen, ihr Lieblingsgebäck zu backen: Ingwerbrot. Die Ingwerbrotmännchen, klobige Burschen mit verstümmelten Beinen und Armen, waren sogar essbar und ein solcher Erfolg gewesen, dass Ewan das Kochbuch durchblätterte, um nachzusehen, was er sonst noch machen könnte. Brotbacken erschien ihm einfach, und nachdem er die Theorie verinnerlicht hatte, dass das Zusammenmischen von Hefe, warmem Wasser und Zucker nichts Geheimnisvolleres war als ein simpler chemischer Prozess, hatte er ein Weißbrot gebacken und fand diese Arbeit ausgesprochen faszinierend. Und entspannend.

Seine Anfängerzeit als Bäcker lag längst hinter ihm, und inzwischen hatte er Pizzateig, Vollkornzöpfe, Kartoffelbrot, mit Knoblauch und Kräutern gewürztes und in Terrakottaform gebackenes Brot und Käse- und Chili-Fladen im Repertoire. Heute machte er ein Mohnbrot, und als sich seine Finger tief in den weichen Teig bohrten, spürte er augenblicklich die besänftigende Wirkung.

Wenn sein Gehirn an Überbelastung litt, suchte er gewöhnlich Trost in der Mehlbüchse, aber diesmal plagten ihn andere Sorgen: Er hatte Bedenken wegen seines Vorschlags, Beth ein Foto von sich zu schicken. Sie hatten ausgemacht, den Austausch um Mitternacht zu vollziehen, und da der Zeitpunkt näher rückte – es war schon sechs Minuten nach halb zwölf –, konnte er seine Zweifel nicht mehr verdrängen.

War er kurz davor, einen Fehler zu begehen?

Und war dies nicht genau das, was er vermeiden wollte?

Am meisten ärgerte ihn, dass er ganz allein die Schuld trug. Er selbst hatte sich auf dieses dünne Eis begeben, und falls etwas Furchtbares passieren sollte, geschah es ihm ganz recht.

Das Dumme war, dass er sich wirklich Gedanken darüber machte, was Beth von ihm hielt. Er hatte sich nie als gut aussehend betrachtet – seiner Ansicht nach war er lediglich ein normaler Mann mittleren Alters mit immer tiefer und zahlreicher werdenden Augenfältchen, mit grauen Haaren und einem durchschnittlichen und daher kaum einprägsamen runden Gesicht. Er selbst hatte morgens manchmal Schwierigkeiten, sich zu erkennen. Wer, zum Teufel, bist du?, dachte er manchmal, wenn er in den Spiegel schaute, um sich zu rasieren. Wo ist der tatkräftige junge Mann, der ich einmal war? Alice meinte, er würde Komplexe wegen seine Alters haben und sollte aufhören, ein so eitler Gockel zu sein.

Er hatte seiner Tochter, als sie über Weihnachten zu Hause war, von Beth erzählt. »Spinnst du, Dad?«, schrie sie. »Was hast du mir früher immer eingebläut? Ach ja, jetzt fällt es mir wieder ein: Sprich niemals mit einem Fremden.«

»Das ist etwas anderes«, verteidigte er sich, obwohl er genau wusste, dass sie Recht hatte. Wenn es umgekehrt gewesen wäre und sich Alice auf eine Online-Beziehung mit einem Mann eingelassen hätte, den sie nicht kannte, hätte er ihr die Hölle heiß gemacht.

»Etwas anderes?«, wiederholte sie. »Das ist gar nichts anderes. Du weißt nichts von dieser ›Beth‹ – sie könnte genauso gut ein Mann sein, der perverse sexuelle Neigungen hat und Spielchen mit dir spielt.«

»Du solltest mir wirklich wenigstens ein Minimum an Durchblick zutrauen«, gab er zurück.

Alice stemmte die Hände in die Hüften – eine typische Haltung – und forderte: »Zeig mir einen Beweis dafür, dass du weißt, wer oder was sie in Wahrheit ist.«

Es war nicht das erste Mal, dass sie die Rollen sozusagen tauschten, und es würde sicherlich nicht das letzte Mal sein. Er sah in ihr strenges Gesicht und sagte: »Manchmal muss man etwas wagen im Leben. Hin und wieder lohnt es sich, ein Risiko einzugehen.«

»Ich werde daran denken, wenn ich um zwei Uhr morgens per Anhalter nach Hause fahre, okay?«

»O Alice, das ist nicht dasselbe.«

»Mir scheint, dies ist ein Fall von: Tu nicht das, was ich tue, sondern richte dich nach dem, was ich sage.«

Es war sinnlos, mit seiner eigensinnigen Tochter zu diskutieren, deshalb einigten sie sich darauf, dass sie unterschiedlicher Ansicht waren. »Was immer dir diese Bekanntschaft bedeutet, Dad«, sagte sie und nahm sich ein Stück kaltes Truthahnfleisch aus dem Kühlschrank, »ich hätte gedacht, dass es für einen frei verfügbaren Mann wie dich unkompliziertere Möglichkeiten gibt, eine Frau aufzureißen.«

»Ich reiße keine Frau auf!«

»Dann solltest du es vielleicht mal versuchen. Du hast eine Menge zu bieten, Dad. Du bist eine bessere Partie, als du denkst. Du bist intelligent, witzig und siehst nicht schlecht aus. Der einzige Haken ist, dass du reich wie Midas bist. Aber, hey, nobody is perfect.« Sie öffnete wieder die Kühlschranktür und stibitzte noch ein Stück Fleisch.

»Warum nimmst du nicht alles heraus und machst dir ein Sandwich?«

»Zu viel Mühe.« Sie zuckte mit den Schultern. »Hmm … diese Chipolatas sind toll. Gibt's noch was von der Preiselbeersauce?«

»Im zweiten Fach von unten.«

Sie stöberte herum, dann wandte sie sich wieder an ihren Vater. »Oh, eine Frage hab ich noch als einzig verantwortungsbewusste Erwachsene in diesem Haus. Frönst du regelmäßig dem Cyber-Sex? Wenn ja, dann hoffe ich, dass du Vorsichtsmaßnahmen ergreifst.«

»Welche? Das Rechtschreibprogramm ständig eingeschaltet lassen?«

Sie schmunzelte. »Sei einfach vorsichtig, Dad. Ich weiß, du hältst dich für einen großen Weisen, der alle Antworten kennt, aber in Wirklichkeit bist du sehr naiv. Du hast nicht genügend Erfahrungen mit Frauen.«

»Oh, nur zu, weiter so. Du baust mein Selbstbewusstsein richtig auf.«

Sie zeigte mit einem angebissenen Würstchen auf ihn. »Na gut. Mit wie vielen Frauen hattest du zu tun, seit Mum weg ist?«

Er zog die Augenbrauen zusammen. »Mit ein paar.«

»Mit zu wenigen. Dabei konntest du dich nie über mangelnde Angebote beschweren.«

»Ja, aber nicht von Frauen, an denen ich interessiert war.«

»Aber diese Beth interessiert dich?«

Er zögerte. »Als Freundin, ja. Und ... und, wenn der Vertreter der Anklage gestattet, würde ich mich jetzt gern jedem weiteren Verhör entziehen. Ich muss meine Post durchsehen. Herkömmliche Post, darf ich hinzufügen.«

Ein Blick auf die Küchenuhr verriet Ewan, dass es Viertel vor zwölf war. Er knetete den Teig noch einmal durch und grübelte über seine Gefühle für Beth nach. Trotz Alices Warnungen, Anspielungen und Scherzen sah er Beth tatsächlich als eine Freundin an – eine Freundin, die er gern näher kennen lernen würde. Die Korrespondenz bedeutete offensichtlich ihnen beiden sehr viel; Beth hatte ihm viel Persönliches anvertraut. Aber vielleicht würde es alles verderben, wenn sie sich jetzt die Fotos schickten und wussten, wie der andere aussah. Er kannte die Menschen gut genug und ahnte, dass Beth der »Gesprächsstoff« langsam ausginge und sie die Korrespondenz einschlafen ließe, wenn ihr nicht gefiel, wie er aussah. Und natürlich würde es andersherum ebenso sein. Wenn Beth ein Lächeln wie ein Pitbull hätte, dann würde er es sich sehr gut überlegen, ob er die Verbindung aufrechterhalten sollte.

Es war eine unverzeihlich oberflächliche Einstellung, aber so ging es nun mal zu im Leben. Es war immer schon so gewesen und würde auch in Zukunft so bleiben.

Er dachte an das Foto, das er bereits in seinen Computer eingescannt hatte. Es war ein wenig unscharf und verwackelt, aber er hatte sich dafür entschieden, weil es ihn so zeigte, wie er wirklich war. Es gab einige andere, viel bessere Aufnahmen von ihm, aber auf denen sah er irgendwie unnatürlich aus.

Um acht Minuten vor zwölf bedeckte er die Teigschüssel mit einem feuchten Küchentuch, stellte sie in das Regal über der Heizung, wusch sich die Hände, goss sich ein Glas Wein ein und ging in sein Arbeitszimmer.

»Okay«, sagte er laut. »Es ist Checkpoint-Charlie-Zeit.«

Beth klickte auf »Öffnen«, schloss die Augen und hielt den Atem an, während sie darauf wartete, dass Ewans Foto auf dem Bildschirm erschien. Sie wusste, dass er dasselbe in Suffolk tat.

Es war ein entscheidender Moment. War Ewan entgegen all ihren Hoffnungen doch der vertrottelte Anoraktyp mit fetten Haaren und Brille?

Sie öffnete vorsichtig ein Auge und sah, dass die elektronische Hexerei vollbracht war. Sie fasste Mut, starrte auf den Monitor und sah ein Gesicht, das ... das ihr gefiel. In seinen entspannten Gesichtszügen spiegelten sich der Humor und die Wärme wider, die sie schon von ihrem Mail-Wechsel kannte. Sein lächelnder Mund war auf beiden Seiten von tiefen Linien eingerahmt, die den Eidruck vermittelten, dass er ein herzhaftes Lachen unterdrückte. Sie konnte nicht erkennen, welche Farbe seine Augen hatten – die Bildqualität war zu schlecht –, doch sie glaubte, dass sie blau waren. Seine kurz geschnittenen grauen Haare – keine Spur von einem Mittelscheitel! – schienen schon ein wenig schütter zu werden. Sie hoffte, dass ihr Foto in Suffolk ähnlich wohlwollend aufgenommen wurde.

Ewans erster Gedanke war, dass Beth genau die Frau war, der er einen zweiten Blick gönnen würde. Nicht nur die blonden Haare und die schlanke Gestalt fand er anziehend, sondern auch das strahlende Lächeln.

Der zweite Gedanke war, dass er sich gern mit ihr treffen würde. Er spukte nur eine Nanosekunde in seinem Kopf herum, dann verbannte er ihn. Das war die dümmste Idee, die er jemals gehabt hatte.

Oder doch nicht?

Kapitel achtundzwanzig

Es war der erste Donnerstag des Jahres, und das erste Treffen der Gruppe seit Mitte Dezember stand bevor. Victor hatte sich nicht gemeldet, nicht einmal eine Weihnachtskarte geschickt, und Dulcie beschloss, ihn anzurufen, um nachzufragen, ob er vorhatte zu kommen.

Sie benutzte den Apparat in der Küche, suchte Victors Nummer im Adressbuch und tippte sie ein, dann wartete sie darauf, dass er sich meldete. Falls er für immer aussteigen wollte, würde sie wieder einen Aushang im Buchladen machen, aber das musste sie erst mit den anderen Mitgliedern besprechen. Dulcie hatte das Gefühl, dass beispielsweise Beth die Dinge lieber so lassen würde, wie sie waren. Die Türglocke unterbrach ihre Gedanken, und sie legte erleichtert den Hörer auf. Sie war froh, die Aufgabe, Victor zur Teilnahme zu ermuntern, noch ein wenig aufschieben konnte.

Richard stand auf der Schwelle. »Was für eine schöne Überraschung«, sagte sie. Doch sie merkte sofort, dass etwas nicht stimmte. Er hielt sie nicht so lange wie sonst in den Armen und küsste nur ihre Wange, nicht ihren Mund. »Komm mit in die Küche«, sagte sie unbekümmert, um ihre Beunruhigung zu kaschieren.

Sie setzte Wasser auf, um Kaffee zu kochen, während er nervös umherwanderte.

»Was ist los, Richard?«, fragte sie. Sein Verhalten machte ihr Angst. »Geht es um Angela? Ahnt sie etwas? Ich wusste, dass es ein Fehler war, ihre Einladung anzunehmen.«

Er kam zu ihr, legte den Arm um ihre Schulter und drückte sie an sich. »Du ziehst voreilige Schlüsse, das passt gar nicht zu dir.«

Sie entzog sich ihm und sah ihm ins Gesicht. »Was ist es dann? Hast du zu viel gearbeitet, fühlst du dich wieder schlecht?«

Er schüttelte den Kopf. »Nein, mir geht's gut. Aber es ist das eingetreten, was wir befürchtet haben. Henry und Kate treffen sich.«

»Nein!«

»Es ist leider wahr. Henry hat gestern Abend angerufen. Sie sehen sich regelmäßig, seit sie wieder in London sind. O Dulcie, es schwang so etwas ... Optimistisches in seiner Stimme mit. Ich weiß, es sind nur zwei Wochen vergangen, aber ich vermute stark, dass es mehr als nur eine vorübergehende Schwärmerei ist. Henry hat sich bis über beide Ohren in Kate verliebt. Er ist verrückt nach ihr.«

Dulcie versuchte einen klaren Gedanken zu fassen. Das durfte nicht sein. Sie und Richard waren fest entschlossen, ihre Affäre geheim zu halten, um niemanden zu verletzen, und jetzt das! Als Richard auf der Party andeutete, dass Henry ein Auge auf Kate geworfen hatte, war sie genauso schockiert gewesen wie er. Aber was hätten sie tun sollen? Auf der Heimfahrt hatte sie sich eingeredet, Kate hätte nur einen Scherz gemacht, als sie sagte, dass sie ihr Netz auszuwerfen gedachte, denn in Wirklichkeit war sie, wie sie selbst oft sagte, viel zu sehr damit beschäftigt, beruflich Fuß zu fassen, um sich von einer ernsthaften Beziehung ablenken zu lassen. Deshalb sah Dulcie keine Notwendigkeit, Kate davon abzuraten, nähere Bekanntschaft mit Henry zu machen. Mark Twain hatte geschrieben: »Ich habe die meiste Zeit meines Lebens damit verbracht, mir Sorgen um Dinge zu machen, die niemals passierten«, und Dulcie wollte nicht denselben Fehler machen.

»Vielleicht ist es eine einseitige Angelegenheit«, sagte sie schließlich. »Kate hat mir gegenüber nichts erwähnt.«

»Wann hast du zum letzten Mal mit ihr gesprochen?«

Dulcie dachte angestrengt nach. »Als sie anrief, um sich für Weihnachten bei mir zu bedanken. Vor über einer Woche.«

Richard zog die Stirn kraus. »In einer Woche kann viel geschehen.«

»Offensichtlich«, erwiderte Dulcie gepresst. Sie brühte den Kaffee auf, dann gingen sie ins Wohnzimmer. »Also, was sollen wir tun?«, fragte sie, als sie auf dem Sofa Platz genommen hatten.

Richard sah durchs große Fenster auf die Terrasse, wo ein Rotkehlchen in dem gefrorenen Wasser des Vogelbades pickte. »Keine Ahnung«, sagte er.

Sie griff nach seiner Hand, und als ihre Finger seine Haut berührten, verstand sie, was er von ihr erwartete. »Du willst, dass ich Kate reinen Wein über uns einschenke, stimmt's? Ich soll ihr klar machen, wie unpassend es wäre, wenn sie sich mit Henry zusammentut.«

Er drehte ihr langsam das Gesicht zu. »Das ist die einzige Möglichkeit, das siehst du doch ein? Ich kann unmöglich mit Henry sprechen. Ich müsste ihm den Grund nennen.«

Plötzlich regte sich Groll in Dulcie und der mütterliche Drang, für die Freiheit ihrer Tochter zu kämpfen – die Freiheit, auszugehen, mit wem sie wollte. Welches Recht hatte sie oder Richard, sich in Kates Leben einzumischen? »Ich dachte, es würde dir nichts mehr ausmachen, was andere denken«, sagte sie. »Ich dachte, du wärst kurz davor, Angela von uns zu erzählen.«

Falls ihm ihr harscher Unterton auffiel, dann zeigte er es nicht. Er strich sich mit der Hand übers Gesicht und sah mit einem Mal müde und erschöpft aus. »Aber nicht so. Das wäre zu ... grausam. So was könnte ich ihr nicht antun. Das verstehst du doch?«

Dulcie verstand nur zu gut. Die Welt war voll von Frauen, die die Drecksarbeit für andere erledigen mussten.

Die College-Bibliothek war übervölkert mit Studenten, die unerlaubte Dinge taten: essen, trinken und mit Gegenständen herumwerfen. Ein Radiergummi landete auf dem DIN-A4-Block, auf dem sich Jaz Notizen machte. Ohne aufzuschauen – sie wusste, dass der Übeltäter ein schmieriger Asi aus der Abschlussklasse war –, legte sie den Radiergummi vor sich auf den Tisch und wünschte, Mrs. Barr, die Bibliothekarin, würde endlich zurückkommen. Der Radau machte es ihr unmöglich, weitere Recherchen über Seamus Heany zu betreiben, daher erlaubte sie sich, an etwas Interessanteres zu denken: an Nathan.

Es war offiziell. Jaz Rafferty und Nathan King waren zusammen. Genauso offiziell war, dass sie keines dieser grauenvollen Pärchen waren, die sich abschleckten, wenn sie in der Mittagspause in der Cafeteria an der Theke anstanden oder Händchen haltend durch den Korridor liefen wie Billy und Vicki. Ein Grund dafür war, dass Jaz keine Aufmerksamkeit auf sich ziehen und vermeiden wollte, dass die Leute Spekulationen anstellten, wie lange es dauern würde, bis Nathan genug von ihr hatte. Seit sich Billy und Vicki zusammengetan hatten, schlossen angebliche Freunde Wetten ab, wer wem zuerst den Laufpass geben würde. Ekelhaft und oberflächlich. Außerdem war Jaz sehr daran gelegen, dass ihre Familie nichts von Nathan erfuhr. Allein der Gedanke, dass ihre Schwestern ihr damit auf die Nerven fielen und ihre Brüder sie neckten, schreckte sie ab, ganz zu schweigen von ihrem Vater, der ihr Löcher in den Bauch fragen würde. Daher hatte sie Nathan das Versprechen abgerungen, sie niemals zu Hause zu besuchen. »Und ruf mich nur auf dem Handy an«, hatte sie insistiert.

»Schämst du dich meinetwegen?«, hatte er gefragt.

»Nein. Ich möchte nur die einzelnen Bereiche meines Lebens strikt trennen«, erklärte sie, weil sie nicht zugeben wollte, dass sie sich wegen ihrer Familie schämte. »Ich möchte nicht, dass alle wissen, was ich tue. Am wenigsten meine Familie.« Schändlicherweise tischte sie ihren Eltern noch mehr Lügen auf und behauptete, sich mit Vicki zu treffen, wenn sie mit Nathan zusammen war.

Sie sahen sich fast täglich, und gewöhnlich gingen sie nach dem Unterricht zu ihm. Es gefiel ihr in seiner

Wohnung – es war so still. Wenn Beth im Gesundheitszentrum war und sich nur sie beide in der Wohnung aufhielten, lagen sie oft schweigend auf dem Sofa. Beim ersten Mal hatte Nathan vorgeschlagen, eine CD aufzulegen, aber Jaz meinte: »Bitte nicht.«

»Warum. Gefällt dir meine Musikauswahl nicht?«

»Das ist es nicht.«

»Was dann?«

Sie versuchte, ihm zu erklären, wie schön es war, nichts zu hören außer dem eigenen Herzschlag. Dass bei ihr zu Hause ständig ein Heidenlärm war: Türenknallen, laute Stimmen, dröhnende Musik. »Wenn du das miterleben müsstest, würdest du mich verstehen.«

Er wickelte eine ihrer Haarsträhnen um seinen Finger und lächelte. »Du bist nicht wie die anderen Mädchen, oder?«

Diese Bemerkung beleidigte sie keineswegs. Sie wusste, dass sie anders war und nicht dazu bestimmt, sich anzupassen. Die Menschen würden sie immer als eigenartig und eigenbrötlerisch betrachten. Oft kam es ihr vor, als würde sie durch ein Schlüsselloch spähen und sich selbst in späteren Jahren sehen: Sie war immer allein.

Die Bibliothekstür wurde aufgerissen, und sofort herrschte Grabesstille. Mrs. Barr war wieder da – Gott sei Dank. Jetzt konnte Jaz weiterarbeiten.

Nach dem Unterricht ging Jaz mit Nathan nach Hause. Er wollte im Buchladen vorbeischauen, und nachdem er das Buch über Virginia Woolf gefunden hatte, beschlossen sie, im Coffeeshop noch etwas zu trinken. »Wir sollten aber lieber nicht zu lange bleiben«, sagte

Jaz, nachdem sie den caffè latte bezahlt hatten und sich an einen Tisch setzten. »Heute Abend trifft sich meine Schriftstellergruppe, und ich muss noch ein bisschen Stoff für meine Klausur morgen wiederholen.«

»Keine Angst, ich weiß Bescheid. Mum hat mir heute Morgen auch eingeschärft, nicht zu spät nach Hause zu kommen.«

Sie lächelte. »Wie schrecklich für dich – zwei Frauen setzen dir zu.«

»Es gibt Schlimmeres. Ich könnte zum Beispiel den Fehler machen, auf sie zu hören. Hey, wer ist so interessant, dass du den Blick nicht losreißen kannst?«

»Entschuldige. Ich habe nur jemanden aus der Schriftstellergruppe entdeckt.« Sie senkte die Stimme. »Sein Name ist Victor. Deine Mum hat dir bestimmt von ihm erzählt. Er ist die größte Nervensäge der Welt.«

Nathan folgte ihrem Blick. Victor saß mit weit hochgerutschten Hosenbeinen, lauter Stiften in der Brusttasche an einem Tisch und kämpfte mit einer kleinen Tüte. Als es ihm gelang, sie aufzureißen, spritzte Zucker über den ganzen Tisch und etliche handbeschriebene Seiten. Jaz wusste genau, was als Nächstes passieren würde, und prompt wischte Victor ungehalten mit der Hand den Zucker weg und warf dabei seine Tasse um. Braune Flüssigkeit besudelte die Papiere und tropfte auf seine Hose. Der Dummkopf wirkte so jämmerlich und hilflos, dass Jaz Mitleid mit ihm bekam. Sie schnappte sich ein paar Papierservietten und kam ihm zu Hilfe. »Hi«, begrüßte sie ihn. »Ich dachte, das hier könnten Sie jetzt ganz gut gebrauchen.«

Er schien sie nicht zu erkennen. »Ein Lappen wäre

nützlicher«, entgegnete er schroff. Mittlerweile war er aufgestanden und schüttelte seine Papiere, so dass der Kaffee auf den Holzboden spritzte. Jaz grinste, weil er sie offensichtlich für seine eigene Ungeschicklichkeit verantwortlich machte, und ging zu der Frau hinter der Theke, um zu fragen, ob sie irgendetwas hatte, womit man die Schweinerei aufwischen konnte. Die Frau drückte ihr ein paar Blätter von einer Papierrolle in die Hand. »Das ist einer von den Gästen, auf die wir gut verzichten könnten. Jeden Tag hockt er hier und kritzelt Blätter voll, und er ist verdammt sparsam. Er braucht länger als eine Stunde, um eine Tasse Kaffee zu trinken. Ich hasse Geizhälse.«

Auf dem Rückweg zu Victor sah Jaz Nathan mit hochgezogenen Augenbrauen an. Er lächelte. »Hier bitte, Victor«, sagte sie. »Ist mit Ihren Papieren alles in Ordnung? Sind das Manuskriptseiten?«

Er kniff die Augen leicht zusammen und musterte sie, schließlich dämmerte es ihm. »Oh, *Sie* sind das«, sagte er.

»Zumindest war ich es noch, als ich das letzte Mal in den Spiegel geschaut habe. Kommen Sie heute Abend zu unserem Treffen? Es ist das erste seit der Weihnachtspause.«

Er wischte unbeholfen die Kaffeepfütze weg und murmelte etwas Unverständliches. Jaz überließ ihn sich selbst.

»War das deine gute Tat für diesen Tag?«, erkundigte sich Nathan, als sie sich wieder zu ihm setzte.

»Eher für den ganzen Monat. Ehrlich, er ist ein undankbarer Spinner. Ich wette, das Wort ›danke‹ kommt gar nicht in seinem Wortschatz vor.«

Sie musste immer noch an diese Begebenheit denken, als sie am Abend an Dulcies Haustür klingelte. Plötzlich fiel ihr wieder ein, dass die Frau an der Theke erzählt hatte, Victor würde jeden Tag in dem Café sitzen. Wieso hatte er tagsüber so viel Zeit? Musste er nicht arbeiten? Wahrscheinlich hat er Urlaub, dachte sie.

Kapitel neunundzwanzig

Solange Victor zurückdenken konnte, hatte ihn das Leben schlecht behandelt. Als Kind hatte er für seinen Fleiß und die Tüchtigkeit nie die Belohnung bekommen, die er eigentlich verdient hatte. Es spielte gar keine Rolle, wie sehr er sich in der Schule anstrengte, seine Zeugnisse spiegelten nie das wahre Ausmaß seiner Bemühungen wider. Er war umgeben von Idioten, Angebern und Schlägertypen, die damit prahlten, nie einen Handstreich zu tun, aber trotzdem bei den Prüfungen am Ende des Trimesters lauter Einsen bekamen. Ihm, der Woche für Woche büffelte, versagte man die Noten, die ihm eigentlich zustanden. Die Lehrer konnten ihn nicht leiden. Er hatte einmal die Grammatik des Englischlehrers verbessert – »Sir, ich glaube Sie meinten ›if I *were*‹, nicht ›if I *was*‹ und wurde für den Rest des Trimesters verspottet.

Als er die Schule mit sechzehn verließ und anfing, in der Gemeinde im Büro zu arbeiten, verbesserte sich seine Situation kein bisschen. Vom ersten Tag an musste er die Drecksarbeit für alle anderen erledigen und war die Zielscheibe ihres Spottes. »O Victor, sei so lieb und mach das Fenster für uns auf«, baten ihn die Mädchen im Schreibpool an seinem ersten Tag. Er wurde knallrot, während er mit den Unterlagen kämpfte, die er bei ihnen abliefern sollte. Die Mädchen fächelten sich mit ihren manikürten Händen Luft zu, öffneten die obersten Knöpfe ihrer eng sitzenden Blusen, drehten sich auf ihren Bürostühlen und zeigten jede Menge Bein. Die Fenster im Büro waren genau wie die in der Schule schmal und hoch. Man brauchte eine Stange mit Haken, um sie zu öffnen. Ein groß gewachsenes, üppiges Mädchen in der ersten Reihe stand auf und ging mit der Stange auf ihn zu. »Sag einfach Bescheid, wenn du Hilfe brauchst, Victor«, sagte sie und drückte ihm fast ihren mächtigen Busen ins Gesicht. Ihr billiges Parfüm erstickte ihn beinahe, und er fing an zu zittern, stammelte, er hätte noch einen Botengang zu machen, ließ die Stange fallen und ergriff die Flucht. Er hörte das Gelächter noch, als er das andere Ende des Korridors erreicht hatte und die Treppe zum dritten Stock hinaufging. Dort teilte er ein Büro mit einem Dutzend anderer Männer – lauter ungehobelten, mäßig intelligenten Kerlen. Sie kicherten, als er hereinstürmte, und Victor begriff, dass man ihn reingelegt hatte.

Genau wie kurz vor Weihnachten in seiner Arbeitsstelle. Er war seit fast zwanzig Jahren für J. B. Reeves and Company tätig, hatte als Vertreter angefangen und den Nordwesten von England mit einem Kofferraum voller Büromaterialien bereist. Aber das Verkaufen war nie seine Stärke gewesen, und nach einem halben Jahr wurde ihm eine Stelle in der Buchhaltung angeboten. Das bedeutete zunächst ein geringeres Gehalt und keinen Dienstwagen mehr, aber das machte ihm nicht viel aus, weil er endlich seine Nische gefunden hatte. Er war ein gewissenhafter Mensch, bei dem immer alles bis auf den i-Punkt stimmen musste. Und er fand es ausgesprochen befriedigend, ein Auge auf die Firmengelder haben zu können. Er hatte eine gute Nase für falsche Spesenabrechnungen und keinerlei Skrupel, einen Missetäter in sein Büro zu bestellen und Erklärungen zu fordern. Natürlich wusste er, dass ihn die Kollegen hinter seinem Rücken Pfennigfuchser Blackmore nannten, aber das war ihm egal: Er hatte das Sagen. Sie mussten spuren, sonst bekamen sie kein Geld. Das machte ihn unbeliebt, aber er fühlte sich dem Unternehmen verpflichtet. Es war sein Job, Betrüger zu entlarven, die sich einbildeten, sie könnten ihren Arbeitgeber bestehlen, wenn sie Kosten für Benzin abrechneten, das sie nicht für dienstliche Zwecke verfahren hatten, oder Toilettenpapier klauten, um es in Einkauftüten mit nach Hause zu nehmen. Er hatte immer genau das gemacht, wofür er bezahlt wurde, und sogar noch eine Menge mehr. Er war ein loyaler, zuverlässiger Angestellter, der sein Bestes gab. Er war pünktlich, stets fleißig, nahm selten den vollen Urlaub, der ihm rechtmäßig zustand, und hatte lediglich einen einzigen Tag gefehlt – und das nur, um an der Beerdigung seiner Mutter teilzunehmen. Deshalb war er tief bestürzt über das, was ihm vor Weihnachten widerfahren war, als er ins Büro des Chefs gerufen wurde. Er hatte damit gerechnet, Anweisungen wegen der Gratifikationen zu bekommen, die um diese Jahreszeit ausgezahlt wurden, doch stattdessen erfuhr er von seiner Kündigung. »Sie sind nicht der Einzige«, sagte Steve Cartwright, als ob ihm das irgendwie helfen würde. »Wir müssen überall einsparen. Jüngere Mitarbeiter als Sie wurden bereits entlassen, und mein Mitleid gilt denen, die eine Familie ernähren und Hypotheken bezahlen müssen. Sie haben ja nur noch sechs Jahre bis zu Ihrer Pensionierung. An Ihrer Stelle würde ich diese Kündigung als Glücksfall ansehen und die freie Zeit mit Mrs. Blackmore genießen.«

»Es gibt keine Mrs. Blackmore.«

»Oh, das tut mir Leid. Wann ... wann ist sie verstorben?«

»Gar nicht. Ich war nie verheiratet.«

Victor marschierte wütend zu seinem Arbeitsplatz zurück. Steve Cartwright war erst seit fünf Jahren bei J.B. Reeves and Company und nicht im Geringsten über einen der dienstältesten Angestellten informiert.

»Rationalisierung« war das Stichwort für die Kündigungen, und sie gipfelte in wahlloser Schikane, die jene traf, die sich nicht wehren konnten. Oh, so war es immer. Aber Victor würde es ihnen zeigen – bei Gott! Jetzt hatte er Zeit, seinen Roman fertig zu schreiben, ihn bei einem Verlag unterzubringen und in seinem Erfolg zu schwelgen. Er würde allen beweisen, dass er, den alle nur für einen überflüssigen Pfennigfuchser angesehen hatten, der wahre Gewinner war.

Ja. Victor Blackmore war ein Gewinner.

Er hatte sich programmiert, diese Worte alle halbe Stunde auszusprechen (laut, wenn er allein war), und als seine Armbanduhr um Punkt acht piepste, legte er seinen Stift weg, schloss die Augen und sagte deutlich: »Victor Blackmore, du bist ein Gewinner.« Er wiederholte die Beschwörungsformel etliche Male und visualisierte, wie sein glorreicher Roman *Star City* im Schaufenster des Buchladens Novel Ways auslag. Außerdem stellte er sich eine Menschenschlange vor, die geduldig darauf wartete, eine signierte Ausgabe kaufen zu können.

Vor einigen Jahren hatte die Firma eine angebliche Expertin für Teamarbeit angeheuert, und die Frau hatte gesagt, dass die Stärkung des Selbstvertrauens der Schlüssel für Erfolg sei. Sie hatte ihnen empfohlen, den Tag mit einem Mantra zu beginnen, das positive Gefühle weckte. Bis zu seiner Kündigung hatte Victor dieses lachhafte Psychogeschwätz ignoriert, aber jetzt, da er sich ernsthaft auf die Schriftstellerei verlegt hatte, war er bereit, alles zu tun, um seinen Erfolg als einer der führenden Autoren Großbritanniens zu sichern. Dieser Glaube veranlasste ihn dazu, morgens aufzustehen, und hielt ihn davon ab, seine Zuversicht zu verlieren. Er machte sich immer wieder klar, dass die Kündigung das Beste war, was ihm passieren konnte: Gab sie ihm nicht die Gelegenheit, all seine Energien auf das Buch zu konzentrieren?

Am meisten störte ihn, wie ihn die Leute ansahen, wenn sie ihn fragten, warum er nicht im Büro war. Erst neulich hatte sich sein Nachbar – ein junger Mann mit einem Vauxhall Astra, den er jedes Wochenende vor Victors Haus wusch und polierte – nach seinem Job erkundigt. »Sie haben flexible Arbeitszeiten, stimmt's, Mr. Blackmore? Sie sind ein Glückspilz; ich wünschte, ich könnte mir meine Zeit auch selbst einteilen. Was würde ich dafür geben, wenn ich einmal ausschlafen könnte!«

Und was würde Victor für Leute geben, die sich um ihre eigenen Angelegenheiten kümmerten! Zum Beispiel dieses Mädchen heute Nachmittag im Café. Sie hatte ihre Nase in Dinge gesteckt, die sie nichts angingen. Wieso konnten ihn die Leute nicht einfach in Ruhe lassen? Selbstverständlich hatte er nicht vor, sich weiterhin mit dieser lächerlichen Schriftstellergruppe abzugeben. Er besaß weit mehr Talent im kleinen Zeh als all die Amateure zusammengenommen. Er hatte von Anfang an gewusst, dass es ein Fehler war, sich ihnen anzuschließen, und natürlich hatte er Recht behalten. Er sollte sich wirklich mehr auf seine Instinkte verlassen. Hatte seine Mutter nicht immer gesagt, dass man selbst der einzige Mensch war, auf den man sich wirklich verlassen konnte?

Die Liebe zu Büchern kam von seiner Mutter. Sie hatte ihm schon von frühester Kindheit an Geschichten vorgelesen, und jeden Samstagvormittag waren sie zusammen in die Bibliothek gegangen. Während sie die Regale mit den Krimis durchstöberte, kniete er auf dem staubigen Holzboden, um sich ein Kinderbuch aus dem begrenzten Angebot auszusuchen. Und schon bald verfasste er eigene Geschichten über heroische Abenteuer und gute Jungs, die die Welt vor bösen Schurken retteten. Er schrieb und schrieb, immer heimlich und um die tägliche Schinderei in der Schule auszublenden.

Er schluckte schwer, als er sich erinnerte, dass es niemanden gab, an den er sich wenden konnte. Ihm fiel wieder ein, dass Donnerstag war und dass die Gruppe im Wohnzimmer dieser selbstgefälligen Frau zusammensaß und sich mit nichts Konstruktiverem beschäftigte als mit albernen Wortspielchen. Welchen Sinn sollte das haben?

Schreiben. Nur darum ging es. Ganz allein ums Schreiben. Mit gesenktem Kopf Worte zu Papier zu bringen und sich von nichts anderem davon abbringen zu lassen.

Früher hatte Victor unten im Esszimmer geschrieben, aber dort gab es zu viele Ablenkungen – der Lärm der spielenden Kinder von nebenan, das lebhafte Tapetenmuster, das Knarren des Tisches, das Ticken der Uhr, der Geruch nach verbranntem Staub, der auf der Gasheizung lag. Jetzt arbeitete er oben im kleinsten Zimmer auf der Rückseite seines Reihenhauses. Als Erstes hatte er all das Gerümpel ausgeräumt – das Bett, die Kommode, die Bilder, den Teppich, die Vorhänge und sogar die Deckenlampe. Jetzt standen nur noch ein Tisch und ein Stuhl vor dem Fenster. Tagsüber, wenn er nicht im Coffeeshop schrieb, arbeitete er hier, und nachts beleuchtete er den Raum mit Kerzen. Er gestattete sich keine Heizung und benutzte lediglich einen kleinen Gasbrenner, auf dem er Tee kochte und Dosenbohnen oder Tomatensuppe heiß machte. Wenn ihm kalt war, während er tippte, legte er eine Decke um seine Schultern. Und es bestand nicht die Gefahr, dass ihn das Telefon störte: Er hatte es ausgehängt.

Er hatte sich eine passende Künstlerkemenate hergerichtet und versagte sich jeden Luxus, in der Hoffnung, so seine kreative Seele freizulegen und ein großes Werk zu schaffen.

Der Gedanke, dass er die Dinge möglicherweise zu weit trieb, kam ihm nie in den Sinn.

Kapitel dreißig

Dulcie erwachte mit einer bösen Vorahnung, die ihr mittlerweile schon vertraut war.

Seit dem Morgen, an dem Richard ihr von Kate und Henry erzählt hatte, plagte sie dieses Gefühl. Das war vor zwei Wochen gewesen, und wie Richard versprochen hatte, rief sie ihre Tochter ein paar Tage später an mit der Absicht, ihr die Situation darzulegen. Aber als Kate ihr glücklich und voller Begeisterung von Henry erzählte – sie konnte es kaum fassen, wie gut sie sich verstanden und wie viel sie gemeinsam hatten –, brachte es Dulcie nicht übers Herz, die Euphorie ihrer Tochter zu zerstören. Sie konnte nur noch hoffen, dass sich die Verliebtheit zwischen Kate und Henry in ein, zwei Monaten überlebt hatte. Kate langweilte sich schnell, und ihre Affären dauerten nie lange.

Genau das hatte sie Richard vorgestern beim Mittagessen klar zu machen versucht. Sie saßen in der Küche, die schräg stehende Januarsonne strömte durch die großen Fenster und nährte die Illusion von Frühling. Zwischen ihnen herrschte eine Spannung, die Dulcie nie zuvor gespürt hatte. »Ich bin anderer Meinung«, sagte Richard, nachdem sie ihm erklärt hatte, wie sie die Dinge beurteilte. »Ich bin überzeugt, dass Henry die Beziehung zu Kate sehr ernst nimmt. Er wird sie bearbeiten, bis er bekommt, was er will. So war er schon als Kind. Er sieht vielleicht nicht aus wie ein Draufgänger, aber glaub mir, hinter seiner liebenswerten Fassade steckt ein eiserner Wille.«

»Hast du noch mal mit ihm gesprochen?«

Er schüttelte den Kopf. »Nein, aber Angela. Er hat gestern Abend, als ich nicht zu Hause war, angerufen. Als ich heimkam, erzählte sie mir ausführlich von dem Gespräch. Sie scheint es ungeheuer amüsant zu finden, dass das Leben gerade diese Wendung nimmt. Sie sagte: ›Stell dir vor, wir könnten mit Dulcie Ballantyne verwandt werden.‹«

»Und wie hast du darauf regiert?«

»Ich sagte, dass ich das für äußerst unwahrscheinlich halte und dass sie ein bisschen voreilig ist.«

»Aber davon bist du nicht überzeugt, oder?«

»Nein. Mir scheint, dass die Katastrophe unweigerlich auf uns zukommt.«

Dulcie streckte die Hand aus und berührte seine. »Das passt gar nicht zu dir, Richard. Ich habe dich nie so fatalistisch erlebt.«

»Ich kann nicht anders.« Er seufzte müde. »Ich habe dieses Gefühl von Anfang an gehabt – seit Henry auf der Party Kate zum ersten Mal erwähnt hat. Es ist, als wären wir beide nicht dazu bestimmt zusammenzukommen.«

»Unsinn«, wehrte sie energisch ab. Aber ihr war nichts eingefallen, womit sie seine Befürchtungen hätte beschwichtigen können.

Sie stand auf und träufelte einige Tropfen von dem Aromatherapie-Öl, das ihr Andrew und Miles zu Weihnachten geschenkt hatten, in ihr Badewasser, dann ging sie hinunter, um nachzusehen, was ihr der Postbote an diesem Samstagmorgen gebracht hatte. Ihr Herz machte einen kleinen Satz, als sie den großen braunen Umschlag mit ihrer eigenen Handschrift auf der Vorderseite sah. Sie legte die restliche Post auf den Tisch im Flur und nahm nur diesen einen Brief mit ins Bad.

Sobald sie in dem warmen, duftenden Wasser saß, trocknete sie ihre Hände an dem bereitliegenden Handtuch ab und öffnete das Kuvert. Sie überflog die ersten Worte. Diesmal war es keine Absage. Kein »Tut uns Leid« und »Viel Glück beim nächsten Mal«.

Sehr geehrte Mrs. Ballantyne,
wir freuen uns, Ihnen mitteilen zu können, dass Ihre Kurzgeschichte ›Im Herzen jung‹ den ersten Preis bei unserem alljährlichen Literatur-Wettbewerb gewonnen hat. Uns haben dieses Jahr mehr Einsendungen denn je erreicht, und die meisten Beiträge waren von bemerkenswerter Qualität, aber die Jury war besonders beeindruckt von Ihrem klaren Erzählstil und der Feinfühligkeit, mit der Sie die Hauptfigur gezeichnet haben.
Wir möchten Sie darauf hinweisen, dass alle preisgekrönten Einsendungen in unserem vierteljährlich erscheinenden Magazin veröffentlicht werden. Sie werden ein Belegexemplar erhalten, sobald die Zeitschrift fertig gestellt ist.
Anbei senden wir Ihnen das Preisgeld. Möge es Sie dazu ermutigen, weiter zu schreiben und größere Werke zu schaffen.
Hochachtungsvoll
M. Cadogan (Sekretärin im Ressort Wettbewerb)

Ein Scheck über eintausendfünfhundert Pfund war mit Büroklammer an den Brief geheftet.

Augenblicklich durchströmte Dulcie ein Glücksgefühl, das die düstere Stimmung von vorhin vertrieb. Sie ließ sich in das warme Wasser sinken und genoss diese Genugtuung. In ihrem Alter hatte sie die volle Skala der Hochs und Tiefs durchgemacht, die das Leben zu bieten hatte, aber nichts konnte sich mit dem Gefühl vergleichen, als Schriftstellerin anerkannt zu werden. Sie hatte schon früher Preise gewonnen, wenn auch keinen so großen wie diesen, und etwa ein Dutzend ihrer Kurzgeschichten waren veröffentlicht worden, aber die freudige Erregung war nach wie vor dieselbe.

Ihre Hochstimmung hielt den ganzen Tag bis zum frühen Abend an, als das Telefon klingelte.

»Hallo, Kate. Wie geht's dir?«

»Prima, Mum. Ehrlich gesagt, besser als prima.« Ein fröhliches Lachen, das Dulcie selten von ihrer Tochter hörte, echote durch die Leitung. »Die Sache ist die – ich rufe dich an, um dir zu sagen, dass ich zu Henry ziehe. Wir haben das erst heute Nachmittag entschieden, aber da ich schon morgen …«

»Kate, du solltest nichts überstürzen! Das ist ein folgenschwerer Schritt.« Dulcie merkte selbst, wie plump ihre Reaktion war.

»Ach, komm schon, Mum. Du musst doch geahnt haben, dass es früher oder später so kommt.«

»Meinst du nicht, dass du ein wenig übereilt handelst?« Dulcie hatte Mühe, ihren Ton zu mäßigen.

Kate ging blitzschnell zum Angriff über. »Hast du das auch zu Andrew und Miles gesagt?«

»Nein, aber das ist auch etwas anderes. Sie kennen sich schon viel länger als …«

»Magst du Henry nicht? Ist es das?«

»Wie kann ich diese Frage beantworten? Ich kenne ihn ja kaum.« Sie suchte nach Ausflüchten – vergeblich.

»Dann musst du meinem Urteil vertrauen. Ich würde nicht zu ihm ziehen, wenn ich ihn nicht lieben würde. Er ist genauso, wie ich mir einen Partner immer vorgestellt habe. O Mum, ich glaube, er ist wirklich der Richtige.« Wieder dieses Lachen, dann zählte Kate Henrys beste Eigenschaften auf. Dulcie schloss die Augen und hörte ihrer Tochter nur mit halbem Ohr zu. Das war exakt das, was Richard befürchtet hatte.

»Mum, hörst du mir überhaupt zu? Also wirklich, ich breite meine Seele vor dir aus, und du …«

Dulcie nahm sich zusammen. »Ich habe jedes Wort mitbekommen. Und ich freue mich sehr für dich.«

»Gut. Dann erzähl mir, was du gemacht hast, seit wir zum letzten Mal telefoniert haben. Es ist kein Mann in dein Leben getreten, nehme ich an?«

Dulcie zwang sich zu einem Lachen. »Himmel, wie kommst du denn darauf?«

»Ich weiß nicht. Vielleicht liegt es daran, dass ich selbst so glücklich bin. Ich würde mir wünschen, dass du dasselbe erlebst.«

Welch eine Ironie! »Ich bin gerührt«, murmelte Dulcie.

»Du solltest dich wirklich umsehen, Mum. Du wirst mir nicht glauben, aber du bist immer noch ein toller Fang. Es muss irgendwo einen Mann geben, der sich für dich interessiert.«

»Danke, Liebling. Ich werde mich daran erinnern, wenn ich richtig down bin.«

»So ein Quatsch. Du warst in deinem ganzen Leben nie richtig down. Du bist die positivste und optimistischste Frau, die ich kenne.«

Es war schon dunkel draußen, als Dulcie den Hörer auflegte. Sie saß mit gesenktem Kopf an ihrem Schreibtisch, der vom sanften Schein der Lampe beleuchtet wurde. Als Mutter konnte sie unmöglich ihre Tochter um ihr Glück bringen, aber das hieß, dass sie ihr eigenes opfern musste.

Wenn Kate und Henry ein Paar wurden, dann durften Richard und sie nicht zusammenbleiben. Diese Konstellation war zu explosiv. Die Belastung wäre für Kate und Henry unerträglich. Das Band zwischen Müttern und Söhnen war von Natur aus stark, und wenn Henry mit Kate zusammenbleiben wollte, deren Mutter die Ehe seiner Eltern zerstört hatte, wie konnte er Angela dann noch in die Augen sehen? Und wie würde Angela mit Kate umgehen?

Nein. Dulcie hatte keine Wahl, sie musste die Beziehung zu Richard beenden.

Kapitel einunddreißig

In der Nacht hatte es so heftig geschneit, wie es der Wetterbericht vorhergesagt hatte. Als Jack die Vorhänge im Schlafzimmer zurückzog, blinzelte er, weil das Licht draußen so grell war. Die Landschaft war in eine blütenweiße Decke gehüllt. Die Äste der Weiden und Bäume am Ufer bogen sich unter der Schneelast über den Fluss, und die strahlende Sonne am kristallblauen Himmel brachte die Schönheit dieses Tages zum Glitzern. Jack kam Lou Reeds »Perfect Day« in den Sinn. Er hatte das ganze Wochenende frei, und die Mädchen waren bis zum Sonntagabend bei ihm. Heute wollte er ihnen sein neues Heim zeigen, das er bald beziehen würde. Es war auch ihr neues Zuhause, wenn auch nur hin und wieder.

Ein knapper Monat war vergangen, seit er Adele Waterman das Kaufangebot für ihre Wohnung gemacht hatte, und bisher waren die Formalitäten reibungslos verlaufen. Dank der Tüchtigkeit der beiden Anwälte, die die Transaktion abwickelten, waren die Verträge bereits unterschrieben, und wenn er Glück hatte, konnte er in der zweiten Februarwoche umziehen. Als Immobilienmakler hatte er schon alles erlebt und wusste, dass jeder auch noch so gut durchdachte Plan schief laufen konnte, aber er war zuversichtlich, dass sein Umzug ohne jede Panne über die Bühne gehen würde. Er freute sich auf den Neuanfang – der Kauf eines neuen Heims war ein Schritt in die richtige Richtung. Ihm war klar, wie sehr es seinen Töchtern am Herzen lag, zu glauben, dass er glücklich war, und er hatte ihnen gestern Abend, als er sie von Prestbury abgeholt hatte, viel von seiner neuen Wohnung erzählt. Als sie die Pizza, die sie auf dem Heimweg geholt hatten, aßen, schwärmte er davon, wie großartig alles werden würde, sobald er sich eingerichtet hatte. Aber, meinte er, beim Renovieren brauchte er ihre Hilfe. »Ich möchte, dass ihr die Tapete und alles andere für euer Zimmer aussucht«, sagte er. »Ihr könnt das viel besser entscheiden als ich.« Lucy war sofort Feuer und Flamme, Amber hingegen war weniger begeistert. Sie sah ihn an, als hätte sie ihn im Verdacht, sie um den Finger zu wickeln. Und das tat er natürlich in gewisser Weise.

»Was ist los, Amber?«, fragte er.

Sie zuckte mit den Schultern und stocherte mit der Gabel in der Pizza.

Damit gab er sich nicht zufrieden. »Komm schon, Amber, du könntest mir ruhig eine anständige Antwort geben. Möchtest du nicht selbst entscheiden, wie euer Zimmer aussehen soll? Wenn du mir alles überlässt, wird es vielleicht total schrecklich … wie … wie in einem Walt-Disney-Film.«

Sie funkelte ihn an und legte die Gabel weg. »Dürfen wir wirklich die Sachen selbst aussuchen?«

»Klar, das habe ich doch gerade gesagt.«

Sie schien nicht überzeugt zu sein. Und gleich darauf verstand er auch, warum. »Mum und Tony haben auch gesagt, dass wir unsere Zimmer selbst einrichten dürfen«, erklärte Amber, »aber jedes Mal, wenn ich ihnen gesagt habe, was ich mir wünsche, hat Mum gesagt, das geht nicht, weil es nicht zum Rest des Hauses passt.«

»Denk nicht mehr daran, was in Prestbury war. Solange ihr beide euch einig seid, dass es euch gefällt, könnt ihr haben, was ihr wollt. Versprochen. Großes Ehrenwort.«

Sie kamen ein wenig zu spät und leicht außer Atem in der Maywood Park Road 10a an. Den Wagen hatten sie unter der Schneedecke stehen lassen und waren zu Fuß durch die Stadt gegangen. Das hieß, sie machten zwei Schritte vorwärts und einen zurück. Wie fast alle Kinder führten sich Amber und Lucy auf, als hätten sie noch niemals Schnee gesehen, obwohl sie fast den ganzen Vormittag draußen gespielt hatten. Wenn sie nicht sich gegenseitig oder ihren Vater mit Schneebällen bewarfen, kreischten und lachten sie aus voller Kehle. Ihre Freude war ansteckend. Jack konnte sich nicht erinnern, wann er zum letzten Mal so glücklich und entspannt gewesen war.

Er klingelte, und während er darauf wartete, dass Adele die Tür öffnete, musterte er seine Töchter. Sie standen rechts und links neben ihm und schauten sich das Haus an. Er versuchte, das Gebäude mit ihren Augen zu sehen, um ihre Reaktion einschätzen zu können. Es war ihm wichtig, dass es ihnen hier gefiel. Als könnte sie seine Gedanken lesen, sagte Lucy: »Es sieht alt aus, Daddy.«

Er interpretierte das als negative Stellungnahme und erwiderte: »Oh, so alt ist es gar nicht. Nur ungefähr hundert Jahre.«

»Es ist ziemlich dunkel«, fügte sie hinzu, trat ein paar Schritte zurück und betrachtete die Ziegelmauer, die in starkem Kontrast zu der weißen Umgebung stand. »Glaubst du, da drin spukt's?«

Jack lachte. »Ganz bestimmt nicht.«

»Ich finde es hübsch.«

Das kam von Amber.

»Wirklich?«

Sie nickte. »Ja. Es sieht irgendwie … gemütlich aus. Und freundlich.«

Ehe er etwas darauf erwidern konnte, öffnete sich die Tür, und Adele stand vor ihnen. Sie trug einen Faltenrock mit Rüschenbluse und einer blasslila Strickjacke. Plötzlich realisierte Jack, dass er und die rotwangigen Mädchen, die noch aufgedreht und nass von der Schneeballschlacht waren, in diesem Aufzug eigentlich nicht gut einen Fuß über die Schwelle der eleganten Dame setzen konnten. Wenn sie dasselbe dachte, dann ließ sie sich nichts anmerken. Sie hieß sie herzlich willkommen und fragte, ob sie ihre feuchten Schuhe und Stiefel ausziehen wollten. Dann bot sie an, den Mädchen die Mäntel und Handschuhe abzunehmen, und hängte sie an die Heizung in der Küche. »Mal sehen, ob die Sachen trocknen, bis ihr wieder loszieht«, sagte sie.

Lucy, die immer etwas forscher war als ihre Schwester, erklärte: »Meine Socken sind auch nass.«

»Tatsächlich? In diesem Fall sollten wir sie auch trocknen. Was ist mit deinen, Amber?«

»Es tut mir Leid, dass wir Ihnen solche Umstände machen«, entschuldigte sich Jack, als sie in der Küche mit der hohen Decke standen und alle nassen

Kleidungsstücke auszogen. Ihm fiel auf, dass Teegeschirr und Snacks auf dem kleinen Tisch in der Ecke bereitstanden: zarte Porzellantassen mit Untertellern und mit Frischhaltefolie abgedeckte Teller mit Keksen und Sandwiches ohne Kruste. Außerdem war da noch eine Kuchenetagere mit Marmeladentörtchen und Kuchen, auf die Lucy bereits ein Auge geworfen hatte. Jack tauschte einen Blick mit der alten Lady und sagte: »Wir werden Sie nicht lange aufhalten, Adele. Wie ich sehe, erwarten Sie noch Besuch.«

Sie sah ihn verwirrt an, dann rief sie: »Oh, ich verstehe.« Sie lachte. »Wie dumm von mir. Natürlich hätte ich etwas sagen müssen. Ich dachte, dass Sie mir beim Tee Gesellschaft leisten, wenn Sie Ihren Töchtern die Wohnung zeigen. Es sei denn, Sie haben etwas anderes vor.« Ihr Blick huschte von Jack zu Amber und Lucy.

»Ich würde gern bleiben, Miss Waterman, und meine Schwester auch.«

Jack war überrascht, dass sich ausgerechnet Amber so weit vorgewagt hatte und der alten Dame so erwachsen und höflich begegnete.

»Ausgezeichnet«, gab Adele zurück. »Jetzt macht einen Rundgang mit eurem Vater, während ich Wasser aufsetze. Wäre euch ein Saft recht? Oder trinkt ihr lieber Milch? Ich fürchte, ich habe keinen Sprudel im Haus.«

»Ein Tee wäre prima, vielen Dank«, antwortete Amber, ohne Lucy die Gelegenheit zu geben, auch nur den Mund aufzumachen, und ging zur Tür.

Die Besichtigung dauerte nicht lange, und Jack beendete die Tour in dem Raum, der das Zimmer der Mädchen werden sollte. Wie all die anderen Zimmer war er voll gestopft mit Möbeln und Schnickschnack: mit einem riesigen Schrank, der eine ganze Wand einnahm, einer hohen Kommode, einem Regal, in dem lauter Porzellanfiguren standen, einem großen Standspiegel mit Mahagonirahmen, einem Doppelbett mit Holzkopfteil, einem hüfthohen Bücherschrank und zwei Nachtkästchen.

»Was meint ihr, Mädchen? Gefällt es euch?«

»Bleiben die ganzen Möbel hier, wenn du einziehst?«, wollte Lucy wissen. Sie hob den Deckel des Nähkorbs hoch und spähte hinein.

»Nein. Sie gehören Miss Waterman, und sie wird sie mitnehmen.«

Lucys Interesse wechselte vom Nähkorb zu der Kommode und den vielen gerahmten Fotos. »Wo wird sie wohnen? Ist es dort auch so schön wie hier?«

»Sie zieht in ein Seniorenheim; dort hat sie immer Gesellschaft und ist nicht so allein.«

Amber wandte sich vom Fenster ab – sie hatte hinaus auf den Park gesehen. »Ich glaube, sie wäre glücklicher, wenn sie hier bleiben könnte. Das hier ist ihr Zuhause. Es kommt mir falsch vor, dass du sie vertreibst.«

»Dein Vater tut nichts dergleichen«, sagte eine feste, aber freundliche Stimme hinter ihnen. Adele kam herein und stellte sich neben Amber ans Fenster. Die alte Lady legte eine Hand auf Ambers Schulter, und das Kind zuckte nicht einmal, wie es Jack erwartet hätte. »Aber du hast Recht. Dies war mein Zuhause, und ich war glücklich hier. Jetzt ist es an der Zeit, dass sich jemand anderes daran erfreut. Und deshalb seid ihr hier. Ich muss herausfinden, ob es euch allen hier gefällt und ob ihr gut auf alles aufpasst.«

Sie nahmen den Tee im Wohnzimmer vor dem altmodischen Gasofen ein, der laut zischte und die Mädchen faszinierte. Jack beobachtete, wie zutraulich seine Töchter zu Adele waren, und bedauerte, dass sie keine Großeltern hatten. In der angespannten Atmosphäre, die zwischen ihm und Maddie herrschte, könnten die Kinder einen neutralen Erwachsenen gut gebrauchen.

Als Lucy zappelig wurde, fragte Adele, ob sie in den Garten gehen und draußen spielen wollten. »Ihr könntet einen Schneemann für mich bauen«, schlug sie vor, als würden sie ihr damit einen riesigen Gefallen tun. »Ich hatte seit vielen Jahren keinen mehr in meinem Garten. Ich denke, die Vögel würden sich auch darüber freuen. Es wäre eine hübsche Abwechslung für sie. Ich glaube, ich habe noch eine Karotte, die ihr als Nase benutzen könnt, aber für die Augen müsst ihr euch draußen etwas suchen.«

Nachdem sich die Mädchen in ihre warmen Klamotten eingepackt hatten und in ihre Stiefel geschlüpft waren, ließ Adele sie hinaus und brühte frischen Tee auf. Dann saßen Jack und sie im Wohnzimmer und beobachteten die Kinder durchs Fenster. »Es sind reizende Mädchen, Jack«, sagte Adele. »Sie sind sicher sehr stolz auf sie.«

»Das bin ich«, bestätigte er schlicht. »Sie bedeuten mir mehr als alles andere auf der Welt.«

»Das merkt man. Und Sie sind ein ganz besonderer Mann, weil Sie begreifen, wie wichtig sie sind. Nicht jeder Vater hat ein so inniges Verhältnis zu seinen Kindern.«

»Das hatte ich schon immer, aber ... aber da ich sie durch Maddies Trennung von mir beinahe verloren hätte ... sagen wir, diese Erfahrung hat mir erst richtig vor Augen geführt, wie kostbar sie für mich sind.«

Adele reichte ihm seine Tasse. »Sie klingen verbittert, Jack.«

Er schluckte. »Das bin ich. Tut mir Leid, wenn ich kleinlich wirke.«

»Das tun Sie ganz gewiss nicht. Es ist nur furchtbar schade. Zucker?«

Er nahm ihr die Dose mit der silbernen Zange ab.

»Und Maddie, Ihre Frau, lebt jetzt mit Ihrem ältesten und besten Freund zusammen – Tony, wenn mich mein Gedächtnis nicht trügt. Haben Sie das nicht bei einer früheren Unterhaltung erwähnt?«

Jack stellten sich die Nackenhaare auf. »Ganz recht.« Adeles nächste Worte schürten seinen Unmut noch mehr.

»Ich verstehe voll und ganz, dass Sie sich betrogen fühlen und verletzt sind, Jack. Insbesondere Tony hat Sie tief enttäuscht. Bitte vergeben Sie mir meine Zudringlichkeit, aber darf ich Ihnen einen Rat geben? Oder Sie vielmehr etwas sehr Persönliches fragen?«

Er rutschte unbehaglich auf seinem Sessel herum. »Vermutlich habe ich kaum die Möglichkeit, Sie von etwas abzuhalten.«

Sie lächelte und trank einen Schluck von ihrem Tee. »Denken Sie an all die Jahre, bevor Maddie Sie verlassen hat und Tony noch Ihr bester Freund war. Wenn Ihnen irgendetwas passiert wäre, wer hätte Maddie geholfen, Amber und Lucy großzuziehen?«

Jack war es unmöglich, ihrem durchbohrenden Blick zu begegnen, und sah an ihr vorbei in den Garten, in dem seine geliebten Töchter im Schnee spielten.

Er wusste nicht, ob die alte Lady Hellseherin war, aber vor Jahren hatten Maddie und er in ihren Testamenten festgelegt, dass Tony nicht nur ihr Nachlassverwalter, sondern auch Vormund für Amber und Lucy sein sollte, wenn ihnen etwas zustieße.

Minuten verstrichen, bis er das Wort ergriff. »Ich glaube kaum, dass das eine faire Frage ist. Die Umstände haben sich geändert.«

»In der Tat. Aber ich kann mir vorstellen, dass Tony nur das Beste für diese entzückenden Mädchen will. Halten Sie ihm wenigstens das zugute. Sie werden überrascht sein, wie viel inneren Frieden Ihnen dieser Gedanke geben kann. So, und jetzt erzählen Sie mir von Ihrer Schriftstellerei. Beth sagt, Sie sind der Star der Gruppe.«

Kapitel zweiunddreißig

Es kam selten vor, dass Beth einen ganzen Tag für sich hatte, aber an diesem Sonntag Anfang Februar war sie allein. Der Januar mit Nathans Probe-Abschlussprüfungen lag hinter ihnen – damit auch das Büffeln und das abendliche Abfragen, und in ihr Leben war wieder Ruhe eingekehrt. Um sich selbst zu belohnen, hatte sich Nathan das Auto ausgeborgt und war mit Jaz zur Universität Nottingham gefahren, um ihr zu zeigen, wo er im kommenden Herbst sein Studium beginnen wollte. Er war überglücklich gewesen, als in der letzten Woche der Brief mit der Zusage gekommen war. Beth hätte ihn gern ermahnt, dass Fell des Bären nicht zu verteilen, bevor er erlegt war – noch musste Nathan die alles entscheidenden Prüfungen im Sommer bestehen und den erforderlichen Notendurchschnitt erreichen –, aber sie hatte den Mund gehalten und ihn lediglich gebeten, vorsichtig zu fahren.

Sie seufzte. Würde er ihre Besorgnis jemals ernst nehmen? Und würde sie jemals lernen, seinem Urteilsvermögen zu vertrauen? Wie schafften Eltern diesen enormen Sprung?

Die einzige Person in ihrem Bekanntenkreis, die diesen Sprung vollzogen und den Übergang verkraftet hatte, war Ewan. Die meisten ihrer Freunde hatten entweder jüngere Kinder oder gar keine wie Wendy und Simone und Ben. Sie und Ewan »unterhielten« sich oft über dieses Thema.

> Ah, die ewig währende Frage [schrieb er einmal] – wo findet man den Schalter, mit dem man das Gefühl, Vater oder Mutter zu sein, ausknipsen kann? Sagen Sie mir Bescheid, wenn Sie ihn gefunden haben.

Der einzige An-Aus-Schalter, den sie mit einiger Sicherheit lokalisieren konnte, war der an ihrem Computer.

Sie hatte eine hektische Woche im Gesundheitsministerium mit vielen Spätdiensten hinter sich – Wendy ließ sich die Sonne auf den Kanarischen Inseln auf den Pelz brennen – und verbrachte den Vormittag damit, den Haushalt auf Vordermann zu bringen. Jetzt hatte sie ihrer Meinung nach eine Belohnung verdient und wollte an diesem Nachmittag ungestört schreiben. Bewaffnet mit einer Tasse Tee und einem Schinken-Tomaten-Sandwich, setzte sie sich an ihren kleinen Schreibtisch und schaltete den Computer ein. Bevor sie sich in ihren Roman vertiefte – sie war bei einem Kapitel, das ihr besonderen Spaß machte –, checkte sie ihre E-Mails. Sie fand leider keine Nachricht von Simone vor – verständlich, schließlich hatte sie ihre Eltern zu Besuch –, dafür eine von Ewan. Beth lächelte und klickte auf »Öffnen«.

> Hallo, Beth,
> wie finden Sie das? Ich bin bestens ausgerüstet mit dem neuesten Handy und einem Laptop.

Ja, ich weiß, ich war immer stolz auf meine technologische Ausrüstung, aber dieses Baby ist ein wirklich niedliches Spielzeug. Noch wichtiger ist, dass ich mit Ihnen in Verbindung bleiben kann, auch wenn ich nicht zu Hause bin.

Gegenwärtig halte ich mich mitten in Cornwall auf und lasse mich bei einer Tagung sehen. Angeblich bin ich hier, um zu arbeiten, aber in Wahrheit tue ich nichts anderes, als die Wirtschaft dieses Landstrichs zu unterstützen, indem ich den wunderbaren Fisch koste, der hier in allen Lokalen angeboten wird. Die Getränke sind auch nicht schlecht. Ich bin bis Dienstag hier, und solange ich mit unbekannter Adresse verreist bin, habe ich den Mut, Sie etwas Wichtiges zu fragen.

Mir ist nur allzu bewusst, dass ich mir Ihnen gegenüber bereits genügend Freiheiten herausgenommen habe, dass ich das Fass beinahe zum Überlaufen gebracht habe, dass ich Ihnen meine unwürdige Wenigkeit zu oft aufgedrängt und Ihre kostbare Zeit verschwendet habe, indem ich Sie zu einer Antwort nach der anderen auf meine unzulänglichen elektronischen Ergüsse zwang. Und, oh, dass ein so erbärmlicher Tropf wie ich nicht einmal … »Aufhören!«, höre ich Sie flehen. Deshalb schreie ich »Attacke!« und stürze mich ins kalte Wasser.

Bethany, b-b-bitte … (an dieser Stelle ein tiefes Luftholen, vielleicht sogar ein Trommelwirbel) … b-b-bitte, falls es Mylady genehm sein sollte … (ein Räuspern, das die enorme Nervosität des Bittstellers kaschieren soll) … bitte, können wir uns vielleicht irgendwo treffen?

Ihr stammelnder und ergebenster aller ergebenen Diener,
Ewan Jones, der Schamlose.

Beth lachte und machte sich daran, eine Antwort zu verfassen, als jemand an der Tür klingelte. Was für ein Timing! Sie klickte »speichern« an und ließ das Programm herunterfahren, dann lief sie hinunter zur Haustür. Atemlos riss sie die Tür auf und stand Barnaby gegenüber.

»Bin ich willkommen?«, fragte er.

Es war fast sechs Wochen her, seit sie Barnaby zum letzten Mal gesehen hatte, und der Anblick, wie er unsicher auf der Schwelle stand, rührte sie zu Tränen. Sie umarmten sich, und als er sie losließ, wischte sie sich mit dem Handrücken über die Augen. »Entschuldige«, sagte sie, »es ist nur so gut, dich zu sehen.«

Barnabys Augen waren ebenfalls feucht. »Ich wäre schon früher gekommen, aber ich wusste nicht, wie ich empfangen werde. Ich wollte nicht in feindliches Gebiet vordringen. Du weißt ja, was für ein jämmerlicher Feigling ich bin.«

Beth lag die Antwort auf der Zunge, dass jeder, der mit Lois zusammenlebte, alles andere als ein Feigling war, aber sie nahm Abstand davon, eine solch unpassende Bemerkung zu äußern. Sie ging voran die Treppe hinauf, nahm Barnaby Schal und Mantel ab und bot ihm an, sein Lieblingsgetränk zuzubereiten.

Beth legte ein paar Holzscheite ins Feuer, dann setzten sie sich mit ihren Kakaobechern und einer Keksdose an den Tisch. »Wie stehen die Dinge im Marsh House?«, erkundigte sie sich. »Wie geht es Lois?«

»Oh, mach dir keine Sorgen um Lois. Sie hält sich bei Laune, indem sie mir die Hölle heiß macht, wenn ihr danach zumute ist.«

»Das trägt nicht gerade dazu bei, dass ich mich besser fühle. Im Gegenteil. Du kannst rein gar nichts dafür, dass sie und ich aneinander geraten sind.«

»Ich bin an die tägliche Dosis Zurechtweisungen gewöhnt. Mein Tag wäre nicht komplett ohne einen anständigen Tadel.«

Beth bewunderte Barnaby für seinen augenscheinlichen Gleichmut, aber sie wusste auch, dass er nicht gekommen wäre, wenn ihm die Situation, in der sie sich alle befanden, nicht zu schaffen machen würde. »Barnaby«, sagte sie mit fester Stimme, »wir dürfen nicht so weitermachen. Es muss eine Möglichkeit geben, Lois zu überzeugen, dass mir das, was geschehen ist, aufrichtig Leid tut, aber sie muss auch verstehen, dass viel Wahres an dem ist, was ich gesagt habe. Weiß sie, dass du hier bist?«

Er tunkte ein Schokoladenplätzchen in seinen Kakao. »Äh ... nein. Ich hielt es für besser, diesen Besuch nicht an die große Glocke zu hängen. Sie denkt, ich bin bei B&Q und preise Black-and-Decker-Geräte aus.«

Wenn die Lage nicht so ernst wäre, hätte Beth über sein subversives Verhalten gelacht. »O Barnaby, wenn ich es nicht besser wüsste, würde ich sagen, dass dir das sogar Spaß macht. Aber was sollen wir tun? Wir beide müssen Lois irgendwie zur Vernunft bringen.«

Er aß sein Plätzchen auf und beugte sich vor. »Ich habe einen Plan. Es ist riskant, aber es könnte funktionieren. Allerdings brauche ich deine Hilfe. Und Nathans auch.«

In Nottingham ging es zur Rushhour hektisch zu, und erst als sie in Richtung A50 fuhren, ließ der Verkehr ein wenig nach. Trotzdem ging Nathan kein Risiko ein. Es war dunkel, und ein Regenschleier verschlechterte die Sicht noch mehr, deshalb hielt er ausreichend Abstand von dem Wagen vor ihm. Er hatte nicht die Absicht, mit einer verbeulten Motorhaube zu Hause anzukommen. Seine Mutter hatte ohnehin schon genug um die Ohren, und er musste ihr nicht noch mehr Schwierigkeiten aufhalsen.

Ihm war nicht entgangen, dass seine Mutter in letzter Zeit selbstbewusster geworden war. Er schrieb das der Schriftstellergruppe zu. Seit sie sich den Verborgenen Talenten angeschlossen hatte, hatte sie sich verändert. Zum Besseren. Und sie lächelte öfter. Etliche Male hatte er sie dabei ertappt, wie sie aus dem Fenster schaute und den Eindruck machte, als würde sie gleich laut loslachen. »Amüsiert dich etwas, Mum?«, hatte er gestern beim Frühstück gefragt.

»Oh, nichts Spezielles«, hatte sie unbewegt antwortet und weiter darauf gewartet, dass der Toast aus dem Toaster sprang. Wenn er es nicht besser wüsste, würde er glauben, dass sie ihm etwas verheimlichte.

Er bremste ab, damit ein Bus vor ihnen einscheren konnte, und hielt an diesem Gedanken fest: Es überraschte ihn selbst, wie sehr ihn das stören würde. Da er und seine Mutter sich immer so nahe gestanden hatten, gab es nur wenige Geheimnisse. Er fragte sich, wie er reagieren würde, wenn sich daran etwas änderte. Er verfolgte diese Überlegung weiter, und plötzlich beschlich ihn ein ungutes Gefühl, ausgelöst durch die verwirrende Erkenntnis, dass er der Ursache für das

Problem seiner Großmutter auf den Grund gekommen war. Vielleicht entsprang ihr herrschsüchtiges und manchmal bizarres Verhalten nur dem Wunsch, ihm und seiner Mutter nah zu sein. Indem sie mit allen Mitteln Veränderungen unterdrückte und die Wahrheit leugnete, versuchte sie die kleine heile Welt, die sie erfunden hatte, für sie alle zu bewahren.

Und er hatte diese Welt zu Weihnachten rücksichtslos zerstört.

Zum ersten Mal empfand er Scham und Reue. Er war zu weit gegangen, das sah er jetzt ein.

»Du siehst so ernst aus.«

Er drehte den Kopf zu Jaz. »Ich denke nur nach.«

Ein Lächeln huschte über ihr Gesicht. »Wow, seht euch den Mann an, wie er versucht, zwei Dinge gleichzeitig zu tun.«

Das heiterte ihn sofort auf. »Hey, ich bin derjenige, der am Steuer sitzt, also keine bissigen Bemerkungen, ja?«

»Besteht die Chance, dass Michael Schumacher das Bremspedal findet? Ich muss aufs Klo.«

Sie blieben vor einem kleinen Lokal stehen; Nathan wartete darauf, dass ein Tisch frei wurde, und Jaz machte sich auf die Suche nach der Toilette. In der Kabine neben ihrer sagte eine Frau: »Hör auf damit, Liebling. Mummy mag es nicht, wenn du das tust. So ist es besser. Jetzt stell dich gerade hin, damit Mummy dir die Knöpfe zumachen kann.«

Noch als sie am Waschbecken stand und sich die Hände wusch, hörte Jaz das alberne Geplapper. Es würde nicht mehr lange dauern, bis die jüngsten Raffertys auf die Welt kamen und ihre Mutter denselben Unsinn von sich gab. Sie drehte den Heißwasserhahn zu, schnappte sich ein paar Papierhandtücher und trocknete ihre Hände ab. Und wer würde das Babysitten übernehmen müssen? Die gute alte Jaz. Immerhin war sie die einzige vernünftige Person, der man eine solche Aufgabe übertragen konnte. Das hatte ihr Vater gestern Abend gesagt, als er in ihr Zimmer gekommen war, um ihr zu verklickern, dass sie das Licht ausmachen sollte. »Es ist schon nach Mitternacht, Jaz. Glaubst du, dass ich einen Geldscheißer habe und es mir leisten kann, so viele Glühbirnen nachts brennen zu lassen?«

»Bei Jimmy und Phin brennt auch noch Licht«, konterte sie, während sie verstohlen ihren Computer herunterfuhr.

»Ja, aber ihrs ist nicht so hell wie deins.«

»Genau wie ihre Gehirne.«

Er lachte und kam näher. »Gebe ich dir nicht immer die besten Stichworte? Wir könnten zusammen als Stand-up Comedians auftreten.«

»Wir wollen es nicht gleich übertreiben, Dad. Ich habe keine Lust, einem anderen die Pointen zuzuspielen. Wolltest du etwas von mir? Außer mich über deine Finanzpolitik aufzuklären?«

Er lachte wieder. »Du bist eine echte Rafferty, Jaz, daran besteht kein Zweifel. Du weißt auf alles eine Antwort.« Er setzte sich auf ihr Bett. »Eigentlich wollte ich in aller Ruhe mit dir reden. Ich mache mir Sorgen um deine Mutter.«

Jaz widmete ihrem Vater ihre volle Aufmerksamkeit. »Was ist mit ihr? Sie ist doch nicht krank, oder? Die Schwangerschaft …«

Er hob beide Hände. »Beruhige dich. Es ist nichts Ernstes. Aber dir ist bestimmt auch aufgefallen, dass sie ständig müde ist.«

Das stimmte. Ihre Mutter wirkte fast immer erschöpft. Und sie litt auch unter morgendlicher Übelkeit – meistens, wenn Jaz' Vater und ihre Brüder schon zur Arbeit gefahren waren. Während sich ihre Mutter im Badezimmer aufhielt, sorgte Jaz dafür, dass ihre Schwestern ein Frühstück bekamen, und machte sie fertig für die Schule – kein Zuckerschlecken, wenn man Tamzins und Lulus Eigensinn in Betracht zog. Wenn Jaz dann ins College kam, war sie fix und fertig und hatte keine Lust mehr, sich auf den Unterricht zu konzentrieren. Sie war sogar schon einige Male eingenickt.

»Ich will damit sagen«, fuhr ihr Vater fort, »dass du deiner Mutter zur Hand gehen sollst, so gut du kannst. Ich möchte wissen, ob ich mich auf dich verlassen kann.«

»Und was ist mit den anderen?«

Er schnaubte. »Du meinst deine Schwestern? Ich denke, man kann mit Fug und Recht behaupten, dass sie so nützlich sind wie Kerzen aus Schokolade. Sie sind ganz anders als du und haben keinen Funken gesunden Menschenverstand oder Pflichtbewusstsein.«

Sie wusste selbst, dass sie sich an einen Strohhalm klammerte, sagte aber dennoch: »Es gibt auch noch Phin und Jimmy. Sie könnten auch etwas tun.«

Sein Gesicht wurde ernst. »Soll das heißen, dass du nicht helfen willst?«

»Nein. Es ist nur …«

»Dann hör auf, so einen Wirbel zu veranstalten.« Er stand auf. »Man könnte meinen, ich hätte dich gebeten, den Vatikan frisch anzustreichen. Übrigens, ich möchte, dass wir morgen alle zusammen in die Messe gehen. Wir haben das ein wenig schleifen lassen.«

»Aber ich kann nicht. Nicht an diesem Sonntag.«

»Oh? Du kannst nicht? Oder *willst* du nicht.«

»Ich habe dir gesagt, dass ich den Tag bei Vicki verbringe.« Die Lüge kam ihr so leicht über die Lippen wie alle anderen in diesen Tagen. Ihre Familie wusste immer noch nichts von Nathan, und sie beabsichtigte, diesen Zustand beizubehalten, solange es ging.

Kapitel dreiunddreißig

»Dulcie, bitte – ich flehe dich an, es dir noch einmal zu überlegen. Tu mir das nicht an ... tu es uns nicht an.«

»Ich habe keine andere Wahl.«

»Doch, natürlich hast du die.«

»Mein Entschluss steht fest, Richard. Bitte mach es mir nicht noch schwerer, als es ohnehin schon ist.«

Als er die Endgültigkeit in Dulcies Tonfall hörte, fuhr sich Richard mit einer zitternden Hand übers Gesicht. Er war noch nie im Leben so schockiert gewesen wie jetzt. Als er angekommen war, um mit Dulcie zu Mittag zu essen, hatte nichts an ihr auf die Verheerung hingedeutet, die sie anzurichten gedachte. Er hatte gerade die Sandwiches ausgepackt, die er in der Bar in der Nähe seines Büros gekauft hatte, und legte sie gerade auf die Teller, als sie ihm aus heiterem Himmel erklärte, dass es aus war zwischen ihnen.

Er hievte sich auf die Füße und war bereit, es noch einmal zu versuchen. Er musste Dulcie klar machen, dass es ihm nicht möglich war, sie einfach so zu verlassen und sich nie wieder mit ihr zu treffen. Sein Leben wäre vorbei, wenn er sich daran halten würde. Er durchquerte die Küche und stellte sich zu ihr an das große Fenster. Sie hatte die Arme verschränkt und beobachtete den Regen, der an die Scheibe trommelte.

Richard legte eine Hand auf ihre Schulter und drehte sie behutsam zu sich. Ihre Augen schwammen in Tränen, und er sah in ihnen den Schmerz, der auch ihn zu verzehren drohte. »Dulcie, das ist Wahnsinn. Wir dürfen uns nicht so wehtun.« Er nahm sie in die Arme und hielt sie fest. Er fürchtete, sie könnte sich wehren, aber sie tat es nicht. Sie schmiegte ihr Gesicht an seinen Hals, und er küsste ihre warme, weiche Haut. Er spürte, wie sie in seinen Armen bebte, als er mit den Lippen über ihre Wange bis zum Mund streifte und sie lange küsste. Er sehnte sich danach, den Schmerz der letzten Minuten zu vergessen. Er drückte sie fest an sich. Jede Faser seines Körpers war angespannt vor Sehnsucht nach einem erlösenden Wort, das alles wieder in Ordnung brachte. »Lass uns hinaufgehen«, flüsterte er und legte die Hand in ihren Nacken.

In diesem Augenblick begriff er, dass er sie nicht umstimmen konnte. Tränen strömten über ihre Wangen, als sie sich aus seinen Armen befreite. »Bitte, Richard, ich liebe dich und werde dich wahrscheinlich immer lieben, aber es ist vorbei. Es muss zu Ende sein.«

Er ließ sie los. Er war verwirrt und wütend. Wütend auf Kate und Henry.

Und Angela. Es war Angelas Idee gewesen, Dulcie und ihre Familie zu dieser verdammten Weihnachtsparty einzuladen. Hätte Angela diesen dämlichen Vorschlag nicht gemacht, wären sich Kate und Henry nie begegnet, und er würde nicht den schlimmsten Augenblick seines Lebens durchmachen.

Ihm war selbst klar, wie irrational dieser Gedanke war. Sein Kopf pochte, und die Verzweiflung spülte über ihn hinweg. Er umklammerte Dulcies Arm. »Erklär mir noch einmal, warum du diesen Schritt tust und wie du ihn rechtfertigst.«

Sie sah ihn traurig an; ihr Gesicht war noch immer nass von Tränen. »Ich denke nicht an uns. Ich denke an deinen Sohn. Wenn du Angela jemals meinetwegen verlässt, bringst du Henry in eine unmögliche Situation. Wie sollte er sich dann seiner Mutter gegenüber verhalten?«

»Er wird darüber hinwegkommen. Und sie auch.«

Dulcie schüttelte den Kopf. »Nein. Angela würde sich doppelt betrogen fühlen. Von ihrem Mann *und* ihrem Sohn. Es könnte nichts Schlimmeres für sie geben.«

»Dann werde ich Angela eben nicht verlassen, und wir machen weiter wie bisher.«

»Vielleicht bist du dazu in der Lage, ich nicht. Ich könnte Kate nicht mehr in die Augen schauen. Alles wäre nur noch Lug und Trug, und ich weiß, dass ich damit nicht leben könnte.«

Ihre kühle Vernunft war zu viel für Richard. »Dulcie, was die beiden füreinander empfinden, ist nichts im Vergleich zu dem, was uns verbindet. Unsere Liebe ist unendlich viel größer als ihre.«

»Wie kannst du so etwas sagen?«

»Sie sind jung. Sie sind ...«

»So jung sind sie nicht mehr, Richard. Und wenn du deinen Sohn so sehr lieben würdest wie ich meine Tochter, würdest du dich auch zu seinen Gunsten entscheiden. Du selbst hast gesagt, dass zwischen den beiden mehr ist als nur eine flüchtige Schwärmerei.«

Er sog scharf die Luft ein, er hatte das Gefühl, als hätte sie ihm einen Schlag versetzt. »Das ist unfair,

Dulcie. Ich hätte nie gedacht, dass du zu so schäbigen Mitteln greifst. Du weißt genau, wie viel mir meine Kinder bedeuten.« Seine Stimme zitterte. »Ich würde wirklich gern wissen, wer dir das Monopol für Elternliebe übertragen hat.«

Dulcies Schultern sackten herunter, und sie schlang die Arme um sich, als wäre ihr kalt. »Dies hier hilft uns beiden nicht weiter«, sagte sie. »Bitte, lass uns mit Würde einen Schlussstrich ziehen. Zumindest so viel sind wir uns schuldig.«

Sie verlangte zu viel von ihm. »Nein!«, widersprach er heftig. »Ich kann nicht. Ich kann nicht ruhig und gelassen bleiben. Und ich werde nicht aufgeben. Ich liebe dich, Dulcie, und war dämlich genug, anzunehmen, dass du mich auch liebst. Vielleicht ...«, fuhr er mit mehr Nachdruck fort, weil er wusste, wie grausam er war, um ihr begreiflich zu machen, was sie ihm antat. »Vielleicht habe ich mich die ganze Zeit geirrt. Du hast dich mir nie wirklich verbunden gefühlt, stimmt's? Vielleicht hast du Kate deshalb nicht ins Gewissen geredet, bevor es zu spät war.«

Dulcie wirbelte zu ihm herum und funkelte ihn mit blitzenden Augen an. »Ich glaube kaum, dass du in der richtigen Position bist, von Verbundenheit zu reden. Du bist der verheiratete Mann, der eine heimliche Liebschaft hat. Was sagt das über deine Einstellung aus?«

Richard wusste, wann er geschlagen war, und ließ sich auf den nächsten Stuhl sinken. Er stützte die Ellbogen auf den Tisch, schlug die Hände vors Gesicht und weinte. Eine ganze Weile nahm er nichts anderes wahr als sein eigenes ersticktes Schluchzen. Allmählich wurde ihm bewusst, dass Dulcie zu ihm kam, und er spürte ihre Hand auf seiner Schulter. »Es tut mir Leid«, murmelte er. »Ich hätte dich nicht so angreifen dürfen. Bitte, verzeih mir.«

Sie strich ihm übers Haar – eine Geste, die Richard schmerzlich an ihre körperliche Liebe erinnerte. Er schauderte und wusste, dass er diese Freude nie wieder erleben würde.

Dulcie ging durch das Tor in den Park. Sobald Richard weg war, hatte sie ihre alte Wachsjacke – die sie normalerweise nur bei der Gartenarbeit trug – vom Haken an der Küchentür genommen und das Haus verlassen. Ihr war egal, wie sie aussah. Sie musste weg. Weg von allen Erinnerungen an Richard, die in jedem Winkel ihres Hauses lauerten.

Der Regen hatte nachgelassen, aber der beißende Februarwind wirbelte das Laub auf. Dulcie kam an den Schaukeln und Rutschen vorbei und folgte dem Weg zum Ententeich. Obschon sie außer Atem war, beschleunigte sie ihre Schritte, als müsste sie sich davon überzeugen, dass ihr Herz nicht gebrochen war.

Eine vergebliche Mühe.

Sie hatte gerade das größte Opfer gebracht und für das Glück ihrer Tochter den Mann aufgegeben, den sie liebte. Aber das erhebende Gefühl, eine gute Tat vollbracht zu haben, wollte sich nicht einstellen. Alles, was sie empfand, war der Schmerz des Verlustes.

Sie wünschte, es hätte eine bessere Art gegeben, die Sache mit Richard zu beenden, eine Art, die ihn nicht so sehr verletzt hätte. Würde sie jemals diese Qual in seine Augen vergessen, als er sie angesehen hatte, bevor er sie zum letzten Mal geküsst hatte?

Der Park war beinahe verlassen, nur ein Paar führte einen Cockerspaniel spazieren, und Dulcie setzte sich am Teich auf eine Bank, die unter einer großen Eiche stand. Sie wollte geschützt sein, falls es wieder zu regnen anfing.

Sie erinnerte sich an Kates Worte – *Du warst in deinem ganzen Leben nie richtig down. Du bist die positivste und optimistischste Frau, die ich kenne.*

O Kate, wenn du mich jetzt sehen könntest, dachte Dulcie. Tränen traten in ihre Augen, während sie auf die vom Wind gekräuselte Oberfläche des Teichs starrte. Woher hatte sie die Kraft genommen, sich von dem Mann zu lösen, der ihr so unendlich viel bedeutete? Erst vor kurzem, als Richard im Krankenhaus gelegen und sie gedacht hatte, ihn für immer verloren zu haben, war ihr das ganze Ausmaß ihrer Liebe zu ihm bewusst geworden. Und jetzt, da sie ganz sicher sein konnte, dass er sie mit derselben Intensität wiederliebte, hatte sie die Beziehung weggeworfen. Was für einen Sinn hatte das alles?

Sie senkte den Kopf und ließ den Tränen freien Lauf. Es war ihr gleichgültig, ob sie jemand sah.

Aber sie änderte ihre Meinung, als jemand auf sie zukam – dieser Jemand war Victor Blackmore. Eigenartigerweise blieb er nicht auf dem Weg, sondern lief im Zickzack zwischen den Bäumen umher, spähte immer wieder über die Schulter oder sah sich verstohlen um, als er stehen blieb, um sich die Schnürsenkel zuzubinden.

Sehr seltsam.

Kapitel vierunddreißig

Victor stellte die Situation seines Romanhelden nach. Er hatte den Reißverschluss seines Anoraks bis zum Kinn hochgezogen, die Kapuze tief in die Stirn gezogen und trug eine dunkle Sonnenbrille: Er war Irving Hunter, Special-Agent und Protagonist von *Star City*. Er huschte hinter Bäume, Büsche und Abfalltonnen, um die CIA-Agenten aufzuspüren, die von der NATO in aller Heimlichkeit eingeschleust worden waren, um mazedonische Umstürzler aufzuspüren.

Er hatte um fünf Uhr morgens mit dem sechsundneunzigsten Kapitel angefangen, aber die Stunden waren verstrichen und die Wortflut blieb aus. Irgendetwas stimmte nicht. Und dann dämmerte es ihm. Die Situation, die er geschaffen hatte, erschien ihm nicht real. Ohne zu zögern, war er aus dem Haus gestürmt und hatte sich in die Rolle von Irving Hunter gestürzt. Er schlich durch die Straßen, schlüpfte in Hauseingänge, verfolgte Verdächtige und bekam allmählich das Gefühl für Irvings alltägliche Arbeit. Die Erfahrung war aufregend und ermüdend. Seine Füße taten weh und waren nass vom Regen, aber diese kleine Unannehmlichkeit war ein geringer Preis für das, was er gewonnen hatte. Alle großen Schriftsteller hatten für ihre Kunst gelitten, und er bildete keine Ausnahme. Das hob ihn über all die Möchtegern-Autoren da draußen hinaus. Diese Idioten kapierten nicht, dass die edle Kunst des Romanschreibens gleichzusetzen war mit der Besteigung des Mount Everest – je schwerer der Kampf und je höher der Anstieg, umso befriedigender die Mühen und das letztendliche Resultat. Wenn er nur einen Verleger finden könnte, der einen Funken Verstand und genügend Grips hatte, sein Manuskript anzunehmen, dann würde *Star City* ein absoluter Erfolg werden. Der Roman zeichnete sich durch Tempo, Spannung und jede Menge Action aus. Was konnte sich ein Verleger mehr wünschen? *Star City* trug den Stempel »Bestseller«! Und es bestand immer die Chance, dass ein Film danach gedreht wurde. Mit den heutigen Schauspielern kannte er sich nicht gut aus, aber ein junger Michael Caine wäre die passende Besetzung für die Rolle des Irving Hunter gewesen.

Eine eisige Winbö fegte ihm ins Gesicht, und plötzlich ärgerte er sich über sich selbst. Er hatte sich ablenken lassen und vergessen, dass er Irving Hunter war, der die verlassenen Straßen von Skopje nach albanischen Rebellen und ruchlosen Terroristen absuchte.

Er sah sich um, weil er nicht mehr genau wusste, wie er hierher gekommen war. So etwas passierte ihm immer öfter: Er ging aus dem Haus, um eine Tüte Milch zu kaufen, und kam zwei Stunden später mit einem Brotlaib zurück. Er führte das auf die Tatsache zurück, dass er mit den Gedanken ganz beim Schreiben war. Seit seiner Kündigung war *Star City* sein *raison d'être:* Es gab nichts anderes mehr.

Er drehte den Kopf und merkte, dass er sich im Maywood Park befand. Und da, ein paar Meter von ihm entfernt, saß jemand, den er kannte, auf einer Bank. Dulcie Ballantyne von der Schriftstellergruppe. Er überlegte, was er tun sollte. Sollte er weitergehen und riskieren, erkannt, angesprochen und zu einer höflichen Konversation gezwungen zu werden, oder sollte er kehrtmachen?

Er zögerte. Wie würde Irving Hunter in einer solchen Situation reagieren?

Er würde sich stellen. Ja. Er würde vorbeischlendern und der Dame nonchalant einen guten Tag wünschen, ohne seine Schritte zu verlangsamen.

Nachdem er den Entschluss gefasst hatte, marschierte Victor los und machte sich klar, warum er Dulcie Ballantyne nicht mochte. Als selbst ernannte Leiterin der Schriftstellergruppe bildete sie sich ein, besser zu sein als die anderen. Sie lebte in einem vornehmem Haus mit edlen Möbeln und sah auf die anderen herab. Und ganz besonders auf ihn.

Er war fast auf gleicher Höhe mit der Frau, als sich eine Stimme in seinem Kopf zu Wort meldete: »Warum bleibst du nicht stehen und zeigst ihr, aus welchem Holz du geschnitzt bist? Würde sich Irving Hunter nicht so verhalten? Denk dran, du bist ein Gewinner. *Ein Gewinner.*«

Dulcie wappnete sich innerlich. »Hallo, Victor«, sagte sie und erhob sich hastig, um den Eindruck zu vermitteln, dass sie nicht viel Zeit hatte. »Wie geht's mit dem Schreiben voran? Wir haben Sie am Donnerstagabend vermisst.«

Er nahm die Sonnenbrille ab. »Es geht mir sehr gut, Mrs. Ballantyne. Danke der Nachfrage. Und ja, auch das Schreiben läuft ausgezeichnet. Und wie kommen Sie voran?«

»Oh, Sie wissen ja, man wurstelt sich so durch.« Sie hielt es für besser, den Kurzgeschichtenpreis nicht zu erwähnen. In seiner beklagenswerten Unsicherheit würde er nur glauben, dass sie prahlte. Ein Windstoß wirbelte das Laub zu ihren Füßen auf, und für einen Moment vergaß sie ihre eigenen Probleme und betrachtete schockiert Victors äußere Erscheinung. Er hatte stark abgenommen, und in seinen blutunterlaufenen Augen entdeckte sie einen leicht manischen Blick. Vielleicht arbeitete er zu viel und bekam nicht genügend Schlaf. Aber sie durfte sich nicht als Richterin aufspielen. Mit ihrer alten Jacke, den zerzausten Haaren und dem verheulten Gesicht sah sie wahrscheinlich kaum besser aus. Es herrschte langes Schweigen, bis Dulcies Mitgefühl die Oberhand gewann. »Victor, ich sitze jetzt schon einige Zeit hier und bin vollkommen durchgefroren. Möchten Sie mir vielleicht bei einer Tasse Kaffee im Novel Ways Gesellschaft leisten?«

Kapitel fünfunddreißig

Jack war spät dran. Nach der Arbeit hatte er sich mit Des zu einem Drink getroffen. Es war Ewigkeiten her, seit sie zum letzten Mal privat zusammengessen hatten, und Jack vermutete, dass das an Julie lag. Sie war noch immer böse mit ihm, weil er Clare auf diese Art verlassen hatte, aber Des meinte, sie könne sich allmählich damit abfinden. »Es ist besser, nichts zu überstürzen«, sagte Des. »Du weißt ja, wie die Frauen sind. Wenn sie sich etwas in den Kopf gesetzt haben, dann bleibt es da wie in Stein gemeißelt.«

Jack erkundigte sich nach Clare, und Des erzählte ihm, dass sie sich wieder gefangen hatte. »Sie kommt über dich hinweg, indem sie den Treueschwur auf die Theorie geleistet hat, dass alle Männer Neandertaler sind.«

»Ich fühle mich immer noch schuldig«, gestand Jack.

»Gut. Das heißt, dass immer noch Hoffnung für dich besteht.«

»Glaubst du, es wäre okay, wenn ich mich bei ihr melde und versuche, Frieden mit ihr zu schließen?«

Des schüttelte vehement den Kopf. »Ich rate dir, noch ein paar Monate verstreichen zu lassen.«

Es regnete in Strömen, als Jack vor Dulcies Haus

parkte. Er sah auf die Uhr. Zehn vor acht. Er hätte schon vor zwanzig Minuten hier sein sollen. Er nahm seinen Ordner vom Beifahrersitz, stieg aus, schloss den Wagen ab und lief die Stufen zur Haustür hinauf. Der Regen prasselte auf die Straße und den Bürgersteig.

Beth machte ihm auf. »Wir haben schon nicht mehr mit Ihnen gerechnet, Jack.« Als er seinen Mantel auszog und über den Pfosten des Treppengeländers hängte, fügte sie im Flüsterton hinzu: »Sie raten nie, wer hier ist: Victor.«

»Wirklich?«

»Anscheinend ist er Dulcie heute Nachmittag über den Weg gelaufen, und sie hat ihn überredet, sich uns wieder anzuschließen.«

Jack verdrehte die Augen. »Geht es ihr gut?«

Noch immer im Flüsterton sagte Beth: »Unter uns – ich glaube nicht.«

»Irgendeine Ahnung, was los ist?«

»Nein. Aber ich werde versuchen, beim Kaffeekochen allein in der Küche mit ihr zu sprechen, und sehen, ob wir irgendwas für sie tun können.«

Jack folgte Beth ins Wohnzimmer. Plötzlich realisierte er, dass sie so gut wie gar nichts über Dulcie wussten. Sie hatte ihnen kaum etwas über ihre Familie oder Freunde erzählt. Er könnte nicht einmal mit Sicherheit sagen, wie viele Kinder sie hatte. Oder war er so mit seinen eigenen Problemen beschäftigt, dass er nie richtig zugehört hatte?

Victor hatte den Sessel, in dem Jack sonst immer saß, mit Beschlag belegt. »Hi, Victor«, grüßte Jack freundlich. »Lange nicht gesehen. Wie geht's?« Nicht gut, dachte er. Der Mann sah vollkommen fertig aus. Und schlampiger, als ihn Jack in Erinnerung hatte. Er trug dasselbe Jackett wie immer, aber das Hemd war verknittert, und die Krawatte zierte ein großer Fettfleck.

»Prächtig«, antwortete Victor. Sein Blick huschte unstet hin und her. Er schlug die Beine übereinander und fummelte an dem Block auf seinem Schoß herum.

Jack beschloss, die knappe Antwort nicht mit ähnlicher Grobheit zu vergelten. »Und was führt Sie wieder zu der Gruppe zurück?«

Victor zupfte an einem seiner Fingernägel. »Das war Mrs. Ballantyne. Sie hat darauf bestanden, dass ich herkomme. Sie scheint zu denken, dass ich Ihnen allen etwas Einzigartiges zu bieten habe.«

Jack blieb es erspart, etwas auf diese absurde Behauptung zu erwidern, weil er Dulcie und Jaz in der Küche hörte. Er drehte sich um, um sie zu begrüßen. Er sah auf den ersten Blick, worauf Beth vorhin angespielt hatte: Die ansonsten so ruhige und gelassene Dulcie wirkte fahrig und nervös. Und wenn er sich nicht irrte, dann hatte sie vor kurzem geweint.

Alle waren mit der Übung beschäftigt, die Dulcie ihnen aufgegeben hatte, und in der konzentrierten Stille bereute sie die Entscheidung, das Treffen heute Abend stattfinden zu lassen. Sie hätte vernünftig sein und absagen müssen. Aber den ganzen Tag schon war es ihr unmöglich gewesen, klar zu denken. Warum sonst hatte sie Victor dazu ermutigt, sich der Gruppe wieder anzuschließen? Hatte sie nur das Mitleid dazu getrieben, ihn mit in den Coffeeshop zu nehmen und eine gute Stunde lang seine ausführliche Inhaltsangabe von *Star City* über sich ergehen zu lassen? Wenn sie auch nur die Hälfte von dem glaubte, was er erzählt hatte, dann musste das Manuskript das Heißeste sein, was die Verlagswelt jemals zu Gesicht bekommen hatte.

Es war allzu leicht, über Menschen wie Victor zu lachen, doch ihre eigene Verletzlichkeit an diesem Tag hatte Mitgefühl für ihn und das unerklärliche Bedürfnis in ihr geweckt, ihm Schutz zu bieten. Selbst in ihrem Zustand erkannte sie deutlich, dass er krank war. Depressionen wahrscheinlich. Sie konnte jemandem, der so offensichtlich Hilfe brauchte und höchstwahrscheinlich nicht viele Freunde hatte, nicht einfach den Rücken kehren, auch wenn er eine echte Nervensäge war. Sie hoffte nur, dass die anderen Gruppenmitglieder sie nicht steinigten, weil sie Victor zurückgeholt hatte. Vielleicht sollte sie morgen jeden Einzelnen anrufen und die Situation erklären.

Sie hörte ein störendes Klicken. Victor spielte mit seinem Kugelschreiber und atmete schwer. Lieber Himmel, wie dürr er war! Es war reiner Wahnsinn, was Dulcie da auf sich genommen hatte, aber die Aufgabe, Victor vor sich selbst zu schützen, würde sie davon abhalten, sich mit Gedanken an Richard zu quälen.

Es blieben noch fünfzehn Minuten, um die Übung zu beenden, und Dulcie konzentrierte sich. Die Gruppe sollte tausend Wörter über eine Schachtel schreiben. »Es kann jede Art von Schachtel oder Box sein«, hatte Dulcie zu Beginn erklärt, »und Sie können alles damit machen.« Zuerst hatte es Victor abgelehnt, an dieser Übung teilzunehmen, aber nach sanften Überredungsversuchen hatte er doch nachgegeben, und Dulcie hatte die Stoppuhr eingestellt. Ihre eigene Geschichte entwickelte sich keineswegs flüssig. Sie war voller Klischees und peinlich sentimental. Aber wie konnte sie auch ans Schreiben denken, wenn sie sich nichts anderes wünschte, als sich in ihrem Schlafzimmer zu verkriechen und für den Rest ihres Lebens die Bettdecke über den Kopf zu ziehen?

»Die Zeit ist um!«, verkündete Victor so laut, dass Dulcie zusammenzuckte.

»Wie weit sind alle?«, fragte sie.

Jaz stieß heftig den Atem aus. »Ich glaube, ich habe viel mehr als tausend Wörter.«

»Angeberin«, zog Jack sie auf.

»Beth, was ist mit Ihnen?«

»Es ist nicht ganz das geworden, was ich eigentlich im Sinn hatte, aber ich bin fertig.«

»Gut. Und, Victor, wie ist es Ihnen ergangen?«

»Ich habe direkt drauflosgeschrieben. Tausend Wörter kann ich im Schlaf herunterrasseln.«

»Ausgezeichnet«, meinte Dulcie. »Jack, würden Sie als Erster Ihr Geschriebenes vorlesen?«

Alle gaben nacheinander ihr Werk zum Besten. Alle bis auf Dulcie. »Tut mir Leid«, entschuldigte sie sich. »Ich würde meinen Entwurf nicht einmal meinem schlimmsten Feind antun. Es ist ein ausgesprochen jämmerlicher Versuch, fürchte ich.« Und bevor ihr jemand widersprechen oder mit der Selbstbewusstseinskasse klimpern konnte, legte sie den Stift weg und schlug eine Kaffeepause vor.

»Ich helfe Ihnen«, bot Beth an und sprang auf.

Als sie in der Küche waren, Dulcie den Wasserkessel füllte und Beth Milch in einen Krug goss, klingelte das Telefon. Dulcie nahm den Hörer ab und bedeutete Beth mit Handzeichen, wo sie den Zucker finden konnte.

Als sie hörte, wer am anderen Ende der Leitung war, fiel ihr um ein Haar der Kessel aus der Hand.

»Dulcie, bitte leg nicht gleich auf. Hör dir einfach an, was ich zu sagen habe.«

»Ich … ich bin im Augenblick sehr beschäftigt.« Ihre Stimme klang eisig und spröde. Beth warf ihr einen neugierigen Blick zu.

»Dulcie, das kannst du nicht machen. Ich nehme nicht hin, dass ich dich nie wiedersehen soll.«

»Lass uns ein andermal darüber sprechen.« Wieder dieser distanzierte Ton.

»Ist jemand bei dir?«

»Meine Schriftstellergruppe.«

»*Verdammt!* Wann gehen sie?«

Sie war drauf und dran, die Frage zu beantworten, als ihr klar wurde, dass sie nicht mutig genug war, mit Richard zu sprechen, wenn sie später allein war. »Leb wohl«, sagte sie. Sie hasste sich dafür und knallte den Hörer auf die Gabel.

Dann brach sie in Tränen aus.

Beth eilte an ihre Seite und legte die Hand auf ihre Schulter. »Dulcie, was ist? Kann ich irgendwie helfen? Soll ich die anderen wegschicken?«

Dulcie brachte kein Wort heraus. Sie lehnte sich an Beth und schluchzte. Aber sie empfand keine Erleichterung; der Körperkontakt zu einem anderen Menschen brachte sie nur noch mehr zum Weinen. Minuten vergingen, und um alles noch schlimmer zu machen, erschien Jack in der Tür. »Ich nehme an, ich kann mich nicht hier bei Ihnen beiden verstecken …« Er brach ab. »Kann ich irgendwie behilflich sein?«

»Ja«, sagte Beth und nahm das Heft in die Hand.

»Sagen Sie den anderen, dass sich Dulcie nicht gut fühlt.«

»Das ist nicht nötig«, hauchte Dulcie und suchte nach einem Taschentuch, fand aber keins. Sie kam sich idiotisch vor, weil sie die Beherrschung verloren hatte.

»Doch«, widersprach Beth und ließ sie kurz allein, um die Kleenexschachtel aus dem Fach über dem Kühlschrank zu holen. Dulcie nahm eine Hand voll Tücher und putzte sich die Nase. »Vielleicht hat Beth Recht«, sagte sie. »Wären Sie so nett, Jack? Bitte, sagen Sie den anderen, wie Leid es mir tut.«

»Klar. Überlassen Sie das nur mir. Ich bringe Jaz nach Hause. Haben Sie etwas Stärkeres als Kaffee im Haus? Sie sehen aus, als könnten Sie einen ordentlichen Drink vertragen.«

»Es ist doch nichts Ernstes, oder?«, fragte Jaz, als Jack losfuhr.

»Ich hoffe nicht.« Um die Atmosphäre aufzulockern, setzte er hinzu: »Vielleicht war es der Schock, Victor in der Gruppe wiederzusehen.«

Jaz grinste. »Bestimmt ist es das. Wussten Sie, dass er kommen würde?«

»Nein. Beth hat mir bei der Begrüßung nur erzählt, dass Dulcie heute Nachmittag zufällig in ihn hineingelaufen ist, wie man so schön sagt.«

Jaz schauderte. »Mir fallen auf Anhieb jede Menge Leute ein, in die ich lieber hineinlaufen würde. Er sieht aus wie eine wandelnde Freak Show, oder?«

»Er war heute offensichtlich nicht so ganz auf dem Damm.«

»Meinen Sie, es ist was Ansteckendes? Vielleicht

haben sich er und Dulcie ein scheußliches Virus eingefangen.«

»Hiermit gebe ich ein Versprechen ab: Wenn Sie jemals auch nur annähernd so schlimm aussehen wie Victor, dann liefere ich Sie sofort im Maywood-Gesundheitszentrum ab.«

»Danke.«

Er bog in Jaz' Straße ein und blieb an der Ecke stehen. »Wir sehen uns nächste Woche. Und drücken Sie die Daumen, dass sich alle besser fühlen.«

Sie löste gerade ihren Sicherheitsgurt, als ein Rav-4 auf sie zukam, dessen Scheinwerferlicht genau in ihre Gesichter leuchtete. Er blieb an der Kreuzung nur ein paar Meter von ihnen entfernt stehen, und man hörte laut dröhnende Musik. Zwei junge Männer saßen auf den Vordersitzen. Sie drehten die Köpfe und musterten erst Jack, dann seine Beifahrerin.

»Oh, verdammt!«, fluchte Jaz.

»Was? Was stimmt nicht?«

»Alles.« Plötzlich stieß sie die Tür auf und marschierte im strömenden Regen die Straße entlang. Jack sah ihr erstaunt nach. Dann merkte er, dass der andere Wagen noch immer neben ihm stand, und er drehte den Kopf. Der Fahrer funkelte ihn so böse an, dass sich Jack rasch wieder abwandte. Und dann fuhren die beiden Typen mit quietschenden Reifen los.

Der Abend wurde mit jeder Minute verrückter.

Er beschloss, lieber noch zu warten, um sich zu überzeugen, dass Jaz ungefährdet nach Hause kam, und beobachtete, wie sie in der Einfahrt eines großen, modernen Hauses verschwand. Er überlegte, was das gerade sollte. Vielleicht waren die beiden Männer in dem Auto bekloppte Nachbarn. Er war überzeugt, dass Jaz sie kannte, und noch überzeugter, dass sie sie nicht mochte. Zum zweiten Mal an diesem Tag musste er sich eingestehen, kaum etwas über ein Mitglied der Schriftstellergruppe zu wissen.

Er wendete und fuhr zurück in die Bloom Street. Wieder öffnete Beth ihm die Tür.

»Haben Sie etwas vergessen?«, wollte sie wissen.

»Nein. Ich dachte nur, ich könnte vielleicht noch etwas für Dulcie tun und Sie irgendwann nach Hause bringen.«

»Oh, wie lieb von Ihnen.«

»Wie geht's Dulcie?«

»Kommen Sie und sehen Sie selbst.« Mit gesenkter Stimme fügte sie hinzu: »Sie hat nicht verraten, was sie so aus der Fassung gebracht hat.«

Dulcie saß noch genauso in der Küche wie vor einer halben Stunde. Aber sie war zum Glück nicht mehr ganz so durcheinander. Vor ihr auf dem Tisch standen eine Flasche Whisky, eine Teekanne, ein paar Becher und ein großer Teller mit Honigtoasts. »Trostfutter«, erklärte sie und versuchte ein Lächeln. »Das war Beths Idee.«

»Eine ausgezeichnete Idee. Was dagegen, wenn ich mich dazusetze?«

»Ganz und gar nicht. Ich muss mich entschuldigen, dass ich die Beherrschung verloren habe. Das muss sehr melodramatisch gewirkt haben. Man sollte immer damit rechnen, dass ein Schriftsteller theatralisch wird.«

Jack zog sich einen Stuhl zurecht und setzte sich. »Wenn Sie sich noch einmal entschuldigen, muss ich die Selbstbewusstseinskasse holen.« Damit entlockte er ihr ein echtes Lächeln. »Sie würden doch sagen, wenn ich –«, er warf einen Blick auf Beth, »– oder wir etwas für Sie tun könnten, oder? Ich habe irgendwo gelesen, dass es unter Autoren *de rigueur* ist, Solidarität zu üben.«

Dulcie tätschelte seine Hand. »Das ist sehr lieb von Ihnen, Jack, aber ich komme schon zurecht. Ein schönes heißes Bad und frühes Schlafengehen werden mich wieder auf Vordermann bringen. Aber irgendjemand muss mir helfen, die vielen Toasts und den Tee zu vernichten.«

Ihr Tonfall war munter und herzlich, und Jack musste hinnehmen, dass er für sie getan hatte, was er konnte. »Toast mit Honig – wie kann man da widerstehen? Ich melde mich freiwillig.«

Sie saßen zu dritt am Tisch und unterhielten sich über ganz neutrale Dinge: über Jacks bevorstehenden Umzug und darüber, dass Amber und Lucy Adele Waterman sofort in ihre Herzen geschlossen hatten, über Beths Sohn und Jaz, die ein so süßes Paar waren. Das veranlasste Jack dazu, von dem Zwischenfall mit den beiden jungen Männern auf der Straße zu erzählen.

»Gott, wie unheimlich«, sagte Beth.

»Hat Jaz irgendwelche Hinweise gegeben, dass sie diese Männer kennt?«, fragte Dulcie.

»Sie hat kein Wort gesagt, aber ich gehe jede Wette ein, dass sie wusste, wer diese Typen sind. Sie ist losgeflitzt wie eine Rakete, als sie sie sah.«

Beth wurde nachdenklich. »Das waren sicher ihre Brüder.«

»Ich wusste gar nicht, dass sie welche hat«, sagte Jack. »Sie hat sie nie erwähnt.«

»O doch, das hat sie«, widersprach Beth. »Sie beschreibt sie in ihrem Roman über die höllische Familie Clackett. Ich bin fast sicher, dass er von ihrer eigenen Familie handelt. Außerdem glaube ich, dass Nathan mal von zwei Brüdern gesprochen hat, die sie nicht ausstehen kann. Außerdem hat sie noch zwei jüngere Schwestern.«

»Nun, dann ist dieses Rätsel gelöst«, meinte Dulcie.

Aber Jack konnte sich nicht damit zufrieden geben. Wenn die beiden Kerle Jaz' Brüder gewesen waren, warum hatten sie ihn dann so drohend angesehen?

Sie sprachen gerade über Victor, als das schrille Klingeln des Telefons sie alle erschreckte. Jack beobachtete, wie Dulcies Gesicht versteinerte und dass sie keinerlei Anstalten machte, den Hörer abzunehmen. Es klingelte noch dreimal. Jack schielte zu Beth.

Noch ein schier unerträgliches Klingeln.

Immer noch rührte sich Dulcie nicht vom Fleck.

»Äh … soll ich drangehen?«, bot Jack an.

Dulcie öffnete den Mund, um etwas zu sagen, aber es kam kein Laut heraus.

Jack wartete noch zwei nervenzerfetzende Klingeltöne ab. »Wer immer es ist, soll ich sagen, dass Sie zu tun haben?«

»Nein«, krächzte sie, »lassen Sie es klingeln. Er wird irgendwann aufgeben.«

Das war es also. Die arme Frau wurde von einem perversen Anrufer belästigt. Kein Wunder, dass sie so durcheinander war. Als endlich wieder Stille einkehrte, sagte Jack: »Dulcie, wie lange geht das schon?«

Sie zog die Augenbrauen zusammen. »Ich glaube kaum, dass Sie das etwas angeht«, entgegnete sie streng.

»Wenn jemand obszöne Anrufe bekommt«, sagte er, »dann geht es mich was an. Seit wann?«

»Er hat Recht, Dulcie«, sagte Beth. »Sie müssen sich das nicht gefallen lassen. Die Britische Telecom kann heutzutage alles Mögliche dagegen unternehmen und diese Leute ausfindig machen.«

Dulcie versetzte beide in Erstaunen, als sie lächelte. »Oh, ihr beide seid wunderbar und sehr fürsorglich. Wenn ich keine anderen Sorgen hätte als einen Typen, der schwer ins Telefon atmet, würde ich mich glücklich schätzen.« Sie trank ihren Whisky aus und schien zu einem Entschluss zu kommen. »Ich nehme an, es kann niemandem mehr schaden, wenn ich es Ihnen erzähle. Ich habe heute dem Mann, den ich liebe, gesagt, dass ich ihn nicht wiedersehen kann.« Sie schürzte die Lippen. »Das gerade war wahrscheinlich er. Er hat vorhin schon einmal angerufen.«

»Aber wenn Sie ihn noch lieben, warum wollen Sie ihn dann nicht mehr sehen?«

»Weil ...« Ihre Stimme wurde brüchig und sie blinzelte heftig. »Weil wir ein geheimes Leben geführt haben. Er ist verheiratet, und jetzt hat sich meine Tochter Hals über Kopf in seinen Sohn verliebt. Ein echtes Kuddelmuddel, nicht wahr? So was könnte in einem Roman vorkommen.«

Jack konnte nur stumm nicken.

Kapitel sechsunddreißig

In der Sekunde, in der Jaz die Küche betrat, wusste sie, dass sie in Schwierigkeiten war.

Das Radio war nicht an wie sonst immer beim Frühstück, und die ungewohnte Stille war richtig unheimlich. Sie verriet ihr, dass sie nicht umsonst eine schlaflose Nacht verbracht und hin und her überlegt hatte, ob ihre Brüder sie bei Dad verpetzen würden.

Dank Jimmy und Phin, die rechts und links neben ihrem Vater saßen, wussten offensichtlich alle Bescheid. Ihre Mutter war nicht anwesend – vermutlich fühlte sie sich wieder nicht gut.

Jaz atmete tief durch und nahm neben Tamzin Platz. Sie schüttete Milch über ihr Müsli, rührte darin und wollte sich zwingen, wenigstens einen Löffel davon zu essen. Aber sie wusste, dass sie das nicht konnte. Ihr Magen war wie zugeschnürt. Das Schweigen hielt an, und sie dachte verzweifelt: Oh, macht schon. Bringen wir das Schlimmste hinter uns. »Wie geht's Mum?«, fragte sie.

»Was kümmert dich das?«

Sie reckte ihr Kinn vor und sah ihren Bruder scharf und herausfordernd an. »Eine ganze Menge mehr als dich, Phin. Wann hast du zum letzten Mal irgendwas im Haus getan und Mum geholfen?«

»Pass auf, was du sagst, junge Dame.«

Sie straffte die Schultern. Die Entrüstung verdrängte ihren Vorsatz, sich still zu verhalten. »Warum, Dad? Wieso darf ich nicht die Wahrheit aussprechen?« *Nein!* Das war die falsche Antwort.

Ihr Vater nutzte die Gelegenheit, die sie ihm bot. »Na ja, ich würde gern hin und wieder die Wahrheit aus deinem Munde hören. Wäre das nicht eine tolle Sache?«

»Bitte komm zum Punkt, Dad. Wenn du mir etwas vorzuwerfen hast, dann spuck's aus, damit wir es hinter uns haben.« So viel zu ihrem Vorhaben, sich in Demut zu üben.

Ihr Vater schien auf seinem Stuhl zu wachsen. »Lass uns eines klarstellen, Jaz Rafferty – ich spucke Worte aus, wenn ich bereit dazu bin, und nicht dann, wann es dir am besten passt.«

Eine gefährliche Heiterkeit kam in ihr auf, als Jaz das Bild von einem spuckenden Lama vor sich sah. Sie biss die Zähne zusammen und schluckte. Jetzt durfte sie auf keinen Fall lachen – sie war kurz davor, für den Rest ihres Lebens Hausarrest zu bekommen. Sie würde bis in alle Ewigkeiten in Einzelhaft sitzen und aller Privilegien beraubt sein. Wenn sie Glück hatte, durfte sie noch ins College gehen, die Schriftstellergruppe konnte sie bestimmt vergessen. Ein noch schrecklicherer Gedanke schoss ihr durch den Kopf. Was, wenn ihr Vater von ihr verlangte, ihm das, was sie geschrieben hatte, zu zeigen? Mit einem Mal wurde ihr klar, dass die Clacketts kein so guter Einfall gewesen waren. »Entschuldige bitte, Dad«, sagte sie und strengte sich an, den Worten einen aufrichtigen Klang zu verleihen; sie versagte kläglich. Ihre Stimme war zu laut und hatte deshalb einen sarkastischen Unterton.

Ihr Vater bat Lulu, ihm die Marmelade zu reichen, und lehnte sich zurück. »Ich habe ein Problem, Jaz: Ich war in dem festen Glauben, dass du den Abend bei Vicki verbringst, und dann höre ich von deinen Brüdern, dass du aus dem Auto eines Mannes ausgestiegen bist. Weder Phin noch Jimmy haben Wahnvorstellungen. Oder meinst du, in dieser Stadt läuft eine Doppelgängerin von dir herum? Möglicherweise gibt es ja auch noch eine dritte Erklärung. Hast du vielleicht eine?«

Die Blicke aller richteten sich auf sie.

»Das ist keine große Sache ...«, begann sie.

»Du bewegst dich auf sehr dünnem Eis, Mädchen. Und komm mir jetzt nicht mit irgendeinem Quatsch. Du kannst mir kein X für ein U vormachen – deine Brüder haben dich klar und deutlich gesehen. Ich weiß nicht, wie lange du dich schon heimlich mit diesem Kerl triffst, aber lass dir eines gesagt sein: Wenn ich ihn in die Finger kriege, wird er sich wünschen, dir nie begegnet zu sein. Wenn er dich auch nur angerührt hat, dann ... dann bringe ich ihn um.«

Jaz schnappte nach Luft. Als sie letzte Nacht im Bett gelegen hatte und nicht schlafen konnte, hatte sie nur Angst davor gehabt, dass ihr Vater von der Schriftstellergruppe erfahren könnte, ihr wäre im Leben nicht eingefallen, dass er zu einem so absurden Schluss kommen könnte. Jack war alt! Okay, er brachte sie zum Lachen und konnte wunderbar schreiben, aber er war *alt*! »Dad, du hast einen ganz falschen Eindruck. Es ist nicht so, wie du denkst.«

»Ja, es war klar, dass du das sagst.«

»Phin, misch du dich nicht ein, ja? Dad, du musst mir zuhören. Jack ist ein Freund – er hat mich nur nach Hause gefahren.«

Ihr Vater schlug mit der Faust auf den Tisch, und ihre Schwester zuckten erschrocken zusammen. »Oh«, äffte er sie nach, »Jack ist ein Freund, ja? Ich kann ihm nur raten, sich mit *Freundinnen* seines Alters abzugeben, statt sich an ein Mädchen heranzumachen, das seine Tochter sein könnte. Was ist er? Ein Perverser? Muss ich vielleicht auch noch meine beiden Jüngsten vor ihm beschützen?«

Tamzin und Lulu kicherten.

»Hör mal, Dad ...«

»Fang bloß nicht mit ›hör mal, Dad‹ an. Du hast deine Mutter und mich belogen. Du hast uns erzählt, dass du mit Vicki zusammen bist, dabei hast du dich die ganze Zeit mit diesem Mann getroffen. Und wenn es nicht so war, warum hast du dann gelogen?«

Jaz starrte ihren Vater an. Sie wusste, dass es zwecklos war, mit ihm zu diskutieren. Und sie wusste auch, dass er Beweise sehen wollte, wenn sie ihm von ihrer Schreiberei erzählte und ihm klar machte, wie viel ihr die Schriftstellergruppe bedeutete. Das Problem war, dass ihn der Beweis erst recht auf die Palme bringen würde. Ihr Roman *Wer zuletzt lacht* würde alles nur noch schlimmer machen. Wenn er auch nur ein Wort über die Clacketts las und dahinter kam, dass sie sich insgeheim über ihre Familie lustig machte, ging er ganz bestimmt in die Luft. Danach wäre nichts mehr so wie vorher.

Ihre Knie zitterten. Sie war in ernsthaften Schwierigkeiten. Sie wägte das Für und Wider gegeneinander ab und hielt es für das klügste, Stillschweigen zu wahren. Dann würde ihr wenigstens das Schreiben erhalten bleiben. Sollten sie doch denken, dass sie eine heimliche Liebschaft mit dem alten Jack angefangen hatte. Sie wussten nicht, wer er war oder wo er wohnte. Mund halten hieß die Devise.

Kapitel siebenunddreißig

Zuerst glaubte Jack, er würde sich nur etwas einbilden, aber nach etlichen Meilen auf der Landstraße musste er sich eingestehen, dass ihm seine Fantasie keinen Streich spielte. Auf dem Weg zu und von einem Klienten, dessen bezauberndes Cottage er sich angesehen hatte, verfolgte ihn ein Wagen.

Er war nicht ganz sicher, aber er glaubte, dass der schwarze Golf hinter ihm herfuhr, seit er die Tankstelle kurz hinter Maywood verlassen hatte. Im Augenblick hatte sich ein anderes Auto vor den Golf gedrängt, so dass er die Gesichter des Fahrers und Beifahrers nicht sehen konnte. Er beschloss, sie herauszufordern, und fuhr nur noch mit einer Geschwindigkeit von fünfundzwanzig Meilen. Er wusste, dass der Fiesta-Fahrer hinter ihm bald die Geduld verlieren würde, und prompt überholte er Jack auf der nächsten geraden Strecke. Jetzt konnte Jack seine Verfolger im Rückspiegel ganz deutlich sehen.

Es waren die beiden Typen, die am Abend zuvor, als er Jaz in ihrer Straße abgesetzt hatte, in dem Rav-4 gesessen hatten – Typen, die Jaz' Brüder sein könnten oder auch nicht. Aber was in drei Teufels Namen hatten sie vor?

Der Golf schoss an ihm vorbei und bremste ihn aus.

Sein Herz schlug bis zum Hals, als er mit aller Gewalt auf die Bremse trat und schlitternd nur Zentimeter vom Straßengraben entfernt zum Halten kam. Er grabschte nach seinem Handy.

Das war die falsche Entscheidung. Er hätte stattdessen die Türen verriegeln sollen. Im nächsten Moment wurde er aus seinem Auto gezerrt und in den Golf verfrachtet. Sie stießen ihn auf den Rücksitz und nahmen ihn in die Mitte. Jack war eher schockiert als verängstigt. »Was soll das alles?«, fragte er. Der junge Mann zu seiner Rechten, der größere der beiden, der einen Kaugummi im Mund hatte, ergriff als Erster das Wort: »Wir machen es dir so einfach, wie wir können, Kumpel. Also hör gut zu. Wenn du unsere Jaz auch nur noch ein einziges Mal anschaust, dann reißen wir dich in Stücke. Kapiert?« Er führte sich auf, als hätte er zu viele Gangsterfilme gesehen.

Jack blieb der Mund offen stehen. »Soll das heißen, ihr *seid* Jaz' Brüder?«

Jetzt mischte sich der Junge zu seiner Linken ein. »Stell dich nicht dumm, Jack. Wir haben euch gestern Abend gesehen, also wissen wir genau, was du im Schilde führst. Und nur damit du es weißt – es gefällt uns nicht.«

»Aber ich führe gar nichts im Schilde.«

»O doch, das tust du.« Jack wandte sich wieder dem Ersten zu. »Wir wissen alles über dich. Es ist erstaunlich, was man alles über eine Person erfahren kann, wenn man ihre Autonummer kennt. Das Internet ist eine großartige Sache. Ich nehme an, du benutzt es auch oft, oder? Männer wie du, Perverse, die die Finger nicht von Mädchen lassen können, die halb so alt sind wie sie, brauchen das Internet. Sie kriegen keine richtige Frau, deshalb machen sie mit Minderjährigen rum. Aber wir sind hier, um dir klar zu machen, dass niemand unsere kleine Schwester anfasst.«

Männer wie du ... Perverse. Niemand fasst unsere kleine Schwester an. Was sie ihm vorwarfen, war grotesk. Ekelhaft. »Hört mal«, sagte er so vernünftig, wie es ihm unter diesen Umständen möglich war – schließlich war er ein zivilisierter Bürger und alles andere als ein Kinderschänder! »Ihr habt das ganz falsch aufgefasst. Zwischen mir und Jaz ist rein gar nichts. Ehrlich. Ihr müsst mir glauben. Ich habe sie nur nach dem Treffen der Schriftstellergruppe nach Hause gefahren. Das tue ich jede Woche.«

Schweigen.

»Schriftstellergruppe?« Das war der Bruder zu seiner Linken.

»Ja«, bestätigte Jack.

»Was soll das heißen – du machst das *jede* Woche?«

»Wir sind fünf Leute in der Gruppe und setzen uns jeden Donerstagabend zusammen. Aber das wisst ihr sicher. Wir treffen uns seit Oktober letzten Jahres.«

Die beiden Männer wechselten einen Blick. Jack sah Zweifel in ihren Gesichtern und nutzte seinen Vorteil. »Wenn ihr mir nicht glaubt, dann ruft die Frau an, die die Gruppe leitet. Sie wird auch alles bestätigen«, sagte er.

»Aussteigen«, befahl der Größere seinem Bruder. »Du bleibst, wo du bist«, sagte er zu Jack. Beide Türen wurden zugeschlagen, und Jack konnte nicht hören, was sie sagten, aber der Inhalt des Gesprächs war klar. Sie begriffen allmählich, dass sie Mist gebaut hatten, und überlegten, was sie tun sollten. Jack hätte das Recht gehabt, ihnen mit der Polizei zu drohen, aber eigenartigerweise respektierte er die beiden. Wie konnte er ihnen übel nehmen, dass sie auf ihre kleine Schwester aufpassten? Als Vater wusste er nur zu gut, wie weit er gehen würde, um Amber und Lucy vor Schaden zu bewahren.

Die Tür wurde wieder aufgerissen. »Wie's scheint, haben wir ... Wie wär's mit einem Drink, Kumpel?«

»Ist das eure Art, euch bei mir zu entschuldigen?«, fragte Jack, als einer der beiden ihm die Hand entgegenstreckte, um ihm aus dem Wagen zu helfen.

»Wir könnten auch was essen, wenn Sie wollen.« Plötzlich schienen sie sich auch auf ihre Manieren zu besinnen.

Jack lachte. »Ich möchte euch nicht so viele Umstände machen.«

»Also genügt ein Drink als Wiedergutmachung?«

Jack strich sein Anzugjackett glatt. »Ich würde die Einladung gern annehmen, Gentlemen, aber ich bin zum Lunch verabredet.«

»Dann tragen Sie uns also nichts nach? Oh, und wir wären Ihnen dankbar, wenn Sie über die Sache schweigen könnte. Erzählen Sie Jaz nichts von unserer Begegnung – sie würde es nicht verstehen.«

Jack streckte eine Hand in die Luft, ging auf sein Auto zu und rückte die Krawatte und den Kragen zurecht.

»Einen Moment noch. Können Sie uns mehr von dieser Gruppe erzählen? Was machen Sie dort?«

»Wir schreiben«, sagte Jack über die Schulter.

»Worüber?«

»Über das Leben, Jungs. Solltet ihr auch mal probieren.«

Vielleicht hätte er über dieses Zusammentreffen entrüstet sein müssen, aber je länger Jack darüber nachdachte, um so absurder kam ihm das Ganze vor. Wieso hatte Jaz ihren Brüdern nichts von der Schriftstellergruppe erzählt? Aber ... schließlich hatte er es Clare auch verschwiegen, nicht einmal Des und Julie wussten davon, und das nur, weil er keine Lust hatte, tausend Fragen zu beantworten oder verhöhnt zu werden, weil er sich für einen Schriftsteller hielt.

Nein, es überraschte ihn eigentlich nicht, dass Jaz Verborgene Talente vor ihren Brüdern geheim hielt. Vielleicht tat er den beiden unrecht, aber sie schienen nicht dieselbe Wellenlänge zu haben wie ihre Schwester. Aber was ihnen an Feingefühl fehlte, machten sie mit ihrem Eifer, sie schützen zu wollen, wieder wett. Allerdings hatte Jack das Gefühl, dass Jaz das anders sehen würde.

Jack hatte die beiden Hitzköpfe nicht belogen: Er war zum Mittagessen verabredet, und zwar mit Maddie. Als er heute Morgen ins Büro gekommen war, hatte er sie auf ihrem Handy angerufen, weil er wusste, dass sie die Mädchen zur Schule fuhr. »Was für ein Zufall«, hatte sie gesagt. »Ich wollte dich heute auch anrufen.«

»Oh?«

»Du zuerst.«

»Was?«

»Ich sagte ... Oh, vergiss es. Was willst du?«

»Ich dachte, wir könnten uns zum Mittagessen treffen. Es gibt etwas, was ich mit dir besprechen möchte.«

Sie verabredeten sich im Casa Bellagio in Maywood.

Jetzt, als Jack ein Glas Orangensaft bestellte, merkte er, wie unbehaglich er sich fühlte, weil er mit Maddie allein war. Angesichts der Erfahrung, die er gerade gemacht hatte, war das lächerlich. Ein Mittagessen mit seiner zukünftigen Ex-Frau müsste eigentlich ein Klacks sein, verglichen mit Kidnapping und Androhung körperlicher Gewalt.

Ex-Frau. Das kam ihm immer noch bizarr vor. Er und Maddie waren sich ihrer Liebe zueinander so sicher gewesen, aber irgendwann muss etwas schief gelaufen sein. Wann hatte sie aufgehört, ihn zu lieben? Hatte sie eine Straße-nach-Damaskus-Erleuchtung gehabt, bei der sie erkannt hatte, dass sie nicht zusammenpassten? Oder war es ein langsamer Prozess gewesen, bei dem ein Tag enttäuschender verlaufen war als der zuvor? Sie hatte ihm nie eine eindeutige Antwort auf die Frage gegeben, warum sie das Bedürfnis nach einer Affäre gehabt hatte, und er hatte nie aufgehört, über sein eigenes Verhalten in der Ehe nachzugrübeln. Sicherlich hatte er mehr Zeit im Büro als zu Hause verbracht, aber sie beide wussten von vornherein, dass es so kommen würde. Wenn sie den Lebensstandard erreichen wollten, der ihnen beiden vorschwebte – Urlaub im Ausland, die beiden BMWs, ein Haus –, dann musste er beweisen, dass er das Zeug dazu hatte, Partner in der Firma zu werden. Das schien Rechtfertigung genug zu sein, aber heute wusste er es besser.

Er hätte die Wahl gehabt, aber er hatte sich falsch entschieden.

Die Unterhaltung mit Adele Waterman hatte ihn auf diesen Gedanken gebracht, und deshalb war er heute hier, um mit Maddie zu reden. Um der Kinder willen wollte er die Dinge zwischen ihnen klarstellen.

Maddie kam durch das Restaurant mit dem unbewussten Hüftschwung, den er immer geliebt hatten, auf ihn zu. Ihr Haar war makellos frisiert und umrahmte ihr hübsches Gesicht, das noch vom Skiurlaub gebräunt war. Er sah die cremefarbene Lederhose, den hellrosa Kaschmirpullover und den Pashminaschal, den sie kunstvoll um die Schultern drapiert hatte. Designerklamotten von Kopf bis Fuß, während er einen Next-Anzug und ein einfaches Hemd mit Krawatte trug.

»Freut mich, dass du gekommen bist«, sagte er, schob seinen Stuhl zurück und stand auf. Einen peinlichen Moment lang überlegten beide, wie sie sich begrüßen sollten.

Ein Kuss auf die Wange?

Unmöglich.

Ein Händedruck?

Zu formell.

Sie entschieden sich für ein wachsames Lächeln und ein knappes Nicken.

Sie bestellten nur einen Gang, weil Maddie erklärte, dass sie nicht lange bleiben könne.

»Also, weshalb wolltest du mich anrufen?«, fragte Jack, als das schmächtige Mädchen, das kaum älter als Amber aussah, die Pasta und den Salat serviert hatte.

»Oh, das kann warten«, meinte Maddie leichthin

und wies die Serviererin darauf hin, dass sie das Mineralwasser vergessen hatte.

Jack lächelte das Mädchen an, als es mit dem Wasser zurückkam. Maddie nahm das Glas ohne ein Wort des Dankes entgegen und stellte fest: »In Amerika wäre ein so nachlässiger Service unmöglich.«

»Davon weiß ich nichts. Ich war nie in dem Land, in dem es Pommes und Doughnuts von einem Himmel aus Ahornsirup regnet.«

Maddie sah ihn scharf an. »Versuch nicht, mich zu provozieren, Jack.«

»Das tue ich nicht.« Er streute Parmesan auf seine Pasta und musterte die reizbare Frau, die ihm gegenübersaß. Wo war das unbekümmerte, fröhliche Mädchen geblieben? Um fair zu sein, sie hatten sich alle verändert: Jack, Maddie und Tony. Er spießte ein paar Nudeln auf die Gabel und dachte dabei an Adeles Worte, dass Tony nur das Beste für die Mädchen wollte. Das brachte ihn auf das zurück, was er zu sagen hatte. Er legte die Gabel weg. »Maddie, ich möchte ernsthaft mit dir reden. Über dich und Tony. Aber hauptsächlich über die Kinder und ihre Zukunft.«

Ihre Gesichtszüge entspannten sich. Er kannte diese Sanftheit so gut ... Sein Herz wurde schwer, weil ihm klar wurde, dass sie immer noch eine große Wirkung auf ihn ausübte.

Maddie tupfte sich die Mundwinkel mit der Serviette ab. »Genau darüber möchte ich auch mit dir sprechen.«

Die Serviererin kam an ihren Tisch. »Ist alles zu Ihrer Zufriedenheit?«, erkundigte sie sich ein wenig atemlos.

Jack lächelte und versicherte, dass alles perfekt sei.

»Möchten Sie noch etwas trinken?«

Er schüttelte den Kopf. »Maddie?«

»Nein.«

»Ich denke, wir sind versorgt«, sagte er, und das Mädchen ließ sie allein.

»Jack, ich muss dir etwas Wichtiges erzählen«, begann Maddie.

Seine Nervosität schnellte von null auf hundert in zwei Sekunden; er war im Alarmzustand. Nun, sie konnte ihm nicht gut eröffnen wollen, dass sie und Tony heiraten wollten – zuerst musste die Scheidung über die Bühne gehen. Vielleicht war sie schwanger. Aber was hatte das mit ihm zu tun? »Schieß los«, sagte er.

Sie sah ihm direkt in die Augen. »Tony hat ein neues, sehr gut gehendes Unternehmen in den Vereinigten Staaten aufgebaut.« Sie machte eine Pause. »Noch ist nichts endgültig entschieden, aber wir überlegen, ob wir nicht nach Kalifornien übersiedeln sollen. Es wäre großartig für die Mädchen. Sie würden eine wunderbare Zeit dort haben. Und es wäre eine fantastische Gelegenheit für sie.«

Ihre Worte raubten ihm den Atem und gleichzeitig all seine guten Vorsätze. Er lehnte sich zurück. »Nur über meine Leiche. Dieser Bastard verschleppt meine Kinder nirgendwohin.«

Kapitel achtunddreißig

An diesem Tag zog Jaz öfter als einmal in Erwägung, die feige Lösung zu wählen und durchzubrennen. Beim Abschied am Morgen hatte ihr Vater gesagt: »Ich bin im Moment zu wütend, um zu entscheiden, wie ich dich bestrafe, aber bis heute Abend dürfte ich mich ausreichend beruhigt haben, um klar denken zu können. Und damit wir uns nicht falsch verstehen, Jaz Rafferty, diesmal wirst du nicht so leicht davonkommen.«

Diesmal. Das klang, als würde sie ständig etwas anstellen, als würde er sie mit Tamzin und Lulu in einen Topf werfen. Wenn sich Mum nicht so schlecht gefühlt hätte, dass sie im Bett bleiben musste, dann hätte Jaz vielleicht eine Verbündete gehabt. Aber Mum hatte keinen blassen Schimmer, was überhaupt los war. Und zudem hatte Dad Jaz ausdrücklich verboten, ihre Mutter einzuschalten. »Wenn du das tust, junge Dame, dann wirst du es bereuen. Deine Mutter macht genug durch, auch ohne dass sie sich noch über diese Sache aufregen muss.«

Während des Unterrichts am Vormittag hatte Vicki etliche Male gefragt, was mit ihr los war, und anfangs hatte Jaz so getan, als wäre alles in Ordnung. Aber in der Mittagspause gab sie nach und erzählte der Freundin alles. Vicki sog jedes Wort gierig in sich auf. »Deine Familie glaubt, du würdest dich heimlich mit einem alten Knacker treffen? Wahnsinn! Aber das tust du nicht, oder?«

»*Nein!*«

Vicki schien regelrecht enttäuscht zu sein. »Was sagt Nathan dazu?«

»Er weiß nichts davon. Und ... und ich will auch nicht, dass er etwas erfährt. Du darfst ihm auf keinen Fall was erzählen. Und Billy auch nicht. Er würde sofort zu Nathan rennen.«

»Wie du willst. Aber vielleicht wäre dies ein ganz guter Zeitpunkt, deine Eltern über Nathan aufzuklären. Ich meine, dein Dad wird so erleichtert sein, dass du mit jemandem deines Alters zusammen bist, dass er Nathan für die Antwort auf seine Gebete halten wird. Was er, ehrlich gesagt, auch ist.«

Jetzt, in der letzten Pause, wartete Jaz neben ihrem Spind auf Nathan, um ihm zu sagen, dass er heute allein nach Hause gehen musste, und dachte über das nach, was Vicki gesagt hatte. War ihr Vorschlag wirklich so schlecht?

Ja. Sie konnte sich die Szene genau vorstellen; ihr Vater würde darauf bestehen, Nathan kennen zu lernen, damit er ihn verhören konnte, und ihre schadenfrohen Brüder würden ihn nur in Verlegenheit bringen. Und was musste Nathan dann von ihnen und als Konsequenz von ihr halten? Oh, es war so unfair!

»Hi, Jaz. Du siehst so ernst aus – stimmt was nicht?«

Es war Nathan.

»Es stimmt alles«, behauptete sie. Am liebsten wäre

sie ihm in die Arme gesunken und hätte sich von ihm überzeugen lassen, dass der Tag nicht so schlimm enden würde, wie sie befürchtete.

»Sicher?«

»Hey, was ist?«, scherzte sie, um ihm zu beweisen, dass sie okay war. »Dr. King macht jetzt auch Schulbesuche? Hör zu, ich kann heute nicht mit dir nach Hause gehen. Ich bleibe länger hier.«

»Dann bleibe ich auch, wenn du willst. Was hast du vor?«

»Nicht nötig. Außerdem weiß ich noch nicht, wie lange es dauert.« Bevor ihm noch mehr Fragen einfielen, kündigte zum Glück die Glocke das Ende der Pause an. Jaz schnappte sich ihren Rucksack und flitzte los.

Ihr Instinkt, den Heimweg besser allein anzutreten, erwies sich als richtig. Sobald sie einen Fuß vor das Tor setzte, tauchte Jimmys schwarzer Golf auf. Er rollte mit dröhnendem Motor neben ihr weiter. Jaz kam sich vor wie eine Gazelle, an die sich ein hungriger Panther anpirschte. Genau das war der Grund dafür, dass sie Nathan nicht bei sich haben wollte. Sie hatte geahnt, dass ihre Brüder sie nicht aus den Augen lassen würden, um sicherzugehen, dass sie nicht zu einem Date mit ihrem Geliebten mittleren Alters schlich.

Jimmy öffnete das Fahrerfenster. »Steig ein, kleine Schwester.«

»Verschwindet. Ich gehe lieber zu Fuß.«

»Sieht nach Regen aus«, meinte Phin.

»Selbst wenn ein Taifun auf uns zukäme, würde ich nicht mit euch beiden fahren.« Sie ging schneller, und Jimmy gab ein wenig mehr Gas.

»Wir haben heute Morgen einen Freund von dir getroffen«, sagte er. »Wie hieß er noch, Phin? Ich hab's vergessen. John?«

»Nein, er hieß Jack.«

»Ah, richtig. Jack, Jack Solomon.«

Jaz erstarrte und sah dem Golf fassunglos nach, der langsam die Straße hinunterfuhr. Ihr Magen krampfte sich zusammen und ihr Mund war plötzlich staubtrocken. Ihre Brüder hatten mit *Jack* gesprochen? Aber wie hatten sie herausgefunden, wer er war? Und was hatten sie zu ihm gesagt? Sie kaute auf der Unterlippe. Ihre Brüder waren als Teenager in einem Boxverein gewesen, und als Erwachsene waren sie zu Mums großem Entsetzen einmal in eine Schlägerei in Manchester verwickelt gewesen. Jemand wie Jack – ein Mann, dem sie eine Lektion erteilen wollten – hätte keine Chance gegen sie. »Wartet!«, rief sie ihnen nach. »Wartet auf mich!« Sie rannte dem Golf hinterher. Der schwere Rucksack schlug heftig gegen ihren Rücken. Phin stieg aus und ließ sie in den Wagen.

»Was hab ihr mit Jack gemacht?«, fragte sie, als sie zu Atem kam. »Wenn ihr ihn irgendwie verletzt habt, dann werde ich dafür sorgen, dass er zur Polizei geht und euch einsperren lässt, das schwöre ich.«

Jimmy grinste sie über den Rückspiegel an. »Nur die Ruhe. Jack geht's gut. Wir haben ihn mehr oder weniger in einem Stück gelassen, aber warum hast du uns nicht erzählt, was du wirklich treibst? Wir wissen jetzt, dass du dich nicht mit einem windigen alten Knacker eingelassen hast.«

Jaz schnappte nach Luft. Sprachen sie von dem, was sie dachte? Wussten sie von der Schriftstellergruppe?

Oder von Nathan? Vielleicht blufften sie nur. »Ich hab keine Ahnung, was ihr meint«, brummte sie, und um sie abzulenken, erkundigte sie sich: »Wie habt ihr Jack gefunden?«

»Das war kinderleicht«, prahlte Jimmy.

»Ja, selbst für zwei Trottel wie uns«, schaltete sich Phin ein. »Wir wissen, dass du uns für Schwachköpfe hältst und dich selbst für wahnsinnig intelligent. Aber wie's aussieht, haben wir dich ausnahmsweise mal ausgetrickst.«

Jaz beugte sich vor. »Also, wie seid ihr auf ihn gekommen?«

»Ich sage nur ein Wort: Nummernschild«, erwiderte Jimmy.

Jaz rutschte das Herz in die Hosentasche. »Ihr seid zwei widerliche Rowdys«, schimpfte sie.

Aber was hatte Jack ihnen erzählt?

Ihr Vater war früher als sonst nach Hause gekommen; sein Jaguar stand neben Phins Rav-4 in der Einfahrt. Jimmy zog die Handbremse an. Jaz ermahnte sich, ruhig zu bleiben und kein Wort von sich zu geben, bis sie genau wusste, wie die Anklage lautete. Wider alle Vernunft hoffte sie, dass sie nicht Rechenschaft über alles, was sie seit Oktober gemacht hatte, ablegen musste. Der Gedanke, dass man sie wegen ihrer Schriftstellerei hänselte, war schon scheußlich genug, aber an die Explosion, die entstehen würde, wenn ihr Vater von den Clacketts erfuhr, wollte sie lieber gar nicht erst denken. Sie hatte sich vorgenommen, *Wer zuletzt lacht* von der Festplatte ihres Computers zu löschen und den Ausdruck zu vernichten. Es widerstrebte ihr, das Werk, an dem sie so hart gearbeitet hatte, zu zerstören, aber ihr blieb keine andere Wahl.

Sie wurde von ihrer Mutter begrüßt, die Tee aufbrühte und zur Musik im Radio summte. Der tröstliche Geruch nach gebratenem Hühnchen mit Salbei-Zwiebel-Füllung rief Jaz ins Gedächtnis, dass sie den ganzen Tag nichts gegessen hatte. Sie hätte keinen Bissen herunterbekommen. Jetzt hatte sie Hunger und war so verängstigt, dass sie am liebsten quer durch die Küche gerannt wäre und sich an ihre Mutter geklammert hätte. »Es tut mir Leid«, wollte sie sagen. »Es tut mir Leid, dass ich euch alle angelogen habe. Bitte verzeih mir.« Und vielleicht hätte sie das auch gemacht, wenn ihre Brüder nicht hinter ihr gestanden und den Kühlschrank nach etwas Trinkbarem durchstöbert hätten.

»Hallo, Jaz«, rief ihre Mutter und drehte sich zu ihr um. »Wie ich sehe, haben dich die Jungs gefunden. Wir haben uns schon gefragt, wo du steckst. Du hast nichts davon gesagt, dass es heute später bei dir wird.«

»Sorry«, murmelte Jaz. »Mir ist in letzter Minute noch was dazwischengekommen.« Voll des schlechten Gewissens, weil sie schon wieder geschwindelt hatte, zog sie ihre Jacke aus und fragte: »Wie fühlst du dich? Kann ich dir irgendwas helfen?«

»Mir geht's gut. Das Abendessen ist fast fertig, also ruf deine Schwestern und wasch dir die Hände.«

Jaz schlich unsicher zur Tür. »Wo ist Dad?«

»In seiner Höhle. Vielleicht könntest du deinen Kopf durch die Tür strecken und ihm sagen, dass es in fünf Minuten Essen gibt. Oh, da fällt mir ein, er hat vorhin gesagt, dass er mit dir reden will, wenn du nach Hause kommst.«

Ohne ihren Brüdern einen Blick zu gönnen, machte sie sich auf den Weg zu ihrem Vater.

»Ah, da bist du ja, Jaz«, sagte er, als sie das Zimmer betrat, das er seine Höhle nannte. Hier hatte er eine eigene Bar, zwei gemütliche Ledersessel, einen riesigen Fernseher mit Flachbildschirm – den größten im ganzen Haus – und ein Regal, in dem er alte Autozeitschriften und Fotos von den verschiedenen Rennpferden aufbewahrte, an denen er im Laufe der Jahre beteiligt gewesen war. Er hatte sich hier seinen privaten Zufluchtsort geschaffen, seit Tamzin und Lulu erklärt hatten, sie seien zu alt für ein Spielzimmer. »Mach die Tür zu«, fügte ihr Vater unheilvoll hinzu.

Er schaltete mit der Fernbedienung den Fernseher aus, dann drehte er sich um und sah Jaz lange und intensiv an. »Komm, setz dich zu mir, Jaz.« Er deutete auf den anderen Sessel.

Sie folgte seiner Aufforderung. Seine Laune hatte sich seit dem Frühstück gewandelt, das spürte sie. Seine Stimme klang sogar fast freundlich. Absurderweise trieb ihr das die Tränen in die Augen. Sie liebte ihren Vater und fand es schrecklich, wenn er böse auf sie war. Und sie wollte nicht noch einen Tag wie den heutigen erleben. Aber sie stählte sich innerlich und machte sich klar, dass das auch eine List sein könnte, um sie dazu zu bewegen, mehr einzugestehen, als sie wollte.

»Jaz«, begann er, »von all unseren Kindern bist du nach Ansicht deiner Mutter und auch nach meiner das Vernünftigste. Wir dachten, du bist diejenige mit dem Grips, auf die wir uns verlassen können. Aber jetzt –«, er schüttelte den Kopf, und sie erkannte die Enttäuschung in seinen Augen, »– jetzt bin ich mir nicht mehr so sicher. Du hast alles auf den Kopf gestellt. Ich weiß nicht mehr, was ich von dir halten soll. Du hast mich sehr enttäuscht. Du hast uns all die Monate hintergangen, das tut am meisten weh.«

Er erhob sich, als wollte er sich einen Vorteil verschaffen. Und es wirkte. Jaz fühlte sich klein und wertlos, als er drohend vor ihr stand. »Du weißt wahrscheinlich schon«, fuhr er fort, als er sich vor dem Fernseher aufbaute und die Hände auf den Rücken legte, »dass deine Brüder mit deinem so genannten Freund Jack Solomon gesprochen haben. Wenn wir ihm glauben können – und Phin und Jimmy halten ihn für einen anständigen Kerl –, dann schleichst du dich jede Woche aus dem Haus und nimmst an einem Treffen teil, bei dem alle herumsitzen und schreiben.« Er machte eine Pause. »Ist das wahr?«

So viel wussten er und ihre Brüder also. »So wie du es ausdrückst, klingt es, als wäre es eine subversive Aktivität, Dad.«

Er riss die Augen auf. »Ich bitte um Verzeihung, Miss Hochnäsig, aber so wie ich das sehe, wird es zu einer subversiven Tat, da du uns nicht von Anfang an davon erzählt hast. Warum verheimlichst du uns diese Sache, wenn sie wirklich so harmlos ist? Hast du gelogen, weil doch mehr dahinter steckt? Also? Ich warte.«

»Tamzin und Lulu lügen ständig«, sagte sie, um ein wenig Zeit zu gewinnen. »Und du nimmst sie niemals so ins Gebet.«

Er verwarf ihren Einwand unverzüglich. »Sie tischen uns kindische Schwindeleien auf, die man sofort durchschaut. Während du uns mutwillig Woche für Woche hinters Licht geführt hast. Du hast uns in die

Augen gesehen und deinen Spaß daran gehabt, Narren aus uns zu machen.« Sein Gesicht wurde streng. »Jaz, du solltest mittlerweile wissen, dass niemand einen Narren aus mir macht und ungeschoren davonkommt. Und eines interessiert mich ganz besonders: Welche Auswirkung hat diese Gruppe auf deine Leistungen im College?«

»Ich setze das College immer an die erste Stelle, Dad.«

»Ich hoffe für dich, dass das die Wahrheit ist.« Er stieß den Atem aus, und gerade als Jaz dachte, sie wäre vom Haken, sagte er: »Aber du hast mir immer noch nicht erklärt, warum du dich für eine so heimtückische Handlungsweise entschieden hast.«

Sie schluckte. Ihr Vater würde niemals locker lassen. Nur die Wahrheit konnte ihn zufrieden stellen, »Dad, ich habe dir und Mum nichts gesagt, weil ich Angst vor dem Feedback hatte.«

»Feedback?«, wiederholte er. »Was soll das heißen?«

»Phin und Jimmy hätten keine Ruhe gegeben und mich gehänselt, weil ich mir einbilde, eine Schriftstellerin zu sein. Und was Tamzin und Lulu betrifft ... sie hätten ständig in meinem Zimmer herumgeschnüffelt, um Sachen zu finden, die ich geschrieben habe. Du weißt selbst, wie sie sind; sie stecken ihre Nase dauernd in meine Angelegenheiten.«

Er sah sie an, als ob er kein Wort verstehen würde.

»Dad, du hast keine Ahnung, oder? Ich habe in dieser Familie überhaupt keine Privatsphäre.« Ihre Stimme bebte. Die Anspannung des Tages übermannte sie. »Die anderen spotten über alles, was ich tue. Ich kann nicht einmal gähnen, ohne dass mir jemand vorwirft, dass ich anders gähne als alle anderen. Ich passe nicht dazu. Das weiß ich. Ist es dann ein Wunder, wenn ich einiges für mich behalte?« Sie sprang auf; Tränen schossen ihr in die Augen. »Es tut mir Leid, dass ich dich angelogen habe und dass du enttäuscht von mir bist. Aber du solltest dich vielleicht auf noch mehr Enttäuschungen gefasst machen, weil ich wahrscheinlich meine Prüfungen im nächsten Jahr nicht bestehen und niemals die Erfolgreiche werde, wie du es von mir erwartest. Warum sparst du dir diese Lobeshymnen nicht für die nächste Ladung Babys auf, die Mum bekommt?«

Zitternd ergriff sie die Flucht. Sie hörte noch, dass Dad ihren Namen rief, aber sie stolperte die Treppe hinauf und in ihr Zimmer, warf sich aufs Bett und schluchzte.

Kapitel neununddreißig

Richard schlich zurück ins Dorfzentrum, aus dem er gerade gekommen war. Er wusste, dass sein Verhalten unverzeihlich gewesen war. Er hätte Angela niemals so anschreien dürfen. Sie konnte nichts dafür, es war allein seine Schuld: Er explodierte schon bei der kleinsten Kleinigkeit. »Kannst du nicht irgendetwas tun, um sie ruhig zu halten?«, hatte er sie gestern angeherrscht, als Christophers Musik aus seinem Zimmer dröhnte, während sein Vater versucht hatte, einen Bericht zu lesen. Und vorhin, als er mit den Sonntagszeitungen, die er am Kiosk geholt hatte, nach Hause gekommen war, war er wegen der Unordnung in der Küche auf sie losgegangen. Wäscheberge warteten darauf, gebügelt zu werden, die Grillpfanne von gestern Abend weichte noch in der Spüle ein, etliche prallvolle Tüten mit Altkleidern, die sie in den Oxfoam-Laden bringen wollte, standen herum, und das Geschirr vom Frühstück war auch noch nicht abgeräumt. »Schau dir diesen Saustall an!«, brüllte er. »Es ist fast Mittag, und du hast noch gar nichts gemacht.« Er warf die Zeitungen auf einen Stuhl und krempelte sich die Ärmel hoch.

»Gütiger Himmel, Richard, was ist los?«, fragte Angela. Sie nähte gerade einen Knopf an ein Hemd an.

»Wie kannst du in diesem Chaos sitzen und mich

das fragen? Selbst nach deinen Maßstäben sieht die Küche aus wie eine Müllkippe. Ich hab's endgültig satt, und wenn du hier keine Ordnung schaffst, dann tue ich es.«

Aber er hatte keinen Finger gerührt, sondern zähneknirschend auf dem Absatz kehrtgemacht und war hinausgestürmt.

Arme Angela. Sie hatte seine schlechte Laune wirklich nicht verdient.

Schlechte Laune! Konnte man seine wahnwitzigen Wutausbrüche tatsächlich so verharmlosen?

Drei qualvolle Tage waren vergangen, seit Dulcie ihre Beziehung beendet hatte. Er konnte nicht schlafen, er konnte nicht essen, er konnte sich nicht konzentrieren. Er musste ständig an Dulcie denken und hätte am Freitag beinahe einen potentiellen Kunden vergrault. Als der unverfrorene Mann aus Yorhshire, der offensichtlich immer seinen Willen durchsetzte, eine Frage zu viel gestellt hatte, war Richard mit dem herausgeplatzt, was ihm als Erstes in den Sinn gekommen war: »Tun Sie's oder lassen Sie es bleiben. Mir ist, verdammt noch mal, beides recht. Wenn Sie nach was Billigem suchen, bei dem die Sicherheit zweitrangig ist, dann sollten Sie sich besser woanders umsehen. Suchen Sie sich irgendeinen Schrott, der zu Ihnen passt.« Eine Schockwelle lief rund um den Tisch. Papier raschelte, alle räusperten sich und senkten die Blicke, aber Richard sah trotzdem, was sie dachten. Cavanagh ist übergeschnappt ... Cavanagh hat nicht mehr alle Tassen im Schrank ... Cavanagh ist auf dem absteigenden Ast.

Aber zu ihrem Erstaunen – und vielleicht auch zu ihrer Enttäuschung – streckte der Yorkshire-Mann die

Hand nach dem Wasserkrug aus und lachte. »Also, das ist mal ein Plädoyer, das man selten hört – offene Worte von einem Anwalt. Vielleicht kommen wir doch noch ins Geschäft.«

Richard hätte um ein Haar alles vermasselt, aber das war ihm gleichgültig.

Er wusste nicht, wie er weiterleben sollte, wenn er Dulcie nicht wiedersah. Jeder einzelne Tag war eine Folter. Und der Gedanke, dass sie in der Lage war, ohne ihn mit ihrem Leben weiterzumachen, steigerte seinen Schmerz ins Unermessliche.

Wie konnte sie das?

Und wie konnte sie das, was sie hatten, zerstören, obwohl es etwas Besonderes war und ihnen so viel bedeutete?

Er würde alles darum geben, wenn er die Uhr zurückstellen und dafür sorgen könnte, dass sich Kate und Henry nie begegneten. Er hätte es nie für möglich gehalten, dass er einem seiner Kinder jemals etwas Schlechtes wünschte, aber jetzt wollte er, dass Henry nur einen Bruchteil des Elends kennen lernte, das er erlebte.

Er schämte sich nicht einmal deswegen. Und es war ihm egal, dass es reine Selbstsucht war, wenn er sich etwas wünschte, wofür andere einen Preis bezahlen mussten. Dulcie hatte ihn beschuldigt, Henry nicht so sehr zu lieben, wie sie Kate liebte – vielleicht hatte sie Recht damit. Er wusste nur, dass er Dulcie mehr liebte als je einen anderen Menschen.

Er ging am Postamt und am Zeitungskiosk vorbei, dann in Richtung Kirche zu dem Weg, den er während seiner Rekonvaleszenz so oft gegangen war. Er stieg langsam den steilen Hang hinauf und spürte die warme Sonne auf seinem Rücken. Er schaute auf und sah, dass der Himmel strahlend blau war; nur im Westen zogen weiße Wolken auf. Richard blieb stehen, um zu Atem zu kommen; die Wut allein konnte ihn nicht auf den Berg treiben – es bestand sogar die Gefahr, dass sie ihn umbrachte.

Aber wem würde er fehlen, wenn er noch einen Herzanfall hatte und starb?

Angela hätte keinen Ernährer und keinen Felsen mehr, auf dem sie ihr Leben aufbauen konnte, aber den Ehemann oder Geliebten würde sie nicht vermissen. Und die Kinder, Nicholas und Christopher, wären traurig, aber die älteren waren so selbständig, dass sie auch ohne ihn gut zurechtkämen.

Er schauderte trotz des milden Wetters, als er daran dachte, dass er hier auf dem einsamen Hügel sterben könnte und niemand ernsthaft um ihn trauern würde.

Nicht einmal Dulcie. Sie hatte ihn so leicht aus ihrem Leben verbannt und ihn am Telefon abgefertigt, als er mit ihr sprechen wollte – das war der Beweis, dass sie für ihn nicht dasselbe empfand wie er für sie.

Eine erschreckend schwere Depression warf ihre heimtückischen schwarzen Schatten auf ihn. Er riss den Kopf zurück, um den da oben, der ihm so grausam mitspielte, anzuklagen.

Dann überkam ihn der Drang, sich selbst zu zerstören, und er ging weiter. Der Zorn und die Verzweiflung beschleunigten seine Schritte. Er atmete schwer, und seine Brust schmerzte.

Kapitel vierzig

Beth war froh, dass sie endlich nach Hause konnte. Es war ein langer Tag gewesen, und einige ihrer unangenehmsten Patienten hatten ihnen das Leben schwer gemacht. Manche begriffen einfach nicht, dass das Gesundheitszentrum ein Ort war, an dem kranke Menschen Hilfe bekamen, nicht eine Zweigstelle der Bürgerberatungsstelle oder ein Nebenzimmer eines Pubs, in dem man das Personal mit boshaftem Klatsch und gehässigen Beschwerden belästigte. Sie knöpfte ihren Mantel zu, verabschiedete sich von Wendy und bereitete sich innerlich auf die Kälte draußen vor. Als sie in die Wohnung kam, saß Nathan in seinem Zimmer und steckte die Nase in die Bücher. »Hattest du einen guten Tag?«, fragte sie und betrachtete von der Tür aus das Durcheinander. Er war immer schon unordentlich gewesen – Klamotten auf dem Boden, den Stühlen und dem Bett, Papierstapel, Ordner und Bücher auf den unbedeckten Stellen des Bodens und dem Fensterbrett. Es war Beth ein Rätsel, wie jemand, der so scharfsinnig und analytisch war wie er und sehr auf seine äußere Erscheinung achtete, in einem solchen Chaos zufrieden leben konnte. Sie fragte sich, wie Jaz wohl darüber dachte.

Er drehte sich mit seinem Schreibtischstuhl zu ihr.

Das Licht der Gelenklampe beleuchtete sein hübsches Gesicht, betonte das kraftvolle Kinn und die dunklen Augen. Wie ähnlich er seinem Vater war! »Es war ein *Tour-de-force*-Tag«, sagte er. »Oh, ehe ich es vergesse, Barnaby hat angerufen. Er meinte, er würde es später noch einmal versuchen.«

»Hat er gesagt, worum es geht?«

»Nein. Aber ich denke, es hat was mit Grandma zu tun. Sonst hätte er bestimmt was gesagt.«

»Kluge Schlussfolgerung, Nathan. Meinst du, deine Intelligenz reicht auch aus, um deiner alten Ma eine Tasse Tee zu kochen, während sie in etwas Bequemeres schlüpft?«

Sie tauschte ihre Arbeitskleidung gegen Jeans und Rollkragenpullover aus und überlegte, ob sie Barnaby zurückrufen sollte. Aber was, wenn Lois den Anruf entgegennahm? Beth war wirklich nicht in der Stimmung, mit ihrer Schwiegermutter zu reden. Es war besser, wenn sich Barnaby meldete, sobald die Luft rein war.

Beth bewunderte Barnaby. Er plante, seine Frau auf eine Luxus-Kreuzfahrt zu entführen, und hoffte, dass sie sich nach drei Wochen auf hoher See wie ein anderer Mensch fühlen und bereit sein würde, ein Friedensangebot von Beth und Nathan anzunehmen. Während die beiden die Karibik unsicher machten, sollten Beth und Nathan im Marsh House nach dem Rechten sehen. »Wenn wir heimkommen und ein gebrochenes Rohr vorfinden, dann bin ich in ernsthaften Schwierigkeiten und habe bis zum Ende meiner Tage nichts mehr zu lachen.«

»Du wirst Lois doch nicht sagen, wer sich hier um alles kümmert, oder?«, fragte Beth ängstlich.

»Guter Gott, nein! Ich sage ihr, dass ich eine Agentur beauftragt habe und dass sie sich keine Sorgen zu machen braucht. Ich habe schon früher Überraschungswochenenden organisiert und denke, dass ich auch diese Unternehmung durchziehen kann.«

»Und wann möchtest du die Katze aus dem Sack lassen?«

»Gar nicht. Ich werde sie erst bei unserer Rückkehr vor ein *fait accompli* stellen.«

Ein riskantes Unterfangen, und Beth bezweifelte, dass es viele Ehemänner gab, die sich so ins Zeug legten. Barnaby hatte wirklich Mut: Sein Plan mit Lois war nichts für Hasenfüße.

Nach dem Abendessen setzte sich Nathan wieder an seine Hausaufgaben, und Beth ging hinunter, um nach Adele zu sehen. Sie zog morgen aus – Jacks Möbel sollten am Freitag geliefert werden –, und Beth hatte versprochen, ihr beim Packen der persönlichen Dinge behilflich zu sein.

Adele machte einen leicht desorientierten und erschöpften Eindruck, als sie die Tür öffnete, und Beth fragte sich zum ersten Mal, ob die alte Lady die richtige Entscheidung getroffen hatte. War dieser Umzug und die Eingewöhnung in eine neue Umgebung vielleicht zu viel für sie? Erst als Beth in den Flur trat, erkannte sie die Ursache für Adeles schlechte Verfassung. Ein kahlköpfiger Mann in einem Anzug, der zu eng für die vierschrötige Figur war, und eine magere Frau in einem unvorteilhaft kurzen Lederrock waren gerade dabei, ein hübsches viktorianisches Aquarell von der Wand über der Heizung zu nehmen. Beth wusste, dass

Adele dieses Bild besonders mochte, und sie konnte sich nicht vorstellen, dass sich ihre Nachbarin davon trennen wollte. »Entschuldigung, Adele«, sagte Beth, »ich wusste nicht, dass Sie Besuch haben. Soll ich später wiederkommen?« Sie hatte nicht die Absicht, Adele mit den beiden allein zu lassen, aber sie musste es zumindest der Höflichkeit halber anbieten.

»Nein, bitte, gehen Sie nicht.« Adele legte die Hand auf ihren Arm. »Das sind mein Neffe Vernon und seine Freundin Sheila.«

»Sylvia«, korrigierte sie der Glatzkopf. Er hielt Beth die Hand hin; seine Oberlippe war von einem dünnen Schweißfilm bedeckt. »Und Sie sind ...?«

»O Vernon, mach dich nicht so wichtig. Beth ist meine Nachbarin aus der oberen Wohnung und wahrscheinlich die netteste Person, die du jemals kennen gelernt hast. Sie hat sich immer rührend um mich gekümmert.«

Beth lächelte Adele an, aber ihr entging nicht, dass Vernons Blick schärfer wurde und er die Hand sinken ließ. Er gefiel Beth nicht – genauso wenig wie seine dürre Freundin. Soweit sie wusste, war dies seit Ewigkeiten sein erster Besuch bei Adele, und jetzt machte er sich an einem der Lieblingsbilder seiner Tante zu schaffen. Sein Erscheinen gerade heute hatte einen unguten Beigeschmack – er war nur hier, um Wertgegenstände abzustauben, aber dem würde Beth einen Riegel vorschieben.

Das Telefon klingelte, und während Adele ging, um den Hörer abzunehmen, sagte Beth in ihrem wirksamsten Sprechstundenhilfeton: »Sie sollten vorsichtig mit dem Bild umgehen. Es ist sehr wertvoll.«

»Glauben Sie wirklich?« Vernon nahm Sylvia das Aquarell aus der Hand und hielt es ins Licht, um es genauer zu inspizieren.

»Ja«, bestätigte Beth. »Ich würde sogar so weit gehen zu behaupten, dass es praktisch unbezahlbar ist … für Ihre Tante. Vielleicht hängen Sie es lieber wieder an seinen Platz, damit es keinen Schaden nimmt.«

Vernons graue Augen blitzten, und sein Blick bohrte sich in Beth. Aber sie blieb eisern und nahm das Bild an sich. »Bleiben Sie, um Adele beim Packen zu helfen, oder haben Sie es eilig?«

Vernon wurde fuchsteufelswild und öffnete den Mund, um etwas zu sagen, wurde jedoch von Adele unterbrochen, die wieder im Flur erschien. »Das war Jack«, sagte sie zu Beth. »Er wollte mir nur versichern, dass alles wie am Schnürchen klappt. Oh, du willst nicht bleiben, Vernon?«

Noch immer wütend, kramte Vernon seine Wagenschlüssel aus der Tasche und klimperte damit. »Nein«, sagte er schroff. »Wir machen uns besser auf die Socken. Du hast hier offensichtlich alles bestens organisiert.« Er funkelte Beth feindselig an. »Viel Glück beim Umzug. Ruf an, wenn du irgendwas brauchst.«

»Danke, Vernon. Es war nett, dass du vorbeigeschaut hast.« Adele hatte sich erholt und spielte die perfekte Gastgeberin. »Du musst mich bald in meinem neuen Zuhause besuchen. Sie auch, Shirley.«

»*Sylvia*.«

»Natürlich, Vernon. Was habe ich nur im Kopf? Das muss das Alter sein.«

Sie standen auf der Schwelle und winkten den Aasgeiern nach. Und Beth raunte: »Sie sind eine gerissene alte Frau. Sie wussten ganz genau, wie das Mädchen heißt, oder?«

Ein letztes Winken, dann machten sie die Tür zu.

»Beth, wie können Sie so was auch nur denken? Oh, aber ich bin wirklich froh, sie nur noch von hinten zu sehen. Für einen Moment war ich richtig aufgeregt. Also, wo sollen wir anfangen?«

Beth schlug vor, dass sie sich als Erstes das Schlafzimmer vornahmen. »Wenn Sie so sind wie ich, dann bewahren Sie dort die meisten persönlichen Sachen auf.«

Beth bestand darauf, dass Adele die Operation von einem Sessel aus dirigierte, und übernahm den Löwenanteil an der Arbeit. Bald hatten sie eine Kommode und ein Nachtkästchen ausgeräumt und fanden, dass sie sich eine Kaffeepause verdient hatten.

»Was hat Ihren pflichtbewussten Neffen aus der Versenkung gelockt?«, wollte Beth wissen, als sie Adele ihre Tasse reichte. »Abgesehen von der Gelegenheit, Ihre Schätze zu durchstöbern?«

»Himmel, Beth, verstehe ich das richtig? Sie können sich nicht für meinen lieben Vernon begeistern?«

»Ihre Vermutung trifft zu. Und seine Motive gefallen mir auch nicht. Tut mir Leid, wenn das zu ehrlich ist.«

Adele lächelte. »Ich weiß Ihre Aufrichtigkeit zu schätzen und bin dankbar, dass Sie rechtzeitig zu meiner Rettung aufgetaucht sind. Ich habe mich noch nie zuvor als tattrige alte Frau angesehen, aber als Vernon meine Sachen so schamlos taxiert hat, wurde mir bewusst, dass meine Tage gezählt sind und die Geier schon über mir kreisen.«

»Sie sind nicht tattrig und erst recht sind Ihre Tage

nicht gezählt. Sie haben noch viele Jahre vor sich und werden bestimmt noch etliche raffinierte Manöver ausführen.«

»Ich würde Ihnen gern glauben, meine Liebe, aber leider werden Ihre freundlichen Worte das Totenglöckchen nicht ganz zum Verstummen bringen.«

An diesem Abend war Beth bedrückt. Bevor die Umzugspläne Gestalt angenommen hatten, hätte Adele niemals so etwas geäußert. Es machte Beth unendlich traurig, dass sich ihre betagte Freundin ohne Kampf geschlagen zu geben schien. Und wer würde ihr Beine machen, wenn sie im Seniorenheim war?

Um sich aufzuheitern, schaltete Beth den Computer ein. Zwei E-Mails warteten auf sie. Die erste war von Simone, die sich über die Hitze in Dubai beklagte und meinte, dass sie, wenn sie nicht aufpasste, bald einen Job als Mutter Teresas Doppelgängerin übernehmen könnte.

Die zweite war von Ewan.

Beth klickte auf »Öffnen«, und ihr Herzschlag beschleunigte sich wie immer, wenn sich Ewan meldete. Sie hatte all ihren Mut zusammennehmen müssen, um einer Zusammenkunft mit ihm zuzustimmen. »Wir wollen nichts überstürzen«, hatte sie auf seinen Vorschlag geantwortet, »aber ich würde Sie auch gern treffen. Sie kennen ja das Sprichwort: Neugier ist der Katzen Tod.«

Miau! Was wollen Sie damit sagen, meine katzenhafte Freundin? [hatte seine Antwort gelautet]. Glauben Sie, dass ich Sie umlegen werde?

Nein, aber wir könnten unsere Freundschaft mit einer Überdosis hässlicher Realität töten.

Mmm ... das wäre durchaus möglich, aber manchmal muss man ein Risiko eingehen. Ich verspreche, Sie nicht zu drängen. Ich überlasse es Ihnen, das Wann, Wie und Ob zu bestimmen. Meine Tochter denkt, dass ich den Verstand verloren habe – vielleicht fühlen Sie sich besser, wenn Sie das wissen. Sie wähnt mich in größter Gefahr und denkt, dass Sie ein Mann sind – ein irrer Psychopath, der sich als Frau ausgibt. Das sind Sie nicht, oder?

Sie hatte ihm erklärt, dass sie definitiv eine Frau sei und psychotische Anwandlungen nur während der prämenstruellen Phase habe.

Jetzt sah sie Ewans neueste Mail auf dem Bildschirm.

Schlechte Nachrichten, man hat mich verschmäht! Weggeworfen auf den Schrotthaufen der Versager. Nicht mich persönlich (obwohl es sich so anfühlt), sondern mein Manuskript. Der Verleger, der so erpicht darauf zu sein schien, hat inzwischen den ganzen Kram gelesen und meint – ich zitiere wörtlich: »Bla, bla, bla ... nicht ganz das, was wir uns für unser gegenwärtiges Programm vorstellen ... noch mehr bla, bla, bla, und ... daher ist Ihr Roman leider nicht geeignet für unsere Reihe.«
Oh, in einem Moment schwebt man im siebten Himmel und im nächsten werden all die Träume und Hoffnungen auf einem Felsen zerschmettert. Keine

Angst, ich habe nicht vor, mich jetzt bei Ihnen auszuheulen und mein Elend zu beklagen. Aber eine Spur niedergeschlagen bin ich schon, das muss ich zugeben. Genau genommen, ziemlich niedergeschlagen. Albern, ich weiß. Aber da haben wir es wieder: ein Mann, niedergestreckt von seinem verletzten Stolz. Haben Sie den zarten Wink, dass ich mich selbst bedauere, verstanden? Nein? Glauben Sie mir, ich habe noch sehr viel mehr Selbstmitleid vorrätig, aber ich werde dem Drang, mich als Jammerlappen zu entlarven, widerstehen.

Aber etwas Gutes ist mir heute doch widerfahren – ich habe die Gelegenheit, an einer Schriftstellertagung teilzunehmen. Es handelt sich um ein einwöchiges Seminar in der Nähe von Harrogate, bei dem Möchtegern-Autoren die Chance haben, Literaturagenten und Lektoren kennen zu lernen und an Gesprächsrunden sowie Workshops teilzunehmen. Mir kam der Gedanke in den Sinn, dass vielleicht – nur möglicherweise und rein zufällig … äh …, dass Sie … äh … vielleicht auch an diesem Seminar teilnehmen möchten.

Ein schockierender Vorschlag, ich weiß. Aber denken Sie darüber nach. Sie wären absolut sicher inmitten von so vielen anderen Menschen. Natürlich kann ich nicht für deren geistige Gesundheit garantieren, und – sehen wir den Tatsachen ins Auge – Schriftsteller sind nicht die harmlosesten Irren, aber zumindest wären genügend Leute da, die Sie beschützen würden, falls Vollmond ist und ich mich in einen Wahnsinnigen oder einen Werwolf verwandle.

Oh, warten Sie eine Sekunde – Mondlicht strömt

durch die Vorhänge, und ich spüre … oh, heiliger Strohsack, ein seltsames Prickeln auf meinem Rücken und den Armen. O nein! Struppiges Haar sprießt überall … Ah-oo! Ah-oo!
Schreiben Sie mir postwendend zurück und erzählen Sie mir etwas, was mich aufheitert.
Ewan X

Beth lächelte und fing an zu tippen.

Sie sind verrückt, Ewan Jones! Total verrückt! Und Sie heulen wie der Werwolf, der Sie zu sein vorgeben. Lieber Himmel, eine kleine Zurückweisung, und Sie sind am Boden zerstört. Reißen Sie sich zusammen, Mann!
Mal im Ernst – es tut mir Leid, dass Sie einen so scheußlichen Rückschlag einstecken mussten. Aber Sie sind ja schon ein großer Junge, und ich bin sicher, dass Sie sich wieder aufrappeln, den Staub von Ihren Kleidern klopfen und es noch einmal versuchen. Wenigstens hat Ihnen der Verleger nicht geschrieben, dass Sie einen Haufen Bockmist abgeliefert haben – wie man es mir sicherlich mehr oder weniger schonend mitteilen würde, wenn ich den Mut hätte, irgendetwas, was ich geschrieben habe, abzuschicken. Für eine Ablehnung muss diese als eine der netteren gewertet werden. Sie haben kein schlechtes Buch geschrieben; Ihr einziger Fehler war, dass Sie das Manuskript an den falschen Verlag geschickt haben, vergessen Sie das nicht.
Außerdem – und fallen Sie jetzt bitte nicht gleich vom Stuhl vor Schreck – halte ich den Vorschlag mit der

Schriftstellertagung für eine gute Idee. Allerdings müssen Sie mir mehr Informationen zukommen lassen, ehe ich mich verpflichte …
Wie immer bin ich vorsichtig.
Beth X

Sie konnte immer noch nicht glauben, dass sie eine so amüsante Beziehung via Internet geknüpft hatte. Ewans Fähigkeit, sich selbst durch den Kakao zu ziehen, sogar wenn er down war, bezauberte sie. Er war eine erfrischende Ausnahme von all den Männern, die sich selbst zu ernst nahmen.

Falls es ein Risiko war, ihn zu treffen, dann nahm sie es mit Freuden auf sich.

Kapitel einundvierzig

Als die drei Möbelpacker weg waren, betrachtete Jack das Durcheinander, das sie hinterlassen hatten. Obwohl er und die Männer schwer geschuftet und Kisten ausgepackt und Möbel aufgestellt hatten, war immer noch eine Menge zu tun. Noch vor einer Stunde hatte sein neues Heim gar nicht so schlecht ausgesehen, aber jetzt schien nicht genügend Platz für all seine Habseligkeiten da zu sein.

Bevor er noch irgendetwas auspackte, brauchte er erst einmal einen Drink. Zum Glück wusste er, wo er seinen nicht unbedingt üppigen Getränkevorrat finden konnte – die Flaschen waren im Esszimmer auf dem Kaminsims aufgereiht. Er schenkte sich einen großen Malt Whisky ein, stellte sich mit dem Rücken zur Tür und betrachtete den Kamin. Als das Haus in zwei Wohnungen aufgeteilt worden war, hatte dieser Raum gelitten: Er war verkleinert worden, um Platz für die Küche zu schaffen. Jack hatte vor, einen Handwerker zu engagieren, um die Wand zwischen den beiden Räumen durchbrechen zu lassen, ehe er sich zu behaglich eingerichtet hatte. Die Arbeiten würden viel Dreck und Chaos verursachen, aber das Ergebnis dürfte die Unannehmlichkeiten rechtfertigen. Er machte sich viele Gedanken, wie das Zimmer aussehen sollte. Die alte, in der Feuerstelle installierte Gasheizung musste weg und der Kamin geöffnet werden, damit er ein echtes Feuer hatte, und davor würde er dann ein neues Sofa stellen. An die große Wand kamen Regale vom Boden bis zur Decke, und rechts und links vom Kamin wollte er zwei hüfthohe Schränke und darüber noch mehr Regale für Bücher und CDs einbauen lassen. Für die Beleuchtung musste er sich noch etwas einfallen lassen – vielleicht würde er sich für Spotlights und Stehlampen entscheiden. Die Küche brauchte eine komplette Runderneuerung – eine neue Aufteilung und neue Einbauten. Außerdem brauchte er noch einen großen Tisch, damit er mit den Mädchen ganz gemütlich essen konnte, statt auf den hohen Hockern an einer Frühstücksbar zu thronen wie in seiner früheren Bleibe. Er wollte einen stilvollen Raum kreieren, der zum Mittelpunkt der ganzen Wohnung werden sollte und in dem sich Amber und Lucy wohl fühlten.

Wenn sie nicht nach Amerika übersiedelten.

Seine Kehle wurde eng, und er umklammerte das Whiskyglas fester. Maddies Ankündigung vom letzten Freitag verfolgte ihn regelrecht. *Es wäre eine fantastische Gelegenheit für sie.*

»Und was ist mit der fantastischen Möglichkeit, mit ihrem Vater zusammen zu sein?«, hatte er ihr entgegengeschleudert, sobald er wieder ein Wort herausbrachte, ohne auf Beschimpfungen zurückgreifen zu müssen.

»Mäßige deine Lautstärke, Jack«, hatte Maddie gezischt. »Die Leute sehen schon zu uns rüber.«

»Lass sie!« Er warf die Serviette auf seinen noch halb vollen Teller. Ihm war der Appetit gründlich vergangen. »Aber es ist interessant, dass du dir mehr Gedanken darum machst, was Fremde von dir halten könnten, als um das Wohlergehen unserer Kinder. Und da wir gerade davon reden – was, zum Teufel, unternimmst du dagegen, dass Amber nichts isst?«

»Es ist nur eine Phase«, erklärte sie abweisend. »So was machen alle Mädchen durch.«

»So ist es recht, leg das zu allem anderen unter ›okay‹ ab. Oh, es ist okay, dass Ambers Selbstwertgefühl so gering ist, dass sie hungert, denn das macht ja jedes Mädchen in ihrem Alter. Genauso okay ist, dass du deinen Ehemann betrügst, weil das auch jeder tut.«

»Hör auf, um Himmels willen! Warum musst du aus allem ein Drama machen? Früher warst du nie so verdammt theatralisch.«

»Du kapierst es nicht, oder? Du siehst nicht, dass du mir nichts Schlimmeres hättest antun können. Du schläfst mit meinem besten Freund, du verlässt mich seinetwegen, und du schränkst die Zeit ein, in der ich mit unseren Kindern zusammen sein kann. Dann – und das ist das Beste – erwartest du von mir, dass ich mich zurücklehne und mich still verhalte, während du sagst, dass ich Glück habe, wenn ich sie überhaupt jemals wiedersehe. Entschuldige bitte, wenn ich darauf nicht so reagiere, wie du es gern hättest.«

»Ich habe nicht gesagt, dass du die Mädchen nicht wiedersiehst.«

»Aber so gut wie«, gab er zurück. »Also – wie sieht der große Plan aus, den du mit Tony ausgeheckt hast? Kommen die Mädchen alle zwei Jahre in den Sommerferien zu mir? Habt ihr euch das so gedacht?«

Sie nahm ihre Handtasche auf den Schoß. »Wenn du

nicht bereit bist, vernünftig über alles zu reden, dann hat es wohl keinen Sinn, diese Unterhaltung fortzusetzen. Es kommt nichts dabei heraus.« Sie nahm die Autoschlüssel aus der Tasche und stand auf. »Du tust mir Leid, Jack. Du bist blind vor Verbitterung. Vielleicht wäre es tatsächlich besser, wenn Amber und Lucy nicht so oft bei dir sind. Ich hasse den Gedanken, dass dich die Kinder so erleben. Es wird ihnen weit mehr schaden als irgendetwas, was Tony oder ich ihnen antun könnten.«

Jack war zu wütend und aufgeregt gewesen, um ihr zu folgen, stattdessen war er einfach sitzen geblieben, entsetzt über ihren schändlichen Vorwurf, dass er seinen Kindern jemals Schaden zufügen könnte.

Jetzt riss ihn das ungewohnte Klingeln an der Tür aus seinen Gedanken. Er kletterte über einen Kaffeetisch, wich Umzugskisten, Polstern und Lampenschirmen aus, die auf einem Haufen Taschenbüchern lagen, und ging zur Wohnungstür. Er hoffte, dass der Besucher ihn nicht in noch tiefere Depressionen stürzen würde. Solange er nicht an Maddie und Tony dachte, ging es ihm gut.

Er machte die Tür auf und freute sich, dass Beth sein erster Gast im neuen Heim war.

»Hi«, sagte sie. »Ich komme gerade von der Arbeit und wollte mich vergewissern, dass sie das Abendessen bei uns nicht vergessen haben.«

Lächelnd erwiderte er: »Nur der Gedanke an eine anständige Mahlzeit hat mich diesen Tag unbeschadet überstehen lassen.«

Sie spähte durch die Tür auf das Schlachtfeld im Flur. »War es so furchtbar?«

»Eigentlich nicht. Wenn Sie mutig sind, sollten Sie hereinkommen und es sich selbst ansehen.«

Sie blieben im Flur – der strategisch günstigste Punkt, um Einblick in alle Zimmer zu haben.

»Sieht nicht allzu gut aus, oder?«, fragte Jack düster. Er fühlte sich wie erschlagen, als ihm klar wurde, wie viel Arbeit noch vor ihm lag.

»Das wird schon«, beschwichtigte Beth. »Es ist bei jedem Umzug so. Sie bekommen das schnell in den Griff. Ich könnte Ihnen morgen helfen, wenn Sie wollen. Ich habe dieses Wochenende frei.«

Er war gerührt. »Das ist ehrlich nett von Ihnen, aber ich möchte mich nicht dem Vorwurf aussetzen, Ihre Freundlichkeit auszunutzen.«

»Unsinn. Wir sind Freunde. Kameraden und Anhänger des geschrieben Wortes, wie Sie selbst einmal sagten. Aber jetzt muss ich mich sputen, sonst gibt es heute Abend kein Essen. Passt Ihnen acht Uhr?«

Wie sich herausstellte, hatte Beth noch genügend Zeit, den Tisch zu decken und ein schnelles Bad zu nehmen. Während sie die Perlohrringe in ihre Ohrläppchen steckte, hörte sie, dass Nathan in der Küche telefonierte.

Zur Zeit waren Ferien, und soweit Beth wusste, hatte er die ganze Woche nicht mit Jaz gesprochen. Sie hätte ihn gern gefragt, ob zwischen ihnen alles in Ordnung war, aber da sie die Privatsphäre ihres Sohnes respektierte, hatte sie sich zurückgehalten. Schließlich hatte sie selbst auch einiges zu verbergen. Sie bekam allmählich ein schlechtes Gewissen, weil sie Ewan sozusagen unter Verschluss hielt. Ihre Verschwiegenheit gründete einerseits auf Verlegenheit – wie konnte sie jemandem eingestehen, dass sie über E-Mails Zuneigung zu einem Mann entwickelt hatte? –, andererseits machten ihr die Heimlichkeiten Spaß. Es war lustig, einen geheimnisvollen Mann im Leben zu haben. Und aufregend.

Wendy hatte neulich festgestellt, dass etwas anders an ihr war. »Ich kann nicht sagen, was es ist, aber wenn ich es nicht besser wüsste, dann würde ich sagen, dass du mehr als nur eine Nacht mit gesundem Schlaf hinter dir hast, Beth King«, sagte sie. »Du triffst dich doch nicht heimlich mit einem Mann?«

Lächelnd entgegnete Beth: »Wendy, ich kann dir versichern, dass ich mich mit niemandem heimlich *treffe*. Wenn es so wäre, würdest du es als Erste erfahren.«

Jack kam um Punkt acht mit einer Flasche Wein in der Hand herauf. Beth fand, dass er zuversichtlicher wirkte als vorhin, und war froh, dass sie ihn eingeladen hatte. Während des Essens erzählte sie ihm von Adeles grässlichem Neffen Vernon, und Jack bot an, Beth zu begleiten, wenn sie die alte Lady in der nächsten Woche im Seniorenheim besuchte. »Warum bringen Sie Amber und Lucy nicht auch mit?«, schlug Beth vor, weil sie wusste, welche Freude es Adele gemacht hatte, die beiden Kinder bei sich zu haben.

»Wird ihr das nicht zu viel?«

»Ich glaube, sie wäre ganz aus dem Häuschen.«

Sie räumten zusammen den Tisch ab, als Jack Nathan, der noch mit Billy ausgehen wollte, fragte, ob er jemals Jaz' Brüder kennen gelernt hatte.

»Nein, aber ich habe das Gefühl, sie ist nicht gerade begeistert von ihnen. Warum fragen Sie?«

»Oh, aus keinem besonderen Grund.«

»Jack?«

Er füllte sein und Beths Glas auf und sah sie mit einem schiefen Lächeln an. »Also gut, ich erzähle es, aber ich möchte nicht, dass Jaz davon erfährt. Sie würde an die Decke gehen, wenn sie wüsste, was sich abgespielt hat. Ihre Brüder haben mich am letzten Freitag verfolgt, und bei erster Gelegenheit haben sie mich aus dem Auto gezerrt, auf den Rücksitz ihres Wagens verfrachtet und mir gedroht. Sie hatten am Abend zuvor gesehen, wie Jaz aus meinem Auto ausgestiegen war, und dachten, ich hätte mich an ihre kleine Schwester herangemacht. Im Grunde eine lobenswerte Haltung, könnte man sagen.« Er warf einen Blick auf Nathan. »Für den Fall, dass Sie vorhaben, mir einen rechten Haken zu verpassen, möchte ich lieber gleich klarstellen, dass ich *nichts* von Jaz will.«

»Das ergibt keinen Sinn«, meinte Nathan mit gerunzelter Stirn. »Ihre Familie muss doch wissen, dass sie sich am Donnerstagabend mit der Schriftstellergruppe trifft. Wieso sind sie dann nicht auf die Idee gekommen, dass Sie sie einfach nur nach Hause gefahren haben?«

»Oh, aus irgendwelchen Gründen, die wohl nur Jaz kennt, hat sie ihre Familie offenbar über diesen wichtigen Punkt in Unkenntnis gelassen.«

Nathan sah Jack nachdenklich an. »Soll das heißen, sie hat ihre Eltern angelogen?«

»Höchstwahrscheinlich.«

»Das würde heißen, dass sie Hausarrest hat, wenn sie beim Lügen erwischt wurde.« Plötzlich breitete sich ein Grinsen auf Nathans Gesicht aus. »Danke, Jack,

Sie haben ein Rätsel aufgeklärt. Also, Leute, ich verschwinde. Mum, warte nicht auf mich.« Er pfiff vor sich hin, als er mit schwungvollem Gang die Wohnung verließ. Beth merkte erst jetzt, dass er die ganze Woche nicht so gut gelaunt gewesen war. Sie sah Jacks fragenden Blick und sagte: »Ich glaube, Sie haben gerade ein großes Problem für ihn gelöst. Er hat seit Tagen keinen Ton von Jaz gehört. Keine Besuche. Keine Anrufe. Jetzt weiß er, warum. Und dass es nichts mit ihm zu tun hat.«

»Ich an Nathans Stelle würde mich vorsehen. Wenn ihren Brüdern seine Nase nicht passt, dann sollte er ein paar Selbstverteidigungstricks auf Lager haben. Meinen Sie, Jaz hat ihren Eltern von Nathan erzählt?«

Beth grübelte über diese Frage nach, während sie die verschiedenen Käsesorten auspackte, die sie in der Mittagspause gekauft hatte, und auf einer Platte arrangierte. Sie kam zu dem Schluss, dass Jaz' Eltern keine Ahnung von Nathan hatten. Ihres Wissens war der Junge noch nie bei den Raffertys eingeladen gewesen. Entweder kam Jaz hierher, oder die beiden trafen sich in der Stadt.

Beth setzte sich wieder an den Esstisch. »Dulcie hat mir gestern erzählt, dass sie vergeblich versucht hat, Jaz zu erreichen, um ihr zu sagen, dass das Treffen nicht stattfindet. Der Privatanschluss der Raffertys steht nicht im Telefonbuch, und Jaz' Handy scheint ausgeschaltet zu sein. Da dachte ich noch, dass die Raffertys vielleicht eine Woche in ihrem Apartment in Teneriffa verbringen. Aber wenn sie Ärger mit ihren Eltern hat, dann haben sie ihr womöglich zur Strafe das Handy weggenommen.«

»Was für einen Eindruck hat sie gemacht, als Sie mit ihr gesprochen haben?«

»Jaz?«

»Nein. Dulcie.«

»Oh. Keinen guten. Sie kam mir müde und niedergeschlagen vor, und sie hatte ein schlechtes Gewissen, weil sie die Gruppe im Stich lässt.«

»Ich hätte es nie für möglich gehalten, dass sie zu so etwas fähig ist.«

»Wozu?«

»Dass sie sich an einen verheirateten Mann heranmacht und mit voller Absicht seine Ehe zerstört.«

Beth wusste natürlich, wie empfindlich Jack in diesem Punkt war. »Ich glaube kaum, dass man solche Dinge ›mit voller Absicht‹ tut. Außerdem hat sie die Ehe nicht zerstört.«

Jack nahm sich einen Cracker und brach ihn in zwei Hälften. »Sie hat sie ganz gewiss nicht gestärkt.«

Eine Weile herrschte Schweigen. Schließlich fragte Beth: »Ist alles okay bei Ihnen?«

»Ehrlich gesagt, nein.«

»Möchten Sie darüber reden, oder soll ich mich lieber um meine eigenen Angelegenheiten kümmern? Möchten Sie vielleicht ein wenig Käse zu den Krümeln?«

Er sah zerknirscht auf seinen Teller. »Ich verwandle mich in ein Wrack, Beth.« Er seufzte. »Gerade wenn ich denke, ich hätte mich einigermaßen aufgerappelt, kommt der nächste Tiefschlag. Das Neueste von Maddie und dem Goldjungen Tony ist, dass sie nach Kalifornien übersiedeln wollen. Das würde bedeuten, dass ich die Mädchen nie mehr sehe. Ich … ich werde sie für immer verlieren.« Seine Stimme wurde brüchig, und er wandte das Gesicht ab.

Einen schrecklichen Moment lang wusste Beth nicht, was Sie tun sollte. Ihr Instinkt sagte ihr, dass er Trost brauchte, eine sanfte Berührung am Arm oder eine Umarmung. Sie selbst hatte jahrelang ihre eigenen Gefühle verborgen, und gerade das hielt sie jetzt davon ab, ihm durch Gesten zu zeigen, wie nahe ihr sein Schmerz ging. Sie griff auf Worte zurück. »O Jack, das tut mir Leid. Das ist ja furchtbar. Können Sie nichts dagegen unternehmen?«

Er schluckte und mied nach wie vor ihren Blick. Sie sah, dass er den Tränen nahe war, und ihr Herz flog ihm zu.

»Ich habe mit meinem Anwalt gesprochen, und er meint, ich kann nichts weiter tun, als Maddie um Einsicht zu bitten.« Sein Zynismus war nicht zu überhören, und er drehte sich Beth zu. »Die Chancen, dass ich damit Erfolg habe, sind in etwa so groß wie die, dass ich einen Literaturpreis gewinne.«

Beth lächelte vorsichtig. »Es sind schon seltsamere Dinge passiert«, sagte sie leise. Sie goss den Rest Wein in sein Glas. Warum konnte sie ihn nicht einfach in die Arme nehmen? Vor Adams Tod hatte sie nie solche Berührungsängste gehabt. Fast schien es, als wäre die Frau in ihr verwelkt und abgestorben. Unerklärlicherweise war ihr nach Weinen zumute. Aber noch irrationaler war die Wut, die sie plötzlich auf Adam hatte. Wie konnte er es wagen, noch immer eine solche Macht auf sie auszuüben?

Sie erhob sich abrupt, um noch eine Flasche Wein zu holen. Sie öffnete sie und erkundigte sich nach Jacks

Plänen für Adeles Wohnung – es würde noch einige Zeit dauern, bis sie sie als seine ansehen könnte.

Jack atmete erleichtert auf, weil er über etwas anderes sprechen konnte, und entschuldigte sich im Voraus für die Unannehmlichkeiten, die der Umbau verursachen würde. »Ich hoffe, Sie werden nicht über Gebühr gestört, wenn die Handwerker hier sind«, sagte er.

»Ich glaube, ich werde es überstehen. Und außerdem bin ich außer Haus, wenn sie hier sind, es sei denn natürlich, Sie lassen sie auch während der Nacht schuften. Dann könnte es sein, dass ich Einspruch erhebe.«

»Zusammen mit dem Rest der Nachbarschaft, denke ich.«

Bald hatte Beth zu viel getrunken, und sie wusste, dass sie am Morgen mit einem riesigen Kater für ihren Leichtsinn bezahlen musste. Aber das war ihr egal. Und es hielt sie nicht davon ab, von Wein auf Härteres umzusteigen. Ihre Wut hatte einer heiteren Milde Platz gemacht. Jack konnte auch wieder lachen und lächelte mehr als sonst, als sie zusammen auf dem Sofa saßen und ungeheuer witzig fanden, was der andere sagte. Beth bot irgendwann an, einen Kaffee zu kochen, doch Jack hielt sie zurück. »Kaffee ist was für Weicheier«, erklärte er. »Wie wär's mit noch einem Glas von dem ausgezeichneten Single Malt?«

»Tut mir Leid«, erwiderte sie. »Die Flasche ist leer. Ich hab noch einen nicht ganz so guten verschnittenen Whisky, wenn Sie den wollen.«

Er schüttelte den Kopf. »Ich rühre das billige Zeug nicht an. Davon bekommt man garantiert einen Kater.«

»Adam mochte Whisky«, sagte sie traurig. »In der Nacht, in der er starb, hat er eine halbe Flasche getrunken. Aber Sie dürfen niemandem erzählen, dass ich Ihnen das anvertraut habe.«

»Warum?«

»Weil es sehr, sehr, *sehr* illoyal Adam gegenüber ist.«

Jack lehnte sich zurück und legte den Arm um Beth. »Und Sie sind ein sehr loyaler Mensch, hab ich Recht? Haben Sie deshalb nie wieder geheiratet?«

»Zum Teil.«

»Welchen Teil meinen Sie?«

Sie genoss es, seinen Arm auf ihren Schultern zu spüren. »Den Teil, an den andere nicht rankommen.«

Er fiel in ihr Gelächter mit ein. »O Beth, wir geben ein feines Pärchen ab. Aber waren Sie wirklich nie versucht, noch einmal zu heiraten? Sie müssen doch Angebote bekommen haben – Sie sind eine sehr attraktive Frau.«

»Niemand hat mir einen Antrag gemacht.«

»Weil Sie die Zugbrücke hochgezogen hatten?«

»Es ist kein Verbrechen, wählerisch zu sein«, gab sie eine Spur zu defensiv zurück.

»Es *wäre* ein Verbrechen, wenn Sie sich dadurch um ein glücklicheres Leben bringen würden. Aber das muss gerade ich sagen. Sehen Sie sich den Schlamassel an, den ich angerichtet habe, als ich mich in die Arme der ersten Frau gestürzt habe, die mir über den Weg gelaufen ist.«

Beth entging der betrübte Unterton in seiner Stimme nicht. »Ich habe ein Geheimnis«, sagte sie. »Ein Wahnsinnsgeheimnis, von dem kein Mensch etwas weiß.«

Jack grinste breit. »Was haben Sie im Ärmel versteckt?«

»Einen Mann.«

»Einen Mann?«, wiederholte er. »Lassen Sie mich sehen.« Er nahm ihren Arm und spähte unter den Ärmel. »Ich sehe keinen.«

»Weil er nicht hier ist. Er ist …« Sie brach ab und lachte. »Er ist … ein Cyberman.«

Jack zog eine Augenbraue hoch und sah sie an. »Sind Sie sicher? Es besteht nicht die Möglichkeit, dass sie ihn mit Dalek verwechseln, den ich neulich in der Stadt gesehen habe?«

Noch immer lachend sagte sie: »Sein Name ist Ewan Jones.«

»Und?«

»Und was?«

»Na ja, Sie müssen mir das schon näher erläutern. Bisher weiß ich nur, dass er ein Cyberman namens Ewan Jones ist. Macht ihn das zum walisischen Feind der Herren über die Zeit?«

Sie schüttelte den Kopf und musste abwarten, bis sich der Raum nicht mehr um sie drehte. »Er ist ein bisschen älter als ich und hat ein großes Talent, mich zum Lachen zu bringen. Er schreibt auch, hat noch nichts veröffentlicht, gibt jedoch zu Hoffnungen Anlass.«

»Wo haben Sie ihn kennen gelernt? Bei einer *Doctor-Who*-Tagung?«

Sie zögerte. »Äh … ich habe ihn noch gar nicht persönlich kennen gelernt.« Sie erzählte ihm von den Online-»Begegnungen« und wie sich ihre Freundschaft entwickelt hatte. »Ich nehme an, das kommt Ihnen ein wenig dämlich vor«, sagte sie, nachdem sie Jack auch von dem anvisierten Treffen bei der Schriftstellertagung berichtet hatte.

Er drückte sie an sich. »Ich finde das super. Wie sonst sollte ein Schreiberling seinen idealen Partner finden, wenn nicht durch das geschriebene Wort? Vielleicht sollte ich das auch mal versuchen.«

»Aber was halten Sie von dem Treffen, das er vorgeschlagen hat? Sagen Sie mir Ihre ehrliche Meinung.«

»Gehen Sie darauf ein, Beth. Sie wissen, dass Sie es in Ihrem tiefsten Inneren wollen. Also, warum nicht?«

»Vielleicht mögen wir uns gar nicht, wenn wir uns von Angesicht zu Angesicht gegenüberstehen. Vielleicht trägt er scheußliche Schuhe – graue Slipper zu weißen Frotteesocken.« Sie verzog das Gesicht. »Es könnte katastrophal werden. Hören Sie auf zu lachen, Jack. Solche Dinge sind wichtig. Aber im Ernst – er könnte sich als …«

»… als tobsüchtiger Irrer entpuppen?«, fiel Jack ihr ins Wort. »In diesem Fall brauchen Sie einen Anstandswauwau.« Er machte eine Pause. »Hey, ich weiß zwar, dass ich schon fast genauso betrunken bin wie Sie, aber ich habe trotzdem eine tolle Idee. Warum nehmen wir nicht alle an dieser Tagung teil?«

»Wer alle?«

»Die Verborgenen Talente – Dulcie, Jaz, Victor, Sie und ich. Wir könnten als Gruppe hinfahren. Das wäre großartig. Das wäre genau das Richtige. Es würde uns bei unseren Bemühungen anspornen, gleichzeitig könnten wir Ihren Kerl ein wenig genauer unter die Lupe nehmen. Was meinen Sie?«

»Ich denke – obwohl ich weiß, wie lausig ich mich

morgen fühlen werde –, dass wir uns öfter betrinken sollten. Sie sind ein Genie, Jack Solomon.«

»Und zum Beweis, dass meine brillante Idee kein einmaliger Glücksgriff war, habe ich gleich noch eine. Lassen Sie uns Ihrem Cyberspace-Freund gleich jetzt per E-Mail die gute Neuigkeit verkünden.«

»Jetzt?«

»Die Gelegenheit ist so gut wie jede andere. Dann können Sie nicht mehr zurück. Und wir könnten der Message ein bisschen Würze und ihm so einen kleinen Vorgeschmack auf die wahre Beth King geben.«

Sie sah ihn zweifelnd an, aber er lachte und zog sie auf die Füße. »Gekniffen wird nicht, Beth. Wir machen ihn richtig scharf auf eine persönliche Begegnung mit Ihnen. Sie behaupten immer, dass ich gut mit Worten bin – prima, heute Abend können Sie mich auf die Probe stellen. Ich habe vor, den Mann so weit zu bringen, dass er in Verzückung gerät, wenn er nur an Sie denkt.«

Dass sie sich von Jack zu ihrem Computer zerren ließ, war ein Zeichen dafür, wie betrunken sie wirklich war. »Ich hoffe, Sie bringen mich nicht dazu, etwas zu tun, was ich später bereue«, sagte sie.

Kapitel zweiundvierzig

Am folgenden Morgen machte Ewan in Suffolk einen flotten Strandspaziergang. Ein stürmischer Wind blies von der Nordsee und trieb große Brecher vor sich her. Es war ein belebender Start in den Tag, und Ewan fühlte sich schon besser. Im Großen und Ganzen hatte er eine lausige Woche hinter sich. Die Ablehnung von *Emily und Albert* hatte ihn mehr getroffen, als er erwartet hätte. Er hatte sie persönlich genommen. Schlicht gesagt, die Story bedeutete ihm viel, und es lag ihm am Herzen, sie mit anderen zu teilen.

Er bückte sich, um einen Stein aufzuheben, und warf ihn ins brodelnde Meer. »Ich werde allmählich zum sentimentalen alten Narren«, sagte er laut in den Wind. Er warf noch einen Stein und noch einen. Das Meer langweilte ihn nie, und er konnte sich nicht vorstellen, irgendwo anders zu leben. Schließlich drehte er der Küste den Rücken zu und ging zu den bunten Strandhütten hinauf, von denen eine, wie die Lokalzeitung letzte Woche berichtet hatte, für schlappe zehntausend Pfund den Besitzer gewechselt hatte. Die Welt war verrückt. Der Schutz der Dünen war ihm willkommen nach dem Tosen am Strand, und er genoss die relative Stille und Wärme, als er zur Hauptstraße ging. Dort kaufte er in dem Laden, der vierundzwanzig Stunden geöffnet hatte, eine Zeitung und ein bisschen Speck.

Während er sich Frühstück machte, zwei Eier zu den brutzelnden Speckscheiben in die Pfanne schlug, dachte er an die Dinnerparty, an der er am Abend teilnehmen sollte. Dies war wieder ein Versuch seiner wohlmeinenden Freunde, ihn mit einer Frau zu verkuppeln. Das war das Problem mit den glücklich Verheirateten: Sie hassten es, wenn ein Single in ihrer Nähe herumlungerte. Ewan hoffte nur, dass die Frau, die man heute Abend neben ihn setzte, etwas Interessantes zu sagen hatte. Die Letzte, die Phil und Susannah ihm bei einer ihrer Partys vorgeführt hatten – eine Englischdozentin und eiserne Feministin –, war eine absolut verbitterte Geschiedene gewesen. Für sie hatte es, als sie ein gewisses Quantum Wein intus hatte, nur noch ein einziges Thema gegeben: Alle Männer waren verlogene Schwächlinge, die eines Tages, sollte die Revolution kommen, alles zurückbekämen, was sie den Frauen angetan hatten. Das war kaum die Art von Konversation, die einen Mann zu freiwilligem Einsatz animierte. »Was habt ihr euch, in Gottes Namen, dabei gedacht? Was soll ich mit dieser Frau gemeinsam haben?«, hatte er Phil am nächsten Morgen gefragt, als er ihn angerufen hatte, um sich für seine Gastfreundschaft zu bedanken.

»Susannah meinte, dir könnte die intellektuelle Herausforderung gefallen«, sagte Phil. »Ganz zu schweigen von der literarischen Verbindung.«

»O ja. Was hat sie noch über die Unterhaltungsliteratur gesagt? Man sollte sie im Keim ersticken. Phil, wenn es nach ihr ginge, müsste man die Buchläden landauf, landab von all den Taschenbüchern säubern.«

Ewan kippte seine Eier auf einen Teller, setzte sich an den Tisch und schlug die Feuilletonseiten des *Daily Telegraph* auf. Nachdem er die Buchrezensionen gelesen hatte, räumte er die Küche auf, dann ging er in sein Arbeitszimmer und tat wie immer so, als wäre er nicht erpicht darauf, ob eine Mail von Beth angekommen war.

Es war eine da.

Er las sie zweimal und hoffte, dass sie es nicht bedauerte, sie abgeschickt zu haben. Es war ein Glanzstück, eine Perle. Er vermutete, dass sie sie unter dem Einfluss von Berauschenderem als einem Becher Kakao geschrieben hatte.

Beth wusste, noch ehe sie die Augen aufschlug und das grelle Licht, das durch die Vorhangritzen drang, sie blendete, dass etwas Furchtbares geschehen war. Sie drehte sich auf die Seite und versuchte, wieder einzuschlafen. So zu tun, als wäre der Kater nichts anderes als ein hässlicher Traum.

Aber sie wusste, dass sie nicht träumte, und als sie sich an den letzten Abend erinnerte, zog sie die Knie bis zum Kinn, als könnte sie die Embryostellung vor der Scham bewahren.

Betrunken.

Oh, sturzbesoffen.

Sie erinnerte sich, dass Jack ihr ein Küsschen auf die Wange gegeben hatte und gegangen war, dann war Nathan nach Hause gekommen und hatte sie im Badezimmer vorgefunden, als sie sich grade über die Toilettenschüssel beugte. »Ich glaube, mir geht's nicht sehr gut«, hatte sie gewimmert und an die zahllosen Vorträge gedacht, die sie ihrem Sohn über die teuflische Wirkung von Alkohol gehalten hatte. »Ich muss etwas Falsches gegessen haben.«

»Ja, das muss es sein, Mum«, hatte er gesagt und ihr ins Bett geholfen. Sie ging jede Wette ein, dass er insgeheim über sie lachte.

Plötzlich fiel ihr etwas noch viel Peinlicheres ein: die E-Mail, die sie und Jack an Ewan geschickt hatten.

Sie ächzte und kroch noch tiefer unter die Bettdecke.

»Oh, lieber Gott, lass die Welt untergehen«, murmelte sie.

Kapitel dreiundvierzig

Dulcie bildete sich ein, dass sie sich bemerkenswert wacker hielt, aber ein Blick in Prues und Maureens Gesichter verriet ihr sofort, wie kläglich sie versagte. Unter den durchdringenden Blicken ihrer Freundinnen bröckelten die letzten Reste ihres Schutzwalls zusammen.

»Ich will nicht lange um den heißen Brei herumreden«, sagte Prue in ihrer direkten Art, nachdem die Serviererin ihnen die Ofenkartoffeln und den Salat gebracht hatte. »Was, um Himmels willen, ist los mit dir, Dulcie? Bist du krank?«

Es kostete Dulcie all ihre Kraft, sich unbekümmert zu geben. »Selbstverständlich bin ich nicht krank. Und ich habe mich sehr auf euch gefreut.«

»Quatsch«, meinte Prue, während sie ihr Essen nachsalzte. »Ich habe dich noch nie mit so hängenden Mundwinkeln gesehen.«

Maureen bekräftigte in weniger scharfem Ton: »Sie hat Recht, Dulcie. Du siehst wirklich nicht gut aus. Es ist doch nichts mit Kate oder Andrew?«

»Nein. Beiden geht's gut, aber danke, dass du nachfragst.« Sie zwang sich, eine Gurkenscheibe zu essen.

Es war ein Fehler gewesen, sich mit ihren Freundinnen zu treffen. Warum nur hatte sie sich nicht irgendeine Ausrede einfallen lassen und abgesagt? Was hatte sie auf die Idee gebracht, dass sie die beiden täuschen könnte? Schließlich wusste sie selbst, wie furchtbar sie aussah und dass ihr Verhalten aller Welt verriet, wie schlecht es ihr ging. Ihr glitt alles aus den Händen. In der letzten Wochen hatte sie das Treffen der Schriftstellergruppe absagen müssen, und sie glaubte kaum, dass sie die morgige Zusammenkunft durchstehen konnte. Schreiben war das Letzte, was sie jetzt im Kopf hatte.

Und das alles wegen Richard. Weil sie sich selbst versagte, ihn wiederzusehen. Er fehlte ihr so sehr! Mit jedem Tag wurde der Schmerz schlimmer. Er rief sie jeden Morgen an und versuchte, sie zur Vernunft zu bringen. Heute war er regelrecht zusammengebrochen und hatte geschluchzt. »Tu mir das nicht an, Dulcie. Ich würde lieber sterben, als ohne dich weiterleben zu müssen.« Sie hatte mit zitternder Hand aufgelegt und hasste sich selbst dafür. Seine Verzweiflung zu hören und zu wissen, dass sie die Ursache dafür war, ging über ihre Kräfte.

Sie hatte Philip geliebt und auch noch nach seinem Tod tief für ihn empfunden, aber ihn zu verlieren war nicht so schmerzlich gewesen wie diese Trennung. Diesmal hatte sie selbst den Verlust herbeigeführt und bekam die verheerenden Auswirkungen zu spüren, die nicht nur sie, sondern auch Richard zu erleiden hatte. Dabei plagten sie nicht nur Schuldgefühle ... sie empfand unendlich tiefe Trauer.

Sie schaute auf und sah, dass Prue und Maureen hektisch in ihren Handtaschen kramten. Was suchten sie? Als Maureen ihr ein Päckchen Papiertaschentücher in die Hand drückte, wurde ihr klar, dass das

Spiel vorbei war. Sie konnte ihnen nichts vormachen. Sie wischte die Tränen aus ihren Augen und putzte sich die Nase. »Würde es euch viel ausmachen, wenn wir …« Sie schnäuzte sich noch einmal und räusperte sich. »Ich glaube, ich gehe besser nach Hause.«

Während Maureen mit Dulcie auf dem Sofa saß, drückte Prue das Sieb in der Cafetière hinunter und goss Kaffee in drei Tassen. Als alle saßen, erzählte Dulcie die ganze Geschichte – von Anfang an. Sie begann mit dem Tag, an dem sie Richard zum ersten Mal begegnet war – mit dem Tag, der ihr Leben verändert hatte. Sie erzählte, wie schnell sie und Richard sich ineinander verliebt hatten und – mit einem gewissen Stolz in der Stimme – was für ein wunderbarer Liebhaber er war: zärtlich, umsichtig und unendlich leidenschaftlich. »Er war wirklich der perfekte Mann«, sagte sie und wusste, dass ihre Enthüllungen mit mehr als nur ein bisschen Neid aufgenommen wurden.

»Außer dass er verheiratet war«, meinte Prue.

»Ja. Außer dass er verheiratet war«, echote Dulcie. Dann erzählte sie den Freundinnen von Kate und Henry. Beide waren schockiert; damit hatten sie nicht gerechnet. Wer sollte auch so etwas ahnen?

»Und deshalb hast du mit ihm Schluss gemacht?«, fragte Maureen.

Dulcie nickte. »Das versteht ihr doch, oder? Ich hatte gar keine andere Wahl. Wenn die Chance besteht, dass zwei junge Menschen glücklich miteinander werden, dann kann ich mich ihnen nicht in den Weg stellen. Erst recht nicht meiner eigenen Tochter.«

Prue stellte ihre Kaffeetasse ab. »Ich hoffe wirklich,

dass die beiden zu schätzen wissen, was du für sie getan hast.«

»Das ist nicht der Punkt, Prue«, sagte Maureen. »Sie dürfen nie davon erfahren, sonst wäre alles zerstört und niemand wäre glücklich.«

Prue sah Dulcie voller Bewunderung an. »Ich weiß wirklich nicht, ob ich an deiner Stelle so selbstlos gewesen wäre.«

Dulcie trank ihren Kaffee aus und stellte die Tasse behutsam auf die Untertasse. »Wie auch immer – jetzt ist es vorbei. Und es wird höchste Zeit, dass ich mich zusammenreiße. Ich muss mir vor Augen führen, dass ich auch ein schönes Leben hatte, bevor mir Richard begegnet ist.«

Ihre Freundinnen musterten sie zweifelnd, und Prue meinte: »Dulcie, du brauchst einen Tapetenwechsel. Du solltest weg aus Maywood. Warum fährst du nicht nach London und besuchst Kate und Andrew? Du könntest durch die Galerien schlendern, in schicken Restaurants essen und endlose Shoppingtrips machen.«

Maureen fand die Idee gut. »Und abends gehst du ins Theater. Denk nur an all die Stücke und Musicals, die du dir anschauen kannst. Und an die Konzerte. Das wäre genau das Richtige für dich.«

»Es wäre auch ganz schön anstrengend.

»Ja, aber dir würde keine Zeit zum Grübeln bleiben, und du würdest nicht so viel an .... na, du weißt schon, denken.«

Dulcie lächelte Maureen an; sie liebte sie für ihr Feingefühl. »Ist schon gut, du kannst seinen Namen ruhig aussprechen, ich falle schon nicht in Ohnmacht.«

An diesem Abend schweiften Dulcies Gedanken ab, als sie sich *The Archers* anhörte. Der Vorschlag ihrer Freundinnen war gar nicht so dumm. Aber London reizte sie nicht. Wenn sie nach London fuhr, würde sie Kate sehen und – unweigerlich auch – Henry.

Nein. London kam nicht in Frage.

Aber die Idee ging ihr nicht mehr aus dem Kopf. Prue und Maureen hatten Recht: Ein bisschen Abstand von Maywood würde ihr gut tun. Und zudem konnte Richard sie nicht mehr anrufen, wenn sie weg war.

Sie überließ Ambridge sich selbst, ging hinauf zu dem Schrank im Flur, in dem sie einige Reisebroschüren aufbewahrte. Die eine ganz oben auf dem Stapel zog ihren Blick auf sich. *Zufluchtstätten in Italien*. Sie nahm den Katalog mit hinunter in die Küche, legte ihn auf den Tisch und machte sich zuerst ein Sandwich, von dem sie, wie sie sehr genau wusste, nur ein paar Bissen essen würde. Aber sie musste sich irgendwie beschäftigen, damit sich der Gedanke an eine Italienreise allmählich in ihrem Bewusstsein festsetzen konnte. Was würde ihr in ihrem gegenwärtigen Gemütszustand am meisten zusagen? Die dramatische Szenerie der Amalfi-Küste? Die Seen? Comer See? Gardasee? Lago Maggiore? Oder sollte sie sich ins Landesinnere in die Berge und Täler von Umbrien wagen? Die Toskana wäre auch eine Möglichkeit, auch wenn sie schon einmal dort gewesen war.

Als ihr Sandwich fertig war, schenkte sie sich ein Glas Wein ein – italienischen Wein, wie sich herausstellte. Ein Omen?

Sie setzte sich und schlug die Broschüre auf. Die Seen verwarf sie sofort – die wollte sie sich für einen

Sommertrip aufheben, wie ursprünglich geplant. Sie blätterte die Seiten durch, betrachtete die Bilder von byzantinischer Kunst und Werken aus der Renaissance, von ländlichen Hotels in idyllischen Landschaften und schneebedeckten Bergen, von Pizzen und Palazzi und atemberaubenden Stränden und Küsten, von vollreifen Tomaten, Basilikum und weißem, mit schwarzem Pfeffer bestreutem Mozzarella in Olivenöl.

Zum ersten Mal seit Tagen verspürte Dulcie Hunger, und sie biss in ihr Sandwich – das Brot hatte seine besten Tage längst hinter sich, und der Salat war schlaff und welk. Sie vertiefte sich wieder in den Katalog und hielt bei den angebotenen Städtereisen inne. Ein Foto vom Markusplatz und den majestätischen Kuppeln der Basilika stach ihr ins Auge.

Venedig?

Oh, bestimmt nicht. Venedig war etwas für Pärchen, die Hand in Hand durch die romantischen Gassen schlenderten oder bei Mondschein mit der Gondel über den Canal Grande fuhren.

Eine grässliche Vorstellung. Wie konnte sie auch nur daran denken, noch mehr Salz in ihre offene Wunde zu streuen?

Aber wie lange wollte sie sich noch in Selbstmitleid suhlen? Das Leben musste weitergehen.

Sie überflog die aufgelisteten Hotels und suchte nach einem, das ihr gefallen könnte. Das Hotel Isabella wurde als verstecktes Juwel, eine Oase der Ruhe und ein charmantes Überbleibsel aus vergangenen Zeiten beschrieben. Es war nur fünf Minuten vom Markusplatz entfernt, also ideal gelegen, und würde keine allzu große Kerbe in ihr Bankkonto schlagen, wenn die Preisangaben in dem Katalog noch stimmten. Es war perfekt. Dulcie knickte die Ecke der Seite um, damit sie sie leicht wiederfinden konnte. In diesem Augenblick merkte sie, dass sie das ganze Sandwich aufgegessen hatte. Dies war seit Tagen die erste Mahlzeit, die sie zu sich genommen hatte. Sie wertete das als gutes Zeichen. Ihre Freundinnen würden sich freuen. »Du musst etwas essen«, hatten sie sie beschworen. »Wie willst du einen klaren Gedanken fassen, wenn du nicht auf die Bedürfnisse deines Körpers achtest?« Beim Abschied hatten sie Dulcie in die Arme genommen und ihr versichert, dass sie jederzeit – Tag und Nacht – anrufen konnte, wenn sie jemanden brauchte. »Wir sind immer für dich da, wirklich, Dulcie«, sagte Prue. »Ich wünschte nur, du hättest uns schon früher von dieser Sache erzählt.«

Prue und Maureen hatten mit keinem Wort ihre Affäre mit Richard kritisiert, obwohl Dulcie das immer befürchtet hatte. Sie war überzeugt gewesen, bei Prue und Maureen auf Missbilligung zu stoßen – verheiratete Leute neigten dazu, jene zu verurteilen, die sich über die heiligen Bande der Ehe hinwegsetzten.

Wie lange würde es dauern, bis Dulcie die Schuldgefühle abschütteln konnte? Sie hatte nicht nur aktiv dazu beigetragen, dass Richard sein Eheversprechen verletzte, sondern fügte ihm jetzt auch noch die größten Schmerzen zu.

Schließlich schleppte sie ihren matten Körper die Treppe hinauf und sagte sich, dass Richard ebenso schuldig war wie sie und dass er jetzt seinen Teil der Verantwortung für das, was sie getan hatten, tragen musste. Aber Männer waren anders. Sie ließen sich nicht lange vom schlechten Gewissen quälen.

Dulcie streifte ihr Nachthemd über und versuchte sich etwas, was Jaz gesagt hatte, ins Gedächtnis zu rufen – etwas Kluges über Männer und Frauen und ihre Reaktionen auf Schuld. Als Dulcie sich die Zähne putzte, fiel es ihr wieder ein. »Zeigen Sie mir eine Frau, die keine Schuldgefühle hat, und ich zeige Ihnen einen Mann.« Jack hatte sich dagegen gewehrt, aber Dulcie und Beth hatten lachen müssen.

Jaz war für ihr Alter außergewöhnlich reif und scharfsichtig.

Kapitel vierundvierzig

Jaz hatte ein schreckliches Déjà-vu-Gefühl, als sie ihrer Mutter zuhörte.

»Also, Jaz, es ist genügend Essen im Tiefkühlschrank, also brauchst du dir deswegen zumindest in den nächsten zwei Tagen keine Gedanken zu machen. Aber wenn du ein Auge auf die Mädchen haben und dafür sorgen könntest, dass sie ihre Hausaufgaben ordentlich machen, dann würdest du mir eine große Last von der Seele nehmen. Ich denke, ich bin am Wochenende wieder zu Hause, und alles ist wie immer.«

Es war Donnerstag, und vor knapp zwei Wochen hatte ihr Vater von den Verborgenen Talenten erfahren. Jaz war heute früher nach Hause gekommen, da ein paar Unterrichtsstunden ausgefallen waren, und als sie hinaufging, sah sie, dass ihre Mutter eine Übernachtungstasche packte.

»Was ist los, Mum?«, fragte sie.

»Oh, nichts Besorgniserregendes. Mein Blutdruck ist in schwindelnde Höhen gestiegen, deshalb hat mir mein Arzt ein paar Tage Bettruhe in der Klinik verordnet.«

Jaz rutschte das Herz in die Hosentasche. »Wenn es nichts Besorgniserregendes ist, warum musst du dann ins Krankenhaus?«

»Wahrscheinlich wollen sie eine Spätgebärende haben, an der einer ihrer jungen Assistenzärzte üben kann. Warum soll ich mich dagegen auflehnen? Kopf hoch, Jaz, mir geht's gut.«

Jaz glaubte ihr kein Wort. Sie sah zu, wie ihre Mutter den Reißverschluss der Tasche zuzog. »Wo ist Dad?«, fragte sie.

»Mit Phin und Jimmy auf dem Weg hierher. Sie müssten jede Minute da sein, dann fährt mich dein Vater ins Krankenhaus.«

»Aber wenn dir nichts fehlt, Mum«, beharrte Jaz, »warum dann die Eile?«

Sie bekam keine Antwort, denn gerade in diesem Moment hörten sie, wie die Hintertür aufflog und fast aus den Angeln sprang. Tamzin und Lulu betraten kreischend das Haus, warfen ihre Schultaschen auf den Boden und rissen den Kühlschrank auf. Ein Krieg um das letzte Sunny Delight brach aus.

»Du musst Geduld mit ihnen haben, Jaz«, bat ihre Mutter.

Jaz nahm ihr die Tasche ab und ging mit ihr zur Tür. »Ich werd's versuchen, Mum, aber sie sind noch aufgedrehter, wenn du nicht da bist.«

Ihre Mutter strich ihr übers Haar. »Wir müssen nachsichtig mit ihnen sein«, sagte sie und schmunzelte. »Bei ihnen schlägt die Rafferty-Seite der Familie ganz und gar durch – ganz anders als bei dir. Du kommst nach mir.« Auf dem Treppenabsatz blieb sie stehen und sagte mit einem sanften Lächeln, das Jaz ins Gedächtnis rief, wie sehr sie ihre Mutter liebte: »Es tut mir Leid, dass immer so viel an dir hängen bleibt, Jaz. Das ist das Problem bei so großen Familien wie der unseren.

Es gibt immer einen, der weit mehr Verantwortung übernehmen muss als die anderen.« Sie wurde ernst. »Ich weiß nicht, was zwischen dir und deinem Vater vorgefallen ist, weil er mir partout nichts erzählen will. Er hat nur gesagt, dass er alles im Griff hat und dass nichts passiert sei, weswegen ich schlaflose Nächte verbringen müsste, aber wenn es doch irgendetwas gibt, was ich wissen sollte, musst du ...«

Ein lauter Knall in der Küche ließ sie beide zusammenzucken. Jaz wollte nicht, dass ihre Mutter dieses Thema weiterverfolgte, darum sagte sie: »Dad hat Recht, Mum, es ist nichts, worüber du dir Sorgen machen musst.«

Ihre Mutter lächelte wieder und legte zärtlich eine Hand auf ihre Schulter. »Er kann sich ganz schön aufplustern, und manchmal ist er furchtbar stur, aber im Grunde meint er es nur gut. Du sollst nur wissen, dass ich immer für dich Zeit habe, wenn du jemanden zum Reden brauchst.«

Jaz war versucht, an Ort und Stelle mit allem herauszuplatzen, in der Hoffnung, dass ihre Mutter für sie Partei ergreifen würde.

Die Strafe, die sich ihr Vater für sie ausgedacht hatte, war nicht ganz so schlimm, wie sie gedacht hatte. Sie brauchte jetzt nicht mehr nur zu Hause zu sitzen, aber die Treffen mit den Verborgenen Talenten waren strikt verboten. Das schmerzte am meisten. »Es ist nur zu deinem Besten, Jaz«, hatte er erklärt. »Du hast mit dem College mehr als genug zu tun, und das Letzte, was du brauchst, sind solche Ablenkungen. Außerdem solltest du dich mit Gleichaltrigen umgeben und nicht mit einem Haufen schöngeistiger Nabelbeschauer.«

Sie hätte ihm widersprechen und die Gruppe – ihre Freunde – verteidigen können, aber sie hatte es nicht getan. Sie hatte schon vor langer Zeit gelernt, dass sie mit ihrem Vater am besten zurechtkam, wenn sie den Mund hielt. Wenn sie ihn umstimmen konnte, indem sie machte, was er sagte, dann würde sie das tun.

Es war toll, als die Frühlingsferien zu Ende waren und sie Nathan wiedersehen konnte. Ihm zu erklären, was passiert war, und einzugestehen, dass sie wie ein kleines Kind behandelt wurde, war schrecklich für sie gewesen, aber Nathan hatte sich wunderbar verhalten. »Und ich dachte, du hättest meine amüsante Gesellschaft satt«, hatte er beim Mittagessen in der Cafeteria gesagt.

Sie war ihm unendlich dankbar für sein Verständnis und dafür, dass er sie nicht auslachte. Er meinte, er könne sich einfühlen, weil er besser wusste als die meisten anderen, wie seltsam Familien sein konnten. Sie beichtete ihm sogar, dass sie ihr Handy ausgeschaltet hatte, damit er sie nicht anrufen konnte. »Ich habe mir selbst schrecklich Leid getan und wusste, dass ich in Tränen ausbrechen würde, wenn ich mit dir spreche.«

Vicki und Billy meinten, sie sollte sich gegen ihren Vater durchsetzen.

»Du bist siebzehn, du kannst diese Scheiße nicht mehr gebrauchen«, sagte Billy. »Dich dazu zu zwingen, nicht mehr zu dieser Schriftstellergruppe zu gehen, verstößt ganz bestimmt gegen die Menschenrechte. Hey, bist du sicher, dass dein Vater nicht zu den Taliban gehört? Lässt er sich einen Bart wachsen und trägt ein Küchentuch auf dem Kopf?«

»Halt den Mund, Billy!«, warnte Nathan. »Bist du noch nie auf den Gedanken gekommen, dass nicht alles im Leben ein großer Spaß ist?«

»Warum sprichst du nicht mit deiner Mum?«, hatte Vicki gefragt. »Meine schafft es immer, meinen Dad so weit zu kriegen, dass er tut, was sie will.«

Aber jetzt, als Jaz auf dem Treppenabsatz in das erschöpfte, blasse Gesicht ihrer Mutter sah, wusste sie, dass sie sich ihr nicht anvertrauen konnte. Erst recht nicht, wenn sie kurz davor war, ins Krankenhaus zu gehen. »Es ist alles okay, Mum, ehrlich. Du brauchst dir keine Sorgen um mich zu machen.« Sie spähte übers Geländer zur Haustür. »Das klingt, als wäre Dad nach Hause gekommen.«

Sie hatte Recht. Ihr Vater stürmte wie ein Mitglied der SAS ins Haus. Er schleuderte sein Jackett von sich und rief: »Moll, wo bist du?«

»Hier oben, Popeye.«

Trotz seiner Leibesfülle flog er geradezu die Treppe hinauf. »Ist alles in Ordnung, Moll?«, fragte er atemlos und nahm sie in seine starken Arme. »Heilige Mutter Gottes, ich bin wahrscheinlich so oft geblitzt worden, dass mir eine lebenslange Gefängnisstrafe droht. Bist du sicher, dass dir nichts fehlt?«

Ihre Mutter bestand darauf, dass sie niemand außer Popeye in die Klinik begleitete, und als Jaz ihnen zusammen mit Phin, Jimmy, Tamzin und Lulu nachwinkte, wurde ihr klar, wie sehr ihr Vater ihre Mutter liebte und dass er alles tun würde, um sie zu beschützen. Wie viele Männer empfanden nach so vielen Ehejahren noch so viel für ihre Frauen?

Am Abend, als sie das Abendessen zubereitete und

gleichzeitig die Notizen durchlas, die sie für einen Aufsatz gemacht hatte, kam ihr ein erschreckender Gedanke. Was würde Dad tun, wenn das Unfassbare eintreten und Mum etwas passieren würde? Wie könnte er ohne seine geliebte Moll weiterleben?

Sie verdrängte den Gedanken. Ihrer Mutter würde nichts passieren. Sie war schwanger, nicht krank. Sie litt nicht an einer unheilbaren Krankheit. Die Ärzte würden dafür sorgen, dass ihr Blutdruck wieder normal wurde, und dann kam sie wieder nach Hause.

Kapitel fünfundvierzig

Selbst in den peinlichsten Momenten ihres Lebens hatte sich Beth nie so schrecklich geschämt wie jetzt. Was hatte sie sich nur gedacht, als sie Ewan diese E-Mail geschickt hatte? Und was musste er von ihr halten, nachdem er sie gelesen hatte?

Oh, er hatte ihr freundlich geantwortet und sie nur ein klein wenig aufgezogen, aber im tiefsten Inneren hatte er sicherlich seine Meinung über sie drastisch revidiert. Was sonst hätte er tun sollen, nachdem sie ihm geschildert hatte, was sie gern mit ihm und einem Schokoriegel anstellen würde?

> Guter Tipp, Beth [hatte er zurückgemailt]. Nur muss die Schokolade geschmolzen sein. Aber um der Klarheit willen – wird es Galaxy oder Cadbury's sein? Ich bin besonders scharf auf Frucht und Nuss, falls meine persönlichen Vorlieben jemals berücksichtigt werden sollten.

Es war März geworden. Der Abend, an dem sich Beth und Jack so gründlich betrunken hatten, lag schon zweieinhalb Wochen zurück. Die Verlegenheit hätte sich eigentlich mittlerweile verflüchtigen müssen, aber so war es nicht.

Als Beth am nächsten Tag die Energie aufbringen konnte, hinunterzugehen und Jack beim Auspacken zu helfen, hatte er sich sofort bei ihr entschuldigt.

»Ich habe Schwierigkeiten, die einzelnen Puzzlestückchen von gestern Abend zusammenzusetzen«, sagte er, »aber ich bin ziemlich sicher, dass ich mich nicht besonders gut benommen habe. Ich kann mich nicht erinnern, wann ich mich zum letzten Mal beim Aufwachen so mies gefühlt habe. Ich bin doch nicht ausfallend geworden, oder?«

»Ich glaube nicht«, murmelte sie, »aber wenn Sie etwas leiser sprechen könnten, wäre ich Ihnen unendlich dankbar.«

Lächelnd – offenbar war ihm nicht ganz so schlecht wie ihr – bot er ihr eine Tasse Kaffee an.

In der ersten Stunde brachten sie nicht viel zustande, aber nachdem Jack sie gezwungen hatte, ein paar Gläser Wasser zu trinken, und sie so aufbaute, dass sie einen ganzen Keks aß, arbeiteten sie sich durch die Kisten in der Küche. »Für einen allein stehenden Mann haben Sie bemerkenswert viel Zeug«, stellte Beth fest, als der letzte Karton ausgepackt war.

»Nur weil Maddie nichts von unseren gemeinsamen Sachen haben wollte. Ich glaube, sie hat davon geträumt, Tony am Schlafittchen zu packen und ganz von vorn anzufangen. Frauen machen so was gern, hab ich Recht?«

»Das weiß ich nicht.«

Er machte den Schrank zu, in den sie die Kompottschälchen und eine Punsch-Schale aus geschliffenem Kristall mit dazu passenden Gläsern gestellt hatten – klassische Hochzeitsgeschenke, die, wie Beth vermutete, selten ans Licht kamen. »Okay, eins zu null für Sie«, sagte er. »Ich bekenne mich schuldig, die gesamte weibliche Menschheit aufgrund der Handlungsweise einer einzigen Frau verurteilt zu haben. Ich ziehe die Bemerkung zurück.«

Und genau das hätte Beth auch gern mit der im Rausch entstandenen E-Mail gemacht. Obwohl Ewan geantwortet hatte, brachte sie nicht den Mumm auf, mit ihm wie vorher zu korrespondieren, und sie fragte sich, ob sie jemals wieder dazu imstande sein würde. Während der Woche, als Jack sie zur Arbeit fuhr – was mittlerweile zu einer regelmäßigen Einrichtung geworden war –, erkundigte er sich einmal, wie die Dinge zwischen ihr und Ewan liefen.

»Gar nicht. Mit der E-Mail, die wir zusammen abgeschickt haben, habe ich alles vermasselt.«

Er runzelte die Stirn. »Ich kann mich an diese E-Mail erinnern, Beth, aber ich weiß nicht mehr genau, was wir geschrieben haben. Helfen Sie mir auf die Sprünge.«

Beschämt und enttäuscht – enttäuscht, weil sie die Beziehung zu Ewan zerstört hatte – wandte sie sich Jack zu. »Aber es war ganz allein Ihre Idee! Sie haben mir den Text diktiert.«

»Tatsächlich?«

»Na ja, nicht alles.« Sie musste zugeben, dass sie auch einen Anteil an der traurigen Geschichte hatte. Sie erzählte ihm, was sie geschrieben hatten.

Jack war entsetzt. »O Beth, das tut mir ehrlich Leid. Hat er Anstoß daran genommen?«

»Schwer zu sagen – vielleicht nicht.«

»Wo ist dann das Problem?«

»*Ich* bin das Problem. Es ist mir einfach peinlich, weil wir – ich das geschrieben habe.«

Als er sie auf dem Parkplatz des Gesundheitszentrums aussteigen ließ, sagte er: »Wenn der Mann auch nur halb so viel wert ist, wie Sie denken, dann nimmt er das Ganze als Witz. Besonders, wenn Sie ihm erklären, dass Sie betrunken waren und von einem neuen Nachbarn angestachelt wurden, der in einem noch viel übleren Zustand war als Sie.«

Da Jacks BMW in letzter Zeit täglich auf dem Parkplatz auftauchte, zerfetzten sich die Angestellten im Gesundheitszentrum die Mäuler. Wendy hatte schon so viele Anspielungen gemacht, dass ihr nichts Neues mehr einfiel. »Ich wusste die ganze Zeit, dass du dich heimlich mit jemandem triffst«, verkündete sie triumphierend an dem Morgen, als sie zum ersten Mal einen Blick auf Jack erhascht hatte. »Und er sieht gut aus. Wie viel Jahre jünger als du ist er?«

»Wendy, wie oft muss ich dir noch sagen, dass er nur ein Freund aus der Schriftstellergruppe ist?«

»Der noch dazu rein zufällig in die Parterrewohnung in deinem Haus gezogen ist. Der Kerl muss ganz schön verschossen in dich sein, wenn er all die Umstände auf sich nimmt.«

Es spielte keine Rolle, wie oft oder wie vehement Beth eine Beziehung abstritt, Wendy wollte nichts davon hören. Aber dadurch gewann Beth eine Erkenntnis: Jack war ein guter Freund, ein *platonischer* Freund, in dessen Gegenwart sie sich wohl fühlte. Vielleicht weil sie wusste, dass es bei ihm nicht anders war. Der Altersunterschied war nicht groß, aber er bildete eine natürliche Barriere, die keiner von ihnen durchbrechen wollte.

Aber jetzt war da diese Barriere zwischen ihr und Ewan, die sie liebend gern aus dem Weg räumen würde. Aber wie? Was konnte sie sagen, um Ewan davon zu überzeugen, dass sie nicht die leichtlebige, lüsterne Person war, zu der sie sich mit dieser Mail gemacht hatte?

An diesem Abend fuhr Beth nach der Arbeit zum Marsh House, um Barnaby beim Kofferpacken zu helfen. Lois war bei einem Treffen ihrer South-Cheshire-Frauengruppe und hörte sich den Vortrag einer Hebamme an, die in Kalkutta gearbeitet hatte. Barnaby hatte Beth gebeten, weiterzufahren, sollte Lois' Auto noch in der Einfahrt stehen, und später wiederzukommen.

Aber die Luft war rein, und Beth klingelte, um sich zu Barnabys Komplizin bei seinem heimlichen Plan zu machen. Am folgenden Morgen würde er Lois ohne jede Vorwarnung zum Flughafen nach Manchester verfrachten und mit ihr nach Miami fliegen, um von dort aus die Kreuzfahrt anzutreten.

Auf dem Doppelbett im Schlafzimmer stand ein großer Koffer, und alle Schranktüren und Schubladen standen offen. »Ich habe eine Liste von den Kleidern zusammengestellt, die Lois meiner Meinung nach brauchen könnte«, sagte Barnaby, »aber ich möchte, dass du die Schuhe und den Schmuck aussuchst und …«, er senkte den Blick, »… die Unterwäsche. Du bist eine Frau, und ich denke, du weißt besser über diese Dinge Bescheid als ich. Ich gehe inzwischen runter und mach uns was zu trinken.«

Es war eine eigenartige Erfahrung, Lois' Kleider und insbesondere die Unterwäsche zu sortieren. Diese

Tätigkeit brachte Beth dazu, ihre ansonsten so spröde Schwiegermutter in einem ganz anderen Licht zu sehen. Sie war eine Frau, die sich die exquisiteste Wäsche leistete, die man bei M&S vergeblich suchte. La Perla – Simone sprach nur in ehrfurchtsvollem Ton von dieser Marke – war gut vertreten und noch eine andere Firma, von der Beth noch nie etwas gehört hatte. Beth staunte über die Berge von Seide und zarter Spitze, die sie in drei Schubladen fand. Jedes einzelne Stück war sorgfältig zusammengefaltet, und die Schubladen sahen aus wie die in einem vornehmen Wäscheladen; es widerstrebte Beth fast, diese hübsche Anordnung zu zerstören. Ihre eigene Sammlung von abgetragenen BHs und Höschen aus dem Kaufhaus konnte sich nicht mit diesen Schätzen vergleichen. Ich lebe schon zu lange allein, dachte sie. Ich hab diese Dinge schleifen lassen.

Sie betrachtete sich in Lois' Toilettenspiegel. Ihre Haare müssten geschnitten werden, aber ansonsten sah sie nicht so aus, als käme für sie jede Rettung zu spät. Sie hatte ein paar zu viele Fältchen um die Augen, und auch hier und dort einen Schatten, aber mit ein paar Tupfer Make-up und Farbe war das zu beheben. Zum Glück hatte sie sich nie teure Urlaubsreisen in heiße Länder leisten können, so dass die Sonne ihre Haut nicht ruiniert hatte. Ihre Figur war auch nicht so schlecht: Sie passte immer noch in die Kleider, die sie vor vielen Jahren gekauft hatte. Aber darauf sollte sie vielleicht nicht allzu stolz sein. Die alten Klamotten hätten es längst verdient, in den Müll zu wandern.

Sie hielt sich einen von Lois' schwarzen Spitzen-Strapsen an die Hüfte – sie hatte noch nie Strümpfe getragen – und beschloss, sich eines Tages auch einmal etwas so Frivoles und Hübsches zu gönnen.

»Hier kommt der Kaffee! Oh …«

Sie wirbelte herum. Barnaby war beinahe so verlegen wie sie selbst. Sie legte den Strumpfhalter in den Koffer und nahm den dampfenden Becher entgegen. Sie lächelte unsicher. »Ich … ich habe nur all die hübschen Sachen bewundert. Lois hat einen außergewöhnlich guten Geschmack. Ich bin grün vor Neid.«

Für einen Moment schien Barnaby nicht zu wissen, was er darauf sagen sollte. Dann kicherte er. »Ganz unter uns – das ist eine kleine Schwäche von ihr, die mir ziemlich gut gefällt.«

»Du bist süß.«

Sie standen eine Weile schweigend da und starrten in den Koffer. Schließlich sagte Barnaby: »Ich habe das noch nie zuvor gesagt, Beth, aber du bist eine sehr attraktive Frau, die … die längst wieder verheiratet sein sollte.«

Sie blies in ihren Kaffee. »Um ehrlich zu sein, Barnaby, ich hatte in dieser Hinsicht nicht viele Möglichkeiten.«

»Aber das ist nicht richtig. Mir behagt es nicht, wie sich die Dinge für dich entwickelt haben. Du hast etwas Besseres verdient. Einen Mann, der dir das Gefühl gibt …«

»Welches Gefühl?«, drängte sie.

»… komplett zu sein.«

Sie lachte. »Es gibt außerhalb dieser vier Wände Frauen, die dir wegen dieses Ausspruchs die Nasenhaare ausreißen würden.«

Er straffte die Schultern. »Ja, und die leben zweifellos allein und werden nie die Freude kennen lernen, die ein Partner in ihr Leben bringen kann. Ich weiß, dass Lois und ich nicht immer den Eindruck von Harmonie und Einklang vermitteln, aber wir waren meistens glücklich miteinander. Ich nehme an, dass es bei dir und Adam auch so gekommen wäre.«

»Möglich«, entgegnete sie zögerlich. »Wer weiß?«

Er sah sie fragend an. »Du warst doch glücklich mit ihm, oder?«

Sie lächelte. »O ja, sehr sogar. Wenn das nicht der Fall gewesen wäre, dann *hätte* ich wahrscheinlich mittlerweile jemand anderen kennen gelernt.«

Wieder herrschte Schweigen.

»Du darfst dir nicht zu lange Zeit lassen, Beth. Selbst ich weiß, dass es für eine Frau immer schwerer wird, einen geeigneten Partner zu finden, je älter sie wird. Die dämlichen Männer im fortgeschrittenen Alter bilden sich nämlich ein, dass eine Frau, die halb so alt ist wie sie, das große Glück wäre.«

»Liebe Güte, Barnaby, ich wusste gar nicht, dass du dich so gut auskennst.«

»Ich habe mehr Ahnung von diesen Dingen, als mir die meisten Menschen zutrauen. Ich weiß auch, wie sehr dich Lois unter Druck gesetzt hat. Sie ist nie über Adams Tod hinweggekommen, und ich bezweifle, dass sie diesen Schicksalsschlag jemals ganz überwinden wird, aber ich bete zu Gott, dass sie eines Tages begreifen möge, dass du jedes Recht hast, dich neu zu verlieben.« Er legte den Arm um ihre Schulter. »Du warst für mich immer mehr als nur meine Schwiegertochter, Beth. Du bist die Tochter, die ich niemals hatte. Und ich würde Himmel und Hölle in Bewegung setzen, um dich glücklich zu sehen. Daher diese drastischen Maßnahmen.« Er deutete auf den halb gepackten Koffer.

Beth fand keine Worte, um ihre Dankbarkeit auszudrücken. Sie lehnte sich an Barnaby und vergrub ihr Gesicht in seinen weichen Wollpullover, damit er ihre Tränen nicht sah.

Es war fast neun Uhr, als Jack vom Telefon loskam. Er hatte gerade mit Dulcie gesprochen, die ihm, nachdem sie sich tausendmal dafür entschuldigt hatte, weil sie die Gruppe wieder im Stich ließ, erklärte, dass sie für ein paar Tage verreisen würde. »Ich fühle mich schrecklich, weil ich mich einfach so aus dem Staub mache, aber ich brauche ein paar Tage für mich«, sagte sie. »Ich hoffe, dass mir der Tapetenwechsel gut tun wird. Sie haben selbst gesehen, in welchem Zustand ich bin, deshalb habe ich beschlossen, mir etwas Gutes anzutun und den Trübsinn abzuschütteln.«

»Schön für Sie«, sagte er und wunderte sich über die Fähigkeit der Menschen, die Dinge so herunterzuspielen. Dulcie hatte den Mann aufgegeben, den sie liebte, litt offensichtlich Höllenqualen deswegen und war trotzdem so tapfer, ihren Schmerz nicht allzu wichtig zu nehmen. Auch wenn er seinen Standpunkt nicht geändert hatte – Ehebruch war in seinen Augen nach wie vor unverzeihlich, und es scherte ihn keinen Deut, dass diese Einstellung selbstgerecht wirken musste –, mochte er Dulcie und wollte nicht, dass sie so unglücklich war. »Haben Sie sich ein schönes Reiseziel ausgesucht?«, wollte er wissen. »Einen exotischen Ort?«

»Einen Ort, der angenehm warm und außergewöhnlich schön ist. Venedig. Ich war noch nie dort.«

»Das klingt großartig. Muss etwas während Ihrer Abwesenheit erledigt werden?«

»Ja, deshalb rufe ich Sie an, Jack. Ich weiß, es ist eine Zumutung, da Sie gerade erst umgezogen sind und wahrscheinlich alle Hände voll zu tun haben, aber ich wäre wirklich froh, wenn Sie die Gruppe leiten könnten, solange ich weg bin. Ich habe Sie alle in den letzten Wochen im Stich gelassen, und ich möchte das irgendwie wieder gutmachen.«

»Ist das überhaupt der Mühe wert – wir sind doch nur noch so wenige. Jaz darf nach wie vor nicht teilnehmen, und Victor scheint keine große Lust mehr zu haben.«

»Ich würde mich besser fühlen, selbst wenn nur Sie und Beth zusammenkommen.«

»Also gut«, gab Jack nach. »Wie lange werden Sie weg sein?«

»Ich möchte flexibel sein. Eine Woche, vielleicht zwei. Möglicherweise auch länger. Je nachdem, wie schnell ich mich erhole. Und wie lange mein Geld reicht. Aber jetzt erzählen Sie mir von Ihrer neuen Wohnung. Wie geht es voran.«

»Allmählich gelingt es mir, ein wenig Ordnung zu schaffen, was im Grunde vollkommen nutzlos ist, denn ich habe für die nächste Woche Handwerker bestellt, die wieder ein Chaos anrichten werden. Sie sollen die Wand zwischen Küche und Esszimmer durchbrechen.«

»Oh, ich wünsche Ihnen viel Glück bei dieser Unternehmung. Sie werden jede Menge Staub schlucken müssen.«

Jack wollte sie gerade fragen, welche Übungen die

Gruppe während ihrer Abwesenheit machen sollten, als sie sagte: »Wenn es zu schlimm wird, Jack, dann können Sie gern hier Ihr Lager aufschlagen. Sie sind herzlich willkommen. Genau genommen, würden Sie mir damit sogar einen großen Gefallen tun, wenn Sie das Haus für mich hüten würden. Kann ich Ihnen einen Schlüssel geben, nur für den Fall?«

Während sich Jack eine Mahlzeit für eine Person in der Mikrowelle heiß machte, überlegte er, warum Dulcie ausgerechnet ihn gebeten hatte, die Gruppe zu übernehmen. Warum nicht Beth? Sie war genauso fähig wie er. Möglicherweise hatte das etwas mit Victor zu tun. Dulcie dachte vielleicht, dass Beth Schwierigkeiten haben würde, sich gegen seine dominante Art durchzusetzen. Ein komischer Kauz, dieser Victor, und jemand, der sich niemandem anpassen könnte.

Aber Jack machte sich mehr Gedanken um Jaz als um Victor. Er mischte sich gewöhnlich nicht in die Angelegenheiten anderer ein, aber er fand, dass Jaz' Vater überreagiert hatte. Dulcie war derselben Ansicht. »Meinen Sie, es könnte helfen, wenn ich mit ihren Eltern spreche?«, hatte sie Jack am Telefon gefragt. »Ich könnte ihnen klarmachen, dass wir alle anständige, respektable Menschen sind und keine Spinner.«

»Ich glaube kaum, dass unser Geisteszustand oder unsere Stellung in der Gesellschaft das eigentliche Problem sind«, hatte Jack erwidert. »Sie hat ihre Eltern angeschwindelt, um ihnen zu verheimlichen, was sie macht.«

»Das dumme Mädchen. Dabei ist sie so talentiert. Ich hoffe, ihr Vater gibt nach und erlaubt ihr irgendwann, dass sie sich der Gruppe wieder anschließt. Sie ist ein intelligentes Mädchen, und er sollte stolz auf sie sein. Es wäre gut, wenn er gründlich über ihre Situation nachdenken und kapieren würde, warum sie sich gezwungen gefühlt hat, sich in Lügen zu flüchten.«

Dulcie hat den Nagel auf den Kopf getroffen, dachte Jack, während er seine Fertigmahlzeit im Wohnzimmer zu sich nahm und durch die Fernsehkanäle und Arztserien zappte. Er fand kein anständiges Programm, also gab er sich geschlagen und schaltete den Fernseher aus. Außerdem durfte er keine Zeit verschwenden – er hatte bis morgen früh noch jede Menge zu tun. Er wollte noch ein wenig schreiben und außerdem das Zimmer seiner Töchter fertig einrichten. Er würde sie morgen früh abholen, und bis dahin musste die Wohnung in vollem Glanz erstrahlen. Amber und Lucy hatten sie nur gesehen, als Adele Waterman noch hier gewohnt hatte, und insgeheim wünschte er sich, dass sie beeindruckt von den Veränderungen waren. Und das, noch bevor die Handwerker loslegten.

Maddie hatte kein Wort mehr über Kalifornien verloren, aber Jack glaubte nicht, dass diese Bedrohung ausgestanden war. Er fürchtete sich so sehr davor, die Mädchen für lange Zeit nicht zu sehen, dass er weder Maddie noch Tony auf ihre Pläne ansprach. Es kostete ihn große Anstrengungen, seinen Zorn im Zaum zu halten, und er machte ihm nur spät am Abend beim Schreiben Luft. Er hatte seinen Anwalt gebeten, sich mit Maddie in Verbindung zu setzen und sie zu bitten, an Ambers und Lucys Wohlergehen zu denken und daran, dass die ihren Vater brauchten und regelmäßig sehen mussten. Jack bestand darauf, eine Kopie des Briefes zu sehen, ehe er abgeschickt wurde – er wollte nicht noch unnötig Öl ins Feuer gießen und lieber möglichst sachlich bleiben. Er hoffte nur, dass Maddie das Schreiben so auffasste, wie es gemeint war, und entsprechend darauf reagierte. Aber die Botschaft war: Wenn er zu Gericht gehen musste, um diese Angelegenheiten zu regeln, dann würde er nicht zögern.

Auf der anderen Seite der Stadt versuchte Victor das Klopfen an seiner Haustür zu ignorieren. Warum konnten ihn die Menschen nicht in Ruhe lassen? Er blieb immer für sich, wieso taten sie das nicht auch?

Seit dem Morgen hatte er pochende Kopfschmerzen. Er schloss, über die Schreibmaschine gebeugt, die Augen und hielt sich die Ohren zu. Verschwinde, dachte er. Lass mich in Frieden.

Endlich hörte das Klopfen auf, aber die Störung war noch nicht vorbei: Die Briefkastenklappe schepperte.

Victor stand schwankend auf; ihm war schwindlig. Er schlich langsam die Treppe hinunter und fragte sich, weshalb er sich nicht schneller bewegen konnte.

Als er zur Haustür kam, war niemand mehr da, aber auf dem Boden lag ein weißes Kuvert. Mit zitternden Händen riss er es auf. Es war eine handgeschriebene Nachricht von Dulcie Ballantyne. Was wollte *die* schon wieder?

Er las die wenigen Zeilen, zerriss verärgert den Papierbogen und ließ die Fetzen auf den Boden fallen. Sie wollte verreisen; während ihrer Abwesenheit war dieser hochnäsige Immobilienmakler verantwortlich für Verborgene Talente, und sie sollten sich in seiner neuen Wohnung in der Maywood Park Road treffen.

Was hatte Jack Solomon, was Victor Blackmore

nicht hatte? Weshalb war ihr nicht eingefallen, ihn zu fragen, ob er die Gruppe leiten wollte? Er hatte viel mehr Erfahrung als die anderen. Er war derjenige mit dem fast fertigen Manuskript.

Er schleppte sich die Treppe hinauf, und das Hämmern in seinem Kopf wurde geradezu unerträglich. Er hatte das Gefühl, als ob das ganze Blut in sein Gehirn strömen und es sprengen würde, bis es ihm aus den Augenhöhlen spritzte. Er zerrte die Seite, die er beschrieben hatte, aus der Schreibmaschine, legte sie auf den Schreibtisch und spannte eine neue ein. Dann suchte er hektisch nach den Notizen, die er sich vorhin gemacht hatte. Erst zehn Minuten später erinnerte er sich, dass er die Stichworte auf die Wand hinter sich gekritzelt hatte. Dies war eine neue Technik: Er benutzte die vier Wände als große Notizblöcke – eine idiotensichere Methode, bei der nichts verloren ging. Er war ziemlich stolz, weil er eine so simple, clevere Idee gehabt hatte.

Schaudernd wickelte er sich den Schal fester um den Hals und rieb sich die Hände. Er ging zum Gasbrenner, um sich einen Tee aufzubrühen. Aber als er versuchte, das Gas anzuzünden, spuckte und zischte die Leitung, und die Flamme verlosch: Die Flasche war leer.

Ohne selbst zu wissen, warum, kauerte er sich auf den kahlen Fußboden, schlug die Hände vor das unrasierte Gesicht und weinte.

Kapitel sechsundvierzig

Dulcie war froh, dass sie Prues und Maureens Rat befolgt hatte. Venedig war ohne Zweifel eine wundervolle Ablenkung, die perfekte Stimulanz.

Von dem Moment an, in dem sie das Wassertaxi im Castello-Viertel absetzte, überkam sie trotz ihrer Müdigkeit nach der langen Reise ein Gefühl des Friedens. Auf dem kurzen Weg zum Hotel zog die Umgebung sie in ihren Bann, und sie bewunderte den frühen Abendhimmel, dessen Blau allmählich verblasste und einem schimmernden Rosa in verschiedenen Schattierungen Platz machte. Es war das Schönste, was sie jemals gesehen hatte, und für eine Minute blieb sie reglos stehen. Die Touristen schwirrten um sie herum und ärgerten sich wahrscheinlich, weil sie ihnen im Weg stand, aber sie ignorierte sie und sog die ruhige, magische Atmosphäre der Lagune in sich auf, während sich der Tag dem feinen Dunst der Dämmerung ergab.

Sie war wie verzaubert und riss sich nur widerwillig los und ging, bewaffnet mit einem Stadtplan und ihrem Trolly, zu dem Drei-Sterne-Hotel Isabella. Sie brauchte etwa zehn Minuten, um es zu finden, und verliebte sich auf den ersten Blick in den venezianischen Charme und die Gastfreundschaft der Familie, die dieses Hotel leitete. Sie fühlte sich augenblicklich wie zu Hause.

Das war vor zwei Tagen gewesen, und ihre Liebe zu der Stadt wurde mit jeder Stunde inniger. »Heute«, sagte sie sich, »gehe ich nicht zu weit.« Sie gab sich dieses Versprechen, als sie sich ein süßes Gebäckstück und frisches Obst vom Frühstücksbüffet in dem kleinen Speiseraum des Hotels holte. Sie begrüßte die anderen Gäste mit einem Lächeln, einem »Good Morning« oder einem *»buon giorno«* – die meisten waren Amerikaner, der Rest Italiener –, dann setzte sie sich und wusste, dass das Versprechen kaum einzuhalten war. Die Versuchung, jeden Winkel von Venedig zu erkunden, damit ihr ja kein Schmuckstück der Architektur, kein Tintoretto und keine der spektakulären Lichtspiegelungen im Wasser entging, war so groß, dass sie Gefahr lief, sich zu überanstrengen.

Sie legte die Serviette auf ihren Schoß und lächelte dem jungen Kellner zu, der lautlos an ihren Tisch kam, um ihr Tee einzuschenken. »*Grazie*«, sagte sie. Sie liebte die spezielle Behandlung, die man ihr angedeihen ließ. Das war eine der Annehmlichkeiten, die man als allein reisende Frau in fortgeschrittenem Alter genoss. Sie war sich nur allzu bewusst, dass sie ein Objekt der Neugierde war und dass das Hotelpersonal sowie die anderen Gäste wilde Spekulationen anstellten, aber das störte sie nicht, denn sie hatte nur Vorteile davon. Alberto, der untadelig gepflegte Portier, der etwa in Andrews Alter war, bemühte sich sehr aufmerksam um sie: »Signora Ballantyne, wissen Sie, wohin Sie gehen wollen? Haben Sie einen Stadtplan?« Die Kellner sorgten jeden Morgen beim Frühstück dafür, dass sie einen Tisch mit Ausblick auf den hübschen Hof mit den blühenden Sträuchern in großen Terrakottatöpfen und den mit Ranken überwucherten Mauern hatte.

In ihren bequemsten Schuhen machte sie sich auf den Weg, neue Abenteuer zu erleben. Sie ließ die schmale Gasse Calle Lorenzo hinter sich und bog in die Calle della Pietà ein. Vor der Kirche Santa Maria della Pietà blieb sie stehen. Auf dem Anschlagbrett vor der *chiesa* wurde für den heutigen Abend ein Konzert angekündigt. Alberto hatte ihr erzählt, dass man sich in Venedig viele Konzerte anhören konnte. Kurz entschlossen ging Dulcie die Treppe hinauf und kaufte sich an dem kleinen Schalter am Eingang eine Karte. Sie verließ die Kirche wieder und schlenderte voller Vorfreude auf einen Abend mit Vivaldi durch die Riva degli Schiavoni.

Es war ein wunderschöner, warmer Märztag, und Dulcie bahnte sich beschwingt einen Weg durch die Touristenmassen und kam an dem weltberühmten Hotel Daniele vorbei, in dem laut ihrem Reiseführer im neunzehnten Jahrhundert Schriftsteller und Künstler abgestiegen waren: Ruskin, Balzac und Dickens, um nur einige zu nennen. Vielleicht würde sie eines Tages einen Bestseller verfassen und sich einen Aufenthalt in diesen geheiligten Hallen leisten können. Die Vorstellung zauberte ein Lächeln auf ihr Gesicht.

Bis jetzt hatte sie nicht ein einziges Mal ans Schreiben gedacht, aber Venedig war ein Ort der Inspiration, und sie wusste genau, dass es nicht mehr lange dauern würde, bis es sie in den Fingern juckte. Vielleicht sollte sie sich einen Block kaufen und hier in Venedig schreiben. Sie könnte sich in ein Straßencafé in die Sonne setzen und die Herausforderung einer leeren Seite annehmen. Bei dem Gedanken spürte sie eine leichte Erregung, und sie wusste, dass sie sich allmählich erholte. »Ich bin auf dem Wege der Besserung«, sagte sie laut, und die schicke Italienerin mit dem schwarzen Hosenanzug und der Sonnenbrille, die neben ihr ging, sah sie scharf an und eilte weiter.

Dulcie passierte die bunten Souvenirbuden und kam zur Ponte della Paglia, die eher unter dem Namen Seufzerbrücke bekannt war. Horden von Touristen drängten sich hier, um sich gegenseitig auf der Brücke zu fotografieren. Dulcie, die sich mittlerweile schon fast als Einheimische sah, verlangsamte nicht einmal ihre Schritte. Sie hatte gestern schon einige Fotos gemacht.

Der Dogenpalast und die Säulen des heiligen Markus und des heiligen Teodoro standen als Nächstes auf ihrem Programm. Etliche Jahrhunderte lang hatten die Granitsäulen – eine mit der Marmorstatue des heiligen Teodoro, die andere mit dem bronzenen Löwen des heiligen Markus – den Hinrichtungsplatz flankiert; heute waren sie ein Sammelpunkt für Taubenschwärme und Touristen. Dulcie hatte gestern Abend in ihrem zuverlässigen Reiseführer gelesen, dass es die abergläubischen Venezianer sogar noch in der heutigen aufgeklärten Zeit vermieden, zwischen den beiden Säulen hindurchzugehen, weil sie fürchteten, das würde Unglück über sie bringen.

Dulcie ließ die Hektik auf der *piazetta* hinter sich und steuerte auf die *vaporetto*-Haltestelle zu, um mit dem Wasserbus in das Dorsoduro-Viertel zum Guggenheim-Pavillon zu fahren. Gestern hatte sie sich die Hauptsehenswürdigkeiten wie die Basilika, den Campanile und den Dogenpalast angesehen; heute wollte sie sich das vornehmen, was sie auf ihrer »B-Liste«, wie sie es nannte, notiert hatte. Dulcie sah Peggy Guggenheim, eine kultivierte Kunstsammlerin, die das Leben in vollen Zügen genossen hatte, als interessante Vorlage für eine Romanheldin an. Vor ihr, am Eingang des Canal Grande, leuchtete im hellen Licht der Sonne die prächtige Barockkirche Santa Maria della Salute. Es stimmt, dachte Dulcie, in Venedig erwartet einen hinter jeder Ecke ein atemberaubender Anblick. Wer brauchte hier die Liebe, wenn die Sinne mit dieser himmlischen Vollkommenheit gestreichelt wurden?

Derselbe Gedanke ging ihr am Abend noch einmal durch den Kopf. Sie hatte in einer Trattoria in der Nähe des Hotels zu Abend gegessen – ihr Appetit war wieder da – und ließ sich jetzt von einem Streichquartett zum Träumen verführen. Es war unwichtig, dass die Vier Jahreszeiten zu einem solchen Klischee geworden waren – diese Musik in einer Kirche zu hören, in der sie der große Komponist selbst geschrieben und zu Gehör gebracht hatte, war eine einzigartige Erfahrung, die sie nie vergessen würde. Sie klang so frisch und lebendig, dass es Dulcie vorkam, als würde sie sie zum ersten Mal hören.

In der Pause blieb Dulcie sitzen, um nicht in das Gedränge der vielen Zuhörer zu geraten, die hinausströmten, um frische Luft zu schnappen. Als sich der erste Tumult ein wenig gelegt hatte, sah sie sich in der Kirche um und entdeckte ein amerikanisches Paar aus dem Hotel. Die Frau, ein zierliches Ding Mitte vierzig, modisch gekleidet, mit großen braunen Augen, winkte ihr zu. Dulcie erwiderte den Gruß und war nicht überrascht, als die beiden zu ihr kamen, um sich mit ihr bekannt zu machen. Es waren einnehmende Menschen, denen es keine Probleme machte, auf Fremde zuzugehen. Dulcie mochte sie auf Anhieb. Sie hießen Cathe (ausgesprochen: Cathy) und Randy Morris. »Oh, ich weiß, was Sie denken.« Cathe lachte. »Der Name meines Mannes sorgt dort, wo Sie herkommen, bestimmt für Heiterkeit.«

»Na ja, nur ...«

»Nein, es ist schon okay, wir können auch darüber lachen. Stimmt's nicht, Randy?«

Er nickte lächelnd. »Wie gefällt Ihnen das Konzert? Die Akustik ist großartig, nicht?«

»Ich bin begeistert. Es ist ein wunderschöner Ausklang eines vollkommenen Tages. Sind Sie zum ersten Mal in Venedig?«

»Nein. Wir haben hier unsere Flitterwochen gemacht. Wir spielen das sozusagen nach zweiundzwanzig Jahren noch einmal nach.« Randy legte den Arm um seine winzige Frau und sah ihr tief in die Augen, die, wie Dulcie jetzt sah, geschickt durch sorgfältig aufgetragenes Make-up vergrößert waren. Die liebevolle Geste des Mannes erinnerte Dulcie unweigerlich an Richard. Sie hielt den Atem an.

Dulcie ließ ihr Programm fallen und bückte sich umständlich danach, um sich selbst die Gelegenheit zu geben, die Fassung wiederzugewinnen. »Gott, was für ein Tollpatsch ich bin«, sagte sie, sobald sie keine Angst mehr hatte, in Tränen auszubrechen, und den beiden wieder in die Augen schauen konnte.

Allmählich kamen die Leute an ihre Plätze zurück, und Dulcie atmete erleichtert auf, als sich auch ihre neuen Freunde auf den Weg machten. Aber zuvor luden sie Dulcie noch auf einen Drink nach dem Konzert ein.

In der zweiten Hälfte des Konzertes hatte Dulcie alle Mühe, die Erinnerungen an Richard zu verdrängen. Sie zwang sich, an Venedig zu denken, machte sich klar, um wie viel besser sie sich fühlte, und überlegte, was sie sich für morgen vornehmen sollte. Aber als ihr einfiel, dass heute Donnerstag war, beschäftigten sich ihre Gedanken nur noch mit zu Hause. Ob Mr. und Mrs. Rafferty ihrer Tochter die Schwindelei vergeben hatten? War es Jack gelungen, die Gruppe zusammenzubekommen? Dulcie hatte ein gutes Gefühl, was Jack betraf; sie war überzeugt, dass er irgendwann etwas veröffentlichen würde. Er schrieb mit einer prägnanten Aufrichtigkeit, die ihren Reiz hatte. Deshalb hatte sie ihn gebeten, sich um die Gruppe zu kümmern: Sie wollte sichergehen, dass er an seinem Roman weiterarbeitete.

Jaz saß am Krankenbett ihrer Mutter. Ausnahmsweise war sie froh, dass ihr Vater gern mit Geld um sich schmiss: Er hatte dafür gesorgt, dass Mum ein Einzelzimmer hatte und Besucher empfangen konnte, wann immer sie wollte.

»Wie läuft es zu Hause?«, erkundigte sich ihre Mutter. »Sind die Mädchen brav?«

»Oh, ich habe sie gut im Griff«, gab Jaz leichthin zurück. Es war eine Lüge, aber Jaz wollte nicht, dass sich ihre Mutter Sorgen machte. Sie lag inzwischen eine Woche im Krankenhaus, und ihr Blutdruck war noch immer viel zu hoch. Ihre Knöchel waren dick angeschwollen, und Jaz konnte sich kaum vorstellen, dass sie jemals wieder so schlank werden würden wie zuvor. Es gab auch noch andere Komplikationen bei der Schwangerschaft – etwas, das mit dem Fruchtwasser zu tun hatte. Es bestand sogar die Gefahr, dass die Zwillinge zu früh auf die Welt kamen. Deshalb konnte Jaz ihrer Mutter nicht sagen, dass Tamzin und Lulu so ungezogen und wild waren wie immer, wenn nicht noch schlimmer. Sie spielten bei jeder sich bietenden Gelegenheit verrückt, weil sie genau wussten, dass ihnen nichts passieren konnte. Dad war mit seiner Arbeit und der Sorge um Mum so beschäftigt, dass er gar nicht mehr zu merken schien, was direkt vor seiner Nase vorging. Phin und Jimmy spielten wie üblich »Dumm und Dümmer«, also hatte sich in diesem Punkt nichts geändert.

Aber die gute Neuigkeit war, dass sich Dad auf Mums Drängen mit einer Agentur in Verbindung gesetzt hatte und dass Mrs. Warner jetzt jeden Tag ins Haus kam, um zu putzen, zu kochen und zu bügeln. Sie war ein Gottesgeschenk, und Dad überlegte, ob sie sie nicht behalten sollten, wenn die Babys geboren waren. »Aber, Popeye, ich habe die Hausarbeit in der Vergangenheit immer selbst erledigt«, hatte sich Jaz' Mutter beschwert.

»Aber du hattest auch noch nie Zwillinge, um die du dich kümmern musstest«, hatte er zurückgegeben. »Ein bisschen Hilfe im Haus würde dir gut tun.«

Sie besuchten Mum jeden Tag, und Dad ging gewöhnlich sogar zweimal zu ihr, aber heute Abend war er mit Phin und Jimmy in Liverpool: Es war St. Patrick's Day, und sie kamen wahrscheinlich erst in den frühen Morgenstunden zurück. Dad hatte gestern Abend wenig überzeugend erklärt, dass er dieses Jahr auf die Feier verzichten könne – »Moll, ich lege keinen großen Wert darauf. Wie könnte ich wegfahren und feiern, wenn du in diesem verdammten Krankenhaus liegst?« Aber er hatte nicht viel Ermutigung von Mum gebraucht, um loszuziehen und sich zu amüsieren.

»Popeye, es hat doch keinen Sinn, wenn wir beide Trübsal blasen. Fahr und sieh zu, dass du ein bisschen Spaß hast. Aber ich würde mich besser fühlen, wenn du einen Babysitter für Tamzin und Lulu organisierst, damit Jaz mich allein besuchen kann. Wir hatten in letzter Zeit so selten Gelegenheit, uns ausführlich zu unterhalten.«

Wie sich herausstellte, brauchten sie keinen Babysitter, weil Freudinnen, deren Eltern die beiden vermutlich nie kennen gelernt hatten, sie über Nacht zu sich eingeladen hatten. Dad hatte Jaz Geld fürs Taxi gegeben, und sie freute sich auf einen Abend ganz allein mit ihrer Mum.

»Bedrückt dich etwas, Jaz?«

Jaz hatte mit dem Finger das Muster auf der Bettdecke nachgezeichnet, jetzt sah sie auf. »Nein. Wie kommst du darauf?«

»Du siehst so ernst aus. Ist im College alles in Ordnung? Du erzählt kaum noch etwas.«

»Es läuft alles bestens.«

»Wirklich?«

»Wirklich.«

»Was beschäftigt dich dann? Komm schon, Jaz, sprich mit mir. Was meinst du, warum ich diesen Handel mit deinem Vater abgeschlossen habe? Er kann nach Liverpool und mit seinen alten Kumpels zusammen sein, und dafür habe ich die Gelegenheit für ein Gespräch unter vier Augen mit dir.«

»Ich wusste gar nicht, dass du so raffiniert bist, Mum.«

Sie lächelte. »Ich spiele nach meinen eigenen Regeln. Und jetzt leg los. Ich möchte genau wissen, was hinter meinem Rücken vor sich geht.«

Jaz hätte ihr liebend gern ihr Herz ausgeschüttet, weil sie sich dann gleich viel besser gefühlt hätte, aber sie durfte nicht vergessen, dass ihre Mutter im Krankenhaus lag. Also hielt sie besser den Mund.

Als ob sie ihre Gedanken lesen könnte, sagte ihre Mutter: »Wenn du befürchtest, dass du mich zu sehr aufregen und meinen Blutdruck noch mehr in die Höhe treiben könntest, dann lass es. Denk dran, es gibt keinen besseren Ort für mich, schlechte Nachrichten zu empfangen.«

Das sanfte Drängen ihrer Mutter tat seine Wirkung; das Bedürfnis, sich auszusprechen, wurde noch stärker. »Es wird dir nicht gefallen, Mum.«

»Das werde ich selbst beurteilen. Jetzt komm und tu uns beiden einen Gefallen. Bring es hinter dich, und ich garantiere dir, dass du dich besser fühlen wirst.«

Jaz erzählte ihr alles. Über die Verborgenen Talente und dass sie an den meisten Donnerstagen bei der Gruppe gewesen war, obwohl sie behauptet hatte, mit Vicki zusammen zu sein. Sie legte auch ihre Gründe für die Heimlichtuerei dar. Und sie erzählte, dass Dad ihr verboten hatte, in nächster Zukunft zu den Treffen zu gehen. »Es sind wirklich nette Leute, Mum. Keine Spinner, wie Dad annimmt. Dulcie lebt in einem hübschen Haus in der Bloom Street – dort treffen wir uns, und sie leitet die Gruppe, auch wenn sie sich bemüht, uns den Eindruck zu vermitteln, dass wir alle was zu sagen haben, und ...«

»Sie ist ein bisschen wie ich, was?«, fiel ihr ihre Mutter mit einem Augenzwinkern ins Wort.

Jaz lächelte. »Und dann ist da noch Beth ...« Sie zögerte, weil sie an Nathan denken musste. »Hm ... von der erzähle ich dir gleich. Jack ist großartig; er ist Immobilienmakler und kann wirklich gut schreiben. Das Ärgerliche ist, dass Phin und Jimmy auf die verrückte Idee gekommen sind, Jack und ich hätten was miteinander.«

Ihre Mutter riss die Augen auf.

»Da ist rein gar nichts, Mum, ehrlich nicht. Jack fährt mich immer nach den Treffen nach Hause, und Phin und Jimmy haben mich in seinem Auto gesehen. Wie geht's dir? Ist der Blutdruck okay?«

»Erzähl weiter. Mit mir ist alles in Ordnung. Ich möchte mehr über diese Gruppe erfahren.«

»Da gibt es nur noch einen Teilnehmer, Victor, und der ist wirklich nicht ganz dicht.«

»Hast du nicht gesagt, dass keine Spinner dabei sind?«

»Er ist die Ausnahme. Und er lebt sozusagen in einem Wahn. Er bildet sich ein, den Roman des Jahrhunderts zu schreiben, Gott, Mum, er könnte nicht einmal eine Einkaufsliste zu Papier bringen, ganz zu schweigen von einem Roman.«

Ihre Mutter lachte, streckte die Hände aus und nahm sie in die Arme.

»Wofür ist das?«, fragte Jaz, als ihre Mutter sie wieder losließ.

»Dafür, dass du mich zum Lachen bringst. Dass du mir hilfst, an etwas anderes als an die Schwangerschaft zu denken. Ich habe dieses Mutter-und-Baby-Gerede gründlich satt.«

»Dann bist du mir nicht böse?«

»Ich bin böse auf deinen Vater, weil er überreagiert hat. Typisch. Er glaubt, dass er dich mit seinen dämlichen Maßnahmen beschützt. Er hat noch nicht gelernt, dir zu vertrauen. Das Problem ist, dass er andere nach sich selbst und seinen Fehlern beurteilt. Er war ein schrecklicher Rabauke, bevor er mich kennen gelernt hat. Du brauchst dir nur Phin und Jimmy anzusehen, um eine Ahnung davon zu bekommen, wie er in seinen wilden Tagen war.« Sie lehnte sich zurück in die Kissen und seufzte. »Aber wenn das das Schlimmste ist, dann kann ich die Sache sicherlich mit deinem Vater regeln. Überlass das nur mir.«

Aber Jaz wollte alles ans Licht bringen: keine Lügen und Geheimnisse mehr. »Hm ... eigentlich gibt es noch etwas, Mum. Etwas, wovon Dad nichts weiß.«

»Oh?«

»Ich treffe mich oft mit einem netten Typen aus der Abschlussklasse. Er heißt Nathan King, und seine Mutter ist die Frau, von der ich vorhin gesprochen habe – Beth.«

»Und was stimmt nicht mit ihm? Warum versteckst du ihn vor uns? Ist er von Kopf bis Fuß tätowiert oder voller Piercings?«

»Nein! Nichts dergleichen. Er ist sehr nett. Aber … aber ich wollte nicht, dass jemand von ihm erfährt. Ich dachte, dass Phin und Jimmy ihn vergraulen würden.«

Ihre Mutter sah sie mit einem liebevollen, wissenden Blick an. »Er wäre kein richtiger Freund, wenn er sich so leicht abschrecken ließe. Er ist an dir interessiert, nicht an deinen Brüdern. Und vermutlich ist er intelligent genug, um erkannt zu haben, dass du nicht nur hübsch, sondern auch vernünftig und normal bist. Manchmal machst du vielleicht ein paar Dummheiten, aber ansonsten fehlt dir nichts, was eine Dosis Selbstvertrauen und gesunder Menschenverstand nicht kurieren könnten.«

Jaz brauchte einen Moment, um über das nachzudenken, was ihre Mutter gesagt hatte. Sie hatte sich unzählige Lügen einfallen lassen, weil sie überzeugt gewesen war, dass die kleinste Kleinigkeit Nathan vertreiben würde. Aber im Grunde war nur ihre eigene Unsicherheit schuld an allem: Der Stolz hatte ihre Sicht vernebelt und den Schlamassel verursacht, in dem sie jetzt steckte. Sie spürte, wie sich eine Hand auf ihre legte.

»Hast du gehört, was ich gesagt habe, Jaz?«

»Entschuldige, Mum. Ich hab nachgedacht. Ja, du hast Recht.«

»Gut. Wann siehst du Nathan das nächste Mal? Schau mich nicht so erschrocken an. Wenn wir deinen Vater umstimmen wollen, dann sollte ich den jungen Mann kennen lernen, damit ich Popeyes Ängste beschwichtigen kann. Vielleicht können wir so tun, als hättest du dich erst jetzt mit Nathan angefreundet. Damit würden wir jede Menge unnötige Schwierigkeiten umgehen.«

Jaz warf sich in die Arme ihrer Mutter. »O Mum, du bist die Beste.«

»Nur schade, dass dir das nicht schon vor Monaten eingefallen ist und dass du damals kein Vertrauen zu mir hattest. Denk an das unkomplizierte Leben, das du jetzt führen könntest.«

Auf der Heimfahrt saß Jaz auf der Rückbank des Taxis und war so glücklich wie schon lange nicht mehr. Mum hatte sich großartig verhalten, und, was noch besser war, sie interessierte sich für das, was Jaz schrieb. Sie hatte darum gebeten, dass sie ihr etwas mitbrachte. »Ich könnte etwas Gutes zum Lesen gebrauchen.«

Jaz hatte es nicht übers Herz gebracht, ihr zu sagen, dass sie ihren Roman komplett gelöscht und den einzigen Ausdruck weggeworfen hatte.

Sie bezahlte den Taxifahrer, stieg aus und schloss die Haustür auf. Sie blieb im dunklen Flur stehen.

Instinktiv wusste sie, dass etwas nicht stimmte. Die Alarmanlage war nicht an: Das rote Licht über dem Fenster blinkte nicht, wie es sollte. Ihr Mund wurde trocken, und ihr Herz klopfte wie wild. Sie ging ängstlich auf die Tür zum Wohnzimmer zu. Ihre Knie zitterten, als sie den Atem anhielt, die Tür aufstieß und das Licht anknipste.

Sie konnte nicht ganz sicher sein, aber so wie es schien, war alles, was auch nur ein bisschen Wert hatte, weg: Die Hi-Fi-Anlage, der Fernseher, der Video-Player, die Silbersachen, alle Bilder. Der Rest war verwüstet. Die Sofas waren umgekippt, die Kissen und Polster zerschnitten, die Vorhänge heruntergerissen, die Lampen und Glastische zerbrochen, und die Wände und Teppiche waren mit weiß Gott was verschmiert.

Kapitel siebenundvierzig

»Ich bin in ein paar Minuten da. Bleib, wo du bist.«

Nathan schaltete sein Handy aus und sah Jack und seine Mutter besorgt an. »Tut mir Leid, wenn ich eure Zwei-Mann-Gruppensitzung störe, aber es geht um Jaz. Sie hat ihre Mutter im Krankenhaus besucht, und währenddessen muss jemand in ihr Haus eingebrochen sein und alles mitgenommen haben. Ich fahre zu ihr, um nachzusehen, ob sie zurechtkommt.«

»Ist sie allein?«

Nathan war schon im Flur und zog seinen Mantel an. »Ja.«

»In diesem Fall –«, seine Mutter warf Jack einen Blick zu, und er nickte, »– kommen wir mit. Hat sie die Polizei angerufen?«

»Das habe ich sie nicht gefragt, aber ich nehme es an.«

Jack fuhr. Ein Streifenwagen stand in der Einfahrt der Raffertys, und das Haus war hell erleuchtet. Nathan war froh, dass die Polizei so schnell gekommen war. Er hatte am Telefon nichts gesagt, aber er hatte Angst gehabt, dass der oder die Einbrecher noch im Haus waren.

Eine Polizistin öffnete ihnen die Tür, und nachdem sie erklärt hatten, wer sie waren, wurden sie in die Küche geführt, in der Jaz händeringend auf und ab ging. Nathan lief zu ihr. »Dad wird mich umbringen, wenn er davon erfährt«, wimmerte sie und klammerte sich an ihn. »Er wird sagen, dass ich die Alarmanlage nicht eingeschaltet habe. Aber ich habe sie eingeschaltet.« Sie unterdrückte einen Schluchzer. »Er wir mir die Schuld geben, das weiß ich. Oh, *warum* musste das passieren?«

»Dein Vater wird dir bestimmt *keine* Vorwürfe machen«, versicherte Nathan.

»Ihr Freund hat Recht.« Ein Polizist kam in die Küche und hielt einen Drahtschneider in der Hand. »Die Einbrecher haben die Alarmanlage mit dem Ding hier außer Betrieb gesetzt. Sie wussten genau, was sie tun mussten, und sind durch die Terrassentüren im Esszimmer hereingekommen. In dem Haus, das letzte Nacht ausgeraubt wurde, war es dasselbe. Alles war verwüstet – jedes einzelne Zimmer. Sieht fast so aus, als hätten wir es mit Serientätern zu tun, diese Schweine.«

Erst nachdem die Polizisten kurz nach Mitternacht abgezogen waren, konnte Jaz ihren Vater auf seinem Handy erreichen. Als sie den Hörer vom Ohr weghielt, wusste Nathan, wie seine Reaktion war.

»Es ist okay, Dad«, sagte sie, als er ihr die Gelegenheit dazu gab. »Mir fehlt nichts. Ich habe ein paar Freunde hier. Dad, du musst lauter sprechen, ich kann dich kaum verstehen ... Dann sag ihnen, dass sie den Mund halten sollen. Hör mal, das ganze Haus sieht aus wie eine Müllkippe. Es ist schrecklich ... alle Zimmer ... O Dad, sie haben die Wände beschmiert ... die Teppiche ruiniert ... da ist ...« Sie schluckte. »Mum darf nie etwas davon erfahren. Wir müssen das in Ordnung bringen, bevor sie aus der Klinik entlassen wird. Sie wäre am Boden zerstört, wenn sie das sehen würde.« Als Jaz zu weinen anfing, griff Beth ein und nahm ihr den Hörer aus der Hand.

»Hallo, Mr. Rafferty. Sie kennen mich nicht, aber ich bin eine Freundin Ihrer Tochter aus der Schriftstellergruppe ... Ja, das ist richtig, Verborgene Talente. Ich bin mit meinem Sohn und Jack hier, der auch ein Mitglied der Gruppe ist ... Oh ... Danke, aber das ist nicht nötig. Wir sind gleich nach Jaz' Anruf hergekommen. Sie ist ein wenig durcheinander und zittrig, aber im Großen und Ganzen hält sie sich sehr wacker ... Nein, mehr kann man im Augenblick nicht tun. Die Polizei war hier, und Jack hat die eingeschlagene Terrassentür im Esszimmer mit Brettern vernagelt. Ich wollte vorschlagen, dass Jaz bei uns übernachten kann, dann müssen Sie nicht überstürzt aufbrechen ... Okay, ich gebe den Hörer an Jaz weiter, sie kann Ihnen die Adresse nennen.«

»Danke, Mum«, sagte Nathan, als sie wieder zu Hause waren. Jack hatte sich für die Nacht verabschiedet, und Jaz war im Bad, um sich fürs Bett fertig zu machen.

»Wofür?«

»Dass du so nett bist.«

»Mit nett hat das nichts zu tun. Ich wäre nicht im Traum darauf gekommen, das arme Mädchen allein in diesem Haus zu lassen. Und wenn du mit ihrem Vater gesprochen hättest, dann wüsstest du, dass er auf keinen Fall nach Hause fahren konnte. Er und alle, die um ihn herum gegrölt haben, waren betrunken wie Stinktiere. Schade, dass wir ihm die Party verdorben haben. Ich hoffe nur, dass er sich morgen noch an unsere Adresse erinnert.«

Nathan half seiner Mutter, für Jaz ein Bett auf dem Sofa herzurichten. Gerade als er nach einem Kissen suchte, kam Jaz in einem riesigen Winnie-Puh-Pyjama aus dem Bad. »Wage nicht, über mich zu lachen«, warnte sie ihn.

»Das wäre mir nie in den Sinn gekommen.«

»Und wenn doch, dann haben Sie meine Erlaubnis, ihm eine kräftigen Hieb zu versetzen«, schaltete sich Beth ein. »Möchte noch jemand etwas trinken, bevor wir uns alle schlafen legen? Nein? In diesem Fall wünsche ich euch beiden süße Träume.«

»Tut mir Leid, dass ich vorhin ein wenig durchgedreht bin«, sagte Jaz, als sie mit Nathan allein war und unter die Decke auf dem Sofa schlüpfte.

»Wann war das? Das muss ich verpasst haben.«

Sie stieß ihn mit dem Fuß an. »Sei nicht so gönnerhaft.«

»Das war ich nicht.« Er strich ihr über die Wange, dann zupfte er an einem ihrer Zöpfe. »So etwas könnte ich jemandem, der so einen niedlichen Schlafanzug anhat, niemals antun.«

Sie wurde rot. »Meine Mum hat ihn mir vor Jahren gekauft und dachte, ich würde noch reinwachsen. Aber so ist es nie gekommen.«

»Darüber bin ich ehrlich froh – sonst wärst du riesig.«

Sie lachte, und er beugte sich zu ihr, um sie zu küssen. Aber sie funkelte ihn an und schob ihn von sich.

»Ist schon gut«, sagte er. »Ich stelle keine Dummheiten an.« Er lächelte. »Erst recht nicht, wenn meine Mutter nebenan schläft.«

Ihre Miene hellte sich wieder auf, und sie schlang die Arme um seinen Hals.

Er legte sich neben sie und schloss die Augen. Es dauerte nicht lang, und beide schliefen ein.

Am Morgen fand Beth sie beide auf dem Sofa vor. Ihr Sohn war noch komplett angezogen, und Jaz hatte die Arme um ihn gelegt. Wer beschützte hier wen?

Für einen Mann, der mit einem Riesenkater fertig werden musste, hielt sich Jaz' Vater eigentlich ganz gut. Genau wie ihre Brüder.

Beths Wohnung schien nicht groß genug zu sein für diese drei kräftigen, imposanten Kerle, und nach allem, was Beth über Mr. Rafferty gehört hatte, war sie erleichtert, dass sie eintrafen, lange nachdem Nathan und Jaz aufgestanden waren. Jeder Beweis, dass die beiden zusammen geschlafen hatten, wenn auch in aller Unschuld, war beiseite geschafft worden, und jetzt reichte Beth Kaffeetassen herum, als wäre sie daran gewöhnt, um diese Tageszeit Besucher zu bewirten: Es war fünf Minuten vor acht; Nathan und Jaz mussten ins College und sie selbst zur Arbeit. »Sie müssen schon früh auf den Beinen gewesen sein«, sagte sie zu Mr. Rafferty. »Zucker?«

Er nahm sich drei Löffel. »Ich konnte vor Sorge überhaupt nicht schlafen. Die Jungs und ich sind um sieben aufgebrochen.«

»Warst du schon zu Hause, Dad?«

Der mächtige Mann wandte sich seiner Tochter zu. »Nein. Ich wollte mich zuerst überzeugen, ob mit dir alles in Ordnung ist.«

»Mir geht's gut.«

Ihre Stimme klang gepresst und unsicher. Beth merkte, dass Jaz' Hauptsorge heute Morgen nicht der Einbruch war, sondern vielmehr der Umstand, dass sich Nathan in ein und demselben Raum mit ihrem Vater und ihren Brüdern aufhielt. Sie hatte Nathan seit der Ankunft ihres Vaters und seiner bärengleichen Umarmung kaum einen Blick gegönnt.

Mr. Rafferty rührte in seinem stark gesüßten Kaffee und richtete seine Aufmerksamkeit auf Beth. »Hören Sie, Mrs. King ...«

»Bitte, ich heiße Beth.«

»Schön, Beth, ich möchte Ihnen sagen, wie dankbar ich Ihnen für das bin, was Sie und Ihr Sohn getan haben, dass Sie sofort eingesprungen sind und sich so rührend um meine Jasmine gekümmert haben.«

Jaz krümmte sich. »Niemand nennt mich so, Dad.«

Er deutete mit dem Löffel auf sie. »Sie tun es, Süße, wenn sie dich wirklich gern haben. Und dieser Jack ... bei ihm muss ich mich auch bedanken. Heilige Mutter Gottes, was ist das für ein Höllenlärm?«

Aus der unteren Wohnung drang der Krach, an den sich Beth und Nathan mittlerweile schon gewöhnt hatten. Die Handwerker in Jacks Wohnung begannen mit der Arbeit. Nach allem, was Jack erzählt hatte, waren sie ziemlich nachlässig. Sie tauchten morgens in aller Herrgottsfrühe auf und verschwanden kurz nach der Mittagspause wieder – Jack hatte am Dienstag ihren Lieferwagen gesehen, als er an seinem Büro vorbeigefahren war. Als er sie darauf ansprach, gaben sie zu, dass sie auf zwei Baustellen gleichzeitig arbeiteten.

Beth erklärte, dass Jack kürzlich die Wohnung unter ihr bezogen hatte und einige Umbauarbeiten vornehmen ließ.

»Wen hat er damit beauftragt?«, schrie Mr. Rafferty, um den Radau zu übertönen. »Ich hoffe, es ist eine angesehene Firma.«

»Tut mir Leid«, rief Beth zurück, dann hörte der Lärm plötzlich auf. »Ich weiß nicht, wie die Firma heißt. Sie ist ziemlich klein, glaube ich.« Sie erzählte, wie unzuverlässig die Arbeiter waren.

Die drei Rafferty-Männer verdrehten die Augen. »Verdammte Pfuscher. Heute kommen sie, morgen nicht. Wenn er ein paar tüchtige Leute braucht, soll er sich an uns wenden – richten Sie ihm das bitte aus. Ich bin ihm was schuldig.« Mr. Rafferty trank seinen Kaffee aus, stellte die Tasse vorsichtig auf den Tisch und beförderte seine Brieftasche zutage. Er reichte Beth seine Visitenkarte. »Gut, sind wir so weit?« Das war an Jaz gerichtet.

Sie nahm ihre Tasche, die sie gestern Abend mitgebracht hatte. »Alles klar, Dad, ich hab meine Sachen fürs College dabei. Ich gehe mit Nathan zu Fuß.«

»Sei nicht albern, wir können Nathan auch mitnehmen. Es ist genügend Platz im Jag. Das ist doch okay für Sie, mein Junge?«

Nathan nickte. »Danke. Ich hole nur schnell meine Tasche.«

Während er in seinem Zimmer war und Beth das Kaffeegeschirr wegräumte, hörte sie Jaz' Vater flüstern:

»Ein netter Junge, Jaz. Du hättest es viel schlechter treffen können.«

Beth drehte lächelnd den Wasserhahn auf. Komisch, wie sich die Dinge entwickelten.

Kapitel achtundvierzig

Eigentlich hätte Jack, nachdem in seinem Leben in letzter Zeit so ziemlich alles schief gelaufen war, nicht einmal daran denken dürfen, noch mehr Unheil heraufzubeschwören, indem er eine Firma beauftragte, seine Wohnung umzubauen. Wenn es irgendwie möglich wäre, würde er die Handwerker auf der Stelle feuern: Sie taugten so gut wie gar nichts. Heute hatten sie mitten in der Arbeit alles stehen und liegen lassen, und sein Zuhause war praktisch unbewohnbar – auf allem lag eine dicke Staubschicht, der Schutt türmte sich in den Räumen – sie hatten vergessen, einen Container zu bestellen –, und die blanken Elektrokabel hingen aus den Wänden. War er niedergeschlagen? War er deprimiert? Ja. Ja. Verdammt noch mal, ja.

Aber Beth meinte, das sei alles nur halb so schlimm. Sie drückte ihm eine Visitenkarte in die Hand und riet ihm, Jaz' Vater anzurufen. »Ich habe das Gefühl, er übernimmt die Arbeiten und macht Ihnen einen guten Preis. Er ist uns sehr dankbar dafür, dass wir Jaz geholfen haben, als in sein Haus eingebrochen wurde. Ich habe einen riesigen Blumenstrauß von ihm bekommen, und Nathan hat erzählt, dass er seine Ansichten über die Verborgenen Talente gründlich revidiert hat. Nachdem er mich kennen gelernt hat und sich überzeugen konnte, dass ich ganz normal und harmlos bin, hat er entschieden, dass Jaz wieder an den Treffen teilnehmen darf.«

Diese Unterhaltung hatte gestern, am Samstag, stattgefunden, und seither war Bewegung in die Sache gekommen. Jack rief Mr. Rafferty gleich danach an. Er hatte ein schlechtes Gewissen, weil er ihn am Wochenende störte, obwohl der Mann im Moment selbst genug Probleme am Hals hatte, aber Mr. Rafferty versprach, gleich am Montagmorgen einen Mann vorbeizuschicken. Nach dem Telefonat packte Jack ein paar Sachen zusammen, verließ die Wohnung und machte Gebrauch von Dulcies freundlichem Angebot. »Sie hätte es Ihnen nicht vorgeschlagen, wenn es ihr nicht ernst wäre«, hatte Beth versichert. »Dulcie ist keine Frau, die leere Versprechungen macht.«

Jetzt saß Jack in Dulcies Haus. Er war am Morgen eingezogen, nachdem er Dulcie in Venedig angerufen und noch einmal nachgefragt hatte, ob es ihr wirklich recht war, wenn er sein Lager vorübergehend in ihren vier Wänden aufschlagen würde. »Selbstverständlich ist es mir recht, Jack. Allerdings tut es mir Leid, dass Sie mit solchen Schwierigkeiten zu kämpfen haben. Aber ich bin wirklich beruhigt, wenn ich weiß, dass Sie im Haus sind.« Dummerweise hatte er ihr von dem Einbruch bei den Raffertys erzählt, aber er verschwieg ihr, dass Maywood möglicherweise von Serientätern heimgesucht wurde. Er hoffte, dass ihr die Neuigkeit den Urlaub nicht verdarb. Sie fragte, ob es ihm gelungen war, die Gruppe am Donnerstag zusammenzutrommeln, und er erzählte ihr, dass nur Beth und er da gewesen waren und schon ziemlich bald losfahren mussten, um Jaz beizustehen. »Es war ein ganz legerer

Abend«, gestand er, »und ich habe Beth mit dem Kapitel zu Tode gelangweilt, das ich kurz zuvor zu Ende geschrieben hatte.«

»Ich bezweifle, dass sie sich gelangweilt hat«, tadelte ihn Dulcie. »Sie sind ein ausgesprochen fähiger Autor, Jack, und ich setzte große Hoffnungen in Sie. Sie haben ein bemerkenswertes Talent. Was ist mit Victor? Gibt es Neues von ihm?«

»Ich hab versucht, ihn anzurufen, wie Sie es wollten, aber ich konnte ihn nicht erreichen. Ich hab's die ganze Woche tagsüber und auch am Abend versucht.«

Er berichtete Dulcie, dass Jaz wahrscheinlich auch wieder zu den Treffen kommen durfte.

»Guter Gott, Jack, ich kehre euch allen nur für ein paar Minuten den Rücken, und schon passiert jede Menge. Vielleicht sollte ich Ihnen öfter die Verantwortung überlassen.«

»Und das ist noch nicht alles.« Er erzählte Dulcie von der Schriftstellertagung, erwähnte jedoch nicht, auf welchem Weg Beth davon erfahren hatte und dass sie inzwischen starke Bedenken hegte, hinzufahren. »Was halten Sie davon, Dulcie? Sollten wir als Gruppe daran teilnehmen?«

»Das ist eine blendende Idee. Diese Seminare und Tagungen können sehr ermutigend sein. Wo findet sie statt?«

»Irgendwo in der Nähe von Harrogate, also nicht allzu weit weg.« Jack besprach noch einige andere Dinge mit ihr – wie die Zentralheizung funktionierte und welches Schlafzimmer er benutzen konnte. Schließlich verabschiedete er sich und wünschte ihr noch einen schönen Aufenthalt in Venedig.

Er hatte ein paar Anzüge, Hemden, zwei Jeans und einen Pullover sowie ein paar Fertiggerichte und vor allem seinen Laptop und den Drucker mitgebracht. Er wollte seine Freizeit so gut wie möglich nutzen. Bisher war ihm nicht viel Zeit für sich selbst geblieben: Er war heute mit den Mädchen beim Schwimmen, bei McDonald's und im Kino gewesen, dann hatte er sie nach Prestbury zurückgebracht. Ursprünglich sollten Amber und Lucy das ganze Wochenende bei ihm verbringen, aber bei dem Chaos, das in seiner Wohnung herrschte, war es nur vernünftig, ihren Besuch abzukürzen. Es widerstrebte ihm sehr, sie wieder wegzuschicken, und Amber hatte ihm Vorwürfe gemacht. »Das ist nicht fair, Dad.« Sie schmollte. »Ich möchte das ganze Wochenende mit dir zusammen sein, und es ist mir egal, wie viel Durcheinander in deiner Wohnung ist.«

»Aber mir wäre es nicht egal, wenn dir Ziegelsteine auf den Kopf fallen würden«, entgegnete er.

»Ich wette, du übertreibst. So schlimm kann es gar nicht sein.«

»Glaub mir, Amber, es ist so schlimm.«

Jetzt war es acht Uhr und Ewigkeiten her, seit er den doppelten Hamburger und die Pommes gegessen hatte. Er öffnete eine Flasche Budweiser und machte sich etwas zu essen mit der Absicht, sich gleich wieder an das Kapitel fünfunddreißig zu setzen. Er schätzte, dass er nur noch fünf Kapitel schreiben musste, dann war *Freude und Familie* – sein erstes Buch – fertig, Das gefiel ihm: *sein erstes Buch*. Es deutete an, dass es noch andere geben würde. Er hatte das Gefühl, dass ihn jetzt, da er angefangen hatte, nichts mehr aufhalten konnte. Schreiben machte süchtig.

Er briet sich Würstchen und strich Butter auf ein paar Scheiben Weißbrot, schüttete ein wenig Ketchup – den er erstaunlicherweise in Dulcies Küche gefunden hatte – über alles und setzte sich an den Tisch, um das kulinarische Meisterstück zu genießen. Vor ihm stand sein eingeschalteter Laptop, und er freute sich schon darauf, loszulegen. Aber das Klingeln an der Tür unterbrach sein Mahl. Mit vollem Mund ging er, um dem ungebetenen Gast zu öffnen. Er musterte den grauhaarigen Mann; er kannte ihn nicht. Kein Wunder – dies war immerhin Dulcies Haus. Jack ahnte, dass es unklug wäre, diesem Fremden zu eröffnen, dass die Hausbesitzerin verreist war, und wartete, bis der Mann das Wort ergriff.

»Ist … ist Dulcie da?«, fragte der Fremde unsicher.

Jack wich ihm aus: »Im Moment nicht.«

Argwohn blitzte in den Augen des Mannes auf. »Können Sie mir sagen, wann sie zurückkommt?« Er hatte offensichtlich Mühe, höflich zu bleiben.

Jack schluckte den Rest Würstchen, den er noch im Mund hatte, hinunter und erwiderte: »Leider nein.« Das klang streitlustiger als beabsichtigt.

Damit trieb er den Mann in die blanke Feindseligkeit. »Hören Sie, ich weiß nicht, wer Sie sind, aber ich muss Sie bitten, Dulcie zu suchen und ihr zu sagen, dass Richard sie sprechen möchte. Bitte, tun Sie wenigstens so viel für mich.«

Jack hatte nicht damit gerechnet, dass der Mann, vor dem Dulcie fortgelaufen war, während seiner Anwesenheit in der Bloom Street auftauchen würde. Der arme Kerl wirkte so verzweifelt, als er auf der Schwelle stand, dass Jack zur Seite trat und sagte: »Ich denke, es wäre besser, wenn Sie hereinkommen.«

Richards Hoffnungen stiegen.

Endlich konnte er mit Dulcie von Angesicht zu Angesicht sprechen. Es war ihm mit einem Mal gleichgültig, wer dieser Typ war, der sich dazu herabgelassen hatte, ihn ins Haus zu bitten, und der jetzt durch die Räume ging, als würde ihm hier alles gehören.

Er hatte sich wirklich Mühe gegeben, sich Dulcie aus dem Kopf zu schlagen – vergeblich. Sie hatte sein Leben in Stücke gerissen. Endlich bekam er die Gelegenheit, es wieder zusammenzuflicken. Aber als der Fremde ihn in die Küche führte und Dulcie nirgendwo zu sehen war, verlor er wieder den Mut. Er sah den Teller mit den Würstchen, den Laptop und die Bierflasche. »Was geht hier vor?«, wollte er wissen. »Wo ist Dulcie. Und wer sind Sie?«

»Ich bin ein Freund von Dulcie«, erklärte der Mann ruhig und hielt ihm die Hand hin. »Jack Solomon, ein Mitglied der Schriftstellergruppe.«

»Und Dulcie?«, hakte Richard nach, ohne Jacks Hand zu beachten. »Wo ist sie?«

»Verreist, und ich hüte das Haus für sie.«

»Verreist? Wohin? Ist sie bei Kate und Andrew?«

»Warum setzen Sie sich nicht? Ein Bier?«

Richard schüttelte den Kopf; es machte ihn wütend dass ein anderer als er den Gastgeber in Dulcies Haus spielte. »Wo ist Dulcie?«, wiederholte er.

»Im Urlaub.«

Richard marschierte aufgebracht auf und ab. »Hören Sie«, rief er aus, »ich habe allmählich das Gefühl, dass Sie irgendwelche Spielchen mit mir treiben. Wissen Sie, wer ich bin?«

»Ich weiß genau, wer Sie sind. Sie sind Richard Cavanagh, Dulcies Ex-Liebhaber. Warum akzeptieren Sie nicht, dass Sie nicht mit Dulcie sprechen können, bevor sie zurück ist? Vielleicht sollten Sie lieber nach Hause zu Ihrer Frau und Ihren Kindern gehen.«

Diese Unverblümtheit brachte das Fass zum Überlaufen. »Was erlauben Sie sich?«

»Sind ein paar ehrliche, direkte Worte zu viel für Sie?«

»Was, zum Teufel, bilden Sie sich ein? Was gibt Ihnen das Recht, über mich zu urteilen?«

Jack nahm die Bierflasche, die auf dem Tisch stand, in die Hand. »Ich bin ein Mann, der weiß, wie es sich anfühlt, wenn man eines Morgens aufwacht und erfährt, dass seine Frau mit einem anderen schläft.« Er trank einen großen Schluck aus der Flasche und ließ Richard dabei nicht aus den Augen.

Richard zuckte zusammen und rieb sich das Gesicht. O verdammt. Was konnte er darauf erwidern? »Ich nehme an, das Angebot auf ein Bier gilt nicht mehr, oder?«

Sie setzten sich an den Tisch, das Sandwich mit den Würstchen stand zwischen ihnen, genau wie der Laptop, den Jack zuklappte. »Ich will Sie nicht vom Essen abhalten«, sagte Richard.

»Möchten Sie etwas davon?«

»Nein, danke ... Oh, na gut. Ich hole einen zweiten Teller.«

Sie aßen und tranken in betretenem Schweigen.

»Eine eigenartige Situation«, meinte Richard schließlich.

»Ich weiß, was Sie meinen. Und es tut mir Leid, dass ich vorhin so unfreundlich war. Es geht mich wirklich nichts an, was Sie und Dulcie tun.«

»Keiner von uns hat das geplant.«

»Vielleicht nicht, aber das Ergebnis ist dasselbe. Menschen werden verletzt.«

»Ich suche keine Entschuldigungen, aber ich habe noch nie jemanden so sehr geliebt wie Dulcie. Ich erwarte nicht, dass ein junger Mann wie Sie versteht, dass die Liebe in meinem Alter genauso belebend und wunderbar sein kann wie in Ihrem.« Er machte eine Pause. Er redete zum allerersten Mal mit einer anderen Person über seine Beziehung zu Dulcie. Es fühlte sich seltsam an, gleichzeitig war es eine große Erleichterung, offen sprechen zu können. »Dulcie bedeutet mir alles«, sagte er schlicht.

»Immer noch? Obwohl sie Schluss gemacht hat?«

»Ich werde sie immer lieben. Unsere Liebe fühlt sich so richtig an, und gerade deshalb kann ich sie nicht aufgeben. Wo ist sie, Jack? Ist sie in London bei ihren Kindern?«

»Nein. Und ich glaube kaum, dass es ihr recht wäre, wenn ich Ihnen ihren Aufenthaltsort verraten würde. Das ist der Sinn ihrer Reise – sie braucht Abstand von Ihnen.«

»Haben Sie eine Ahnung, wie lange sie wegbleiben wird?«

»Eine Woche. Vielleicht zwei. Sie war sehr unglücklich.«

Richard nickte. »Ich verstehe. Aber sie irrt sich, wenn sie denkt, dass ein Urlaub irgendetwas nützt. Ich werde immer noch hier sein, wenn sie heimkommt.«

»Und Ihre Frau und Ihre Familie? Wo werden die sein?«

Richard spürte Jacks spitze Bemerkung wie einen

Dolchstoß. Er schob den Teller von sich und lehnte sich zurück. »Ich habe Dulcie gesagt, dass ich klare Verhältnisse schaffe, wenn sie es mit mir versuchen will ... und dass ich alle Konsequenzen auf mich nehme.«

Jack fixierte ihn mit einem angewiderten Blick. »Ich habe zwei Töchter, die vor kurzem alle Konsequenzen des Verhaltens ihrer Mutter zu spüren bekommen haben, also weiß ich, wovon ihr rede, wenn ich sage, dass so etwas nie so einfach ist, wie Sie es sich jetzt vorstellen. Ein Teilzeit-Vater zu sein ist ein emotionales Minenfeld. Sie möchten Ihr Bestes tun, weil Sie sich verdammt schuldig fühlen, und packen zu viel in zu wenig Zeit. Und jede kleine Meinungsverschiedenheit, die Sie mit Ihren Kindern haben, wird durch das schlechte Gewissen zu einer riesigen Sache und erinnert Sie wieder daran, dass Sie versagt haben. Man fragt sich sogar, ob man sich ganz und gar zurückziehen sollte, weil die Kinder vielleicht besser dran sind, wenn sie Sie vergessen. Wie alt sind Ihre Kinder?«

Richard schluckte. Um das zu hören, war er nicht hergekommen. Diese kritische Direktheit war zu viel für ihn. »Wenn es Ihnen nichts ausmacht, würde ich lieber nicht über meine Kinder sprechen.«

»Das kann ich mir denken. Noch ein Bier?«

»Nein, danke.« Richard beobachtete, wie sich Jack aus Dulcies Kühlschrank bediente, und erhaschte einen Blick auf Sachen, die er noch nie in dieser Küche gesehen hatte: Fertigmahlzeiten – ein Hühnchencurry, einen Auflauf aus Kartoffelbrei und Hackfleisch, Schellfisch in Käse- und Broccolisauce. Junggesellen-Essen. Oder genauer: Mahlzeiten für einen geschiedenen Mann.

Richard versuchte noch einmal, aus Jack herauszubekommen, wo sich Dulcie aufhielt, als das Telefon klingelte. Es war der leise Ton eines Handys. »Entschuldigen Sie mich eine Minute«, sagte Jack. »Hi, Des, wie geht's?« Er schlenderte hinaus auf den Flur.

Richard entspannte sich. Dulcies Haussitter war ein netter Kerl, aber er urteilte erschreckend streng. Für ihn gab es nur Schwarz und Weiß, aber im Leben gab es auch viele Grautöne. Richard stand auf und stellte die leeren Teller ins Spülbecken, dann wanderte er zurück zum Tisch und warf dabei einen Blick auf Dulcies schwarzes Brett. Dort hingen die üblichen Fotos von Andrew und Kate und eines von Dulcie mit Strohhut. Dieses Bild liebte er besonders – er hatte es im letzten Sommer selbst in ihrem Garten aufgenommen. Er würde das Foto liebend gern auf seinem Schreibtisch im Büro aufstellen oder in seiner Brieftasche immer bei sich tragen, um das Gefühl zu haben, dass sie ihm nahe war. Er war versucht, es einfach in die Tasche zu stecken, aber sein Blick fiel auf einen Zettel, auf dem in Dulcies unverkennbarer Handschrift Name und Adresse eines Hotels in Venedig standen. Richard spähte in den Flur und sah, dass Jack noch in sein Telefonat vertieft war. Er schnappte sich einen Stift, riss einen Zettel von dem Block ab, der neben Dulcies Telefon lag, und notierte sich hastig die Adresse. Er konnte den Zettel gerade noch rechtzeitig in seiner Tasche verschwinden lassen, bevor Jack in die Küche zurückkam.

»Entschuldigen Sie bitte«, sagte Jack.

Richard winkte mit einem Lächeln ab. »Nein, ich bin derjenige, der um Verzeihung bitten muss. Ich hätte nicht herkommen und Ihnen den Abend verderben dürfen, ganz zu schweigen davon, dass ich Ihnen ihr halbes Abendessen weggegessen habe. Es hat übrigens toll geschmeckt. Es ist lange her, seit ich zum letzten Mal ein Würstchensandwich gegessen habe. Aber jetzt lasse ich Sie in Frieden.« Er streckte die Hand aus. »Keine schlechten Gefühle, ja?«

Kapitel neunundvierzig

Jaz und Nathan hatten beide eine Freistunde und konnten am Dienstagnachmittag ins Krankenhaus fahren.

Als Jaz Nathan gefragt hatte, ob er ihre Mutter kennen lernen wolle – »das normalste und netteste Mitglied meiner Familie« –, hatte er sofort zugestimmt und gesagt, dass er versuchen würde, sich den Wagen seiner Mutter auszuleihen.

Zu Jaz' Entsetzen ermutigte ihr Vater sie jetzt, mit Nathan auszugehen. »Er scheint ein wirklich anständiger Bursche zu sein«, hatte er erst heute Morgen beim Frühstück gesagt, »und Köpfchen zu haben.« Er machte sich über seinen gebratenen Speck und die Rühreier her, dann fügte er hinzu: »Ich könnte einen guten Anwalt in der Familie gebrauchen. Denk an die Honorare, die ich einsparen würde.«

»Dad!«, rief sie. »Ich bin erst siebzehn! Ich denke nicht daran, jemanden zu heiraten, und schon gar nicht Nathan King.«

»Ach, lass gut sein, Mädchen. Ich schaue in die Zukunft.«

Jaz wurde rot bis zu den Zehennägeln, und als sie sah, dass ihre Brüder mit Tamzin und Lulu im Schlepptau in den Frühstückssaal des Hotels schlenderten, steckte sie sich den letzten Bissen Toast in den Mund

und machte sich hastig davon. Es war schwer zu sagen, was schlimmer war: wenn ihr Vater streng und unnachgiebig mit ihr war oder wenn er versuchte, sie mit Nathan zu verkuppeln. Aber da er ihr die Erlaubnis gegeben hatte, bei den Verborgenen Talenten weiterzumachen, war es ihr ganz egal, was er dachte.

Beths und Jacks Fürsorge nach dem Einbruch hatte ihn überzeugt. »Jeder, der sich so um eines meiner Kinder kümmert, ist in meinen Augen ein guter Mensch. Diese Beth scheint mir eine sehr vernünftige Frau zu sein. Und noch dazu nett.«

Jaz war so glücklich, dass sie ihm um den Hals gefallen war. »Danke, Dad.«

Er machte ein ernstes Gesicht. »Sorg aber dafür, dass diese Schreiberei deiner Arbeit fürs College nicht in die Quere kommt. Und lüg deine Mutter und mich nie wieder an.«

Sie erzählte ihrer Mutter, dass sie nicht mehr mit Dad sprechen müsse, weil sich alles wie von selbst geregelt habe. Natürlich konnte sie ihr nicht sagen, welchem Umstand sie seinen Sinneswandel zu verdanken hatte – »Er muss in besonders guter Stimmung sein«, sagte sie. »Vielleicht hat der Gedanke, dass er wieder Vater wird, sein Herz erweicht.«

»Um ganz sicherzugehen, dass es keine Missverständnisse mehr gibt, werde ich ihm sagen, dass ich über die Verborgenen Talente Bescheid weiß«, hatte ihre Mutter gesagt. »Es ist das Beste, wenn wir alles klarstellen, Jaz.«

Aber ihr Vater hatte im Moment ganz andere Dinge im Kopf als die Verborgenen Talente.

Er hatte einen Blick in sein verwüstetes Haus geworfen und sie alle sofort ins Maywood Grange Hotel verfrachtet. »Wenn ich diese Mistkerle jemals in die Finger kriege, dann nagle ich ihre verdammten Ohren an die Wand und lasse sie verrotten.« Er kochte vor Wut, weil ausgerechnet ihm so etwas passiert war.

Jaz hatte ihren Vater nie so aufgebracht erlebt. Da er seinen Zorn nicht an den Übeltätern auslassen konnte – die, wie sie von der Polizei hörten, noch einmal zugeschlagen hatten –, machte er den verantwortlichen Polizisten die Hölle heiß, warf ihnen Inkompetenz vor und beschuldigte sie, Steuergelder zu verschleudern. Am meisten machte ihm aus, dass Mums Schmuck weg war. »Den Rest kann man ersetzen«, meinte er. »Dafür gibt es Versicherungen.« Und der Schaden am Haus an sich machte ihn fuchsteufelswild. »Ich habe dieses Haus für eure Mutter gebaut. Es war ihr Traumhaus. Jetzt ist es nur noch ein verdammter Alptraum.« In seiner Wut drohte er damit, das Haus zu verkaufen. Jaz war überrascht, wie traurig sie dieser Gedanke machte, und sie merkte, wie sehr sie an dem Haus hing. Ihr Zimmer war zerstört wie alle anderen: Die Klamotten waren aus dem Schrank gerissen und zum Teil zerfetzt, die Matratzen aufgeschlitzt, Bücher, Ordner und wichtige College-Unterlagen lagen überall verstreut. Ihr CD-Player und all ihre CDs waren weg, genau wie ihr Computer. Jetzt war sie richtig froh, dass sie ihren Roman gelöscht hatte. Wenn ein Fremder Zugang zu etwas so Persönlichem hätte, würde sie sich noch mieser fühlen.

Es waren verrückte Wochen gewesen, in denen sie sich Sorgen um ihre Mutter im Krankenhaus machen und den Einbruch verkraften musste, aber die Erfahrungen hatten sie gezwungen, die Dinge in die richtige Perspektive zu rücken. Und letzten Endes sah sie ein, dass *Wer zuletzt lacht* eine grausame Parodie von ihrer Familie gewesen war. Es hatte eine gewisse Komik, aber im Großen und Ganzen war es kindisch und gehässig. Wo war da die Tiefe und die Integrität, die sie bei anderen Autoren so bewunderte?

Als ihr Vater seinen Zorn überwunden hatte, entschied er sich gegen den Verkauf des Hauses. »Ich lasse mich doch nicht von Einbrechern unterkriegen«, schimpfte er. Und nachdem Phin und Jimmy veranlasst hatten, dass die Sachen, die kaputt waren, fortgeschafft wurden, zog er alle Register, um die Schäden beseitigen zu lassen. Eine Armee von professionellen Gebäudereinigern arbeitete rund um die Uhr, und danach übernahmen die Maler und Dekorateure. Wenn sie fertig waren, sollte jeder Teppich ersetzt werden, und Jaz konnte nicht einmal schätzen, wie viel Geld ihr Vater ausgab, um alle Spuren zu beseitigen. Und das nur, damit Mum das Schlimmste erspart blieb. »Sich deswegen Sorgen machen zu müssen, wäre das Letzte, was sie jetzt braucht«, sagte er zu Jaz und ihren Geschwistern. »Ihr alle seid zu strengstem Stillschweigen verpflichtet«, fügte er hinzu und sah Tamzin und Lulu scharf an, denen er nicht erlaubt hatte, sich das Chaos anzusehen – noch ein Beweis, wie sehr er bemüht war, seine Familie zu beschützen. »Wenn ihr auch nur ein einziges Wort zu eurer Mutter sagt, dann werdet ihr es bitter bereuen, verstanden?« Zum ersten Mal in ihrem Leben schienen Jaz' Schwestern zu begreifen, dass man ernsthaft von ihnen erwartete, Verantwortungsbewusstsein zu zeigen. Von diesem

Moment an besserte sich auch ihr Benehmen im Hotel: Sie fuhren nicht mehr ständig mit den Aufzügen rauf und runter, plünderten nicht mehr die Eismaschine und bestellten sich keine nächtlichen Festessen mehr beim Roomservice.

Nathan riss Jaz aus ihren Träumereien und sagte, als hätte er ihre Gedanken gelesen: »Jaz, wie will dein Vater diesen wahnsinnigen Coup durchziehen? Ich meine, deine Mutter wird doch merken, dass etwas nicht stimmt, wenn sie nach Hause kommt. Der Geruch nach frischer Farbe, neue Tapeten, neue Teppiche und so weiter – das verrät doch alles, oder nicht?«

»Natürlich hat er vor, ihr von dem Einbruch zu erzählen, aber er will, dass alles so normal wie möglich aussieht, wenn sie heimkommt. Er möchte den Schock so weit wie möglich mildern.«

»Er muss sie sehr, sehr gern haben.«

Jaz sah seinen nachdenklichen Gesichtsausdruck. »Das stimmt. Das Komische ist, dass ich jetzt erst erkenne, wie sehr er sie liebt. Ich wusste immer, dass er verrückt nach ihr ist, aber ich habe es genauso gewertet – als Verrücktheit. Man denkt nicht darüber nach, dass die Eltern richtig ineinander verliebt sind, oder?« Sie bedauerte sofort, dass sie das gesagt hatte. »Entschuldige, das war unsensibel.«

»Ist schon okay. Ich weiß, was du meinst. Ich glaube, meine Eltern haben sich auch sehr geliebt.«

In dem darauf folgenden Schweigen kehrten Jaz' Gedanken wieder zu ihrem Vater zurück. Als kleines Kind hatte sie oft von Erwachsenen gehört, was für ein Pfundskerl Popeye Rafferty gewesen war. Wenn ein Freund oder Verwandter in Not war, dann war er der

Erste, der seine Hilfe anbot. Sie erinnerte sich, wie stolz sie damals auf ihn gewesen war. Wann war sie so kritisch geworden?

Auf dem Krankenhausflur schärfte Jaz Nathan noch einmal ein, den Einbruch mit keinem Wort zu erwähnen.

Er nahm ihre Hand. »Es mag eine Überraschung für dich sein, Jaz, aber meine Auffassungsgabe ist gar nicht so schlecht. Ich hab kapiert, welchen Schwindel ihr da abzieht. Glaubst du allen Ernstes, ich will gerade jetzt, da er mir einen Heiligenschein verpasst hat, den mächtigen Zorn deines Vaters auf mich ziehen?«

»Leg's nicht drauf an. Ein Wort von mir, und du bist Geschichte.«

Sie grinsten beide, als Jaz den Kopf durch die Tür des Krankenzimmers streckte. Sie atmete erleichtert auf, weil ihre Mutter besser als seit Tagen aussah. Sie saß im Bett und trug ihr schönstes Nachthemd, hatte etwas Make-up aufgelegt, ihre schönen kastanienbraunen Haare waren frisch gewaschen und geföhnt. Jaz führte Nathan herein und sagte: »Hallo, Mum, wie geht es dir?«

»Besser, weil ich dich sehe.« Sie legte die Zeitschrift weg, in der sie gelesen hatte. »Ah, und Sie müssen Nathan sein. Kommt rein und macht die Tür zu.«

Sie rückten zwei Stühle ans Bett, und Nathan reichte der Patientin eine hübsch verpackte Schachtel Pralinen. »Ich dachte, dass Sie so was vielleicht mögen«, sagte er. »Das heißt, falls es erlaubt ist.« Er schielte auf den großen Obstkorb auf der anderen Seite des Bettes.

»Sie sind eine willkommene Abwechslung von all

dem gesunden Zeug, das man mir hier aufzwingt. In der letzten Nacht habe ich davon geträumt, dass ich die Lieblingsspeise meines Mannes koche – ein großes Steak und Nierenauflauf. Als ich aufwachte, hatte ich einen Bärenhunger.« Sie nahm Nathan die Schachtel ab und bedankte sich. »Wir machen sie gleich auf, ja?«

Jaz war gerührt, dass Nathan an ein Geschenk für ihre Mutter gedacht hatte, aber ebenso erfreut war sie, als sie sah, wie freundlich diese Geste aufgenommen wurde. Mum konnte das gut. Wahrscheinlich überhäufte Dad sie mit Geschenken, weil er dafür jede Menge Liebe und Zuneigung zurückbekam. Eine ferne Erinnerung kam an die Oberfläche – etwas, was ihre Mutter einmal zu Dad gesagt hatte ... dass es leicht sei, die Zugänglichen zu lieben, das Kind, das immer lächelte und die Arme nach einem ausstreckte, aber es bedeute unendlich viel mehr, von den Stillen, in sich Gekehrten umarmt zu werden. Erst jetzt verstand Jaz, dass ihre Mutter von ihr gesprochen hatte.

Jack konnte sich alle möglichen Dinge vorstellen, die er an diesem Abend lieber tun würde, aber er hatte Dulcie versprochen, nach Victor zu sehen. Nachdem er die Bürotür abgesperrt hatte, fuhr er vom Parkplatz und bog in die Bridge Street ein, wo er in den dichten Feierabendverkehr geriet. Er rollte im Schritttempo vorwärts, bis er endlich die Abzweigung der Station Road erreichte. Er fuhr am Maywood College vorbei und behielt die Hausnummern auf der rechten Straßenseite im Auge. Er kannte die Station Road gut – Norris & Rowan hatten erst kürzlich drei der Reihenhäuser verkauft; in der langen Reihe wechselte häufig eine Immobilie den Besitzer.

Er parkte zwischen einem blitzblanken Astra und einem weniger gepflegten Peugeot, der, wie er wusste, Victor gehörte. Er klopfte an die Haustür.

Klopfte noch einmal.

Und wieder.

Nichts. Dulcie hatte ihm am Telefon erzählt, dass es ihr genauso ergangen war, als sie bei Victor vorbeischauen wollte. »Aber ich hatte das Gefühl, dass er zu Hause war«, hatte sie gesagt. »Fragen Sie mich nicht, warum, ich habe es einfach gespürt.«

Jack spürte es auch. Er trat ein paar Schritte zurück und sah zu den oberen Fenstern hinauf, die ganz trüb vom Schmutz und Staub waren. Bildete er sich das nur ein, oder flackerte tatsächlich ein Licht hinter einem dieser Fenster? Das Leuchten war so schwach, dass er es für die Reflexion der Straßenlaterne hielt, die einen blassen orangefarbenen Schein verbreitete. Aber nein, je länger er auf das Fenster starrte, desto überzeugter war er, dass ein Licht in dem Zimmer brannte. Er beschloss, zum Ende der Häuserreihe zu gehen und zu sehen, ob er irgendwo zur Rückseite kam.

Er ging den gepflasterten Weg entlang, bis er zu Victors Haus zurückkam. Als er aufschaute, merkte er, dass das, was er für einen schwachen Schimmer gehalten hatte, ein Feuer war. Victors Haus brannte.

Jack zückte sofort sein Handy und rief den Notruf und die Feuerwehr an, dann rüttelte er an dem Gartentor. Es war verschlossen. Er nahm Anlauf, warf sich dagegen, und die morschen Bretter gaben nach. Er stürmte in den kleinen Garten. Die Hintertür war ebenfalls abgesperrt. Jack schnappte sich den Besen, der an der Mauer lehnte, und schlug damit das Küchenfenster ein.

Sobald er im Haus war, rief er nach Victor, sah im Esszimmer und im Wohnzimmer nach. Er bekam keine Antwort und lief zurück in die Küche, nahm ein Küchentuch vom Haken und hielt es unter den Wasserhahn. Dann holte er tief Luft und rannte zur Treppe. Rauch schlug ihm entgegen, und er drückte das nasse Tuch an Mund und Nase, dann wagte er sich in das Zimmer, in dem das Feuer ausgebrochen war. Der beißende Qualm trieb ihm die Tränen in die Augen. Er zwang sich, sie offen zu halten, und dann sah er die Gestalt auf dem Boden. Die Flammen züngelten bereits an ihr. Jack packte Victor unter den Achseln und zerrte ihn aus dem Raum. Auf dem Flur zog er hastig sein Jackett aus und wickelte es um Victors reglosen Körper, um die Flammen an seinen Kleidern zu ersticken. Dann hievte er Victor die Treppe hinunter in den Flur und legte ihn auf den Boden, um Atem zu schöpfen. Gerade als ihm zu Bewusstsein kam, was er gerade getan hatte und was passieren könnte, wenn er nicht ganz schnell aus dem Haus kam, hörte er das Heulen von Sirenen. Jack kämpfte mit dem Schloss an der Haustür und brachte Victor ins Freie. Innerhalb von Sekunden stürmten Feuerwehrleute das Haus, und Schaulustige versammelten sich auf der Straße: Nachbarn, die behaupteten, den Rauch gerochen zu haben. Aber sie hatten gedacht, jemand hätte ein Feuer im Garten angezündet.

Jack fuhr mit Victor im Krankenwagen mit. Er selbst war nur leicht verletzt – er hatte einen rauen Hals und spürte einen leichten Schmerz in der Brust. Beim Einstieg durchs Fenster hatte er sich an den Scherben geschnitten, und er hatte ein paar Brandblasen abbekommen. In ein, zwei Wochen würde das alles verheilt sein. Aber Victor sah aus, als hätte er verdammt viel Glück, überhaupt noch am Leben zu sein.

Kapitel fünfzig

Dulcie lag im Bett und betrachtete durchs Fenster das wilde Durcheinander von Dächern und Schornsteinen. Sie lauschte den Kirchenglocken und freute sich über den wunderbaren Beginn des neuen Tages.

Mittlerweile war sie seit über einer Woche in Venedig und hatte sich noch nie an einem fremden Ort so wohl gefühlt wie hier. Und so sicher. Wenn sie durch die engen Gassen wanderte – am Abend oder tagsüber –, hatte sie nie das Gefühl, in Gefahr zu sein. Aber in letzter Zeit waren ihre einsamen nächtlichen Spaziergänge seltener geworden. Dafür hatten ihre neuen amerikanischen Freunde Cathe und Randy gesorgt, indem sie sie unauffällig unter ihre Fittiche genommen hatten »Wir können nicht zulassen, dass Sie zu viel allein sind«, hatte ihre kleine Beschützerin erklärt, und Dulcie hatte ihr ein- oder zweimal ihren Willen gelassen. Es wäre unhöflich, die Einladungen der beiden auszuschlagen. Außerdem war sie gern mit ihnen zusammen, sie waren erfrischend ehrlich und direkt – Eigenschaften, die Dulcie gefielen.

Gestern und vorgestern Abend hatten sie sich einen sündhaft teuren Drink im Café Florian auf dem Markusplatz gegönnt. Die Atmosphäre war bezaubernd, und dem kleinen Orchester zuzuhören, das versucht hatte, die Konkurrenz in der Bar auf der gegenüberliegenden Seite des Platzes zu übertönen, war ein zusätzlicher Genuss gewesen. Gestern hatten sich sie anschließend die Bilder angesehen, die rund um den Platz ausgestellt waren und zum Verkauf angeboten wurden. Die Künstler buhlten enthusiastisch um die Aufmerksamkeit der Leute, die vorbeigingen. Dulcie hatte sich auf Anhieb in einen wunderschöne Radierung von der Insel San Giorgio Maggiore verliebt – es war die Aussicht, die sie jeden Morgen hatte, wenn sie das Hotel verließ und auf der Riva degli Schiavoni stehen blieb, um die Lagune und das geschäftige Treiben zu bewundern. Sie kaufte einem jungen Mädchen mit pechschwarzen Haaren das Bild ab und freute sich schon darauf, es mit nach Hause zu nehmen und ordentlich rahmen zu lassen. Sie wusste schon, wo sie es aufhängen würde: in ihrem Arbeitszimmer über dem Schreibtisch, so dass sie es betrachten und träumen konnte, wenn sie mit dem Schreiben nicht vorankam.

Aber hier hatte sie nicht die geringsten Probleme mit dem Schreiben. Seit sie einen Block erstanden hatte, waren ihr schon zwei Kurzgeschichten aus der Feder geflossen, und sie konnte es kaum erwarten, eine dritte anzufangen. Die Muse hatte sie geküsst, und das war ein Zeichen, dass sie fast wieder die Alte war. Sie konnte an die Zukunft und an ein Leben ohne Richard denken.

Sie hatte lange über diese Schriftstellertagung nachgedacht, von der ihr Jack am Telefon erzählt hatte, und beschlossen, mit der ganzen Gruppe hinzufahren. Sie selbst hatte früher an ähnlichen Veranstaltungen teilgenommen und wusste, dass es für sie alle eine wunderbare Chance sein könnte. Wenn die Organisatoren was taugten, dann würden interessante Gastredner da sein, von denen man viel lernen konnte; Tutoren würden ihnen Ratschläge geben, und möglicherweise gelang es ihnen auch, mit einem Literaturagenten Kontakt aufzunehmen. Dulcie hatte Jack gegenüber nichts erwähnt, aber sie hegte die Hoffnung, dass er »entdeckt« wurde. Es wäre ein echter Zufall, aber Zufälle passierten. Er schrieb so überzeugend und großartig, dass ein professioneller Verleger seinen Roman sicherlich als potentiellen Hit erkennen würde. Was Dulcie an Jack am meisten gefiel, war, dass er keinen blassen Schimmer vom Ausmaß seines Talents hatte. Zu oft hatten Möchtegern-Schriftseller eine viel zu hohe Meinung von sich und ihren Werken.

Möchtegern-Schriftsteller wie der arme alte Victor.

Ihre Abneigung und kritische Einstellung zu Victor wurde von der Sorge erstickt, dass mit dem Mann etwas nicht stimmte. Sie hegte den Verdacht, dass die Gruppe nur die Hälfte von ihm kannte und dass sie nicht mehr von ihm wussten als von einer Romanfigur, die unzureichend beschrieben wurde. Sie hoffte, dass Jack die Zeit fand, bei Victor vorbeizuschauen. »Ich weiß, es ist ziemlich viel verlangt«, hatte sie zu Jack am Telefon gesagt, »aber ich mache mir Sorgen um Victor. Ist Ihnen nicht aufgefallen, wie mager er geworden ist?« Sie vertraute auf Jack: Er war ein guter Kerl und würde das Richtige tun.

Ein Blick auf ihren Reisewecker, der auf dem Nachtkästchen stand, verriet ihr, dass es Zeit zum Aufstehen war. Sie war mit Cathe zum Frühstück verabredet, und anschließend wollten sie zu den Inseln in der nördlichen Lagune. Randy verzichtete auf den Ausflug, weil er, wie er sagte, wichtige Telefonanrufe tätigen müsse.

Als sie sich auf den Weg zur Bootsanlegestelle machten, hakte sich Cathe bei Dulcie unter und sagte: »Randy ist der liebste Mann der Welt. Seine Anrufe sind gar nicht so wichtig, er dachte nur, uns wäre es lieber, wenn wir heute mal nur unter uns Mädels bleiben.«

Dulcie lächelte verständnisvoll. »Mir fallen nicht viele Männer ein, die sich freiwillig den ganzen Tag Glas und Spitze ansehen würden.«

Sie kauften ihre Fahrkarten, gesellten sich zu den fröhlich plaudernden Touristen, die bereits an Bord gegangen waren, und nahmen ihre Plätze ein. Der Letzte, der zu ihnen stieß, war ihr Fremdenführer, ein braun gebrannter Italiener in Dulcies Alter. Dulcie fand, daß der Mann mit der ausgeprägten römischen Nase, dem zurückgekämmten grauen Haar und dem leichten Baumwollpullover, den er um die Schultern drapiert hatte, ausgesprochen gut aussah. Als das Boot ablegte, lächelte er ihr zu und setzte eine modische Sonnenbrille auf. Cathe stieß Dulcie mit dem Ellbogen an. »Ein niedlicher Typ, was?«

»Allerdings«, flüsterte Dulcie zurück. »Aber das weiß er auch.«

Murano war ihr erstes Ziel, und nachdem die Gruppe von Bord gegangen war, erzählte ihnen Antonio, der Touristenführer, etwas über die Geschichte der Insel. Sein Englisch war trotz seines starken Akzents ausgezeichnet, und er erklärte, dass Murano seit dem dreizehnten Jahrhundert das Zentrum der Glasindustrie war. »Hier, auf diesen kleinen Inseln, aus denen Murano besteht, wurden Spiegel hergestellt, lange bevor irgendjemand sonst auf die Idee kam.«

»Logisch, dass die eitlen Italiener die Ersten waren, die diese Marktnische entdeckt haben«, raunte Cathe.

»Und auch Brillen«, fuhr Antonio fort. »Man glaubt, dass die Brillengläser hier erfunden wurden. Es war ein wahrhaft fantastischer und kreativer Ort. Im sechzehnten Jahrhundert wurde Murano-Glas zu einer begehrten Ware in ganz Europa. Jeder Palast *musste* mit dem edlen Kristall ausgestattet sein, und noch heute können Sie an der reichhaltigen Geschichte teilhaben, die uns diese frühen Glaskünstler hinterlassen haben. Kommen Sie, ich führe Sie weiter, dann können Sie den Glasbläsern bei der Arbeit zusehen. Danach lade ich Sie in die Ausstellungsräume ein, wo Sie viele herrliche Dinge sehen werden, die Sie kaufen und mit nach Hause nehmen können.«

Sie folgten ihm, und Cathe meinte: »Ist es nicht fabelhaft, auf welch subtile Art sie uns die Dollars aus der Nase zu ziehen versuchen?«

Dulcie lachte. »Schande über Sie, Sie Zynikerin!«

Das meiste in den Ausstellungsräumen – kunstvolle Kronleuchter und erlesene Gläser – war nahezu unerschwinglich teuer und müsste per Schiff transportiert werden, aber Dulcie und Cathe kauften einigermaßen preiswerte Parfümfläschchen.

Als Nächstes fuhren sie nach Burano. »Dies ist die schönste Insel in der Lagune«, schwärmte Antonio und verteilte handgezeichnete Karten. »Nirgendwo sonst finden Sie eine solche Ansammlung von bunten Häusern – sie leuchten in allen Regenbogenfarben, die Ihre Sinne betören werden. *Sì, sì*, das ist die Wahrheit

– ich übertreibe nicht. Und warten Sie ab, bis Sie die feine Spitze sehen. Ah, die Spitze – Sie werden begeistert sein. Wir werden Buraneser Frauen bei der Arbeit beobachten können. Aber bevor wir uns all diese aufregenden Dinge gönnen, legen wir eine Mittagspause ein.« Er lächelte strahlend. »Ich verspreche Ihnen, Sie werden den besten Fisch in der besten Trattoria, die Burano zu bieten hat, bekommen.«

Alle lachten. Mittlerweile hatten sie sich an Antonios Masche gewöhnt, alles in leuchtenden Farben zu schildern.

»*Sì*«, rief er aus, »ich weiß, dass dieses Restaurant das allerbeste ist, weil es meinem jüngsten Sohn Giorgio gehört. Es ist auf der Karte markiert, die ich gerade an Sie verteilt habe. Wenn Sie den Pfeilen folgen, treffe ich Sie dort in –«, er sah auf seine Uhr, »– in genau dreißig Minuten. Sie brauchen keine Angst zu haben, dass Sie sich verirren – das ist unmöglich. Burano ist sehr übersichtlich.«

»Und ist Giorgio auch so hübsch wie sein Vater?«, fragte Cathe, als ihr Antonio von Bord half.

»Oh, er sieht sogar noch besser aus. Er ist das Ebenbild von Ihrem Tom Cruise.«

Er reichte Dulcie, die die Letzte war, die Hand und sagte: »Erlauben Sie mir, dass ich Sie zu einem Drink vor dem Mittagessen einlade?«

Dulcie erschrak so sehr, dass sie beinahe gestolpert wäre. Er hielt sie fest. »War dieses Angebot ein so schwerer Schock für Sie?«

»Ja«, erwiderte sie verwirrt. Sie rückte ihren Sonnenhut zurecht, der bei ihrem Beinahe-Sturz verrutscht war.

Antonio lächelte. »In diesem Fall leiste ich Wiedergutmachung, indem ich darauf bestehe, dass Sie meine Einladung annehmen. Abgemacht? *Sì*?«

Dulcie ließ sich nicht so schnell einwickeln, nicht einmal von einem so attraktiven Mann wie Antonio. »Ich fürchte, das geht nicht«, sagte sie. »Ich bin mit einer Freundin hier, und es wäre ungehörig, sie allein zu lassen.«

Aber als sie sich nach Cathe umschaute, war auf dem Anlegesteg schon keine Spur mehr von ihr zu sehen: Sie war mit den anderen vorausgegangen und winkte Dulcie mit einem verschlagenen Grinsen zu.

»Mir scheint, Sie sind diejenige, die allein gelassen wurde«, bemerkte Antonio mit einem Lächeln.

Er führte sie in eine Bar an einem kleinen, überschatteten Platz, und er wurde von einer ganzen Reihe älterer Männer begrüßt, die ihn offensichtlich gut kannten. Sie fragte sich, wie viele Male in der Woche sie Zeuge dieser Szene wurden – Antonio in Begleitung einer Frau, die er aus seiner Touristengruppe herausgepickt hatte. Er nahm die Sonnenbrille ab und steckte sie in die Brusttasche. Ohne Dulcie zu fragen, was sie trinken wollte, rief er dem Mann hinter der Theke einen Gruß zu und bestellte zwei Bellini-Cocktails.

»Sie sehen überrascht aus«, stellte er fest, als der Kellner die Drinks brachte.

»Ehrlich gesagt, das bin ich auch.« Diese Bar sieht gar nicht so aus, als würde man hier Cocktails servieren. Oder bewahren sie einige Flaschen Prosecco extra für Sie auf?«

Er lachte und erhob sein Glas. »Ich trinke darauf, dass Sie während Ihres Aufenthalts in Venedig noch viele Überraschungen erleben.« Er trank einen Schluck und stellte das Glas wieder ab. »Wie lange sind Sie schon hier? Nein, warten Sie, bevor Sie mir diese Frage beantworten, möchte ich wissen, wie Sie heißen. Sie sind im Vorteil, da Sie meinen Namen schon kennen.«

Sie trank von dem erfrischenden, spritzigen Pfirsich-Sekt-Cocktail. »Ich heiße Dulcie«, sagte sie, »und bin seit einer guten Woche in Venedig.«

»Und wann reisen Sie wieder ab?«

»Das habe ich noch nicht entschieden.«

»Oh, dann sind Sie also eine flexible Lady?«

Sie lachte. »Vielleicht nicht in der Art, die Sie vermutlich im Sinn haben.«

Er schlug sich mit der flachen Hand gegen die Stirn und lachte mit. »Oh, mein Englisch ist nicht immer gut. Bitte, verzeihen Sie.«

Ein Hund kam zu ihrem Tisch und schnüffelte an ihren Beinen. Da er nichts Interessantes fand, machte er sich rasch wieder davon.

»Dulcie, das ist ein ungewöhnlicher Name, oder?«

»Ja, ich denke schon. Er kommt aus dem Lateinischen: *dulcis*, das heißt ...«

»Es heißt *süß*«, ergänzte er für sie. »Ja, ich habe auch eine gewisse Bildung. Der Name passt zu Ihnen. Und gibt es auch einen Ehemann?«

»Nein.«

»Geschieden?«

»Verwitwet.«

»Oh, tut mir Leid. Ist Ihr Man erst kürzlich gestorben?«

»Nein.«

Er trank aus. »Ihre knappen Anworten sagen mir,

dass ich mich besser um meine eigenen Angelegenheiten kümmern sollte. Sie sind hier, um Ferien zu machen und sich zu amüsieren, nicht um einem neugierigen Italiener Rede und Anwort zu stehen. Kommen Sie, es wird Zeit, dass wir uns wieder der Gruppe und Sie sich ihrer amerikanischen Freundin anschließen, die sicherlich ganz genau wissen will, was Sie getan haben, und die der Ansicht ist, wir Venezianer wären nur hinter einem her … hinter dem Geld der Touristen.«

Enttäuscht, dass sie so schnell wieder aufbrachen, trank Dulcie ihren Bellini aus und nahm ihre Tasche. »Vielen Dank für den Drink«, sagte sie. »Ich habe ihn genossen.«

»*Prego.* Ich glaube Ihnen beinahe.« Er setzte wieder die Sonnenbrille auf und gab ihr damit das Gefühl, dass er die Jalousien herunterließ.

»Hören Sie«, sagte Dulcie, weil sie das Gefühl hatte, ihm eine Erklärung schuldig zu sein, »es ist nichts Persönliches. Ich bin einfach ein Mensch, der sich nicht so schnell öffnet.«

Er umfasste ihren Ellbogen und führte sie über den Platz. »Und risikieren es so verschlossene Menschen, mit einem Mann zu Abend zu essen, den sie kaum kennen?«

Wieder zuckte sie zusammen, dachte an Richard und daran, wie schnell sie seine Einladung angenommen hatte. »Das tun sie, wenn sie das Gefühl haben, dass es richtig ist.«

»Es ist nur ein Abendessen«, rief sich Dulcie später immer wieder ins Gedächtnis, als sie sich in einem heißen Bad im Hotel entspannte.

Warum fühlte sie sich dann so schuldig und so, als würde sie Richard hintergehen?

Oh, das war lächerlich. Richard war ein verheirateter Mann, den sie dorthin zurückgeschickt hatte, wohin er gehörte – zu seiner Frau. Jetzt war sie frei und konnte tun und lassen, was sie wollte.

Solange du niemanden verletzt, flüsterte ihr eine schwache Stimme zu.

Sie verscheuchte den Störenfried. »Der einzige Mensch, der wahrscheinlich verletzt wird, bin ich«, sagte sie laut, nahm sich ein Handtuch und stieg aus der Wanne.

Sie wählte sorgfältig aus, was sie anziehen wollte – nichts zu Elegantes, weil sie nicht wollte, dass Antonio den Eindruck bekam, sie hätte sich für ihn extra viel Mühe gegeben, aber auch nichts zu Legeres, denn Antonio würde vermutlich schick ausstaffiert sein wie die meisten italienischen Männer. Sie entschied sich für eine lose sitzende schwarze Seidenhose und ein cremefarbenes Oberteil. Dann legte sie an den strategisch relevanten Punkten ein paar Tupfer Make-up auf und betrachtete sich im Spiegel. Besonders zufrieden war sie mit ihren Augen. Sie waren heute ähnlich geschminkt wie die von Cathe, und Dulcie war beeindruckt von der subtilen Veränderung. Man war wirklich nie zu alt, um ein paar Tricks dazuzulernen. Sie nahm ihren Zimmerschlüssel an sich und hängte sich ihre Tasche über die Schulter, dann ging sie hinunter, um wie ausgemacht im Foyer auf Antonio zu warten.

Alberto, der hinter der Rezeption stand und telefonierte, begrüßte sie mit einem Winken. Sie brauchte nicht sehr lange zu warten: Antonio kam durch die

Drehtür, noch ehe sie sich gesetzt hatte. Dulcie hatte richtig vermutet – er trug ein Jackett mit Krawatte und strahlte die Selbstsicherheit eines Mannes aus, der genau wusste, dass sich Frauen, die halb so alt waren wie er, noch nach ihm umdrehten. Nachdem er ihr höfliche Komplimente über ihr Aussehen gemacht hatte, führte er sie aus dem Hotel. Dulcie wusste, dass Alberto ihnen amüsiert nachsah.

»Möchten Sie zu Fuß gehen oder ein *vaporetto* nehmen?«, erkundigte sich Antonio, als sie zum Wasser kamen.

»Das hängt davon ab, wohin wir gehen«, antwortete sie.

»Ich habe einen Tisch in meinem Lieblingsrestaurant in der Nähe der Rialtobrücke bestellt. Es ist nicht sehr weit weg.«

Sie lächelte. »Aber eine Fahrt mit dem *vaporetto* bei Nacht ist etwas sehr Schönes.«

Auch er lächelte. »In diesem Fall wäre es herzlos, Ihnen ein solches Vergnügen vorzuenthalten.«

Dulcie merkte schnell, dass Antonio fast alle Einheimischen, denen sie begegneten, kannte. Die Frau, bei der sie die Fahrkarten kauften, begrüßte ihn mit Namen, der Mann, der das Boot steuerte, winkte ihm zu, und die Kellner im Restaurant grinsten und scherzten mit ihm; einer schlug im sogar auf den Rücken. »Ich habe mein ganzes Leben in Venedig verbracht«, erklärte er, als sie sich an einen Tisch setzten, von dem aus man einen Panoramablick auf den hell erleuchteten Canal Grande und die Schiffe hatte, die auf ihm verkehrten, »abgesehen von einer kurzen Zeit, in der ich in London war, als ich noch Student war.«

»Und was haben Sie in London gemacht?«

»Studiert natürlich.«

Ihr entging sein neckender Unterton nicht. »Ich meinte, was haben Sie studiert?«

Er zupfte die Manschetten seines Hemdes zurecht, so dass sie etwa zwei Zentimeter unter dem Ärmel das Jacketts zu sehen waren, dann sagte er: »Medizin.«

»Wirklich?«

»Aha, ich habe Sie wieder einmal überrascht! Ja, in dem schlichten Fremdenführer scheint doch mehr zu stecken, als Sie dachten.«

»Das ist nicht fair«, verteidigte sie sich. »Mein Mann war Arzt. Genauso wie mein Sohn. Ich habe mich nur über diesen Zufall gewundert.« Sie nahm die Speisekarte entgegen, die der Kellner ihr reichte, und fragte sich, warum um alles in der Welt sie sich von diesem ungeheuer selbstgefälligen Italiener dazu hatte bringen lassen, hierher zu kommen.

»Entschuldigen Sie«, sagte er, nachdem er sich angemaßt hatte, Aperitifs zu bestellen, ohne Dulcie vorher zu fragen, was sie trinken wollte, »ich habe Sie mit meinem verdrehten Humor in Verlegenheit gebracht. Als Wiedergutmachung werde ich Sie mit meiner Lebensgeschichte langweilen. Aber keine Angst, sie ist nicht lang. Sie werden am Ende keine Wiederbelebung brauchen, obwohl eine Mund-zu-Mund-Beatmung ziemlich angenehm sein könnte. Ah, das ist schon besser – Sie lächeln wieder. Also, wie ich schon sagte, ich habe immer in Venedig gelebt. Und meine Frau war auch von hier, und wir haben fünf Kinder.« Er lachte. »Man sagt, dass Ärzte immer große Familien haben, und ich bin stolz, sagen zu können, dass ich meinen Teil dazu beigetragen habe, diesen Glauben zu festigen.«

»Was für ein Arzt sind Sie?«

»Ein ausgezeichneter.«

»Sie sind unmöglich.«

Die Getränke wurden serviert, und nachdem Dulcie vorsichtig an ihrem Glas genippt und angenehm überrascht war, sagte Antonio: »Ich war Augenchirurg im hiesigen Krankenhaus, bin aber vor zwei Jahren in den Ruhestand gegangen – kurz nach dem Tod meiner Frau. Es wurde Zeit für mich, die Instrumente meines Gewerbes – Hammer und Meißel – wegzulegen und etwas Neues zu versuchen.«

Dieser Scherz war Dulcie ein wenig zu derb. »Und Sie wurden Touristenführer?«

Er schüttelte vehement den Kopf. »Nein, nein. Ich wurde ein *ausgezeichneter* Touristenführer. Alles, was ich tue, mache ich mit bemerkenswertem Geschick.«

Er war unverbesserlich und schien noch nie etwas von Bescheidenheit gehört zu haben. Aber Dulcie fand ihn amüsant und freute sich auf einen entspannten Abend. Er bestellte das Essen und eine Flasche Wein, dann schwenkte das Spotlight von Antonio zu Dulcie. Er wollte wissen, wo in England sie zu Hause war und weshalb sie allein reiste. Letzten Endes erzählte sie ihm viel mehr, als sie ursprünglich vorgehabt hatte, und schuld daran war wahrscheinlich nur der Wein, von dem sie zu viel trank.

»Also lieben Sie diesen Richard, vor dem Sie davonlaufen, noch?«

»Ja.« Dieses Geständnis kam ihr über die Lippen, bevor sie es zurückhalten konnte.

Er füllte ihr Glas auf. »Ich verstehe nicht, warum Sie das Bedürfnis haben, Ihr Herz so grausam zu bestrafen.«

»So ist es das Beste – für Kate und Henry, für Richards Frau und seine jüngeren Söhne.«

»Aber es ist nicht das Beste für Dulcie. Oder für Richard, wage ich zu behaupten. Dass er Ihnen keine Ruhe gelassen hat, bevor Sie sich aus dem Staub gemacht haben, zeigt, wie stark seine Liebe ist.« Er beugte sich zu ihr, bis sein Gesicht nur wenige Zentimeter von ihrem entfernt war. Dulcie fragte sich, wie viele seiner Patientinnen hin und weg von ihm gewesen waren, wenn er ihre Augen untersucht hatte. »Dulcie«, sagte er, »erlauben Sie, dass ich vollkommen ehrlich mit Ihnen bin? Ich glaube, Sie haben einen schrecklichen Fehler begangen. Um ganz offen zu sein, in unserem Alter müssen wir meiner Ansicht nach jede Chance nutzen, die sich bietet. Nein, nein, widersprechen Sie nicht. Ein Fremder sieht die Dinge meistens klarer. Überlassen Sie es den jungen Leuten, Kate und Henry, ihre Probleme allein zu lösen. Wenn sie sich wirklich lieben, finden sie eine Möglichkeit, ihre Beziehung aufrechtzuerhalten.« Dulcie wollte etwas sagen, aber er hob abwehrend die Hand. »Bitte, ich weiß, was Sie jetzt sagen wollen, aber es ist reine Zeitverschwendung, Richards Frau zu schonen. Sie würden Ihr wahrscheinlich einen Gefallen tun, wenn Sie ihr die Gelegenheit geben, ein glücklicheres und erfüllteres Leben zu führen. O ja, es wird anfangs für sie bestimmt schwierig, das bestreite ich keineswegs, aber sie hat es verdient, die Wahrheit über Richards Liebe zu Ihnen zu erfahren. Dann hat sie die Chance, ihr eigenes Glück zu finden, und sie wird sich nicht mehr an einen Mann klammern, der eine andere liebt. So, jetzt bin ich fertig und Sie sind dran.«

Aber Dulcie brachte kein Wort heraus. Die Unverfrorenheit dieses Mannes hatte ihr die Sprache verschlagen … und vielleicht hatte er ja sogar Recht.

Kapitel einundfünfzig

Liebe Beth,
ich habe den Eindruck, dass Sie sich vor mir verstecken. Habe ich vielleicht etwas Falsches gesagt (besser: geschrieben)? Habe ich Sie wegen der Schriftstellertagung zu sehr bedrängt? Nur weil ich ein Schreiberling bin (und noch dazu einer, der kürzlich eine Abfuhr hinnehmen musste), heißt das noch lange nicht, dass ich besonders gut bin, wenn es um das geht, was man zwischen den Zeilen lesen kann. Ich bin nur ein Idiot, der mit dem herausplatzt, was ihm in den Kopf kommt. Und manches davon – eigentlich das meiste – bedauere ich sofort. (Es gibt Leute, die meinen, mein Geschwätz müsste mit einer Warnung des Gesundheitsministeriums versehen werden.) Falls ich irgendetwas getan habe, was Sie gekränkt oder verärgert hat, dann bitte zögern Sie nicht, mir meine Verfehlung vor Augen zu halten.
Ihr verwirrter und enttäuschter Ewan.

PS: Ich kann konstruktive Ratschläge und Kritik so gut ertragen wie jeder dickhäutige Mann, obwohl ich dazu neige, in letzter Minute zu kneifen und einen Schutzhelm aufzusetzen, wenn die schweren Wurfgeschosse fliegen. Ich kann sogar eine Zurückweisung hinnehmen, wie ich vor kurzem bewiesen habe. Aber womit ich kaum fertig werde, ist ein leerer Bildschirm, wenn ich mich abends in den Computer einlogge und auf eine Nachricht von meiner liebsten Mail-Freundin aus Maywood hoffe …

PPS: Vielleicht waren Sie in den letzten Wochen verreist oder so sehr beschäftigt, dass Ihnen keine freie Minute blieb, um sich zu melden. Wenn ja, dann schenken Sie dem Bisherigen keine Beachtung und akzeptieren Sie die Entschuldigung eines pathetischen Mannes, der zutiefst bedauert, dass er sich allmählich in einen weinerlichen alten Narren verwandelt, obwohl er seiner Tochter versprochen hat, niemals so zu werden.

Beth war zum Ende von Ewans E-Mail gekommen und scrollte zurück zum Anfang, um sie noch einmal zu lesen. Ohne sich die Zeit zu lassen, ihren Entschluss zu änderen, klickte sie auf »Antwort« und fing an zu tippen.

Lieber Ewan,
bitte, bitte, BITTE, machen Sie sich keine Vorwürfe. Mein Schweigen hat nichts mit Ihnen zu tun, sondern nur mit mir. Oder eher damit, dass ich mich entsetzlich schäme. Es ist mir peinlich, zuzugeben, dass ich sturzbetrunken war, als ich Ihnen das letzte Mal geschrieben habe. Ich hatte ein klein wenig gehofft, dass Sie das beim Lesen bemerken und Nachsicht mit mir haben, aber ich wollte nicht, dass Sie denken, ich würde mich regelmäßig bis zur Besinnungslosigkeit

– Nathan würde meinen damaligen Zustand wahrscheinlich so beschreiben – betrinken. Ehrlich, ich bin ein ausgesprochen maßvoller Mensch. Und bitte glauben Sie mir, wenn ich Ihnen versichere, dass ich in einem etwas nüchterneren Zustand nicht im Traum daran gedacht hätte, Ihnen eine so unerhörte Mail zu schicken. Seither senke ich mein Haupt vor Scham und wünsche mir nichts mehr, als diese Episode hinter mich zu bringen.
Um das Thema komplett zu wechseln (ich bin rot wie eine Tomate, während ich hier sitze und Entschuldigungen vorbringe), werde ich Ihnen berichten, was sich hier alles getan hat. Sie werden nicht die Hälfte davon glauben!

Sie erzählte ihm von dem Einbruch im Rafferty-Haus und davon, dass Jack Dulcies Haus hütete, solange sie in Venedig war und sich von ihrer Affäre mit Richard erholte.

Aber noch dramatischer als alles andere war folgendes Ereignis: Jack wollte auf Dulcies Bitte hin Victor einen Besuch abstatten (Victor ist der sonderbare Mensch in unserer Gruppe, der keine Ratschläge annimmt) und entdeckte, dass sein Haus in Flammen stand. Jack musste ein Fenster einschlagen, um hineinzukommen und Victor zu retten, der jetzt im Krankenhaus liegt und sich von schlimmen Brandverletzungen erholt. Es heißt, dass eine Kerze, die auf einen Papierstapel gefallen ist, den Brand verursacht hat. Die Ärzte meinen, dass Victor ohnmächtig zusammengebrochen ist, bevor das Feuer entstand.

Er hatte unglaubliches Glück, mit dem Leben davongekommen zu sein. Und es war auch eine glückliche Fügung, dass Jack genau zum richtigen Zeitpunkt bei ihm vorbeigeschaut hat. Victor tut mir von Herzen Leid, insbesondere weil er das verloren hat, was am kostbarsten für ihn war. Als Jack und ich ihn in der Klinik besuchten, mussten wir ihm beibringen, dass sein Manuskript ein Opfer der Flammen geworden ist – vermutlich war das der eigentliche Brandherd. Und da er auf Schreibmaschine geschrieben hat, gibt es auch keine Kopie. Es war herzzerreißend, ihn weinen zu sehen, Ewan. Der arme Kerl, er war am Boden zerstört. Er scheint keine Freunde und Verwandten zu haben, und nach allem, was uns die Krankenschwestern erzählt haben, sind wir die Einzigen, die ihn besuchen, deshalb versuchen Jack und ich, so oft wie möglich zu ihm zu gehen. Jaz hat versprochen, morgen bei ihm vorbeizuschauen, wenn sie ihre Mutter besucht.

So, das wären im Großen und Ganzen die Neuigkeiten von hier. Oh, eines muss ich noch hinzufügen: Meine Schwiegereltern sind auf einer Kreuzfahrt, und Barnaby hat mir vom Schiff aus gemailt (diese technischen Möglichkeiten!), dass alles bestens läuft. Zu seiner (und meiner) großen Erleichterung war Lois begeistert von der Überraschung, die er ihr bereitet hat. Es hat ihr nicht einmal etwas ausgemacht, dass er ihre Sachen in aller Heimlichkeit gepackt hat – sie weiß noch nicht, dass er mich gebeten hat, das zu übernehmen. Barnaby hofft, dass Lois bei ihrer Rückkehr zugänglich für die Idee ist, Waffenstillstand mit mir und Nathan zu schließen. Ich halte die Daumen!

Ich habe außerdem meine alte Nachbarin Adele (die in der Wohnung unter meiner gewohnt hat) besucht. Ich bin sehr froh, dass es ihr in dem Seniorenheim gut gefällt. Sie hat schon viele Freundschaften geschlossen und macht hin und wieder mit anderen Ausflüge oder geht ins Theater. Das ist die Zukunft, Ewan. Das erwartet uns alle … wenn wir Glück haben.
Das waren jetzt wirklich alle Neuigkeiten aus Maywood. Nathan ist mit Jaz im Kino, dadurch habe ich einen schönen, ruhigen Abend und kann ein wenig schreiben. In der letzten Woche bin ich durch die vielen Krankenbesuche bei Victor kaum dazu gekommen.
Alles Liebe
Beth

PS: Ich habe beschlossen, den Stier bei den Hörnern zu packen und zu dieser Schriftstellertagung zu fahren. Jack kommt auch mit – als Anstandswauwau …

PPS: Ich kann überhaupt nichts Weinerliches oder Pathetisches an Ihnen finden. Das »alt« muss noch verifiziert werden.

Obwohl sie sich bewusst war, dass ihre Mail sehr sachlich und nicht im Entferntesten so witzig war wie die von Ewan, klickte sie auf »Senden«. So, sie hatte es vollbracht. Sie hatte den peinlichen Zwischenfall bereinigt und sich einverstanden erklärt, Ewan zu treffen. Die Vorfreude vertrieb die letzten Reste der Verlegenheit, und ein unglaubliches Glücksgefühl beseelte sie.

Es war lange her, seit sie zum letzten Mal Schmetterlinge im Bauch gehabt hatte, und sie konnte nicht leugnen, dass sie jetzt, als sie sich einen Tee kochte, das Flattern deutlich spürte. Die Tagung fand erst im nächsten Monat statt, und das gab ihr jede Menge Zeit, ihren Entschluss zu ändern oder sich irgendwie abzulenken, um die Wochen zu überstehen.

Heute hatte Wendy sie dabei ertappt, wie sie geistesabwesend mit dem Stift gegen ihre Zähne tippte, ins Nichts starrte und von Ewan träumte. »Denkst du wieder an diesen umwerfenden Mann?«, zog Wendy sie auf.

Erschrocken, weil ihre Freundin sie durchschaut hatte, ließ sie den Stift fallen. Erst dann begriff sie, dass Wendy von Jack gesprochen hatte. »Oh, mach dich nicht lächerlich«, antwortete sie – diese Anspielungen und Scherze waren allmählich nicht mehr komisch. »Jack ist der Letzte, der in meinen Tagträumen vorkommt. Ich habe dir schon x-mal gesagt, dass ich nicht auf jüngere Männer stehe.«

Das musste aufhören. Tagträumen war etwas für junge Mädchen. Eine Frau von dreiundvierzig Jahren musste längst über so etwas hinweg sein. Trotzdem fiel es ihr immer schwerer, sich wie eine vernünftige Erwachsene zu benehmen. Warum sollte sie es sich nicht gestatten, ab und zu ein wenig kindisch zu sein?

Nachdem sie entschieden hatte, nach Harrogate zu fahren, musste sie die nächste Hürde nehmen und Nathan von Ewan erzählen. Sie war nicht dazu verpflichtet, aber sie wollte es. Das Problem war, dass sie seine Reaktion voraussehen konnte. »Verstehe ich das richtig, Mum?«, würde er sagen. »Nachdem du mir ständig damit in den Ohren gelegen hast, dass ich mich nicht von Fremden auf öffentlichen Toiletten ansprechen lassen soll, hast du eine E-Mail-Bekanntschaft mit einem Unbekannten angefangen?«

Es war nach elf, als sie mit Schreiben aufhörte. Sie wusste, dass Nathan bald nach Hause kommen würde, und sah deshalb schnell noch einmal nach, ob Ewan zufällig ihre Mail schon beantwortet hatte.

Da war eine Message für sie.

Trügen mich meine Augen? Oder sehe ich tatsächlich eine E-Mail von meiner holden Maid aus Maywood vor mir?
Gott sei Dank, es ist eine!
Und was für eine wahnsinnige Zeit Sie hinter sich haben! Ich staune, dass CNN nichts über die Ereignisse in Ihrer kleinen Stadt berichtet. Denken Sie nur, was für ein Buch aus alldem werden könnte!
Aber im Ernst, dieser arme Tropf Victor hat mein volles Mitgefühl. Wurde sein Haus von dem Feuer sehr beschädigt? Und wenn ja; wo wird er unterkommen, wenn er aus dem Krankenhaus entlassen wird? Was den Verlust des kostbaren Manuskriptes betrifft – es gibt Schlimmeres, aber nicht für einen Autor. Andererseits bietet ihm dies die Chance, neu anzufangen. Nach den Höllenqualen, die er gerade durchmacht, möchte er bestimmt ein ganz neues Gebiet beim Schreiben erkunden. Oder klingt das zu oberflächlich? Jedenfalls würde ich die Sache so angehen. Angehen müssen.
Aber jetzt möchte ich mich weniger bitteren Dingen zuwenden. Ich wienere schon meine Schuhe, um

gut auf unser Treffen bei der Tagung vorbereitet zu sein. Ich weiß nur zu gut, dass Frauen Männer nach ihren Schuhen beurteilen, und ich möchte Sie wissen lassen, dass Sie in dieser so bedeutenden Hinsicht nichts an mir zu nörgeln haben werden. Hände und Fingernägel sind auch wichtig, deshalb werde ich mir kurz vor dem großen Tag einen Termin im nächsten Schönheitssalon beschaffen und mir eine ausführliche Maniküre angedeihen lassen. Ich gebe meinen besten Anzug in die Reinigung und lasse mein Haar nach allen Regeln der Kunst pflegen. Sie sehen, ich beabsichtige, den allerbesten Eindruck zu machen. Falls ich in den nächsten Wochen einen Nervenzusammenbruch erleide, dann ist es eben so: der Anlass wird ein guter und nobler sein.
Und nun komme ich zu einem etwas heiklen Problem. Seit Ihrer letzten E-Mail habe ich Schokoriegel gehortet, aber jetzt scheint es so, als hätte ich keine Verwendung mehr für sie. Haben Sie vielleicht eine Idee, was ich mit zwei Dutzend Familienpackungen Frucht und Nuss anfangen soll?
Oh, es wird Zeit, in den Bunker zu flitzen. Ich spüre, dass eine Scud-Rakete aus Maywood in diese Richtung fliegt –
Ich bin so froh, von Ihnen gehört zu haben,
Ihr Ewan X

PS: Bitte verschwenden Sie keine lebenswichtigen Energien damit, sich über die bewusste E-Mail den Kopf zu zerbrechen. Sie ist ab sofort aus meinem Gedächtnis gelöscht.

PPS: Hey, was haben all diese Hinweise auf Jack zu bedeuten? Habe ich einen Rivalen, der auch um Ihre Zuneigung buhlt? Wenn ja, dann sollten Sie ihn warnen – es wird am ersten Tag der Tagung zu einem Duell im Morgengrauen kommen.

Als Beth Nathans Schlüssel im Schloss hörte, loggte sie sich hastig aus und entschied, dass es höchste Zeit war, ihm von Ewan zu erzählen.

Kapitel zweiundfünfzig

Der angenehme Rhythmus von Dulcies Tagen in Venedig hatte sich kaum merklich verändert.

Cathe und Randy waren am Morgen – bevor Dulcie auf den Beinen war – nach Paris abgereist, und sie fehlten ihr schon jetzt. Sie hatte sich daran gewöhnt, mit ihnen zu frühstücken und sich am Abend in der Bar zu ihnen zu gesellen, bevor sie zum Abendessen getrennte Wege gingen. Manchmal trafen sie sich später noch einmal zu einem Schlummertrunk. Die beiden waren ausgesprochen liebenswert, überschritten nie irgendwelche Grenzen oder drängten sich auf – sie hatten Dulcie nur ihre Freundschaft angeboten und nichts als Gegenleistung erwartet. Gestern Abend tauschten sie Adressen aus, und Cathe schärfte Dulcie ein, dass sie jederzeit als Gast bei ihnen willkommen sei. Sie lebten in Maine, und der Gedanke, sie im Herbst zu besuchen, war verlockend. Im Gegenzug erklärte Dulcie, dass ihnen ihr Haus stets offenstand.

Und in dieses Haus würde sie bald zurückkehren müssen. Ihre Gedanken beschäftigten sich, vielleicht bedingt durch Cathes und Randys Abreise, immer häufiger mit Maywood und allem, was sie dort zurückgelassen hatte. Antonios Worte bei dem gemeinsamen Abendessen taten ebenfalls ihre Wirkung. Bestand die

Möglichkeit, dass er Recht hatte? Durfte sie ihr Glück über das aller anderen stellen?

»Glauben Sie mir, Dulcie, diese Dinge regeln sich von selbst«, hatte Antonio gesagt, als er sie zurück zum Hotel begleitet hatte. »Wir müssen es nur zulassen.« Er hatte sie leicht auf die Wange geküsst und ihr Glück gewünscht. »Seien Sie kein Feigling, Dulcie. Fahren Sie nach Hause zu dem Mann, den Sie lieben. *Arrivederci.*«

Jetzt war es zwei Uhr nachmittags, und sie war nach einem Besuch in der Accademia auf der anderen Seite des Canal Grande durch das Labyrinth von kleinen Gässchen im San-Marco-Viertel gewandert. Als sie im Campo San Stefano anlangte, beschloss sie, sich ein Lokal zu suchen und etwas zu essen. Ihr taten die Füße weh, und sie hatte Durst. Im Angedenken an Antonio bestellte sie ein Glas Prosecco und ein Sandwich. Sie nahm ihren Block und einen Stift aus ihrer Tasche und schrieb beim Essen die Kurzgeschichte weiter, mit der sie gestern angefangen hatte und die natürlich in Venedig spielte. Ehe sie sich's versah und noch ein Glas Prosecco bestellte, waren zwei Stunden vergangen, und sie spürte die Spannung in ihrem Nacken. Sie bezahlte die Rechnung und machte sich auf den Weg zum Hotel. Für den Abend hatte sie wieder einen Konzertbesuch geplant, und wenn sie vermeiden wollte, dabei einzuschlafen, sollte sie noch eine kleine Siesta halten. Alkoholgenuss am helllichten Tag war immer ein Fehler, und als das *vaporetto* mit einem Ruck an der San-Marco-Giardinetti-Haltestelle anlegte und sie sich an der Reling festhielt, gähnte sie ausgiebig. Einige Fahrgäste kletterten von Bord, und ihre Plätze wurden sofort von anderen eingenommen. Dann tuckerte das Boot weiter, und Dieselabgase schwängerten die Luft.

Als sie an den mächtigen Granitsäulen vorbeikamen, die den Eingang zur *piazetta* markierten, schirmte Dulcie ihre Augen vor der grellen Nachmittagssonne ab. Für einen verückten Moment glaubte sie, Richard in der Menschenmenge entdeckt zu haben. Sie sah genauer hin und sagte sich, dass das unmöglich war und sie sich nur etwas einbildete – das war das Ergebnis von zu viel Sekt. Aber ... er stand tatsächlich inmitten all der Touristen!

Ihr Herz klopfte wie wild, und am liebsten hätte sie gewunken und laut seinen Namen gerufen. Sie konnte es kaum erwarten, bis das Boot an der nächsten Haltestelle anlegte. Ihr kam es vor, als wäre sie dazu verdammt, Ewigkeiten auf dem Boot auszuharren, aber schließlich war sie in Freiheit und drängte sich durch die Leute, die an Bord wollten. Im Laufschritt hastete sie am Hotel Danielli vorbei über die Ponte della Paglia und am Dogenpalast entlang. Als sie auf die *piazetta* kam, war sie außer Atem, und die Seitenstiche wurden so heftig, dass sie stehen bleiben musste, um sich zu erholen. Sie hatte Angst, dass Richard mittlerweile in der Menge untergetaucht oder in irgendeiner der vielen Gassen verschwunden war. Aber, o Wunder, sie sah ihn wieder. Er stand da und starrte auf die Reihe von Gondeln, die in der Sonne glänzten und leicht im Wasser schwankten. Er bemerkte sie nicht, bis sie neben ihm stand und sagte: »Es ist ein fantastischer Anblick, nicht?«

Er wirbelte herum, stutzte kurz, dann riss er sie in

seine Arme. Er drückte sie so fest an sich, dass Dulcie fast den Halt unter den Füßen verloren hätte. Beide hatten tränennasse Wangen, als sie sich voneinander lösten. Die Leute machten einen weiten Bogen um sie und sahen sie verwundert an.

»O Dulcie, sei mir nicht böse«, sagte er und nahm ihre Hände. »Sei nicht wütend, weil ich dir hierher gefolgt bin. Ich möchte nur mit dir reden. Hör dir an, was ich zu sagen habe, dann reise ich wieder ab ... wenn du es willst.«

Sie nahm ihn mit ins Hotel Isabella. Alberto grinste breit, als er ihr ihren Zimmerschlüssel überreichte. »Signor Cavanagh, hier *Ihr Schlüssel.*«

Dulcie warf Richard einen Blick zu, als er den Schlüssel beschämt entgegennahm. In dem kleinen Lift beantwortete er ihre unausgesprochene Frage: »Es ist eine lange Geschichte, und ich bin mir nur zu bewusst, wie heimtückisch dir das vorkommen muss. Bitte, verzeih mir.«

»Es gibt nichts zu verzeihen«, erwiderte Dulcie noch immer benommen von dem Schock, ihn hier zu haben. Sie führte ihn in ihr Zimmer. Das Zimmermädchen war dagewesen und hatte das Bett gemacht; die Sonne strömte durch das Fenster. Dulcie blieb am Fuß des Bettes stehen und gestand sich ein, dass sie nur noch Richards Nähe spüren wollte. Sie wollte neben ihm liegen und die Wärme seiner zärtlichen Berührungen fühlen. Aber wenn sie das zuließ, würde sie ihn nie mehr gehen lassen. Dann konnte sie nicht mehr so leben wie in der Vergangenheit. Sie wollte ihn für sich allein haben. Ganz und gar. Es würde keine halben Sachen mehr geben. Sie sehnte sich danach, ihr Glück mit ihm richtig auszuleben. Das Versteckspiel musste ein Ende haben.

Sie hörte eine Bewegung hinter sich, schloss die Augen und wartete. Sie fühlte seinen Atem in ihrem Nacken, als er zart seine Lippen auf ihre Haut drückte. Oh, er hatte immer gewusst, welche Wirkung er auf sie ausübte. Er drehte sie zu sich und küsste sie. Sie liebten sich schweigend und mit einer Intensität, die sie beide erschöpfte.

Danach legte Richard beschützerisch die Arme um Dulcie, und sie schliefen beide ein. Seine letzten Worte, bevor er eindöste, waren: »Ich liebe dich, Dulcie. Bleib bei mir ... für immer.«

Ein Erinnerungsfetzen riss Dulcie aus dem Schlaf. Sie dachte an den Augenblick, als sie an der Reling des *vaporetto* gestanden und Richard auf der *piazetta* entdeckt hatte. Etwas störte. Etwas war ganz falsch. Aber was?

Kurz bevor sie wieder einschlief, fiel es ihr wie Schuppen von den Augen. Richard hatte zwischen den beiden Säulen gestanden ... an einer Stelle, auf die kein Venezianer aus Aberglauben einen Fuß setzte.

Es war irrational, aber sie hob den Kopf, um nachzusehen, ob es Richard gut ging. Sein Atem war regelmäßig, und als sie die Hand auf seine Brust legte, spürte sie den beruhigenden Rhythmus seines Herzschlags.

Sie schloss die Augen und schalt sich selbst wegen ihrer Dummheit.

Dulcie verschwendete keinen Gedanken mehr an das Konzert. Sie lagen im Bett, und Richard erzählte ihr, wie er sie aufgespürt hatte. »Du darfst Jack keinen Vorwurf machen. Er hat kein Wort verraten.«

»Jack? Du hast mit ihm gesprochen?«

»Ja. Ich wollte zu dir und dich um Gnade anflehen. Plötzlich stand ich vor einem Fremden, der mir keinerlei Auskunft geben wollte. Ich muss gestehen, dass ich anfangs weit davon entfernt war, ihm mit Höflichkeit zu begegnen. Um ihm Gerechtigkeit widerfahren zu lassen – er hat sich vorbildlich verhalten und sich rundweg geweigert, mir zu sagen, wo du bist. Und er hat deutlich gemacht, dass er meine Handlungsweise verurteilt.«

Dulcie erklärte Richard, dass Jacks Ehe wegen einer Affäre seiner Frau in die Brüche gegangen war und dass er deswegen immer noch litt. »Aber wie hast du herausgefunden, wo ich bin?«

»Die Adresse hing an deinem schwarzen Brett in der Küche. Du bist zu ordentlich und gewissenhaft, Dulcie, aber ich bin der Letzte, der sich darüber beschweren würde. Ich wollte gleich den ersten Flug buchen, aber ich musste warten, bis sich die Dinge im Büro beruhigt hatten. Ich war fassungslos – wochenlang war es relativ ruhig, und plötzlich bestand die Gefahr, dass uns ein Riesenauftrag, den wir schon so gut wie in der Tasche hatten, doch noch durch die Lappen gehen würde. Ich war überzeugt, dass mich mein Pech weiter verfolgt und du längst nach Hause geflogen bist, wenn ich hier eintreffe.«

»Und Angela? Was glaubt sie, wo du bist?«

Diese Frage war der erste Hinweis auf die Realität, die ihr Glück trübte und sie daran erinnerte, dass jenseits der Mauern des Hotel Isabella das wahre Leben auf sie wartete.

Richard drehte sich auf den Rücken und sah zur Decke. »In Bristol bei einem Seminar. Du weißt schon, das Übliche: Trainig für effektives Management und Teamarbeit.«

Seine Worte lasteten schwer in der Stille. Dulcie strich mit den Fingerspitzen über seine Brust und fragte: »Was geschieht, wenn wir nach Hause kommen, Richard?«

Er nahm ihre Hand und hob sie an die Lippen. »Ich mache das, was ich schon vor langer Zeit hätte tun sollen. Ich sage Angela die Wahrheit. Ich war feige, aber ich bin nicht bereit, dir oder ihr weiterhin so wehzutun wie bisher.«

Sie aßen in einer Trattoria in der Nähe des Hotels, die Dulcie schon kannte, zu Abend, und Richard wollte wissen, was Dulcies Sinneswandel herbeigeführt hatte. Sie erzählte ihm von Antonio. »Ich weiß, es klingt komisch, aber hat mir unsere Situation aus einem ganz neuen Blickwinkel gezeigt, und ... oh, ich weiß auch nicht ... es erschien mir irgendwie vernünftig. Ich bin zu dem Schluss gekommen, dass Kate und Henry selbst entscheiden müssen, was sie tun. Und Angela – ich spüre jedes Mal, wenn ich an sie denke, eine schwere Schuld, aber vielleicht hat Antonio ja Recht, und sie ist wirklich besser dran ohne dich. Wer weiß? Möglicherweise tut es ihr gut, wenn sie lernt, auf eigenen Füßen zu stehen.« Sie legte die Hand auf seine. »Bist du sicher, dass du diesen Schritt gehen willst, Richard? Wir werden für den Rest unseres Lebens die Auswirkungen zu spüren bekommen.«

»Ich weiß, aber glaube mir, ich war mir nie sicherer. Ich liebe dich, Dulcie, und auch wenn ich dir nicht die finanzielle Sicherheit bieten kann, die ich mir für dich wünsche …«

Sie zog ihre Hand zurück und schnitt ihm das Wort ab. »Richard, es ist mir egal, wie viel Geld du hast. Ich liebe dich, nicht dein Bankkonto.«

»Das erbärmlich geschmälert sein wird, wenn alles geregelt ist …«

Sie unterbrach ihn erneut. »Jetzt steck deinen verdammten männlichen Stolz weg und hör mir zu. Ich will *dich*. Ich bin nicht im Mindesten an Reichtum oder Luxus interessiert. Alles, was ich von dir erwarte, ist Aufrichtigkeit und und dass du dich zu unserer Beziehung bekennst.«

Er sah sie ernst an. »So wie ich mit Angela umgesprungen bin, wird mir kaum noch jemand zusprechen, dass ich zu so etwas fähig bin.«

Nach dem Abendessen gingen sie Arm in Arm spazieren – das war etwas, was sie in England niemals getan hatten. Der Mond beleuchtete das nächtliche Vendig, und das Wasser plätscherte leise. Richard war nie zuvor in Venedig gewesen, und Dulcie wünschte sich, dass er ihre Liebe zu dieser romantischen Stadt teilte. Zu ihrer Freude nahmen ihn der einzigartige Charme und die Schönheit ebenso gefangen wie sie. Ich werde mich immer an diese Nacht erinnern, dachte sie, als sie unter dem funkelnden Sternenhimmel auf einer kleinen Brücke standen, und das dunkelblaue Wasser betrachteten. Sie befanden sich in einem ruhigen, friedlichen Viertel mit verwahrlosten Gebäuden und bröckelnden Mauern – ärmlich, magisch und atemberaubend schön. Wie konnte die verblichene Pracht einer Stadt so viele Herzen anrühren? Aber die Antwort auf diese Frage zu suchen wäre so, als würde man das Wesen der Liebe sezieren wollen.

Richard stand hinter ihr, hatte die Arme um sie geschlungen und das Kinn auf ihren Kopf gelegt. »Eines Tages, wenn wir verheiratet sind, werden wir hierher zurückkommen und genau an dieser Stelle stehen. Dann werde ich dir sagen, dass ich der glücklichste Mann der Welt bin.«

»Nicht vorher?«

»Nein.« Er drehte sie zu sich. »Ich möchte dich so bald wie möglich heiraten. Ich wünschte, wir könnten es morgen schon tun, aber wir müssen uns leider gedulden.«

Sie brachte ihn mit einem Kuss zum Schweigen. »Immer eins nach dem anderen.«

Sie fuhren mit dem *vaporetto* zurück zum Hotel und gingen gleich zu Bett. Aber sie konnten nicht schlafen. Es gab zu vieles, worüber sie nachdenken mussten. Ihnen stand eine schwere Zeit bevor, und insbesondere Richard und Angela würden einiges durchmachen. Dulcie hoffte von ganzem Herzen, dass sie alle die Kraft hatten, das Martyrium zu überleben.

Victor hatte es satt, sich ständig anzuhören, welches Glück er gehabt hatte, mit dem Leben davongekommen zu sein. Wäre eine dieser nervtötenden Krankenschwestern glücklich, wenn sie all diese Schmerzen aushalten müsste? Am schlimmsten war es in der Nacht, wenn er allein war und nichts anderes tun konnte, als über die Qualen nachzudenken, die er durchlitt. Die Schmerzmittel und Schlaftabletten schienen nicht stark genug zu sein, und um vier Uhr morgens war er hellwach und wünschte, niemals gerettet worden zu sein.

Er wusste rein gar nichts mehr von dem Feuer. Das Letzte, woran er sich erinnerte, war, dass er an seiner Schreibmaschine saß und ihm schwindlig wurde. Jack hatte erzählt, dass er ihn auf dem Boden liegend vorgefunden und die Treppe hinuntergetragen hätte. Und dass von seinem Manuskript nichts mehr übrig gewesen sei. Zu seiner Schande hatte er losgeheult wie ein Schlosshund, als er das hörte. Auch diese Beth hatte so ausgesehen, als wäre sie den Tränen nahe. Er hatte sie und Jack gebeten, ihn allein zu lassen. Und sie gingen, aber am nächsten Tag kamen sie wieder. Und auch am Tag danach. Victor wusste nicht mehr, wie lange er schon hier lag – ihm kam es vor wie eine Ewigkeit. Kein Mensch gab ihm eine klare Antwort, wenn er fragte, wann er nach Hause gehen konnte. Die Verbrennungen am Hals, an der Brust, der rechten Schulter, am rechten Arm und an der Hand waren am schlimmsten. Die Ärzte redeten von einer Infektionsgefahr und davon, dass Hauttransplantationen nötig waren. Er hing am Tropf und bekam Antibiotika und weiß Gott, was sonst noch. Sein Hals und die Brust schmerzten noch immer nach der Rauchvergiftung, und seine Stimme war so heiser, dass er nur flüstern konnte.

Ehrlich gesagt, er hatte gar keine Lust, nach Hause zu gehen. Sowohl Jack als auch der Polizist, der hergekommen war, um mit ihm über den Brand zu reden, meinten, dass nur zwei Zimmer etwas abbekommen hatten. Auch in diesem Punkt hätte er Glück gehabt. Aber sagten sie ihm auch die Wahrheit, oder wollten sie ihn nur schonen? Sie hatten keine Ahnung, dass die

Versicherung nicht für den Schaden aufkommen würde. Nach seiner Kündigung hatte er seine monatlichen Zahlungen nicht mehr geleistet. Wenn sein Hals nicht so wehtäte, würde er seine Frustration laut hinausschreien. Er konnte nichts anderes tun als hilflos wie ein Baby in diesem verdammten Bett liegen. Manchmal hatte er kaum genügend Kraft, um die Augen zu öffnen.

Am nächsten Morgen trat eine ganze Horde Assistenzärzte an, um ihn zu begaffen. Die Mittagszeit kam und verging, dann fummelte eine herrschsüchtige Schwester stundenlang an seinen Verbänden herum, bis er vor Schmerzen schrie. Als sie ihn endlich in Ruhe ließ, legte er sich erschöpft zurück und bedauerte den Mann, der im Bett neben ihm lag und dieselbe Behandlung erdulden musste wie er.

Stunden später erwachte er aus tiefem Schlaf. Ein Mädchen stand vor seinem Bett und starrte ihn an. Sie kam ihm vage bekannt vor, aber er konnte die Heerscharen von jungen Schwestern, die er jeden Tag sah, nicht unterscheiden.

»Hallo, Victor, wie geht's?«

Er schloss die Augen. »Gehen Sie weg«, krächzte er.

»Sehr charmant.«

»Ich bin müde. Ich möchte nur schlafen.«

»Okay, dann setze ich mich an Ihr Bett und esse die Trauben selbst auf, die ich Ihnen mitgebracht habe.«

Er zwang sich, die Augen zu öffnen, und konzentrierte den Blick auf das Mädchen, das neben seinem Bett saß. »Sie sind das«, sagte er verwundert. »Sie sind das freche Mädchen aus der Schriftstellergruppe.«

Sie grinste. »Sehr nett, Victor. Sie klingen wie mein Vater. Wie fühlen Sie sich?«

»Was glauben Sie, wie ich mich fühle?«

»Na ja, für jemanden, der das durchgemacht hat, was Sie hinter sich haben, sehen Sie gar nicht so schlecht aus. Die heisere Stimme klingt toll. Beinahe sexy.«

»Wenn Sie hergekommen sind, um sich über mich lustig zu machen, dann können Sie gleich wieder gehen.«

»Wie kommen Sie auf die Idee, dass ich mich über Sie lustig machen könnte?«

»Warum sonst sind Sie hier?«

»Um zu erfahren, wie es Ihnen geht. Jack und Beth haben mir erzählt, dass sie außer ihnen niemand besucht, deshalb dachte ich, Sie würden sich freuen, ein freundliches Gesicht zu sehen. Oh, und ich habe Ihnen das hier mitgebracht.« Sie kramte in ihrem schwarzen Lederrucksack, beförderte eine Zeitung und zwei Schachteln Pralinen zutage und legte sie auf sein Nachtschränkchen. »Schmuggelware«, flüsterte sie verschwörerisch. Es sind Schnapspralinen. Ich dachte, sie könnten ein bisschen Alkohol gebrauchen.«

»Und die Zeitung?«

»Da steht ein Artikel über Sie drin.«

»Über mich?«

»Über Sie und Jack. Ihretwegen ist er ein Held.«

»Ich dachte, Sie hätten irgendetwas von Trauben gesagt.«

»Das war ein Scherz. Aber wenn Sie Vitamine brauchen, kann ich die Pralinen wieder mitnehmen und Ihnen stattdessen etwas Gesundes bringen.«

»Nein«, wehrte er ab. »Ich gebe mich mit diesen Dingern zufrieden.«

Jaz lachte. »Schön, dass Sie noch der Alte sind, Victor. Sie sind immer noch ein elender Nörgler.«

Er funkelte sie wütend an. »Wie können Sie es wagen, so mit mir zu reden?«

»Ich wage es, weil Sie im Bett liegen und sich nicht rühren können. Und wann fangen Sie wieder an zu schreiben?«

»Das geht Sie nichts an.«

»O doch. Wir sind beide Mitglieder einer Schriftstellergruppe. Von uns wird erwartet, dass wir uns gegenseitig unterstützen und Mut machen.«

Er seufzte. Seine Stimme wurde schwächer, dafür schmerzte sein Hals umso mehr. »Ich glaube kaum, dass ich in den nächsten Monaten einen Stift in der Hand halten kann.«

Sie sah ihn ernst an. Er war wirklich ein Wrack. »Ist es sehr schlimm?«

Er schluckte, und zu seinem Entsetzen traten ihm Tränen in die Augen. Er drehte den Kopf zur Seite – die Anstrengung bereitete ihm unerträgliche Schmerzen. »Ich möchte, dass Sie jetzt gehen.«

Er atmete auf, als er hörte, dass sie aufstand. Aber die Erleichterung währte nicht lange. »Wir sehen uns morgen, Victor. Passen Sie auf sich auf.«

Kapitel dreiundfünfzig

Jack wollte Victor am Nachmittag zwischen zwei Besprechungen mit Klienten besuchen, und da Beth Spätdienst hatte, sagte Jaz, dass sie die Abendschicht übernehmen würde. Das passte ihr gut, denn zuerst wollte sie zu ihrer Mutter, der wegen des nach wie vor hohen Blutdrucks immer noch strikte Bettruhe verordnet war.

Beth hatte sie vorgewarnt und gesagt, dass Victor furchtbar aussah, aber dennoch war sie nicht auf seinen Anblick vorbereitet gewesen. Bei ihrem ersten Besuch war er ihr vorgekommen wie ein Monster aus einem Horrorfilm. Sie hatte sich mächtig angestrengt, ihren Schock zu verbergen, und mit ihm geplaudert, als wäre alles wie immer. Sie war sogar unverschämt, damit er nicht auf die Idee kam, dass sie nur aus Mitleid gekommen war. Als er anfing zu weinen, wusste sie nicht, was sie sagen oder tun sollte – außer zu verschwinden, wie er es forderte.

Aber heute war sie, wie sie ihm angekündigt hatte, wieder da. Zuerst ging sie zu ihrer Mutter und fragte sie, wie sie mit Victor umgehen sollte. »Sei einfach du selbst«, riet ihr ihre Mutter. »Wenn du dich verstellst, wird er merken, wie unwohl du dich fühlst, und das verschlimmert seine Lage nur noch mehr. Sei, wie du bist, Jaz. Und wenn er wieder zu weinen anfängt, lass dich nicht aus der Ruhe bringen und gib ihm ein Taschentuch.«

Es war wunderbar, so offen mit Mum reden zu können. Es war wie früher.

Das Haus sah schon sehr viel besser aus. Die Maler waren fast fertig, und die Teppichböden wurden nächste Woche verlegt. Aber Mum wäre ihnen beinahe auf die Schliche gekommen. Tamzin und Lulu saßen auf Mums Bett und gerieten in Streit. Dad forderte sie auf, leiser zu sein. Als Lulu Tamzin vom Bett schubste, brüllte Dad. »Wartet nur, bis wir zu Hause sind, dann schlage ich eure leeren Köpfe gegeneinander!«

»Du meinst, wenn wir wieder im Hotel sind«, sagte Tamzin.

Jaz fürchtete, dass ihr Vater explodieren und Tamzin auf der Stelle erwürgen würde, also schritt sie ein und sagte: »Hört euch nur diese Göre an. Sie hat ihr Zuhause schon immer als Hotel betrachtet, aber jetzt *nennt* sie es auch noch so.« Sie verdrehte die Augen und zerrte schimpfend ihre Schwestern aus dem Krankenzimmer. Sie behauptete, die beiden hätten wahrscheinlich Unterzucker, und erklärte, sie würde ihnen eine Cola spendieren. Am Abend bedankte sich ihr Vater für ihre schnelle Reaktion und entschuldigte sich sogar, weil er sie so hart wegen ihrer Schwindelei bestraft hatte. »Deine Mutter hat mich ins Gebet genommen«, gestand er. »Sie sagt, dass du inzwischen erwachsen bist und ich dich auch so behandeln muss. Die Sache ist nur die, Jaz – ich möchte dich unter meinen Fittichen halten, wo du sicher bist.«

»O Dad, hör auf mit dem alten Schmus.«

»Es ist wahr. Du bist die Besondere in dieser Familie, und ich möchte nicht, dass dir jemals ein Leid geschieht. Tamzin und Lulu sind Kämpfernaturen wie die Jungs, aber du bist so klein und zierlich. Ein zartes Mädchen, das jemanden braucht, der auf es aufpasst.«

»Dad, ich bin durchaus imstande, selbst auf mich aufzupassen. Das tue ich seit Jahren. Du hast mir alles beigebracht, was du weißt.«

Er lachte, überließ sie ihren Hausaufgaben und ging zu Tamzin und Lulu, die das Zimmer nebenan hatten.

Jetzt trat Jaz im dritten Stock aus dem Lift und folgte den Schildern zu der Abteilung für Verbrennungsopfer. Victor lag genauso da wie gestern – flach auf dem Rücken.

»Hi, Victor«, begrüßte sie ihn. »Ich habe Ihnen einen weiteren Besuch angedroht, und hier bin ich. Werfen Sie mir nie vor, dass ich meine Versprechen nicht halte. Was gibt's Neues? Leider bin ich heute mit leeren Händen gekommen.« Sie sah, dass eine der Pralinenschachteln offen war und bereits drei Reihen fehlten.

»Nichts Neues«, flüsterte er mürrisch.

Sie rückte den Stuhl neben sein Bett und setzte sich. »Ich war gerade bei meiner Mutter – habe ich Ihnen schon erzählt, dass sie auch in diesem Krankenhaus liegt? Nein? Jedenfalls ist sie schon länger ans Bett gefesselt als Sie. Sie erwartet Zwillinge, und man hat ihr gesagt, dass sie die Babys verliert, wenn sie sich nicht an die Anweisungen der Ärzte hält. Ziemlich ernste Sache, wie? He, wissen Sie, was wir machen sollten? Wir sollten Ihnen und ihr ein Walkie-Talkie geben, damit ihr euch gegenseitig vorjammern könnt, wie scheußlich es hier drin ist.«

Sie plapperte wie ein Wasserfall und entlockte Victor nur hin und wieder eine Reaktion – ein Augenrollen oder ein missbilligendes Krächzen. Sie erzählte ihm von dem Einbruch und dem verwüsteten Haus. »Sie haben meine ganzen College-Unterlagen durcheinander geschmissen, aber zum Glück konnte ich das wieder in Ordnung bringen.«

So etwas wie Verständnis flackerte in seinen Augen auf. »Was ist mit Ihrem Roman?«

»Ah. Das ist eine lange Geschichte. Ich musste alles wegschmeißen. Er war sowieso schlecht. Ich warte auf eine Inspiration, um etwas Neues anzufangen. Was nehmen Sie als Nächstes in Angriff?« Jaz sah, dass sich seine Lippen bewegten, aber sie verstand nicht, was er sagte, und beugte sich näher zu ihm. »Entschuldigung, Victor, ich kann Sie nicht verstehen. Was haben Sie gesagt?«

»Ich sagte, dass ich das Schreiben aufgebe.«

Sie erschrak und sehnte sich den alten Victor zurück: den aufgeblasenen Victor mit den Vorurteilen. »Das kommt überhaupt nicht in Frage«, entgegnete sie. »Wenn ich von vorn anfangen kann, dann können Sie das allemal.«

»Ich denke, man kann mit Fug und Recht behaupten, dass unsere Umstände sehr unterschiedlich sind.«

»In diesem Punkt irren Sie sich. Wir haben eine sehr wichtige Eigenschaft gemeinsam: Wir sind Schriftsteller. Einmal ein Schreiberling, immer ein Schreiberling. Sie müssen die Sache nur wieder in Angriff nehmen. Das wäre eine ausgezeichnete Therapie für Sie. Sobald Sie wieder ihr Gehirn benutzen, tun Sie sich viel weniger Leid.«

»Ich tue mir Leid?«, wiederholte er heiser. »Als

Nächstes werden Sie mich ermahnen, mich zusammenzunehmen.«

Sie lächelte. »Daran habe ich noch gar nicht gedacht. Aber die Idee ist nicht schlecht.« Sie wartete, um zu sehen, ob sie zu weit gegangen war. Wahrscheinlich nicht. Seine Niedergeschlagenheit weckte den Wunsch in ihr, ihn zu schütteln, bis er wieder an sich glaubte. Sie musste kein Hirnchirurg sein, um zu wissen, dass es ihm nie besser gehen würde, wenn er nicht daran glaubte, dass seine Wunden heilten. Sie hoffte, dass sie durch ihre schonungslose Art seine Aufmerksamkeit auf sich ziehen und ihn wenigstens für eine Weile davon abhalten konnte, an seine fürchterlichen Verletzungen zu denken. Wenigstens hatte er heute nicht so nah ans Wasser gebaut wie gestern.

Er erwiderte nichts auf ihre Bemerkung, deshalb sagte sie: »Wussten Sie, dass die Treffen der Gruppe ein paar Wochen ausgefallen sind?«

»Nein«, brummte er. »Ich war mit wichtigeren Dingen beschäftigt.«

»Das stimmt. Jedenfalls dachten Jack und Beth, dass wir uns besser nicht zusammensetzen, solange Dulcie verreist ist und Sie hier festsitzen.«

»Ich bin überwältigt von so viel Rücksicht. Dulcie wird es sicherlich nicht anders ergehen.«

»Okay, ich mache mich auf die Socken. Auf mich wartet noch ein ganzer Berg von Hausaufgaben.« Sie erhob sich. »Soll ich morgen wiederkommen?«

Sie verkniff sich ein zufriedenes Lächeln, als er matt und mit gepresster Stimme sagte: »Wenn es nicht zu viel Umstände macht. Vielleicht könnten Sie mir ein Buch zum Lesen mitbringen.«

»Betrachten Sie das als erledigt.«

Als sie auf den Aufzug wartete, um zur Station, in der ihre Mutter lag, zu fahren, kam ihr ein eigenartiger Gedanke. *Betrachten Sie das als erledigt*. Das hätte ein Ausspruch von Popey Rafferty sein können. Erschreckend. War es möglich, dass sie mehr nach ihrem Vater geriet, als sie ahnte?

Obwohl er wusste, was ihn und Dulcie erwartete, wenn sie nach Hause kamen, hatte Richard nie einen glücklicheren Tag gehabt. Vielleicht war er auch nur so glücklich, weil er wusste, dass er das meiste aus seinem kurzen Aufenthalt in Venedig machen musste. Für eine kleine Weile waren er und Dulcie ein ganz normales Paar. Sie brauchten sich nicht zu verstecken oder Angst vor einer zufälligen Begegnung mit einem Bekannten zu haben. Und so würde es auch in Zukunft sein, sobald er Angela klar gemacht hatte, dass er die Scheidung wollte, und das Schlimmste vorbei war. Sie würden morgen nach Hause zurückkehren. Zurück in die Zukunft, könnte man sagen. In *ihre* Zukunft.

Während Dulcie im Bad war, hörte er die Mailbox seines Handys ab – er hatte es absichtlich im Hotelzimmer liegen gelassen, weil er sich den Tag nicht verderben lassen wollte. Es war nur eine Nachricht eingegangen – von Juliette aus dem Büro. Als er sie das erste Mal hörte, runzelte er die Stirn über den kryptischen Inhalt. Als er auf den Knopf drückte, um sie noch einmal abzuspulen, verdüsterte sich seine Miene noch mehr, und er setzte sich auf den Bettrand.

»Tut mir Leid, dass ich Sie störe, Richard, aber ich muss mit Ihnen sprechen. Ich denke, Sie sollten wissen, dass ich gerade mit Ihrer Frau telefoniert habe, und … ich muss wohl irgendwas verwechselt haben, weil ich keine Ahnung hatte, dass sie auf einem Seminar in Bristol sind. Ich dachte, Sie machen Urlaub. Gott sei Dank haben Sie Ihre Frau so gründlich in Kenntnis gesetzt, sonst hätte ich ganz schön dumm ausgesehen. Wie auch immer, ich entschuldige mich noch mal und hoffe, dass ich keine Probleme verursacht habe. Oh, und wir haben hier eine kleine Krise, aber das kann warten, bis Sie wieder zurück sind. Wir wursteln uns irgendwie ohne Sie durch. Bis bald.«

Verdammt. Es ging schon los.

Kapitel vierundfünfzig

Es regnete, als die Maschine in Manchester landete. Der schmutzig graue Himmel und der heftige Wind, der ihnen entgegenschlug, standen in krassem Gegensatz zu dem schönen Wetter in Venedig. Während des Fluges hatten sie die meiste Zeit geschwiegen und voller Unruhe an das gedacht, was vor ihnen lag.

Dulcie hielt Richards Hand, und ihr Herz flog ihm zu. Kurz nachdem er Juliettes Nachricht abgehört hatte, rief Angela an, und Dulcie bekam in dem kleinen Hotelzimmer das meiste der Unterhaltung mit. »Wo genau bist du?«, wollte Angela wissen. »Jedenfalls nicht in Bristol, so viel ist sicher. Ich habe überall herumtelefoniert, und kein Mensch weiß etwas von einem Seminar in Bristol.«

»Angela, bitte, ich komme morgen nach Hause. Dann können wir über alles reden.«

»Ich will *jetzt* darüber reden. Du hast ... du hast eine Affäre, stimmt's?«

»Angela ...«

»Bitte, sag, dass das nicht wahr ist«, weinte sie. »Sag, dass ich mich irre.«

»Tut mir Leid, aber es ist wahr.«

»Bist du ... bist du jetzt mit ihr zusammen?«

»Ja.«

Angela legte auf. Zehn Minuten später versuchte Richard zurückzurufen, aber die Leitung war besetzt: Entweder telefonierte sie, oder sie hatte den Hörer ausgehängt.

Dulcie versuchte gar nicht erst, Richard einzureden, dass es keine Rolle spielte, wie Angela es erfahren hatte. Sie wusste, dass es für ihn einen großen Unterschied machte. Er hatte sich vorgenommen, die Gefühle seiner Frau so weit wie möglich zu schonen, ihr alles behutsam beizubringen und über den ersten Schock hinwegzuhelfen. Ihr klar zu machen, dass er immer für sie und die Kinder da sein und alles in seiner Macht Stehende tun würde, um die Situation erträglicher zu machen.

Richard hatte seinen Wagen am Flughafen abgestellt, und sie fuhren gemeinsam nach Maywood. Dulcie hatte Jack gestern Abend von ihrer Rückkehr in Kenntnis gesetzt, und als sie die Haustür aufschloss, sah sie sofort, dass Jack Wort gehalten hatte: Alles war genauso, wie sie es verlassen hatte, allerdings hatte er den Kühlschrank gut gefüllt und die Post in einem ordentlichen Stapel auf den Küchentisch gelegt – und neben die Vase mit den Osterglocken eine kurze Nachricht: »Danke, dass ich hier sein durfte. Bis bald, Jack. PS: Ich hoffe, Venedig hat gewirkt.«

Richard wollte nicht lange bleiben. Er wanderte nervös auf und ab, schlug das angebotene Mittagessen aus und trank seinen Kaffee nur zur Hälfte. »Ich muss gehen. Je früher ich es hinter mich bringe, umso besser – und ich möchte mit Angela sprechen, bevor die Jungs aus der Schule kommen.«

Dulcie ließ ihn nur widerwillig gehen. Sie stand in

der Tür und sah ihm nach, dann lief sie hinter ihm her, um ihn noch einmal zu umarmen – es spielte keine Rolle mehr, ob die Nachbarn sie sahen. »Ich wünschte, ich könnte bei dir sein«, sagte sie, »und dir moralischen Beistand leisten.«

Er drückte sie an sich. »Das ist defintiv etwas, was ich allein machen muss, Dulcie.«

»Ich weiß.« Sie trat zurück. »Ich liebe dich, Richard, vergiss das nicht. Ruf mich an, wenn du kannst. Egal, wie spät es ist – oder wie früh. Ich bin hier.«

Es regnete in Strömen, als Richard in Maywood losfuhr. Die Scheibenwischer glitten hin und her, als er an vertrauten Gebäuden, Straßenschildern, Hecken und offenem Farmland vorbeikam, aber er nahm seine Umgebung gar nicht wahr. Er dachte an seine erste Begegnung mit Dulcie. Es war der außergewöhnlichste und wunderbarste Augenblick seines Lebens gewesen. Bis dahin hatte er nicht an so etwas Irrationales wie Liebe auf den ersten Blick geglaubt, aber ihn, einen Skeptiker in fortgeschrittenem Alter, hatte diese Liebe wie ein Blitz getroffen.

Er hatte in der Lounge des Maywood Grange Hotels gesessen, und plötzlich hatte jemand seinen Namen gesagt. Die Stimme war tief und, wie er fand, unglaublich sinnlich. Er sah von seinem *Times*-Kreuzworträtsel auf, und sein Herz machte buchstäblich einen Satz. Er erinnerte sich noch genau an ihre Worte: »Verzeihung, ich wollte Sie nicht erschrecken.« Aber er war nicht zusammengezuckt, weil sie ihn erschreckt, sondern weil sie seine Welt erschüttert hatte.

Sie hatten mühelos ein Gespräch angeknüpft, und

Richard war aus dem Staunen und der Verwirrung nicht mehr herausgekommen. Er versuchte zu verbergen, wie sehr er sich zu ihr hingezogen fühlte, während sie ihm die Häuser zeigte, deren Besichtigung sie arrangiert hatte. Aber gegen Abend fasste er sich ein Herz und lud sie zum Essen ein. Und mit einem Mal spürte er, dass sein Interesse auf Gegenseitigkeit beruhte.

Und was war mit seiner Frau und seiner Familie an diesem denkwürdigen Tag?

Aus den Augen, aus dem Sinn.

Er war nicht stolz darauf, aber genauso war es. An diesem einen Tag hatte sich sein ganzes Leben verändert. Er hatte es nie darauf angelegt und die Männer, die sich in eine Affäre stürzten, immer verurteilt, aber er war unfähig, der Anziehungskraft dieser ungewöhnlichen Frau zu widerstehen. Ihr Humor, ihre Unabhängigkeit und ihre unkomplizierte Lebensfreude ließen die Welt in einem ganz neuen Licht erstrahlen. Dulcie war temperamentvoll und erfrischend direkt.

Es war unfair, sie mit Angela zu vergleichen, aber Dulcie hatte all das, was seiner Frau fehlte. Ihre Gegenwart war aufregend und beruhigend zugleich, und wenn Richard in einem Satz zusammenfassen müsste, was ihn so sehr zu ihr hinzog, dann würde er sagen: Bei Dulcie hatte er das Gefühl, er selbst sein zu dürfen. Als er sich einmal nicht gut fühlte, entschuldigte er sich bei ihr dafür, dass er so schlecht aussah und nicht viel mit ihm anzufangen war. Dulcie betrachtete ihn gelassen und sagte: »Richard, jeder Mensch hat seine schlechten Tage. Du musst dich mir nicht nur von deiner schönsten Seite zeigen.«

Oh, wenn er ihr doch schon mit zwanzig begegnet wäre! Was für ein erfülltes Leben hätten sie miteinander haben können!

Er fuhr durch das Tor und blieb neben Angelas mit Schlamm bespritztem Range Rover vor der Garage stehen. Er schaltete den Motor aus und sah durch den strömenden Regen zum Haus – zu dem Haus, das Dulcie für ihn und seine Familie gefunden hatte. Konnte er den Jungs wirklich solche Qualen antun? Würden sie ihm diesen Schritt jemals verzeihen? Und wie würde er sich fühlen, wenn sie sich weigerten, ihn zu sehen? So etwas kam vor. Kinder, die mitten im Kreuzfeuer standen, wenn ihre Eltern sich scheiden ließen, stellten sich oft schützend vor den Elternteil, der ihrer Meinung nach der Schwächere und Betrogene war. Henry und Victoria würden das anfangs sicherlich tun. Und Henry hätte allen Grund, nie wieder mit seinem Vater zu sprechen.

Richard ächzte und legte die Stirn auf seine Hände, die das Steuerrad umklammerten.

Schließlich nahm er sich zusammen, stieg aus und ging ins Haus. Es herrschte eine unheimliche Stille. Er stellte seinen Koffer am Fuß der Treppe ab und rief nach Angela.

Keine Antwort.

Ohne seinen Regenmantel auszuziehen, lief er in die Küche. Auch hier war sie nicht. Als er aus dem Fenster sah, entdeckte er sie unter einem Regenschirm im Garten. Sein Herz klopfte.

Es musste schon seit einiger Zeit stark geregnet haben, denn Richards Schuhe sanken tief in den Boden, als er über den Rasen ging. Er wollte Angela nicht erschrecken, deshalb rief er leise: »Angela, was machst du hier draußen?«

Als hätte sie auf ihn gewartet, drehte sie sich langsam zu ihm um. Richard sah, dass sie geweint hatte. Sein Herz pochte schmerzhaft.

»O Richard ... warum? Warum musst du uns das antun?«

»Es tut mir Leid«, sagte er, »mehr, als ich mit Worten ausdrücken kann.«

»Ich verstehe es nicht. Ich dachte, wir sind glücklich. Ich weiß, dass es nicht leicht mit mir ist, dass ich dich wütend mache mit meiner dummen ...«

Er unterbrach sie. »Es liegt nicht an dir, Angela. Das darfst du nicht denken. Ich allein trage die Schuld. Ich ... ich habe mich verändert. Ich wollte es nicht, aber ich bin ein anderer geworden.«

Es regnete inzwischen noch heftiger, und Richard war pitschnass, aber er machte keine Anstalten, sich zu Angela unter den Schirm zu stellen. Und sie bot es ihm nicht an. Tränen rollten ihr über die Wangen. »Ich nehme an, es ist ein junges Mädchen aus deinem Büro. Ein hübsches Ding, das deinem Ego schmeichelt und halb so alt ist wie ich.«

»Tu das nicht, Angela.«

Sie schniefte trotzig. »Wieso nicht? Warum darf ich nicht wissen, mit wem du verreist warst? Ist sie sehr hübsch? Ist sie ...« Ihre Stimme versagte, und sie weinte und schluchzte haltlos. »O Gott. Weshalb, Richard? Weshalb machst du so was?«

Er trat auf sie zu, nahm ihr den Schirm aus der Hand und führte sie zum Haus. Er half ihr in der Küche auf einen Stuhl und kniete sich neben sie auf den Boden.

Sie weinte immer noch. Richard hasste sich, weil er ihr solchen Kummer bereitete. Das hatte sie nicht verdient. »Es tut mir Leid, sagte er. »Ich wollte dich nie verletzen.«

Sie hob ihr tränenüberströmtes Gesicht. »Erzähl mir von ... von dieser anderen Frau. Schüttel nicht den Kopf, als wäre ich ein Kind, das man beschützen muss. Ich will alles über sie wissen. Ich *muss* es wissen.«

Er stand auf und ging zum Fenster. »Es ist nicht so, wie du denkst. Sie ist keine Mitarbeiterin aus dem Büro.«

»Kenne ich sie? Ist sie hier aus dem Ort?«

»Nein. Es ist Dulcie. Dulcie Ballantyne.« Er hörte, wie Angela scharf die Luft einsog. Und plötzlich fing sie an zu lachen.

»Aber sie ist *alt*!«

Er wirbelte herum. »Nein, das ist sie nicht.«

»Aber sie ist wirklich alt«, wiederholte Angela. Sie warf den Kopf zurück und lachte lauthals. Es war ein grausames, höhnisches Lachen, das Richard nie zuvor aus ihrem Mund gehört hatte. Aber so unvermittelt, wie es begonnen hatte, brach es wieder ab. »Sie ist nicht einmal im Entferntesten schön«, stellte Angela fest. »Und gewiss nicht schlank. Plump trifft wohl eher die Wirklichkeit, würde ich sagen. Mein Gott, Richard, hast du nichts Besseres aufgetrieben? Was, um alles in der Welt, findest du an dieser Person?«

Er knirschte mit den Zähnen. Er verstand, dass Angela das Bedürfnis hatte, ihrem Zorn Luft zu machen, aber er würde kein herabsetztendes Wort über Dulcie mehr dulden. »Du hast es nicht nötig, zu Gehässigkeiten Zuflucht zu nehmen«, sagte er.

»Oh, das ist ja großartig. Diese Frau zerstört meine Ehe, aber mir ist nicht gestattet, ein Wort über ihr Alter oder unvorteilhaftes Äußeres zu sagen. Jetzt habe ich alles kapiert.«

Richards Gesicht blieb unbewegt. »Ich weiß, dass du traurig und wütend bist, Angela, aber wenn wir dieses Durcheinander sortieren wollen, müssen wir ruhig bleiben und einen klaren Kopf bewahren.«

Angela räusperte sich. »Du hast Recht«, sagte sie. »Ich bin wie immer dumm und unvernünftig. Ich muss ...«

»Du bist nicht dumm«, fiel er ihr ungehalten ins Wort. Dann fügte er in gemäßigterem Ton hinzu: »Bitte sag das nicht immerzu. Soll ich uns einen Tee kochen?«

Sie saßen sich an dem langen Tisch gegenüber, zwischen ihnen lagen ein Wäscheberg, der darauf wartete, gebügelt zu werden, und alte Zeitungen, die zum Altpapier-Container im Dorf gebracht werden mussten.

»Schön«, sagte Angela, nachdem sie einen Schluck Tee getrunken hatte, »was geschieht jetzt? Soll ich dir das Versprechen abringen, sie nie wiederzusehen, und wir machen weiter, als wäre nie etwas passiert?«

Sein Herz hämmerte gegen die Rippen. Angela hatte keine Ahnung, was auf sie zukam. Sie dachte, er hätte sich einen kleinen Seitensprung geleistet, und nahm an, dass er jetzt, da er ertappt worden war, an den Platz zurückkehrte, an den er gehörte. Sie war offensichtlich bereit, seine »Missetat« unter den Teppich zu kehren.

»Oder«, fuhr sie fort, »muss ich den Jungs zuliebe akzeptieren, dass es immer diese ... diese dritte Person in unserer Ehe geben wird?«

Richard schloss kurz die Augen. Als er sie wieder öffnete, sagte er: »Ich fürchte, dass keiner dieser Vorschläge machbar ist, Angela.« Er schluckte schwer. »Ich möchte die Scheidung. Aber du sollst wissen, dass sich hier –«, er sah sich um, »– nichts ändern wird. Dies wird immer dein Zuhause sein, deines und das der Kinder. Du brauchst dir um die finanzielle Seite keine Gedanken zu machen. Ich werde dafür sorgen, dass es euch an nichts fehlt. Ich verspreche, dass ich mich um alles kümmern werde.« Er versuchte vergeblich, die Kluft zwischen ihnen mit Worten zu füllen und sie zu beruhigen; sie hörte ihm nicht zu.

»Die Scheidung? Das kann nicht dein Ernst sein.«

»Doch – es tut mir Leid. Ich … ich möchte Dulcie heiraten.«

Sie schüttelte den Kopf. »Nein. Nein das willst du nicht. Das ist nur diese alberne Midlife-Crisis.« Ihre Stimme wurde schrill. »Oh, warum begnügst du dich nicht damit, dir die Haare wachsen zu lassen und ein Motorrad anzuschaffen?«

»Ich bin zu alt für beide Optionen, da stimmst du mir sicherlich zu«, erwiderte er.

»Nun, du bist auch zu alt für eine Affäre«, gab sie zurück. Ruhiger fügte sie hinzu: »Es ist wegen deines Herzinfarkts, stimmt's? Das hat dir vor Augen geführt, dass du älter wirst. Dass dir die Zeit davonläuft. Aber diese Phase geht vorüber. Bald bist du wieder du selbst.« Sie beschwor ihn regelrecht.

Er schwieg.

»Wann hat die Sache mit dieser Dulcie angefangen? Nach unserer Weihnachtsparty?«

Er wusste, dass sie die Wahrheit tief verletzen würde, aber es hatte schon genug Täuschung und Betrug gegeben. Wenn er sie jetzt belog, war nichts gewonnen: Sie würde weiterhin glauben, dass er nur eine Phase durchmachte. Sie musste begreifen, wie ernst es ihm mit Dulcie war. »Als ich sie zum ersten Mal gesehen habe – seit wir ein Haus gesucht haben, um hierher zu ziehen.«

Angelas Unterkiefer klappte herunter, und ein kleiner Schrei drang aus ihrer Kehle. Dann sprang sie auf, rannte hinaus und schlug die Tür hinter sich zu.

Richard stützte die Ellbogen auf den Tisch und vergrub das Gesicht in seinen Händen. Das Schlimmste war vorbei, zumindest hoffte er das.

Kapitel fünfundfünfzig

Die Wohnung sah jetzt nicht mehr so aus, als wäre eine Bombe eingeschlagen, stattdessen glich sie eher dem großzügigen, behaglichen Heim, das Jack sich vorgestellt hatte. Diesen Umstand hatte er Rafferty & Söhne zu verdanken. Er wusste, dass man ihm wegen seiner Verbindung zu Jaz Priorität eingeräumt hatte. Trotzdem hegte er auch den Verdacht, dass der wahre Grund für diesen erstklassigen Service die rohe Behandlung war, die ihm Jaz' Brüder hatten angedeihen lassen – dass dies die Art der Raffertys war, Wiedergutmachung zu leisten. Aber er verwarf den Gedanken schnell wieder, weil er sich nicht vorstellen konnte, dass Patrick Rafferty seine Geschäfte auf dieser Basis abwickelte. Er wirkte auf Jack nicht wie ein Mann, der ausbügelte, was seine hitzköpfigen Söhne angestellt hatten. Zudem hatten sie ohne sein Wissen gehandelt, sonst hätten sie ihn nicht um Stillschweigen gebeten, insbesondere Jaz gegenüber.

Auf die Männer, die Patrick Rafferty geschickt hatte, war hundert Prozent Verlass. Jack fuhr an den meisten Tagen über Mittag nach Hause, um zu sehen, wie sie vorankamen, aber es war gar nicht nötig, die Handwerker zu beaufsichtigen. Sie wussten ganz genau, was zu tun war, und wollten die großen Arbeiten in der nächsten Woche beenden und noch einmal herkommen, um die letzten Handgriffe zu tun. Einer von ihnen hatte einen Kumpel, der Schreiner und auf Einbauküchen spezialisiert war. »Ich gebe Ihnen seine Nummer, wenn Sie wollen. Dann können Sie ihn herbestellen, damit er sich alles ansieht und Ihnen einen Kostenvoranschlag macht. Ich will nicht behaupten, dass er billig ist, aber er bietet höchste Qualität für einen vernünftigen Preis. Er hat die Küche vom Boss eingebaut, das sagt eigentlich alles, was man wissen muss. Ich nehme doch an, dass Sie diese alten Einbauten rauswerfen wollen. Ein Alptraum aus den Siebzigern, stimmt's? Mit dem Boden ist auch nicht mehr viel los. Sicher wollen Sie die alten Linoleum-Platten rausreißen und einen laminierten Holzboden verlegen lassen.«

Jack hatte sein Herz nicht an die antiquierte Kücheneinrichtung gehängt – Einbauschränke mit imitierten Teakholzfronten und den obligatorischen Aluminiumkanten – und sich nur zu gern den Namen und die Nummer eines Tischlers geben lassen, der ihm so warm empfohlen worden war. Er verlor keine Zeit und rief den Mann unverzüglich an, um einen Termin mit ihm zu vereinbaren, damit er sich die Küche ansehen konnte.

Jetzt stand Jack im grellen Neonlicht seiner Küche, die bald der Vergangenheit angehören würde, und sah die Post durch. Lauter Werbebriefe und nur ein großer Umschlag mit handgeschriebener Adresse: Er war vom Organisator der Schriftstellertagung in Harrogate. Er hatte vor ein paar Tagen dort angerufen, und jetzt schickten sie ihm einige Kopien des Programms und Anmeldeformulare. Er steckte die Papiere zurück ins Kuvert und nahm sie mit nach oben.

Wieder einmal ließ ihm Beth ihre nachbarschaftliche Großzügigkeit angedeihen, und Jack freute sich schon auf den Tag, an dem er ihre Freundlichkeiten erwidern und sie und Nathan zum Essen *chez* Solomon einladen konnte.

Nathan öffnete ihm die Tür. »Hi, Jack. Mum zieht sich gerade um, aber sie ist bestimmt gleich fertig. Jaz und ich haben das Abendessen fast fertig. Machen Sie nicht so ein besorgtes Gesicht, wir haben uns vorher die Hände gewaschen.«

»Ich mache kein besorgtes Gesicht, Nathan, sondern ein ehrfürchtiges. Hallo, Jaz. Was gibt's?«

»Chili con carne.«

»Und zum Nachtisch?«

»Bananen-Karamell-Kuchen.«

»Jetzt bin ich ehrlich beeindruckt. Kann ich irgendwas tun?«

»Absolut nicht«, sagte Nathan. »Wir haben Mum einen freien Abend versprochen, und wir wollen uns keine Unfähigkeit vorwerfen lassen, weil wir uns Ihre Hilfe erschlichen haben.«

Beth gesellte sich zu ihnen ins Wohnzimmer. »Sind sie nicht süß, Jack? Ich zermartere mir das Gehirn, was sie im Schilde führen. Vielleicht will Nathan mein Auto öfter haben, oder er braucht mehr Geld.«

Während des Essens erzählten sie sich die Neuigkeiten, und Jack dachte: Jeder, der uns jetzt beobachten könnte, wie wir lachen und plaudern, würde uns für eine ganz normale Familie halten, die einen gemeinsamen Abend verbringt. Der Gedanke machte ihn traurig. Er wünschte, Amber und Lucy wären auch hier. Er wusste immer noch nicht, ob Maddie und Tony ihr

Vorhaben wahr machten und wirklich in die Vereinigten Staaten übersiedelten. Auf den Brief seines Anwalts war ein zurückhaltendes Schreiben gekommen, in dem stand, dass noch keine Entscheidung getroffen, seine Besorgnis um die Kinder jedoch zur Kenntnis genommen worden sei. Jack konnte nur hoffen und beten, dass nichts aus dem Umzug wurde. Er hatte keine Ahnung, wie er mit einer dauerhaften Trennung von den Mädchen fertig werden würde. Er sah sie ohnehin schon selten genug, aber nur ein oder zwei Besuche im Jahr – das wäre unerträglich.

»Noch etwas Chili, Jack?«

Er schüttelte seine trüben Gedanken ab und bediente sich aus der Schüssel, die Jaz ihm hinhielt. »Wie ging es Victor, als Sie ihn gestern besucht haben?«, erkundigte sie sich.

Nathan lachte. »Ah ja, der andere Mann in Jaz' Leben.«

Jaz stieß ihm den Ellbogen in die Seite. »Du lässt den armen Victor in Ruhe. Er verhält sich mir gegenüber beinahe höflich.«

»Und Jaz ist zu bescheiden, um ihre Verdienste herauszustreichen«, sagte Beth. »Sie hat trotz aller Widerstände ein Wunder vollbracht und Victor dazu verleitet, wieder zu schreiben.«

»Nein! Wie?«

»Nach allem, was ich gehört habe, war sie regelrecht unverschämt zu ihm«, erklärte Nathan. »Sie hat seine versengten Schultern gepackt, ihn ordentlich durchgeschüttelt und ihn aufgefordert, mit dem Jammern und Klagen aufzuhören.«

»Das stimmt nicht!«

»Wie hast du ihn dann dazu ermuntert?«

»Ich habe ihm lediglich klar gemacht, dass er weniger Zeit hätte, sich selbst Leid zu tun, wenn er etwas anderes hätte, worüber er sich Gedanken machen kann.«

Jack grinste. »Gutes Mädchen!«

»Sie überlegt schon, ob sie einen Posten bei der UNO annehmen soll«, zog Nathan sie auf. »Mir ist es ohnehin ein Rätsel, wie die bisher ohne ihr bemerkenswertes diplomatisches Geschick ausgekommen sind.«

»Ihr macht eine viel zu große Sache daraus«, sagte Jaz. »Er hat mich gebeten, ihm ein Buch mitzubringen, das habe ich gemacht und gleich einen Block und einen Stift dazugelegt – nur für den Fall, dass ihm mitten in der Nacht etwas einfällt.«

Beth reichte den Korb mit dem Knoblauchbrot herum. »Ich finde, Sie waren brillant. Sie haben mehr für Victor getan als wir alle zusammen. Sie haben ihn sogar zu dem Geständnis gebracht, dass er arbeitslos ist.«

»Ich habe ihm nur die Gelegenheit gegeben zu reden. Es muss schwer gewesen sein, seinen Job nach so vielen Jahren zu verlieren.« Jaz biss in ein Stück Knoblauchbrot. »Möchten Sie wissen, wie mein neuester Plan für Victor aussieht?«

»Schießen Sie los«, forderte Jack.

»Jetzt, da Dulcie zurück ist, sollten wir wieder mit der Gruppe anfangen und unsere Treffen im Krankenhaus abhalten, damit Victor teilnehmen kann.«

Jack sah Beth an. »Geht das? Erlaubt die Klinik so viele Besucher auf einmal?«

»Warum nicht? Manchmal versammeln sich große

Familien um ein Krankenbett. Solange wir nicht zu viel Lärm machen und nur in der Besuchszeit bei ihm sind, spricht nichts dagegen.«

»Wer hätte gedacht, dass wir uns jemals so um Victor sorgen.«

Beth betrachtete Jacks Hände und die Brandwunden, die fast verheilt waren. »Und das sagt der Held, der sein Leben riskiert hat, um Victor zu retten.«

»Aber es stimmt doch, oder?«, beharrte Jaz. »Er ist die größte Nervensäge der Welt, aber man muss einfach Mitleid mit ihm haben.«

Nathan legte den Arm um ihre Schulter. »Ich hatte ja keine Ahnung, dass du ein sentimentaler Softie bist.«

»Das bin ich nicht«, wehrte sie sich. »Ich bin taff wie alte Lederstiefel, also sei auf der Hut.«

Der Bananen-Karamell-Kuchen war eine Sensation, und nachdem sich Jaz und Nathan jede Menge Komplimente angehört hatten, gestand Jaz, dass ihn der Chefkoch des Maywood Grange Hotels für sie gebacken hatte. »Es hat sich herausgestellt, dass er und Dad sich von früher kennen, und jetzt bekommen wir, was immer Dad gern essen möchte«, erklärte sie. »Es ist so peinlich – die anderen Gäste müssen uns hassen.«

»Ja und?«, meinte Jack. »Ihr Vater ist ein Ass. Meine Wohnung wird ein richtiges Schmuckstück.«

»Ich bin überrascht, dass Sie in diese gewöhnliche Gegend zurückgekehrt sind«, sagte Beth und reichte ihm eine Flasche Wein zum Öffnen, »nachdem Sie in der Bloom Street auf den Putz gehauen haben, muss Ihnen die Maywood Park Road ziemlich ärmlich vorkommen.«

»Oh, ich komme klar«, sagte er mit einem übertriebenen Achselzucken. »Ich werde mich wohl oder übel daran gewöhnen, wieder in einer so primitiven Umgebung zu leben.«

»Apropos Dulcie – wie es ihr wohl geht? Ich habe sie für heute eingeladen, aber sie meinte, sie sei nicht in der Stimmung für Gesellschaft.«

Seit Dulcies Rückkehr aus Venedig waren vier Tage vergangen, und bei den kurzen Telefongesprächen, die er und Beth mit ihr geführt hatten, wussten sie, dass sie wieder mit Richard zusammengekommen und ihre Beziehung kein Geheimnis mehr war. Allerdings hatte Dulcie nichts darüber gesagt, was jetzt werden sollte. Möglicherweise wusste sie es selbst nicht.

»Ich habe keine Ahnung«, beantwortete Jack Beths Frage. »Sie erzählt nicht viel, aber als ich sie gestern Abend anrief, um mich in aller Form dafür zu bedanken, dass sie mir ihr Haus überlassen hat, schien es ihr ganz gut zu gehen. Ich glaube, sie hat Angst, dass Richards Frau bei ihr auftaucht und auf eine Aussprache besteht.«

»Ich kann immer noch nicht glauben, dass Dulcie eine Affäre hat«, sagte Jaz, während sie die letzten Reste Kuchen von ihrem Teller kratzte. »Sie scheint mir gar nicht der Typ für so was zu sein.«

»Wieso?«, fragte Beth mit einem schiefen Lächeln. »Darf eine Frau in ihrem Alter das nicht mehr?«

Jaz ging über die versteckte Kritik hinweg. »Sie sieht so nett und normal aus, gar nicht wie ein Männer fressender Vamp. Ganz im Gegenteil.«

»Ich wusste nicht, dass Ehebrecherinnen ein spezielles Aussehen haben. Was ist das für ein Merkmal? Ein lüsterner Blick?«

Jaz verdrehte die Augen. »Sei nicht so begriffsstutzig, Nathan. Ich meinte nur, dass Dulcie nicht ins Profil passt.«

»Und was für ein Profil sollte das sein?«

Während Beth Kaffee kochte, verfolgte Jack den Gedanken weiter. Hatte er Maddie und Tony wegen ihrer Handlungsweise verteufelt? Waren sie in Wahrheit nicht nur zwei Menschen, die sich ineinander verliebt hatten? Und wenn sich Tony eine andere Frau ausgesucht hätte, würde er seinem alten Freund dann nicht alles Glück der Welt wünschen?

Beth stand in der Küche, wartete darauf, dass das Wasser kochte, und beobachtete, wie Jacks Miene immer ernster wurde. Sie ahnte, was in seinem Kopf vor sich ging, und fragte sich, wie lange es noch dauern würde, bis er einigermaßen schmerzfrei an Maddie und Tony denken konnte. Ein Jahr? Zwei? Zehn Jahre? Vielleicht prägte einen so eine Sache ein Leben lang.

Um die Stimmung aufzulockern, sagte sie: »Sie glauben nicht, womit ich mich in den letzten Tagen herumschlagen musste, Jack. Ich habe Nathan von Ewan erzählt, und seither muss ich mir ständig Anspielungen, Warnungen und Ratschläge anhören. Das Ganze geht schon so weit, dass ich mir überlege, ob ich von zu Hause weglaufen soll. Aber ich weiß, dass er mich wieder einfangen und mir mit dem Finger drohen wird.«

»Ganz recht. Ehrlich, ich habe ihr beigebracht, wie man das Internet benützt, und als Nächstes erfahre ich, dass sie sich an einen Kerl heranmacht. Unverantwortlich, oder nicht?«

»Oh, lass deine Mutter in Ruhe, Nathan. Ich finde cool, was sie gemacht hat. Und es ist *sooo* romantisch.«

Beth wurde rot. »So ist das nicht, Jaz. Wir sind nur Freunde. Schließlich haben wir uns noch nie gesehen.«

»Aber das wird sich ändern«, erklärte Jack. Er stand auf und ging zum Sofa, um den Umschlag zu holen, den er vorhin dort hingelegt hatte. »*Voilà*! Die Anmeldeformulare für die Schriftstellertagung. Wir drei werden uns jetzt hinsetzen und sie ausfüllen. Morgen bringe ich sie zur Post. Und, Nathan, ich verspreche, dass ich diesen Ewan genau unter die Lupe nehme. Ihre Mutter wird in sicheren Händen sein.«

Spät am Abend, nachdem Nathan Jaz ins Maywood Grange Hotel gebracht hatte und Jack gegangen war, schaltete Beth ihren Computer ein, in der Hoffnung, eine Mail von Ewan vorzufinden. Sie hatte Glück.

Liebe böse Gescholtene aus Maywood,
oh, wie ich mit Ihnen fühle! Nichts bringt einen mehr aus der Fassung als die brutalen Neckereien der eigenen Sprösslinge. Ich bin überzeugt, Alice hat ihren Studiengang gewechselt und den Kurs »Wie demütige ich einen alternden Vater« belegt. So wie sie loslegt, bekommt sie problemlos eine Eins. Warum verwandeln sich Kinder in langweilige, reife Erwachsene? Oder, wie in unseren Fällen, in übervorsorgte Pedanten? Gott helfe uns, wenn wir so hinfällig sind, dass wir ernsthaft ihre Hilfe brauchen. Ich hoffe, ich gebe den Löffel ab, bevor Alice ein

ungesundes Interesse an Treppenliften und Windeln für inkontinente Greise entwickelt.
Ich wünschte, ich könnte Ihrem Sohn versichern, dass meine Absichten absolut ehrenhaft sind, dass er keine schlaflosen Nächte verbringen und sich um Ihren guten Ruf ängstigen muss, wenn Sie sich mit mir treffen. Aber ich fürchte, ich würde gegen eine Wand reden. Wenn er Alice auch nur im Entferntesten ähnlich ist, hat er sich in den Kopf gesetzt, dass Sie nicht in der Lage sind, vernünftige Entscheidungen für sich selbst zu treffen. Man nennt das Liebe. Bethany. Seien Sie nicht zu streng mit ihm. Der Umstände wegen musste er zu schnell erwachsen werden (genau wie Alice) und hat Verantwortung für Sie übernommen.
Und zerbrechen Sie sich nicht den Kopf darüber, dass Sie den Verdacht hegen, seine lockeren Bemerkungen und Scherze könnten einen weit ernsteren Kern haben. Wahrscheinlich trifft das zu. Es ist seine Art, Sie zu beschützen. Er will Sie auf Dinge aufmerksam machen, die sie, wie er meint, in Ihrer Naivität nicht erkennen – ausgerechnet: Sie und naiv! Alices Kommentare beinhalten Hinweise darauf, dass Sie ein Mann sein könnten, dem »einer dabei abgeht«, wenn er sich als Frau ausgibt, oder eine Femme fatale, die es auf Geld abgesehen hat. Ihr Lieblingsspruch ist: »Oh, bitte, du korrespondierst doch nicht immer noch mit Miss Loony-Tune, oder?« (Sorry, wenn das beleidigend ist, aber ich möchte Ihnen ein Bild davon geben, was ich aushalten muss, damit Sie verstehen, dass Sie nicht die Einzige sind, die in die Mangel genommen wird.)
So, jetzt muss ich Schluss machen, weil ich noch ein

wenig schreiben will. In letzter Zeit hatte ich wegen tausend anderer Verpflichtungen kaum Gelegenheit dazu. Falls sie in den nächsten zwei Tagen nichts von mir hören, machen Sie sich keine Gedanken deswegen. Mein übervoller Terminkalender, nicht ein Sinneswandel, ist dafür verantwortlich zu machen.
Alles Liebe
Ewan X

PS: Wie nachlässig! Ich habe mich nicht erkundigt, wie Sie mit Ihrem Roman vorankommen. Haben Sie jemals mit der Faust gegen die Wand geschlagen, weil Sie ein leerer Bildschirm verhöhnt? Mir passiert das hin und wieder. Dann hilft nur noch ein heißer Ribena oder Seifenopern oder, noch besser, Kochsendungen im Fernsehen.
Aber was sage ich da? Dieses Preisgeben von bis heute gut gehüteten Geheimnissen muss ein Ende haben. Ich darf gar nicht dran denken, was für einen Eindruck Sie sich von mir machen. Seien Sie versichert, dass ich ein GANZER Mann bin und nichts von einem Schwächling an mir habe. Und wenn doch, dann würde ich es niemals zugeben.
(Himmel, wenn ich genauer darüber nachdenke, dann muss ich jetzt zusätzlich zu meinen Terminen im Schönheitssalon auch noch mein schlaff gewordenes Sixpack im Fitnessstudio straffen.) SIX, Beth – mit i.

Wie immer brachte Ewans selbstironischer Humor Beth zum Lachen. Von hinten erklang Nathans Stimme: »Ich hoffe, er bleibt sauber, Mum. Es wäre nicht schön, wenn die Sittenpolizei mitten in der Nacht an unsere Tür hämmert und dich wegen pornografischer Internetnutzung verhaften will.

Beth drehte sich zu ihm um. »Ich kann dich beruhigen, jedes einzelne Wort, das er schreibt, ist blitzsauber.«

Nathan stellte sich neben sie. Sie spürte, dass er etwas Wichtiges zu sagen hatte.

»Mum?«

»Ja?«

»Du wirst doch vorsichtig sein, oder?«

»Ich weiß, was du meinst, aber hast du überhaupt eine Ahnung, *wie* vorsichtig ich all die Jahre gewesen bin? Ich habe es satt, argwöhnisch zu sein. Allen anderen ist es erlaubt, Spaß zu haben und gelegentlich ein Risiko einzugehen. Warum darf ich das nicht?« Sie schaltete den Computer aus und seufzte. »Die Wahrheit ist, dass ich mich nicht für den Rest meines Lebens zu Tode langweilen will, Nathan.«

Er lächelte. »Das wird dir niemals gelingen, Mum.«

»Dann können wir einen Waffenstillstand schließen? Keine weiteren Vorträge und Ermahnungen?«

»Vielleicht nur gelegentlich eine. Um die unzähligen Warnungen auszugleichen, die du mir immer angedeihen lässt, bevor ich in dein Auto steige.«

Sie streckte die Hand aus und fuhr ihm durchs Haar, genau wie er es oft mit ihr machte. »*Touché.*«

Kapitel sechsundfünfzig

Vierzehn Tage nach ihrer Rückkehr aus Venedig zog Richard bei Dulcie ein. Er brachte seine komplette Garderobe, seine Lieblingsbücher, ein Fotoalbum, einige Aktenordner und ein bleischweres Herz mit. Als Dulcie ihn so niedergeschlagen, erschöpft und unglücklich sah, kamen ihr Zweifel, ob sie das Richtige getan hatten. »Du musst das nicht machen«, sagte sie, als er seine Kleider in den Schrank räumte. Es ist nicht zu spät, deine Entscheidung rückgängig zu machen.«

Er hielt inne. »Glaubst du wirklich, dass mir das durch den Kopf geht?«

»Du wärst nicht der Mann, den ich liebe, wenn du dich nicht fragen würdest, ob dieser Entschluss richtig war.«

Richard warf das Kleidungsstück, das er in den Händen hielt, aufs Bett und stellte sich neben Dulcie ans Fenster. Er strich ihr über die Wange. »Danke.«

»Wofür?«

»Dafür, dass du mir immer erlaubst, ich selbst zu sein. Dafür, dass du mir Raum für Zweifel zugestehst, ohne an *mir* zu zweifeln.«

Sie schmiegte ihr Gesicht an seine Hand und küsste sie.

Sie überließ es ihm, seine Sachen ganz auszupacken,

und ging hinunter. Das Haus war still. Hoffte sie zu viel, wenn sie sich wünschte, dass die erholsame Ruhe wieder eingekehrt war?

In den Tagen, nachdem Richard Angela sein Geständnis abgelegt hatte, klingelte unaufhörlich das Telefon. Dulcie war sogar versucht gewesen, das Kabel aus der Wand zu reißen, aber der Gedanke, dass sie dann auch nicht mehr für Richard erreichbar wäre, hielt sie von so drastischen Maßnahmen ab. Der erste Anrufer war Richard, der ihr erzählen wollte, dass Angela jetzt alles wusste, auch mit wem er eine Affäre hatte und was er zu tun beabsichtigte.

»Wie geht es ihr?«, hatte sich Dulcie erkundigt. Dabei wünschte sie, er würde nicht mit seiner Freisprechanlage im Auto telefonieren, während er zur Schule fuhr, um seine Söhne abzuholen: Der Empfang war so schlecht, dass sie sich anstrengen musste, um ihn zu verstehen.

»Sie ist am Boden zerstört – wie ich es erwartet hatte. Das Schlimmste war, dass sie davon ausging, wir würden die Sache ausdiskutieren und weitermachen wie bisher.«

»Ein sehr mutiger Vorschlag. Nicht jede Frau wäre bereit, so leicht zu vergeben. Und wie geht's dir?«

»Ich denke, meine Gefühle sind unwichtig.«

Es knisterte und rauschte in der Leitung, so dass sie nicht hören konnte, was Richard noch sagte.

»Ich habe gesagt, es dauert noch eine Weile, Dulcie. Sie wird jede Menge Hilfe brauchen, um über den Schock hinwegzukommen. Ich kann mich nicht sofort davonmachen.«

»Das verstehe ich, ehrlich. Nimm dir die Zeit, die du brauchst, Richard.«

Die Verbindung war ganz abgebrochen, und Dulcie hatte die nächsten Minuten neben dem Telefon gestanden und auf ein erneutes Klingeln gewartet. Vergeblich.

Bis zum nächsten Morgen, als Kate sich meldete. Das war der Anruf, den Dulcie am meisten gefürchtet hatte. Ihr war klar, dass es nur eine Frage der Zeit war, bis entweder Angela, die das Bedürfnis haben musste, mit ihren älteren Kindern zu reden, oder Richard, der ihnen die Situation erklären wollte, Henry zu Bewusstsein brachten, in welch prekärer Situation er und Kate jetzt steckten.

Ungläubigkeit, Wut und Entsetzen bestimmten Kates Redeschwall, und Dulcie konnte nichts vorbringen, was ihre Tochter beschwichtigen würde.

»O Mum, ausgerechnet du! Wie konntest du nur?«

»Ich weiß nicht, was mich so sehr von anderen Menschen unterscheiden sollte«, gab Dulcie zurück.

»Aber mit einem verheirateten Mann! Und Kinder sind in diese Sache verstrickt.« Kates Stimme war schrill und voller Abscheu.

»Ich bin mir der schwierigen Situation durchaus bewusst, Kate. Bist du sicher, dass deine Meinung über mich nicht durch die heikle Lage, in der du selbst dich befindest, beeinflusst ist?«, fragte Dulcie scharf.

Jetzt bekam sie die ganze Macht von Kates Zorn zu spüren. »Ich bin in keiner heiklen Lage, Mum. Nur zu deiner Information, Henry hat mit mir Schluss gemacht wegen deiner schäbigen Machenschaften. Ich bin in meine Wohnung zurückgezogen. Und, wie fühlst du dich jetzt?«

»Das ist sehr kurzsichtig von ihm«, erwiderte Dulcie trocken und dachte an Antonios Worte: Wenn sich Kate und Henry wirklich lieben, finden sie eine Möglichkeit, ihre Beziehung aufrechtzuerhalten.

Ein derber Fluch, den sie noch nie aus Kates Mund gehört hatte, dröhnte durch die Leitung, gefolgt von dem Vorwurf: »Wie kannst du nur so verdammt unsensibel sein?«

Dulcie versuchte zu antworten, aber die Frage war rhetorisch gewesen. Kate war richtig in Fahrt. »Du hast mit einem Schlag zwei Beziehungen zerstört – eine Meisterleistung, meinst du nicht auch? Ich weiß nicht, wie du das, was du getan hast, rechtfertigen kannst. Es ist das Selbstsüchtigste, was mir jemals untergekommen ist. Und ich kann nicht fassen, dass du dich schon so lange heimlich mit Henrys Vater triffst. Warum hast du nichts gesagt? Nein, antworte nicht. Tief in deinem Innersten hast du dich für diese Affäre geschämt. Und ich hoffe ernsthaft, dass du jetzt erst recht vor Scham in den Boden versinkst.« Sie holte Luft, aber die Pause dauerte nicht so lange, dass Dulcie das Wort ergreifen konnte. »Und was ging in deinem Kopf vor, als ich mich mit Henry angefreundet habe? Wieso hast du mich nicht davon abgehalten? Du hättest mir all das ersparen können – all diesen Schmerz.« Sie fing an zu weinen, und Dulcies Feindseligkeit ihrer Tochter gegenüber verflog augenblicklich. Sie sehnte sich danach, Kate in den Arm zu nehmen und ihre Probleme zu bereinigen.

»Es tut mir Leid, Kate«, sagte sie, »aber ich kann nichts sagen oder tun, was alles wieder gutmachen könnte, das weißt du. Ich hoffe nur, dass du mir eines Tages verzeihen wirst.«

Die Leitung war tot, und Dulcie legte den Hörer auf.

Eine Stunde später rief Andrew an und sagte ohne jede Vorrede: »Kate hat sich gerade bei mir gemeldet und getobt und gewütet, Mum. Wie kommst du zurecht?«

»Geht so.«

»Kann ich was tun?«

»Ja, mach, dass alles vorbei ist.«

»Letzten Endes wird sich alles von selbst regeln«, sagte er pragmatisch.

Er klang wie sein Vater, so optimistisch – selbst auf dem Totenbett hatte Philip seine Zuversicht nicht aufgegeben –, dass Dulcie schlucken musste, um die Enge in ihrer Kehle zu vertreiben. »Ich wünschte, ich könnte nur halb so sicher sein wie du.«

»Kate fängt sich schon wieder, Mum. Glaub mir. Ich mag der Schwule in der Familie sein, aber wir wissen beide, dass Kate die echte Drama-Queen ist.« Er legte eine Pause ein. »Das war übrigens ein Scherz. Du hättest lachen und dich danach besser fühlen sollen.«

»O Andrew, was würde ich nur ohne dich machen?«

»Soll ich zusehen, dass ich ein paar Tage frei bekomme, und dir beistehen?«

»Lieb von dir, aber das ist nicht nötig. Ich erhole mich nur gerade von Kates Wutausbruch.«

»Hör mal, ich kann im Moment nicht lange sprechen. Soll ich dich heute Abend noch mal anrufen?«

»Das wäre nett.«

Und so verging der Tag: Kate rief regelmäßig an, um ihre Wut an Dulcie auszulassen, und Andrew versuchte wieder alles zu kitten. Armer Andrew, er bekam Kates Zorn auch zu spüren, weil er seit Weihnachten von Dulcie und Richard gewusst und ihr nichts gesagt hatte.

Dann rief eines Tages gegen Mittag Angela an. Ihre Stimme klang vorwurfsvoll, aber auch verzweifelt. »Warum können Sie ihn nicht in Ruhe lassen?«, rief sie. »Er ist mein Ehemann, der Vater unserer Kinder.«

»Ich halte es für keine gute Idee, dieses Gespräch fortzuführen«, sagte Dulcie. »Ich kann nichts sagen, was Ihnen helfen würde – außer, dass es mir Leid tut.«

Die Entschuldigung wurde rundweg abgewiesen. »Behandeln Sie mich nicht so herablassend und sparen Sie sich Ihr selbstgefälliges Mitgefühl. Darauf kann ich gut verzichten. Vielleicht werden Sie diejenige sein, die man bedauern muss, wenn Sie erfahren, dass Richard uns nicht verlässt. Er liebt seine Kinder und würde nie etwas tun, was sie verletzt.«

Die ersten Tage waren der reinste Alptraum gewesen. Jetzt ging Dulcie hinaus in den Garten und dachte an Richard und an das, was er da oben gerade tat – er verlagerte sein Leben von einem Heim ins andere. Die Schuldgefühle lasteten noch schwerer auf ihr als zuvor, und seine Frau tat ihr von Herzen Leid. Wenn Angela geglaubt hatte, ihre beiden jüngeren Söhne seien eine Trumpfkarte, die ihren Mann zum Bleiben bewegen würde, dann musste sie jetzt mit der quälenden Wahrheit fertig werden, dass diese Karte nicht gestochen hatte.

Richard saß auf dem Rand von Dulcies Bett – *ihrem gemeinsamen Bett* – und telefonierte mit seinem ältesten Sohn. Henry hatte gerade von Angela erfahren, dass sein Vater zu Dulcie gezogen war. Deshalb rief er an.

»Henry, es hat keinen Sinn, das alles immer und immer wieder durchzukauen. Irgendwann musst du meine Entscheidung akzeptieren – sie ist endgültig. Mein Entschluss hat nichts mit dem Herzinfarkt zu tun, und ich quäle mich auch nicht mit der Frage, was ich mit meinem Leben angefangen habe.«

»Aber, Dad, das passt so gar nicht zu dir.«

»Was? Glücklich zu sein?«

»Nein. Dass du dich Mum gegenüber so schäbig verhältst.«

Richard zuckte zusammen. »Genau das versuche ich zu vermeiden, Henry.«

»Na, klar – das sieht man. Als Nächstes erzählst du mir so eine Scheiße wie: Man muss Eier aufschlagen, um ein Omelett zu machen. Ist dir überhaupt klar, was du getan hast? Mum sagt, Christopher und Nicholas liegen sich ständig in den Haaren, sie verwandeln sich in zwei Hooligans. Und das alles nur wegen dir.«

»Trau mir wenigstens zu ...«

Henry schnitt ihm das Wort ab. »Im Moment traue ich dir gar nichts zu außer grenzenloser Dummheit. Um Gottes willen, in allen Ehen gibt es schwierige Phasen, aber die meisten Paare stehen das durch und machen weiter. Insbesondere Paare, die so lange verheiratet sind wie du und Mum. Sicherheit ist wichtiger als das Strohfeuer der Leidenschaft, das über kurz oder lang verlöscht.«

Richard verlor die Geduld. »Was weißt du schon von der Ehe? Ausgerechnet du, der sich nur mit Mühe an den Namen einer Frau erinnert, nachdem er mit ihr geschlafen hat.« Er hörte, wie sein Sohn nach Luft schnappte. »Entschuldige«, sagte er hastig. »Das war daneben – ich hätte das nicht sagen dürfen.«

»Warum nicht, wenn du mich so siehst? Es ist gut, solche Dinge offen auszusprechen, dann wissen wir wenigstens, wie wir zueinander stehen. Aber du solltest wissen, dass Kate – ja, stell dir vor, ich kann mich an ihren Namen erinnern! –, dass Kate und ich dachten, wir hätten eine Zukunft. Aber dem hast du ein Ende gemacht.«

»Es muss nicht zu Ende sein.«

»Oh, sei realistisch, Dad. Wie könnte ich mit ihr zusammenleben, wenn du – ich zitiere deine Ausdrucksweise – mit ihrer Mutter *schläfst*? Du magst keine Prinzipien haben, ich schon. Ich würde Mum nicht auf so miese Art verletzen.«

Bei diesem Tiefschlag sank Richard ein bisschen mehr in sich zusammen. »Dieses Gespräch führt zu nichts, Henry. Ich schlage vor, wir verabschieden uns.«

»Das ist mir recht. Ich habe nur angerufen, um dich wissen zu lassen, dass Victoria und ich das nächste Wochenende bei Mum verbringen. Ich dachte, das würde dich interessieren.«

Nein, dachte Richard, als er die Verbindung unterbrach, du hast angerufen, weil du nicht akzeptieren kannst, dass dein langweiliger alter Vater es wagt, etwas so Schreckliches zu tun. Dass er sich für die Liebe und gegen die Sicherheit entschieden hat. Aber eines Tages wirst du verstehen, dass man nur eine Chance bekommt. Und, ja, an dem, was ihm seine Familie vorwarf, war etwas Wahres dran: Der Herzinfarkt hatte Einfluss auf ihn gehabt. Er hatte ihm die Augen geöffnet und ihm gezeigt, was wichtig für ihn war.

Er stand auf und ging zum Fenster. Dulcie war im Garten. Sie saß auf der Holzbank an ihrem Lieblingsplatz, und um sie herum blühten die Osterglocken. Sie hatte ihr Gesicht der schwachen Sonne zugewandt und wirkte durch und durch zufrieden. Liebe erfüllte sein Herz, und er wusste, dass sie beide die schwierige Zeit überstehen würden. Die Kraft ihrer Liebe würde sein Gewissen beruhigen, und mit der Zeit würde er sich nicht mehr so schlecht fühlen wie jetzt. Christopher und Nicholas fehlten ihm schon jetzt, und er fürchtete, dass sich eine furchtbare Kluft zwischen ihm und ihnen auftun würde. Victoria hatte bisher nur zweimal mit Richard gesprochen, und obwohl sie nicht so schonungslos gewesen war wie Henry, hatte er ihre Missbilligung doch deutlich gespürt.

Ursprünglich hatte Angela darauf bestanden, dass ihre Jüngsten nichts von Richards Affäre mit Dulcie erfahren sollten, weil er ohnehin bald zur Vernunft kommen würde. Die Jungs sollten sich nicht unnötig aufregen. Aber Richard blieb eisern: »Angela, bitte mach es nicht noch schlimmer, indem du so tust, als würde alles so bleiben wie bisher.« Zu guter Letzt musste er ausziehen, um ihr begreiflich zu machen, dass er es ernst meinte. Es war brutal, aber sie ließ ihm keine andere Wahl.

Bei weitem das Schwerste war für ihn, mit Christopher und Nicholas zu sprechen. Christopher funkelte ihn böse an, während Nicholas mit dem Fuß gegen die Wand trat und sagte: »Damit sind es fünf von uns.«

»Fünf?«, hatte Richard verständnislos wiederholt.

Sein jüngster Sohn hatte noch einmal zugetreten, dass der Putz von der Wand gebröckelt war. »Mit mir sind es fünf in meiner Klasse, deren Eltern sich getrennt haben.«

Während Richard jetzt Dulcie im Garten beobachtete, schwor er sich, alles zu tun, um den Schaden, den er seiner Familie zugefügt hatte, zu reparieren. Mit Dulcies Hilfe würde ihm das gelingen.

»Familie«, verkündete Popeye und sah strahlend in die Runde, »das ist das Allerwichtigste.« Mit feuchten Augen bückte er sich und küsste seine Frau und die winzigen Bündel in ihren Armen. Selbst Jaz war gerührt von seiner kleinen Ansprache und dem Anblick der verschrumpelten kleinen Gesichter.

Vor fünf Stunden hatten unerwartet die Wehen bei ihrer Mutter eingesetzt, und sie hatte zwei gesunde Babys zur Welt gebracht, ein Mädchen und einen Jungen, die noch keinen Namen hatten. Obwohl sie zu früh dran waren, hatten sie laut Hebamme ein ganz annehmbares Gewicht, und Jaz war froh, dass ihre Mutter die schwierige Schwangerschaft hinter sich hatte.

»Sollen wir ein paar Fotos machen?«, schlug sie vor.

»Ja«, meinte ihr Vater. »Kommt her, Tamzin und Lulu, ihr auch, Phin und Jimmy. »Gut, alles lächeln.«

»Moment«, rief ihre Mutter, »so geht das nicht. Jaz muss natürlich auch aufs Bild. Einer von euch muss eine Schwester holen, damit sie uns fotografiert.«

Phin lief los und kam mit der hübschesten Schwester zurück, die er hatte finden können. Während sie alle für die Kamera posierten, erlaubte Jaz ihrem ältesten Bruder, den Arm um ihre Schultern zu legen – das hatte sie bisher nie zugelassen. Falls jemand etwas bemerkte, kommentierte er es nicht.

Als sie zurück zum Hotel fuhren, damit ihre Mutter sich ausruhen konnte, dachte Jaz darüber nach, dass sie sich alle seltsamerweise besser verstanden, seit Mum ins Krankenhaus gekommen war. Genauso eigenartig war, dass der Einbruch sie dann noch näher zusammengebracht hatte.

Es gab gute Neuigkeiten, was die Renovierung betraf. Die Malerarbeiten waren abgeschlossen, die Teppichböden verlegt. Dad hatte vor, das Haus morgen wieder zu beziehen. Ein perfektes Timing, weil Mum und die Babys, wenn keine gesundheitlichen Probleme auftraten, am Wochenende nach Hause durften. Bis dahin würde Dad Mum reinen Wein einschenken müssen. Jaz hatte das Gefühl, dass ihre Mutter so viel mit Füttern und Windelwechseln zu tun haben würde, dass ihr keine Zeit blieb, sich den Kopf darüber zu zerbrechen, wie groß der Schaden gewesen war, den ihr Heim genommen hatte.

Wie Dad gesagt hatte, die Familie war das Wichtigste. Und da keinem von ihnen etwas passiert war, konnten sie sich eigentlich nicht beklagen. Wenn sie an Victor dachte, der ganz allein war und höllische Schmerzen erdulden musste, dann verblassten die Probleme der Raffertys zur Bedeutungslosigkeit. Jaz' Vater war in ausgesprochen guter Stimmung, und sie hatte vor, ihn um einen großen Gefallen zu bitten: Sie wollte ihn dazu bringen, sich um Victors Haus zu kümmern. »Es ist ganz klein«, wollte sie zu ihm sagen, »also dauern die Arbeiten sicher nicht lang.« Sie hoffte, dass sie damit Recht behalten würde. Sie wusste nicht, wie Victor alles bewältigen sollte, wenn sie ihm nicht halfen. Als er ihr von seiner Kündigung erzählt hatte, gestand er auch, dass er die Versicherungsbeiträge monatelang nicht bezahlt hatte. »Ich habe nach Möglichkeiten gesucht, weniger Geld auszugeben.«

»Victor, Sie Dummkopf. Selbst ich weiß, dass man an so was auf keinen Fall sparen darf.«

Sie wollte ihren Vater auch fragen, ob sie mit Dulcie, Jack und Beth während der Osterferien nach Harrogate zu der Schriftstellertagung fahren durfte. Nach den Ferien standen im College Prüfungen an, und ihr Vater würde das vielleicht als Vorwand nutzen, sie nicht wegzulassen, aber jetzt, da sie die Unterstützung ihrer Mutter hatte, war sie zuversichtlich, dass seine Einwände überstimmt werden würden.

Kapitel siebenundfünfzig

Es war Wochenende, und Richard fuhr nach Hause. Oder, wie er sich selbst korrigierte, zu seinem ehemaligen Zuhause.

Gestern Abend hatte er entschieden, Angelas Einladung zum Mittagessen am Sonntag anzunehmen – Henry und Victoria würden da sein, und ausnahmsweise hatten die Jungs keine sportlichen Verpflichtungen. Als Angela ihn im Büro angerufen und er gezögert hatte, ihre Einladung anzunehmen, hatte sie gesagt: »Wir müssen um der Kinder willen so tun, als wären wir uns einig. Aber Christopher und Nicholas haben sicher Verständnis dafür, wenn du dich nicht für zwei Stunden von *dieser Frau* losreißen kannst.«

»Angela, bitte benutze nicht die Jungs, um mich zu manipulieren.«

»Das tue ich nicht! Ich sage nur, wie es ist. Deine Söhne wären enttäuscht, wenn sie merken würden, dass *sie* wichtiger für dich ist. Aber ich nehme an, das hast du ihnen ohnehin schon bewiesen.«

Als er Dulcie von diesem Gespräch erzählt hatte, meinte sie: »Sie ist verständlicherweise wütend und hat das Bedürfnis, dir das mitzuteilen.«

»Aber muss sie so verbittert sein?«

»Wärst du das nicht?«

So war Dulcie: Sie konnte unbequem ehrlich sein, war immer fair und bereit, eine Situation vom Standpunkt aller Beteiligten aus zu sehen.

Statt seinen Wagen wie gewöhnlich neben Angelas Range Rover vor der Doppelgarage abzustellen, parkte er unter dem Esszimmerfenster. Es war eine symbolische Geste: Es hätte keinen Sinn, zu denken oder andere glauben zu lassen, es hätte sich nichts geändert. Er respektierte seinen neuen Status – den eines Gastes – und drückte auf den Klingelknopf.

Victoria öffnete ihm. Sie sah ihn lange an, als wollte sie ergründen, ob er Feind oder Freund war.

»Darf ich reinkommen?«, fragte er.

Sie trat beiseite. »Sei nicht albern. Du brauchst mich nicht um Erlaubnis zu fragen, ob du dein eigenes Haus betreten darfst. Warum hast du nicht deinen Schlüssel benutzt?«

»Das erschien mir unpassend.«

Sie zog die Augenbrauen zusammen und bedachte ihn mit einem missbilligenden Blick – das hatte sie als Kind sehr oft gemacht, speziell wenn man ihr Gemüse vorgesetzt und eingeredet hatte, es wäre gesund für Kinder im Wachstum. Bei der Erinnerung daran streckte er die Arme aus. »Wie wär's mit einer Umarmung?«

Die düstere Miene hellte sich auf, und sie schmiegte sich an ihn. »O Dad, warum hast du uns verlassen?«

Er drückte sie fest an sich. Als er den süßen Duft ihrer frisch gewaschenen Haare einatmete, fiel ihm das Sprechen schwer. »Ich habe euch nicht verlassen. Ich bin immer für euch da, das weißt du.«

»Ah, du bist es – dann habe ich also richtig gehört.«

Das war Angela, und zu Richards Bestürzung befreite sich Victoria erschrocken aus seiner Umarmung und stellte sich mit auf dem Rücken verschränkten Händen an den Heizkörper. Um die Verlegenheit zu kaschieren, zog er seinen Mantel aus und hängte ihn an die Garderobe unter der Treppe. »Kann ich irgendwas helfen?«, fragte er Angela.

»O nein«, erwiderte sie leichthin. »Es ist alles fertig. Henry hat die Weinflaschen geöffnet, und die Jungs haben mit Victorias Hilfe den Tisch gedeckt.«

Richard war enttäuscht, weil es nichts gab, womit er sich beschäftigen konnte. Da er Angelas versteckte Anspielung verstand, sagte er: »Dann gehe ich zu den Jungs und rede kurz mit ihnen.«

Er fand sie oben in Christophers Zimmer. Sie starrten beide gebannt auf den kleinen Bildschirm, der auf dem Schreibtisch stand, und spielten ein rüdes Computerspiel, bei dem sie Gewehrsalven abfeuern mussten und ihre »Opfer« Todesschreie ausstießen. Richard setzte sich vor den Monitor. »Hi, Jungs, wie geht's?«

Sie schalteten das Spiel aus, und es herrschte absolute Stille – keiner von beiden schien zu wissen, was sie auf seine Frage erwidern sollten. Und wie konnte er sich so aalglatt nach ihrem Befinden erkundigen, wenn sie am liebsten mit Fäusten auf ihn losgegangen wären? Angela hatte Recht: Den beiden Kindern hatte er durch seinen Auszug unsmissverständlich klar gemacht, dass es für ihn Wichtigeres gab. Aber er musste sie davon überzeugen, dass er sie noch genauso liebte wie vorher und dass sie ihm unendlich viel bedeuteten.

Er hörte Angela rufen. »Das klingt, als ob das Essen fertig wäre. Wir sollten besser runtergehen.«

Im Esszimmer nahmen Christopher und Nicholas ihre Plätze rechts und links von Richard ein. »Ich habe das Messer für dich geschärft«, sagte Angela. Er spürte, wie sie ihn beobachtete, während er den Schweinebraten tranchierte. Er zerschnitt das Fleisch mit langsamen, präzisen Bewegungen – ein Stück war so dick wie das andere. Er fragte sich, wie er so ruhig bleiben konnte nach allem, was er seiner Familie angetan hatte. Angela, die am anderen Tischende Platz genommen hatte, putzte sich die Nase, dann entschuldigte sie sich und stand auf.

Victoria bat Christopher, die Platten und Schüsseln herumzugeben. Als Angela mit der Apfelsauce zurückkam, war eine unbeholfene Unterhaltung in Gang gekommen. »Eines schönen Tages«, unterbrach Angela, »werde ich eine Mahlzeit zubereiten und nicht die Hälfte davon in der Küche vergessen.« Die Konversation erstarb.

Das Mittagessen mit der Familie war so anstrengend, wie Richard befürchtet hatte. Henry sah ihn an, als wollte er ihn umbringen, Victoria war still, und die Jungs waren mehr mit ihrem Wettbewerb beschäftigt, wer die größte Kartoffel in den Mund stecken konnte, als damit, Fragen über die Schule und ihre Freunde zu beantworten. Ihr lärmendes Kindergartenverhalten verärgerte Richard, aber er hatte das Gefühl, nicht in der Position zu sein, sie zurechtzuweisen – er lernte schnell, was es hieß, ein Vater zu sein, der auf Abwege geraten war. Angela ließ Bemerkungen fallen, die nichts mit der bestehenden Situation zu tun hatten. Schon zweimal hatte sie auf den Wetterwechsel hingewiesen und erklärt, dass es ungewöhnlich warm für diese Jahreszeit sei. »Fast wie im Juni, dabei haben wir erst Anfang April«, meinte sie.

Es war ein Fehler gewesen herzukommen. Es war zu früh. Richard hätte ablehnen und warten sollen, bis alle seine Trennung von Angela ein wenig verarbeitet hatten und ruhiger geworden waren.

»Also, Dad, wann machst du diesem Unsinn ein Ende und kommst wieder nach Hause?«

Alle hörten auf zu essen und sahen ihn an. Er legte Messer und Gabel weg und stärkte seine Nerven mit einem Schluck Wein. »Henry, ich glaube kaum, dass dies der geeignete Zeitpunkt und der richtige Ort ist ...«

»Ich würde meinen, dies ist genau der geeignete Zeitpunkt und der richtige Ort.«

»Henry ...«

»Nein, Mum, es muss ausgesprochen werden. Einer von uns muss ja versuchen, Dad die Augen zu öffnen und ein bisschen gesunden Menschenverstand in sein vernebeltes Gehirn zu bringen. Er hat sich durchgetrotzt, jetzt muss er kapieren, dass es reicht. Er soll endlich begreifen, dass er einen großen Fehler macht und uns, *dir* Schreckliches antut. Das muss ein Ende haben.«

»Ich habe mich nicht ›durchgetrotzt‹, wie du das nennst«, sagte Richard ruhig, während Christopher mit dem Fuß gegen das Tischbein trat und Nicholas an seinen Fingernägeln kaute, was er nie zuvor getan hatte. »Und ich möchte das jetzt wirklich nicht diskutieren.«

»Noch ein wenig Apfelsauce, Victoria?«, fragte Angela.

»Wann dann?«, wollte Henry aufgebracht wissen.

»Nein, danke, Mum.«

»Ich fragte: wann, Dad?«

»Ich habe dich durchaus verstanden, Henry, und ich bin nicht bereit, dir zu antworten, solange du dich so aufführst und keine Rücksicht auf die Gefühle anderer nimmst.«

»Nicholas? Möchtest du noch etwas? Eine Kartoffel?«

»Ich hatte genug, danke.« Nicholas ließ sein Besteck mit ohrenbetäubendem Krach auf den Teller fallen.

»Ich nehme keine Rücksicht auf die Gefühle anderer, ja? Oh, das ist gut. Und wie steht es mit dir?«

»Bitte, Henry, verdirb uns nicht unser schönes Sonntagsessen. Beruhige dich und reich mir die Sauce.«

Henry sah von Richard zu seiner Mutter. »Bist du vollkommen verrückt geworden, Mum? Kein Mensch, der noch bei Verstand ist, würde dies als schönes Sonntagsessen beschreiben. Wach auf! Dir flattern bald die Scheidungspapiere ins Haus!«

»Wie kannst du es wagen, so mit deiner Mutter zu sprechen!«

»Ist schon gut, Richard, Henry hat es nicht so gemeint. Stimmt's, Liebling? Er ist nur aufgeregt, Nicholas, hör auf, an deinen Nägeln zu knabbern, und Christopher, lass das Tischbein in Ruhe und halt die Füße still. Wie würde es dir gefallen, wenn …«

»Der Tisch ist mir scheißegal.« Christopher holte aus und versetzte dem Tischbein einen heftigen, gut gezielten Tritt. »Und wenn du netter zu Dad gewesen wärst, wäre er nicht zu einer anderen Frau gezogen. Es ist alles deine Schuld.«

Angela wurde aschfahl. »Christopher!«

»Oh, haltet den Mund, alle!«, schrie Victoria. »Seht ihr denn nicht, dass das niemandem hilft? Die schlichte Wahrheit ist, dass Dad Mum nicht mehr liebt. Es hilft nicht das Geringste, wenn sie oder wir so tun, als ob nichts wäre. Dad kommt nicht zurück. Er liebt eine andere, und wir müssen das akzeptieren und damit fertig werden.« Ihre Stimme bebte, als sie hinzufügte: »So schmerzlich das auch ist.«

»Prima, Victoria, das hat gesessen«, brummte Henry, als sich Angela langsam erhob und hinausging. »Da ich offenbar der Einzige hier bin, der Mitgefühl aufbringen kann, gehe ich besser zu Mum und schaue nach ihr.«

»Du bleibst, wo du bist«, befahl Richard. Er konnte sich kaum noch beherrschen und hätte beinahe mit der Faust auf den Tisch geschlagen. »*Ich* werde mich um eure Mutter kümmern, aber vorher möchte ich noch etwas sagen.« Er faltete seine Serviette zusammen und legte sie ordentlich neben den Teller. »Ich übernehme die volle Verantwortung für das, was ich eurer Mutter angetan habe, aber ich werde nicht dulden –«, er sah in die Runde, »– ich wiederhole: Ich dulde nicht, dass einer von euch so mit ihr spricht. Sie hat keine Schuld. Hast du das verstanden, Christopher?«

Christopher nagte an seiner Lippe und nickte.

»Und außerdem«, fuhr Richard mit leiser, ernster Stimme fort, »hat Victoria Recht: Die Situation, die ich geschaffen habe, ist schmerzlich. Und es wird einige Zeit dauern, bis wir darüber hinweggekommen sind. Wir müssen uns gegenseitig helfen. Streit, Vorwürfe und Schuldzuweisungen bringen uns überhaupt nicht weiter.« Er stand auf. »Ich gehe jetzt zu eurer Mutter, und ihr räumt den Tisch ab.«

Er fand Angela im Schlafzimmer. Sie lag schluchzend auf dem Bett und hatte die Knie bis zum Kinn hochgezogen. »Lass mich in Ruhe«, sagte sie. »Geh zurück zu der Frau, die dir so viel bedeutet.«

Er beugte sich zu ihr und reichte ihr ein Taschentuch. Sie ignorierte es und drehte das Gesicht weg.

»Soll ich dir eine Tasse Tee bringen?

»Nein.«

»Was kann ich dann für dich tun?«

»Bitte, lass mich einfach allein.«

»Es muss etwas geben, womit ich dir helfen kann.«

Sie wandte sich ihm zu und sah ihn mit verweinten Augen an. »Nein. Siehst du denn nicht, dass du alles nur schlimmer machst, wenn du hier bist? Hast du mich noch nicht genug gedemütigt? Geh, Richard. *Geh*!«

Richard war so fassungslos, dass er auf dem Weg zu Dulcie den Wagen anhalten musste. Er saß ganze zehn Minuten reglos da. Der Schock, von seinen Kindern getrennt zu sein, saß tief.

Kapitel achtundfünfzig

Während Nathan bei der Flugauskunft anrief, um nachzufragen, ob Lois' und Barnabys Maschine pünktlich landete, fummelte Beth an den Tulpen herum, die sie in den letzten zehn Minuten in der Vase arrangiert hatte. Sie war überzeugt, dass ihre Anwesenheit im Marsh House nicht so freundlich aufgenommen werden würde, wie Barnaby hoffte. Sie fürchtete eher, dass Lois ihm die Hölle heiß machen würde – kein schöner Gedanke, nach allem, was er für sie getan hatte. Beth hörte ihre Schwiegermutter schon: »Wie kannst du nur so hinterlistig sein? Ich habe dir doch gesagt, dass ich nie wieder mit ihnen sprechen will.«

Ursprünglich hatte Barnaby vorgeschlagen, dass Beth und Nathan zum Flughafen kommen sollten, um sie abzuholen, aber Beth, die sich ausgemalt hatte, wie Lois während der Fahrt mit versteinertem Gesicht auf dem Rücksitz saß, meinte, es wäre besser, wenn sie mit dem Taxi nach Hause fahren und in einem warmen Haus mit Tee und Kuchen empfangen würden. »Wenn du das für besser hältst«, gab Barnaby nach. »Ich vertraue ganz auf dein Urteilsvermögen. Ihr Frauen wisst in solchen Dingen am besten Bescheid.«

Beth lächelte über Barnabys altmodische Einstellung und überlegte, dass sie Lois schon längst zur Rede gestellt und dazu gebracht hätte, sie alle – auch Adam – in Frieden zu lassen, wenn sie wirklich am besten Bescheid wüsste.

Als sie hörte, wie ein Wagen vor dem Haus stehen blieb, ergriff sie Nathans Hand. »Vergiss nicht, wir tun das für Barnaby.«

»Nein, Mum, wir tun es für uns *alle*.«

Sie standen im Flur, hörten, wie Autotüren geöffnet und zugeschlagen wurden, dann wurde offenbar das Gepäck aus dem Kofferraum geladen. Erst als das Taxi wieder losfuhr, wappnete sich Beth innerlich und öffnete die Tür. Sie lächelte eisern und sagte: »Hallo, ihr zwei, willkommen zu Hause.«

Sie atmete erleichtert auf, als sie keine Feindseligkeit, nur Verwirrung in Lois' Gesicht entdeckte.

»Beth«, rief Lois erschrocken, »was machst du denn hier? Und du, Nathan? Es ist doch nichts mit dem Haus, oder? Oh, bitte, sagt nicht, dass eingebrochen wurde.«

Barnaby räusperte sich. »Beth und Nathan haben, während wir weg waren, ein Auge auf alles gehabt, Lois. Auf meine Bitte hin, darf ich hinzufügen.«

Beth nahm einen der Koffer und reichte ihn Nathan. »Alles ist absolut in Ordnung. Das Wasser kocht, und ich habe mir die Freiheit herausgenommen, die Heizung aufzudrehen. Nach dem schönen, heißen Wetter, das ihr auf der Reise gehabt habt, müsst ihr euch langsam wieder an unser Klima gewöhnen, dachte ich. Es war in den letzten Tagen ziemlich warm, aber die Abende sind doch noch sehr kühl.« Beth merkte selbst, dass sie zu viel und zu schnell redete, aber sie war so nervös, dass sie nicht aufhören konnte, während sie Lois und Barnaby ins Haus führte. Sie berichtete, wo sie den großen Stapel Post deponiert hatte, dass der Milchmann gleich am Morgen kommen würde und dass Lois und Barnaby nichts im Fernsehen versäumt hatten. »Nur Wiederholungen«, informierte sie sie. »Und lauter Koch- und Gartensendungen.« Sie fing einen nachdenklichen Blick von Nathan auf, der ihr sagte, dass sie sich beruhigen sollte, und holte tief Luft. »Ich sag euch was: Ich höre auf, so einen Wirbel zu veranstalten, koche den Tee und lasse euch in Ruhe.«

Sie huschte in die Küche. Gerade als sie das kochende Wasser in die Kanne schüttete, hörte sie Schritte hinter sich.

Lois.

Beth legte den Deckel auf die Kanne und drehte ich um. »Du siehst fantastisch aus, Lois«, sagte sie aufrichtig. »Ich habe dich noch nie so sonnengebräunt gesehen. Und du hast dir die Haare machen lassen. Warst du auf dem Schiff beim Friseur? Es sieht toll aus. Sehr elegant.« Lois sagte immer noch nichts, und Beth rutschte das Herz in die Hosentasche. »Bitte sei nicht böse mit Barnaby. Er dachte, dass er das Richtige tut. Wenn es dir lieber wäre, dass wir gehen, brauchst du nur ein Wort zu sagen.« Beth hörte, wie Nathan Barnaby auf dem Flur anbot, die schweren Koffer hinaufzutragen. Oh, sie wünschte, sie könnte den Platz mit ihrem Sohn tauschen und müsste nicht Lois von Angesicht zu Angesicht gegenüberstehen. Ihre Schwiegermutter hatte die Hände gefaltet und verriet mit keiner Miene, was sie von den Machenschaften hielt, die hinter ihrem Rücken vor sich gegangen waren.

Beth war kurz davor, sich wieder zu entschuldigen, aber Lois hob die Hand. »Es ist schon gut, Beth. Ich bin diejenige, die sich entschuldigen sollte. Es tut mir Leid, sehr sogar. Ich verdiene deine Nachsicht nicht, denn ich habe mich schlecht benommen. Aber bitte, wenn du ein Herz hast …« Sie verstummte.

»O Lois, es gibt nichts zu verzeihen. Wirklich nicht.«

Aber Lois war anderer Ansicht und begegnete stoisch Beths Blick. »Ich habe in den letzten Wochen viel nachgedacht und bin zu der Erkenntnis gekommen, dass ich dich und Nathan viel besser hätte behandeln können. Und ich rede nicht nur davon, dass ich mich nach Weihnachten geweigert habe, dich zu sehen oder mit dir zu sprechen. Es … es geht viel, viel weiter zurück.«

Beth wusste, wie schwer Lois dieses Eingeständnis fiel, und schlang impulsiv die Arme um sie. Es war nur eine kurze Umarmung, denn Lois hatte nicht viel für Zärtlichkeiten übrig – sie sah Umarmungen als emotionale Zügellosigkeit an. Sie tätschelte Beth die Schulter. »Vielleicht können wir irgendwann ausführlich darüber reden.«

Am nächsten Tag kam Lois in die Maywood Park Road. Es war Samstag, und Nathan war mit Jaz, Vicki und Billy unterwegs. Beth hatte ein gutes Gefühl und meinte, dass der Besuch ihrer Schwiegermutter vieles klären würde.

Sie saßen in der Küche, die Sonne strömte durch das Fenster und tauchte den Raum in goldenes Licht. Ein Krug mit Osterglocken stand auf dem Fensterbrett. Die

Präliminarien hatten sie hinter sich gebracht, jetzt standen eine Kanne Tee und ein Teller mit teuren Butterplätzchen, die Lois mitgebracht hatte, auf dem Tisch. Sie konnte noch nie mit leeren Händen kommen – das lag nicht in ihrer Natur.

»Beth«, begann Lois, »du gehörst seit mehr als zwanzig Jahren zu meinem Leben, und trotzdem war ich nur selten ganz ehrlich zu dir.«

Das kam für Beth nicht überraschend. Sie wusste, dass Lois keineswegs begeistert war, als Adam seinerzeit mit seiner neuen Freundin zu seinen Eltern gekommen war, um sie ihnen vorzustellen. Beth hatte immer den Verdacht gehabt, dass sich Lois »etwas Besseres« als Schwiegertochter gewünscht hatte – eine jüngere Version von sich selbst wahrscheinlich. Damals war Beth eine sorglose, unabhängige junge Frau gewesen, die jede Vorsicht in den Wind schlug und ihr Leben so lebte, wie sie wollte. Als Studentinnen hatten sie und Simone einfach ein paar Klamotten in einen Koffer geworfen und bedenkenlos einen ganzen Sommer auf den griechischen Inseln verbracht.

»Sieh mal, Beth«, fuhr Lois fort, während sie mit den Plätzchenkrümeln spielte, die vor ihr auf dem Tisch lagen, »ich gehöre nicht zu den Leuten, die sich ganz allein durchschlagen könnten. Möglicherweise fällt es dir schwer, das zu glauben, aber ich habe dich immer bewundert. Du bist so gut mit Adams Tod fertig geworden. Du warst allein und hattest einen kleinen Sohn, trotzdem warst du stark und unerschütterlich wie ein Fels in der Brandung, während ich mich hoffnungslos abgestrampelt habe. Ich habe dich beinahe gehasst deswegen. Ich habe mir sogar eingeredet, dass du Adam gar nicht geliebt hast, weil du sonst ohne ihn nicht so gut zurechtgekommen wärst.«

»Ich habe das immer genau andersrum gesehen«, murmelte Beth. »Du kamst mir immer stark vor – so, als hättest du alles im Griff.«

»Ich habe dichtgemacht, Beth, und meine Gefühle in mir verschlossen, während du deine Trauer nicht versteckt hast. In meinen Augen hast du damit echte Stärke bewiesen. Und es tut mir Leid, das zu sagen, aber ich habe dich deswegen verabscheut.«

»Aber ich habe nur wegen Nathan die Fahne hochgehalten und wäre ohne deine und Barnabys Hilfe verloren gewesen. Ich hatte das Gefühl, euch dreien Stärke schuldig zu sein. Und natürlich war da noch Adam. Ich hab geglaubt, um seinetwillen weitermachen zu müssen.«

Lois sah auf. »Ja, Adam war immer irgendwie da, nicht?«

»Das war das Problem, Lois. Er hat uns all die Jahre nicht losgelassen. Das geht schon viel zu lange so. Wir können nicht weiter in der Vergangenheit leben. Das ist für keinen von uns gut, insbesondere nicht für Nathan.«

»Ich weiß, und es tut mir von Herzen Leid, dass der arme Junge so gelitten hat. Ich hatte keine Ahnung, was ich ihm mit meinem Verhalten antue. Aber bitte, lass mich zu Ende reden und dir sagen, was ich so bewundernswert daran finde, dass du dein Leben allein meisterst. Ich habe entsetzliche Angst vor dem Alleinsein, davor, diejenigen zu verlieren, die ich gern habe. Wenn Barnaby etwas passieren oder wenn er mich verlassen würde, wüsste ich nicht, was ich tun sollte. Und ich weiß, was du jetzt denkst; du fragst dich, wieso ich dann derart schroff mit ihm umgehe. Damit versuche ich mir nur selbst zu beweisen, dass ich ihn nicht brauche – aber das ist reine Augenwischerei.«

»Und als du Adam verloren hast … als er sich umgebracht hatte«, sagte Beth sanft, »wurdest du mit deiner schlimmsten Angst konfrontiert.«

»Ja. Ich konnte nicht akzeptieren, wie er gestorben ist. Wie konnte er sich das Leben nehmen, wenn er von Menschen umgeben war, die ihn geliebt haben? Wieso wollte er Nathan und dich allein lassen? Und seine eigene Mutter. Ich glaube, ich werde niemals verstehen, warum er das getan hat.«

»Ich denke, das wird mir auch für immer unbegreiflich bleiben. Ich habe mich mit der Erklärung abgefunden, dass er in der Nacht, in der er starb, einfach nicht der Adam war, den wir alle kannten und liebten. Vielleicht kennen wir einen anderen Menschen nie wirklich. Adam hat gut verborgen, wie unglücklich er war … genau wie wir alle unsere Nöte verstecken.«

»Aber, Beth, er hatte nur Geld verloren, das war alles. Eine unbedachte Investition, die schief gelaufen war.«

»Er hat auch seinen Stolz verloren. Er hatte sich große Summen geliehen, um diese Investition zu tätigen, und konnte den Rückschlag nicht verkraften.«

Lois ließ die Schultern sinken. »Er hätte zu uns kommen können. Wir hätten ihm geholfen und alles getan, was in unserer Macht stand. Er hätte nur etwas sagen müssen.«

»Er hat sich entschieden, das nicht zu tun.«

Lois runzelte die Stirn. »Macht dich das nicht wütend? Dass er absichtlich die falsche Entscheidung getroffen hat?«

»Früher schon. Jetzt sorge ich mich mehr darum, selbst das Richtige zu tun – für mich und für Nathan. Jetzt ist er natürlich erwachsen genug, seine eigenen Entscheidungen zu fällen.«

Beide schwiegen, bis Lois sagte: »Hast du keine Angst davor, allein zu sein, wenn Nathan von zu Hause fortgeht?«

»Ich hatte Angst davor. Aber jetzt erkenne ich allmählich, welch wunderbare Möglichkeiten mich erwarten. Und zudem bin ich zu dem Schluss gekommen, dass ich ein wenig Spaß und Vergnügen verdient habe.«

Lois seufzte. »Ich wünschte, ich hätte nur halb so viel Mumm wie du.«

»Den hast du, Lois. Du bist nur noch nicht dazu gekommen, ihn einzusetzen.«

»Vielleicht hast du Recht. Im Augenblick weiß ich nur, dass ich zu lange in Angst gelebt habe. Als Adam starb, habe ich mich davor gefürchtet, auch noch dich und Nathan zu verlieren. Deshab habe ich mich so bemüht, alles so zu bewahren, wie es war, und sicherzustellen, dass ihr beide in meiner Nähe bleibt. Ich habe alles, was ich konnte, getan, um dir zu beweisen, dass du niemanden außer uns brauchst.«

»O Lois, ein Vogel im Käfig denkt an nichts anderes als daran, frei zu sein und davonzufliegen.«

Lois nickte. »Ich hatte fürchterliche Angst vor dem Tag, an dem du dich in einen anderen Mann verliebst und Barnaby und mich nicht mehr brauchst. Ich hatte Angst, meinen einzigen Enkel zu verlieren. Nathan aufwachsen zu sehen war fast so, als hätte ich meinen Adam wieder. Das kostbarste Geschenk, das ich jemals bekommen habe.« Sie wischte sich eine Träne von der Wange, und Beth legte die Hand auf ihre.

Nach einer Minute Schweigen sagte Lois: »Guter Gott, du wirst dich fragen, was das alles an die Oberfläche gespült hat.«

Beth schenkte Tee nach. »Ich nehme an, Barnaby hat etwas damit zu tun.«

Zum ersten Mal, seit Lois gekommen war, entspannte sich ihre Miene. »Barnaby kann eine ganz schön harte Nuss sein, wenn er will. Er gibt sich als Gentleman, aber hin und wieder ist er gerissen wie ein alter Fuchs.« Sie betrachtete gedankenverloren ihren Ehering. »Eines Abends saßen wir auf dem Deck des Schiffes und beobachteten den Sonnenuntergang – plötzlich wurde mir bewusst, dass ich glücklich bin. Glücklicher als seit langem.« Sie lächelte und sah beinahe jung aus. »Und diese Stimmung hat Barnaby ausgenützt.« Sie lachte. »Das Resultat von zu viel Highlife in flüssiger Form, möchte ich hinzufügen. Er machte mir unmissverständlich klar, dass ich dich und Nathan für immer verliere, wenn ich mich nicht bei euch entschuldige, sobald wir nach Hause kommen. Und er sagte, dass er es mir niemals verzeihen würde, wenn es zum endgültigen Bruch käme. Er sprach es nicht aus, aber sein Tonfall wies darauf hin, dass er möglicherweise auch weg wäre, wenn ich nicht das tue, was er will.«

Beth war geschockt. Wer hätte gedacht, dass Barnaby so viel Schneid hatte? Ein dreifach Hoch auf den guten alten Barnaby.

Als Nathan nach Hause kam, erzählte Beth ihm von dem Gespräch mit Lois. »Ich glaube kaum, dass sich deine Großmutter auf wundersame Weise verändern wird«, schloss sie, »und ganz bestimmt nicht von jetzt auf nachher, aber wir sollten ihr nach Kräften bei diesem Sinneswandel helfen. Ich habe sie übrigens für Ostersonntag zu uns eingeladen. Ist dir das recht?«

»Klar. Aber wirst du nicht viel zu viel damit zu tun haben, dich auf das große Treffen mit dem Auserwählten vorzubereiten?«

Sie wurde puterrot.

Nathan lachte. »Schon gut, Ma, du darfst mir wegen dieser Unverschämtheit eine Ohrfeige geben, aber nur wenn du mich erwischst.« Grinsend wich er ihr aus und flitzte kichernd in sein Zimmer.

Der Auserwählte – also, wirklich!

Nathan sprach von Ewan nur noch als von dem »Auserwählten«, und je näher die Schriftstellertagung rückte, um so mehr zog er seine Mutter auf. »Wie lange noch bis zum D-Day?«, witzelte er beim Frühstück. D-Day, wie Nathan es nannte, war der Dénouement-Day – der Tag, an dem sich das Drama auflösen und sie Ewan zum ersten Mal sehen würde.

»Ich glaube, du übertreibst ein bisschen, Nathan«, erwiderte Beth nachsichtig und versteckte ihr Gesicht hinter der Cornflakes-Schachtel. »Vielleicht bringt dich ja deine eigene aufknospende Romanze mit Jaz ein wenig zur Vernunft.«

Nathan, dem nichts entging, zog die Cornflakes-Schachtel beiseite und sagte: »Träum weiter, Ma.«

Die Schriftstellertagung begann am Dienstag nach Ostern, deshalb meinte Nathan, Beth wäre mit den

Vorbereitungen zu beschäftigt, um für Lois und Barnaby kochen zu können. Abgesehen von Victor, der noch im Krankenhaus lag, aber erstaunlich gute Fortschritte machte, fuhr die ganze Gruppe mit, und sie hatten vor, an den ersten drei Tagen des einwöchigen Seminars teilzunehmen – Jaz konnte nicht länger von zu Hause wegbleiben, da sie noch für die Prüfungen am Anfang des Sommertrimesters lernen musste, und Jack wollte nicht seinen gesamten Urlaub aufbrauchen. Er hatte angeboten, alle zu chauffieren; darüber war Beth sehr froh, denn ihr Wagen machte in letzter Zeit Probleme, und sie hatte keine Lust, mitten auf der Strecke mit einer Panne stehen zu bleiben. Das Einzige, was Beth nicht so gut gefiel, war, dass Nathan allein sein würde. Es war albern, aber sie hatte ihn bisher noch nie so lange allein gelassen, und obwohl sie ihm voll und ganz vertraute, hatte sie ein schlechtes Gewissen, weil sie ihm nicht bei den Vorbereitungen für sein Examen half. »Schon gut, Mum«, hatte er gesagt, als sie davon redete, die Fahrt abzusagen, »ich schaffe viel mehr ohne dich.« Zudem beschuldigte er sie, nach Ausflüchten zu suchen. »Es ist zu spät, Schuldgefühle vorzuschieben, um dem Auserwählten aus dem Weg zu gehen.«

Er hatte natürlich Recht. Sie *hatte* kalte Füße bekommen. Was, wenn sie Ewan nicht mochte? Wenn er Mundgeruch hatte? Wenn er rauchte? – eine Gewohnheit, die sie verabscheute. Sie hatte Dulcie nach dem letzten Treffen, das sie an Victors Krankenbett abgehalten hatten, von Ewan erzählt, und Dulcie meinte: »Wenn Sie ihn nicht leiden können, dann war's das. Aber falls die Chance besteht, dass das Gegenteil eintritt, dann wäre es schade, wenn Sie nicht mitfahren würden. Sie würden sich für den Rest Ihres Lebens fragen, wie sich die Dinge entwickelt hätten, wenn sie nur genügend Mut aufgebracht hätten, ihn kennen zu lernen.«

Jetzt, da Richard zu Dulcie gezogen war, kam, wie Beth glaubte, dieser Rat von Herzen.

Victor freute sich auf etwas; das hatte er schon seit langer, langer Zeit nicht mehr getan. Das letzte Mal, als er ein paar Kapitel von *Star City* an einen Verleger in London geschickt hatte. Er war vom Postamt wie auf Wolken nach Hause gegangen. Es war der aufregendste Moment seines Lebens, weil er wusste, dass sein Traum bald wahr werden würde: Sein Werk würde das Licht der Öffentlichkeit erblicken.

Aber wieder wurde ihm die Anerkennung versagt.

Er hatte Tage, Wochen gewartet, ohne eine Antwort zu erhalten. Irgendwann hielt er es nicht mehr aus und rief den Verlag während der Mittagspause an, nur um zu erfahren, dass die Lektoren sein Manuskript noch gar nicht gelesen hatten. Noch ein Monat verging, und schließlich traf ein Brief ein, in dem ihm der Lektor viel Glück bei einem anderen Verlag wünschte. Glück! Er brauchte kein Glück, er brauchte jemanden, der sein Talent erkannte und schätzte. Aber wahrscheinlich hätte er damit rechnen müssen. Das Leben war noch nie fair zu ihm gewesen.

Aber das lag jetzt hinter ihm, genau wie die Trauer um sein von den Flammen vernichtetes Manuskript. Jetzt hatte er etwas wirklich Gutes vor. Dieses außergewöhnliche Mädchen Jaz hatte ihn auf die Spur gesetzt.

»Ich habe Ihnen etwas zum Lesen mitgebracht«, hatte sie gesagt. »Ich dachte, das könnte sie aufheitern.«

Er hatte ihr widerwillig das Buch aus der Hand genommen und den Titel gelesen. »Aber das ist für Kinder«, beschwerte er sich.

»Bleiben Sie auf dem Teppich, Victor. Harry Potter ist etwas für alle – er überschreitet alle Grenzen. Das ist Teil seines Charmes. Ich wette ein Pfund, dass sie mit dem Buch fertig sind, wenn ich Sie das nächste Mal besuche. Und wenn Sie richtig nett zu mir sind, bringe ich Ihnen den zweiten Band mit.«

Zu seinem Erstaunen behielt sie Recht. Er las *Harry Potter und der Stein der Weisen* in einem Tag durch, fand es sowohl packend als auch eigenartig tröstlich. Er schnorrte ein Pfund von einer Krankenschwester und legte es auf sein Nachtkästchen.

Lächelnd übergab ihm Jaz den zweiten Band.

»Natürlich ist das nichts anderes als Augenwischerei«, sagte er. »Die simpelste Idee, die jemand haben konnte.«

Jaz nickte. »Die simpelsten Ideen sind immer die besten. Ich kann heute nicht lange bleiben, weil ich Mum versprochen habe, auf die Zwillinge aufzupassen, damit sie Tamzin und Lulu zum Sportunterricht fahren kann.«

»Oh«, machte Victor und gab sich alle Mühe, seine Enttäuschung nicht zu zeigen. Er hatte es ihr nie gesagt, aber er freute sich auf ihre Besuche und ihre Berichte von den Geschehnissen außerhalb der Krankenhausmauern. »Wie geht es Ihrer Mutter?«

»Ziemlich gut, wenn man bedenkt, dass sie vor kurzem entbunden und erfahren hat, dass Dad einen Einbruch vor ihr geheim gehalten hat, bei dem alles, was einigermaßen Wert hatte, gestohlen wurde. Aber sie hat ihm verziehen, das finde ich cool.«

Am Tag danach hatten ihn die Verborgenen Talente mit einem Massenbesuch überrascht. »Wir dachten, wir sollten unser Treffen heute hier abhalten«, erklärte Jaz.

»Ist das erlaubt?«, fragte er voller Zweifel und warf einen Blick auf die Schwester – es war die herrschsüchtige, und er war sicher, dass es ihr Spaß machte, ihn zum Heulen zu bringen, wenn sie seine Verbände wechselte.

»Wir haben uns an oberster Stelle erkundigt«, versicherte Jack, »und man hat uns gesagt, dass sich kein Mensch daran stört, solange wir nicht zu laut sind.«

»Schade, dass Sie nicht zuerst mich gefragt haben«, sagte Victor mürrisch. Er mochte es nicht, wenn andere über seinen Kopf hinweg bestimmten.

»Hören Sie auf zu meckern, Victor«, fauchte Jaz, »sonst stelle ich die Harry-Potter-Lieferungen ein, und was machen Sie dann? Wollen Sie durch die Straßen schleichen und nach einem anderen Dealer Ausschau halten?«

Wie sich herausstellte, hatte Victor seinen Spaß am Besuch der Gruppe. Aber selbstverständlich verlor er kein Wort darüber. Es würde dieser Dulcie zu Kopf steigen, wenn man ihr zu viele Komplimente machte. Die einzige Schattenseite war diese Schriftstellertagung, zu der sie alle fahren wollten. Victor fühlte sich ausgeschlossen.

Jaz hatte versprochen, ihm den dritten Potter-Band mitzubringen, und er beschloss, ihr heute Abend mitzuteilen, dass sein nächster Roman in etwa auf derselben Linie liegen würde – allerdings wollte er auf die vielen Spielereien und Fantasienamen verzichten. Offensichtlich hatte man mehr Erfolg, wenn man Kinder und Erwachsene gleichermaßen ansprach. Um anfangen zu können, musste ihm Jaz einen neuen DIN-A4-Block und einen anständigen Füller mitbringen. Mittlerweile konnte er sich aufsetzen, da würde ihm das Schreiben die Zeit vertreiben.

Die Uhr tickte, und die Besuchszeit verstrich, aber von Jaz war keine Spur zu sehen. Allmählich ebbte seine Vorfreude ab. Sie kam nicht. Sie ließ ihn im Stich. Victor schaute sich um und sah, dass alle anderen Patienten Besuch hatten. Er war der Einzige, neben dessen Bett ein leerer Stuhl stand.

Die Minuten vergingen.

»Schlafen Sie schon wieder bei der Arbeit, Victor?«

Er erkannte die Stimme sofort und öffnete die Augen. »Sie sind spät dran.«

»Und Sie sind ein griesgrämiger alter Kauz, aber ich lasse nicht zu, dass uns Ihre schlechte Laune die kostbare gemeinsame Zeit vermiest.«

Er lächelte. »Haben Sie mir den nächsten Band mitgebracht?«

»Habe ich Sie jemals enttäuscht, Victor?«

»Alle anderen haben es getan. Warum sollte es bei Ihnen anders sein?«

»Erstens *bin ich* anders. Deshalb mache ich mir ja die Mühe, Sie zu besuchen, und verzichte auf einen Abend mit meinem umwerfenden Freund. Und zweitens wäre es schön, wenn Sie Ihr Selbstmitleid abschalten könnten. Noch ein Wort, und ich verrate, was in

Der Gefangene von Azkaban passiert, um Ihnen die Spannung zu verderben. Abgemacht?«

Später, als sie sich verabschiedete, fragte er, warum sie überhaupt zu ihm kam.

Sie schlang den Riemen ihres kleinen Lederrucksacks über die Schulter. »Hab ich das nicht erzählt? Es gehört zu meiner gemeinnützigen Sozialarbeit. Ich bekomme ein hübsches goldenes Abzeichen, wenn ich es schaffe, Sie wieder auf die Beine zu bringen. Bis bald.«

Er sah ihr nach. Was *war* wirklich drin für sie? Sicherlich kein goldenes Abzeichen.

Kapitel neunundfünfzig

Die Rafferty-Arbeiter waren fertig, und Jacks Wohnung entsprach genau seinen Vorstellungen. Nun sehnte er sich danach, sein Leben in Ordnung zu bringen und die losen Enden zu verknüpfen. Dieser Ostersonntag sollte der Wendepunkt sein, und wenn man die Auferstehung Christi als Symbol für neues Leben ansah, dann war dieser Tag dazu bestimmt, dass Jack seine Vergangenheit ein für alle Mal hinter sich ließ.

Jack presste den Knoblauch, als Lucy, die ihre Nase an die Scheibe drückte, kreischte: »Dad, sie sind da!«

Er wusch sich die Hände und rief Amber, die in ihrem Zimmer eine CD von einer Boygroup hörte, die ihm bis gestern, als sie sie zum ersten Mal aufgelegt hatte, unbekannt gewesen war. In den letzten Stunden hatte er Gelegenheit gehabt, den Text des Titelsongs auswendig zu lernen, bei dem Amber jedes Mal die Lautstärke voll aufdrehte. Beth und Nathan, die selbst Gäste hatten, konnten wahrscheinlich auch schon mitsingen.

Als Erste traf Julie mit Desmond junior ein, der in seinem Kindersitz grinste, als er Jack sah. Er fasste nach seinem Fuß und zog stolz den kleinen Strumpf aus, dann stopfte er ihn in seinen Mund und gluckste, als wollte er sagen: »Und als Nächstes zeige ich euch den Trick, wie ich meine Latzhose aufesse.«

Des brachte die Sachen vom Rücksitz mit. Es sah aus, als würde er die Survival-Ausrüstung für eine zehnköpfige Expedition auf den Kilimandscharo ins Haus schleppen. »Das hier sind sein Reisebettchen, das Federbett und ein paar Lieblingsspielsachen«, erklärte Des, als er umständlich die Tür zumachte. »O ja, und sein Hochstühlchen.«

»Sag bloß nicht, du hast die Decke zum Wickeln und die Tasche vergessen, in der die Windeln und die Sachen zum Umziehen sind!«, rief Julie entsetzt.

Des sah nach, was er in den Armen, auf dem Rücken und den Schultern hatte. »Nein, Süße. Ich glaube, die ist hier. Hallo, Mädchen, lange nicht gesehen.«

Amber und Lucy drängelten sich in dem vollen Flur vor. Sie interessierten sich nicht für Des und Julie, sondern nur für Desmond junior, den sie noch nie zu Gesicht bekommen hatten. »Guck mal, Dad.« Besonders Lucy hatte sich darauf gefreut, mit einem echten Baby spielen zu können. »Er knabbert an seinem Strumpf.«

Julie schnalzte mit der Zunge. »Man könnte meinen, wir geben ihm nichts zu essen. Möchtest du mir helfen, ihn ins Wohnzimmer zu bringen, Lucy?«

»Hey«, meinte Des, als er in dem großen Raum stand und sich mit Kennerblick umsah. »Das ist toll. Sieht aus, als hätten sich die Scherereien mit den nichtsnutzigen Handwerkern gelohnt.«

»Oh, erinnere mich nicht an die. Die Pfuscher haben meine Psyche bis zum Rest meines Lebens geschädigt.« Er nahm Des seine Bürde ab. »Wer möchte etwas trinken?«

»Ich habe heute den kurzen Strohhalm gezogen. Einen Orangensaft für mich, bitte«, sagte Julie.

»Des?«

»Gibt's Bier?«

»Was für eine Frage.«

Des und Julie überließen es den beiden Mädchen, auf das Baby aufzupassen, und folgten Jack zum Ende des L-förmigen Raums in die Küche. »Mann, das wäre genau meine Kragenweite«, bemerkte Julie. Sie strich mit der Hand über die polierte Granitarbeitsfläche und öffnete einen der cremefarbenen Schränke, um die Fächer zu inspizieren. »Ich hoffe, du siehst dir alles ganz genau an, Des, denn falls wir uns entschließen sollten, unsere erbärmliche Küche herauszureißen, dann möchte ich exakt diese Möbel haben.«

»Zum Teufel mit dir, Jack«, sagte Des grinsend, »warum musst du einen so guten Geschmack haben? Wie hast du es geschafft, sie so schnell einbauen zu lassen? Ich dachte, so was zieht sich Monate hin.«

»Du kennst die alte Maxime«, sagte Jack, während er die Drinks einschenkte, »es ist nicht wichtig, was du weißt, sondern wen du kennst. Rafferty und Söhne haben ausgezeichnete Arbeit geleistet, und für den Kücheneinrichter, den sie empfohlen haben, war das hier ein Kinderspiel verglichen mit den riesigen Küchen, die er normalerweise einbaut. Ich hatte Glück.« Beinahe hätte er hinzugesetzt: »Ausnahmsweise«, tat es aber nicht. In der letzten Woche war ihm klar geworden, dass er besser dran war, als ihm bisher bewusst gewesen war. »Er hatte zwei hübsche Töchter, einen relativ sicheren Job, eine schöne Wohnung und einen Freundeskreis, zu dem jetzt auch Menschen gehörten, die seine Leidenschaft fürs Schreiben teilten. Die Mitglieder von Verborgene Talente waren grundverschieden, was

Alter und Hintergrund betraf, aber das Band, das sie zusammenhielt, war sehr stark, und auf die eine oder andere Art hatten sie sich in den letzten Monaten gegenseitig gestützt und geholfen. Er verteilte die Gläser. »Wenn es nicht allzu kitschig und pompös ist, würde ich gern einen Toast ausbringen«, sagte er.

Des zog eine Augenbraue hoch. »Ach ja? Klingt unheimlich.«

»Ich bin letzte Nacht mit *Freunde und Familie* fertig geworden.«

»Wie bitte?«

Er lächelte und amüsierte sich über die verblüfften Gesichter. Niemand außer den Verborgenen Talenten wusste etwas von seinen schriftstellerischen Ambitionen. »Ich habe ein Buch geschrieben.«

Des starrte ihn entgeistert an. *»Ein Buch?«*

»Ja, eines von diesen komischen Dingern, in denen Buchstaben in einer Reihe stehen und eine ganze Seite bedecken. Ich weiß, du bist nicht gerade ein Bücherwurm, Des, aber irgendwann muss dir so was doch schon mal untergekommen sein.«

»Ha, ha, *ha*. Wie lange geht das schon?«

»Seit letztem Oktober.«

»Aber du hast nie etwas gesagt.«

»Entschuldige, Julie. Sei nicht gekränkt, es ist nichts Persönliches.« Er zog die Stirn kraus. »Oder vielleicht ist es gerade das. Das Ganze war ausgesprochen persönlich, und ich hab es nicht geschafft, jemandem davon zu erzählen, aus Angst, für verrückt erklärt zu werden. Ich meine – wer hat schon mal von einem Immobilienmakler gehört, der so viel Grips hat, ein Buch zu schreiben?«

Julie lachte. »Ich kann mir nicht vorstellen, dass der, den ich geheiratet habe, genügend Grips dafür hat.«

»Hey, was ist hier los? Verbrüdert ihr euch, um den guten alten Des fertig zu machen?«

»Ah, fühlst du dich verkannt?« Julie drückte ihm einen Kuss auf die Wange und erhielt einen zurück.

»Nicht mehr als sonst.« Des legte den Arm um Julies Schultern, wandte sich an Jack und sagte: »Und worum geht's in deinem Buch? Ist es ein freches Exposé über die Machenschaften der Immobilienmakler? Oder ein Thriller mit Autojagden?«

»Achte nicht auf ihn, Jack, er ist ein Banause. Was für eine Zielgruppe soll es erreichen?«

Jack dachte darüber nach. Schließlich erwiderte er: »Es ist für Menschen wie uns ... Des vielleicht ausgenommen«, fügte er grinsend hinzu.

»Und aus welchem Grund bin ich augeschlossen?«

Jack und Julie lachten. »Weil du ein Einfaltspinsel bist«, sagte Julie.

Des streckte die Nase in die Luft. »Wenn das so ist, dann nehme ich mein Bier und suche mir eine Gesellschaft, die meinen geistigen Fähigkeiten entspricht.«

Sie sahen zu, wie er sich zu den Kindern auf den Boden setzte und seinen Sohn aus dem Sitz hob.

Jack sagte: »Danke, dass du das Kriegsbeil begraben hast, Julie. Das bedeutet mir wirklich viel.«

Sie sah ihn streng an. »Es gab kein Kriegsbeil. Es wäre nie zu einem echten Zerwürfnis gekommen.«

»Aber du hast dich über mein Verhalten Clare gegenüber aufgeregt, und das tut mir Leid.«

»Das ist Schnee von gestern. Clare ist mittlerweile glücklich mit dem Lauf der Dinge.«

»Ja, ich bin neugierig auf den neuen Mann in ihrem Leben.«

Keine fünf Minuten später wurde seine Neugierde befriedigt, als die Türglocke die Ankunft von Clare und Colin verkündete. Clare zum Essen einzuladen war, wie Jack hoffte, der erste Schritt zu seinem persönlichen *Glasnost*. Er hatte fast erwartet, dass sie ablehnte, und er würde wohl nie erfahren, ob sie die Einladung nur angenommen hatte, um mit ihrem Colin anzugeben: *Siehst du, jetzt bin ich mit einem Mann zusammen, der mich wirklich liebt*. Aber welche Motive auch immer sie bewogen haben mochten, herzukommen, Jack wusste, dass es richtig gewesen war, Kontakt mit ihr aufzunehmen. »Selbstverständlich kannst du ihn mitbringen«, hatte er gesagt, als sie ihren neuen Freund erwähnt hatte. »Je mehr wir sind, umso besser.«

Colin, ein Wirtschaftsprüfer, hatte Sinn für Humor, und schon bald fochten sie die klassische Schlacht mit Witzen über Immoblienmakler und Witzen über Wirtschaftsprüfer aus. »Schön«, sagte Des und krempelte die Hemdsärmel hoch, um einen Angriff zu starten. »Warum wurden Immoblienmakler erfunden?«

»Keine Ahnung. Warum?«

»Damit die Wirtschaftsprüfer jemanden haben, dem sie auf die Finger schauen können.«

Alle außer Lucy lachten. »Ich verstehe eure Witze nicht«, sagte sie. »Ich finde, Desmond ist lustiger als ihr alle.«

»Meinst du damit Desmond junior oder seinen brillanten Vater?«, fragte Des.

»Stell keine Fragen, wenn du die ehrliche Antwort nicht hören willst«, warnte Jack. »Wer möchte ein Dessert? Wir haben die Wahl zwischen M&S feinster Creme brûlée und ihrer ebenso exquisiten Zitronentorte.« Er sammelte die Teller und Schüsseln ein und stellte fest, dass Amber mehr gegessen hatte als sonst. Er wertete das als gutes Zeichen.

Clare reichte ihm ihren Teller. »Brauchst du Hilfe?«

Er spürte, dass sie allein mit ihm sprechen wollte, und wusste, dass dies die einzige Gelegenheit sein würde. Sie räumten gemeinsam den Tisch ab und brachten das Geschirr in die Küche. »Ich liebe diese Wohnung, Jack«, sagte sie. »Du hast dir bestimmt viele Gedanken darüber gemacht, wie du sie einrichten sollst.«

Jack hielt mitten in der Bewegung inne. »Wenn ich mir genauso viele Gedanken über das gemacht hätte, was ich mit dir tue, dann hätte ich dich nicht so sehr verletzt.«

»Das beruht mehr oder weniger auf Gegenseitigkeit. Wenn ich es nicht so eilig gehabt hätte, dann hätte ich dich nicht so wirksam verscheucht. Ich glaube, wir können sagen, dass es für uns beide zu schnell zu viel war.«

»Heißt das, wir können jetzt Freunde sein?«

»Das wäre schön.«

»Gut. Das freut mich.« Er räumte das Geschirr in die Spülmaschine. »Colin scheint ein netter Kerl zu sein. Wenn er der ist, den du dir wünschst, dann hoffe ich, dass ihr zusammenbleibt.«

Clare sah zum Tisch. Colin plauderte mit Amber und faltete ein Häschen aus der Papierserviette. »Das ist er. Er ist ein wunderbarer Mann. Und, was noch wichtiger ist, er hat keine Scheidung hinter sich.«

»Also ein Mann ohne Altlasten?«

»So könnte man sagen.«

»Noch besser.« Trotzdem hätte er sie gern zur Vorsicht gemahnt: »Dräng ihn nicht, Clare, lass den Dingen ihren Lauf«, aber er wusste, dass ihm das nicht zustand. Nur wenige enge Freunde wie Julie konnten ihr diesen Rat geben.

Am Abend fuhr Jack die Mädchen nach Prestbury. »Das war ein schöner Tag, Daddy«, sagte Lucy vom Rücksitz. »Sehen wir Des und Julie wieder?«

»Ich wüsste nicht, was dagegen spricht.«

»Habe ich auch so gesabbert wie Desmond und Blasen mit Spucke gemacht, als ich ein Baby war?«

»Ununterbrochen.«

Amber, die auf dem Beifahrersitz saß, rümpfte die Nase. »Ekelhaft.«

»Aber nichts im Vergleich zu dem, was du als Baby gemacht hast.«

Sie schauderte. »Das möchte ich lieber gar nicht wissen.«

»Aber ich. Los, Daddy, erzähl uns, wie schrecklich Amber war, als sie noch klein war.«

Jack lachte. »Ich habe nicht behauptet, dass deine Schwester schrecklich war.«

»Ich wette, das sie es war.«

»Ihr wart beide süße Babys, und jetzt Schluss damit.«

Lucy summte vor sich hin, aber Amber war ganz still und hielt die Augen geschlossen.

»Hast du wirklich ein Buch geschrieben, Dad?«

Jack sah in den Rückspiegel. »Ja, Luce, das habe ich.«

»Ist es für Kinder?«

»Nein, für Erwachsene.«

»Ist es gut?«

Er lächelte. »Keine Ahnung. Das müsste man jemand anderen fragen, wenn er es gelesen hat.«

»Aber du musst es doch wissen, schließlich hast du es geschrieben.« Das kam von Amber

»So läuft das nicht, Schätzchen.«

Sie sah ihn an, als wäre sie anderer Meinung. »Wovon handelt es?«

»Von einer Familie«, sagte er und hoffte, es dabei belassen zu können. Es wäre ihm unangenehm, den Mädchen mehr zu erzählen. Aber Kinder hatten ein Gespür für das, was Eltern ihnen vorenthalten wollten.

»Und?«, bohrte Amber weiter.

Jack sah auf die Straße. »Von einer Familie, die in einer Minute noch vollkommen glücklich ist, und in der nächsten geht alles schief ... die Eltern trennen sich, weil ...«

»Es handelt von uns, ja?«, fiel im Lucy ins Wort.

»In mancherlei Hinsicht schon, aber dann auch wieder nicht.«

»Was passiert am Ende?«, erkundigte sich Amber kühl. »Kommen die Eltern wieder zusammen?«

»Nein. Aber sie versprechen sich, nie etwas zu tun, was ihre Kinder verletzen könnte.«

»Und halten sie ihr Versprechen.«

»Letzten Endes halten sie sich daran, ja.«

Kapitel sechzig

»Es ist nicht nötig, dass ihr mir alle nachwinkt«, sagte Jaz, als sie mit ihrer schweren Tasche die Treppe herunterkam.

Als sie auf der untersten Stufe stand, nahm ihr Vater ihr die Tasche ab und stellte sie neben die Haustür. »Das stimmt«, sagte er, »es ist absolut nicht nötig, aber wir tun's trotzdem, wenn du nichts dagegen hast, du dummes Ding.«

Jaz lächelte erst ihn, dann ihre Mutter an, die sagte: »Du hast doch alles eingepackt, was du brauchst, oder? Hast du deine schwarze Jeans gefunden? Ich hab sie auf dein Bett gelegt.«

»Ja, Mum, danke.«

»Und hast du auch genug Geld bei dir?«

»Jede Menge. Dafür hat Dad gesorgt. Aber jetzt hör auf, dir Sorgen zu machen. Ich bin nur ein paar Tage weg.«

Phin schlug ihr auf die Schulter. »Ja, aber wen sollen wir ärgern, wenn du nicht da bist?«

Sie trat spielerisch nach ihm. »Du hast gar keine Zeit mehr für so was, weil du zu sehr mit dem hübschen Kindermädchen Della beschäftigt bist. Wie lange gehst du jetzt schon mit ihr aus? Eine Woche – das ist absoluter Rekord. Wenn ich zurückkomme und du immer noch Interesse für sie hast, dann weiß ich, dass es was

Ernstes ist und dass ich Mum helfen muss, ein Outfit für die Mutter des Bräutigams auszusuchen.«

Phin verdrehte die Augen und wollte gerade ihre Spitze parieren, als draußen ein Wagen vorfuhr.

»Okay, geht mir aus dem Weg, ihr alle. Mein Chauffeur ist da.«

Wenn sie gedacht hatte, sie könnte sich ohne weitere Peinlichkeiten davonmachen, dann hatte sie sich getäuscht. Ihr Vater achtete seit der Geburt der Zwillinge – Declan und Amelia Jane – sehr auf den Zusammenhalt in der Familie. »Wie kommt's, dass die Jungs irische Namen bekommen, wir Mädchen aber nicht?«, hatte Jaz ihren Vater gefragt.

»So ist es nun mal. Irgendwelche Beschwerden?«

»Nein. Ich bin nur froh, dass ich nicht Bernadett heiße oder irgendeinen Namen habe, den ich nicht aussprechen oder buchstabieren kann.«

Jack, Beth und Dulcie kamen auf die Haustür zu, als sich Jaz aus der Umarmung ihres Vaters befreite und die Flucht ergriff. Während sie ihre Tasche zu dem anderen Gepäck in Jacks Kofferraum stellte, wurden jede Menge Hände geschüttelt.

»Keine Sorge, Mr. und Mrs. Rafferty«, sagte Beth, »wir passen gut auf Ihre Tochter auf.« Jaz bemerkte, dass ihre Brüder ein wenig abseits von allen mit Jack redeten. Sie traute ihnen zu, dass sie ihm Schmiergeld anboten, damit er sie aufmerksam im Auge behielt. Sie schlich sich an sie heran, und während sie so tat, als würde sie Dulcie zuhören, die ihrer Mutter zu der Geburt der Zwillinge gratulierte, belauschte sie ihre Brüder. Was sie aufschnappte, ergab keinen Sinn. Jack lachte und sagte so etwas wie, dass sie das Ganze als

Witz betrachten sollten und dass er den Zwischenfall vielleicht eines Tages in einem Buch verewigen würde. »Trotzdem«, raunte Phin mit eigenartig ernster Miene, »vielen Dank, dass Sie uns nichts nachtragen. Ist die Wohnung okay?«

»Sie ist wunderschön. Ich wünschte, ich hätte mich sofort an Rafferty und Söhne gewandt.«

»Beim nächsten Mal wissen Sie Bescheid. Und wenn wir nicht auf einer Baustelle in Crewe zu tun gehabt hätten, dann hätten wir die Arbeit selbst erledigt. Wenn Sie noch etwas brauchen, Anruf genügt. Das ist das Mindeste, was wir tun können.«

... das Mindeste, was wir tun können. Jaz wertete das als Beweis dafür, dass etwas im Gange war. Und was, um alles in der Welt, trug Jack den beiden nicht nach? Jaz nahm sich vor, der Sache in den nächsten Tagen auf den Grund zu gehen.

Die Stimmung im Wagen erinnerte Dulcie an frühere Schulausflüge – es war dieselbe Aufregung und Vorfreude.

Auf der M 62 herrschte nicht viel Verkehr, und Jack war ein guter Fahrer; er gehörte nicht zu den aggressiven Typen, die zu nah auffuhren und alle zwanzig Sekunden auf die Bremse traten. Dulcie fühlte sich entspannt, schloss die Augen, lauschte der Musik aus dem Radio und gab sich ihrer Müdigkeit hin.

Richard war in der letzten Nacht sehr unruhig gewesen, und um halb vier hatten sie alle Versuche, noch Schlaf zu finden, aufgegeben und waren hinuntergegangen, um einen Tee zu trinken. Richard hatte am Küchentisch gesessen, das Gesicht in den Händen vergraben und gestöhnt. »Meine Kinder hassen mich«, sagte er verzweifelt, und ich glaube kaum, dass sich daran jemals etwas ändern wird.«

»Gib ihnen Zeit«, empfahl Dulcie beschwichtigend. Es war furchtbar, ihn so zu sehen. »Es ist zu früh, so etwas zu sagen. Du darfst nicht zu hart mit dir ins Gericht gehen. Hab Geduld mit ihnen. Lass sie für eine Weile wütend sein – das geht irgendwann vorbei. Sie finden sich damit ab, wenn sie bereit dazu sind. Sie brauchen nur Zeit, um sich daran zu gewöhnen.«

Und tat sie nicht genau das mit ihrer eigenen Tochter? Die zornigen Telefonate hatten aufgehört, stattdessen herrschte jetzt eisiges Schweigen zwischen ihnen. Kate weigerte sich, mit ihrer Mutter zu sprechen, und das tat weh. Andrew hatte versucht, mit Kate zu reden, aber auf ihn war sie fast so böse wie auf Dulcie.

Eine halbe Stunde, bevor Jack sie am Morgen abgeholt hatte, war Richard ins Büro gefahren. Sein Gesicht war grau vor Müdigkeit und Sorge. »Warum nimmst du dir heute nicht frei?«, hatte sie vorgeschlagen, weil sie sich um seine Gesundheit ängstigte.

»Ich kann nicht«, sagte er. »Ich muss heute zwei wichtige Besprechungen leiten.«

Sie küsste ihn zum Abschied und ermahnte ihn, nicht zu viel zu arbeiten, während sie weg war.

»Ich gehe jeden Tag früh ins Bett«, sagte er und versuchte ein Lächeln. »Rufst du mich heute Abend an?«

»Natürlich.«

»Hast du das Handy eingesteckt, das ich dir geschenkt habe?«

»Ja. Vielleicht weiß ich sogar noch, wie es funktioniert.«

Sie hatte ihm nachgesehen, als er langsam davongefahren war. Er fehlte ihr schon jetzt. Aber sie munterte sich mit dem Gedanken auf, dass sie nicht in ein leeres Haus zurückkehren würde wie früher – der Mann, den sie liebte, würde dort sein und sie begrüßen.

Anders als Dulcie, die mittlerweile döste, war Beth hellwach und zappelig. Ihre Gedanken rasten. Sie konnte sich nicht auf als Buch konzentrieren, das sie für die Fahrt mitgenommen hatte, und an Schlaf war gar nicht erst zu denken. Die Aussicht, Ewan bald gegenüberzutreten, brachte sie an den Rand der Vernunft. Sie hatte sich gestern fest vorgenommen, früh zu Bett zu gehen, aber dann war sie doch bis kurz vor zwei auf gewesen und hatte sich das Gehirn zermartert, welche Kleider sie mitnehmen sollte. Nathan, der sonst immer so hilfreich war, hatte alles nur noch schlimmer gemacht, als er mit einem Grinsen in ihr Schlafzimmer gekommen war – sie hatte gerade zum hundertsten Mal ihre schickste Jeans auseinander gefaltet. »Lass auch nur eine Bemerkung über den Auserwählten oder den D-Day fallen«, warnte sie ihn, »und ich leihe dir nie wieder mein Auto.«

»Beruhige dich, Ma. Ich wollte nur fragen, ob ich dir was helfen kann. Findest du, dass dieses Top passend ist?«

Sie betrachtete das Top, das sie in die Tasche legen wollte. Es gehörte zu ihren liebsten: Es war eines der seltenen Stücke in ihrem Schrank, das ihrer Meinung nach ihrer Figur schmeichelte. »Was ist so falsch daran?«, fragte sie und hielt es hoch.

Nathan sog scharf die Luft ein. »Findest du nicht,

dass das einen Hauch zu riskant ist für ein erstes Date? Du willst doch nicht die falschen Signale aussenden, in dem du etwas zu Offenherziges trägst.«

»*Raus!*«, schrie sie. »Geh ins Bett, du unartiger Junge.«

Irgendwann machte sie dem Grübeln über ihre Kleider ein Ende und legte die letzten Sachen in die Tasche, dann schlich sie in die Küche – sie wollte nicht, dass Nathan merkte, was sie tat – und schaltete den Computer ein. Ewan hatte versprochen, ihr eine letzte Message zu schicken, bevor sie sich in Yorkshire trafen. Sie hatte schon vor den Zehn-Uhr-Nachrichten ihre Mails gecheckt, hatte aber keine Nachricht von ihm vorgefunden.

Jetzt war eine angekommen.

Hi, Beth,
hab keine Zeit für einen langen Chat – zu viel zu tun, so wenig Zeit, bla, bla, bla.
Freut mich zu hören, dass zwischen Ihnen und Ihren Schwiegereltern wieder alles in Ordnung ist, Barnaby scheint geradezu ein Heiliger zu sein. Gott sei Dank hat er sie und Nathan so sehr in sein Herz geschlossen. Und Sie dürfen sich keine Gedanken machen, weil Sie Nathan allein lassen und er seinen Stoff für die Prüfungen ohne Sie wiederholen muss – nach allem, was Sie erzählt haben, scheint er motiviert genug zu sein, um fleißig zu lernen.
Ausgerechnet ich rate Ihnen, sich keine Gedanken zu machen, dabei kaue ich mir die Nägel bis zum Anschlag ab, wenn ich an unser erstes Treffen denke. Was, wenn ihr die Farbe von meinem Anorak nicht

gefällt, den ich speziell für diese Gelegenheit gekauft habe?
Was, wenn sie spitzkriegt, dass ich mich extra für sie herausgeputzt habe?
Und – oh, ich wage kaum, das zu schreiben, und fürchte eine sofortige Zurückweisung – wenn sie nichts für einen Mann übrig hat, der sein Kleingeld in eine praktische kleine Börse steckt?
Diese Fragen und noch viele mehr haben mich über Ostern nachts wach gehalten. Ich bitte Sie nur um eins, Bethany, seien Sie gnädig mit mir. Ich bin ein empfindliches Seelchen, das jedes Mal weint, wenn das Andrex-Hündchen im Fernsehen durch ein neues ersetzt wird. Wo enden all diese niedlichen, überflüssig gewordenen Welpen? Werden sie mit all dem Klopapier weggespült? Ah, die Welt da draußen ist so grausam.
Aber ich schweife ab. Der morgige Tag rückt immer näher. Ich habe vor, gegen Abend zum Essen in Norton Hall einzutreffen – heben sie mir ein oder zwei Scheiben hartes Brot und ein wenig Haferschleim auf, ja?
Ich freue mich (das brauche ich eigentlich gar nicht zu erwähnen, aber es wäre wohl eine sträfliche Unterlassungssünde, wenn ich es nicht tun würde), Sie kennen zu lernen. Gute Reise.
Alle guten Wünsche
Ewan X

PS: Sie erkennen mich an dem oben genannten Anorak.

PPS: Andererseits wäre es vielleicht besser, wenn ich nach Ihnen Ausschau hielte – nach einer attraktiven Blondine, die dem verstohlenen Blick eines Mannes ausweicht, der nervös mit dem Schnappverschluss seines Handtäschchens aus falschem Leder herumspielt …

Abgesehen von einem kurzen Stau in der Nähe von Cambridge, wo ein LKW die Straße blockierte, kam Ewan gut voran, und er schätzte, dass er früher als erwartet in Norton Hall ankommen würde.

In dem Programmheft hatte gestanden, dass Norton Hall früher ein privater Wohnsitz gewesen und in den siebziger Jahren zu einem Kongresszentrum ausgebaut worden war. Er hatte im Laufe der Jahre schon viele dieser Seminare mitgemacht, aber in Norton Hall war es noch nie gewesen. Er hoffte, dass es über das Nötigste wie heißes Wasser, genießbares Essen und ein zuverlässiges Stromnetz verfügte. Bei der letzten derartigen Veranstaltung, an der er teilgenommen hatte, war der Strom ausgefallen, und alle mussten abends mit Kerzenlicht in ihre Zimmer begleitet werden. Aber er musste noch einmal auf die Toilette. In der Dunkelheit das Urinal zu finden war keine Erfahrung, die er gern wiederholen würde.

Die Organisatoren der Harrogate-Tagung schrieben, dass Norton Hall über einen Swimmingpool, einen Krocket-Rasen und zwei Tennisplätze sowie eine große Kantine, eine Bar, einen großen Saal für vierhundert Leute, eine Bibliothek und einen kleinen Computerraum verfügte. Es gab ein halbes Dutzend Räume für Diskussionsgruppen und Workshops und zwei Gesellschaftsbereiche. Auf dem Grundstück, das laut Broschüre »sehr weitläufig und für Spaziergänge wunderbar geeignet« war, befanden sich die Ruinen einer uralten Kapelle. Die Unterkünfte lagen in einem modernen zweistöckigen Anbau, waren geheizt und sauber, und auf jedem Stockwerk gab es kleine Teeküchen.

Konnte man sich mehr wünschen?

Ein eigenes Bad wäre schön, dachte Ewan, als er einen Bus überholte. Eine Power-Dusche und eine Minibar mit einem Vorrat an gesalzenen Cashewnüssen wäre ebenfalls nicht zu verachten.

Die nächsten ein, zwei Meilen fuhr er mit halsbrecherischer Geschwindigkeit, dann ging er vom Gas, weil er einen Streifenwagen auf einer Zufahrt zur Autobahn entdeckt hatte. Alle anderen Verkehrsteilnehmer fuhren ebenfalls langsamer und versuchten, ungesehen an den Polizisten vorbeizukommen.

Was für Spielchen wir alle treiben, dachte Ewan.

Und das Spiel, das ich mit Beth spiele, könnte zu einem fatalen Eigentor werden, rief er sich ins Gedächtnis. Er hatte Beth zwar nicht direkt angelogen, aber er war auch nicht ehrlich zu ihr gewesen. Er hatte nicht vorgehabt, sie so lange in die Irre zu führen, aber ehe er sich's versah, hatte er sich in dem Netz der Halbwahrheiten verfangen und es nicht mehr geschafft, sich daraus zu befreien. Irgendwann war es ihm einfacher erschienen, abzuwarten, bis sie sich sahen und er ihr die Tatsachen von Angesicht zu Angesicht darlegen konnte. Dann musste sie entscheiden, was sie von ihm hielt. Und von seinen Gründen für diese Heimlichtuerei.

Alice hatte ihre Meinung dazu auf ihre typische unverblümte Art geäußert: »Ich kann nicht glauben, dass du überhaupt auf eine so hirnrissige Idee kommst«, war sie explodiert, nachdem er sich dazu durchgerungen hatte, ihr ein Geständnis abzulegen. Er hatte gestern Abend mindestens eine Stunde mit ihr telefoniert und sich ihren letzten verzweifelten Versuch angehört, ihn zur Vernunft zu bringen.

»Hör mal, Alice«, sagte er geduldig, als sie ihn endlich zu Wort kommen ließ, »ich bin nicht der naive Fiesling, für den du mich hältst.«

»Was für ein Fiesling bist du dann?«

»Ho, ho! Sei nicht so herrisch und lass deinem altersschwachen Vater ein bisschen Freiheit, ja?«

»Aber, Dad, wer soll auf dich aufpassen, wenn nicht ich?«

Er seufzte aufgebracht. »Was habe ich nur falsch gemacht mit dir? Habe ich dich zu sehr geliebt? Ist es das?«

»Versuch nicht, mich mit Sentimentalitäten abzulenken, sonst muss ich glauben, dass du wirklich nicht mehr ganz bei Verstand bist. Versprich mir, mich anzurufen, und wenn sie versucht, deine Kreditwürdigkeit auszuloten, dann nimm die Beine in die Hand, ja?«

»Ja, Alice. Nein, Alice. Sonst noch was, Alice?«

»Fürs Erste wäre das alles, aber wenn mir noch was einfällt, rufe ich dich an.«

»O nein, das tust du nicht. Ich schalte mein Handy aus – ab jetzt. Tschüs, Alice.«

»Aber, Dad, das ist nicht fair!«

»Doch, das ist es. Mach's gut.«

Er hätte fast die Ausfahrt Millingthwaite und damit die Abfahrt nach Norton Hall verpasst. Er bremste scharf und bog ab. Er kam auf eine Landstraße, die so schmal war, dass die Hecken auf beiden Seiten fast sein Auto zerkratzten. Von dieser potentiellen Gefahr hatte nichts in der Broschüre gestanden.

Aber ein zerkratztes Auto würde wahrscheinlich die geringste seiner Sorgen sein, wenn Beth erst einmal wusste, dass er sie hinters Licht geführt hatte.

Kapitel einundsechzig

Die Tagungsteilnehmer mussten sich die Badezimmer teilen, aber ansonsten war alles fein säuberlich getrennt: Die Mädels bewohnten die eine Seite des Stockwerks, die Jungs die andere. Puffer zwischen den Geschlechtern waren etwa zwei Dutzend Zimmer für Paare, Komiteemitglieder, Gastredner und andere Persönlichkeiten, die wichtig genug waren, um ein eigenes Bad zu haben. Wenn man kein VIP war und trotzdem in den Genuss eines solchen Luxus kommen wollte, musste man einen Zuschlag bezahlen, wie sie ihr Organisator Jack bei ihrer Ankunft informierte. Sie bekamen Namensschildchen – »wegen der Sicherheit«, wurde ihnen gesagt. »Wir hatten in der Vergangenheit Probleme mit Fremden, die sich Zugang verschafft und sich hemmungslos bedient haben. Achten Sie darauf, dass Ihre Zimmer immer verschlossen sind.« Das war kein vielversprechender Anfang, aber vielleicht waren die Maßnahmen vernünftig. Jack packte die wenigen Kleidungsstücke aus, die er mitgebracht hatte, und legte sie in den wackligen alten Schrank, der ein wenig nach Vanille roch, dann sah er sich vom Fenster aus den Park von Norton Hall an.

Einige Frühankömmlinge saßen bereits auf den Bänken, die um den Krocket-Rasen standen, andere lagen im Gras und genossen die Sonne. Im Schatten einer großen Eiche saß eine Frau, die ein kaftanähnliches Gewand trug, im Lotossitz und hatte die Handflächen nach oben gedreht, als wollte sie prüfen, ob es regnete. Dulcie hatte sie auf der Fahrt vorgewarnt, dass solche Zusammenkünfte von Schriftstellern auch alle möglichen Exzentriker anzogen. So wie's aussah, hatte sie Recht.

Ein Klopfen an der Tür erschreckte ihn. Er öffnete und stand einem schlaksigen Typen in ausgebeulter Jogginghose und T-Shirt gegenüber – ein weiterer Beweis für Dulcies Theorie. Seine Haare waren grau und zu einem Pferdeschwanz zusamengebunden. Er trug Kupferarmreifen an beiden Handgelenken und um den Hals ein Lederband mit einem Kristall so groß wie ein Golfball. Die Krönung seines Outfits waren schmuddelige grüne Slipper, von denen einer ein Loch hatte, durch das man einen vergilbten Zehennagel sehen konnte.

»Hi«, sagte der Fremde. »Ich dachte, ich stelle mich Ihnen vor.« Er deutete auf sein Namensschild, das Jack bisher nicht aufgefallen war – es ging in dem Muster des T-Shirts, einem keltischen Knoten-Design – unter. »Zed Wane. Ich wohne im Zimmer nebenan. Ist dies Ihr erstes Mal?«

Jack nickte.

»Aha, eine Norton-Hall-Jungfrau. Ich dachte, ich würde Sie kennen. Ich war letztes Jahr und auch im Jahr davor hier, also könnte man mich als alten Hasen bezeichnen. Wenn Sie wollen, kann ich ihnen alles zeigen. Es dürfte jede Minute Tee geben. Und ich rate Ihnen nur, schnell zu sein, sonst ist nichts mehr da. Sie können gleich mit mir hingehen, wenn Sie mögen.«

»Äh … ich komme nach«, sagte Jack. Er hielt es für besser, nicht gleich Zeds bester Kumpel zu werden. »Ich möchte erst meine restlichen Sachen auspacken. Wir sehen uns dann.«

»Ich werde nach Ihnen Ausschau halten.« Sein Nachbar schlurfte mit hängenden Schultern davon. Die Slippers schlappten gegen seine Fersen.

Jack schloss die Tür und überlegte, ob er es bereuen sollte, hergekommen zu sein.

Um drei Uhr klopfte er, wie ausgemacht, an Beths Tür. Dulcie und Jaz waren schon da, und nachdem sie Kurzberichte über ihre Unterkünfte ausgetauscht hatten – Dulcies Fenster ließ sich nicht öffnen und Jaz' Bett knarrte –, machten sie sich auf den Weg, um eine Tasse Tee und ein Stück Kuchen zu ergattern. Der Tee wurde in einer der beiden Lounges im Hauptgebäude serviert, das man durch einen überdachten Weg erreichte. Sie stellten sich hinten an, und Jack sah, dass Zed am Anfang der kleinen Schlange stand. Er hatte einen ganzen Berg Kuchen auf dem Teller. »Vor dem sollten wir uns in Acht nehmen«, sagte Jack mit gesenkter Stimme zu den anderen und erzählte ihnen von seinem freundlichen Nachbarn.

Beth lachte, aber Jaz fragte: »Sind Sie sicher, dass sein Name Zed ist? Er heißt doch nicht zufällig Ewan, oder?«

»Hey, jetzt, da sie es erwähnen – er sagte etwas von einem Pseudonym.«

»Jack«, warnte Dulcie mit einem Lächeln, »Beth ist ohnehin schon ein Nervenbündel. Benehmen Sie sich. Sie auch, Jaz.«

Stimmengewirr erfüllte den Raum mit der hohen

Decke. und es war nicht zu übersehen, dass sich etliche Teilnehmer von früheren Zusammenkünften kannten. Aber sie waren besser angezogen als Zed und vermittelten den Eindruck, relativ normal zu sein. Alle Altersklassen waren vertreten, aber Jack schätzte, dass Jaz die jüngste Teilnehmerin war.

Zed war nicht der einzige Exzentriker. Rund um ein Sofa in einer Ecke standen Männer und Frauen, die alle das gleiche T-Shirt mit der Aufschrift »Jared Winter« trugen. Jack wusste, dass Winter ein bekannter Sciencefiction-Autor war. Oder verfasste er Fantasy-Romane? Jack konnte die beiden Genres nicht auseinander halten, und er interessierte sich für keines von beiden. Jared Winter war einer der Gastredner, und Jack ahnte, dass seine Anhänger hier waren, um Heldenverehrung zu betreiben.

Er wandte sich an Beth. »Ich glaube, ich habe Ewan gefunden.«

»Guter Gott, wirklich? Wo?«

Er deutete mit dem Kopf zur anderen Seite des Raums. »Sehen Sie den großen Kerl mit der schwarzen Haarmähne und der violetten Sonnenbrille? Das muss er sein.«

Beth stieß ihm den Ellbogen in die Rippen. »Das ist nicht lustig, Jack. Das ist eine Frau.«

»Lieber Gott, tatsächlich?«

Um vier Uhr gingen sie in den großen Saal und hörten sich die Einführungen einiger Komiteemitglieder an. Beth verrenkte sich den Hals, um nach einem einigermaßen anständig aussehenden Mann mit Namen Ewan Jones Ausschau zu halten. Irgendwann gab sie auf und konzentrierte sich auf das, weshalb sie hier war. Nach den Einführungen informierte man sie, was erlaubt und nicht erlaubt war. Rauchen durfte man nur im Freien, nach Mitternacht sollte man sich nur noch leise unterhalten und nicht mehr zu ausgelassen sein, und Gastredner, Lektoren und Agenten durften nicht belästigt werden. Nach dieser Ansprache wurden sie entlassen, und die Seminare konnten beginnen.

Beth drückte den Schnellhefter, den sie sich von Nathan geborgt hatte, an die Brust und besuchte zusammen mit den anderen einen Workshop, bei dem es um die Beschreibung von Charakteren ging. Sie nahmen ihre Plätze ein – nach Anweisung von Jaz in der letzten Reihe. Eine Frau mit stark geschminktem Gesicht und klobigen Ringen an allen Fingern kam nach vorn. Ihr Name war Dorothy Kendall, und sie erinnerte Beth an Fanny Craddock. Sie wollte Jaz ihre Beobachtung zuflüstern, aber dann fiel ihr ein, dass ein so junges Mädchen nichts damit anfangen konnte.

Die erste Hälfte des Seminars verflog im Nu, und Nathans Schnellhefter enthielt jetzt etliche beschriebene DIN-A4-Seiten. »Das zeigt es wieder«, sagte Beth während der kurzen Pause zu Dulcie. »Man darf ein Buch nie nach seinem Umschlag beurteilen.«

»Ich weiß, was Sie meinen«, sagte Dulcie. Sie macht den Eindruck, als würde sie uns auspeitschen, wenn wir nicht richtig aufpassen.«

In der zweiten Hälfte mussten sie sich zu zweit zusammentun und nach zehnminütiger Unterhaltung den anderen mit hundert Wörtern beschreiben. »Und beleidigen Sie mich nicht mit Offensichtlichem«, bellte Dorothy Kendall, »wie Haar- und Augenfarbe. Ich möchte, dass Sie auf interessante Eigenheiten, besondere Ausdrucksweisen achten und sie in eine lebendige Charakterisierung ohne Klischees einflechten. Derjenige, der die schlechteste Schilderung abgibt, muss mir heute Abend in der Bar einen Drink spendieren.«

Beth konzentrierte sich, als ob ihr Leben von dieser Aufgabe abhinge. Sie hatte keine Lust, ihren Abend allein mit der furchteinflößenden Dorothy Kendall in der Bar zu verbringen.

Beth atmete erleichtert auf, als sie den Workshop überlebt hatte, ohne als Klassentrottel gedemütigt zu werden. Sie huschte aus dem Raum, bevor ihre Lehrerin sich eines anderen besann und sie zum Nachsitzen verdonnerte. »Ich hatte keine Ahnung, dass es so beängstigend wird«, sagte sie zu Jack. Dulcie und Jaz gingen voraus. »Ich hoffe, die anderen Tutoren sind nicht wie sie.«

»Aber sie hat uns alle zum Arbeiten gebracht, oder?«

»Ja, aber um welchen Preis? Ich bin fix und fertig. Gott sei Dank sind wir nur drei Tage hier.«

»Kommen Sie, ich werd mal sehen, ob ich irgendwo einen schönen heißen Tee mit viel Zucker für Sie organisieren kann.«

»Zum Teufel damit. Ich brauche etwas Stärkeres. Führen Sie mich zur Bar!«

Jack lachte. »Beth King, hüten Sie ihre Zunge. Was würde Nathan dazu sagen? Sie sind noch keine zwölf Stunden von zu Hause weg, und schon haben Sie sich in eine Fischhändlerin verwandelt.«

Die Bar war proppenvoll, Jack drückte Beth seinen

Ordner und den Stift in die Hand und drängte sich mit den anderen durstigen Schriftstellern an die Theke. Endlich tauchte er wieder auf und reichte Beth ein großes Glas mit klimpernden Eiswürfeln. »Wodka Tonic«, sagte er, »wie Mylady verlangten. Sind Jaz und Dulcie irgendwo zu sehen?«

»Nein. Offenbar haben wir sie verloren.«

»Und immer noch kein Anzeichen von dem geheimnisvollen Ewan Jones?«

»Ich hab Ihnen doch gesagt, dass er erst zum Abendessen kommt.«

Jack sah auf seine Uhr. »Das in anderhalb Stunden serviert wird.«

»Hören Sie auf damit; Sie machen mich nervös.«

Die Bar wurde noch voller und lauter, deshalb schlug Beth vor, dass sie sich ein ruhigeres Plätzchen suchten. Sie drängten sich durch die Menschenmassen und gingen auf den gläsernen Anbau und ein paar bequeme Sessel zu. Auf halbem Wege sagte Jack: »Gehen Sie schon mal vor, ich muss einen Umweg über die Toilette machen.« Beth klemmte die beiden Ordner unter den Arm, nahm ihm sein Glas ab und ging schnurstracks auf das unbesetzte Sofa zu. Sie nahm Platz und wartete auf Jack. Es dauerte volle zehn Minuten, bis er sich wieder blicken ließ, und als er auftauchte, grinste er von einem Ohr zum anderen. »Wenn ich Ihr strahlendes Lächeln sehe, wage ich kaum zu fragen, was Sie auf der Toilette erlebt haben«, sagte Beth.

Er setzte sich – noch immer grinsend – neben sie. »Ich hatte gerade das Vergnügen, neben Felix McCallum zu pinkeln.«

»Wer ist das?«

»Der Lektor, mit dem ich für morgen einen Termin verabredet habe.«

»Der, der sich ein paar Kapitel von *Freunde und Familie* angesehen hat?«

»Genau der.«

»Und?«

»Er hat mein Namensschild gesehen und gefragt, ob ich der Mann bin, der ihm in der letzten Woche das Manuskript über den Typen geschickt habe, dessen Ehe den Bach hinunterging.«

»Er kann gut mit Worten umgehen, was?«

»Keine Haarspaltereien. Das, was er noch sagte, ist das Wichtige. Er sagte: ›Hoffentlich haben Sie den Rest des Manuskripts mitgebracht, ich möchte es nämlich unbedingt ganz lesen.‹«

»Jack, das ist ja wunderbar. Glückwunsch!«

Jaz hatte Hunger, also aß sie einen der Mars-Riegel, die ihre Mutter in ihre Tasche gesteckt hatte – typisch Mum: Sie gab ihr Süßigkeiten mit, für den Fall, dass das Essen nicht gut war. Die Familie schien weit weg zu sein, und das war auch gut so. Jaz war wütend auf Phin und Jimmy. Auf der Fahrt hatte sie Jack gefragt, was er mit ihren Brüdern zu besprechen gehabt hatte. Zuerst wollte er nichts verraten, aber dann gab er nach, weil er fand, dass die Sache jetzt sowieso nicht mehr wichtig sei.

Aber es war wichtig. Jaz schämte sich so sehr. Wie konnten ihre Brüder Jack so etwas antun? Sie war so aufgebracht, dass sie beinahe noch vom Auto aus zu Hause angerufen hätte, aber Jack, Dulcie und Beth hatten sie überredet, es bleiben zu lassen. »Sie wollten Sie nur beschützen«, sagte Jack. »Lassen Sie die Sache auf sich beruhen. Außerdem möchten Sie uns sicher nicht die nächsten Tage verderben, oder?«

Sie warf das Mars-Papier in den Papierkorb, leckte über ihre Lippen und schmunzelte: Ihre unterbelichteten Brüder hatten ihr unabsichtlich ein Druckmittel in die Hand gegeben – jetzt würde sie dafür sorgen, dass Victors Haus in Ordnung gebracht wurde. Sobald sie nach Hause kam, würde sie die beiden erpressen und zwingen, den Job zu erledigen. Ihnen blieb gar keine andere Wahl. Da sie versucht hatten, den Zwischenfall geheim zu halten, wollten sie sicher nicht, dass Mum und Dad davon erfuhren. Aus gutem Grund. Dad würde in die Luft gehen, weil sein Name mit einem so schändlichen Benehmen in Zusammenhang gebracht werden konnte, und wenn sie Mum aufregten, dann bekämen es die beiden erst recht mit Popeye Rafferty zu tun. Danke, Jungs!

Sie schloss ihre Tür ab und ging zu den anderen, die in Jacks Zimmer zusammensaßen. Jack hatte nach dem zufälligen Zusammentreffen auf dem Klo diesem Felix McCallum sein Manuskript übergeben. Anschließend hatten sie dieses Ereignis mit einer Flasche Sekt (dem besten, den Norton Hall zu bieten hatte) vor dem Abendessen gefeiert.

Als sie am Büffet für das Essen anstanden und die Informationen auf dem schwarzen Brett überflogen, fand Jaz heraus, dass sie auch etwas zu feiern hatte. Dulcie hatte sie alle ermutigt, an allen sich bietenden Wettbewerben teilzunehmen, und Jaz hatte schon vor einiger Zeit eine Kurzgeschichte eingeschickt. Ihr Name stand auf der Liste der Preisträger, und der Gewinner des ersten Preises wurde in ein paar Tagen bekannt gegeben – wenn sie schon wieder weg waren.

Das Essen war erstaunlich gut – es gab Schweinefleisch in grüner Pfeffersauce mit Karotten und überbackenen Kartoffeln, als Dessert Zitronen-Käsekuchen. Beim Kaffee wurde verkündet, dass der Gastredner in fünfzehn Minuten seinen Vortrag im großen Saal beginnen würde.

Titel von Jared Winters Referat war: *Die Wahrnehmung von Aufrichtigkeit – was der Leser eines Romans hinnimmt und was nicht.*

Die Fans von Jared Winter stießen Jubelschreie aus, schoben geräuschvoll ihre Stühle zurück und stürmten hinaus.

Alle anderen betraten den großen Saal mit gemesseneren Schritten, und wieder bestand Jaz darauf, dass sie sich in die letzte Reihe setzten. »Wir wollen doch nicht mit diesen Verrückten in einen Topf geworfen werden, oder? Möchte jemand ein Pfefferminzbonbon? Sie reichte die Rolle an Jack weiter, der sie Beth gab. Als Beth danach griff, gingen die Lichter aus, und in der darauf folgenden Stille fiel die Rolle auf den Boden. Beth bückte sich, um sie aufzuheben, aber die Drops waren unter den Vordersitz gerollt. Als sie sie gerettet hatte und sich wieder aufrichtete, applaudierten alle, weil der Gastredner den Saal betrat. »Entschuldigung«, raunte Beth Jack zu, weil sie während des schwierigen Manövers etliche Male gegen sein Bein gestoßen hatte. Plötzlich erstarrte sie. Der Mann, der auf dem Podium neben dem Organisator Platz nahm, trug einen dunkelblauen Anorak und hielt – ausgerechnet – ein kleines Täschchen in der Hand.

Ewan?

Kapitel zweiundsechzig

»Sie haben gelogen.«

»Es tut mir Leid.«

»Aber Sie haben gelogen, und zwar die ganze Zeit. Der ganze Briefwechsel war ein Riesenschwindel. Sie haben mich hintergangen.«

»Darf ich Ihnen das erklären?«

»Wozu? Damit sie mich mit noch mehr Lügen zum Narren halten können?«

»Bitte, Beth. Ich schulde Ihnen eine Erklärung, und ich möchte versuchen, Ihnen verständlich zu machen, warum ich gelogen habe. Was ich, wenn man es ganz genau nimmt, im Grunde gar nicht getan habe. Wenn Sie mir nicht glauben, lesen Sie die E-Mails, die ich Ihnen geschrieben habe, noch einmal genau durch – es ist alles da.«

Aufgebracht erwiderte sie: »Wollen Sie damit sagen, dass ich klüger hätte sein müssen und zwischen den Zeilen lesen sollen?«

Er schüttelte den Kopf. »Nein.« Ein paar Leute näherten sich, auch der Organisator der Tagung war unter ihnen. »Hören Sie«, sagte Ewan (Jared) zu Beth, »ich kann jetzt nicht reden. Ich muss ein paar Bücher signieren. Treffen wir uns später in der Bar?«

»Ich weiß nicht.«

»Bitte, Beth. Es ist wichtig.«

Sie fügte sich widerwillig. »Meinetwegen. Aber erwarten Sie nicht von mir, dass ich Ihnen auf den Leim gehe wie all Ihre ergebenen Fans.«

Zum ersten Mal lächelte er. »Das ist genau der Punkt, Beth.«

Beth ging zu den anderen – als Ewan (Jared) und sie den großen Saal verlassen hatten, waren sie so diskret gewesen, sich zurückzuziehen.

»Sie sehen aus, als könnten Sie einen riesengroßen Drink vertragen«, stellte Jack fest.

»Gleich mehrere«, gab sie grimmig zurück.

In der Bar war nicht so viel los, wie sie erwartet hatten, und der Junge, der ihnen die Getränke servierte, sagte, das wäre immer so, wenn ein populärer Autor sein neuestes Buch signierte. »Ich hoffe, ich kann auch noch ein Exemplar ergattern.«

»Wie populär ist er genau?«, erkundigte sich Jaz.

Der Junge sah sie mitleidig an. »Sagen Sie bloß nicht, dass Sie noch nie etwas von ihm gehört haben.«

»Ich kenne mich mit Sciencefiction nicht besonders gut aus.«

»Genau genommen schreibt er Fantasy.«

Beth schnaubte. »Das kann man wohl sagen.«

Sie nahmen ihre Gläser mit zu einem Tisch und setzten sich. Beth hatte den Schock von vorhin immer noch nicht überwunden. Als die Zuhörer ihn mit Applaus begrüßten, ließ er den Blick über die Reihen schweifen. Aus Angst, dass er sie entdecken könnte, rutschte Beth ein Stück tiefer auf ihrem Stuhl. Jack fragte sie, ob alles in Ordnung sei. »Das ist er«, zischte sie. »Das ist Ewan.« Jack sah sich um.

»Nein, der da oben. Jared Winter ist Ewan.« Beth hatte nur das eine Foto von ihm gesehen, aber es konnte keinen Zweifel geben – das Haar war dasselbe, das Lächeln …

»Sie machen Witze«, rief Jaz, die den Wortwechsel mit angehört hatte.

»Ich wünschte, es wäre so.«

Jaz gab die Neuigkeit an Dulcie weiter, aber es war keine Zeit, ausführlicher darüber zu sprechen: Der Vorsitzende des Organisationskomitees erhob sich, stellte den Redner vor und erklärte den Zuhörern, wie geehrt sie sich fühlen konnten, dass sie Jared Winter begrüßen durften. »Ihm bleibt kaum Zeit, Verpflichtungen wie diese einzugehen, und einige von Ihnen wissen vielleicht nicht, dass Jared sehr gern bei Veranstaltungen wie der unseren spricht. Für ihn ist es wichtig, sein Wissen und seine Erfahrungen an andere weiterzugeben. Ladys und Gentlemen, hier ist Jared Winter.«

Erneuter Applaus, und Jared – Ewan – stand auf und stellte das Mikrofon auf seine Größe ein. »Möglicherweise fragen Sie sich, warum ich heute diese Kleider trage«, begann er, als er die Geldbörse in die Anoraktasche steckte. »Darauf gibt es zwei Antworten. Das Thema meines Vortrags ist die Ehrlichkeit, und ich möchte auch darüber sprechen, wie der Leser die sorgfältigen Konstrukte des Autors aufnimmt. Meine Kleidung soll beweisen, wie leicht es ist, den Leser zu manipulieren und dazu zu bringen, das zu glauben, was der Schriftsteller ihn glauben machen will. Stecken Sie eine Romanfigur in einen Anorak und beschreiben Sie, wie sie ihr Kleingeld in einer Geldbörse verstaut, dann haben Sie ein schüchternes Muttersöhnchen beschrieben.

Vielleicht ist er auch nur bei Tag ein Muttersöhnchen und nachts ein gefährlicher Serienmörder. Aber auf keinen Fall kann jemand, der mit diesen zwei schlichten Details in eine Geschichte eingeführt wurde, ein heißblütiger Adonis sein, der schnelle Autos und noch schnellere Frauen liebt.« Er wartete, bis das Gelächter verebbte. Dann sah er forschend in die Gesichter seiner Zuhörer. »Der andere Grund für meinen sonderbaren Aufzug ist ein privater Scherz, den nur eine Freundin versteht, die hier im Publikum sitzen dürfte.«

Beth sank noch tiefer auf ihrem Sitz. Wie konnte er so etwas sagen?

»Aber wenn niemand Einwände erhebt, verzichte ich ab jetzt auf derart theatralische Demonstrationen.« Er öffnete den Reißverschluss des Anoraks, zog ihn aus und warf ihn auf den Stuhl hinter ihm. Etliche Frauen in den ersten Reihen wurden nervös, und man hörte sogar anerkennende Pfiffe. Sein Vortrag war selbstironisch, unterhaltsam und informativ, und wenn ihn irgendjemand anderes gehalten hätte, wäre Beth begeistert gewesen, aber so saß sie eine Dreiviertelstunde reglos da und war tief getroffen von dem Ausmaß seiner Täuschung.

»Nun?«, meldete sich Dulcie zu Wort, während sie sich ihre Drinks zu Gemüte führten und immer mehr Menschen in die Bar kamen, die zum größten Teil das Buch von Jared Winter in den Händen hielten. »Ich denke, es ist offensichtlich, warum er Sie angeschwindelt hat, Beth.«

»Ja«, stimmte Jack ihr zu. »Er wollte anonym bleiben.«

»Das hilft mir nicht weiter«, gab Beth zurück. »Er

hat mich zum Narren gehalten, zumindest fühle ich mich so. Wenn ich gewusst hätte, wer er ist, hätte ich die Korrespondenz mit ihm nie im Leben aufrechterhalten.«

»Und das war ihm wahrscheinlich klar«, schaltete sich Jaz ein.

Alle drei sahen Beth unverwandt an.

Es dauerte noch eine volle Stunde, bis sich Ewan blicken ließ. Beth beobachtete, wie er die Bar nach ihr absuchte. »Da ist er«, verkündete sie.

»In diesem Fall sollten wir uns aus dem Staub machen«, sagte Dulcie.

»Nein, bitte bleiben Sie«, flehte Beth ängstlich.

»Auf keinen Fall. Wenn er Entschuldigungen vorbringt, hat er das Recht, das unter vier Augen zu tun. Gute Nacht, Beth. Frühstück gibt's um acht; ich klopfe um zehn vor an Ihre Tür. Kommen Sie, Jaz. Sie auch, Jack.«

Ewan sah müde aus, als er auf Beth zukam. »Habe ich Ihre Freunde verscheucht?«

»Nein. Sie sind nur diplomatisch. Sie würden im Zweifelsfall zu Ihren Gunsten entscheiden.«

»Darf ich mich setzen?«

Sie nickte.

»Und wie steht es mit Ihnen? Sind Sie auch bereit, mir wohlwollend zu begegnen?«

»Das hängt davon ab, wie überzeugend Sie sind.«

Er beugte sich vor, aber gerade als er anfangen wollte, sich zu rechtfertigen, tippte ihm eine Frau in enger schwarzer Lederhose auf die Schulter. Beth verstand nicht, was sie sagte, aber ihre Absichten waren offensichtlich: Sie wollte, dass er ein Buch signierte. Er kam der Bitte nach, aber Beth sah seinen finsteren Blick, als er den Kugelschreiber aus der Innentasche seines Jacketts holte. Sobald die Frau sich bedankt hatte und verschwand, tauchte eine andere mit baumelnden Ohrringen aus rosa Federn auf.

»Könnten wir irgendwo anders hingehen?«, fragte Ewan, als sie wieder allein waren. »Irgendwohin, wo es ruhiger ist?«

Sie verließen die Bar, und Ewan sagte: »Wussten Sie, dass das Grundstück sehr weitläufig …«

»… und für Spaziergänge wunderbar geeignet ist«, beendete sie den Satz für ihn.

»Dann haben Sie die Broschüre also auch gelesen.

»Von Anfang bis Ende.«

Er deutete auf eine Bank auf der anderen Seite der Rasenfläche und führte Beth hin. Die Holzbank war angenehm weit weg von all dem Trubel und wurde von einem Rhododendronbusch abgeschirmt. »Ist Ihnen warm genug?«, fragte Ewan.

Beth nickte.

»Sitzen Sie bequem?«

Wieder ein Nicken.

»Okay, dann wird es wohl Zeit, mich vor Ihnen in den Staub zu werfen. Aber mittlerweile müssen Sie erraten haben, warum ich so heimlichtuerisch war.«

Beth nickte wieder.

»In diesem Fall haben Sie sicher auch bemerkt, dass ich der attraktivste Mann bin, den Sie jemals zu Gesicht bekommen haben.«

Sie drehte sich ihm zu und starrte ihn ungläubig an.

»Ah! Wenigstens entlocke ich Ihnen damit mehr als nur ein beiläufiges Nicken.«

»Spielen Sie keine Spielchen mit mir. Das haben Sie schon zur Genüge getan.«

»Okay, ich gebe zu, dass ich Ihnen Dinge vorenthalten habe, weil ich es satt habe, Menschen – insbesondere Frauen – zu begegnen, die in mir nur Jared Winter sehen.« Er deutete mit dem Kopf zum Haus. »Ob Sie's glauben oder nicht, es geht fast immer so zu wie da drin.«

»Und wie viele andere Frauen haben Sie auf diese Weise getäuscht?«

»Keine. Das schwöre ich. Sie sind die erste.« Er stöhnte. »Nein, das war falsch ausgedrückt. Ich meinte, dass ich noch nie zuvor mit jemandem im Internet gechattet habe. An dem Abend, an dem wir uns sozusagen gefunden haben, war ich zum ersten Mal in einem Chatroom. Und Sie müssen zugeben, dass wir uns bestens vertragen haben. Sonst würden wir jetzt nicht hier sitzen.«

»Aber ich habe das Gefühl, dass ich nicht mit dem Mann gechattet habe, von dem ich dachte, dass ich mit ihm chatte. Wer sind Sie wirklich? Jared Winter oder Ewan Jones?«

»Ich bin Ewan Jones, JW, wie ich ihn in Gedanken nenne, ist ein Pseudonym. Er ist nicht einmal ein *Alter Ego*.«

»Aber warum haben Sie mir nicht von ihm erzählt? Dass sie es nicht gleich am Anfang getan haben, kann ich ja noch verstehen. Aber wieso haben Sie mir nicht die Wahrheit gesagt, als wir uns besser kennen gelernt haben? Weshalb haben Sie mit dieser Überraschung gewartet, bis wir uns sehen?«

»Ich musste ganz sichergehen.«

»In welcher Hinsicht?«

»Dass Sie mich, den langweiligen alten Ewan Jones, sehen wollen, nicht JW, den unterhaltsamen Fantasy-Autor. Sie sollten sich mal die Briefe ansehen, die ich von Leserinnen bekomme.«

»Sie mögen Sie, oder?«

»Ich glaube kaum, dass ›mögen‹ der richtige Ausdruck ist – manche Dinge, die sie schreiben und die sie mit mir machen möchten ... Es muss genügen, wenn ich sage, dass ich beim Lesen dieser Briefe die grauen Haare bekommen habe.«

Beth lachte, hielt aber abrupt inne, als sie daran dachte, wie sie im volltrunkenen Zustand ihre E-Mail verfasst und was sie ihm darin vorgeschlagen hatte.

»Das ist nicht komisch«, behauptete Ewan.

»Tut mir Leid. Aber für einen Augenblick klang das nach dem Ewan, den ich kenne.«

Er lehnte sich zurück. »Gott sei Dank. Sie frieren – nehmen Sie mein Jackett.«

»Sie hätten diesen grässlichen Anorak anbehalten sollen.«

»Ich nehme an, der Scherz ist nicht gut angekommen, oder?«

»Überhaupt nicht.«

»Als ich Sie im Publikum sah, dachte ich, Sie hätten mir nicht die Wahrheit über ihre Körpergröße gesagt.«

Sie sah ihn verwirrt an.

»Aber dann ging mir auf, dass Sie versuchen, sich vor mir zu verstecken, und sich nur so klein machen.«

Sie wurde rot. »Ihr Vortrag war sehr gut. Die Zuhörer hingen geradezu an Ihren Lippen.«

»Aber Sie nicht, nehme ich an.«

»Ich war im Schockzustand.«

»Und jetzt?«

»Hm ... ich erhole mich langsam.«

»Ausgezeichnet. Erzählen Sie mir, was Sie heute gemacht haben. Für welchen Workshop haben Sie sich entschieden?«

»›Charakterbeschreibung‹ bei Dorothy Kendall.«

Ewan pfiff durch die Zähne. »Und Sie haben überlebt? Dann sind Sie zäher, als ich dachte. Hat sie Ihnen allen gedroht, dass Sie ihr einen Drink spendieren müssen, wenn Sie Ihre Sache nicht gut machen?«

»Ja, und das hat mir eine Todesangst eingejagt. Ist sie immer so furchteinflößend?«

»Sie ist berühmt dafür.« Er senkte die Stimme, obwohl kein Mensch in ihrer Nähe war. »Ich habe sie vor Jahren bei einer ähnlichen Schriftstellertagung kennen gelernt und war so beeindruckt von ihr, dass ich sie in meinem nächsten Roman zu einer Randfigur gemacht habe. Das Problem war, dass die Leser von der Person, die in rotem Ledermieder und glänzenden hüfthohen Stiefeln herumstolzierte, begeistert waren. Deshalb musste sie in jedem weiteren Buch wieder vorkommen.« Er lächelte. »Das verdanke ich alles dieser Frau.«

»Leider habe ich keines Ihrer Bücher gelesen«, gestand Beth.

»Darauf hatte ich gehofft.«

Sie drehte sich zu ihm, und plötzlich fiel ihr etwas Wichtiges ein. »Sie *haben* mich belogen. Sie sagten, Ihr Manuskript wurde abgelehnt.«

Er schüttelte den Kopf. »Tut mir Leid, aber das ist wahr.«

»Aber wieso? Wenn Sie so erfolgreich sind, warum …«

»Ich wollte einmal einen ganz anderen Roman schreiben.«

»Aber der Name Jared Winter verkauft sich doch von selbst, oder?«

»Ich wollte, dass er um seiner selbst willen angenommen wird, also habe ich ihn unter einem anderen Namen an den Verlag geschickt.« Er lächelte betrübt. »Und ich habe eine gesunde Dosis Zurückweisung bekommen, genau wie damals, als ich noch nicht als JW schrieb.«

»Das tut mir Leid. Ein etablierter Autor wird bestimmt nicht leicht mit so einer Erfahrung fertig.«

»In gewisser Weise schon, aber es ist ganz gut, wenn man gelegentlich an seine Stärken und Schwächen erinnert wird.« Er machte eine Pause. »Besteht die Chance, dass mir schon verziehen wurde?«

»Das lasse ich Sie morgen wissen.« Sie streifte sein Jackett ab und reichte es ihm. »Ich sollte besser wieder reingehen.«

»Ist es mir gestattet, Ihnen zu zeigen, wie galant ich sein kann, indem ich Sie zu Ihrem Zimmer begleite?«

Sie stand auf. »Ich bezweifle, dass Sie an den Sicherheitsleuten vorbeikommen. Aber danke für das Angebot.«

»Natürlich – ich hatte ganz vergessen, dass hier strenge Geschlechterteilung herrscht. Dann bringe ich Sie eben zur Grenze.«

Ewans Zimmer befand sich im ersten Stock und bot Blick auf den Krocket-Rasen. Trotz der ungewohnten Geräusche, dem Knacken, Knarren und Klopfen, das in fremden Zimmern immer zu hören war, schlief Ewan sehr gut. Bei der letzten Tagung, an der er teilgenommen und bei der er unter dem Stromausfall gelitten hatte, war sein Zimmer furchtbar heiß gewesen. Die Rohre der Zentralheizung verliefen direkt neben dem Bett, und Ewan hatte das Fenster aufgerissen. Als er um drei Uhr nachts aus dem Schlaf geschreckt war, hatte er festgestellt, dass ein Regenschauer die Notizen für seinen Vortrag aufgeweicht hatte, die auf dem Schreibtisch unter dem Fenster gelegen hatten. Gleich nach dem Frühstück musste er vor dreihundert Menschen reden, und er fühlte sich, als hätte er die ganze Nacht nichts anderes gemacht, als Kohlen in die Feuer der Hölle zu schaufeln.

Aber an diesem Morgen fühlte er sich frisch und ausgeschlafen, als er die Vorhänge aufzog und sah, dass die Sonne schien. Er freute sich auf den Workshop, den er leiten sollte.

Und darauf, Beth wiederzusehen.

Er hatte nur zu gut gewusst, welches Risiko er einging, und ihre Anschuldigungen vorausgesehen. Er konnte nur hoffen, dass sie sich während der Nacht beruhigt hatte und bereit war, so weiterzumachen wie bisher. Das Positive an der Sache war, dass ihnen durch seine Entschuldigungen und Erklärungen das gegenseitige Taxieren und vorsichtige Annähern erspart geblieben war. Aber das galt nur für den gestrigen Abend. Möglicherweise war Beth enttäuscht von ihm, nachdem sie ihn in Fleisch und Blut vor sich gesehen hatte – sein Haar war zu grau, die Taille zu füllig, das Gesicht zu faltig. Und die Krönung war die Erkenntnis, dass er ein verlogener Mistkerl und Nichtsnutz mit fragwürdigen Motiven war.

Aber auf seiner Seite hatte es keine Enttäuschung gegeben: Beth war genauso attraktiv wie auf dem Foto. Er hatte keine Schwierigkeiten gehabt, sie im Publikum ausfindig zu machen – das Entsetzen auf ihrem Gesicht war eine zusätzliche Hilfe gewesen. Beim Abschied am Abend hatte er sich noch einmal für seine Geheimniskrämerei entschuldigt. Sie hatte ihm nicht die Absolution erteilt, aber er hoffte, dass sie ihm nach einigen Stunden Schlaf und vielleicht einem Gespräch mit ihren Freunden vergeben würde.

Ewan wusch und rasierte sich, dann zog er sich an, schloss sein Zimmer ab und ging hinunter ins Parterre. Wenn er Glück hatte, lauerte ihm kein begeisterter Fan auf, und kein übereifriger Organisator bestand darauf, ihn zum Frühstück an den Tisch der Komiteemitglieder einzuladen.

Er betrat den Speisesaal. Viele Tische waren bereits besetzt, und Ewan vermied den Augenkontakt mit den Anwesenden, während er nach Beth und ihren Freunden Ausschau hielt. Schließlich entdeckte er sie und ging zu ihrem Tisch.

Er packte den Stier bei den Hörnern. Wenn sie ihn zur *Persona non grata* erklärt hatte, dann wollte er das so schnell wie möglich herausfinden.

Der Nachmittag verging langsam für Jack. Der Workshop, für den er sich eingeschrieben hatte und der das Thema »Die Bedeutung des Dialogs« hatte, war interessant, aber seine Gedanken schweiften immer wieder zu seinem Manuskript ab, das Felix McCallum seit gestern Abend in den Händen hielt. Wie viel von *Freunde und Familie* hatte er schon gelesen? Und gefiel es ihm? Jack hatte nach dem Abendessen eine Verabredung mit Felix McCallum, und er wusste, dass er sich bis dahin gedulden musste.

Endlich war der Workshop zu Ende, und Jack wollte die anderen im Garten treffen, bevor sie in ihre Zimmer gingen, um sich für das Dinner umzuziehen. Dulcie, Beth und Jaz hatten sich für den Vortrag »Frauen an der Spitze« entschieden, den Jessica Lloyd, eine Autorin von Liebesromanen aus der Nachbarschaft, hielt. Die drei Mädels hatten ihm versichert, dass der Vortrag kein Aufruf zum Geschlechterkampf, sondern viel eher eine Studie über den Imagewandel von Liebesromanen war.

Alle Bänke um den Rasen waren besetzt, also setzte sich Jack ins Gras. Zu spät entdeckte er Zed, der sich ihm näherte. So wie er aussah, hatte er sich seit gestern nicht umgezogen. Dieselbe ausgebeulte Hose, dasselbe T-Shirt, dieselben Schuhe. Er ließ sich neben Jack auf den Rasen fallen und zog die Knie bis zum Kinn. »Ich bin froh, dass ich Sie gefunden habe, denn ich wollte Sie um etwas bitten.«

»Ach, ja?«, erwiderte Jack vorsichtig.

»Ja, ich wäre wirklich dankbar, wenn Sie einen Blick auf meinen Roman werfen würden. Ich bin fast fertig damit und habe eigentlich ein ganz gutes Gefühl. Ich denke, dass es Ihnen vielleicht genauso ergeht.«

Jack musste unweigerlich an Victor denken. Möglicherweise wurde er mit zunehmendem Alter nachgiebiger, aber Zed tat ihm Leid, deshalb sagte er: »Ich bin kein Experte, aber wenn Sie wollen, dann sehe ich mir

Ihren Roman einmal an.« Damit hatte er die Schleusentore geöffnet und musste sich in den nächsten zehn Minuten eine detaillierte Inhaltsangabe anhören. Der Roman schien so schrullig zu sein wie sein Autor. Jack fiel ein tonnenschwerer Stein vom Herzen, als sein Blick auf Dulcie, Beth und Jaz fiel, die über den Rasen zu ihm kamen. Gott segne die Frauen, dachte er, als sie sich bei Zed entschuldigten, weil sie ihm Jack entführen mussten.

»Ist das zu glauben, wir haben schon fast die Hälfte unserer Zeit hier hinter uns«, sagte Jaz beim Essen.

»Ja«, bekräftigte Dulcie, »die Stunden verfliegen. Sind Sie froh, dass Sie hergekommen sind?«

»O ja. Es ist fantastisch. Ich fand Jessica Lloyds Vortrag brillant und unglaublich ermutigend. Wenn ich zu Hause bin, werde ich all ihre Bücher lesen. Und was ist mit Ihnen, Beth?«

Beth war mit den Gedanken ganz woanders. »Hmm … tut mir Leid – was haben Sie gesagt?«

Jack brachte den Mut auf zu fragen: »Wie stehen die Dinge mit Ewan? Haben Sie ihm verziehen, dass er wollte, dass Sie *ihn* mögen und nicht das, *was* er ist?«

Sie hatte über die Unterhaltung nachgedacht, die sie mit Ewan nach dem Mittagessen gehabt hatte. »Ich glaube, wir sind zu einer Einigung gekommen.«

»Und?«

»Und nichts, Jack.«

Während sie über den Vortrag und den Workshop sprachen und spekulierten, wie Felix McCallum Jacks Roman beurteilen würde, gingen Beths Gedanken erneut auf Wanderschaft. Ewan hatte sie eingeladen, morgen einen Ausflug mit ihm zu machen. »Ich kenne diese Gegend noch nicht«, hatte er gesagt, »und würde sie gern erkunden. Ich frage mich, ob Sie ein bisschen Zeit erübrigen könnten und mich begleiten würden.«

»Nur wenn Sie versprechen, nicht den entsetzlichen Anorak anzuziehen und das Handtäschchen zu Hause zu lassen.«

»Ich glaube, auf diese Bedingungen kann ich eingehen.«

Sie beide schienen erleichtert zu sein, dass diese Abmachung so problemlos zustande gekommen war, und sie plauderten munter, während sie ihren Kaffee tranken. Als sie gemeinsam den Speisesaal verließen, hatte Beth das Gefühl, beobachtet zu werden. Sie nahm an, dass Ewan der Brennpunkt der Aufmerksamkeit war, aber dann sah sie zwei Jared-Winter-Groupies, die sie mit Blicken durchbohrten.

Sie ging hoch erhobenen Hauptes weiter und dachte: Starrt mich an, so viel ihr wollt, Mädchen. Mein Name ist King, Beth King, und ich habe die Lizenz, euch grün vor Neid werden zu lassen.

Kapitel dreiundsechzig

Dulcie platzte fast vor Stolz: Felix McCallum hatte Jacks Roman gelesen und wollte ihm ein Angebot dafür machen.

Als sie das große Ereignis am Abend in der Bar feierten, empfahl Ewan Jack, sich einen Agenten zu suchen. »Sie sollten sich mit gar nichts einverstanden erklären, bevor Sie jemanden haben, der die Verhandlungen für Sie führt, jemanden, der weiß, wie der Hase in dieser Branche läuft. Ewan bot an, seinen eigenen Agenten in London anzurufen und ihn mit Jack zusammenzubringen.

»Ich bin so stolz auf Sie«, sagte Dulcie zu Jack, als sie schließlich alle zu Bett gingen. »Aber habe ich nicht von Anfang an gesagt, dass Sie diesen magischen Touch haben, nach dem die Verleger suchen?«

»Keine Ahnung, was das sein soll«, entgegnete Jack.

»Man nennt das Talent«, sagten Beth und Jaz wie aus einem Munde.

Obwohl er sonst seine Gefühle nicht so offen zeigte, nahm Jack alle drei in die Arme und sagte. »Ohne euch hätte ich das gar nicht geschafft. Wenn Sie alle mich nicht so unterstützt und ermutigt hätten, wäre der Roman niemals fertig geworden.«

»Erinnern Sie sich daran bitte auch noch, wenn Sie steinreich und berühmt sind«, forderte Jaz.

Dulcie hatte Richard die gute Nachricht sofort mitteilen wollen, sich aber entschieden, ihn nicht so spät noch zu stören.

Jetzt, vor dem Frühstück, hatte sie ein paar Minuten Zeit und tippte seine Nummer in das winzige Handy, das er ihr geschenkt hatte. Er meldete sich beim ersten Klingeln, und sie erkannte an den Hintergrundgeräuschen, dass er im Auto saß und über die Freisprechanlage mit ihr sprach. Er schien sich über ihren Anruf zu freuen, und ihr wurde warm ums Herz. Er fehlte ihr sehr.

»Entschuldige, dass ich mich gestern Abend nicht gemeldet habe«, sagte sie, »aber es war schon sehr spät, als ich in mein Zimmer kam.«

»Ah, also hast du gefeiert und dich amüsiert?«

»Und das aus gutem Grund. Ein Verleger interessiert sich für Jacks Roman.«

»Das ist ja wunderbar! Er muss außer sich sein vor Freude. Richte ihm meine herzlichen Glückwünsche aus.«

»Das mache ich, Liebling. Und wie geht es dir?«

»Oh, ganz gut. Ich vermisse dich.«

»Ich dich auch. Aber morgen komme ich nach Hause, dann holen wir alles Versäumte auf.«

Sie hörte ihn lachen. »Ist das ein Versprechen?«

»Ein todsicheres.«

Es knisterte in der Leitung. »Bist du noch dran, Dulcie?«

»Ja. Die Verbindung ist furchtbar. Wo bist du?«

»Ich fahre auf der M6 nach Worcester. Es ist unheimlich viel Verkehr.«

»Bitte, fahr vorsichtig. Ich mache jetzt lieber Schluss. Die anderen warten bestimmt schon auf mich. Pass gut auf dich auf.«

»Und du auf dich. Und wie gesagt: Vergiss nicht, dem Star eurer Truppe meine Glückwünsche auszurichten.«

Sie legte auf. Sie war sehr glücklich – glücklich für Jack, für sich selbst und weil sie und Richard ein so tiefes Zusammengehörigkeitsgefühl verband.

Obschon Beth wie vom Donner gerührt und richtig böse gewesen war, weil Ewan ihr seine wahre Identität verheimlicht hatte, konnte sie jetzt die Situation aus seinem Blickwinkel betrachten. Sie hatte mit Nathan telefoniert und war bass erstaunt, weil ihr das Gespräch half zu erkennen, dass Ewan nicht der schreckliche Lügner war, für den sie ihn zunächst gehalten hatte. »Nathan, ich komme mir so dumm vor«, hatte sie ihrem Sohn gestanden.

»Warum? Weil du für einen Moment befürchtet hast, du müsstest zugeben, dass dein großspuriger Sohn Recht behalten hat? Siehst du jetzt, wovor ich dich bewahren wollte? Internet-User sind nicht immer das, wofür sie sich ausgeben.«

»Ich weiß. Bitte mach es nicht noch schlimmer für mich, als es ohnehin schon ist.«

»Sieh's doch mal von der guten Seite. Dieser Typ – Ewan oder Jared oder wie immer er heißt – hatte das Gefühl, dass er mehr zu verlieren hat als du. Also schätze ich, dass er ganz okay ist.«

»Wirklich?«

»Ja. Er muss sein Privatleben schützen. Und offenbar hat er entschieden, dass du ein Risiko wert bist. Besteht die Chance, dass du mir ein signiertes Buch von ihm mitbringst?«

»Höre ich da Anerkennung in deiner Stimme? Gibst du mir grünes Licht?«

»Brauchst du das?«

Beth war froh, dass sie sich von den Veranstaltungen davongeschlichen hatte, um etwas von der Gegend zu sehen. Die erste Überraschung war Ewans Auto: ein schwarzer Porsche.

»Ich entschuldige mich nicht dafür, dass ich ein großes Kind bin, das starke Motoren und schnittige Karosserien liebt«, sagte er, als er ihr die Beifahrertür öffnete.

Sie rutschte auf den niedrigen Sitz und dachte an Nathan. Er wäre begeistert, wenn er einmal einen solchen Wagen fahren dürfte. »Sie werden mir aber nicht zeigen, was dieses Auto alles kann? Ich würde Todesängste ausstehen.«

»Bestimmt nicht. Aber wenn es Sie beruhigt, der Knopf für den Schleudersitz ist gleich hier.« Er deutete auf einen roten Knopf am Armaturenbrett. »Oder ist das der Zigarettenanzünder? Ich hab's vergessen. Können Sie Karten lesen?«

»Zufällig ja – ich habe einen Abschluss in Navigation.«

»Gut, dann übernehmen Sie diese Aufgabe.« Er reichte ihr eine Straßenkarte, die bereits auf der richtigen Seite aufgeschlagen war.

»Wohin fahren wir zuerst?«

»Ich würde gern zu den Brimham Rocks fahren.«

Er beugte sich vor und deutete auf den Ort, der in der Karte als sehenswert markiert war. »Es ist nicht weit, also müssten wir schnell dort sein. Dabei kommt es natürlich auf Ihr Geschick als Navigator an.« Er lächelte und war ihr so nah, dass sie ihm zum ersten Mal in die Augen schauen konnte. Sie waren blau.

Sie senkte den Blick und betrachtete die Karte. »Ich glaube, meine Fähigkeiten werden alle Unzulänglichkeiten des Chauffeurs wettmachen.«

Lachend ließ er den Motor an und setzte rückwärts aus der Parklücke. Er hielt Wort und jagte Beth kein einziges Mal Angst ein. Die Felsenformation war riesig – viel größer, als sie sie sich vorgestellt hätten. Sie stiegen aus und zogen los, um sich alles anzusehen. Die Aussicht war atemberaubend, und bei dem klaren Wetter konnten sie meilenweit sehen.

»Es ist wunderschön«, sagte Beth. »Umwerfend.« Da Ewan keine Antwort gab, drehte sie sich zu ihm um und war überrascht, dass er nicht den weiten Blick genoss. »Ewan?«

»Entschuldigung, ich habe mir erlaubt, mir einen weitaus interessanteren Anblick zu gönnen.« Er stöhnte und bedeckte das Gesicht mit den Händen. »Bitte sagen Sie, dass diese Worte nicht aus meinem Mund gekommen sind. Sagen Sie, dass ich nicht so etwas Klischeehaftes von mir gegeben habe. Dorothy Kendall würde mir bei lebendigem Leibe die Haut abziehen!«

Sie lachte. »Sie haben das gesagt und sollten sich schämen.«

»Oh, das tue ich, glauben Sie mir.«

Als er ihr einen Spaziergang vorschlug, schien es das Natürlichste von der Welt zu sein, dass er ihre Hand nahm. Beth fühlte sich wohl in seiner Gesellschaft und sagte es ihm auch.

»Gut«, meinte er. »Mir geht es genauso. Danke, dass Sie mitgekommen sind.«

»Danke, dass Sie mich eingeladen haben.«

»Und danke, dass Sie so höflich sind.«

»Machen Sie sich über mich lustig?«

»Nur ein bisschen.«

»Tun Sie's nicht.«

»Niemals?«

»Nur, wenn Sie nichts dagegen haben, dass ich mich räche.«

»Und wie wollen Sie das anstellen?«

»Ich werde Sie bei Dorothy Kendall verpetzen, ihr von dem Mieder tragenden Vamp in Ihren Büchern und den fürchterlichen Klischees erzählen.«

Er lachte schallend. »Oh, Sie haben meine Achillesferse getroffen!«

Von den Brimham Rocks fuhren sie zurück nach Norton Hall und dann in Richtung Harrogate.

»Wir können unmöglich ein paar Tage in diesem Teil der Welt verbringen, ohne einmal Tee bei Betty's zu trinken«, erklärte Ewan. »Ich hoffe, Sie haben etwas übrig für einen Nachmittagstee mit allem Drum und Dran, Beth, sonst besteht kaum Hoffnung für uns –«

»Sie sollten wissen, dass ich mein Eigengewicht an Scones mit Clotted Cream essen kann.«

Sie mussten nur zehn Minuten warten, bis sie eine Serviererin im traditionellen schwarzen Rock zu weißer Bluse und Schürze an einen Tisch führte. Sie bestellten verschiedene Sandwiches, Kuchen und Scones, dann lehnten sie sich zurück, um sich umzuschauen und die anderen Gäste zu beobachten. Als das Essen gebracht wurde, sah sie Ewan erschrocken an: »Haben wir das alles wirklich bestellt?

Er zuckte mit den Schultern. »Das ist nur Ihre Portion, meine kommt gleich.«

Sie ließen es sich schmecken.

»Ich hasse es, so mäkelig zu sein«, sagte Beth, »aber mir ist gerade eine faustdicke Lüge eingefallen, die Sie mir in einer Ihrer Mails aufgetischt haben. Sie haben behauptet, sie hätten eine eigene PR-Firma.«

»Und Sie meinen, das ist nicht wahr?«

Sie runzelte die Stirn. »Aber Sie sind Schriftsteller.«

»Korrekt. Und um als Autor einigermaßen viele Bücher zu verkaufen, muss man losziehen und PR für sich machen. Ich mache das seit Jahren, zeige mein Gesicht bei Schriftstellertagungen, hake Signierstunden ab, gebe Interviews und treffe Buchhändler. Ich tue, was gefordert wird.«

»Das ist ein Schwindel.«

Er lächelte. »Ich erinnere mich auch, Ihnen geschrieben zu haben, mein Job sei, die Leute von dem abzubringen, was sie üblicherweise glauben, und sich auf etwas ganz Ungewöhnliches einzulassen.«

Beth schenkte Tee nach, reichte ihm seine Tasse und bat: »Erzählen Sie mir von dem Buch, das nicht angenommen wurde. Vorgestern haben Sie gesagt, dass es etwas anderes ist als die üblichen Jared-Winter-Romane. Inwiefern unterscheidet es sich von denen?«

Er aß sein Sandwich auf und wischte sich den Mund mit der Serviette ab. »Beichtstunde. Sie sehen einen

Mann vor sich, der in seinem eigenen Erfolg gefangen ist. Ich habe zwölf Fantasy-Romane geschrieben und einen Punkt erreicht, an dem ich nichts lieber täte, als das Pferd mitten im Rennen zu wechseln.«

»Sie meinen, Sie würden gern ein anderes Genre bedienen?«

»Ja. Ich habe eine Lovestory geschrieben – die von meinen Eltern. Damals in den prüden Fünfzigern haben sie einen wahnsinnigen Skandal heraufbeschworen, als sie sich ineinander verliebten. Dad war schon verheiratet, aber Mum und Dad hielten aneinander fest, und obwohl sie stigmatisiert waren, weil sie in Sünde lebten, was damals wirklich eine schlimme Sache war, besonders weil sie ein Kind – mich – hatten, waren sie ungeheuer glücklich. Bis mein Vater starb.«

»Was für eine interessante Geschichte. Werden Sie noch einen Versuch unternehmen?«

Er lächelte. »Eventuell, wenn sich mein angeschlagenes Ego erholt hat. Man kann einen guten Mann nicht dauerhaft klein halten. Das sage ich allen abgewiesenen Möchtegern-Schriftstellern auf den Tagungen. Wenn man stürzt, muss man zurück in den Sattel und weiterreiten.«

»Und was ist falsch an den Büchern, mit denen Sie so einen Erfolg hatten?«

»Sie langweilen mich mittlerweile. Ich muss etwas anderes tun. Ich fühle mich eingeschränkt – falls das nicht zu hochgestochen klingt. Ich möchte meine kreativen Flügel ausbreiten. Aber noch ist nicht alles verloren. Ich habe einen Plan. Ich schreibe phänomenal schnell und kann zwei Bücher in einem Jahr produzieren. Ich hoffe, einen kleinen Vorrat zu schaffen und mir dann eine Weile Urlaub von JW zu nehmen, um andere Sachen zu schreiben.« Er griff zu einem weiteren Sandwich mit Ei und Kresse. »Ist das eine zufriedenstellende Antwort? Sind Sie jetzt überzeugt, dass ich nicht gelogen habe?«

Sie wusste seine Aufrichtigkeit zu schätzen und sagte: »Sie waren in einem anderen Punkt nicht ehrlich.«

»Und zwar?«

»Sie haben mir nicht gesagt, wie nett Sie sind.«

Sie sah seinem Gesicht an, dass sie ihn überrumpelt hatte. Aber dann erhellte ein breites Lächeln seine Miene. »Jetzt habe ich Sie wieder bei einer Ungenauigkeit erwischt. Das war keine Unwahrheit, sondern eine Unterlassung. Dieselbe, die Sie selbst begangen haben.«

Alles in allem war es ein guter Tag gewesen. Die Besprechung in Worcester, zu der Richard gefahren war, war bestens verlaufen, und die Stimmung aller Anwesenden hatte sich von Pessimismus zu optimistischer Entschlossenheit gewandelt, den Job zu meistern. Der Wendepunkt war gekommen, als die Anwälte der Kunden, mit denen sie verhandelten, endlich die neuen Bedingungen akzeptiert hatten. Seit Wochen schon wurden Vertragsentwürfe aufgesetzt und in Bausch und Bogen abgelehnt. Ein großes Team während so delikater Verhandlungen bei Laune zu halten kostete Zeit und Anstrengung, aber wenn das Endergebnis stimmte, dann war der Job alle Mühen wert gewesen.

Richard hatte sein jubelndes Team im Büro in Worcester zurückgelassen und fuhr nach Hause. Er befand sich gerade auf der M6 und hatte es nicht mehr weit bis Maywood, aber es herrschte so dichter Verkehr, dass er nur langsam vorankam. Er war hundemüde und wusste, dass er sich wahrscheinlich nicht mehr so aufs Fahren konzentrieren konnte, wie er sollte. Er ließ das Fenster herunter und beschloss, bei der nächsten Tankstelle anzuhalten und sich einen starken schwarzen Kaffee zu gönnen.

Er rollte auf den Parkplatz, fand eine Lücke und schaltete den Motor aus. Er war versucht, ein kurzes Nickerchen zu machen. Als er den Zündschlüssel aus dem Schloss zog, schoss ein stechender Schmerz durch seinen Arm. Er stieß einen Schrei aus, klopfte mit der Faust auf seine Brust und umfasste seine Schulter ... er wartete darauf, dass der Schmerz nachließ. Vergebens. Ihm wurde schwindlig, und plötzlich war er in Schweiß gebadet. Er fühlte sich, als wäre er in einem Schraubstock gefangen, und rang um Atem. Er versuchte ruhig zu bleiben, weil er wusste, dass dies ein weiterer Herzinfarkt und eine noch größere Qual wahrscheinlich unvermeidlich war. Er tastete nach seinem Handy, aber wieder erfasste ihn ein schmerzhafter Krampf, und er warf den Kopf zurück.

»O Gott«, keuchte er, »das war's ...«

Sein letzter bewusster Gedanke galt Dulcie. Er bedauerte, sie nie wiederzusehen.

Kapitel vierundsechzig

Dulcie war beunruhigt. Es sah Richard so gar nicht ähnlich, dass er nicht auf die Nachrichten reagierte, die sie auf seinem Handy und zu Hause auf ihrem eigenen Anrufbeantworter hinterlassen hatte. Beim Frühstück, während sich Beth und Jaz mit Ewan unterhielten, sprach Dulcie mit Jack über ihre Sorge. Er riet ihr, Richard im Büro anzurufen. Das war die offensichtliche Lösung, aber es gehörte zu den vielen goldenen Regeln ihrer Beziehung, dass sie niemals versuchte, ihn im Büro zu erreichen. Jack wies sie darauf hin, dass sich die Art ihrer Beziehung inzwischen geändert hatte – Richard lebte offiziell mit ihr zusammen.

Sie schob das Telefonieren bis Mittag auf. In zwei Stunden wollten sie Norton Hall verlassen. Das Wetter war schön und warm, also ging sie ins Freie, um in Richards Büro anzurufen. Sie schlenderte bis zur Ruine der Kapelle. Kein Mensch war in der Nähe, als sie die Nummer in ihr Handy tippte. Ein junges Mädchen meldete sich mit melodiöser Stimme, aber ihr Tonfall änderte sich abrupt, als Dulcie bat, mit Richard Cavanagh verbunden zu werden.

»Oh … ich … ich stelle Sie zu jemandem durch, der Ihnen weiterhelfen kann. Wie war noch mal Ihr Name?«

»Mrs. Ballantyne.«

Dulcie rechnete damit, Richards Sekretärin an die Strippe zu bekommen, und erschrak, als sie eine wohltönende Männerstimme hörte. Aus unerfindlichen Gründen verwandelte sich die Angst in schreckliche Gewissheit. Etwas stimmte nicht. »Könnte ich bitte Richard sprechen?«, fragte sie.

»Ich fürchte, nein«, sagte der Mann. »Darf ich fragen, wer Sie sind?«

Ihr fiel der verhaltene Ton auf. »Mein Name ist Dulcie Ballantyne, und ich bin ... ich bin eine enge Freundin von Richard. Ich habe versucht, ihn auf dem Handy zu erreichen, bekomme aber keine Antwort.«

»Ich verstehe.« Er räusperte sich. »Ich bedauere, dass ich derjenige bin, der Ihnen das mitteilen muss, aber Richard ist gestern verstorben.«

Ihre Hand flog zum Mund und erstickte einen Entsetzensschrei. *Nein! O nein! Er ist nicht tot. Nicht Richard. Das kann nicht sein.*

»Hallo? Sind Sie noch dran?«

Sie nahm die Hand vom Mund und versuchte, etwas zu sagen. Aber sie konnte nicht. Ihre Augen füllten sich mit Tränen. Sie schluckte und presste die Worte heraus: »Ja, ich bin noch dran. Wann ist Richard ...« Ihre Stimme versagte. Sie versuchte es noch einmal. »Wie ...?« Aber es hatte keinen Zweck; ihre Kehle war so eng, dass sie nichts mehr herausbrachte.

Der Mann kam ihr zu Hilfe. »Wir wissen derzeit nur, dass er wieder einen Herzinfarkt hatte. Er war allein, auf der Fahrt von Worcester nach Hause ... gestern Nachmittag ...«

Diesmal konnte sie den Schrei nicht unterdrücken. »Nein! Nicht allein!« Sie unterbrach die Verbindung und presste das Handy an ihre Brust. Sie schluchzte, und ihr ganzer Körper zitterte. Eine Wolke schob sich vor die Sonne, und Dulcie hatte das Gefühl, als hätte sich die ganze Welt verfinstert.

Jaz und Jack packten vor dem Lunch ihre Sachen, und Beth bot sich an, Dulcie zu suchen. Sie war nirgendwo zu sehen, und Beth wollte schon aufgeben, weil sie annahm, Dulcie wäre schon in den Speisesaal gegangen, beschloss aber dann doch, ihre Suche auszudehnen. Sie fand Dulcie an der Ruine. Sie hielt den Kopf gesenkt und weinte. Sie bemerkte Beth nicht, bis sie sich neben sie auf die Bank setzte und den Arm um sie legte. Beth wusste instinktiv, was passiert war. Sie ließ Dulcie eine Weile weinen, dann flüsterte sie: »Richard? Ist ihm etwas zugestoßen?«

Eine Ewigkeit verging, bis Dulcie den Kopf von Beths Schulter hob. »Er ist tot, Beth. Ein Herzinfarkt. Ich … ich hätte bei ihm sein müssen.«

Beth hielt sie fest. »O Dulcie, das tut mir so Leid.«

Zitternd löste sich Dulcie von ihr. Sie starrte in den Himmel; ihr Mund und ihr Kinn bebten. »Ich kann nicht glauben, dass ich ihn nie wiedersehe. Und gerade haben wir angefangen, unsere Zukunft zu planen.«

Beth musste an den Augenblick denken, in dem sie von Adams Tod erfahren hatte. Sie blinzelte die Tränen weg, die in ihren Augen brannten, und nahm Dulcies Hand – sie war eiskalt. »Kommen Sie, Dulcie. Ich bringe Sie in Ihr Zimmer. Ich bitte Jack, etwas zu essen zu besorgen.

»Nein. Ich möchte nach Hause. Ich möchte bei Richard sein.«

Dulcie erinnerte sich kaum noch an die Heimfahrt. Offenbar hatte sie die meiste Zeit gedöst, denn als sie die Augen öffnete, waren sie schon in Maywood und bogen in die Bloom Street ein. Beth half ihr aus dem Wagen und Jack trug ihre Tasche. Als Dulcie Jaz' besorgtes Gesicht sah, bekam sie Mitleid mit dem Mädchen – der Tod war nichts für junge Leute; sie hatten nicht die Mittel, damit fertig zu werden. Beth schien dasselbe zu denken, denn sie bat Jack, Jaz nach Hause zu bringen. Als er weg war, sah Dulcie reglos zu, wie Beth Kaffee kochte. Es stand keine Milch im Kühlschrank, aber das war Dulcie egal. Sie hatte ohnehin nicht vor, den Kaffee zu trinken. Stattdessen wärmte sie ihre Hände an dem Becher.

Als Jack zurückkam, saßen sie zu dritt am Tisch wie damals, als Dulcie ihnen von Richard und dem Ende ihrer Beziehung erzählt hatte. Jetzt dachte Dulcie daran, wie grausam sie ihn behandelt hatte und wie verzweifelt er gewesen war. Die Erinnerung war zu viel für sie, und sie schlug die Hände vors Gesicht und weinte bitterlich um den Mann, den sie verloren und dem sie Schlimmes angetan hatte. »Es ist meine Schuld. Ich habe es heraufbeschworen. Wenn ich mich nicht in Richard verliebt hätte, wäre er noch am Leben. Sein Herz hätte …«

»So etwas dürfen Sie nicht denken«, sagte Beth entschieden und legte eine Hand auf Dulcies Arm. »Die Schwäche muss immer schon da gewesen sein – es hat nicht das Geringste mit Ihnen zu tun.«

»Aber hätte ich nicht diesen Stress in sein Leben gebracht, dann wäre die Schwäche nie zutage getreten.«

»Das können Sie nicht wissen. Und schlagen Sie sich diese irrsinnigen Gedanken aus dem Kopf. Augenblicklich.«

Sie hatte Jack noch nie so streng erlebt, und es half ihr. Sie hörte auf zu weinen.

Sie saßen bis spät am Abend zusammen. Beth schlug vor, über Nacht bei Dulcie zu bleiben, um ihr Gesellschaft zu leisten, aber Dulcie wollte allein sein.

Doch sie war nicht allein. In der Stille der Nacht spürte sie Richards Gegenwart. Sein Geruch haftete noch an den Kissen und Laken, und das Buch, das er gelesen hatte, lag auf dem Nachttisch. Daneben stand ein gerahmtes Foto von ihnen beiden in Venedig – ein Tourist hatte es aufgenommen, ein Mann, der kurz in ihr Leben getreten war und Dulcie, ohne es selbst zu wissen, mit einer Erinnerung beschenkt hatte, die sie immer in Ehren halten würde.

Sie schlief auf ihrer Seite des Bettes ein, und ihre Hand ruhte dort, wo Richard gelegen hatte.

Kapitel fünfundsechzig

Seit ihrer Rückkehr aus Harrogate hatte die E-Mail-Korrespondenz zwischen Beth und Ewan nachgelassen. Dafür telefonierten sie umso öfter: Sie hatten ihre Nummern und Adressen an Beths letztem Abend ausgetauscht.

»Vermutlich konnte ich Sie nicht davon überzeugen, dass ich kein Serienmörder bin, der die Neigung hat, Schriftstellerkollegen kaltzumachen«, hatte er bei ihrem Abendspaziergang in Norton Hall gesagt.

»Vielleicht doch. Warum fragen Sie?«

»Oh, einfach so.«

Da sie nicht nachhakte, warf er ihr vor: »Sie spielen dieses Spiel nicht richtig. Sie müssen weiter nach dem Grund bohren.«

»Ist das so?«

»Ja. Also los.«

»Muss ich? Ich bin ganz zufrieden, wenn ich durch die Dunkelheit spazieren und mich um meine eigenen Angelegenheiten kümmern kann.«

»Sie machen es mir sehr schwer, Bethany King.«

Sie verkniff sich ein Lächeln. Es war Ewigkeiten her, seit sie mit einem Mann geflirtet hatte, aber es gefiel ihr sehr. »Wenn ich wüsste, was ich Ihnen so schwer mache, könnte ich vielleicht helfen.«

Er blieb stehen. »Okay. Ich würde Ihnen gern zwei Fragen stellen. Die erste ist: Können wir in Verbindung bleiben, und zwar nicht nur per E-Mail, sondern auch durch den antiquierten Apparat, den man Telefon nennt?«

Sie zögerte keinen Augenblick. »Ja. Das wäre mir sehr recht. Und die zweite Frage?«

»Mann, nicht so hastig, Beth. Ich brauche all meinen Mut, um sie auszusprechen. Ich muss mich innerlich aufputschen für die Frage Nummer zwei.«

»Ist sie so furchtbar?«

»Sie könnten sie furchtbar finden.«

»Oh, na ja, wenn Sie bereit sind …«

Er ging weiter, aber diesmal legte er den Arm um Beths Schulter. Diesmal trug er kein Jackett, und sie spürte seine Wärme durch sein Hemd. Sie roch sein Aftershave – ein frischer Zitrusduft, der sie immer an diesen Moment erinnern würde. Und daran, wie sehr sie sich zu ihm hingezogen fühlte. Sie hoffte, dass er sie küssen wollte, und musste zugeben, dass sie enttäuscht nach Hause fahren würde, wenn er es nicht tat.

Viele andere Leute nutzten den milden Abend zu einem Spaziergang, und da einige Frauen – hartnäckige Fans von Jared Winter – Beth feindselig anstarrten, schlug sie vor, dass er den Arm von ihren Schultern nehmen sollte. »Ihre Verkaufszahlen werden in den Keller sinken, wenn Sie es nicht tun«, fügte sie hinzu.

Er überraschte sie, indem er sie mitten auf den mit Flutlicht beleuchteten Rasen führte. Und dort, wo alle sie sehen konnten, sagte er: »Dies ist mein letzter Abend mit Ihnen, und selbst wenn ich für den Rest meiner Tage Blicke ernte, die töten könnten, dann ist das ein

Preis, den ich gern bezahle.« Er nahm ihre Hände in seine. »Wappnen Sie sich, Bethany King, hier kommt die zweite Frage.« Er hüstelte. »Würde ich mir zu viele Freiheiten herausnehmen, wenn ich Sie frage, ob ein so armseliger Tropf wie ich, eine simple Seele, die Ihre Aufmerksamkeit nicht wert ist ...« Er holte tief Luft. »Also, wäre ein kleiner Kuss erlaubt? Und zur Hölle mit den Verkaufszahlen.«

Sie lachte. »Dafür gebe ich Ihnen einen riesigen Kuss.«

Und das tat sie auch. Einen Kuss, der so vollkommen war, dass ihre Knie noch bei der Erinnerung daran weich wurden. Plötzlich ertönten Jubelschreie hinter ihnen. Sie hatten die Schaulustigen nicht bemerkt, die aus der Bar geströmt waren.

»Okay«, rief Ewan. »Die Show ist vorbei. Es gibt nichts mehr zu sehen. Kümmern Sie sich wieder um Ihre eigenen Angelegenheiten.«

Lachend liefen Beth und Ewan zu einem abgeschiedeneren Plätzchen, und er entschludigte sich, weil er ihren guten Ruf ruiniert hatte. Dann schloss er sie wieder in die Arme und küsste sie zärtlich und liebevoll. »Ich danke Gott, dass unsere Kinder nicht hier sind und Zeugen unseres verwerflichen Verhaltens werden«, scherzte Ewan, als er ihr über die Wange strich und ihr dabei unverwandt in die Augen sah. »Ich würde für mindestens einen Monat Hausarrest bekommen, wenn Alice wüsste, was ich hier treibe.«

Genau das mochte Beth an Ewan so sehr: seinen Humor. Er brachte sie zum Lachen und war obendrein noch sexy – ihrer Ansicht nach eine ausnehmend gelungene Mischung.

Aber jetzt, da sie wusste, wie traurig Dulcie war, kam es ihr falsch vor, so glücklich zu sein. Die arme Dulcie war am Boden zerstört. Es war herzzerreißend, ihren Kummer mit anzusehen. Gerade Beth hatte eine Vorstellung davon, wie sie sich fühlte, und wusste, dass die schmerzliche Erinnerung nie ganz verging. Wie sie Ewan am Telefon sagte, war ein solcher Verlust sehr schlimm, aber diesen Schmerz zweimal durchleben zu müssen, wie in Dulcies Fall, die ihren Mann und ihren Geliebten verloren hatte, war unvorstellbar.

Sie war gerührt, als Ewan Dulcie eine Beileidskarte schickte: Er war aufrichtig und großzügig. Er hielt Wort und sprach mit seinem Agenten über Jack, und Jack schickte eine Kopie von *Freunde und Familie* nach London. Jetzt wartete er darauf, welches Angebot ihm Felix McCallum machten wollte. Das Ganze war ungeheuer aufregend. Beth freute sich, dass gerade Jack Erfolg mit dem Schreiben hatte – er hatte es wahrlich verdient. Sie machte sich keine Illusionen über ihr eigenen Machwerke – im Vergleich zu dem, was Jack konnte, war sie sozusagen noch im Kindergarten. Aber sie hatte sich den Verborgenen Talenten nicht angeschlossen, weil sie darauf hoffte, dass ihre Sachen jemals veröffentlicht wurden.

Damals im Oktober, als sie sich ein Herz gefasst und auf Dulcies Aushang im Buchladen reagiert hatte, war ihre einzige Hoffnung gewesen, neue Leute kennen zu lernen, die ein Interesse gemeinsam hatten. Sie freute sich, dass ihr die Gruppe ein ganz neues Leben jenseits ihrer Vorstellungskraft eröffnet hatte. Die Verborgenen Talente hatten ihr die Möglichkeit gegeben, ihren Freundeskreis zu erweitern und ihr Selbstvertrauen aufzumöbeln, und jetzt war die Aussicht auf Nathans Auszug im Herbst gar nicht mehr so schrecklich.

Und dann war da noch wundersamerweise der Beginn einer möglichen Romanze. Sie und Ewan hatten ausgemacht, sich in zwei Wochen wiederzusehen. Sie würde zu ihm nach Suffolk fahren, und sie strich schon die Tage im Kalender ab wie ein Kind, das sich auf Weihnachten freute.

Neulich hatte Simone angerufen und war in schallendes Gelächter ausgebrochen, als Beth ihr erzählte, was sie all die Monate heimlich getrieben hatte. Ihre Reaktion basierte teilweise auf dem Zufall, dass Ben erst kürzlich die Bücher von Jared Winter entdeckt hatte und sie abends im Bett las. »Und du weißt ja, was für eine grauenvolle Lache Ben hat – er klingt wie ein explodierender Dampftopf, wenn er loslacht. Sag deinem neuen Freund, dass er aufhören soll, so humorvolle Bücher zu schreiben, sonst werde ich ihn als Scheidungsgrund anführen. Übrigens, ist er so schrullig wie seine Bücher?«

Seit Beth wieder zu Hause war, hatte sich auch ein paar von Ewans Romanen gelesen, also konnte sie die Frage ihrer Freundin aufrichtig beantworten. »Eigentlich nicht. Er ist lustig, macht aber nie Witze auf Kosten anderer.«

»Erinnert er dich an Adam?«

»Nein.«

»Gut. Adam hat das Leben zu ernst genommen. Deshalb hat er sich auch umgebracht. Jetzt zieh los und hab deinen Spaß, Beth. Was immer du auch tust, rede dir diesen Mann nicht aus – es sieht ganz so aus, als ob ihr beide wirklich gut miteinander auskommt.

Vielleicht liegt es daran, dass ihr Euch Zeit gelassen und die Mühe gemacht habt, euch als Freunde kennen zu lernen.«

Beth entschied, Lois und Barnaby von Ewan zu erzählen, um die neue Beziehung zu ihrer Schwiegermutter nicht durch Heimlichkeiten zu gefährden. Als sie und Nathan eingeladen waren, um sich die Urlaubsfotos und stundenlange Videos von den Highlights der Kreuzfahrt anzusehen, legte sie ihre Beichte ab. Nathan hatte den Raum verlassen, um einen Anruf auf seinem Handy entgegenzunehmen, und Beth sagte: »Ich finde, ihr solltet wissen, dass ich einen Mann kennen gelernt habe, den ich sehr mag. Er lebt in Suffolk, also besteht keine Gefahr, dass ...«, sie verlor den Mut.

»Keine Gefahr, dass was?«, hakte Lois nach. Sie spielte mit dem kleinen Perlenknopf an ihrer Manschette, und ihre blassen Augen funkelten hinter der Lesebrille.

Beth sammelte neuen Mut, indem sie sich an Ewans Kuss im Scheinwerferlicht erinnerte; plötzlich fand sie die richtigen Worte. »Dass ich mich zum Narren mache oder mich zu schnell auf ihn einlasse.«

Barnaby nahm die Fernbedienung für den Videorecorder in die Hand und sagte: »Ich denke, es ist höchste Zeit, dass du die Vorsicht in den Wind schießt und dich mit einem Mann zusammentust, Beth. Meinst du nicht auch, Lois?«

»Macht er dich glücklich, wenn du mit ihm zusammen bist?«

Diese Frage war so ungewöhnlich für Lois, dass Beth aufrichtig antwortete: »Wir hatten bisher noch nicht die Gelegenheit, viel Zeit miteinander zu verbringen. Aber, ja, er macht mich glücklich.«

»Also, was ist dann noch dazu zu sagen? Hat er auch einen Namen?«

»Ewan Jones.«

»Und was macht er beruflich?«

»Er ist Schriftsteller.«

Einen Moment lang glaubte Beth, dass Lois schreien würde: »Ich wusste die ganze Zeit, dass du versteckte Beweggründe hast, dich dieser Gruppe anzuschließen!« Aber sie tat es nicht, sondern lächelte steif und sagte: »Das ist schön. Wenigstens habt ihr dann etwas gemeinsam. Darauf kann man aufbauen.«

»Außerdem hat er eine zwanzigjährige Tochter, die er allein aufgezogen hat, deshalb versteht er, wie wichtig Nathan für mich ist und dass wir eine besondere Beziehung zueinander haben.«

Nathan kam zurück, und als er seinen Namen höre, fragte er: »Redest du hinter meinem Rücken über mich, Ma?« Aber ehe Beth antworten konnte, wechselte seine Großmutter taktvoll das Thema. Gewisse Dinge änderten sich nie. Lois vertrat eisern die Devise: nicht vor den Kindern.

Jaz trat zurück, um ihr Werk zu bewundern. Nicht schlecht.

In der letzten Woche hatten sie und ihre Brüder mit Nathans und auch gelegentlich mit Billys und Vickis Hilfe Victors Haus renoviert. Ihre Brüder hatten schon vorher vom Feuer beschädigte Häuser gesehen und meinten, Victors wäre nur ein wenig angesengt. Im Grunde hatte außer dem Raum, in dem das Feuer ausgebrochen war, nur der darunter gelitten, weil die Decke unter dem Gewicht der Wassermassen, mit denen die Feuerwehrleute die Flammen gelöscht hatten, eingebrochen war.

Sie hatte das Haus zum ersten Mal gesehen, als Victor sie gebeten hatte, es sich anzusehen und ihm Bericht zu erstatten. »Warum ich?«, hatte sie gefragt. »Wieso nicht Beth?«

»Weil ich weiß, dass Sie mich nicht anlügen. Ich möchte genau wissen, wie schlimm es ist.«

Er hatte ihr seinen Schlüssel anvertraut, von dem sie heimlich eine Kopie anfertigen ließ. Als sie in das Haus kam, war sie erleichtert, dass die Schäden nicht so groß waren, wie sie befürchtet hatte. Am schlimmsten war der beißende Rauchgestank. Und als sie auf der Treppe stand, wurde ihr bewusst, dass Victor ums Leben gekommen wäre, wenn Jack nicht so entschlossen gehandelt hätte. Und soweit sie wusste, hätten nur Dulcie, Beth, Jack und sie selbst um Victor getrauert. Sie dachte an Dulcie, die seit ihrer Rückkehr aus Harrogate in tiefer Depression versunken war. Jaz schob den Gedanken an den Tod rasch beiseite. Victor war am Leben und wurde bald aus dem Krankenhaus entlassen.

Als sie ihre Brüder dazu verdonnert hatte, sie bei der Renovierung zu unterstützen, hatte sie nicht damit gerechnet, dass Dad so beeindruckt von der Hilfsbereitschaft der Jungs sein würde, die ihre Freizeit für einen Mann opferten, den sie nicht einmal kannten, dass er sich bereit erklärte, das Material und Werkzeug beizusteuern. »Glaub bloß nicht, dass ich allmählich zum Softie werde«, sagte er zu Jaz, als sie sich bei ihm bedankte. »Ich bin nur auf die Publicity aus. Wenn dein Freund aus dem Krankenhaus kommt, wird die Lokalpresse über seine Heimkehr und unsere Überraschung berichten.« Jaz ließ sich nicht hinters Licht führen: Ihr Vater konnte nicht widerstehen, wenn es galt, ein gutes Werk zu tun.

Und jetzt, eine Woche später, mussten nur noch die frisch verputzten Wände im Schlafzimmer gestrichen werden, dann war das Haus wieder bewohnbar. Sie konnte es kaum erwarten, Victors Gesicht zu sehen.

Es dürfte ebenso interessant sein wie die Gesichter ihrer Brüder, als sie ihnen erklärt hatte, warum sie gar nicht anders konnten, als ihr zu helfen. »Jungs«, hatte sie kurz nach ihrer Rückkehr aus Norton Hall gesagt, »Ich habe einen Job für euch.«

»Ach ja, kleine Schwester?«, hatte Phin erwidert. »Und welchen? Sollen wir dir zur Hand gehen, wenn du dein Preisgeld zählst?«

Ihre Familie hatte nicht schlecht gestaunt, als sie einen Brief vom Organisationskomitee der Tagung erhielt, in dem ihr mitgeteilt wurde, daß sie den zweiten Preis beim Kurzgeschichtenwettbewerb gemacht und fünfzig Pfund gewonnen hatte. Tamzin und Lulu schrieben jetzt auch Geschichten, weil sie hofften, auch so schnell Geld verdienen zu können. Dad war regelrecht begeistert und steckte Jaz weitere zwanzig Pfund zu. »Gut gemacht, Jazzy, ich bin wahnsinnig stolz auf dich.«

Aber jetzt ging es um etwas anderes. »Mein Geld kann ich alleine zählen, Phin«, sagte sie. »Das, was ihr für mich tun sollt, ist etwas, was ihr könnt.« Sie erzählte ihnen von Victors Haus, und sie lachten sie aus, bis sie sagte: »Glaubt ihr, dass Mum und Dad auch so lachen, wenn Sie hören, was ihr mit Jack gemacht habt?«

Die beiden sahen sich schweigend an, dann wandten sie ihr Gesicht wieder Jaz zu. »Was sagst du da?«

»O Jimmy, habe ich mich zu kompliziert ausgedrückt? Also noch einmal: Ihr helft mir, Victors Haus in Ordnung zu bringen, und ich erzähle Mum und Dad nicht, was für zweitklassige Gauner ihr seid. Ihr wisst, dass Mum euch in einem goldenen Licht sieht, und es wäre ein Schock für sie zu erfahren, dass ihre Jungs Gewalt angewandt haben, um einen ehrenwerten Bürger aus seinem Wagen zu zerren und auf den Rücksitz ihres Golfs zu schubsen, und ihn zudem ernsthaft bedroht haben.«

»Sie würde dir nicht glauben.«

»Dann wollt ihr es also drauf ankommen lassen. Vergesst nicht, wie wütend Dad wird, wenn er herausfindet, was ihr gemacht habt. *Und* dass Mumm sehr enttäuscht wäre.«

Die Jungs gaben sich geschlagen. Das einzig Ärgerliche war, dass Dad ihre Brüder jetzt als Wohltäter ansah. »Wenn nur alle ein soziales Gewissen hätten wie Phin und Jimmy«, sagte er des Öfteren. Und Jaz musste den Mund halten. Sie kam zu der schmerzlichen Erkenntnis, dass ihre Brüder immer diejenigen waren, die nach Rosen dufteten.

Sie stand mit Phin und Nathan in Victors Flur und klatschte in die Hände. »Wir haben's geschafft, Jungs. Gut gemacht.«

Phin zog seinen Overall aus. »Und jetzt sind wir quitt, ja?«

»Absolut. Keine Frage.«

Jimmy kam mit den beiden Trittleitern auf der Schulter aus dem Esszimmer. »Wir überlassen es euch beiden, hier abzuschließen.«

Als sie allein waren, fragte Nathan: »Glücklich?«

»Das werde ich sein, wenn Victor aus dem Krankenhaus kommt und sieht, was wir gemacht haben.«

»Bist du sicher, dass er sich freut? Meinst du nicht, dass er dir vorwirft, dich in seine Angelegenheiten eingemischt zu haben?«

»Nein. Er wird aus dem Häuschen sein vor Freude.«

»Meinst du?«

»Nein. Er wird so undankbar sein wie immer, aber im Grunde ist er sicher froh. Er weiß nur nicht, wie er seine Dankbarkeit ausdrücken soll. Ich habe das Gefühl, dass er auf diesem Gebiet nicht viel Erfahrung hat. Außerdem, was kann er schon tun? Mich anschreien, weil ich meine Nase in seine Angelegenheiten gesteckt hab?«

Nathan wischte sich die Hand an einem alten Lappen ab und grinste. »Da kann ich ihm gleich sagen, dass das reine Zeitverschwendung wäre.«

»Ganz recht. Ich schalte einfach ab, wenn Victor anfängt zu meckern, und das weiß er.«

»Er tut mir fast Leid.«

Nathan brachte Jaz nach Hause, dann fuhr er zum Gesundheitszentrum, um seine Mutter abzuholen. Adele Waterman hatte heute Geburtstag, und sie hatten sie zum Abendessen eingeladen. Es kam Nathan vor, als wäre Adele schon vor Ewigkeiten ausgezogen und als würde Jack schon immer unter ihnen wohnen. Das ist das Komische an Veränderungen, dachte Nathan. Alles Neue wird schnell zur Gewohnheit. Und so würde es auch sein, wenn er von zu Hause wegging und sein Studium begann – er und seine Mutter würden sich schnell an die veränderte Situation gewöhnen. Vor ein paar Monaten noch hatte er sich Sorgen gemacht, dass sie allein nicht gut zurechtkäme, aber jetzt hatte er keine Angst mehr deswegen. Seit Jack im Haus wohnte, wusste Nathan, dass seine Mutter Hilfe hatte, wenn sie welche brauchte, und da Ewan auf der Szene erschienen war, würde sie ohnehin ein ganz anderes Leben führen als seit dem Tod seines Vaters.

Nathan war froh, dass die Schwierigkeiten mit seinen Großeltern beigelegt waren und dass er nicht mehr mit dem verzerrten Andenken an einen Mann verglichen wurde, an den er sich kaum noch erinnerte.

Ihm wurde klar, dass sich die ganze Zeit etwas veränderte, ob man wollte oder nicht.

Kapitel sechsundsechzig

Wieder einmal bekam Victor zu hören, welch großes Glück er hatte, doch diesmal war er fast geneigt, es zu glauben. Nächste Woche durfte er nach Hause, und im Vergleich zu dem Mann, der gestern mit Verbrennungen eingeliefert wurde, war er tatsächlich noch glimpflich davongekommen.

Im Augenblick erklärte ihm die geschwätzige Frau, die jeden Tag mit einem Wagen voller Zeitungen und Illustrierten in die Krankenzimmer kam, was für ein Glück er hatte. Die Frau hatte den Job erst seit letzter Woche, und Victor hatte bemerkt, dass sie seit Montag auffallend lange an seinem Bett herumlungerte, als hätte sie nichts Besseres zu tun. »Sie werden uns hier fehlen, wenn Sie wieder zu Hause sind, Mr. Blackmore«, sagte sie. »Aber alle guten Dinge müssen irgendwann ein Ende haben. Sie können wirklich froh sein, dass Sie sich so schnell erholt haben. Das muss an der ausgezeichneten Pflege hier im Haus und Ihrer hingebungsvollen kleinen Freundin liegen, die Sie regelmäßig besucht.«

Er sah erschrocken von seinem Block auf. »Meine hingebungsvolle was?«

Sie lächelte. »Die hübsche Rothaarige.«

»Nur zu Ihrer Information, Jaz hat keine roten Haare, sondern *kastanienbraune*.« Für den Bruchteil einer

Sekunde fragte er sich, warum er das gesagt hatte. Dann fiel ihm ein, dass Jaz ihm erzählt hatte, wie sehr sie es hasste, wenn jemand behauptete, sie hätte rote Haare.

Die Frau lächelte breit. »Sie beide sind *das* Gesprächsthema auf der Station – Sie werden von allen Männern glühend beneidet.«

»Aber ich bin alt genug, um ihr Vater – ach, was –, ihr Großvater zu sein!«

»Gerade das –«, sie ließ den Blick über die anderen Patienten schweifen, »– macht die meisten hier so wahnsinnig. Sie wollen wissen, was Ihr Geheimnis ist und ob sie die Kleine als Besucherin adoptieren können, wenn Sie nicht mehr hier sind.«

»Das ist ja widerlich! Zwischen mir und Jaz ist absolut nichts. Wir sind nur …«, er suchte nach dem richtigen Wort. Bekannte? Nein. Sie waren mehr. Schriftstellerkollegen? Auch das passte nicht. »Wir sind nur Freunde«, sagte er und war selbst überrascht über dieses Eingeständnis. »Und ich verwahre mich dagegen, dass Sie etwas anderes annehmen. Sie können diesen perversen Kerlen sagen …«

»Beruhigen Sie sich, Mr. Blackmore, ich ziehe Sie doch nur ein wenig auf.« Die Frau, die in etwa so alt war wie Victor, schnalzte mit der Zunge. Und gerade, als er dachte, dass sie endlich weiterging, fügte sie hinzu: »Oh, ich hoffe, Sie nehmen es mir nicht übel, wenn ich das sage, aber es gefällt mir sehr, was Sie da schreiben.«

Er musterte sie argwöhnisch. »Und woher wollen Sie wissen, was ich schreibe?«

»Ich hab's gelesen. Es ist sehr gut.«

»Wann haben Sie es gelesen?« Er war außer sich.

»Schsch – regen Sie sich nicht so auf.« Sie zuckte verlegen mit den Achseln. »Vielleicht hätte ich es nicht tun sollen, aber ich konnte nicht widerstehen.«

»Aber *wann*?«

»Oh, dann und wann. Wenn Sie auf der Toilette waren oder ...«

»Sie haben sich hinter meinem Rücken Zugang zu meinen Papieren verschafft? Wollen Sie das damit sagen?«

»Sie haben ihren Block auf dem Bett liegen gelassen. Ich dachte, es würde Ihnen nichts ausmachen. Ich meine, wieso sollte es Sie stören? Wenn Ihre Sachen eines Tages veröffentlicht werden sollen, dann müssen Sie sich rechtzeitig daran gewöhnen, dass andere sie lesen.«

»Aber das ist privat! Es sind bisher nur rohe, unstrukturierte Entwürfe, die niemand lesen darf, am wenigsten eine Frau, die ich kaum kenne. Das ist ein Übergriff in meine Privatsphäre, und ich werde Sie anzeigen deswegen.«

Sie sah ihn erschrocken an. »Oh, bitte, Mr. Blackmore, tun Sie das nicht. Ich wollte niemandem schaden. Ich war nur neugierig. Das Problem war, dass ich nicht mehr aufhören konnte, nachdem ich die ersten Seiten gelesen hatte. Ich wollte unbedingt erfahren, was als Nächstes passiert. Der arme kleine Junge hat mir so Leid getan – ich musste einfach wissen, ob er diesen schrecklichen Rabauken entkommen konnte.«

Sein Zorn kühlte sich ab. »Sie wollten wissen, was als Nächstes passiert?«, fragte er. »Wirklich?«

»O ja. Ich war gespannt wie ein Flitzebogen.« Sie senkte beschämt den Blick. »Wahrscheinlich werden

Sie mich den Rest nicht lesen lassen, wenn Sie mit der Geschichte fertig sind, oder?«

Victors Ärger verflog gänzlich. »Ich werde darüber nachdenken«, sagte er. Er sah ihr nach, als sie mit ihrem Wagen von Bett zu Bett ging, und erwiderte ihr Winken, als sie die Station verließ. Er nahm sich vor, ihren Namen in Erfahrung zu bringen. Die objektive Meinung einer Person, die sein Werk positiv beurteilte, konnte sehr wertvoll sein. Ihm kam der Gedanke, dass sie ihm nach seiner Entlassung in der nächsten Woche helfen könnte. Er würde jemanden brauchen, der ein paar Dinge für ihn erledigte, und diese Frau schien eigentlich ganz nett zu sein.

Alle Mitglieder der Verborgenen Talente hatten versprochen, ihm zur Hand zu gehen, wenn er wieder zu Hause war, aber Jaz' Hilfsangebot hatte ihn am meisten überrascht. Sie ging schroff mit ihm um, aber er mochte sie, weil sie so gnadenlos direkt war. Deshalb hatte er sie gebeten, sich sein Haus anzusehen. Alle anderen hätten die Wahrheit beschönigt, um seine Gefühle zu schonen. Jaz hatte das nicht getan. »Also, Victor«, hatte sie gesagt, nachdem sie dort gewesen war, »es ist nicht so schlimm, wie Sie vielleicht denken. Natürlich ist es eine ziemliche Sauerei – all der Ruß und das Wasser, aber ich schätze, Sie haben Glück gehabt. Warum überlassen Sie nicht mir, das alles in Ordnung zu bringen?«

»Aber der Schaden muss ziemlich groß sein.«

»Victor, würde ich Sie anlügen?«

»Hmm ... vermutlich nicht. Wie wollen Sie Ordnung schaffen? Das können Sie allein gar nicht. Und ich habe Ihnen erzählt, dass die Versicherung nicht ...«

Sie unterbrach ihn wie so oft und tippte sich mit dem Finger an die Nase. »Ich habe gute Kontakte, Vergessen Sie nicht, ich stamme aus einer Familie von Bauunternehmern. Wenn Sie wollen, können Sie die finanzielle Seite regeln, sobald Sie wieder auf den Beinen sind. Und jetzt hören Sie auf, mir mit Ihren Meckereien auf die Nerven zu gehen. Ich versuche, etwas Nettes für Sie zu tun, und Ihnen fällt nichts anderes ein, als mich nur mit negativen Einwänden zu langweilen. Seien Sie einfach dankbar, dass Sie endlich auch einmal auf der Sonnenseite des Lebens stehen.«

Victor schloss die Augen und dachte an die letzten sechs Monate. Die Schande, von seinem langjährigen Arbeitgeber auf die Straße gesetzt worden zu sein, schien sich im Nebel der Zeit aufgelöst zu haben, genau wie die deprimierenden Tage und Nächte, in denen er allein im kalten Gästezimmer gesessen und *Star City* geschrieben hatte. Jetzt wusste er, dass ihn das krank gemacht und beinahe das Leben gekostet hatte. Wie war er nur auf die Idee gekommen, dass er ein großartiges Werk vollbringen konnte, wenn er in absoluter Isolation schrieb? Jetzt war er hundertmal kreativer, weil er vierundzwanzig Stunden täglich Gesellschaft hatte. Sobald es ihm wieder gut genug ging, wollte er sich einen neuen Job suchen und regelmäßig an den Treffen der Verborgenen Talente teilnehmen. Und er würde solche Workshops und Seminare besuchen wie die Gruppe vor kurzem.

Jack fiel es schwer, sich auf seine Arbeit zu konzentrieren. Er war ständig mit den Gedanken ganz woanders und wartete gespannt auf Neuigkeiten aus London.

Außer Des, der zu absolutem Stillschweigen verdonnert war, wusste im Büro niemand etwas davon, dass Jack in seiner Freizeit einen Roman geschrieben hatte, und obwohl er liebend gern Des und Julie erzählt hätte, was sich in Norton Hall ereignet hatte, hielt er lieber den Mund, bis die Sache konkreter wurde. Er hatte vor zwei Tagen zum letzten Mal etwas von Nick Ellis, Ewans Agenten, der *Freunde und Familie* gelesen hatte, gehört. »Überlassen Sie alles mir, Jack«, hatte er am Telefon gesagt. »Ich denke, Sie können schon mal eine Flasche von Ihrem Lieblingschampagner kalt stellen. Sie werden sie brauchen. Sie haben nicht zufällig schon mit Ihrem nächsten Buch angefangen, oder?«

»Machen Sie Witze?«

»Verleger haben es gern, wenn sie mit weiteren Manuskripten eines guten Autors rechnen können. Ich werde Felix McCallum sagen, dass sie bereits an Ihrem zweiten Buch sitzen.«

Jack hatte das Gefühl, dass Literaturagenten die Immobilienmakler noch um Längen schlugen, wenn es ums Verkaufen ging. Sie erzählten mindestens genauso viel Schmus und waren noch dreister.

An diesem Tag überließ er es seinen Mitarbeitern, das Büro abzuschließen, und fuhr um halb sechs nach Prestbury, um die Mädchen abzuholen. Seine Gedanken wanderten von Nick Ellis' Verhandlungen zu dem Text, den er für heute Abend einstudiert hatte. Wenn er nur wüsste, ob die anderen Beteiligten die Stichworte aussprechen würden, die er für sie vorgesehen hatte, dann wäre er sehr viel glücklicher. Im Augenblick wusste er nur eines: Er war kurz davor, ins kalte Wasser zu springen, und wusste selbst nicht, ob er tatsächlich so großmütig war, wie er sein müsste.

Er hatte den Mädchen gestern Abend am Telefon gesagt, dass er mit ihrer Mutter und Tony sprechen müsse, wenn er kam, um sie abzuholen. »Meint ihr, ihr könnt brav auf euren Zimmern bleiben, während ich mich mit ihnen unterhalte?«

»Du willst doch nicht wieder mit ihnen streiten, oder?«, fragte Amber.

»Nein«, sagte er beschämt, weil sie oft genug solche Szenen mitbekommen hatte.

Maddie öffnete ihm die Tür und sah ihn unsicher an. Wahrscheinlich hatte sie lange überlegt, was er mit ihnen besprechen wollte.

»Stört es dich, wenn wir in die Küche gehen?«, sagte sie. »Tony ist gerade dabei, das Abendessen zuzubereiten.«

»Ist mir recht«, erwiderte Jack und grinste innerlich über die Vorstellung. Aber Tony, der ehemals eiserne Junggeselle, der sich geschworen hatte, niemals kochen zu lernen, stand tatsächlich am Herd und rührte in einem großen Topf. »Ich experimentiere mit der vegetarischen Küche«, erklärte Tony. »Linsen. Es ist ein Jamie-Oliver-Rezept, das angeblich idiotensicher sein soll. Ein Glas Wein?« Er legte den Deckel auf den Topf und fasste nach einer offenen Flasche Merlot, die neben dem Herd stand.

»Nur einen kleinen Schluck«, sagte Jack.

Der Wein wurde eingeschenkt, und die Gläser wurden verteilt. Sie tranken, ehe jemand das Wort ergriff.

»Hört mal«, begann Jack, um die Atmosphäre zu bereinigen und Maddie und Tony zu beruhigen, »ich bin nicht hier, um zu streiten oder irgendetwas klarzustellen. Ich möchte lediglich mit euch reden.« Er trank einen Schluck, dann noch einen. »Die Sache ist die, ich bezweifle, dass ich jemals vollkommen glücklich sein kann, wenn ich euch beide zusammen sehe, aber Amber und Lucy zuliebe muss ich lernen, den Schein zu wahren. Und ihr müsst mir dabei helfen.«

»Wie? Jedes Mal, wenn ich versuche, irgendwas mit dir zu besprechen, rastest du aus und schreist mich an«, sagte Maddie.

»Ich weiß. Aber manchmal ... manchmal kommt es mir so vor, als würdest du dich absichtlich weigern, die Dinge von meinem Standpunkt aus zu betrachten.«

»Das sagst du immer. Aber du begreifst nicht ...«

»Nein, Maddie«, mischte sich Tony ein. »Es hat Situationen gegeben, in denen Jack Recht und wir Unrecht hatten.« Sie sah ihn an, als hätte er sie ins Gesicht geschlagen. Er berührte ihren Arm. »Wir sind nur Menschen«, sagte er. »Es ist unvermeidlich, dass wir Fehler machen.« Er wandte sich wieder an Jack. »Was können wir für dich tun?«

Jack stellte sein Glas auf den Tisch und steckte die Hände in die Hosentaschen. »Ich weiß es nicht.«

»Wäre eine Entschuldigung hilfreich?«

Tonys unerwartetes Angebot brachte Jack aus dem Konzept. Er ging zum Fenster und sah hinaus, um nachzudenken.

»Jack?«

Er drehte sich um und sah nicht den Mann vor sich, den er hassen gelernt und den er für alles Schlechte in seinem Leben verantwortlich gemacht hatte, sondern seinen ausgelassenen Jugendfreund. Erinnerungen an ihre glorreichen Tage schossen ihm durch den Kopf. Bis zu diesem Moment hatte Jack geglaubt, dass das Schreiben von *Freunde und Familie* die Befreiung war, aber er hatte sich geirrt. Er musste hören, dass es Maddie und Tony aufrichtig Leid tat, was sie ihm angetan hatten.

»Würde dir das helfen, Jack?«, wiederholte sein alter Freund.

»Ja, Tony«, flüsterte er mit zittriger Stimme. »Ich kann nicht erklären, warum, aber ich denke, das würde helfen.«

Tony stellte sein fast leeres Weinglas ab und fuhr sich mit der Hand durch die Haare. Er warf einen kurzen Blick auf Maddie. »Ich kenne dich fast mein ganzes Leben, Jack. Ich habe dich geliebt wie einen Bruder. Du *warst* in jeder Hinsicht mein Bruder, und was ich dir angetan habe, war falsch. Ich war ein Scheißkerl, weil ich mich in Maddie verliebt habe, aber ich habe es getan und kann nichts an meinen Gefühlen ändern. Ich kann nur sagen, dass es mir Leid tut, und wenn es hilft, sage ich das für den Rest meines Lebens jeden Tag. Es tut mir Leid, dass ich unser Verhältnis zueinander ruiniert habe, und um dir zu beweisen, wie ernst es mir ist, verlieren wir kein Wort mehr über Kalifornien. Ich kann dir und den Mädchen eine Trennung nicht zumuten.« Er schaute wieder zu Maddie, die jetzt neben ihm stand. »Tut mir Leid, wenn du jetzt enttäuscht bist, Maddie.«

Sie schüttelte den Kopf. »Ich bin ganz und gar nicht enttäuscht.«

»Aber ich dachte, du willst nach Kalifornien?«

»Nur weil ich dachte, dass du von der Idee begeistert bist.«

Tony stöhnte. »Na, prima. Das zeigt mal wieder, dass man über alles reden sollte. Das Schweigen ist wahrscheinlich an den meisten Schwierigkeiten auf dieser Welt schuld.« Er legte den Arm um Maddie.

Jack richtete sich auf, zwang sich aber, sich zu entspannen. Maddie fing seinen Blick auf und schlüpfte aus Tonys Umarmung. »Ich nehme an, jetzt bin ich dran, mich zu entschuldigen«, sagte sie. Sie ging auf Jack zu, streckte ihm die Hand entgegen und wartete darauf, dass er sie nahm. Als er es tat, sagte sie mit Tränen in den Augen; »Es tut mir Leid, Jack. Ehrlich. Bitte hasse mich nicht für das, was ich getan habe. Das könnte ich nicht ertragen.«

»Ich hasse dich nicht«, murmelte er. »Das habe ich nie getan und werde es nie tun.« Dann nahm er sie tatsächlich in die Arme, obwohl er geglaubt hatte, sie nie wieder anfassen zu können.

Das Telefon klingelte, als er Amber und Lucy in die Wohnung führte, und der Anrufbeantworter schaltete sich ein, ehe er den Hörer abnehmen konnte. Jack ließ den Anrufer seine Nachricht auf Band sprechen – er würde sich später, wenn die Mädchen im Bett waren, darum kümmern. Er hörte die einzige andere Nachricht ab. Sie war von Nick Ellis. »Rufen Sie mich an, Jack, ich habe tolle Neuigkeiten für Sie. Ich bin heute lange im Büro; dort können Sie mich bis etwa halb neun erreichen.«

»Während sich die Mädchen etwas zu trinken aus dem Kühlschrank holten, wählte Jack Nicks Nummer in London. Nick war sofort am Apparat.

»Oh, hi, Jack. Wie geht's Ihnen?«

»Gut. Sogar besser als gut. Ich bin im siebten Himmel, weil ich gerade eine exzellente Neuigkeit erfahren habe.«

»Dann muss heute Ihr Glückstag sein. Wie gefällt Ihnen ein Vertrag für zwei Bücher für ein sechsstelliges Honorar?«

Jacks Herz raste, und er bedeutete Amber und Lucy, dass sie den Fernseher nicht einschalten sollten. »Das hängt davon ab, welche Ziffern diese sechsstellige Summe hat. Was haben Sie im Sinn?«

»Ich dachte an coole hundertfünfzigtausend Pfund.«

Jack schluckte. »Habe ich richtig gehört?«

»Das haben Sie. Felix liebt Ihren Roman, er findet ihn amüsant und prägnant und sagt, das Ganze käme direkt aus der Hüfte. Oder meinte er, von Herzen? Na, egal. Ich hab ihm gesagt, dass ich erst Ihr Okay einholen muss, aber wenn ich an Ihrer Stelle wäre, würde ich sein Angebot akzeptieren, Jack. Es ist gut.«

Jack lachte. »Sie haben ja gar keine Ahnung, wie gut.«

»O doch. Es ist mein Job, die Spreu vom Weizen zu trennen, und dies ist definitiv Weizen. Soll ich Felix zusagen?«

»Auf alle Fälle. Und würden Sie ihm auch meinen Dank ausrichten?«

»Halten Sie sich zurück. Wir wollen doch nicht, dass er sich noch etwas einbildet. Und seien sie nicht überrascht, wenn er dieses und jenes ändern möchte. Nach allem, was Sie mir erzählt haben, müssen Sie das Buch in Lichtgeschwindigkeit verfasst haben, also wird er einiges finden, was umgeschrieben werden muss. Aber das ist sicher ein Kinderspiel für Sie. So, jetzt tun Sie das, was man in Ihrer Situation tut – feiern Sie!«

»Habt ihr Lust, zum Essen auszugehen?«, fragte er die Mädchen, nachdem er das Telefonat beendet hatte.

»Zu McDonald's?«

»Ich dachte eigentlich an etwas Vornehmeres. Luce. Wie wär's mit Chinesisch?«

»Spare-ribs und Zitronenhühnchen?«

»Die ganze Palette. Was ihr wollt. Wir feiern heute einen Doppelschlag.«

»Einen was?«, fragte Amber.

Er umarmte beide. »Wir feiern zwei mega-fantastische Ereignisse in meinem Leben. Das eine ist, dass ihr nicht nach Amerika zieht – das ist superklasse –, und das zweite ist, dass ich trotz aller widriger Umstände plötzlich der glücklichste Mann in Cheshire bin. Hey, vergesst das. Ich bin der glücklichste Mann von der ganzen Welt!«

Amber wand sich in seinen Armen. »Ist alles okay, mit dir, Dad?«

»Weißt du was? Ich denke schon.«

Dulcie fuhr zum Bahnhof, um Andrew und Miles abzuholen. Sie wollten unbedingt ein Taxi nehmen, aber Dulcie machte ihrem Sohn klar: »Ich habe zwar den Mann verloren, den ich liebe, aber nicht die Fähigkeit, ein Auto zu steuern. Sie wären gern früher gekommen, um sie ein wenig zu bemuttern, wie Miles es ausgedrückt hatte, aber ihre beruflichen Verpflichtungen hatten das nicht zugelassen. Sie waren erst heute aus London weggekommen. Dulcie freute sich auf die beiden, obwohl sie in den letzten Tagen kaum allein gewesen war. Dafür hatten Prue und Maureen, Beth und Jack gesorgt. Mit ihrer Liebenswürdigkeit, die sich manchmal in Sanftmut, manchmal in Entschlossenheit äußerte, hatten sie sichergestellt, dass sie nicht zu lange auf sich allein gestellt war.

Seit Richards Tod waren vierzehn Tage vergangen, und ursprünglich hatte Dulcie gedacht, ihre Gedanken mit etwas anderem als mit ihm zu beschäftigen, wäre die Lösung – wenn sie ihn ausblendete, dann könnte sie die einsamen Tage und Nächte überstehen. Es war eine vergebliche Hoffnung. Nichts konnte sie davon abbringen, an ihn zu denken. Sie wollte jeden wachen Moment damit verbringen, sich an die glücklichen Zeiten mit ihm zu erinnern. Und es gab so viele! Die Tage in Venedig würden für sie immer etwas ganz Besonderes bleiben. Sie würde niemals den wunderbaren Moment vergessen, als sie mit ihm unter funkelndem Sternenhimmel auf der kleinen Brücke gestanden und er gesagt hatte, dass sie eines Tages als Mann und Frau wiederkommen würden und dass er dann der glücklichste Mensch von der Welt sein würde.

Gelegentlich quälte sie sich mit der Frage, ob sie Richard glücklich gemacht hatte. Wenn sie sich nie begegnet wären, hätte er nie zwischen ihr und seiner Frau entscheiden müssen, und ihm wäre dieser Schmerz erspart geblieben. Sie konnte sich immer noch nicht von dem Gedanken befreien, dass sie an seinem Tod schuld war.

Sie war nicht die Einzige, die so dachte: Angela hatte ihr geschrieben – einen Brief voller rachsüchtiger Grausamkeiten, mit denen sie Dulcie für Richards Tod verantwortlich machte. »Sie haben den Stress verursacht, der ihm letztendlich das Herz entzweigerissen hat. Ich hoffe, Sie werden nie wieder einen Moment des Friedens erleben, nach allem, was Sie getan haben.«

Jack und Beth waren empört, als Dulcie ihnen den Brief zeigte. »Sie werden doch nicht auch nur ein Wort davon glauben«, meinte Beth.

Jack war noch direkter gewesen. Er hatte Dulcie den Brief aus der Hand genommen und ihn zerrissen. »Wir verstehen alle, warum sie das Bedürfnis hatte, so etwas zu schreiben, aber es hilft niemandem. Am wenigsten ihr.«

Selbst jetzt noch schmerzten Dulcie Angelas Vorwürfe, aber noch schlimmer war für sie, dass sie nicht an Richards Beerdigung teilnehmen konnte. Sie hatte akzeptiert, dass sie nicht das Recht hatte, dort zu sein, und erst am Tag zuvor erfahren, wann und wo er beigesetzt wurde. Juliette Simpson hatte sie angerufen, um ihr zu sagen, wie schlecht sie sich fühlte, weil sie Richard praktisch verraten hatte. »Richard hat Ihnen das nie übel genommen«, sagte Dulcie. »Er war sowieso kurz davor, seiner Frau reinen Wein einzuschenken, also machen Sie sich bitte keine Vorwürfe. Das ist ganz und gar unnötig.«

»Ich weiß, er hat mir erzählt, dass ... dass er mit Ihnen zusammen ist, als Sie aus Venedig zurückkamen.«

Das überraschte Dulcie. »Er hat mit Ihnen darüber gesprochen?«

»Ja. Er wollte, dass ich Ihre Nummer habe, für den Fall, dass ich ihn außerhab der Bürozeiten erreichen muss und er sein Handy nicht eingeschaltet hatte. Er hatte vor, seinen Umzug offiziell im Büro bekannt zu geben, sobald Sie aus Harrogate zurück waren. Er wollte zu allen ehrlich sein. Ich nehme an, Sie gehen morgen nicht zu seiner Beerdigung, oder? Alle aus seiner Abteilung werden dort sein. Richard war sehr beliebt. Wir haben gern mit ihm zusammengearbeitet. Sehr gern sogar.«

»Nein, ich werde nicht teilnehmen«, sagte Dulcie, »aber vielleicht sollten Sie seiner Frau sagen, dass alle ihn mochten.«

Eine andere Frau hätte vielleicht anonym einen Kranz geschickt, aber Dulcie pflanzte eine Kletterrose in den Garten an die Hausmauer – genau an der Stelle, an der sie oft mit Richard gesessen hatte. Als sie die Erde festklopfte, sagte sie laut, als wäre Richard bei ihr: »Ich habe dir einmal versprochen, dass ich nie die Rolle der besitzergreifenden Geliebten spielen werde, mein Liebling, und jetzt gebe ich dir noch ein Versprechen. Ich werde mein Bestes tun, in aller Stille und voller Liebe um dich zu trauern. Ich werde nur an die guten gemeinsamen Zeiten denken. Genau wie du es dir wünschen würdest.«

Am folgenden Tag klingelte eine überraschende Besucherin an ihrer Tür.

Victoria, Richards Tochter.

»Ich bin nicht hier, um Ihnen eine Szene zu machen«, sagte Victoria. »Ich möchte nur mit Ihnen reden. Aber ich gehe sofort wieder, wenn Ihnen das lieber ist.«

»Nein. Kommen Sie rein. Bitte.«

Sie führte Victoria ins Wohnzimmer, bedauerte das aber sofort. Die Küche wäre besser – weniger formell gewesen. Sie wartete, bis Victoria Platz genommen hatte. »Ich nehme an, Sie möchten die Sachen abholen«, sagte Dulcie und ließ sich auf dem Sessel ihr gegenüber nieder.

Victoria runzelte die Stirn. »Was für Sachen?«

»Die er mit hergebracht hat.« Sie dachte an seine Kleider und Bücher und vor allem an die Papiere und Dokumente.

Victorias Gesichtsausdruck erinnerte Dulcie an Richard. »Deshalb bin ich nicht hier«, sagte Victoria.

»Warum dann?«

»Ich möchte verstehen, warum Sie ihm so viel bedeutet haben. Es passte so gar nicht zu ihm, dass er ausgebrochen ist, und ich kann immer noch nicht begreifen, wie er das tun konnte.«

»Sie werden es wahrscheinlich nicht glauben, aber uns ging es ganz ähnlich. Wir waren wirklich nicht stolz darauf, dass wir so viele Menschen hintergangen haben.«

»Aber Sie beide haben es trotzdem jahrelang getan?«

Dulcie nickte. »Ja. Ich erwarte nicht, dass Sie uns das jemals verzeihen, aber wir haben uns geliebt. Ich habe mich ihm nicht an den Hals geworfen und keine Tricks angewandt, um ihn zu einer Affäre zu verleiten. Es war Liebe. Tut mir Leid, wenn Ihnen das wehtut, aber es ist die Wahrheit.«

Dulcie beobachtete, wie Victoria an ihrer Unterlippe nagte, und erschrak, als das arme Mädchen plötzlich zu weinen anfing. Dulcie ging zu ihr. »Es tut mir Leid«, sagte sie, »vielleicht hätte ich das nicht sagen dürfen.«

»Nein, es ist okay. Eigentlich bin ich hergekommen, um das zu hören. Ich wollte mich vergewissern, dass Dad glücklich war, bevor er starb. Als ich das letzte Mal mit ihm zusammen war, machte er einen so traurigen Eindruck. Ich habe es gehasst, ihn so zu sehen. Henry verlangte von ihm, nach Hause zurückzukommen – zu Mum. Damit hat er eine scheußliche Szene heraufbeschworen. Da wusste ich, dass Dad nie zurückkommen würde. Ich hatte das Gefühl, dass wir ihn verloren haben. Und als wären wir für ihn nichts mehr.«

»O nein. Das war nicht der Fall. Er hat Sie und Ihre Geschwister geliebt. Ihr vier Kinder habt ihm unendlich viel bedeutet. Er hatte furchtbare Angst, dass Sie und ihre Brüder ihn nicht mehr lieben könnten. Deshalb ist er so lange bei der Familie geblieben. Er war ein guter Mann, Victoria. Ein hingebungsvoller Vater. Daran dürfen Sie niemals zweifeln.«

Victoria verabschiedete sich nach einer Stunde, nachdem Dulcie ihr die Papiere und Dokumente übergeben hatte, die ihrer Meinung nach der Familie gehörten. »Was haben Sie mit seinen Kleidern vor?«, fragte Victoria, als sie an der Tür standen.

»Ich gebe sie an einen Wohltätigkeitsverein, sobald ich es ertragen kann, mich von ihnen zu trennen«, sagte Dulcie. »Die Bücher werde ich behalten, es sei denn, Sie möchten sie haben.«

»Nein. Behalten Sie sie.«

Sie verabschiedeten sich per Handschlag – das war mehr, als Dulcie ihrer Ansicht nach verdiente. In dieser Nacht hatte sie zum ersten Mal seit langem friedlich geschlafen. Als sie am Morgen aufwachte, fühlte sie Ruhe in sich. Das Leben mochte ihr eine neue Rolle zugedacht haben – die der trauernden Geliebten –, aber sie wusste, dass sie sie meistern würde. Ihre Liebe zu Richard würde ihr dabei helfen.

Sie wartete keine fünf Minuten, dann strömte eine Menschenmenge aus dem Bahnhof. Sie hielt nach Andrew und Miles Ausschau, und als sie schließlich auftauchten, sah Dulcie, dass die beiden nicht allein waren.

Kate war mit ihnen gekommen und lächelte unsicher. Dulcies Herz flog ihr zu. Eine Versöhnung mit Kate war mehr, als sie erhoffen durfte.

Liebe Beth,
ich habe gerade von meinem Agenten gehört, dass Jack ein gutes Angebot für seinen Roman bekommen hat. Bitte richte ihm meine Glückwünsche aus. Ich weiß genau, wie er sich jetzt fühlt – so, als hätte er zehnmal in der Lotterie gewonnen.
Da ich gerade deine Aufmerksamkeit habe und weiß, dass du dir ständig Sorgen machst, möchte ich dich beruhigen. Du sollst wissen, dass, wenn du nächste Woche herkommst, keine Spur mehr von den Schokoriegeln, die ich nach deinem bemerkenswerten Vorschlag in der Garage gehortet habe, zu sehen sein wird. Der Gedanke, dass du deswegen schlaflose Nächte hast, widerstrebt mir, und ich möchte dir versichern, dass ich während deines Besuchs das Musterbeispiel eines perfekten Gentlemans sein werde. Das Problem ist nur, dass ich oben erwähnte Schokolade aufgegessen und mittlerweile den Umfang eins Buckelwals habe.
Ich hoffe, das hält dich nicht davon ab, herzukommen.
In Liebe
Ewan X

PS: Alice wird sich kurz blicken lassen, während du hier bist; sei also gewarnt: Attila der Hunnenkönig wird um dich herumschleichen und von Kopf bis Fuß taxieren!

PPS: Wie wär's, wenn ich doch noch mal losflitze und uns einen Riegel mit Früchten und Nüssen kaufe? Nur für den Fall …

Lieber Ewan,
ich habe eine Vorliebe für Süßes, besorg lieber zwei …
In Liebe
Beth

ENDE